W0016125

La neige tombait
sur les cèdres

Le Vieux

Jardins d'Éden

DAVID GUTERSON

La neige tombait sur les cèdres

Le Vieux

Jardins d'Éden

Traduit de l'anglais (États-Unis)
par Claude et Jean Demanuelli

FRANCE LOISIRS
123, boulevard de Grenelle, Paris

Édition du Club France Loisirs, Paris,
réalisée avec l'autorisation des Éditions du Seuil

Le Code de la propriété intellectuelle n'autorisant, aux termes des paragraphes 2 et 3 de l'article L. 122-5, d'une part, que les « copies ou reproductions strictement réservées à l'usage privé du copiste et non destinées à une utilisation collective » et, d'autre part, sous réserve du nom de l'auteur et de la source, que les « analyses et les courtes citations justifiées par le caractère critique, polémique, pédagogique, scientifique ou d'information », toute représentation ou reproduction intégrale ou partielle, faite sans le consentement de l'auteur ou de ses ayants droit ou ayants cause, est illicite (article L. 122-4). Cette représentation ou reproduction, par quelque procédé que ce soit, constituerait donc une contrefaçon sanctionnée par les articles L. 335-2 et suivants du Code de la propriété intellectuelle.

Titre original : *Snow Falling on Cedars*
Éditeur original : Harcourt Brace, New York
© Original : 1994, David Guterson

© Éditions du Seuil, mars 1996, pour la traduction française

ISBN : 2-7441-0286-5

La neige tombait sur les cèdres

À ma mère et à mon père,
avec reconnaissance

Quand j'étais au milieu du cours de notre vie,
je me vis entouré d'une sombre forêt,
après avoir perdu le chemin le plus droit.

Ah ! qu'elle est difficile à peindre avec des mots,
cette forêt sauvage, impénétrable et drue
dont le seul souvenir renouvelle ma peur !

DANTE, *La Divine Comédie* (trad. A. Cioranescu).

L'harmonie, telle une brise de mer propice, est toujours l'exception.

HARVEY OXENHORN, *Tuning the Rig.*

1

L'attitude de l'accusé, Kabuo Miyamoto, assis très droit sur sa chaise, les mains posées bien à plat devant lui, était pleine de fierté et d'une grâce un peu raide. Il semblait aussi détaché que peut l'être un homme obligé d'assister à son procès. Plus tard, une partie de l'assistance ne verrait que dédain dans cette impassibilité ; une autre croirait, au contraire, y déceler la peur, à peine voilée, du verdict à venir. Mais Kabuo, parfaitement impénétrable, ne laissait rien transparaître de ses sentiments. Vêtu d'une chemise blanche boutonnée jusqu'au cou et de pantalons gris soigneusement repassés, il communiquait, en raison de sa carrure et de sa nuque puissante, une impression indubitable de force physique, et son maintien avait quelque chose d'impérieux. Le visage lisse, les traits anguleux étaient mis en valeur par des cheveux coupés très court qui faisaient ressortir le modelé de l'ossature. L'accusation dont il était l'objet ne semblait pas devoir entamer son calme. Il gardait les yeux fixés droit devant lui.

La salle était comble, mais il n'y régnait pas cette atmosphère de fête foraine que connaissent souvent les tribunaux de province. Pour tout dire, les quatre-vingt-cinq individus rassemblés là avaient un air bizarrement retenu et pensif. La plupart avaient bien connu Carl Heine, pêcheur de saumon, marié et père de trois enfants, aujourd'hui enterré dans le cimetière luthérien d'Indian Knob Hill. La plupart s'étaient habillés avec cet esprit des convenances qui, le dimanche, les guidait, quand ils s'apprêtaient pour l'office : dans la mesure où le tribunal revêtait pour eux la dignité austère de leurs lieux de culte, ils se conduisaient avec une solennité appropriée.

Située au bout d'un couloir humide et balayé par les courants d'air, la salle d'audience présidée par le juge Llewellyn Fielding était plus petite et plus abîmée que la moyenne. Dépouillée à l'extrême, elle se réduisait à un espace exigu pour le public, un siège pour le juge, une barre pour les témoins, une estrade en contreplaqué pour les jurés et deux tables éraflées, une pour la défense, l'autre pour le ministère public. Le visage impassible et studieux, les jurés étaient tout entiers concentrés sur l'affaire. Les hommes – deux maraîchers, un pêcheur de crabes à la retraite, un comptable, un charpentier, un constructeur de bateaux, un épicier et un matelot qui travaillait sur une goélette armée pour la pêche au flétan – étaient tous en costume-cravate. Quant aux femmes – une serveuse à la retraite, une secrétaire employée dans une scierie, deux épouses de pêcheurs passablement nerveuses, sans compter une coiffeuse qui faisait fonction de suppléante –, elles étaient toutes endimanchées.

À la requête du juge Fielding, Ed Soames, l'huissier, avait poussé au maximum les radiateurs paresseux, qui de temps à autre chuintaient longuement aux quatre coins de la salle. À la chaleur étouffante et humide qu'ils dégageaient se mêlait une odeur de moisi, âcre et pénétrante.

Ce matin-là, on voyait la neige tomber à travers les fenêtres à petits carreaux, percées en ogives hautes et étroites, qui laissaient pénétrer la faible lumière de décembre. Le vent du large précipitait les flocons contre les vitres où ils fondaient avant d'aller courir sur les encadrements. Au-delà du tribunal, la ville d'Amity Harbor s'étirait le long de la côte. Ici et là, sur les hauteurs, quelques villas victoriennes décrépites et battues par les vents, vestiges d'une époque plus prospère pour le commerce maritime, émergeaient à travers les flocons. Plus loin encore, les cèdres tissaient un tapis abrupt d'un vert étale. La neige brouillait les contours nets des collines. Inlassablement, le vent du large chassait les flocons vers l'intérieur des terres, les projetant contre les arbres odoriférants, où ils commençaient à s'accumuler sur les plus hautes branches avec une douceur implacable.

L'accusé, à peine conscient du spectacle, regardait tomber la neige. Il était enfermé dans la prison du comté depuis la fin du mois de septembre : soixante-dix-sept jours déjà, puisqu'on était début décembre. Il n'y avait aucune fenêtre dans sa cellule au sous-sol, aucune ouverture susceptible de laisser filtrer les rayons de l'automne. L'automne – il s'en rendait compte aujourd'hui – était fini, à jamais enfui, et lui l'avait tout bonnement manqué. La neige, dont il voyait du coin de l'œil les flocons rageurs frapper les vitres, lui apparut soudain d'une infinie beauté.

L'île de San Piedro comptait à peine cinq mille âmes plutôt frileuses. Elle devait son nom à des marins espagnols en perdition qui, en l'an de grâce 1603, avaient jeté l'ancre dans la baie. Comme tant d'autres Espagnols à la même époque, ils étaient à la recherche du Passage nord-ouest, mais, à peine débarqués sur la plage, les membres du détachement envoyé à terre pour la corvée de bois par le commandant de l'expédition, Martín de Aquilar de Biscaye, s'étaient fait tuer jusqu'au dernier par une bande de trafiquants d'esclaves Nootka.

Puis ce fut l'arrivée des premiers colons qui, marginaux ou excentriques pour la plupart, avaient quitté la piste de l'Oregon. Quelques cochons sauvages furent massacrés en 1845 par des Anglais du Canada en armes qui défendaient la frontière : ce fut là le dernier acte de violence que devait connaître San Piedro. Ces dix dernières années n'avaient été témoins que d'un seul incident : lors des festivités du 4 juillet 1951, un plaisancier de Seattle pris de boisson avait blessé par balle un habitant de l'île.

Amity Harbor, la seule agglomération de l'endroit, offrait ses mouillages profonds à une flotte de senneurs et de petits fileyeurs. C'était un village de pêcheurs, excentré, pluvieux, battu par les vents, rongé par l'humidité, dont les bâtiments en bois, blanchis et ravagés par les intempéries, exhibaient des chéneaux que la rouille teintait de reflets orangés. Ses rues en pente abrupte étalaient leurs étendues désolées, et l'hiver, la pluie ruisselait des nuits entières le long des caniveaux profonds. Il n'était pas rare que le vent du large mette à mal son unique feu de signalisation ou occasionne des coupures de courant qui duraient parfois plusieurs jours. Dans la rue principale s'alignaient l'épicerie Petersen, le bureau de poste, la quincaillerie Fisk, la pharmacie Larsen, un drugstore dont la propriétaire vivait à Seattle, le bureau de la compagnie d'électricité de Puget Sound, un marchand de fournitures pour bateaux, le magasin de confection de Lottie Opsvig, l'agence immobilière de Klaus Hartmann, le San Piedro Café, l'Amity Harbor Restaurant et la station-service délabrée des frères Torgerson. Sur le port flottait en permanence l'odeur de saumon de la conserverie, et les pilotis goudronnés du terminus du ferry émergeaient d'un fouillis de bateaux rongés par la rouille et l'humidité. L'esprit des lieux, c'était la pluie, qui, patiemment, s'attaquait à tout ce que l'homme entreprenait. Les soirs d'hiver, des trombes d'eau s'abattaient sur la ville ; Amity Harbor disparaissait alors derrière des rideaux de pluie.

Son cadre verdoyant donnait à San Piedro un charme pastoral auquel ses habitants n'étaient pas insensibles. D'énormes collines, couvertes de cèdres d'un vert tendre, s'élevaient de tous côtés. Les fermes, humides, envahies de mousse, étaient isolées au milieu des champs ou des vallons de luzerne, de céréales fourragères et de fraisiers. Des haies de cèdres, plantées au petit bonheur, délimitaient le tracé hésitant des chemins qui s'enfonçaient sous la voûte des arbres et se perdaient dans des sous-bois de fougères. Les vaches qui paissaient, environnées de mouches bleues, dégageaient une forte odeur de fumier. Ici et là, un paysan s'employait à débiter son bois de chauffage lui-même, abandonnant au bord de la route des tas de sciure et d'écorce odorants. Sur les plages luisaient les galets et l'écume. Une vingtaine d'anses et de criques, où se bousculaient voiliers et résidences secondaires, jalonnaient le pourtour de l'île, fournissant autant d'endroits de rêve où jeter l'ancre.

Dans la salle d'audience, en face des quatre fenêtres, on avait installé une table pour les journalistes venus rendre compte du procès. Sur les visages des reporters étrangers à la ville, dont trois représentaient les journaux de Seattle et trois autres ceux de Bellingham, d'Anacortes et de Victoria, on ne voyait aucune trace de cette solennité respectueuse qu'affichaient les résidents de l'île. Affalés sur leurs chaises, le menton dans la main, ils prenaient des airs de conspirateurs pour échanger leurs points de vue et, le dos au radiateur, transpiraient abondamment.

Ishmael Chambers, le journaliste local, s'aperçut que lui aussi était en sueur. C'était un homme de trente et un ans, au visage durci, au regard hanté que l'on reconnaît chez les anciens combattants. Il avait eu le bras gauche amputé juste en dessous de l'épaule, et la manche de sa veste était relevée et épinglée au niveau du coude. Ishmael aurait eu du mal à ignorer le dédain, voire le mépris dont témoignaient les autres reporters à l'égard de l'île et de ceux de ses représentants qui se trouvaient dans la salle. Sous l'effet de la chaleur et de la transpiration, leur conversation frisait la nonchalance. Trois d'entre eux avaient dénoué leurs cravates, deux autres avaient ôté leurs vestes. Insensibles et blasés, d'un point de vue professionnel, ils étaient sans doute trop snobs pour se soucier des bienséances qu'exigeait San Piedro des gens du continent. Ishmael qui, lui, était originaire de l'île, refusait de leur ressembler. L'accusé, il le connaissait personnellement, puisqu'ils avaient été ensemble au lycée, et il n'aurait su se résoudre à ôter sa veste au procès de Kabuo. À neuf heures moins dix ce matin-là, il avait échangé quelques mots avec la femme de l'accusé, au premier étage du tribunal du comté. Le dos à une des fenêtres en ogive, assise sur un banc du couloir, devant la porte fermée du bureau de l'assesseur, elle tentait, selon toute apparence, de se donner une contenance. « Ça va ? », lui avait-il demandé. En guise de réponse, elle avait détourné la tête. « Je t'en prie, Hatsue, je t'en prie », avait-il ajouté.

Elle avait alors accepté de croiser son regard. Plus tard, bien après le procès, Ishmael resterait hanté par le souvenir de ces yeux noirs. Il se souviendrait des cheveux bien tirés, ramassés sur la nuque en un chignon serré. Même si elle ne lui avait témoigné ni froideur ni haine particulières, il l'avait sentie distante. « Laisse-moi », avait-elle murmuré avant de le fixer d'un œil dur, dont il n'avait pas su s'il exprimait la douleur, le regret ou s'il devait y lire sa punition.

« Pourquoi tu me dis ça ? avait dit Ishmael.

– Laisse-moi, avait-elle insisté en se détournant de lui.
– Hatsue, je t'en prie. Arrête.
– Laisse-moi », s'était-elle contentée de répéter.
À présent, les tempes inondées de sueur, très mal à l'aise au milieu des autres journalistes, Ishmael décida qu'après la suspension de séance du matin il quitterait sa place pour aller se perdre dans l'anonymat de la salle. En attendant, il restait là, immobile, à regarder tourbillonner la neige insouciante qui déjà étouffait les bruits de la rue, espérant qu'elle apporterait à l'île cette pureté hivernale étonnante, si rare et si précieuse, qu'il gardait enfouie au plus profond de son enfance.

2

Art Moran, le shérif du comté, fut le premier témoin à être appelé à la barre ce matin-là par le ministère public. Le jour de la mort de Carl Heine – le 16 septembre –, il était en plein inventaire et avait eu recours, pour cette entreprise annuelle, mandatée par le comté, aux services de Mrs Eleanor Dokes, la nouvelle sténographe du tribunal, assise en ce moment même sous l'estrade du juge et occupée, avec son air guindé des grands jours, à transcrire les débats dans leurs moindres détails. Art Moran et Mrs Dokes échangèrent un regard étonné lorsque Abel Martinson. l'assistant du shérif, fit savoir au moyen de l'équipement radio flambant neuf mis à leur disposition que le *Susan Marie,* le bateau de pêche de Heine, avait été aperçu dérivant au large de White Sand Bay.

« Abel nous a dit que le filet était complètement dévidé et dérivait derrière le bateau, expliqua Moran. Comment dire ? Ça m'a tout de suite mis la puce à l'oreille.

– Le moteur marchait ? demanda Alvin Hooks, le représentant du ministère public, qui, un pied négligemment posé sur l'estrade des témoins, donnait davantage l'impression d'être en train de discuter avec Art dans un jardin public.

– C'est ce qu'a dit Abel.

– Tous feux allumés, d'après l'assistant Martinson ?

– C'est bien ça.
– En plein jour ?
– Il était neuf heures trente du matin, je crois, quand Abel a appelé.
– Si je ne m'abuse, la loi exige que les filets droits soient remontés à bord pour neuf heures, non ?
– C'est tout à fait exact, dit le shérif.
– Qu'avez-vous fait alors ? demanda le procureur qui, les mains plaquées sur les reins, exécuta sur le parquet ciré un tour complet sur lui-même, avec un panache vaguement militaire.
– J'ai dit à Abel de ne pas bouger. Que j'allais venir le chercher avec la vedette.
– Vous n'avez pas appelé la gendarmerie maritime ?
– Pas tout de suite, non. Je préférais d'abord me rendre compte par moi-même.
– Vos fonctions vous autorisaient-elles à le faire, shérif ? demanda Hooks en hochant la tête.
– C'est à moi d'en juger, Mr Hooks. Sur le moment, il m'a semblé que c'était la seule chose à faire. »

À nouveau, le procureur opina du chef, jetant un coup d'œil circulaire sur les jurés. Il appréciait la réponse du shérif à sa juste valeur : elle faisait ressortir la moralité du personnage et lui conférait l'autorité de l'homme de devoir, qualité irremplaçable chez un témoin.

« Racontez donc à la cour cette matinée du 16 septembre », dit Hooks.

L'espace d'un instant, le shérif le regarda d'un air indécis. Art Moran était d'un naturel inquiet, même dans les situations les plus banales. Il n'avait pas choisi d'être shérif et avait été le premier surpris de se retrouver à ce poste. Sanglé dans son uniforme lie-de-vin, avec sa cravate noire et ses chaussures bien cirées, il donnait l'impression d'avoir endossé ce rôle par erreur. L'accoutrement de sa profession lui pesait, comme si, après s'être habillé pour un bal costumé, il avait oublié d'enlever son déguisement. Il n'avait rien pour en imposer, avec sa silhouette maigre et sa tablette de chewing-gum au fruit constamment coincée entre ses dents (pour l'instant, certes, il ne mastiquait rien, mais c'était par déférence pour le système judiciaire américain qu'il admirait sans réserve, malgré ses défauts). Il avait perdu ses derniers cheveux avec la cinquantaine, et son ventre, qui n'avait jamais été particulièrement renflé, était maintenant comme rentré en dedans.

La nuit précédente, inquiet à l'idée de venir témoigner au procès, Art Moran n'avait pas réussi à s'endormir et, les yeux fermés, s'était remémoré les événements comme dans un rêve. Le matin du 16 septembre, lui et son assistant, Abel Martinson, avaient conduit la vedette du comté jusqu'à White Sand Bay. La marée, qui continuait à monter, avait changé environ trois heures plus tôt, vers six heures trente. En ce milieu de matinée, l'eau luisait sous le soleil qui lui chauffait agréablement le dos. Au cours de la nuit précédente, un brouillard épais et cotonneux avait recouvert toute l'île. Plus tard, cette nappe blanche et stagnante s'était déchirée en larges pans qui s'en étaient allés flotter au-dessus de la mer. Tandis que la vedette se dirigeait vers le *Susan Marie* dans un bouillonnement d'écume, les derniers lambeaux de brume s'évanouissaient, peu à peu résorbés par la chaleur du soleil.

Abel Martinson, une main sur la manette des gaz, l'autre sur son genou, racontait à Art comment un pêcheur de Port Jensen, Erik Syvertsen – Erik le jeune, précisa-t-il –, avait croisé le *Susan Marie* qui dérivait au sud de White Sand Point, tous ses filets dehors et, apparemment, sans personne à bord. L'aube était levée depuis près de deux heures, et pourtant les feux de route étaient encore allumés. Abel s'était rendu en voiture à White Sand Point et, muni de ses jumelles, était allé jusqu'au bout de la jetée. Après avoir repéré le *Susan Marie,* dérivant selon un angle nord-nord-ouest, il avait immédiatement contacté le shérif par radio.

Il leur fallut moins d'un quart d'heure pour rejoindre le bateau. Abel coupa les gaz, et ils s'approchèrent doucement. Art mit les défenses en place, et tous deux attachèrent les amarres, les enroulant deux ou trois fois autour des taquets du pont avant. « Toutes les lumières sont allumées, fit remarquer Art, qui avait déjà un pied sur le plat-bord d'embarcation du *Susan Marie.* L'en manque pas une, on dirait.

– Personne à bord, rétorqua Abel.

– On dirait bien que non.

– Ça sent pas bon, tout ça, dit Abel. J'ai comme l'impression qu'il est passé par-dessus bord.

– Parle pas de malheur », dit Art, qui accusa le coup.

Il alla se poster juste derrière la cabine et, clignant des yeux, jeta un coup d'œil sur les retenues et les haubans ainsi que sur les coquerons des stabilisateurs. Les feux de mât rouges et blancs étaient restés allumés toute la matinée. Le fanal à l'extrémité du filet luisait faiblement dans le soleil. Tandis qu'Art se perdait en supputations, Abel tira sur le panneau de cale et lui demanda de venir voir.

« Tu tiens quelque chose ? demanda Art.

– Regarde-moi un peu ça », répondit l'autre.

Ils se penchèrent sur l'ouverture. L'odeur du saumon leur sauta au visage. Abel promena sa torche électrique sur un tas de poissons inertes et sans vie. « Des saumons argentés, dit-il. Pas loin d'une cinquantaine.

– Ça veut dire qu'il a remonté son filet au moins une fois, commenta Art.

– Ça m'en a tout l'air. »

On avait dejà vu des hommes plonger la tête la première dans une cale vide, même par temps calme, et passer de vie à trépas, le crâne fracassé. Art avait entendu parler de cas semblables une ou deux fois. Il jeta encore un coup d'œil au poisson.

« À quelle heure tu crois qu'il a pris la mer hier après-midi ?

– Difficile à dire. Quatre heures et demie ? Cinq heures ?

– Pour aller où, d'après toi ?

– En direction de North Bank, probable. De Ship Channel peut-être ou d'Elliot Head. C'est là qu'on trouve le poisson en ce moment. »

Art le savait déjà. La plupart des habitants de San Piedro ne vivaient que par et pour le saumon et ne savaient parler de rien d'autre que des endroits les plus poissonneux. Mais l'entendre dire, comme ça, tout haut, l'aidait à réfléchir.

Tous deux se penchèrent à quatre pattes au-dessus de la cale, oubliant momentanément leur travail. Art aurait eu bien du mal à expliquer pourquoi ce tas de saumons le troublait tant. Il se contenta donc de le regarder sans mot dire. Ses genoux craquèrent quand il se releva et se détourna du trou noir de la cale.

« On continue les recherches, proposa-t-il.

– D'accord, dit Abel. Après tout, il est peut-être dans sa cabine. Il a peut-être eu un malaise. »

Le *Susan Marie* était un fileyeur standard de trente pieds, bien entretenu, avec une cabine juste à l'arrière de la section médiane. Art pénétra dans la cabine, dont la porte donnait sur l'arrière du bateau, et se tint à bâbord une minute. La première chose qu'il remarqua, par terre, fut une tasse renversée ; la seconde, une batterie, qui se trouvait juste à droite de la barre. Abel promena sa torche sur la petite couchette avec sa couverture en laine, qui se trouvait à tribord. L'ampoule au-dessus de la roue était encore allumée ; un rayon de soleil, réfracté par un hublot, éclairait la cloison de tribord. L'ordre et le silence qui régnaient étaient trop parfaits pour ne pas être inquiétants. Une saucisse, qui pendait au bout d'un fil de fer au-dessus du compas, se balançait doucement au rythme des vagues, mais rien d'autre ne bougeait. Aucun bruit non plus, sauf, de temps à autre, les craquements lointains et assourdis de la radio de bord. Machinalement, Art se mit à tripoter les boutons du cadran.

« Ça sent vraiment pas bon, dit Abel.

– Regarde voir si son youyou est toujours au-dessus du touret, je me souviens plus.

– Il y est, dit Abel après avoir jeté un coup d'œil à l'extérieur. Qu'est-ce qu'on fait ? »

Ils se regardèrent, puis, avec un soupir, Art s'assit au bord de la couchette.

« Il s'est peut-être glissé sous le pontage, suggéra Abel. Il a p't-être eu des ennuis de moteur.

– J'y suis assis, sur son moteur, rétorqua Art. Comment veux-tu qu'on se glisse là-dessous, y a pas de place !

– Alors, il est passé par-dessus bord.

– Ça en a tout l'air.

– P't-être que quelqu'un l'a emmené. Y s'est blessé, il a passé un message radio, et on est venu le chercher. Ça...

– Ils auraient jamais laissé le bateau comme ça, intervint Art. Et puis, on le saurait maintenant.

– Ça sent vraiment pas bon », répéta Martinson.

Art glissa une autre tablette de chewing-gum dans sa bouche, se prenant à souhaiter ne jamais avoir mis les pieds sur ce bateau. Il aimait bien Carl Heine, connaissait toute sa famille qu'il retrouvait le dimanche à l'office et qui était installée sur l'île depuis des générations. Le grand-père, né en Bavière, avait acheté trente acres de bonne terre à fraises dans Center Valley. Le père, mort en 1944 d'une crise cardiaque, avait lui aussi cultivé la fraise toute sa vie. C'était la mère de Carl, Etta

Heine, qui avait vendu les terres au clan Jurgensen pendant que son fils était à la guerre. Des gens tranquilles et travailleurs, les Heine. Tout le monde les aimait bien à San Piedro. Carl avait servi comme canonnier sur le *Canton,* qui avait sombré lors de l'invasion d'Okinawa. Contrairement à d'autres garçons de l'île, il avait survécu et, de retour au pays, avait choisi d'être pêcheur.

L'air marin avait roussi les cheveux blonds de Carl. L'hiver, quand il sortait son poisson de ses filets, il portait un bonnet de laine tricoté par sa femme et une vieille veste des surplus de l'armée. Comme tous les pêcheurs de San Piedro, il ne quittait presque jamais ses grandes bottes en caoutchouc. Ce n'était pas lui qu'on aurait rencontré à la taverne ou au café. Le dimanche matin, il occupait un banc au fond de l'église luthérienne avec sa femme et ses enfants et clignait doucement des yeux dans la lumière spectrale, le visage paisible, un livre de cantiques dans ses grandes mains carrées. L'après-midi, accroupi sur le pont arrière de son bateau, il démêlait, silencieusement et méthodiquement, son filet ou en réparait patiemment les trous. Il travaillait seul, restait toujours courtois mais gardait ses distances. Sa femme venait, elle aussi, d'une vieille famille de l'île, les Varig – petits paysans et tonneliers possédant quelques méchants arpents de terre sur Cattle Point. Le père Varig était mort depuis peu. Carl avait donné à son bateau le nom de sa femme et, en 1948, s'était construit une grande maison en bois à l'ouest d'Amity Harbor, dans laquelle il avait prévu un appartement pour sa mère. Mais Etta, grande femme solide et austère au léger accent allemand, avait refusé – par orgueil, disait-on – d'aller vivre chez son fils. Elle habitait en ville, dans la grand-rue, au-dessus du magasin de confection de Lottie Opsvig. Tous les dimanches après-midi, son fils allait la chercher pour l'emmener dîner chez lui. Art les avait vus bien des fois gravir Old

Hill ensemble, Etta se protégeant des intempéries avec son parapluie, les doigts crispés sur les revers de son vieux manteau d'hiver, tandis que Carl, son bonnet enfoncé jusqu'aux yeux, marchait les mains enfouies dans les poches de sa veste. Art trouvait que, l'un dans l'autre, Carl était un brave type. Pas causant, certes, un peu trop sérieux, comme sa mère, mais c'était sans doute à cause de la guerre. Il ne riait pas souvent, mais ne semblait pas malheureux pour autant. Sa mort serait un coup dur pour San Piedro : nombreux étaient ceux qui vivaient de la pêche, et personne n'aurait vraiment envie d'aller percer le mystère de sa mort. La peur de la mer, toujours présente, toujours latente dans leur vie quotidienne, allait à nouveau les assaillir.

« Et si on remontait son filet, Art ? dit Martinson, appuyé contre la porte de la cabine.

– Vaudrait sans doute mieux, soupira Art. Mais va falloir y aller doucement.

– Il a une prise de puissance là-bas derrière, dit Abel. Vaut mieux mettre le starter à fond, ça doit bien faire six heures que les feux tirent sur la batterie. »

Art acquiesça d'un signe de tête, puis mit le contact. Le solénoïde répondit immédiatement ; le moteur crachota un peu, puis se mit à tourner à plein régime, faisant un bruit d'enfer sous le plancher. Art repoussa lentement le starter.

« Du premier coup. Qu'est-ce que tu dis de ça ? demanda-t-il.

– Je m'suis trompé, dit Abel. Ça tourne tout ce qu'y a de plus rond. »

Ils sortirent de la cabine, Art ouvrant la marche. Le *Susan Marie* avait viré et se retrouvait presque perpendiculaire à la houle ; l'espace d'un instant, il gîta à tribord. Il dansait un peu sous l'effet des vibrations du moteur, si bien qu'Art trébucha sur le pont arrière et s'égratigna la main à la base du pouce en s'agrippant à un étançon. Il se releva, reprit son équilibre en calant son pied sur la lisse de plat-bord et balaya la mer du regard.

Sous la lumière matinale plus intense, qui s'étalait uniformément sur la baie, celle-ci s'était argentée. Il n'y avait pas un seul bateau en vue, sauf, à environ cinq cents mètres de là, un canoë, parallèle au rivage bordé d'arbres, mené par des enfants dont les pagaies luisaient dans le soleil.

« Heureusement qu'il a bien voulu démarrer, dit Art à son assistant. Il va nous falloir un bout de temps pour le remonter, ce filet.

– On y va quand tu veux », répondit Abel.

L'espace d'un instant, Art fut tenté d'expliquer un certain nombre de choses à son assistant. Fils d'un maçon d'Anacortes, Abel, qui n'avait que vingt-quatre ans, n'avait jamais vu remonter un filet lesté d'un cadavre. Il arrivait parfois, même par temps calme, qu'un pêcheur se fasse accrocher la main ou le bras dans les mailles de son filet et passe par-dessus bord. C'étaient là les risques du métier. En tant que shérif, Art était payé pour le savoir. Martinson, lui, l'ignorait encore.

« Va te mettre là-bas avec la ligne plombée, se contenta-t-il de dire à mi-voix, le pied sur la pédale de l'enrouleur. Je vais le remonter très lentement. Faudra peut-être que tu reprennes le mou, alors tiens-toi prêt. »

Abel acquiesça d'un signe de tête.

Art abaissa vivement le pied sur la pédale. Le filet frémit quelques secondes avant de se tendre, puis l'enrouleur commença à le remonter, luttant contre la pression de l'eau. Un instant en surrégime, le moteur reprit bientôt un rythme normal. Les deux hommes se tenaient de chaque côté du tourniquet, les yeux fixés sur le filet qui lentement montait vers le tambour. À une dizaine de mètres du bateau, les flotteurs du filet plongèrent soudain dans l'eau et toute la ligne s'affaissa, creusant sur la surface de la baie un léger sillon d'écume. Ils avançaient toujours à contre-courant, nord, nord-ouest, mais la brise du sud avait suffisamment tourné pour les ramener au port sans encombre.

Ils avaient déjà récupéré dans le filet deux douzaines de saumons, trois bois flottants, deux roussettes, un long rouleau de varech et plusieurs méduses retenues dans les mailles, quand la tête de Carl Heine apparut. Un bref instant, Art se crut victime d'une illusion, comme on en a parfois en pleine mer, et voulut croire qu'il s'agissait d'un mirage, mais il dut se rendre à l'évidence : au fur et à mesure que montait le filet et qu'apparaissait la barbe, les traits du visage se précisaient. C'était bien Carl qui, les cheveux dégoulinant d'eau en ruisseaux argentés, la bouche ouverte, émergeait dans le soleil. Accroché par une des boucles de sa combinaison en caoutchouc au filet qui l'avait fait vivre, son T-shirt, d'où s'échappaient des bulles d'eau, plaqué sur la poitrine et les épaules, Carl Heine, les jambes toujours dans l'eau, un saumon se débattant encore à ses côtés, remontait lentement à la surface. La peau tendue sur la clavicule était d'un rose si vif à la crête des plus hautes vagues qu'on l'aurait cru ébouillanté.

Penché sur la barre d'arcasse, Martinson eut un haut-le-cœur, toussa, puis vomit à deux reprises. « Allez, Abel. Reprends-toi », dit Art.

L'assistant, qui s'essuyait la bouche avec un mouchoir, s'abstint de toute réponse. Il respira à grands coups et cracha dans la mer. Au bout d'un moment, le menton dans l'estomac, il abattit son poing gauche sur la barre d'arcasse. « Seigneur ! articula-t-il.

– Je vais le remonter tout doucement, intervint Art. Arrange-toi pour que sa tête ne vienne pas cogner contre l'arcasse. Tu m'écoutes, Abel ? Mets-y un peu du tien, tu veux ? »

Ils durent se résoudre à secouer la ligne plombée

pour faire tomber Carl au creux du filet, comme dans un hamac. Tandis qu'Art, un œil sur l'arcasse, son chewing-gum coincé entre ses dents, le hissait, Abel le fit passer par-dessus l'enrouleur pour pouvoir le déposer sur le pont arrière. Dans l'eau froide et salée, le corps s'était raidi très vite : les doigts étaient recroquevillés, les épaules bloquées et le pied gauche croisé sur le droit. Les yeux étaient grands ouverts, comme la bouche, mais, à la place des pupilles, sans doute tournées vers le dedans, on ne voyait plus que deux ronds blancs sanguinolents au milieu du visage.

Abel était pétrifié. Art se dit que, face à la mort, horrible, inévitable, ses années d'expérience ne lui étaient d'aucun secours. Il n'était pas plus avancé que son jeune assistant. Incapable de meubler le silence, de donner l'exemple, il se contenta, debout aux côtés d'Abel, de fixer sans un mot le corps de Carl Heine.

« Il a dû se cogner la tête, murmura Martinson, en montrant du doigt une blessure qu'Art n'avait pas remarquée dans les cheveux blonds du mort. Il a dû se cogner contre le plat-bord en tombant à l'eau. »

Juste au-dessus de l'oreille, le crâne donnait en effet l'impression d'avoir été enfoncé : l'os, en se fracturant, avait transpercé la peau. Art Moran détourna les yeux.

3

Nels Gudmundsson, l'avocat de la défense, se leva avec une lenteur et une maladresse étudiée de vieillard pour commencer le contre-interrogatoire d'Art Moran. Il se racla la gorge et accrocha ses pouces aux minuscules boutons noirs de ses bretelles. À soixante-dix-neuf ans, Nels était presque aveugle. L'œil gauche, dont la pupille était voilée, n'accrochait plus que les contrastes d'ombre et de lumière ; comme pour compenser pareille faiblesse, le droit n'en semblait que plus observateur. Quand il s'approcha d'Art en boitillant, on vit des éclairs malicieux s'allumer dans son regard.

« Shérif, j'ai bien l'honneur de vous saluer, dit-il.

– Moi de même, répondit l'autre.

– Je veux simplement m'assurer que je vous ai bien compris. D'après vous, tous les feux du *Susan Marie* étaient allumés ? C'est bien ça ?

– Tout à fait exact.

– Les lumières de la cabine aussi ?

– Oui.

– Les feux de mât ? Les feux de filet ? Tous, sans exception ?

– Tous, sans exception.

– Merci. C'est bien ce que j'avais cru comprendre. Les feux étaient donc tous allumés. »

Il s'arrêta un instant comme pour s'absorber dans la contemplation de ses mains. Elles étaient couvertes de taches de vieillesse et tremblaient par moments. L'asthénie musculaire dont souffrait Nels affectait toutes les terminaisons nerveuses au point que l'on voyait parfois les artères battre sur ses tempes.

« Vous dites qu'il y avait du brouillard, la nuit du 15 septembre ? Nous sommes bien d'accord, shérif ?

– Tout à fait.

– Épais, ce brouillard ?

– Très.

– Vous vous en souvenez ?

– Très bien. J'y ai repensé. Vers dix heures, ce soir-là, je suis sorti sur le pas de la porte. Ça faisait plus d'une semaine qu'on n'avait pas eu de brouillard, mais là, je n'y voyais pas à plus de vingt mètres.

– À dix heures du soir ?

– Oui.

– Et après ?

– Probable que je suis allé me coucher.

– Vous êtes allé vous coucher. Et le lendemain, vous vous êtes levé à quelle heure, shérif ?

– À cinq heures.

– Vous vous en souvenez aussi ?

– Je me lève tous les jours à cinq heures. Donc, le 16, j'étais debout à cinq heures.

– Et il y avait toujours du brouillard ?

– Toujours.

– Aussi épais que la veille ?

– Presque. Mais pas tout à fait.

– Nous disons donc qu'il y avait encore du brouillard le matin.

– Oui. Il a commencé à se dissiper vers neuf heures. Il n'y en avait pratiquement plus au moment où on a sorti la vedette, si c'est ce que vous cherchez à me faire dire.

– Il n'a commencé à se dissiper qu'à neuf heures ou vers neuf heures, c'est bien ça ?

– C'est bien ça. »

Nels Gudmundsson releva le menton, redressa son nœud papillon et tripota pensivement les fanons de son cou – habitude qui, chez lui, semblait stimuler la réflexion.

« Sur le *Susan Marie,* le moteur est parti du premier coup ? Vous n'avez eu aucun problème, shérif ?

– Aucun, répondit Art Moran.

– La batterie n'était pas à plat, avec tous ces feux allumés ?

– Faut croire que non, puisque le moteur a démarré du premier coup.

– Ça ne vous a pas paru bizarre ?

– Sur le moment, je n'y ai pas fait attention. Probable que ça m'a pas paru bizarre. Pas à ce moment-là.

– Et maintenant, shérif ?

– Maintenant, oui, un peu.

– Et pourquoi ?

– Parce que ces feux, ça pompe pas mal, ça vous met une batterie à plat en un rien de temps. Comme dans une voiture, quoi. Alors, ça m'étonne un peu.

– J'en prends bonne note », dit Gudmundsson. Tout en se tripotant le cou et en tirant sur ses fanons, il se dirigea vers la table où étaient disposées les pièces à conviction pour y prendre une chemise qu'il vint présenter à Moran. « Voici le rapport de votre enquête, poursuivit-il. Celui que Mr Hooks a fait enregistrer comme pièce à conviction au cours de votre interrogatoire. Vous le reconnaissez, shérif ?

– Absolument.

– Voulez-vous l'ouvrir à la page où se trouve l'inventaire des objets découverts à bord du bateau de Carl Heine ? C'est bien la page sept, n'est-ce pas ?

– En effet.

– Auriez-vous l'obligeance de préciser aux jurés la nature de l'objet numéro vingt-sept ?

– Bien sûr. Objet numéro vingt-sept : une batterie de secours à six éléments, type D-8.

– Une batterie de secours à six éléments, type D-8, c'est bien ça. Merci. Maintenant, voulez-vous nous dire quelle est la nature de l'objet numéro quarante-deux ?

– Le quarante-deux. Deux batteries, une D-8 et une D-6, toutes les deux à six éléments.

– Une D-8 et une D-6 ?

– Oui.

– J'ai fait quelques vérifications dans le magasin d'équipement pour bateau, dit Nels. La D-6 fait deux centimètres de plus en largeur que la D-8. Autrement dit, elle ne tiendrait pas dans le compartiment du *Susan Marie.* Il s'en faut de deux centimètres.

– On avait aplati le rebord en métal pour la faire rentrer.

– Quel genre de métal ?

– Assez mou pour qu'on puisse l'aplatir et caser une D-6.

– Une D-6, nous sommes bien d'accord. Mais il me semble vous avoir entendu dire, shérif, que la batterie de secours était une D-8 ? Puisque Carl Heine avait une D-8 à sa disposition, il n'avait pas besoin de bricoler quoi que ce soit, elle rentrait sans problème.

– Elle était morte, celle-là. On l'a essayée quand on est rentrés, et elle était complètement à plat, Mr Gudmundsson.

– Résumons-nous. Si je comprends bien, vous avez trouvé sur le bateau du défunt une batterie de secours D-8 à plat et, dans le compartiment, une autre D-8, qui marchait, ainsi qu'une D-6, elle aussi en état de marche, qui, parce qu'elle était trop large, avait obligé quelqu'un à aménager le compartiment pour pouvoir la faire rentrer ?

– C'est tout à fait exact.

– Bien. Auriez-vous maintenant l'obligeance de vous

reporter à la page vingt-sept de votre rapport ? Autrement dit, à l'inventaire des objets découverts à bord du bateau de l'accusé, cette fois-ci. Voudriez-vous nous préciser la nature de l'objet qui porte le numéro vingt-quatre, s'il vous plaît ?

– Objet numéro vingt-quatre, lut Moran en tournant les pages. Deux batteries de type D-6, en place.

– Deux D-6 sur le bateau de Kabuo Miyamoto. Avez-vous trouvé une batterie de rechange à bord, shérif ?

– Non. Elle ne figure pas sur l'inventaire.

– Ainsi donc l'accusé était parti pêcher sans batterie de rechange ?

– Apparemment.

– Et ces batteries D-6, shérif, qui ont été retrouvées sur le bateau de l'accusé, étaient-elles semblables à la D-6 du défunt ? Même taille, même marque ?

– Oui, répondit le shérif. Elles étaient toutes pareilles.

– En d'autres termes, la D-6 qui fonctionnait sur le bateau du mort pourrait avoir été au départ – puisqu'elle était identique – la batterie de secours de l'accusé.

– Sans doute.

– Mais, comme vous nous l'avez vous-même précisé, l'accusé n'avait pas de batterie de rechange à bord. Nous sommes bien d'accord ?

– Tout à fait.

– Très bien, shérif. Permettez-moi de vous interroger sur un autre point. Est-ce que vous avez eu des problèmes quand vous avez remonté le corps ?

– Oui, répondit Art Moran. Il était très lourd, et on avait l'impression que ses jambes et ses pieds refusaient de rentrer dans le filet. Il était retenu par une boucle de sa combinaison, et on avait peur, en le sortant, de le lâcher pour de bon. La boucle risquait de céder ou le caoutchouc de se déchirer. Y aurait pas eu moyen de le récupérer. Vous comprenez, ses jambes n'étaient pas vraiment dans le filet, elles pendaient dans l'eau.

– Pouvez-vous nous dire comment vous vous y êtes pris avec votre assistant ?

– On a essayé de rassembler le filet et puis on a tiré sur la ligne de fond, celle qui est plombée, pour faire une sorte de berceau. On lui a mis les jambes dedans, et après on l'a remonté.

– Je vois que vous avez eu du mal.

– Un peu, oui.

– Il n'est pas venu tout seul.

– Pas du premier coup. Il a fallu qu'on secoue un peu le filet pour retourner le corps et le mettre dans la bonne position. Après, on s'en est sortis sans problème.

– Il n'empêche, shérif, qu'avec toutes ces manipulations, pendant que vous rameniez le corps, la tête du mort a fort bien pu heurter la barre d'arcasse ou autre chose, le dévidoir ou la lisse arrière, par exemple ?

– Ça m'étonnerait, je l'aurais vu.

– Et quand vous l'avez sorti du filet pour le poser sur le pont ? Vous l'avez dit vous-même, il était très lourd, au moins cent kilos, et rigide en plus. Est-ce que vous avez eu des difficultés à ce moment-là ?

– Il était lourd, c'est vrai, très lourd. Mais on était deux et on a fait très attention de ne pas le cogner.

– Et vous êtes sûr de ne pas l'avoir fait ?

– Je ne me souviens pas de l'avoir cogné. Je vous le répète, Mr Gudmundsson, on a fait très attention.

– Mais vous ne vous en souvenez pas ou, plus exactement, vous n'avez pas de certitude à ce sujet. Étant donné ce corps lourd et peu maniable, ce treuil que vous n'avez pas l'habitude de faire marcher, ce noyé de cent kilos à sortir de l'eau, est-il impensable, shérif, que la victime ait pu se cogner la tête *après* sa mort ? Est-ce totalement impossible ?

– Pas impossible, non. Mais peu probable.

– Pas d'autres questions », dit Nels Gudmundsson en se tournant vers les jurés. Puis il regagna sa place à la table de l'accusé, avec une lenteur qui le mettait d'autant plus mal à l'aise que la souplesse et l'agilité dont il faisait preuve dans sa jeunesse lui avaient toujours permis de tirer le meilleur parti de son physique et de se déplacer avec beaucoup d'aisance dans les salles d'audience.

4

Le juge Fielding accorda une suspension de séance à dix heures quarante-cinq ce matin-là. Il tourna la tête pour observer le rideau que tirait en silence la neige contre les fenêtres, frotta ses sourcils grisonnants et le bout de son nez, et, après s'être passé la main dans les cheveux, regagna son bureau d'un pas pesant, dans sa longue robe noire.

L'accusé se pencha vers la droite et hocha imperceptiblement la tête en écoutant ce que Nels Gudmundsson lui murmurait à l'oreille. De l'autre côté de la travée, Alvin Hooks, le menton dans les mains, battait la mesure du talon. En dépit de son impatience, il était assez satisfait de lui-même. Plusieurs spectateurs se levèrent en bâillant pour aller faire quelques pas dans l'atmosphère moins confinée du couloir, d'autres restèrent à regarder, stupéfaits, la neige tourbillonner dans leur direction avant de venir frapper les carreaux. Dans la lumière glauque de décembre, ils avaient un air paisible, vaguement respectueux. Ceux qui étaient venus en voiture s'inquiétaient visiblement, se demandant s'ils allaient pouvoir rentrer.

Ed Soames proposa aux jurés un verre d'eau tiède dans un gobelet en carton et emmena ceux qui le souhaitaient aux toilettes. Puis il réapparut et, de son pas lent de bedeau, fit le tour des radiateurs pour fermer les robinets. Mais la chaleur refusait de se dissiper. La buée recouvrait peu à peu les vitres, donnant à la salle un air encore plus confiné, ajoutant à la pâleur blême de la lumière matinale.

Ishmael Chambers trouva une place sur les bancs du public et s'assit en tapotant sa lèvre du bout de son crayon. Comme tout le monde à San Piedro, il n'avait entendu parler de la mort de Carl Heine que dans l'après-midi du 16 septembre – le jour où le corps avait été découvert. Il venait d'appeler le révérend Gordon Groves, de la congrégation luthérienne d'Amity Harbor, pour lui demander le sujet de son prochain sermon afin d'en proposer un résumé dans la colonne « Et dans nos églises », rubrique hebdomadaire de la *San Piedro Review,* figurant aux côtés des horaires du ferry d'Anacortes. Le révérend était absent, mais son épouse, Lillian, apprit à Ishmael que le corps de Carl Heine venait d'être retrouvé pris dans les mailles de son filet.

Ishmael ne la crut pas : Lillian Groves colportait volontiers rumeurs et racontars. Il raccrocha et réfléchit quelques instants. Toujours aussi peu convaincu, il décida d'appeler le bureau du shérif et demanda à parler à Eleanor Dokes, même s'il n'avait pas en elle une confiance démesurée. Elle lui confirma la nouvelle : Carl Heine s'était bien noyé. Oui, pendant qu'il pêchait. On l'avait retrouvé, pris dans les mailles de son filet. Le shérif ? Il n'était pas là pour l'instant. Sans doute se trouvait-il avec Horace Whaley, le coroner.

Ishmael appela aussitôt celui-ci. Horace confirma la nouvelle. C'était vrai, Carl Heine était bel et bien mort. Terrible, non ? Surtout quand on songeait que l'homme avait survécu à Okinawa. Carl, *Carl Heine. Inimaginable.* Il s'était cogné la tête sur quelque chose. Le shérif ? Il sortait à peine d'ici. En compagnie d'Abel. Une minute plus tôt, et il les aurait trouvés. Ils devaient être maintenant sur le port.

Ishmael raccrocha et, le front dans les mains, revit

Carl Heine en souvenir. Ils avaient terminé leurs études la même année, en 1942. Ils faisaient alors partie de la même équipe de football. Il se revoyait dans le car qui, à l'automne 1941, les avait emmenés disputer un match contre Bellingham. Il revoyait Carl à côté de lui, déjà en tenue, son casque sur les genoux, une serviette autour de son cou épais d'Allemand, son menton carré orgueilleusement pointé vers l'avant, déjà couvert d'une barbe d'homme. Il regardait défiler le paysage dans le crépuscule éphémère de novembre. Des bernaches se posaient dans les champs de blé inondés. « T'as vu les oies, Chambers ? » avait-il demandé.

Ishmael glissa un bloc-notes dans la poche de son pantalon et sortit dans Hill Street, sans fermer les bureaux du journal – trois pièces qui, à une époque, avaient abrité une librairie et en conservaient encore les rayonnages. Parce qu'elle se trouvait tout en haut d'une montée assez raide, propre à décourager les touristes, la librairie avait périclité. Ishmael appréciait d'autant plus l'endroit qu'il n'attirait pas grand monde. Si, contrairement à la plupart des résidents, il n'avait rien contre les vacanciers de Seattle qui envahissaient l'île tout au long de l'été, il n'aimait guère les voir déambuler dans la grand-rue. Ils lui rappelaient qu'on pouvait choisir de vivre ailleurs, et qu'en décidant de rester ici il n'avait peut-être pas fait le meilleur choix.

Il ne s'était pas toujours posé la question de savoir s'il avait vraiment envie de changer d'horizon. Après la guerre, quand il s'était retrouvé manchot à vingt-trois ans, c'était sans regret qu'il avait quitté San Piedro pour aller faire des études à Seattle. Il avait vécu dans une pension de famille de Brooklyn Avenue, et avait d'abord suivi des cours d'histoire. Comme tant d'autres soldats démobilisés, il n'était pas *heureux* à cette époque. Il avait une conscience aiguë de sa manche retenue par une épingle, qui le gênait parce qu'elle gênait les autres.

Leur incapacité à l'oublier l'empêchait lui aussi d'oublier. Il lui arrivait parfois d'entrer dans un bar, à côté du campus, et de jouer à l'étudiant en s'intégrant à un groupe. Mais, par la suite, il s'en voulait toujours. Boire de la bière, jouer au billard, ce n'était pas son genre. Il était plus porté à siroter un café en relisant ses cours dans l'arrière-salle d'un restaurant situé dans la rue de l'université.

À la rentrée suivante, Ishmael opta pour la littérature américaine. Melville, Hawthorne, Twain. Cynique, il était prêt à trouver *Moby Dick* illisible – cinq cents pages sur une chasse à la baleine ! – mais, contre toute attente, le livre lui plut. Dix séances au restaurant lui suffirent pour en venir à bout et, très tôt, il commença à s'interroger sur la vraie nature de cette baleine. Dès la première phrase, il découvrit que le narrateur s'appelait comme lui – Ishmael. Il n'avait rien contre Ishmael, mais Achab... Son absence de respect pour le personnage finit par saper l'estime qu'il aurait pu avoir pour le roman.

Huckleberry Finn, il l'avait déjà lu dans son enfance. Hormis le fait que l'histoire lui avait alors paru amusante – mais, à l'époque, tout était plus amusant –, il avait presque tout oublié. Certains étaient capables de parler avec amour et conviction de livres qu'ils avaient lus des années auparavant. Ishmael les soupçonnait de faire semblant. Il se demandait parfois ce qu'étaient devenus les livres que lui-même avait lus dans le temps. Ceux de Fenimore Cooper, Walter Scott, Dickens, Howells : se trouvaient-ils encore enfouis quelque part au fond de lui ? Il n'en avait pas l'impression. En tout cas, il n'en gardait aucun souvenir.

Il ne lui fallut pas plus de six séances dans son arrière-salle pour lire *La Lettre écarlate,* qu'il termina un soir à l'heure de la fermeture. Le cuisinier passa la tête dans l'encadrement de la porte pour lui signaler qu'il était temps de partir au moment où Ishmael atteignait la dernière page. Debout sur le trottoir, il lut les mots : « EN CHAMP DE SABLE, LA LETTRE A, DE GUEULES ». Que signifiaient-ils ? En dépit des explications proposées par la note de bas de page, il se perdit en conjectures quant à leur véritable sens. Les gens se hâtaient autour de lui tandis que la bise d'octobre lui pinçait le visage. La fin de l'histoire le dérangeait ; Hester Prynne méritait mieux.

Les livres étaient sans doute une bonne chose, mais ils n'étaient rien d'autre que des livres et ils étaient bien incapables de vous faire vivre. C'est en partie pourquoi il se tourna vers le journalisme.

Son père, au même âge, avait été bûcheron pendant quatre ans et demi pour le compte des Scieries de Port Jefferson. On le voyait arpenter les hangars avec sa moustache en guidon de vélo, ses bottes à mi-mollet, ses bretelles effrangées et ses caleçons longs en laine. Le grand-père d'Ishmael était un presbytérien natif des Highlands d'Écosse ; sa grand-mère, une Irlandaise fanatique, originaire des tourbières de la région de Lough Ree. Ils s'étaient rencontrés à Seattle cinq ans avant le Grand Incendie, s'étaient mariés et avaient eu six enfants, rien que des fils. Arthur, le cadet et le père d'Ishmael, fut le seul à rester à Puget Sound. Deux de ses frères devinrent mercenaires, un autre géomètre en Birmanie et en Inde, un autre encore mourut de la malaria sur le canal de Panamá, le dernier partit pour la côte Est à dix-sept ans, et l'on n'entendit plus jamais parler de lui.

La *San Piedro Review,* hebdomadaire de quatre pages, avait été créée par Arthur quand il était encore tout jeune. Avec ses économies, il avait acheté une presse, un appareil photo et un bureau humide et bas de plafond à l'arrière d'un entrepôt. Le premier numéro titrait en grosses lettres : GILL ACQUITTÉ PAR LES JURÉS DE

SEATTLE. À l'instar des journalistes du *Star,* du *Times,* de l'*Evening Post,* du *Daily Call* et du *Seattle Union-Record,* Arthur avait couvert le procès du maire de la ville, Hiram Gill, compromis dans une affaire d'alcools. Un long article était consacré à George Vandeveer, l'avocat marron qui s'était occupé de la défense des syndicalistes anarchistes dans l'affaire du massacre d'Everett. Un éditorial plaidait en faveur du bon sens au moment où Wilson s'apprêtait à lancer les États-Unis dans la guerre, tandis qu'un autre se félicitait de la récente extension du ferry. En même temps qu'une soirée de quadrille au siège de la fédération agricole, on annonçait une réunion du club des amateurs de rhododendrons et la naissance d'un fils, Theodore Ignatius, chez les March de Cattle Point. Tout ceci était imprimé en caractères gras cicéro – déjà datés en 1917 – sur sept colonnes séparées par un filet tremblé.

Quelque temps plus tard, Arthur fut appelé pour servir dans l'armée du général Pershing. Après s'être battu à Saint-Mihiel et au bois de Belleau, il était rentré et avait retrouvé son journal. Il avait épousé une fille de Seattle aux yeux noirs. Originaire de l'Illinois, elle était grande, élancée et blonde comme les blés. Son père, qui tenait une mercerie sur First Avenue et spéculait dans l'immobilier, n'appréciait guère Arthur, qu'il prenait pour un vulgaire bûcheron jouant au journaliste, un homme sans avenir qui ne méritait pas sa fille. Ils se marièrent malgré tout. En dépit de leurs efforts, ils n'eurent qu'un enfant ; le second mourut à la naissance. Ils se construisirent une maison à South Beach, avec vue sur la mer, et se ménagèrent un accès à la plage. Arthur, qui consacrait à son potager des trésors d'ingéniosité, observait la vie de l'île à longueur de journée et devint peu à peu un journaliste de province dans le vrai sens du terme, conscient du rôle que pouvaient jouer les mots qu'il utilisait pour apporter influence ou célébrité, ou simplement servir la communauté. Pendant des années, il ne prit pas de vacances, sortant des éditions spéciales la veille de Noël, pendant la semaine des élections et le jour de la fête nationale. Ishmael se souvenait avoir aidé son père à faire marcher la presse tous les mardis soir. Arthur l'avait fixée au sol d'un entrepôt à bateaux, une vieille grange délabrée d'Andreasson Street qui sentait en permanence l'encre d'imprimerie et l'ammoniaque de la Linotype. La presse était un énorme engin vert pâle. Pleine de rouleaux et de poulies, elle était aussi poussive, hurlante et grinçante qu'une locomotive du siècle dernier. Ishmael jouait le rôle de grouillot, tandis qu'Arthur qui, au fil des ans, était presque entré en symbiose avec sa machine, ne cessait de plonger la tête ici et là pour inspecter les plaques et les cylindres. Il se tenait à quelques centimètres à peine des rouleaux, oubliant – comme il avait pourtant pris la peine de l'expliquer à son fils – que s'il se faisait happer par la machine, il serait aussitôt broyé. Jusqu'à ses os qui disparaîtraient – ceci faisait partie de ses avertissements –, réduits à l'état de confettis parmi les lettres tachées de sang.

Un groupe d'hommes d'affaires de la chambre de commerce d'Amity Harbor avait essayé de convaincre Arthur de représenter le district au parlement de l'État de Washington. Ils lui rendirent visite chez lui, vêtus de leurs pardessus et de leurs écharpes à carreaux, sentant à plein nez la brillantine et la mousse à raser et acceptèrent de déguster un petit verre de vin de mûre. Arthur, qui disait ne pas se bercer d'illusions et préférer festonner ses phrases et ses mûriers, déclina la proposition de ces messieurs. Les manches de sa chemise, roulées jusqu'aux coudes, découvraient les poils de ses avant-bras ; ses bretelles étaient tendues sur son dos puissant et musclé. Ses petites lunettes rondes à monture d'acier, juchées un peu bas sur son nez, juraient non sans élégance avec la ligne dure de sa mâchoire. Il avait le nez tordu, depuis qu'il se l'était fait casser au cours de l'hiver 1915, quand il travaillait encore à la scierie, par un câble sorti de sa poulie. Face à son menton résolu, à sa mâchoire crispée, les messieurs d'Amity Harbor n'avaient aucune chance. Ils repartirent mécontents.

Un attachement sans bornes à sa profession et aux principes qui la régissaient avait, au fil des ans, rendu Arthur de plus en plus mesuré, tant en paroles qu'en actes, mais aussi de plus en plus exigeant : seule lui importait la vérité, même dans ses articles les plus banals. Son fils gardait de lui le souvenir d'un homme scrupuleux, mais il avait beau essayer de l'imiter, il n'arriverait jamais à effacer cette guerre, l'histoire de ce bras qu'il avait perdu. Impossible d'être aussi pointilleux dans de pareilles conditions. Il avait eu son compte, si l'on peut dire, puisque son compte de bras, il ne l'avait plus. Son humour un peu macabre le poussait souvent à ce genre de plaisanterie. Il n'aimait plus grand monde, ni grand-chose d'ailleurs. Il aurait souhaité être différent, mais c'était comme ça, il n'y pouvait rien. Son cynisme le mettait mal à l'aise. Après la guerre, le monde lui avait semblé autre. À quoi bon essayer d'expliquer à qui que ce soit la folie du monde, son incommensurable bêtise ! Les gens n'étaient plus que des enveloppes de chair, des sacs remplis de bouillie, de poulies, de tendons et de cordons. Il en avait vu des cadavres éventrés, des cervelles répandues...

Dans un tel contexte, la vie *normale* avait quelque chose de totalement et de désagréablement ridicule. Les gens qu'il ne connaissait pas avaient le don de l'exaspérer. Si quelqu'un lui adressait la parole, il répondait sèchement, incapable de dire si son bras n'incitait pas son interlocuteur à parler avec des arrière-pensées. Il avait déjà assez de mal à supporter son infirmité, qu'il jugeait dégradante, sans qu'on vienne encore lui témoigner de la compassion. Il n'avait jamais mis son projet à exécution, mais il avait souvent eu envie de porter une chemise à manches courtes, histoire de provoquer le dégoût. Non pas qu'il cherchât délibérément à être un objet de répulsion, mais il ne pouvait se défendre de penser qu'il dérangeait les autres.

Quand il revint à San Piedro, les choses s'arrangèrent peu à peu avec le temps. Ishmael apprit à se montrer cordial avec chacun, affichant une façade élaborée et finalement trompeuse. Au cynisme du blessé de guerre s'ajoutait celui de l'homme mûr et du journaliste professionnel. Peu à peu, il en vint à ne plus se voir que comme un manchot célibataire, qui s'acheminait tout doucement vers la quarantaine. Les choses auraient pu être pires : elles l'avaient été du temps où il était à Seattle. Restaient ces touristes, qui tout l'été déambulaient dans Hill Street, avec dans leur regard, quand ils fixaient sa manche relevée, cette surprise que ses concitoyens avaient cessé de manifester. Entre leurs cornets de glace et leurs visages bien propres, ils réveillaient en lui ses vieilles rancœurs. Le plus curieux, c'est qu'il aurait voulu pouvoir aimer tout le monde. Mais il ne savait pas comment s'y prendre.

Sa mère, qui avait maintenant cinquante-six ans et vivait seule dans la maison de famille de South Beach – celle où Ishmael avait vécu enfant –, lui fit remarquer à son retour de Seattle que, pour compréhensible qu'il fût, son cynisme n'était pas de mise. Son père avait affiché la même attitude et n'avait pas fait meilleure figure.

« Il aimait le genre humain, mais détestait les hommes, confia-t-elle à Ishmael. Tu es pareil. Tu es bien le fils de ton père. »

Quand Ishmael arriva sur les quais d'Amity Harbor cet après-midi-là, Art Moran, le pied sur une bite d'amarrage, parlait à une demi-douzaine de pêcheurs. Ils étaient rassemblés devant le fileyeur de Carl Heine, à l'ancre entre l'*Erik J*, un petit chalutier dont le propriétaire était un certain Marty Johansson, et le *Tordenskold,* un senneur d'Anacortes. Le vent du sud faisait craquer les amarres des bateaux. Le *Mystery Maid,* un morutier qui avait souffert d'avaries, était en radoub. On avait enlevé le bordé de coque à tribord, démonté le moteur et mis à nu le vilebrequin et les bielles. Sur le quai s'amoncelaient des raccords de tuyau, des fûts rouillés, des débris de verre cassé et la caisse d'une batterie sur laquelle s'empilaient des pots de peinture vides. Une plaque d'huile marbrait l'eau, et des morceaux de jute avaient été cloués sur les flancs du bateau pour amortir les chocs.

Aujourd'hui, les mouettes étaient partout. D'ordinaire, elles tournoyaient autour de la conserverie de saumon, mais là, elles se laissaient porter à la surface de l'eau ou se perchaient, complètement immobiles, comme des leurres, sur les filins et les bouées. Elles se posaient parfois sur un bateau, fouillant le pont à la recherche de détritus. De temps à autre, un pêcheur leur envoyait une décharge de plombs, mais le plus souvent on les laissait faire, et leurs fientes d'un gris blanchâtre tachaient tout.

Sur un baril d'huile renversé devant le *Susan Marie* étaient assis Dale Middleton et Leonard George, dans leurs combinaisons de mécaniciens maculées de cambouis. Jan Sorensen s'appuyait contre une poubelle tandis que Marty Johansson était debout, les jambes écartées, les bras croisés sur son torse nu, son T-shirt passé dans la ceinture de son pantalon. William Gjovaag, un cigare entre les doigts, se tenait à côté du shérif. Quant à Abel Martinson, perché sur la lisse de plat-bord du

Susan Marie, les jambes pendant dans le vide, il écoutait les pêcheurs.

Les pêcheurs de San Piedro – du moins à cette époque – s'en allaient sillonner la mer au crépuscule. La plupart travaillaient seuls sur leurs fileyeurs et recherchaient les courants les plus poissonneux pour y lâcher leurs filets. Surpris, les saumons se jetaient contre ces immenses rideaux tendus dans l'eau sombre.

Bercé par la vague, le pêcheur attendait patiemment dans le silence de la nuit. S'il n'était pas prêt à accepter cette vie-là, il avait peu de chances de réussir. Les courants où se trouvaient les saumons étaient parfois si étroits que les hommes devaient pêcher côte à côte, ce qui ne manquait pas de provoquer des disputes : celui qui se faisait doubler pouvait fort bien rejoindre son adversaire et le menacer de sa gaffe en le traitant de tous les noms. Mais, le plus souvent, les hommes étaient seuls toute la nuit et n'avaient personne avec qui parler. Certains ne supportaient pas cette vie solitaire et s'en allaient rejoindre les équipages des senneurs ou des morutiers au long cours. C'est à Anacortes, sur le continent, que s'étaient peu à peu regroupés les plus gros bateaux avec les équipages de quatre ou cinq membres. Seuls les fileyeurs étaient restés à Amity Harbor. Pour San Piedro, c'était un sujet d'orgueil que ses hommes bravent ainsi la solitude par tous les temps. Au fil des ans, une éthique bien particulière s'était imposée aux gens de l'île, qui voulait que la pêche en solitaire fût la seule digne de ce nom.

C'est ainsi qu'à San Piedro le pêcheur silencieux et autonome en était arrivé à incarner l'image de l'homme idéal. Celui dont l'esprit était trop grégaire, celui qui parlait trop, recherchait trop la compagnie des autres, leurs conversations et leurs rires, celui-là passait à côté de l'essentiel. Seule sa victoire, dans sa lutte quotidienne contre la mer, pouvait assurer à un homme sa place dans l'ordre du monde.

Les pêcheurs de San Piedro apprenaient les vertus du silence. De temps à autre, pourtant, avec un soulagement intense, ils communiquaient entre eux, à l'aube sur les quais. Si fatigués et occupés qu'ils fussent, ils échangeaient leurs impressions de la nuit précédente, se hélaient d'un pont à un autre et parlaient de choses qu'eux seuls étaient à même de comprendre. L'intimité de tels contacts, le réconfort que leur apportaient ces autres voix, qui venaient confirmer leurs croyances, les préparaient à retrouver leurs femmes avec plus de chaleur qu'ils n'auraient été enclins à en montrer après une longue nuit de labeur. Hommes solitaires, produits d'un lieu et d'un moment, les insulaires qu'ils étaient reconnaissaient avoir envie de parler sans toutefois y parvenir.

Tout en s'approchant des hommes rassemblés devant le *Susan Marie,* Ishmael Chambers savait qu'il ne faisait pas partie de cette confraternité. En outre, il gagnait sa vie avec des mots, ce qui, à leurs yeux, le rendait doublement suspect. Pourtant, grâce à sa blessure, il jouissait du prestige de l'ancien combattant dont les années de guerre resteraient toujours un mystère pour le non-initié. Un fileyeur solitaire était capable d'apprécier pareille expérience et de remiser sa méfiance à l'égard d'un faiseur de mots, assis toute la journée derrière une machine à écrire.

Ils le saluèrent d'un signe de tête et lui firent une petite place dans leur cercle. « Je me disais bien que tu ne tarderais pas à être au courant, lui lança le shérif. T'en sais même déjà probablement plus long que moi.

– C'est à peine croyable, répondit Ishmael.

– C'est des choses qui arrivent, dit William Gjovaag en coinçant son cigare entre ses dents. Quand on pêche, y a des risques.

– Ouais, c'est vrai, intervint Marty Johansson en hochant la tête et en se balançant d'un pied sur l'autre. Mais quand même, quelle histoire, bon Dieu ! »

Le shérif changea de position et, remontant son pantalon, posa son pied droit sur la bite à la place du gauche.

« Tu as vu Susan Marie ? demanda Ishmael.

– Oui, répondit Art. Tu parles d'une corvée.

– Qu'est-ce qu'elle va faire ? Seule avec ses trois gosses.

– J'en sais rien, dit le shérif.

– Elle a dit quelque chose ?

– Non, rien.

– Mais qu'est-ce que vous voulez qu'elle dise ? intervint Gjovaag. Qu'est-ce qu'elle pourrait bien dire, bon Dieu ? »

Une manière comme une autre pour lui de faire savoir à Ishmael qu'il n'aimait pas les journalistes. C'était un pêcheur tanné par le soleil, couvert de tatouages, avec un ventre en barrique et des yeux larmoyants de buveur de gin. Sa femme l'avait quitté cinq ans plus tôt, et depuis il vivait sur son bateau.

« Excuse-moi, Gjovaag, dit Ishmael.

– Tes excuses, j'en ai rien à faire. Va t'faire foutre, Chambers », dit Gjovaag.

Tout le monde s'esclaffa. C'était sans penser à mal, et Ishmael ne l'ignorait pas.

« Tu sais comment c'est arrivé ? demanda-t-il au shérif.

– C'est ce que j'essaie de démêler, dit Moran. C'est pour en parler avec eux que je suis ici.

– Art veut savoir où c'est qu'on pêchait nous autres, la nuit passée, expliqua Marty Johansson. Il a...

– J'ai pas besoin de savoir où tout le monde se trouvait, coupa Moran. J'essaie juste de me faire une idée de l'endroit où était Carl. De retrouver quelqu'un qui l'aurait vu ou lui aurait parlé.

– Moi, je l'ai vu, dit Dale Middleton. On est sortis de la baie ensemble.

– Tu veux dire que tu l'as suivi, ouais, dit Marty. J'te connais, tu l'as suivi, hein ? »

Les jeunes pêcheurs comme Dale Middleton passaient une partie de leurs journées à essayer de se procurer des tuyaux, soit au San Piedro Café, soit à l'Amity Harbor Restaurant. Ils cherchaient à découvrir les meilleurs endroits, à savoir ce qu'avaient fait les autres la nuit précédente. Les plus chanceux et les plus expérimentés, comme Carl Heine, les ignoraient. Pour cette raison, ils étaient sûrs d'être suivis à la trace jusqu'à leurs lieux de pêche : quand un homme refusait de parler, on le filait. Les nuits de brouillard, ses poursuivants, tout en le serrant de près, couraient le risque de perdre leur proie ; alors ils se rabattaient sur leurs radios, vérifiant leurs renseignements auprès de divers camarades qui, invariablement, vérifiaient les leurs auprès d'eux : autant de voix en détresse que l'espoir d'un lambeau d'information mettait à l'unisson. Mais en accord avec l'éthique propre à San Piedro, les plus respectés ne suivaient personne et observaient un silence radio absolu. Il arrivait à certains de s'approcher d'eux, de voir à qui ils avaient affaire et de s'éloigner aussitôt, sachant qu'il n'y aurait rien à en tirer : ni conversation ni renseignements. Si d'aucuns partageaient, d'autres pas. Carl Heine étaient de ceux-là.

« D'accord, d'accord, dit Middleton. J'l'ai suivi. Il ramassait pas mal de poisson ces derniers temps.

– Quelle heure il était ? demanda le shérif.

– Six heures et demie, par là.

– Et tu l'as revu après ?

– Ouais. Au large de Ship Channel Bank. Avec des tas

d'autres types. Y pensaient tous qu'il y avait de l'argenté en pagaille.

– Il y avait du brouillard, la nuit dernière, dit Ishmael. Vous deviez pêcher tout près de lui.

– Non, dit Dale. J'l'ai juste vu installer son filet. Avant que le brouillard arrive. Y d'vait être sept heures et demie, huit heures.

– Moi aussi, j'l'ai vu, intervint Leonard George. Il avait son filet en place. Au large de Ship Channel.

– À quelle heure ? demanda le shérif.

– De bonne heure. Huit heures.

– Et personne ne l'a vu après ?

– J'étais dans l'coin vers dix heures, expliqua Leonard George. Mais y avait rien à prendre. J'suis reparti sur Elliot Head, tout doucement. À cause du brouillard. J'ai donné d'la corne tout du long.

– Moi aussi, dit Middleton. On a pas attendu beaucoup. On est presque tous partis... et on est venus piquer l'poisson de Marty, dit-il avec un grand sourire. Et ça valait l'coup. Belle pêche.

– Carl est parti sur Elliot Head, lui aussi ?

– J'l'ai pas vu, dit Leonard. Mais ça veut rien dire. Avec le brouillard qu'y avait.

– Ça m'étonnerait qu'il ait bien bougé, dit Marty Johansson. Bien sûr, j'ai pas de preuve. Mais c'était pas son genre à Carl. Bougeait jamais beaucoup. Y s'décidait une bonne fois et y restait là où il était. Probable aussi qu'il en a sorti quelques-uns à Ship Channel. Ce qu'y a de sûr, c'est que j'l'ai pas vu à Elliot Head.

– Moi non plus, dit Middleton.

– Mais vous l'avez vu à Ship Channel, dit le shérif. Y avait qui d'autre ? Vous vous en souvenez ?

– Qui d'autre ? s'interrogea Dale. Y avait une bonne vingtaine de bateaux, et même plus. Mais qui ? J'saurais pas dire.

– Une vraie soupe, ce brouillard, intervint Leonard George. À couper au couteau. On y voyait rien de rien.

– Le nom des bateaux ? demanda Moran.

– D'accord, d'accord, dit Leonard. Y avait... le *Kasilof,* l'*Islander,* le *Mogul,* l'*Éclipse*... Ça, c'était tout à Ship Channel, on est bien d'accord ?

– L'*Antarctic,* aussi, dit Middleton. Il y était.

– Ouais, l'*Antarctic,* approuva Leonard.

– Et sur la radio ? Vous avez entendu quelqu'un d'autre ? Quelqu'un que vous n'auriez pas vu ?

– Vance Cope, dit Leonard. Tu le connais, Vance ? Le *Providence* ? J'lui ai parlé un peu.

– Un peu beaucoup, ouais, dit Johansson. Vous avez pas arrêté pendant tout le temps qu'y m'a fallu pour rejoindre Elliot Head. Enfin, bon Dieu, Leonard, tu...

– Qui d'autre ? coupa Art.

– Le *Wolf Chief,* dit encore Dale. J'ai entendu Jim Ferry et Hardwell. Et puis le *Bergen,* il était aussi à Ship Channel.

– C'est tout ?

– J'crois bien, oui, dit Leonard.

– Le *Mogul,* il est à qui ?

– À Moulton, répliqua Johansson. Il l'a racheté aux Laney, le printemps dernier.

– Et l'*Islander,* qui c'est ?

– Miyamoto, dit Middleton. J'me trompe pas ?

– L'aîné des Miyamoto, intervint Ishmael. Kabuo. Le second, c'est Kenji, il travaille à la conserverie.

– Ils se ressemblent tous, ces métèques, dit Dale. J'arrive jamais à les reconnaître.

– Ces Japs, tous les mêmes, lança Gjovaag, en jetant son mégot de cigare dans l'eau à côté du *Susan Marie*.

– Écoutez-moi, dit Moran. Si vous les voyez, ces types, Hardwell, Cope, Moulton ou les autres, vous leur dites de venir me voir. Je veux savoir si l'un d'entre eux a parlé à Carl la nuit dernière. Je veux tous les voir, jusqu'au dernier, c'est compris ?

– Faut pas vous emballer, shérif, dit Gjovaag. C'est juste un accident, non ?

– Probable, William. Mais il y a eu mort d'homme. Faut que je fasse un rapport.

– Z'était un type pien, dit Jan Sorensen avec un fort accent danois. Un pon pêcheur.

– Abel, tu sais quoi ? dit le shérif, qui reposa le pied sur le sol et remit soigneusement les pans de sa chemise dans son pantalon. Tu vas aller garer la vedette, et je te retrouve au bureau. Moi, je rentre à pied avec Chambers, on a à causer. »

Quand, s'éloignant des quais, ils eurent tourné dans Harbor Street, Art Moran cessa de parler de la pluie et du beau temps et en vint aux choses sérieuses.

« Je sais ce que tu penses. Tu vas aller raconter dans ton canard que le shérif Moran a ouvert une enquête parce qu'il n'est pas convaincu par la thèse de l'accident, je me trompe ?

– Je n'ai pas grand-chose à raconter, répliqua Ishmael. Je ne sais rien. Je comptais sur toi pour me rancarder.

– Bien sûr que je te rancarderai, mais je veux d'abord que tu me promettes une chose. Tu ne parles pas d'enquête, d'accord ? Si tu veux me citer, tu te contentes de dire que Carl Heine s'est noyé et que c'est un accident, ou quelque chose dans ce genre, tu te débrouilles. Mais pas un mot à propos d'une enquête, d'accord ? Pour la bonne raison qu'il n'y en a pas.

– Tu voudrais quand même pas que je raconte n'importe quoi ?

– Écoute, je te mets au parfum, mais c'est top secret, hein ? Oui, il y a effectivement une enquête. Y a deux ou trois indices bizarres, pas clairs, qui traînent par-ci par-là et qui pourraient vouloir dire n'importe quoi, au point où on en est. Meurtre, homicide involontaire, accident... n'importe quoi. Le problème, c'est qu'on en sait rien pour l'instant. Mais si tu dis un mot de tout ça, on trouvera jamais rien.

– Et les types à qui tu viens de parler, Art ? Qu'est-ce que tu crois qu'ils vont faire, eux ? William Gjovaag va s'empresser d'aller raconter à tout le monde que tu es à la recherche d'un assassin.

– Ça, c'est pas la même chose. C'est rien d'autre que des rumeurs. Et les rumeurs, par ici, ça ne va pas manquer, que j'aie une enquête en cours ou pas. Ce qu'il faut, c'est laisser au meurtrier – si meurtrier il y a – le soin de savoir s'il a affaire à des racontars ou à autre chose. On va laisser les rumeurs faire notre boulot, l'embrouiller. Et puis, de toute façon, faut bien que je pose des questions. J'ai pas tellement le choix. Si ça amuse les gens de jouer aux devinettes, c'est leur problème, je peux pas les en empêcher. Ce que je ne veux pas, c'est que tu parles d'enquête dans ton journal.

– Tu ne sais peut-être pas de qui il s'agit, mais tu as l'air de croire que c'est quelqu'un d'ici. C'est pour ça que...

– Écoute-moi bien, dit Art Moran qui s'arrêta de marcher, il est pas question de faire état de ce que je pense, ou de ce que je ne pense pas dans la *San Piedro Review*, c'est compris ? Que ce soit bien clair entre nous.

– Entendu. Je dirai que, d'après le shérif, il s'agit d'un accident. Tu me tiens au courant pour la suite.

– D'accord, ça marche comme ça. Si je découvre quelque chose, tu seras le premier à le savoir. Ça te va ? T'as ce que tu voulais ?

– Pas encore. Il va bien falloir que je fasse un papier ; alors, si tu voulais bien répondre à quelques-unes de mes questions à propos de cet... accident !

– J'aime mieux ça ! Vas-y, je t'écoute. »

5

Lorsque les débats reprirent après la suspension de séance, c'est Horace Whaley, le coroner du comté, qui prêta serment sur la bible du tribunal, avant de prendre place dans le box des témoins, où il s'empara des accoudoirs de chêne et regarda Alvin Hooks en clignant des yeux derrière ses lunettes cerclées d'acier. Horace approchait de la cinquantaine et avait sur la tempe gauche une large tache de vin qu'il tripotait machinalement. Par tempérament, c'était un homme qui préférait rester sur son quant-à-soi. Propre et méticuleux, grand et maigre – un peu moins malgré tout qu'Art Moran –, il avait des allures de cigogne, avec ses pantalons remontés sur ses hanches étroites et ses rares cheveux soigneusement gominés. En raison d'une hyperactivité de la thyroïde, ses yeux étaient proéminents et flottaient derrière ses lunettes. Tous ses mouvements exprimaient la retenue, une sorte de nervosité prudente.

Horace avait servi comme médecin pendant vingt mois dans le Pacifique ; il souffrait d'insomnies graves et d'une maladie tropicale qui l'affectait en permanence et l'avait rendu, à ses yeux inefficace. Des blessés, qui lui avaient été confiés, dont il s'était porté responsable, étaient morts, et leurs fantômes sanguinolents hantaient encore ses rêves.

Le matin du 16 septembre, Horace était occupé à des

écritures dans son bureau. La veille, une femme de quatre-vingt-seize ans était morte à l'hospice de San Piedro, tandis qu'une autre de quatre-vingt-un ans avait rendu l'âme en fendant du bois pour son feu et avait été retrouvée en travers de son billot, une chèvre lui léchant la figure, par un enfant qui livrait des pommes dans une brouette. Horace était donc en train de remplir deux certificats de décès en triple exemplaire, quand le téléphone sonna. Il porta le combiné à son oreille d'un geste irrité : depuis la guerre, il avait du mal à faire plusieurs choses à la fois et, dans l'immédiat, n'avait pas envie d'être dérangé.

C'est dans ces circonstances qu'il entendit parler pour la première fois de la mort de Carl Heine, un homme qui avait vu le *Canton* sombrer pendant la guerre et qui, comme lui, était sorti indemne d'Okinawa, pour, semblait-il, aller mourir dans un banal accident de pêche.

Vingt minutes plus tard, Art Moran, qui peinait et soufflait sous l'effort, et Abel Martinson, qui pinçait les lèvres et faisait la grimace, lui apportèrent le corps sur une civière et le déposèrent sur la table d'examen. Deux couvertures de laine blanche – comme celles que l'on distribuait pendant la guerre aux hommes de la marine et que l'on trouvait partout sur l'île neuf ans plus tard, si bien que tous les pêcheurs semblaient en avoir un stock – lui servaient de linceul. Whaley écarta l'une des couvertures et, tout en tripotant sa tache de vin, regarda attentivement le mort : la mâchoire pendait, la langue avait disparu dans la bouche grande ouverte et rigide, la plupart des vaisseaux sanguins avaient éclaté dans le blanc des yeux.

Horace ramena la couverture sur Carl Heine et reporta son attention sur Art Moran, qui se tenait à ses côtés.

« Bon Dieu, vous l'avez trouvé où ?

– White Sand Bay. »

Art raconta alors le bateau à la dérive, le silence et les feux à bord du *Susan Marie,* la remontée du corps dans le filet. Comment Abel était allé récupérer sa camionnette et la civière chez les pompiers et comment, sous les yeux d'un petit groupe de pêcheurs, ils avaient chargé le corps pour le lui apporter. « Je m'en vais de ce pas voir sa femme, ajouta Art. Je ne voudrais pas qu'elle l'apprenne autrement. Je reviens tout de suite. »

Horace remarqua que, à l'extrémité de la table d'examen, Abel Martinson s'efforçait de se faire à l'idée que l'on puisse converser en présence d'un mort. Le bout de la botte droite de Carl Heine pointait juste sous son nez.

« Tu ferais peut-être mieux de rester ici avec Horace, Abel, au cas où il aurait besoin d'un coup de main.

– D'accord, dit ce dernier en posant son chapeau à côté d'un plateau à instruments.

– Bon. J'en ai pas pour longtemps, une demi-heure, une heure, pas plus. »

Après son départ, Horace se pencha à nouveau sur le corps de Carl Heine, sans se préoccuper du jeune assistant d'Art, puis alla nettoyer ses lunettes à l'évier. « Vous savez quoi, dit-il en fermant le robinet, allez donc vous installer dans mon bureau de l'autre côté du couloir. Vous trouverez des magazines, une radio et même une Thermos de café, si ça vous dit. Si j'ai besoin de vous pour bouger le corps, je vous appelle. Ça vous va, comme ça ?

– Entendu », dit Martinson.

Il ramassa son chapeau qu'il emporta avec lui. C'est qu'un gamin, pensa Horace, qui essuya ses lunettes avec une serviette et enfila sa blouse et ses gants. Il enleva les couvertures puis, méthodiquement, à l'aide de ciseaux coudés, se mit à découper la combinaison en caoutchouc, jetant les morceaux les uns après les autres dans une poubelle. Une fois débarrassé de la combinaison, il s'attaqua au T-shirt et découpa le pantalon et les sous-vêtements de Carl après lui avoir retiré ses bottes et ses chaussettes dégoulinantes d'eau. Il mit tous les vêtements dans l'évier.

Dans une poche, il y avait une boîte d'allumettes, presque toutes utilisées, et, dans une autre, une petite pelote de ficelle. Un étui à couteau, vide et ouvert, était accroché à un coulant de la ceinture du pantalon.

La poche de poitrine gauche contenait une montre arrêtée à une heure quarante-sept. Horace la mit dans une grosse enveloppe en papier kraft.

En dépit des deux heures de transport – depuis White Sand Bay jusqu'aux quais, puis des quais à l'arrière de la camionnette de Martinson, jusqu'à First Hill et la ruelle derrière le tribunal (où derrière une double porte qui donnait sur les sous-sols du tribunal se trouvaient la morgue et le bureau du coroner) –, le corps, puissant et massif, n'avait pas vraiment perdu de sa rigidité. La poitrine était large, les muscles des cuisses saillants. Horace ne put s'empêcher de remarquer qu'il avait affaire à un spécimen hors du commun : un mètre quatre-vingt-dix, au moins cent kilos, blond, barbu, bâti dans le granit, comme une statue – encore qu'il y eût quelque chose de simiesque, d'inélégant et de brutal dans les attaches des bras aux épaules. Poussé par une jalousie qu'il connaissait bien, Horace ne put s'empêcher de remarquer la taille respectable des organes génitaux. Le pêcheur n'avait pas été circoncis, et la peau des testicules, dépourvus de poils, était tendue. L'eau glacée les avait fait remonter, et son pénis, qui faisait bien le double, même gelé, de celui d'Horace, reposait, gros et rose, contre sa cuisse gauche.

Le coroner toussa par deux fois, d'une toux sèche, et fit le tour de sa table d'examen. Il se rappela qu'il lui fallait commencer à voir en Carl Heine non plus l'homme qu'il avait connu de son vivant mais simplement *le mort*. Le pied droit était coincé derrière le gauche, et Horace s'employa à le décoincer. Il dut tirer tellement fort qu'il déchira certains ligaments de l'aine.

Horace Whaley était l'un des trois médecins généralistes de l'île. Il travaillait avec les pêcheurs, leurs femmes et leurs enfants. Ses confrères ayant refusé de s'occuper des morts, il s'était retrouvé coroner et avait dû faire face à des situations que la plupart des gens seraient bien en peine d'imaginer. L'hiver précédent, il avait vu arriver à la morgue le corps d'un pêcheur de crabes qui était resté immergé deux mois dans l'eau de West Port Jensen Bay et qu'on aurait dit recouvert d'une couche de savon grisâtre. À Tarawa, il avait vu des hommes dont les corps avaient séjourné dans l'eau pendant si longtemps que la peau finissait par se détacher toute seule. Il avait vu des mains qui donnaient l'impression d'avoir été habillées d'une paire de gants très fins et transparents ; jusqu'aux ongles qui étaient tombés. Horace avait réussi à obtenir de bonnes empreintes et à identifier les cadavres, en dépit de la disparition des plaques d'identification.

Il avait une certaine expérience des noyés. En 49, dans le Pacifique, il avait vu un visage de pêcheur dévoré par les crabes et les langoustes qui s'étaient attaqués aux morceaux les plus tendres : les paupières, les lèvres et, à un moindre degré, les oreilles. Pendant la guerre, il avait vu des corps, rongés jusqu'à l'os par des puces de mer, là où la chair était restée exposée à l'air. Sur la mer de Chine, il en avait vu un autre, moitié momie, moitié squelette, tanné par le soleil d'un côté et totalement dépecé de l'autre. Quand le *Canton* avait coulé, des membres, que même les requins dédaignaient, avaient flotté pendant des jours à des kilomètres à la ronde. Personne ne s'était donné la peine de récupérer ces morceaux : il y avait bien assez à faire avec les vivants.

Carl Heine était le quatrième pêcheur dont Horace s'occupait au bout de cinq ans de métier. Deux d'entre eux étaient morts dans une tempête, et leurs corps s'étaient échoués sur les laisses de l'île de Lanheedron. Le troisième, un certain Vilderling, Alec Vilderling, mort quatre ans plus tôt, pendant l'été 1950, constituait un cas intéressant. Après avoir placé leur filet, Vilderling et son second avaient partagé sous la lune une bouteille de rhum jamaïcain. Puis Vilderling avait, semble-t-il, décidé d'aller uriner par-dessus bord. Il était tombé à l'eau avant d'avoir eu le temps de remonter son pantalon et, sous les yeux horrifiés de l'autre, avait été englouti en quelques secondes. Il ne savait pas nager.

Son second, un garçon de dix-neuf ans du nom de Kenny Lynden, s'était jeté à la mer et, bien qu'ivre mort, avait réussi à libérer son patron, pris dans le filet, avec son coutelas et à le ramener à la surface. Mais c'était trop tard.

Le plus intéressant, dans cette affaire, c'est que, d'un point de vue purement technique, Alec Vilderling n'était pas mort noyé. Il avait avalé une grande quantité d'eau, certes, mais ses poumons étaient absolument secs. Dans son rapport, Horace avait d'abord avancé que le larynx s'était spasmé pour empêcher l'eau de pénétrer dans les bronches. Pareille hypothèse n'expliquait pourtant pas la dilatation des poumons, que seule la pression de l'eau avait pu causer. Horace avait donc dû réviser ses premières conclusions et signifier dans son rapport définitif que l'eau salée avalée par Vilderling était passée dans le sang alors qu'il était encore en vie. En ce cas, la cause officielle du décès ne pouvait être qu'une anoxie cérébrale associée à une hémodilution aiguë.

Plongé dans la contemplation du corps nu de Heine,

Horace se souvint qu'une semaine auparavant, Carl, chaussé de bottes en caoutchouc et vêtu d'un T-shirt propre – celui-là même peut-être qu'il venait de découper avec ses ciseaux coudés –, avait pénétré dans son bureau avec son aîné dans les bras pour lui montrer la vilaine coupure que le petit s'était faite en se cognant le pied contre une brouette renversée. C'était Carl qui avait maintenu l'enfant sur la table pendant qu'Horace mettait les points de suture. Contrairement à d'autres pères, il n'avait donné aucun conseil à son fils, mais ne lui avait pas non plus laissé le loisir de bouger. L'enfant n'avait pleuré qu'au premier point de suture, puis il s'était contenté de retenir son souffle. Horace avait précisé à Carl que le pied devait être surélevé et il était allé chercher une paire de béquilles. Comme à son habitude, Heine avait payé en liquide, sortant de son portefeuille des billets tout neufs. Il ne s'était pas montré prodigue de remerciements, refusant de se plier aux civilités d'usage, leur préférant le silence, ce silence énorme, bourru, qui lui était particulier. Il estimait sans doute qu'un homme de sa stature risquait de faire fuir son entourage s'il se permettait le moindre geste menaçant. Pourtant, Carl ne faisait rien pour désarmer la méfiance du simple mortel à l'égard d'hommes comme lui. Il préférait vivre comme il l'entendait, sans prendre la peine ni le temps de donner de lui-même l'image de quelqu'un d'inoffensif. Horace se rappelait l'avoir vu un jour faire jaillir la lame de son couteau à cran d'arrêt puis refermer celui-ci d'un coup sec contre sa cuisse : il aurait été bien incapable de dire s'il s'agissait là d'un tic, d'une menace ou d'un défi. Il ne semblait pas avoir d'amis, cependant il était en bons termes avec tout le monde ; nombreux étaient ceux chez qui sa force physique et sa compétence professionnelle éveillaient l'admiration, une admiration teintée de méfiance devant sa carrure et ses airs sombres.

Sans être particulièrement aimable, Carl Heine n'était pas un mauvais bougre. Avant la guerre, il avait fait partie de l'équipe de football et n'était pas différent de la plupart des adolescents de son âge : il avait beaucoup de camarades et parlait un peu à tort et à travers. *Avant* la guerre. Comment expliquer, faire comprendre aux autres qu'*après* il n'était plus question de parler pour ne rien dire ? Et si les autres voulaient voir dans ce silence l'expression de son amertume, c'était leur droit. L'amertume, l'enfer de la guerre, Horace les partageait avec Carl Heine.

Non. C'était *le mort*. S'il voulait arriver à faire son travail, il devait ne plus voir en lui qu'un mort, un sac d'os, un paquet de chairs, et cesser de voir l'homme qui lui avait amené son fils si peu de temps auparavant. Horace Whaley mit la paume de sa main droite sur le plexus solaire du mort, sa main gauche sur la droite, et se mit à pomper comme pour faire revenir à lui un noyé. Une mousse, qui ressemblait à de la crème à raser semée de points roses, se mit à bouillonner autour de la bouche et du nez.

Horace s'arrêta et se pencha pour l'examiner de plus près. Ses gants étaient propres, ils n'avaient encore rien touché, si ce n'est la peau glacée du thorax. Il prit, à côté du plateau à instruments, un bloc et un crayon pour noter la couleur et la texture de cette mousse assez abondante pour recouvrir presque toute la barbe et les moustaches. Il savait qu'elle était due au mélange d'air, de mucus et d'eau de mer, que l'homme était donc vivant au moment de l'immersion, qu'il respirait encore quand il était tombé.

Mais s'agissait-il d'une anoxie par noyade, comme dans le cas de Vilderling, ou d'un œdème aigu du poumon ? Il fallait qu'Horace puisse se faire une idée précise des événements. C'était là son devoir : il fallait que la vérité, si pénible fût-elle, s'inscrive noir sur blanc dans le registre médico-légal du comté. La lutte désespérée de Carl, ses efforts pour retenir sa respiration, le volume d'eau qui était entré dans les poumons, son évanouissement, ses dernières convulsions, le souffle qui devenait plus court à mesure que l'air se faisait plus rare, son cœur qui cessait de battre, son cerveau qui n'était plus irrigué – c'est tout cela que ces chairs étalées sur la table d'examen devaient lui révéler... à moins qu'elles ne livrent jamais leur secret.

Un moment, Horace, les mains croisées devant lui, s'interrogea sur la nécessité d'ouvrir le thorax pour voir ce que le cœur et les poumons avaient à lui dire. C'est alors qu'il remarqua, au-dessus de l'oreille gauche, tout en se demandant comment il avait pu faire pour la manquer, la blessure au crâne. « Merde alors ! » s'exclama-t-il tout haut.

À l'aide d'une tondeuse, il rasa les cheveux pour faire apparaître les contours de la plaie. L'os fracturé était profondément incurvé sur une dizaine de centimètres, et de la déchirure sortait un minuscule morceau de cervelle rose. Ce qui avait provoqué la blessure – un objet contondant étroit et plat d'environ cinq centimètres – avait laissé une marque indélébile dans le crâne du mort. Pendant la guerre du Pacifique, Horace avait eu l'occasion de voir une bonne vingtaine de fois ce type d'impact, résultant, dans une lutte au corps à corps, d'un coup violent assené avec la crosse d'un fusil. C'était la technique favorite des soldats japonais qui pratiquaient le kendo et qui en principe portaient le coup fatal à l'oreille gauche de leur adversaire.

Il perça le crâne avec une lame de rasoir montée sur son scalpel. Tout en appuyant la lame contre l'os, il décrivit dans les cheveux, tout autour du crâne, un arc de cercle. L'incision, habile et ferme, ressemblait au tracé d'une courbe, fluide et gracieuse, autour de la couronne des cheveux. Il put ainsi littéralement peler le sommet de la tête comme il l'aurait fait d'un pamplemousse ou d'une orange et rabattre la peau sur le nez. Il pela de la même manière l'arrière du crâne, puis reposa son scalpel dans l'évier, passa ses gants sous l'eau, sortit une scie d'un placard et se mit à scier la calotte crânienne.

Au bout d'une vingtaine de minutes, Horace s'aperçut qu'il lui fallait maintenant retourner le corps et, non sans réticence, traversa le hall pour aller chercher Abel Martinson, qui attendait sans rien faire, assis, les jambes croisées, son chapeau sur les genoux.

« J'ai besoin d'un coup de main.

– Avec plaisir, dit l'assistant, qui enfonça son chapeau sur le crâne en se levant.

– Je doute que le plaisir soit grand, dit Horace. J'ai fait une incision au sommet de la tête, pour mettre le crâne à nu. C'est pas vraiment joli à voir.

– Merci de me prévenir », dit l'autre.

Ils retournèrent le corps sans un mot, Martinson poussant d'un côté, Horace tirant de l'autre, puis, la tête dans l'évier, Martinson se mit à vomir. Il s'essuyait la bouche avec le coin de son mouchoir, quand Art Moran s'encadra dans la porte. « Qu'est-ce qui t'arrive ? demanda celui-ci.

– J'ai vomi encore un coup », répondit Abel en montrant le corps du doigt.

Art Moran regarda cette peau rabattue sur le visage de Carl Heine et cette mousse rosâtre qui s'accrochait aux poils de la barbe, puis il se détourna.

« Ça me met l'estomac à l'envers, dit Martinson.

– C'est pas moi qui te jetterais la pierre, répondit le shérif. Bon Dieu, c'est pas vrai ! »

Il n'en resta pas moins là à regarder l'autre qui, armé de sa scie, travaillait méthodiquement pour enlever le scalp et le poser à côté de la tête du mort.

« C'est la dure-mère, précisa Horace en désignant

quelque chose avec son scalpel. Cette membrane, là, sous le crâne, tu la vois ? On l'appelle la dure-mère. »

Il prit la tête du mort entre ses mains et, non sans difficulté, étant donné la rigidité des tendons, la fit tourner sur la gauche.

« Viens voir ici, Art », dit-il.

Le shérif avait beau savoir qu'il était de son devoir d'obtempérer, il n'en bougea pas pour autant. Moran avait bien trop peur de venir le rejoindre, même s'il n'ignorait pas qu'il faut parfois agir sans prendre le temps de la réflexion, comme Horace le faisait toujours lui-même, par principe.

« Y en a pour une minute, le pressa Horace qui, l'ayant vu mastiquer son chewing-gum, faire la grimace et se passer l'ongle du pouce pensivement sur les lèvres, devinait ses craintes. Juste un coup d'œil pour voir ce que je viens de trouver. Je ne te le demanderais pas si ce n'était pas important. »

Horace montra à Moran le caillot qui s'était formé dans la dure-mère et la lacération d'où s'échappait la cervelle. « Il a reçu un coup, assez violent, avec un objet relativement plat. J'ai vu des blessures du même genre pendant la guerre. On fait ça avec une crosse de fusil. C'est un des coups les plus connus du kendo.

– Du quoi ?

– Du kendo. Les Japonais s'y entraînent dès l'enfance. Ils apprennent à tuer avec une sorte de bâton.

– Nom de Dieu, c'est horrible ! s'exclama Moran.

– Ne regarde pas. Je vais inciser la dure-mère, je voudrais te faire voir autre chose. »

Le shérif tourna délibérément la tête. « Tu es tout pâle, dit-il à Martinson. Pourquoi tu ne vas pas t'asseoir ?

– Ça va, ça va », répondit Abel qui, son mouchoir dans la main, s'appuyait de tout son poids contre le rebord de l'évier qu'il n'avait pas quitté des yeux.

Horace montra au shérif trois esquilles qui s'étaient logées dans la cervelle. « C'est ce qui l'a tué ? s'enquit Art.

– C'est plus compliqué que ça. Ou bien il a reçu un coup sur la tête et il s'est noyé en tombant par-dessus bord, ou bien il s'est cogné *après* s'être noyé ou même *pendant* qu'il se noyait. Difficile à dire.

– Y a moyen de le savoir ?

– Peut-être.

– Comment ?

– Il faut que je lui ouvre le thorax pour examiner le cœur et les poumons. Même comme ça, je ne serai peut-être pas plus avancé.

– Le thorax ?

– Oui, le thorax.

– T'as pas d'autres hypothèses ?

– Les hypothèses, c'est pas ce qui manque. Il a pu se passer tout et n'importe quoi. Il a pu avoir une attaque qui l'a fait basculer par-dessus bord. C'est peut-être l'alcool. Ce que je veux savoir, c'est s'il a reçu un coup *avant* de tomber. Parce que cette mousse-là, dit-il en la désignant de son scalpel, elle me dit qu'il respirait encore quand il est tombé. Pour l'instant, ce que je crois, c'est qu'il s'est noyé, et que sa blessure à la tête l'y a aidé. Il a pu se cogner contre un chaumard. En installant son filet, sans faire attention, il a pu accrocher la boucle de sa combinaison et basculer. En attendant, j'ai bien envie de tout consigner dans mon rapport parce que je ne suis sûr de rien. Peut-être que, quand j'aurai examiné le cœur et les poumons, j'aurai une idée plus précise.

– Ce coup à la tête, dit Art Moran en se frottant les lèvres du pouce, ce coup sur la tête... il est *bizarre,* quand même ?

– Ça se pourrait bien.

– Ça pourrait pas être quelqu'un qui l'aurait frappé ?

– À quoi tu joues ? Tu te prends pour Sherlock Holmes ou quoi ? demanda Horace.

– Sherlock Holmes, je m'en fous. Tout ce qui m'intéresse, c'est cette blessure à la tête.

– Tu as raison. Sur ce point-là, tu as raison », confirma Horace.

Puis il dit à Moran – et pendant le procès, Horace se rappellerait avoir prononcé ces mots (même s'il ne devait pas les répéter à la barre) – que s'il avait envie de jouer au détective, il devait commencer par chercher un Japonais possédant un fusil avec du sang sur la crosse, un Japonais droitier.

6

Horace Whaley porta la main à sa tempe, là où était sa tache de vin, et regarda un instant tomber la neige derrière les fenêtres de la salle d'audience. Elle tombait plus dru, beaucoup plus dru maintenant, mais toujours sans bruit, en dépit du vent qui la projetait sur les vitres et que l'on entendait gronder dans les poutres du grenier. Mes tuyaux, pensa Horace. Ils vont geler.

Nels Gudmundsson se leva une seconde fois, glissa les pouces dans ses bretelles et remarqua que le juge, le menton dans la main, semblait dormir à moitié. Il avait déjà donné cette impression pendant la déposition d'Horace, mais Nels ne s'y trompait pas : le bonhomme n'en avait pas perdu un mot. Son air las et endormi ne faisait que cacher au regard un esprit toujours en éveil.

Lentement, à cause de son arthrite de la hanche et du genou, Nels s'approcha du box des témoins.

« Bonjour, Horace, dit-il en guise d'entrée en matière.

– Bonjour, Nels, répondit l'autre.

– Vous nous avez dit beaucoup de choses. Vous nous avez retracé votre autopsie dans le détail ainsi que votre carrière de médecin. Et, comme tout le monde ici, je vous ai écouté avec attention. Mais, pour ne rien vous cacher, il y a un ou deux détails qui me chiffonnent. Cette histoire de mousse, par exemple. Je ne suis pas sûr de bien comprendre.

– La mousse ?

– Vous avez dit qu'après avoir comprimé la poitrine du mort vous avez vu une mousse apparaître autour de sa bouche et de ses narines.

– C'est exact. C'est ce qui se produit habituellement avec les noyés. Elle n'apparaît pas sur le moment, mais dès qu'on commence à leur ôter leurs vêtements et à pratiquer la respiration artificielle.

– Et quelle est la cause de ce phénomène ?

– C'est la pression exercée qui la fait remonter. La mousse elle-même est le produit d'une réaction chimique qui se déclenche dans les poumons quand l'eau se mélange à l'air et au mucus.

– Eau, air, mucus, d'accord. Mais qu'est-ce qui fait qu'ils se mélangent ? Cette réaction chimique dont vous parlez, quelle est-elle au juste ?

– Elle est provoquée par la respiration. Elle...

– C'est là que je m'embrouille, l'interrompit Nels. Ou plutôt, que je me suis embrouillé tout à l'heure, pendant votre déposition. Vous avez dit que cette mousse n'apparaît que quand il y a un mélange d'eau, d'air et de mucus, donc quand il y a respiration.

– C'est exact.

– Mais un noyé, que je sache, ne respire plus. Alors comment cette mousse... ? Il y a de quoi être un peu perdu, non ?

– Oui, je l'admets, dit Horace. Je vais essayer d'être plus clair. Cette mousse se forme au tout début. La victime tombe à la mer, commence à se débattre et à avaler de l'eau. Du même coup, l'air qui se trouve dans les poumons est expulsé sous la pression, et c'est ce qui provoque l'apparition de la mousse. La réaction chimique se déclenche dans la seconde même où la victime cesse de respirer.

– Je vois. Ainsi donc, cette mousse vous permet d'affirmer que Carl Heine s'est en fait noyé, c'est bien cela ?

– Eh bien...

– Elle vous permet d'avancer, par exemple, qu'il n'a pas d'abord été tué – disons, sur le pont – puis jeté par-dessus bord, parce qu'en ce cas il n'y aurait pas eu formation de mousse. Il ne peut y avoir de mousse que si la victime respire encore au moment de l'immersion, c'est bien ce que vous avez dit, Horace ?

– Oui, mais...

– Excusez-moi, dit Nels. Je vous demande un instant. » Il se dirigea vers la place qu'occupait la sténographe, Mrs Dokes, la contourna pour aller s'emparer, avec un signe en direction de l'huissier, d'un document qu'il rapporta à la barre.

« J'ai ici, reprit-il, le rapport d'autopsie que vous avez identifié au cours de votre déposition et dont vous avez dit qu'il reflétait très exactement vos conclusions. Auriez-vous l'obligeance de le reprendre et de relire en silence le paragraphe quatre de la page quatre ? »

Tandis qu'Horace s'acquittait de sa tâche, Nels alla boire une gorgée d'eau à la table de l'accusé : sa gorge lui faisait un peu mal, il avait la voix enrouée et cassée.

« C'est bon, dit Horace.

– Bien. Est-ce que je me trompe, Horace, en affirmant que le paragraphe quatre de la page quatre de votre rapport d'autopsie donne bien la noyade comme cause de la mort ?

– Non, c'est exact.

– Vous avez bien conclu à une mort par noyade ?

– Oui.

– Est-ce qu'il s'agissait d'une conclusion sans équivoque ? Aviez-vous des doutes ?

– Bien sûr. Des doutes, on en a toujours. On ne peut...

– Une minute, Horace. Est-ce à dire que votre rapport pourrait être inexact ?

– Pas du tout, mais...

– Pouvez-vous donner lecture à la cour de la dernière

phrase du paragraphe quatre que vous avez sous les yeux ?

– Très bien. Le paragraphe dit ceci, je cite : “ La présence de mousse dans les voies aériennes et autour de la bouche et du nez indique sans aucun doute possible que la victime était encore en vie au moment de l'immersion. ”

– “ Sans aucun doute possible. ” J'ai bien entendu, Horace ?

– Parfaitement.

– Je vous remercie, dit Nels, qui se tourna vers les jurés. Je crois que ce point méritait d'être éclairci. Mais j'aimerais maintenant vous interroger sur un autre passage de votre rapport.

– Allez-y, dit Horace en mordillant une branche de ses lunettes, qu'il venait d'ôter. Je vous écoute.

– Bien. À la page deux, en haut de la page. Je crois qu'il s'agit du deuxième paragraphe. » Il se dirigea vers la table de la défense pour y prendre son exemplaire du rapport, qu'il se mit à feuilleter. « Paragraphe deux, c'est bien cela. Pouvez-vous le lire à la cour, s'il vous plaît ? La première phrase suffira.

– Je cite, dit Horace avec raideur : “ On constate par ailleurs une lacération minime des tissus, d'origine récente, à la main droite, qui part du pli interdigital entre le pouce et l'index et va jusqu'à l'extérieur du poignet. ”

– Une coupure, donc ? Carl Heine s'était coupé à la main ?

– Oui.

– Vous avez une idée de l'origine de cette coupure ?

– Aucune. Mais je pourrais chercher.

– Ce ne sera pas nécessaire, dit Nels. Mais vous dites de cette coupure, dans votre rapport, qu'elle est “ d'origine récente ”. Qu'entendez-vous par là ?

– Qu'elle était très récente.

– Pouvez-vous être un peu plus précis ?

– Quand je dis *très* récente, cela veut dire qu'il s'est fait cette coupure la nuit de sa mort, une heure ou deux avant de mourir.

– Une heure ou deux ? Deux heures, c'est possible ?

– Tout à fait.

– Et trois ? Ou quatre ? Ou vingt-quatre ?

– Vingt-quatre heures, certainement pas. La blessure était fraîche. Quatre heures... au maximum. Pas davantage, je suis catégorique.

– Bien. Il s'est donc coupé à la main quatre heures au plus avant de se noyer.

– C'est exact, dit Horace Whaley.

– Un dernier détail, dit Nels Gudmundsson en tripotant une fois de plus les fanons de son cou. Un détail que je n'ai pas très bien compris à propos de cette blessure à la tête. Pouvez-vous nous la décrire encore une fois ?

– Il s'agissait d'une lacération d'environ cinq centimètres de long juste au-dessus de l'oreille gauche. L'os, en dessous, était fracturé sur une dizaine de centimètres. La déchirure laissait voir un petit morceau de cervelle. L'empreinte laissée sur la boîte crânienne prouvait à l'évidence que la blessure avait été infligée à l'aide d'un objet plat et étroit. Je crois que c'est à peu près tout.

– Un objet plat et étroit, répéta Nels. Est-ce là ce que vous avez vu ou s'agit-il d'une déduction ?

– Une autopsie débouche-t-elle sur autre chose que des déductions ? demanda Horace Whaley. Si un gardien de nuit est frappé à la tête avec une barre de fer au cours d'un cambriolage, ses blessures auront l'air d'avoir été infligées à l'aide d'une barre de fer. Même chose avec un marteau à tête ronde, qui, lui, laissera une lésion en forme de croissant, là où la barre de fer dessinait une blessure linéaire aux extrémités en V. Si vous recevez un coup de crosse de revolver, la lésion n'est pas la même que si on vous frappe avec une bouteille. Si vous tombez de moto à soixante à l'heure dans du gravillon, celui-ci va laisser des écorchures bien particulières et parfaitement reconnaissables. Oui, je déduis. Je déduis de la blessure du mort qu'elle a été causée par un objet étroit et plat. Déduire, c'est le propre de mon métier.

– Le motocycliste est un exemple intéressant, remarqua Nels Gudmundsson. Il n'est donc pas nécessaire de recevoir un coup pour se retrouver avec une de ces lésions facilement identifiables ? Si la victime se trouve par exemple projetée contre un objet statique – disons du gravier –, c'est son propre mouvement qui peut provoquer la blessure ?

– C'est possible.

– Dans le cas présent, est-ce que la blessure de Carl Heine aurait pu être provoquée aussi bien par un coup à la tête que par un impact contre un objet dur ? Les deux hypothèses sont-elles également envisageables ?

– Sans doute, mais il n'y a aucun moyen de trancher. La seule chose dont nous soyons sûrs c'est que, quelle que soit la manière dont sa tête est entrée en contact avec ledit objet – soit en allant vers lui, soit l'inverse –, celui-ci était plat, étroit et suffisamment dur pour provoquer une fracture.

– Comme la lisse de plat-bord d'un bateau, par exemple ?

– Éventuellement. Mais il aurait fallu que le corps soit projeté à une certaine vitesse, et je ne vois pas très bien comment cela aurait pu se produire.

– Que penseriez-vous d'un enrouleur de filet ? Ou d'un de ces chaumards que l'on trouve à l'arrière des fileyeurs ? Ils sont bien plats et étroits ?

– Oui, suffisamment pour...

– Est-ce qu'il aurait pu se cogner la tête là-dessus ? Pouvons-nous au moins en envisager l'éventualité ?

– Sans doute. N'importe quel...

– Permettez-moi de vous poser une autre question. Avez-vous un moyen de savoir si une blessure de ce type a été causée avant ou après la mort ? Pour en revenir à votre précédent exemple, ne me serait-il pas possible d'empoisonner le gardien de nuit, d'attendre qu'il meure, puis de lui assener un coup sur la tête avec une barre de fer qui provoquerait le genre de blessure laissant à penser que je l'ai assommé et pas empoisonné ?

– Est-ce que vous parlez toujours de la blessure de Carl Heine ?

– Bien sûr. Je cherche à savoir si vous vous êtes fait une idée sur la question. Est-ce que l'homme a été blessé *avant* de mourir ? Ou bien s'agit-il d'une blessure *post mortem,* infligée à la victime – ou plus exactement à son cadavre – *après* la noyade ? Au moment par exemple où son corps a été remonté par le shérif Moran et son assistant ? »

Horace réfléchit, se frotta le front, ôta ses lunettes, qu'il rechaussa, puis se croisa les bras.

« Je ne peux pas répondre à cette question, Nels. Honnêtement, je n'en sais rien.

– Vous ne savez pas si cette blessure à la tête a précédé la mort ou non ?

– Non, je n'en sais rien.

– Mais la cause de la mort est – sans équivoque possible – la noyade, c'est bien cela ?

– Oui.

– Carl Heine n'est donc pas mort des suites d'une blessure à la tête ?

– Non, mais...

– Je vous remercie, Horace. Pas d'autres questions, votre Honneur. »

C'est avec une certaine satisfaction que, de la place

qu'il occupait dans la salle, Art Moran avait regardé Nels cuisiner le coroner. Il avait encore en mémoire les sarcasmes d'Horace, ses allusions à Sherlock Holmes. Il se revoyait quittant le bureau du coroner et hésitant à se rendre chez la femme du défunt pour lui apprendre la nouvelle.

Il s'était appuyé un instant contre le garde-boue de la fourgonnette d'Abel Martinson pour examiner la main qu'il s'était égratignée ce matin-là en s'agrippant à un étançon sur le bateau de Carl Heine. Puis il avait fouillé dans ses poches, celles de sa chemise d'abord, de son pantalon ensuite, à la recherche d'une tablette de chewing-gum. Il en avait déjà mangé huit, il ne lui en restait plus que deux. Il en mit une dans sa bouche, histoire de garder la dernière en réserve, et se glissa derrière le volant de la fourgonnette. Sa voiture était garée à côté des quais, là où il l'avait laissée plus tôt dans la matinée quand il avait rejoint la vedette au port. Il se faisait l'effet d'un imbécile derrière ce volant. Franchement, Abel en avait un peu trop fait avec cette voiture. C'était un de ces véhicules extrêmement voyants, ornés de rayures très fines et de chromes éclatants, comme ceux dans lesquels les gamins d'Everett ou de Bellingham aimaient bien frimer après les matchs de football ou tard le samedi soir. Cette voiture reflétait le caractère un peu instable d'Abel Martinson du temps où il était encore au lycée. Certes, il avait changé depuis, mais il avait du mal à se séparer de sa fourgonnette, dernier vestige de ce qu'il avait été. Art ne doutait pas qu'il finirait par y venir, et même sans tarder. Ainsi va la vie, il faut bien se faire une raison.

Tout en remontant Mill Run Road, Art chercha les mots qu'il dirait à Susan Marie Heine, essayant de trouver les meilleures formules, la meilleure attitude à adopter. Annoncer à une veuve la mort en mer de son époux avait toujours requis, au fil des siècles, autant de sérieux que de stoïcisme tragique. *Je suis vraiment navré, Mrs Heine, de devoir vous annoncer que votre mari a péri en mer dans un accident la nuit dernière. Permettez-moi, au nom de toute la communauté, de vous présenter nos sincères condoléances et...*

Non, le ton n'y était pas. Il connaissait trop Susan Marie pour la traiter comme une étrangère. Après tout, il la voyait tous les dimanches quand elle servait le thé ou le café après l'office. Elle était toujours impeccablement habillée pour remplir ses devoirs d'hôtesse : petite toque, tailleur en tweed et gants beiges. Il prenait plaisir à recevoir sa tasse de café de ses mains assurées. Elle relevait ses cheveux blonds sous son chapeau et portait un double rang de perles fantaisie autour de son cou d'albâtre. Bref, elle possédait, à vingt-huit ans, un charme qui le troublait. Tout en lui versant son café, elle l'appelait « shérif Moran » et lui désignait ensuite de son doigt ganté les petits gâteaux sur la table, comme s'il ne les avait pas remarqués. Puis elle lui adressait un joli sourire et reposait la cafetière sur le plateau pendant qu'il mettait du sucre dans sa tasse.

L'idée d'avoir à lui annoncer la mort de Carl était plus que bouleversante et, tout en conduisant, il cherchait désespérément une formule toute faite qui le libérerait, sans trop de difficulté, du message dont il était porteur. En vain.

Juste avant la maison des Heine, il y avait un petit chemin où le shérif se souvenait avoir ramassé des mûres en août. C'est là qu'il s'arrêta brutalement ; il ne se sentait pas à la hauteur de sa tâche. Pendant que le moteur d'Abel tournait au ralenti, il chercha sa dernière tablette de chewing-gum et regarda la route qui conduisait chez les Heine.

La maison reflétait le tempérament de celui qui l'avait construite : fruste, nette, respectable, pas vraiment austère, mais pas non plus très accueillante. Elle était solidement plantée à une cinquantaine de mètres de la route, au milieu de la luzerne, des fraises, des framboises et des plantes potagères, sur trois acres de terre que Carl avait défrichées lui-même avec cette rapidité et cette efficacité qui lui étaient coutumières. En l'espace d'un hiver, il avait abattu les arbres, vendu le bois aux frères Thorsen, brûlé le reste et coulé une dalle de béton. En avril, ses plants étaient déjà en terre, et il avait construit une grange. L'été suivant, il montait ses murs et s'attaquait aux sols de brique vitrifiée. Il avait voulu bâtir – c'est du moins le bruit qui courait le dimanche à l'église – le genre de villa assez élaborée que son père, des années plus tôt, avait édifiée à Island Center sur la propriété familiale, avec d'immenses cheminées à l'ancienne dans lesquelles on pouvait s'asseoir, des alcôves, des lambris, des sièges sous les fenêtres, des murs en pierre le long du chemin qui menait à la maison, pour finalement découvrir qu'il n'était pas fait pour ces fantaisies. Comme le disait sa femme, c'était un bâtisseur, et un bâtisseur exigeant, mais il n'avait rien d'un artiste. En fin de compte, il n'y eut pas plus de lambris que de cheminées à l'ancienne, et il remplaça la pierre de taille par des briques vitrifiées.

Le pied sur le frein, le chewing-gum dans la bouche, Art Moran regarda le jardin, la véranda avec ses piliers effilés, puis les énormes fermes du toit à pignons et les deux mansardes parfaitement symétriques. À l'occasion d'une petite réunion paroissiale organisée par les Heine à l'automne précédent, il était entré dans cette maison, avait remarqué les poutres apparentes des chambres, le mobilier trop massif des pièces du bas. Mais il savait que, cette fois-ci, il n'entrerait pas. Il resterait dehors, sur le perron, sa casquette contre sa cuisse. Il savait que ce n'était pas correct, pas poli, mais que pouvait-il faire d'autre ? Quand il en aurait fini, il appellerait Eleanor

Dokes au bureau : elle se chargerait de prévenir la sœur aînée de Susan Marie, qui ne tarderait sans doute pas à arriver pour lui tenir compagnie et la consoler. Lui ne se voyait pas jouant ce rôle. Il faudrait bien que la veuve comprenne qu'il était très occupé... que des tâches urgentes, officielles le réclamaient ailleurs... Il lui ferait part de la nouvelle, présenterait ses condoléances et puis, histoire de prouver qu'il avait du tact, il la laisserait seule.

Il relâcha la pédale du frein, tourna dans l'allée de Susan Marie, le moteur toujours au point mort. À l'est, au-delà des rangées de framboisiers, on devinait la mer derrière la cime des cèdres qui dégringolaient la colline. C'était une de ces belles journées de septembre comme on en voyait rarement, sans un nuage, tiède comme un début d'été, avec le soleil qui brillait au loin sur la mer moutonnante. Art comprit alors quelque chose qui jusqu'ici lui avait échappé : Carl n'avait pas choisi cet endroit uniquement pour le soleil mais aussi pour la vue que l'on avait au nord et à l'ouest. Tout en s'occupant de ses fraisiers et de ses framboisiers, il gardait un œil sur l'eau.

Art s'arrêta derrière la Bel-Air des Heine et coupa le moteur. Les fils de Carl débouchèrent en courant de l'angle de la maison : un gamin de trois ou quatre ans, suivi d'un autre qui arrivait en boitant. En short, torse nu, sans chaussures, plantés à côté d'un buisson de rhododendrons, ils le dévisagèrent sans broncher.

Art sortit le papier de son chewing-gum de la poche de sa chemise. Il ne pouvait décemment pas annoncer une pareille nouvelle avec un chewing-gum dans la bouche.

« Hé, les petits, lança-t-il d'un ton joyeux. Votre mère est dans le coin ? »

Les garçons ne répondirent pas, se contentant de le regarder fixement. Un berger allemand déboucha lui aussi du coin de la maison, et l'aîné des garçons l'attrapa par le collier. « Couché », dit-il simplement.

Art Moran entrouvrit sa portière et mit son chapeau. « Policier », dit le plus jeune des enfants, qui s'avança à la hauteur de son frère. « Mais non, dit l'autre. C'est pas un policier. C'est le shérif.

– C'est ça, les enfants. Je suis le shérif Moran. Votre mère est ici ?

– Va chercher m'man », dit l'aîné en donnant un coup de coude à son frère.

Ils ressemblaient à leur père, dont ils auraient un jour la stature. Des petits Allemands robustes et bronzés.

« Non, ça ira, dit Art. Allez vite jouer. Je m'en occupe », ajouta-t-il avec un sourire à l'adresse du plus jeune.

Ils restèrent sans bouger à côté du rhododendron, le regardèrent gravir les marches, son chapeau à la main, et frapper à la porte, qui s'ouvrit toute seule. Art contempla le salon tout en attendant. Les murs étaient recouverts de lambris en pin verni où les nœuds faisaient des taches plus sombres ; derrière leurs cantonnières, les rideaux soigneusement froncés de Susan Marie, d'un jaune doux à l'œil, étaient retenus par des embrasses. Un tapis de haute laine recouvrait la plus grande partie du plancher. Au fond de la pièce, dans un angle, il y avait un piano, et, dans l'autre, un bureau à cylindre. Une paire de fauteuils à bascule en chêne garnis de coussins brodés, deux tables d'angle en châtaignier de chaque côté d'une banquette usée, un fauteuil en peluche à côté d'un lampadaire en laiton complétaient l'ensemble. Le fauteuil avait été tiré à côté de l'immense cheminée qu'avait construite Carl et dans laquelle se dressaient de grands chenets élancés. Le shérif fut impressionné par l'ordre qui régnait dans la pièce, par sa lumière dorée comme du miel, par les photographies de tous les Heine et de tous les Varig qui avaient précédé Carl et Susan Marie dans ce monde, des Allemands solides, massifs, aux traits épais, qui ne souriaient jamais pour les photographes.

Une belle salle de séjour, propre et calme, tout à l'honneur de Susan Marie, comme étaient tout à l'honneur de Carl la cheminée et les mansardes. C'est pendant qu'il admirait l'œuvre de la maîtresse de maison que celle-ci apparut en haut des marches.

« Oh, shérif Moran ! Comment allez-vous ? »

Il comprit aussitôt qu'elle ne savait rien, que ce serait à lui de lui apprendre la nouvelle. Mais il s'en trouva incapable dans l'instant et resta là, le chapeau à la main, l'ongle de son pouce sur ses lèvres, à la regarder descendre. « Bonjour, Mrs Heine, dit-il.

– J'étais en train de coucher le bébé », répondit-elle.

Elle était très différente de la femme séduisante qu'il voyait habituellement à l'église. Vêtue d'une jupe sombre, sans chaussures ni maquillage, elle avait une couche tachée sur l'épaule gauche et un biberon à la main.

« Que puis-je faire pour vous, shérif ? demanda-t-elle. Carl n'est pas encore rentré.

– C'est bien pourquoi je suis ici. J'ai... une mauvaise nouvelle pour vous, Mrs Heine. Une très mauvaise nouvelle. »

Elle sembla d'abord ne pas comprendre, le regarda comme s'il parlait chinois, prit la couche dans ses mains et lui sourit. Il ne pouvait plus reculer.

« Carl est mort. Il est mort la nuit dernière dans un accident. On a retrouvé son corps ce matin, pris dans son filet, au large de White Sand Bay.

– Carl ? C'est impossible !

– C'est pourtant la vérité. Ça semble incroyable, et je donnerais n'importe quoi pour que ça ne soit pas arrivé. Mais c'est comme ça. »

Étrange. La manière dont elle réagit était étrange.

Brusquement, elle recula en clignant des yeux, s'assit lourdement sur la dernière marche, posant le biberon à côté d'elle. Les coudes enfoncés dans les cuisses, elle se mit à se balancer d'avant en arrière en tordant la couche entre ses doigts. « Ça devait arriver un jour, j'en étais sûre », murmura-t-elle, les yeux hagards.

« Je suis désolé, dit Art. Je... je vais appeler votre sœur et lui demander de venir. Qu'est-ce que vous en pensez, Mrs Heine ? »

Sa question resta sans réponse, et, tout en se dirigeant vers le téléphone, il ne sut que répéter qu'il était désolé.

7

Au fond de la salle d'audience, vêtus de leurs habits du dimanche, se tenaient vingt-quatre résidents de l'île d'origine japonaise. Aucune loi ne les obligeait à s'asseoir là plutôt qu'ailleurs, mais, sans le leur signifier ouvertement, c'était ce que San Piedro attendait d'eux.

Leurs parents et leurs grands-parents s'étaient installés sur l'île dès 1883. Cette année-là, deux d'entre eux – Joe le Japonais et Charles Jose – habitaient un hangar près de Cattle Point. Trente-neuf autres travaillaient aux Scieries de Port Jefferson. Au lieu de les appeler par leurs noms, les agents du recensement les désignaient par des numéros ou des surnoms : Jap numéro 1, Jap numéro 2, le Nain, le Boiteux, le Bossu...

Au début du siècle, San Piedro comptait déjà plus de trois cents Japonais. C'est au cours d'une escale à Port Jefferson que la plupart d'entre eux en profitaient pour quitter le bateau sur lequel ils travaillaient. Nombreux étaient ceux qui gagnaient le rivage à la nage et qui, complètement démunis, erraient dans l'île, se nourrissant de framboises sauvages et de champignons jusqu'à ce qu'ils arrivent à « Jap Ville » : trois bains publics, deux coiffeurs, deux temples (l'un bouddhiste, l'autre baptiste), un hôtel, une épicerie, un terrain de base-ball, un marchand de glaces, un vendeur de *tofu* et une cinquantaine d'habitations misérables donnant sur des chemins boueux. Il fallait à peine une semaine aux nouveaux arrivants pour trouver du travail à la scierie de la ville : pour onze cents de l'heure, ils empilaient le bois de charpente, balayaient la sciure, transportaient les planches équarries ou graissaient les machines.

Les livres de la scierie, conservés aux archives du comté, précisent qu'en 1907 dix-huit Japonais furent blessés ou estropiés. Le 12 mars de cette année-là, le numéro 107 perdait une main sur une scie à refendre et recevait une indemnité de sept dollars quatre-vingts, tandis que, le 29 mai, le numéro 57 se démettait la hanche droite parce qu'une pile de planches s'effondrait sur lui.

En 1921, les Scieries de Port Jefferson mirent fin à leurs activités : elles avaient absorbé tous les arbres de San Piedro, qui n'était plus désormais qu'un désert de souches. Les propriétaires quittèrent l'île après avoir vendu leurs terrains. Les Japonais entreprirent de les nettoyer pour se consacrer à la culture de la fraise, car celle-ci venait bien à San Piedro et ne réclamait qu'un petit capital de départ. On disait volontiers qu'il ne fallait rien d'autre qu'un cheval, une charrue et beaucoup d'enfants.

Quelques Japonais ne tardèrent pas à louer de petits lopins de terre et à se mettre à leur compte, mais la plupart n'étaient que de simples métayers qui travaillaient dans les champs des *hakujin*. La loi leur interdisait de devenir propriétaires tant qu'ils n'avaient pas la nationalité américaine ; elle stipulait aussi qu'ils ne pouvaient l'obtenir tant qu'ils étaient japonais.

Ils plaçaient leurs économies dans des bocaux, puis écrivaient chez eux au Japon et demandaient à leurs parents de leur expédier une femme. Certains se prétendaient riches, d'autres mentaient sur leur âge ; mais les épouses finissaient toujours par arriver. Ils vivaient dans des cabanes en bois de cèdre, balayées par les vents, avec pour tout éclairage une lampe à pétrole et pour tout couchage une paillasse. Dès l'aube, on voyait les époux au travail dans les champs. À l'automne, accroupis entre les rangées de fraisiers, ils s'occupaient à désherber ou à verser leurs seaux d'engrais ; au printemps, ils répandaient leurs poudres contre les limaces et les charançons. Ils coupaient les stolons sur les plants de l'année, puis sur ceux des années précédentes. Ils étaient à l'affût des champignons, des punaises, des moisissures qu'amène la pluie.

En juin, quand les fraises étaient mûres, ils partaient avec leurs cagettes et commençaient la cueillette. Tous les ans, des Indiens, venus du Canada, se joignaient à eux. Certains travaillaient à la conserverie ; la plupart dormaient à la lisière des champs, dans des granges ou des vieux poulaillers. Ils restaient deux mois, faisaient encore la cueillette des framboises, puis repartaient.

Mais, pendant un mois, tout le monde ne s'occupait que des fraises. Dès l'aube, les premières cagettes regorgeaient de fruits, et le contremaître blanc inscrivait en chiffres romains, dans son livre noir, les résultats de la cueillette de chacun. On vidait les fraises dans des bacs en cèdre que les employés de la conserverie chargeaient sur des camions à fond plat. Les ramasseurs, accroupis le long des rangées numérotées, continuaient à remplir leurs récipients.

Quand, au début du mois de juillet, la saison était finie, il y avait un jour de congé pour la fête de la Fraise. On couronnait la « reine de la fraise », les *hakujin* faisaient griller des saumons, la brigade des pompiers disputait une rencontre de *soft ball* contre l'équipe de la communauté japonaise. Le club de jardinage exposait paniers de fraises et fuchsias, et la chambre de commerce offrait des prix pour le concours de chars. Dans la salle de bal de West Port Jensen, on allumait les lanternes, et les touristes de Seattle venaient en foule participer aux danses folkloriques. Fermiers, employés, marchands, pêcheurs, charpentiers, bûcherons, brocanteurs, pasteurs, hommes de loi, marins, plombiers..., ils étaient tous au rendez-vous, piqueniquaient à Burchillville et à Sylvan Grove, buvaient du porto vautrés dans l'herbe sous les arbres en écoutant l'orchestre du lycée jouer des marches militaires.

Moitié bacchanale, moitié fête tribale, les réjouissances connaissaient leur apothéose avec le couronnement de la reine, qui se déroulait devant le palais de justice du comté, au coucher du soleil, dans une atmosphère bizarrement solennelle. Entourée de paniers débordant de fraises, la jeune Japonaise, habillée de satin, le visage passé à la poudre de riz, recevait sa couronne des mains du maire d'Amity Harbor, arborant écharpe rouge et sceptre doré. Dans le silence qui s'ensuivait, il annonçait d'un ton pénétré, lettre officielle à l'appui, que le ministère de l'Agriculture félicitait l'île pour ses fraises, les meilleures de toute l'Amérique, ou révélait que le roi George et la reine Elizabeth avaient dégusté, lors de leur dernier voyage à Vancouver, la confiture de San Piedro pour leur petit déjeuner. Il terminait son discours au milieu des acclamations, brandissant son sceptre d'un bras et entourant de l'autre l'épaule délicate de la frêle jeune fille. Celle-ci jouait en fait le rôle de médiateur entre les deux communautés et n'était rien d'autre que la jeune vierge innocente offerte en sacrifice pour permettre aux festivités de se dérouler dans le calme et l'harmonie.

À l'époque de Pearl Harbor, il y avait à San Piedro huit cent quarante-trois personnes d'ascendance japonaise, dont douze élèves de terminale au lycée d'Amity Harbor qui, cette année-là, n'obtinrent pas leur diplôme de fin d'études. Le 29 mars 1942, tôt dans la matinée, quinze camions de la *US War Relocation Authority* emmenèrent tous les Nippo-Américains de l'île jusqu'au ferry d'Amity Harbor.

Ils furent embarqués sous les yeux de leurs voisins blancs qui s'étaient levés de bonne heure pour assister, dans le froid, à cette cérémonie d'exorcisme. Certains étaient venus en amis, la plupart en curieux ; des pêcheurs assistaient à la scène, depuis le pont de leur bateau. Comme la majorité des habitants de l'île, ils estimaient que c'était là la seule chose à faire, convaincus qu'ils étaient du bien-fondé de cet exode forcé : on était désormais en guerre, et la guerre changeait tout.

Pendant la suspension d'audience de la matinée, l'épouse de l'accusé était venue s'asseoir seule sur le banc de la première rangée, celle qui se trouvait juste derrière la table de l'accusé, et avait demandé la permission de parler à son mari.

« Il faudra que vous lui parliez d'où vous êtes, dit Abel Martinson. Mr Miyamoto a le droit de se retourner et de vous faire face, mais c'est tout. Vous comprenez, il n'est pas censé bouger. »

Pendant soixante-dix-sept jours, Hatsue Miyamoto était venue rendre visite à son mari, tous les après-midi à trois heures, à la prison de comté. Au début, elle était venue seule et s'adressait à lui à travers la vitre. Par la suite, il lui demanda d'amener les enfants, deux filles de huit et quatre ans, et un garçon de onze mois qu'elle portait dans ses bras. Kabuo était en prison le jour où son fils apprit à marcher ; l'après-midi, elle lui amena l'enfant qu'il regarda faire quelques pas derrière la vitre. Plus tard, elle le souleva dans ses bras pour que Kabuo puisse lui parler dans le microphone. « Tu en fais plus que moi, dis donc. Tu marcheras à ma place, d'accord ?

« Comment vont les enfants ? dit-il en se tournant vers Hatsue.

– Ils ont besoin de leur père.

– Ils l'auront bientôt ; Nels s'en occupe.

– Nels va vous laisser tranquille, intervint celui-ci. Et l'assistant Martinson ferait bien d'en faire autant. Ça t'ennuierait de t'écarter un peu, Abel ? Tu peux les surveiller sans être sur leur dos, non ?

– J'ai des consignes, dit Abel. Art me le pardonnerait pas.

– Qu'est-ce que tu me racontes ? Tu sais fichtre bien que Mrs Miyamoto n'est pas du genre à essayer de glisser une arme en cachette à son mari. Recule-toi un peu et laisse-les parler tranquillement.

– Non, je ne peux pas, je suis désolé. »

Il n'en recula pas moins de quelques pas, faisant semblant de ne pas écouter, tandis que Nels s'éloignait.

« Où sont les enfants ? demanda Kabuo.

– Chez ta mère. Mrs Nakao est avec eux. Tout le monde est très gentil.

– Tu me manques, tu sais. Tu as l'air en forme.

– Tu plaisantes, je suis affreuse, répondit Hatsue. Quant à toi, tu ressembles à un soldat du général Tojo. Tu ferais mieux de ne pas te tenir si droit et si raide, tu vas finir par effrayer les jurés. »

Il la regarda droit dans les yeux, et elle vit qu'il réfléchissait à ce qu'elle venait de lui dire.

« Ça fait du bien de sortir de cette cellule. Ça fait vraiment du bien. »

Hatsue aurait voulu pouvoir le toucher, tendre le bras et poser la main sur sa nuque ou sur son visage. C'était la première fois qu'ils n'étaient pas séparés par une vitre, qu'ils pouvaient se parler sans micro. Depuis soixante-dix-sept jours, elle était constamment tendue, se refusait à envisager leur avenir. La nuit, elle prenait les enfants dans son lit et essayait en vain de trouver le sommeil. Ses cousins, ses sœurs, ses tantes venaient la voir le matin pour l'inviter à déjeuner. Elle acceptait, pour fuir sa solitude autant que pour entendre des voix autour d'elle. Les femmes faisaient des sandwiches et des gâteaux dans la cuisine pendant que les enfants jouaient. Parfois, l'après-midi, Hatsue s'endormait sur une banquette. Les autres femmes s'occupaient alors de ses enfants, et elle ne manquait jamais de les en remercier. Autrefois, elle ne se serait jamais permis de s'endormir au cours d'une visite en laissant les enfants sans surveillance.

Et c'est ainsi que s'était écoulé l'automne. Dans la souffrance et dans l'attente.

À trente et un ans, le plus souvent vêtue d'un pantalon d'homme kaki et d'un sweat-shirt en coton gris, elle était encore gracieuse, avec sa taille fine et ses seins menus. L'été, elle faisait la cueillette des fraises pour rapporter un peu plus d'argent à la maison, et elle avait toujours les mains tachées de jus. Quand elle était aux champs, elle portait un chapeau de paille assez bas sur le front, précaution qu'elle avait omis de prendre du temps de sa jeunesse, si bien qu'elle avait déjà de fines rides autour des yeux. Malgré sa taille – un mètre soixante-dix –, elle pouvait rester accroupie des heures durant sans fatigue entre les rangées de fraisiers.

Elle avait depuis peu pris l'habitude de se maquiller les yeux et les lèvres, moins par vanité que parce qu'elle se rendait compte qu'elle se fanait. Elle n'en ressentait pas d'amertume particulière : elle avait compris, lentement mais sûrement au fil des ans, qu'il y avait des choses plus importantes dans la vie que l'extraordinaire beauté pour laquelle on l'avait toujours admirée – une beauté telle que, dans sa jeunesse, elle était devenue propriété publique, puisqu'elle avait été couronnée lors de la fête de la Fraise en 1941. À treize ans, elle était devenue l'élève de Mrs Shigemura, qui apprenait aux jeunes filles à danser l'*odori* et à servir le thé. Assise devant un miroir, vêtue d'un kimono en soie, elle avait appris de son professeur que ses cheveux étaient *utsukushii* et qu'elle commettrait un sacrilège en les coupant. Mrs Shigemura avait entrepris de les lui décrire en japonais : rivière d'onyx chatoyant, ils constituaient le trait marquant de son physique, aussi inhabituels que la calvitie chez une fille de son âge. Elle dut apprendre les multiples façons de les coiffer : en les maintenant avec des épingles, en en faisant une grosse tresse ramenée sur la poitrine ou un chignon bas plaqué sur la nuque, en les rejetant à l'arrière pour mettre en valeur ses larges pommettes. Mrs Shigemura prenait les cheveux d'Hatsue à pleines mains tout en lui disant qu'ils avaient la consistance du mercure, et qu'il lui incombait d'en jouer avec amour, comme elle eût joué d'un instrument à corde ou d'une flûte. Puis elle les lui peignait jusqu'à ce qu'ils se déploient en éventail, qu'ils luisent comme des vagues d'un noir surnaturel.

Le mercredi après-midi, elle lui enseignait les arcanes de la cérémonie du thé ainsi que la calligraphie et la peinture. Elle lui montrait comment disposer les fleurs dans un vase ou comment, pour les grandes occasions, blanchir son visage à la poudre de riz. Hatsue n'était pas censée rire à gorge déployée ni regarder un homme dans les yeux. Pour garder un teint immaculé – selon Mrs Shigemura, elle avait une peau dont la douceur évoquait la glace à la vanille –, elle devait veiller à ne pas s'exposer au soleil. Elle lui apprit aussi à maîtriser l'art du chant, à s'asseoir, à marcher ou à rester debout avec grâce. Il restait encore des traces de cet enseignement : quand Hatsue se déplaçait, c'était son corps tout entier, délié et gracieux, qui bougeait, depuis la plante des pieds jusqu'au sommet de la tête.

Elle avait toujours connu une vie pénible : le travail aux champs avait été suivi d'une période d'internement dans un camp, puis aux travaux de la terre s'étaient ajoutés ceux de la maison. Mais les séances chez son professeur lui avaient enseigné l'art d'affronter les épreuves avec équanimité, l'importance du maintien et de la respiration, mais surtout la primauté de la vie spirituelle. La quête de l'union avec le Grand Tout était capitale ; chacun ne devait se considérer que comme une simple feuille sur un arbre immense. Selon Mrs Shigemura, la perspective de la mort, l'automne venu, était sans importance au regard du rôle qu'avait à jouer la feuille dans la vie de l'arbre. Si, en Amérique, les gens avaient peur de la mort, c'est parce que la vie y était distincte de l'Être. Mais une jeune Japonaise devait comprendre que la mort est partie intégrante de la vie, que c'est là une étape indispensable sur le chemin de la sérénité.

Mrs Shigemura avait aussi appris à Hatsue à rester assise sans bouger, prétendant qu'elle ne mûrirait que si elle s'astreignait à cet excercice pendant d'assez longues périodes. La tension et le malaise qui régnaient en Amérique risquaient de lui rendre la tâche difficile. Au début, Hatsue, qui n'avait que treize ans, était incapable de rester en place plus de quelques secondes. Plus tard, quand elle eut réussi à maîtriser son corps, elle découvrit que c'était son esprit qui refusait cette immobilité. Mais peu à peu, elle parvint à se dominer, pour le plus grand plaisir de son professeur qui affirmait qu'elle était en passe de vaincre son impétuosité naturelle. Face à l'agitation et aux vicissitudes de la vie, la sérénité lui permettrait de trouver l'harmonie.

En dépit de ces leçons, quand Hatsue traversait la forêt pour rentrer chez elle, elle ne se trouvait guère sereine. Elle s'attardait, s'asseyant parfois sous les arbres, cherchant des orchidées ou des jacinthes sauvages et réfléchissant à l'attirance qu'exerçait sur elle le monde des illusions – son besoin de vivre, de s'amuser, de s'habiller, de se maquiller, de danser ou d'aller au cinéma. Il lui semblait qu'elle n'avait réussi qu'à tromper son professeur : au plus profond d'elle-même, elle n'aspirait qu'aux plaisirs de ce monde. Pourtant, quand elle entra au lycée, elle était passée experte dans l'art de ne rien laisser paraître de sa vie intérieure et d'imposer à son corps un calme qu'elle était souvent loin d'éprouver. Cette vie secrète la troublait, et elle cherchait confusément à l'étouffer.

Mrs Shigemura s'était montrée franche et directe avec Hatsue en matière de sexualité. Avec le sérieux d'une voyante, elle avait prédit à Hatsue qu'elle serait convoitée par des Blancs qui n'en voudraient qu'à sa virginité. Selon elle, les jeunes vierges japonaises nourrissaient les fantasmes des Blancs. Kimonos, saké, paille japonaise, geishas aguichantes sous leurs airs réservés envahissaient leurs magazines et leurs écrans. Les Blancs rêvaient d'un Japon passionné et leurs rêves – filles à la peau dorée par le soleil, aux longues jambes élancées, marchant pieds nus dans la chaleur moite des rizières – déformaient leur vision des choses. C'étaient de dangereux égocentriques, convaincus que les Japonaises n'avaient que vénération pour leur teint pâle et leur pragmatisme. Garde-toi d'eux, avait-elle dit, et épouse un homme de ta race.

Si ses parents avaient envoyé Hatsue chez Mrs Shigemura, c'était parce qu'ils ne voulaient pas voir la jeune fille oublier qu'elle était d'abord et avant tout japonaise. Les ancêtres de son père avaient été potiers pendant des générations. Sa mère, Fujiko – d'une famille modeste de petits boutiquiers et de marchands de riz en gros, qui vivait près de Kure –, avait été choisie sur photo par son futur époux Hisao et était venue en Amérique à bord du *Korea Maru*. Un *baishakunin* avait arrangé le mariage, racontant aux Shibayama que leur futur gendre avait fait fortune dans son pays d'adoption. Ceux-ci, propriétaires d'une maison respectable, étaient persuadés que leur fille pouvait prétendre à mieux qu'à un vulgaire travailleur manuel.

C'est alors que le *baishakunin,* dont le travail consistait à procurer des épouses à ses clients, leur avait montré douze acres de bonne terre de montagne que l'époux avait l'intention d'acheter à son retour d'Amérique. Il y avait là des pêchers, des plaqueminiers, de grands cèdres élancés et une superbe maison flambant neuve avec trois jardins de rocailles. Et puis, avait-il fini par faire remarquer, Fujiko elle-même tenait à partir : elle était jeune et, à dix-neuf ans, elle avait envie, avant de s'installer dans sa vie d'épouse, de découvrir le monde au-delà des mers.

Mais elle avait été malade pendant toute la traversée, et, une fois à Seattle, elle s'était aperçue qu'en guise de mari elle n'avait épousé qu'un va-nu-pieds. Hisao avait les mains calleuses et pleines d'ampoules, ses vêtements sentaient fort la transpiration et il n'avait que quelques dollars en poche : il en demanda pardon à Fujiko. Ils vécurent d'abord dans une petite pension de Beacon Hill, dont les murs étaient tapissés de photos de magazines. Les Blancs du quartier les traitaient avec mépris. Fujiko trouva du travail dans une gargote sur le port. Elle aussi s'abîma les mains à trimer et à suer pour les *hakujin.*

Vint alors Hatsue, la première de leurs cinq filles, et la famille déménagea dans une pension de Jackson Street, dont les propriétaires, originaires de la préfecture de Tochigiken, avaient réussi : les femmes portaient des kimonos en crêpe de soie et des mules rouge vif à semelles de liège. Jackson Street n'en sentait pas moins le poisson pourri, le chou et le radis en train de fermenter dans la saumure, les égouts paresseux et les gaz d'échappement. Pendant trois ans, Fujiko fit des ménages, jusqu'au jour où Hisao leur dénicha du travail à la conserverie. En mai, les Imada s'embarquèrent sur un bateau en partance pour San Piedro, où ils étaient sûrs de trouver de l'embauche dans les champs de fraises.

Tout valait mieux que Seattle. Ici au moins, les rangées bien alignées de fraisiers qui dévalaient les collines, le vent du large qui leur apportait l'odeur de la mer, et le matin, la lumière un peu blême qui leur rappelait ce Japon qu'ils avaient laissé derrière eux, les récompensaient de leur labeur.

Ils vécurent d'abord dans un coin de la grange qu'ils partageaient avec des Indiens. À sept ans, Hatsue coupait déjà des fougères et du houx dans la forêt aux côtés de sa mère. Hisao, lui, vendait des perches et confectionnait des couronnes de Noël. Quand le sac où ils mettaient leurs économies fut plein, ils louèrent sept acres de terre envahies par les souches et les ronces, achetèrent un cheval de labour et commencèrent à défricher. L'automne venant, les feuilles se recroquevillèrent, tombèrent, et la pluie en fit une boue couleur de rouille. Hisao passa l'hiver 1931 à défricher et à arracher les souches. Une maison en planches de cèdre sortit bientôt de terre, le sol fut labouré, et les premières graines plantées à temps pour le pâle soleil de mars.

Hatsue cherchait des clams sur la plage, cueillait des baies, ramassait des champignons et désherbait les plants de fraisiers. Elle servait aussi plus ou moins de mère à ses quatre sœurs. Quand elle eut dix ans, un petit voisin lui apprit à nager et lui proposa sa boîte à fond vitré pour qu'elle puisse voir sous la surface de l'eau. Les mains sur la boîte, le dos chauffé par le soleil du Pacifique, ils observaient les méduses et les crabes. En s'évaporant, l'eau salée déposait des traces blanchâtres sur la peau d'Hatsue. Un jour, le garçon lui demanda la permission de l'embrasser. La voyant indécise, il se pencha au-dessus de la boîte pour poser, l'espace d'une seconde, ses lèvres sur les siennes. Avant qu'il se redresse, elle avait eu le temps de sentir la tiédeur de sa bouche. Puis ils avaient continué à observer les anémones, les holothuries et les polychètes. Le jour de son mariage, Hatsue devait se rappeler que son premier baiser, elle l'avait reçu de ce garçon, Ishmael Chambers, tandis qu'ils flottaient sur l'océan, accrochés à leur boîte. Mais à son époux qui lui demandait si elle en avait déjà embrassé un autre, Hatsue avait répondu par la négative.

« Ça tombe dru, dit-elle en levant les yeux vers les fenêtres. C'est la première neige pour ton fils. »

Kabuo se tourna pour regarder la neige, et elle remarqua les tendons qui se dessinaient sur son cou au-dessus du col de sa chemise. La prison ne l'avait pas affaibli, car il avait su préserver cette force, essentiellement intérieure, qui était la sienne et qui lui permettait de s'adapter aux circonstances.

« Tu feras bien de vérifier la cave à provisions. Il ne faudrait pas que ça gèle.

– C'est déjà fait. Tout va bien.

– C'est bien. Je savais que je pouvais compter sur toi. »

Sans rien dire, il regarda un moment les aiguilles glacées obscurcir les petits carreaux avant de se tourner vers elle. « Tu te souviens de la neige de Manzanar ? J'y pense chaque fois qu'il neige. Les bourrasques, le vent, le gros poêle ventru. Et les étoiles brillant au firmament. »

Il n'avait pas pour habitude de parler ainsi ; il était bien trop pragmatique. Mais peut-être la prison lui avait-elle appris à extérioriser ce que, d'ordinaire, il préférait garder secret. « C'était aussi la prison, dit Hatsue. Nous avons quelques bons souvenirs, mais c'était quand même une prison.

– C'est faux. C'est ce que nous avons cru quand nous

y étions. Mais c'est parce que nous ignorions ce que c'est que de vivre seul dans une cellule. »

Elle dut reconnaître qu'il disait vrai. Ils s'étaient mariés au camp d'internement de Manzanar dans une chapelle bouddhiste de fortune. Sa mère avait suspendu des couvertures de l'armée pour séparer la pièce minuscule des Imada en deux et leur avait donné, pour leur nuit de noces, deux lits de camp à côté du poêle, qu'elle avait poussés l'un contre l'autre pour donner l'illusion d'un seul lit et dont elle avait lissé les draps du plat de la main. Les quatre sœurs d'Hatsue avaient regardé faire leur mère sans rien dire, debout à côté du rideau. Fujiko avait chargé le poêle puis s'était essuyé les mains sur son tablier en précisant qu'il leur faudrait fermer la clé dans quarante-cinq minutes. Elle avait ensuite fait sortir ses filles et laissé Kabuo et Hatsue seuls dans leur *chambre*.

Ils s'embrassèrent dans leurs habits de mariés à côté de la fenêtre, et elle sentit la tiédeur de son cou et de sa gorge. Dehors, la neige s'était entassée contre les murs des baraquements. « Elles vont tout entendre, murmura Hatsue.

– Il doit bien y avoir un bon programme à la radio, cria Kabuo, qui la tenait par la taille, en direction du rideau. Qu'est-ce que vous diriez d'un peu de musique ? »

Ils attendirent. Kabuo suspendait son manteau quand une station de Las Vegas fit entendre de la country music. Il s'assit, enleva ses chaussures et ses chaussettes qu'il rangea soigneusement sous le lit et défit son nœud papillon.

Hatsue prit place à côté de lui. Elle regarda son profil, la cicatrice sur sa mâchoire, puis ils s'embrassèrent à nouveau. « Il faut que tu m'aides, murmura-t-elle. Ma robe se déboutonne par-derrière. »

Kabuo la lui dégrafa, faisant courir ses doigts le long

de son dos. Elle se redressa, dégagea ses épaules et fit tomber sa robe qu'elle ramassa pour aller la suspendre à côté du manteau. Puis elle revint en soutien-gorge et en combinaison s'asseoir sur le lit à côté de Kabuo.

« Il ne faudrait pas qu'on fasse trop de bruit, dit-elle. Même avec la radio qui marche, je suis sûre que mes sœurs écoutent.

– Entendu, répondit Kabuo. Pas de bruit. »

Il déboutonna sa chemise, l'enleva et la posa au pied du lit. Puis il ôta également son maillot : il était très fort, elle voyait jouer ses muscles sous la peau. Elle était heureuse de l'avoir épousé. Leurs deux familles cultivaient les fraises, et il était expert en la matière. Tout l'été, ses mains étaient tachées de jus, tout comme les siennes, d'un jus rouge qui teintait sa peau et la parfumait. Elle savait que c'était en partie à cause de ce parfum qu'elle avait envie de lier sa vie à la sienne. Même si cette idée pouvait paraître bizarre aux autres, son attirance pour lui était d'abord une question d'odorat. Et elle savait que Kabuo voulait ce qu'elle-même désirait : une maison à San Piedro au milieu des champs de fraises. Rien de plus, une terre, une ferme, les gens qu'ils aimaient à proximité et l'odeur du fruit sous leurs fenêtres. Hatsue connaissait des filles de son âge qui, persuadées que leur bonheur était ailleurs, voulaient aller vivre à Seattle ou à Los Angeles. Elles n'auraient pas su dire au juste ce qu'elles espéraient trouver à la ville, mais elles avaient envie de partir. À une époque, Hatsue avait partagé leurs illusions, mais en découvrant sa vraie nature elle avait compris, comme au sortir d'un rêve, qu'elle était faite pour le calme tranquille d'une vie à la campagne. Elle savait, au plus profond d'elle-même, ce qu'elle voulait et pourquoi : le bonheur des champs travaillés avec amour, aux côtés de l'homme qu'on aime. C'était aussi là ce que ressentait Kabuo et ce qu'il attendait de la vie. Ils faisaient donc ensemble des projets : une fois la guerre finie, ils rentreraient à San Piedro, où se trouvaient leurs racines, la terre et les gens qu'ils aimaient. Kabuo correspondait exactement au garçon que lui avait décrit Mrs Shigemura, bien des années auparavant, quand elle lui parlait d'amour et de mariage, et c'est pour cette raison qu'elle l'embrassait maintenant avec passion. Elle l'embrassa sur les joues, plus tendrement sur le front, puis posa son menton sur le sommet de sa tête et lui prit les oreilles entre les doigts. Ses cheveux avaient l'odeur de la terre mouillée. Kabuo la prit dans ses bras et l'attira contre lui, la serrant très fort. Il l'embrassa juste au-dessus des seins, la joue contre son soutien-gorge.

« Tu sens tellement bon », dit-il.

Il se dégagea, le temps de retirer son pantalon qu'il posa à côté de sa chemise, et ils restèrent assis côte à côte sur le lit, en sous-vêtements. La lumière qui tombait de la fenêtre éclairait ses jambes. Elle voyait la bosse que faisait son slip là où son pénis dressé tendait le tissu.

Hatsue ramena ses genoux sous son menton. « Elles écoutent, dit-elle. J'en suis sûre.

– Vous ne pourriez pas monter un peu le son ? cria Kabuo. On n'entend pas grand-chose ici. »

La country music envahit la pièce. Ils s'allongèrent sur le côté, se faisant face, et elle sentit son membre raidi contre son ventre. Elle allongea la main pour le toucher, pour en effleurer le bout et le renflement juste en dessous. Elle entendait le charbon grésiller dans le poêle ventru.

Elle se rappela le jour où elle avait embrassé Ishmael Chambers, ce garçon bronzé qui habitait un peu plus loin dans la rue. Ensemble, ils avaient ramassé des baies, grimpé aux arbres, pêché des poissons. Elle repensa à lui, tandis que Kabuo lui mordillait la pointe des seins à travers le soutien-gorge, et vit en lui le premier maillon d'une chaîne : à dix ans, elle avait embrassé ce garçon et connu une sensation étrange ; dans quelques instants, c'est le membre d'un autre qui la pénétrerait. Mais elle n'eut aucun mal ce soir-là, le soir de ses noces, à chasser Ishmael de ses pensées ; il n'y était entré que par accident, simplement parce que, sans le vouloir, on associe toujours entre eux des épisodes de ce genre, quel que soit le nombre d'années qui les sépare.

Bientôt son époux lui ôta sa combinaison et sa culotte, dégrafa son soutien-gorge, pendant qu'elle-même tirait sur son slip. Ils étaient nus, et elle voyait son visage, lisse et volontaire, dans la lumière des étoiles. Dehors, le vent soufflait avec violence, sifflait entre les planches des baraquements. Elle prit le pénis de Kabuo dans ses mains, le serra et le sentit palpiter. Puis, parce que c'était ainsi qu'elle le voulait, elle roula sur le dos sans le lâcher, et il se retrouva allongé sur elle, les mains passées sous ses fesses.

« C'est la première fois ? murmura-t-il.

– Oui. Tu es le premier et le seul. »

Le bout de son pénis trouva l'endroit qu'il cherchait, mais Kabuo attendit un instant, sans bouger, pendant qu'il l'embrassait, lui prenait la lèvre inférieure entre les siennes. Puis il l'attira contre lui, la pénétra d'un coup, et elle sentit ses testicules s'écraser contre sa peau. Son corps consentant, éperdu, répondit tout entier. Le dos cambré, les seins pressés contre sa poitrine, elle fut parcourue d'un long frisson. Elle se souvenait encore avoir murmuré : « C'est bien. Nous étions faits l'un pour l'autre, Kabuo.

– *Tadaima aware ga wakatta,* avait-il répondu. Maintenant, je sais ce qu'est la beauté suprême. »

Huit jours plus tard, il partit pour Camp Shelby rejoindre les unités de combat du 442e régiment d'infanterie. Il fallait absolument qu'il parte, lui avait-il répété. Il fallait qu'il fasse la preuve de son courage, de sa loyauté envers les États-Unis, envers son pays.

« On peut mourir à vouloir faire la preuve de tout ça, avait-elle dit. Je les connais, moi, ton courage et ta loyauté. »

Ses mots ne surent pas l'arrêter. Elle les lui avait dits bien des fois avant qu'ils se marient ; bien des fois, elle l'avait supplié de ne pas partir, mais il n'avait pu se résoudre à rester loin des champs de bataille. Pour lui, ce n'était pas seulement une affaire d'honneur : s'il devait partir, c'est parce qu'il était japonais. Son visage ne le disait que trop. Il avait quelque chose de plus à prouver ; cette guerre-là le mettait en face de responsabilités tout à fait à part, et si quelqu'un comme lui refusait de les endosser, alors, qui le ferait ? Elle comprit qu'il ne changerait pas d'avis, reconnut cette rigidité enfouie au plus profond de lui, ce monde secret qui le poussait maintenant à s'engager dans un combat dont elle-même était exclue. Une partie de son être lui restait inaccessible ; ses choix, il les faisait seul, ce qui non seulement la troublait, mais lui faisait peur pour l'avenir, leur avenir. Sa vie à elle était désormais liée à la sienne, et il lui semblait qu'en conséquence aucun recoin de son âme ne devait lui rester étranger. Elle ne cessait de se répéter que ce repli sur soi était chez lui la conséquence de la guerre, de la vie carcérale du camp, de leur exil en pays étranger. Nombreux étaient les hommes qui partaient se battre contre l'avis des femmes ; chaque jour, le camp perdait des dizaines de jeunes gens. Elle s'exhortait à suivre les conseils de sa mère et de celle de Kabuo, qui l'incitaient à se résigner plutôt qu'à lutter contre des forces qui la dépassaient. Elle était désormais emportée par le courant de l'histoire, comme sa mère avant elle. Elle devait se laisser entraîner sans opposer de résistance, sinon son cœur allait la ronger tout entière, sinon elle ne sortirait pas indemne de ce conflit, comme elle l'espérait encore.

Hatsue apprit à vivre l'absence de son mari ; elle apprit l'art de l'attente interminable. Mais, en dépit de ses efforts, elle ne parvenait pas à surmonter son obsession – celle-là même qui hantait Ishmael Chambers, au moment où, dans la salle d'audience, il la regardait échanger quelques mots avec son mari.

8

Tout en regardant Hatsue, Ishmael se souvenait du jour où ils étaient allés ramasser des clams géants à marée basse au pied de la falaise de South Beach. Une pelle dans une main, et, dans l'autre, un seau en fer dont le fond rouillé laissait passer l'eau, Hatsue, vêtue d'un maillot de bain noir, arpentait les laisses. Elle marchait pieds nus, évitant soigneusement les bernaches, au milieu des varechs luisants qui séchaient en éventail au soleil. Ishmael portait des bottes en caoutchouc et avait une petite bêche à la main ; le soleil lui cuisait les épaules et le dos et durcissait la boue sur ses mains et ses genoux.

Au bout d'un kilomètre, ils s'arrêtèrent pour se baigner. Puis la marée changea, et les clams commencèrent à émerger, signalant leur présence par de petits jets d'eau. Des dizaines de geysers minuscules crevaient tout autour d'eux, puis le filet d'eau s'amenuisait pour finir par disparaître. Les clams étiraient les siphons luisants de leurs cous pour tendre leurs lèvres vers le soleil. D'un blanc irisé, ils s'ouvraient avec une délicatesse de fleur au milieu des marécages.

L'un d'eux retint leur attention, et ils s'agenouillèrent pour l'étudier de plus près, évitant bruits et mouvements brusques de peur de l'effrayer et de le voir disparaître dans le sable. Son seau à côté d'elle, sa pelle dans la main, Hatsue lui fit remarquer la couleur sombre de la lèvre, sa taille, ses nuances, le diamètre de l'orifice et, péremptoire, décréta qu'ils étaient en présence d'un clam fer à cheval.

Ils arrivèrent à un deuxième siphon et de nouveau s'agenouillèrent. Hatsue tordit ses cheveux pour en égoutter l'eau de mer qui coula le long de son bras, puis les releva et les laissa retomber en éventail pour les faire sécher.

« Clam géant, murmura-t-elle.

– Il a l'air énorme », confirma Ishmael.

Hatsue se pencha pour enfoncer un doigt dans le siphon ; aussitôt le clam rentra le cou et battit en retraite. Elle plongea alors dans la vase la pointe d'un bâton qui disparut sur toute sa longueur.

« Il est profond et drôlement gros.

– À mon tour de creuser, dit Ishmael.

– Fais attention de ne pas la casser, prévint Hatsue en lui tendant sa pelle. Le manche ne tient plus très bien. »

Ishmael, en creusant, délogea des palourdes, des couteaux et des vers et fit une petite digue pour empêcher l'eau d'envahir le trou. Hatsue s'étendit à plat ventre pour écoper, ses jambes lisses et bronzées dans la vase tiède.

Quand le bâton tomba, Ishmael s'accroupit à côté d'elle et la regarda gratter le sable avec la bêche. Bientôt, ils aperçurent le siphon, l'orifice dans lequel le cou s'était retiré. Penchés côte à côte au-dessus du trou, les bras couverts de vase, ils se mirent à creuser jusqu'à ce qu'un tiers du coquillage apparaisse. « Y a plus qu'à le tirer, dit Ishmael.

– Il vaudrait mieux arriver à le prendre par en dessous », répondit Hatsue.

C'était lui qui, quatre étés durant, lui avait enseigné l'art de sortir les clams. Aujourd'hui, l'élève avait dépassé le maître. Elle était tellement sûre d'elle qu'il ne pouvait que s'incliner. « Il est encore drôlement accroché, fit-elle remarquer. Si on tire, on risque de l'abîmer. Il vaut mieux creuser encore un peu. »

Quand le moment fut venu de tirer, il glissa la main dans le trou aussi loin qu'il put, le visage appuyé contre le sol, avec pour tout champ de vision le genou d'Hatsue, pour toute odeur, celle du sel sur sa peau.

« Doucement, lui conseilla-t-elle. Prends ton temps.

– Je le sens qui vient », grogna Ishmael.

Elle s'empara du clam et le rinça dans un trou d'eau, frottant la coquille de la paume de la main, nettoyant le long cou et le pédoncule, puis Ishmael le mit dans le seau. Il était plus gros que tous ceux qu'il avait vus jusqu'ici. Il l'admira, le tournant et le retournant. Le poids et la taille des clams le surprenaient toujours autant. « Il est beau celui-là, dit-il.

– Énorme. Gigantesque », précisa Hatsue.

Debout dans l'eau jusqu'aux chevilles, elle se rinça les jambes, pendant qu'Ishmael rebouchait le trou. La marée montait, recouvrant les laisses chauffées par le soleil, et l'eau avait la tiédeur d'un lagon. Assis côte à côte, les jambes prises dans le varech, ils faisaient face au large. « Ça ne finit jamais, dit Ishmael. Les océans couvrent les trois quarts du globe.

– Ça finit bien quelque part. Ou bien ça recommence toujours pareil.

– Ça revient au même. Ça ne finit jamais.

– Il y a bien une plage où la marée est haute en ce moment, expliqua Hatsue. Et c'est là que finit l'océan.

– Il ne finit jamais. Il en rencontre un autre, et leurs eaux se mélangent.

– Les océans ne se mélangent pas, dit Hatsue. Ils sont à des températures différentes et puis ils ne sont pas tous aussi salés.

– Ils se mélangent par en dessous. En fait, y a qu'un

océan, dit Ishmael en prenant appui sur les coudes après s'être enroulé une algue autour de la cuisse.

– C'est pas vrai. Y a quatre océans en tout : l'Atlantique, le Pacifique, l'Indien et l'Arctique. Et ils sont tous différents.

– Différents comment ?

– Différents, c'est tout. Juste différents, dit Hatsue en adoptant la même position et en renversant la tête en arrière.

– Ça n'explique rien. L'eau, c'est toujours pareil. Les noms, sur une carte, ça veut rien dire. Tu crois que si tu étais sur un bateau et que tu arrivais sur un autre océan, y aurait une pancarte ?

– La couleur serait pas la même. Ça, je l'ai entendu dire. L'Atlantique est plutôt marron, l'océan Indien est tout bleu.

– T'as entendu ça où ?

– Je m'en souviens plus.

– C'est pas vrai.

– Si, c'est vrai. »

Ils se turent. Ils n'entendaient plus que le bruit des vagues qui clapotaient autour d'eux. Ishmael ne voyait plus que les jambes et les bras d'Hatsue. En séchant, le sel avait laissé des traces blanchâtres au coin de ses lèvres. Il remarqua ses ongles, la forme de ses doigts de pied, le petit creux de sa gorge. Il y avait six ans qu'il la connaissait, mais il ignorait tout d'elle, et c'était cette partie d'elle-même qu'elle gardait secrète qui le fascinait.

Depuis quelque temps, il lui suffisait de penser à elle pour être malheureux. Il avait passé le plus clair du printemps, que ce soit sur les bancs de l'école ou au sommet de la falaise de South Beach, à se demander comment il pourrait bien lui en parler. Sans résultat. Les mots lui manquaient. Il sentait obscurément que, s'il s'ouvrait à elle, il risquait de le regretter. Elle restait fermée, ne laissait aucune brèche où il pût s'engouffrer, alors que, depuis des années maintenant, ils rentraient ensemble de l'école, se retrouvaient sur la plage ou dans les bois, ramassaient des fraises pour le compte des mêmes fermiers. À neuf ans, ils avaient passé des après-midi entiers, l'automne venu, dans le tronc creux d'un cèdre où, allongés sur le sol, ils regardaient la pluie fouetter les fougères et le lierre. À l'école, pour des raisons qu'il comprenait mal, même en admettant leur différence de race, ils faisaient semblant de ne pas se connaître. Elle en avait décidé ainsi une fois pour toutes.

Puis elle eut quatorze ans, et ses petits seins durs – on aurait dit des pommes – commencèrent à pointer sous son maillot de bain. Il n'aurait su dire ce qui en elle était changé, mais jusqu'à son visage, la texture de sa peau, qui n'étaient plus les mêmes. Ces bouleversements, il les avait observés l'un après l'autre et désormais, quand il était à côté d'elle, comme en ce moment, il avait du mal à se contrôler tant il était fébrile.

Son cœur battait la chamade. Complètement noué, incapable de trouver ses mots, comme paralysé, il sentait qu'il ne tiendrait pas plus longtemps sans lui ouvrir son cœur, pas seulement parce que sa beauté le remuait tout entier, mais parce qu'ils avaient partagé tant de choses : la plage, l'eau, les galets, la forêt. Tout cet univers leur appartenait, leur appartiendrait toujours. Hatsue était l'esprit de ces lieux. Elle savait où dénicher les champignons, les baies de sureau, les vrilles de fougère, mais depuis des années, c'était ensemble qu'ils les trouvaient. Jusqu'à ces derniers mois, ils avaient connu une amitié tranquille. Aujourd'hui, il souffrait à cause d'elle et savait que, s'il ne faisait rien, il continuerait à souffrir. Mais la seule idée de parler le rendait malade, exigeait un courage qu'il jugeait au-dessus de ses forces. Il ferma les yeux.

« Tu me plais bien, finit-il par avouer. Tu comprends ce que je veux dire ? Tu m'as toujours bien plu, Hatsue. »

Elle ne répondit pas, ne le regarda même pas. Au contraire, elle baissa les yeux. Mais puisqu'il était lancé, autant aller jusqu'au bout. Il posa ses lèvres sur les siennes, douces, tièdes et salées. Il se fit plus insistant, et elle dut se retenir de la main pour ne pas tomber. Leurs dents se heurtèrent. Il ferma les yeux, les rouvrit : Hatsue refusait obstinément de le regarder.

Dès qu'ils se séparèrent, elle bondit sur ses pieds, alla récupérer son seau et partit en courant. Il savait qu'elle courait vite, et quand il se leva, ce fut pour la voir disparaître dans les bois. Alors, il s'allongea de nouveau dans l'eau et pensa à leur baiser. Il l'aimerait toujours, quoi qu'il arrive. Le destin en avait décidé ainsi. Il se sentait soulagé quoiqu'un peu coupable : ce baiser... quand même, ils n'auraient pas dû, ce n'était pas bien, même si leur amour lui apparaissait plus fort que tout. Cet amour, il était né le jour où, par-dessus la boîte à fond vitré, ils avaient échangé leur premier baiser. Il savait qu'il ne mourrait jamais. Il savait aussi qu'Hatsue partageait son sentiment. Il le savait. C'était pour lui une certitude.

Pendant les dix jours qui suivirent, tout en désherbant ou en lavant des vitres, Ishmael ne cessa de penser à Hatsue Imada et de s'interroger. Elle ne vint pas à la plage ; il voulut voir là une intention délibérée et n'en devint que plus morose. Il redressa les perches et les fils sur lesquels étaient palissés les framboisiers de Mrs Verda Carmichael, rangea son appentis, mit ses brindilles de cèdre en fagots, sans pouvoir échapper à son obsession. Il aida Bob Timmons à décaper les murs de sa remise et désherba des massifs avec Mrs Herbert Crow, qui se targuait de tout connaître de l'art floral et traitait la mère d'Ishmael avec une déférence cérémonieuse. Agenouillée sur un coussin plat, un griffoir à manche d'érable à la main, Mrs Crow travaillait aux côtés d'Ishmael, ne s'arrêtant que pour s'éponger le front et lui répéter qu'il avait l'air déprimé. Plus tard, elle décréta qu'il était temps d'aller s'installer sur la terrasse pour boire un grand verre de thé glacé avec une rondelle de citron. Du doigt, elle lui désigna un figuier. Il était si vieux qu'elle ne se rappelait même plus l'avoir planté. Contre toute attente, il avait repris et donnait depuis des quantités énormes de fruits, pour le plus grand bonheur de Mr Crow, qui adorait les figues. Elle sirota son thé, puis changea de sujet : les résidents d'Amity Harbor estimaient que les gens de South Beach – dont Ishmael et sa famille faisaient partie – se prenaient pour ce qu'ils n'étaient pas, et ne voyaient en eux qu'une bande de prétendus aristocrates, d'aigris, excentriques et solitaires. Savait-il seulement que son grand-père avait participé à la construction du débarcadère de South Beach Bay ? Quant aux Papineau, ils étaient seuls responsables de leur misère : ils ignoraient jusqu'au sens du mot « travailler ». Les Imada, voilà des gens qui étaient courageux, y compris les fillettes. Les Ebert étaient partisans du tout ou rien : ou bien ils n'employaient que des jardiniers professionnels, des spécialistes de tout poil, plombiers ou électriciens, ou ils avaient recours à des hommes à tout faire, que l'on voyait débarquer dans leurs fourgonnettes. Les Crow, eux, faisaient toujours appel aux artisans locaux. Ils vivaient à South Beach depuis quarante ans, ils n'en avaient jamais bougé. Mr Crow avait d'abord été dans le charbon et la fabrication de palettes, mais il s'était lancé depuis peu dans la construction navale et s'occupait à Seattle de financer la construction de frégates et de dragueurs de mines pour la flotte de Roosevelt (même s'il se fichait pas mal de Roosevelt). Mais pourquoi donc Ishmael était-il si déprimé ? Il fallait qu'il se secoue un peu. La vie était si belle.

Ce samedi-là, pendant qu'il pêchait avec Sheridan Knowles, Ishmael aperçut Mr Crow sur sa pelouse. Les mains sur les genoux, l'œil vissé à son télescope, il suivait d'un œil jaloux les yachts des vacanciers qui croisaient devant South Beach avant d'aller mouiller à Amity Harbor. La vue qu'il commandait depuis son poste d'observation était aussi étendue que ventée. Azalées, camélias, rosiers et buis en espaliers se détachaient sur fond de mer moutonnante et de galets au gris recuit. Sa maison, majestueusement entourée de cèdres sur trois côtés, offrait au soleil une grande façade immaculée de volets clos. Mr Crow s'était engagé dans une sorte de guerre de frontière avec son voisin côté nord, Bob Timmons, affirmant que la haie de sapinette de celui-ci se trouvait en fait sur sa propriété. Un beau matin – Ishmael avait tout juste huit ans –, deux géomètres avaient débarqué avec tout leur matériel (alidades, théodolites et autres instruments) et s'étaient mis à nouer des petits bouts de tissu rouge un peu partout. Au fil des ans, le cérémonial s'était répété à intervalles plus ou moins réguliers : seules changeaient la tête des géomètres et la hauteur de la sapinette, dont les pointes graciles se recourbaient contre le ciel comme autant de fouets. Bob Timmons, qui s'était vu transplanté là depuis les plateaux du New Hampshire, faisait preuve d'une grande obstination malgré sa pâleur, son mutisme et son puritanisme et, les poings sur les hanches, contemplait toute la scène d'un visage dépourvu d'expression, tandis que Mr Crow arpentait le terrain en grommelant, son front haut luisant de sueur.

Ishmael travaillait également pour les Etherington, originaires de Seattle, qui venaient passer l'été à San Piedro. Tous les ans, au mois de juin, les vacanciers arrivaient *en force* * et s'installaient dans leurs agréables résidences de South Beach. Débordants d'activité, ils passaient leur temps à faire du voilier le long de la côte, à peindre, désherber, balayer ou semer quand se faisait sentir le besoin d'un peu d'ergothérapie, ou à paresser sur la plage quand venait le temps du farniente. Le soir, on halait les bateaux sur la plage au-delà de la ligne de marée haute, on remisait les pelles et les râteaux, on faisait de grands feux, on mangeait des clams, des huîtres, des moules ou des perches, et, quand on s'appelait Etherington, on s'adonnait au gin-tonic.

À la pointe de Miller Bay, au-delà des marais, vivait le capitaine Jonathan Soderland qui, des années durant, avait manœuvré son grand voilier poussif, le *CS Murphy*, jusqu'à l'Arctique. Il avait atteint l'âge de la retraite et passait désormais son temps, vêtu de caleçons en laine, la bretelle en bataille, une main lissant sa barbe neigeuse, à raconter d'invraisemblables histoires aux vacanciers et à poser pour les photographes à la barre du *Murphy*, qui ne quittait plus la vase des marais. Ishmael l'aidait à débiter son bois de chauffage.

Hormis l'entreprise des Imada, la seule affaire lucrative le long de South Beach était l'élevage de renards bleus de Tom Peck. À la pointe de Miller Bay, à l'ombre des arbousiers, Tom Peck tirait sur son bouc d'un roux flamboyant autant que sur sa pipe, tout en élevant des renards bleus d'Amérique dans soixante-huit enclos surpeuplés. Le reste du monde l'abandonnait consciencieusement à sa solitude, encore qu'au mois de juin de cette année-là, Ishmael fut chargé, avec deux autres garçons, de nettoyer les cages à la brosse métallique. Peck s'était fabriqué une mythologie personnelle qui allait des guerres indiennes aux meurtres sur

* En français dans le texte *(N. d. T.)*.

commande en passant par la ruée vers l'or. À ce qu'on disait, il ne se séparait jamais de son derringer, caché dans l'étui qu'il portait sous l'aisselle. En remontant la baie à l'est jusqu'au bras de mer de Little House Cove, on trouvait la famille Westinghouse, qui s'était fait construire une villa de style Newport sur trente acres de pins Douglas. Écœuré par la déliquescence morale de la côte Est – particulièrement patente dans l'affaire Lindbergh –, le magnat du gadget domestique et son épouse, issue d'une grande famille de Boston, s'étaient retirés sur les rivages protégés de San Piedro avec leurs trois fils, une femme de chambre, une cuisinière, un maître d'hôtel et deux ou trois précepteurs. Pendant tout un après-midi, Ishmael avait aidé Dale Papineau – qui s'occupait de l'entretien d'une demi-douzaine de résidences de vacances – à élaguer les aulnes dont les branches envahissaient l'allée principale.

Il avait aussi aidé Dale à nettoyer les canalisations des Etherington, qui – c'était là du moins l'impression d'Ishmael – toléraient les excentricités de leur gardien en raison de son côté couleur locale très pittoresque. Dès qu'il avait gelé ou plu deux ou trois jours d'affilée, Dale, une torche à la main, faisait le tour des maisons qu'il était censé surveiller, explorant caves et greniers et vérifiant la tuyauterie. Il louchait parce que sa vanité l'empêchait de porter des lunettes et, quand le temps était à l'humidité ou au froid, voire aux deux, il boitait à cause de la hanche qu'il s'était démise du temps où il travaillait à la fabrique de créosote. On le voyait à l'automne, avec ses gants de jardinage et sa grosse veste à carreaux toute déchirée aux coudes, ramasser les feuilles mortes et les faire brûler. Avec ses joues aux vaisseaux éclatés, qui donnaient l'impression qu'on lui avait étalé une pâte bleuâtre sous la peau, il avait l'air d'un épouvantail alcoolique.

Quatre jours après l'épisode du baiser sur la plage, à l'heure du crépuscule – il faisait déjà sombre dans les bois, mais les champs de fraises étaient encore baignés des dernières lueurs du couchant –, Ishmael était accroupi non loin de la ferme des Imada qu'il observait depuis déjà plus d'une demi-heure. Contre toute attente, il ne s'ennuyait pas et décida de rester une heure de plus, heureux à l'idée d'apercevoir Hatsue. Craignant pourtant d'être découvert et de se faire traiter de voyeur, il s'apprêtait à partir quand la porte s'ouvrit en grinçant. Un rai de lumière éclaira la véranda, et Hatsue, un panier sous le bras, traversa le jardin pour aller ramasser le linge. Ishmael la vit, dans la lumière diffuse, retirer des draps du fil, ses bras neigeux levés dans un geste gracieux. La bouche pleine de pinces à linge, elle pliait serviettes, pantalons et chemises de travail avant de les laisser tomber dans le panier en osier. Quand elle eut terminé, elle s'appuya quelques secondes contre l'un des poteaux auxquels s'accrochait le fil, se grattant le cou, regardant les étoiles, humant l'odeur fraîche du linge propre, puis elle ramassa son panier et disparut dans la maison.

Ishmael revint le lendemain soir, puis le surlendemain, et passa ainsi cinq soirs de suite à l'affût. Il avait beau se morigéner et se dire qu'il ne recommencerait pas, il se retrouvait tous les jours à la même heure au même endroit. Sa promenade prenait l'allure d'un pèlerinage. Arrivé à la petite éminence qui délimitait les champs de fraises, il s'arrêtait pour en contempler l'étendue, se demandant si les autres garçons auraient agi comme lui, et si son voyeurisme ne faisait pas de lui un anormal. Mais le fait de la regarder, une fois encore – le bras toujours gracieux –, laisser tomber les épingles à linge dans le seau accroché au fil, puis plier chemises, draps et serviettes, lui faisait oublier ses scrupules. Elle s'attarda même une fois sur la véranda, le temps de secouer la poussière de sa robe d'été et d'attacher ses longs cheveux d'une main habile avant de rentrer.

Le dernier soir, il la vit jeter un seau d'immondices à moins d'une trentaine de mètres de l'endroit où il était accroupi. Elle apparut, comme d'habitude, sans prévenir, dans la lumière de l'entrée et referma sans bruit la porte derrière elle. Quand il entendit le bruit de ses socques et qu'il la vit se diriger vers lui, son sang ne fit qu'un tour. Elle vida le contenu de son seau sur le tas de compost, jeta un coup d'œil à la lune qui posa brièvement sur son visage un reflet bleuâtre, puis repartit vers la maison par un autre chemin. Il aperçut sa silhouette entre les tuteurs des framboisiers avant de la voir émerger tout entière devant la véranda, une main sur la nuque, prête à nouer ses cheveux, l'autre tenant le seau. Il attendit encore, et, un instant plus tard, elle était à la fenêtre de la cuisine, la tête nimbée de lumière. Quand il s'approcha, tout en restant tapi au sol, il la vit repousser les cheveux de ses yeux, les mains luisantes de savon. Tout autour de lui, les fraises parfumaient la nuit. Il fit encore quelques pas, et c'est alors que la vieille chienne des Imada accourut en bondissant. Il se figea sur place, prêt à prendre la fuite. La chienne renifla, gémit, tourna autour de lui, acceptant ses caresses et lui léchant les mains, puis finit par se coucher, respirant bruyamment, la langue pendante dans la poussière.

Le père d'Hatsue sortit sur le pas de la porte, appela la chienne en japonais, une fois, deux fois, d'un ton guttural ; celle-ci leva la tête, aboya, se mit péniblement sur ses pattes et s'éloigna en boitant.

Ce fut la dernière fois qu'Ishmael joua aux espions.

À cinq heures et demie du matin, le premier jour de la cueillette des fraises, il aperçut Hatsue sur le sentier forestier de South Beach, entre les grands cèdres silencieux. Ils allaient tous les deux travailler pour le compte de Mr Nitta, qui payait trente-cinq cents la cagette – plus que tous les autres fermiers du coin.

Ses sandwiches à la main, il courut pour la rattraper et lui dire bonjour. Ils suivirent tranquillement le sentier sans faire aucune allusion au baiser de la plage. Hatsue fit remarquer qu'ils apercevraient peut-être un daim à queue noire broutant des pousses de fougères – la veille au matin, elle avait vu une biche.

Là où le sentier débouchait sur la plage, les arbousiers se penchaient à la rencontre de la marée. Sinueux et maigres, alternativement vert olive, palissandre, écarlates ou gris, ils pliaient sous le poids de leurs feuilles vernissées et de leurs baies duveteuses, projetant leur ombre sur les galets et les marais. Hatsue et Ishmael débusquèrent un héron bleu aux plumes couleur de vase ; il lança un long cri et, déployant largement ses ailes, gracieux jusque dans la surprise, prit son envol pour aller se percher au sommet d'un arbre mort, de l'autre côté de Miller Bay.

Le sentier, qui épousait le contour de la baie jusqu'à la pointe, se perdait dans un vallon appelé le Creux du Diable – des lambeaux de brume matinale s'accrochaient à la végétation, graterons et aralies, tant l'endroit était humide et encaissé –, puis serpentait à l'ombre des cèdres et des épicéas avant de redescendre dans Center Valley. Il n'y avait là que de riches fermiers, tous de vieille souche. Les bœufs dont ils s'étaient servis pour cultiver leurs terres descendaient en droite ligne de ceux qui avaient été importés sur l'île pour charrier les rondins à l'époque de l'exploitation des forêts. C'étaient des bêtes puissantes, d'un blanc neigeux, à l'odeur forte. Hatsue et Ishmael s'arrêtèrent pour en regarder un se frotter l'arrière-train contre une clôture.

Quand ils arrivèrent à la ferme des Nitta, les Indiens

du Canada étaient déjà au travail. Mrs Nitta, une petite femme à la taille étroite, un grand chapeau de paille sur la tête, s'affairait entre les rangées comme un colibri. Elle avait la bouche pleine de dents en or que le soleil faisait briller chaque fois qu'elle souriait. L'après-midi, assise sous un parasol, son crayon toujours bien taillé à la main, elle se plongeait dans ses comptes sur le cageot de cèdre qui lui servait de bureau. Elle avait une écriture impeccable : les pages de ses livres étaient couvertes de chiffres minuscules, aux courbes déliées et élégantes. Elle écrivait avec l'application d'un scribe de l'ancien temps.

Ishmael et Hatsue partirent, chacun de son côté, retrouver leurs amis pour commencer la cueillette. L'exploitation était si grande qu'en pleine saison on avait recours aux services d'un vieux car de ramassage scolaire pour transporter les ouvriers jusqu'à la grille poussiéreuse. Il régnait dans les champs une atmosphère joyeuse et fébrile, car la récolte était assurée par des enfants qui entamaient à peine leurs vacances. Ils adoraient la chaude ambiance de ces journées qui leur procuraient l'illusion de travailler tout en s'amusant. La chaleur, le goût des fruits sur la langue, les discussions animées, la perspective de pouvoir s'offrir sodas, pétards, appâts ou maquillage les attiraient comme des mouches. Ils passaient le jour accroupis sous le soleil, les uns à côté des autres, le plus près possible du sol. C'était l'époque des brèves rencontres, des baisers échangés à l'orée des champs ou sur le chemin du retour.

Ishmael regardait Hatsue travailler trois rangées devant lui. Ses cheveux ne tardèrent pas à s'échapper du nœud qui les retenait, tandis que ses épaules se couvraient d'une fine pellicule de transpiration. Adroite, rapide et efficace, elle remplissait deux cagettes quand les autres en terminaient péniblement une. Elle était avec une demi-douzaine de ses amies japonaises, et, quand il vint à passer près d'elle avec son plateau plein à ras bord, fit comme si elle ne le connaissait pas. Quand il repassa, quelques instants plus tard, sa cagette vide à la main, il fut frappé par son extrême concentration : elle travaillait à un rythme égal, sans jamais s'arrêter ni précipiter ses mouvements. Il reprit sa place, décidé à se concentrer lui aussi. Quand il leva de nouveau les yeux, elle glissait une fraise dans sa bouche, et il s'arrêta le temps de l'observer. C'est alors qu'elle se retourna et que son regard croisa le sien, comme par accident. L'esprit ailleurs, elle mangea un autre fruit sans gêne aucune, lentement. Puis, se remettant en position, elle reprit sa tâche, méthodiquement.

Vers quatre heures et demie, de gros nuages assombrirent le ciel. La claire lumière de juin se voila, tandis que le vent se levait. Avant même que les premières gouttes s'écrasent sur le sol, on sentait déjà l'odeur de la pluie, le vent du sud-ouest soudain plus frais. Puis l'air s'épaissit, les bourrasques prirent les cèdres en bordure de champ de plein fouet, secouant leurs branches et courbant leurs cimes. Les ramasseurs se hâtèrent de remplir leurs dernières cagettes pour aller rejoindre la queue qui défilait devant Mrs Nitta. Toujours sous son parasol, celle-ci inscrivait des chiffres en face de leurs noms, puis leur réglait leur journée. Tous tendaient le cou vers les nuages et la main vers les premières gouttes, qui ne soulevaient qu'une fine poussière autour d'eux. Puis, comme si un trou s'était creusé dans le ciel, une pluie d'été serrée et drue les frappa au visage, les obligeant à chercher un abri : la porte d'une grange, l'intérieur d'une voiture, les remises servant au stockage des fruits, la forêt de cèdres. Certains se protégeaient avec leurs plateaux, et leurs fraises se gorgeaient d'eau.

Ishmael vit Hatsue traverser les champs des Nitta et se réfugier sous les cèdres. Il se mit à la suivre, longeant les rangées de fraisiers, lentement d'abord – quelle importance, puisqu'il était déjà trempé ? –, laissant la pluie s'abattre sur lui, en goûtant la tiédeur sur son visage. Une fois dans la forêt, il pressa le pas. Sous sa voûte de feuillage, le sentier de South Beach offrait un abri sûr en cas d'orage. Ishmael n'avait qu'une envie : raccompagner Hatsue chez elle, au besoin en silence. Mais quand il l'aperçut juste en dessous de la ferme des McCully, il se dit qu'il valait mieux ralentir l'allure et se contenter de la suivre de loin. La pluie couvrirait le bruit de ses pas, et comme il ne savait que lui dire, autant la voir sans lui parler – il l'avait bien fait dans les champs l'après-midi même ou quelques jours avant, quand il s'était caché près de chez elle pour la regarder plier son linge.

En arrivant sur la plage de Miller Bay – il y avait là un mur de chèvrefeuille un peu passé auquel se mêlaient les dernières églantines en fleur et quelques framboises sauvages –, Hatsue coupa à travers bois. Ishmael la suivit dans un creux envahi de fougères où les belles-de-jour faisaient un tapis blanc. Un tronc de cèdre recouvert de lierre formait une sorte de passerelle ; elle se glissa dessous et longea le petit ruisseau où, trois ans plus tôt, ils s'étaient amusés à faire flotter des brindilles. Après avoir suivi les coudes du sentier, Hatsue traversa l'eau sur un autre tronc, remonta la pente jusqu'à mi-chemin et disparut dans le tronc creux de l'arbre où ils avaient joué enfants.

Ishmael s'accroupit et, ses cheveux mouillés dans les yeux, observa l'entrée de l'arbre pendant quelques minutes. Pourquoi était-elle venue jusqu'ici ? Lui-même avait oublié l'endroit, même s'il se souvenait encore de la mousse qu'ils y avaient entassée pour le rendre plus douillet. On ne pouvait s'y tenir debout, mais on s'y allongeait aisément, tant la base de l'arbre était large. Enfants, ils avaient joué là avec d'autres gamins de leur âge. Après avoir transformé l'arbre creux en une sorte de fort, ils s'étaient taillé avec leurs canifs des flèches dans des branches d'aulne et des arcs minuscules dans du bois d'if et s'étaient livrés à une guerre sans merci. Ishmael se souvenait que c'était à la suite de ce jeu qui avait rapidement dégénéré en une bataille rangée que les filles Syvertsen étaient parties, bientôt suivies des sœurs Imada.

Son regard croisa celui d'Hatsue qui l'observait depuis l'entrée, et il jugea inutile de se cacher plus longtemps. « Viens donc te mettre à l'abri, dit-elle. Tu es trempé.

– D'accord », répondit-il.

Il s'agenouilla sur la mousse, sa chemise dégoulinante de pluie. Hatsue fit de même dans sa robe humide, posant son grand chapeau de paille à côté d'elle. « Tu m'as suivie ? dit-elle.

– Je voulais pas vraiment, s'excusa Ishmael. Ça s'est trouvé comme ça. Je rentrais à la maison, je t'ai vue prendre le sentier, alors je t'ai suivie, mais sans le faire exprès.

– Je suis toute mouillée, dit-elle en repoussant ses cheveux derrière ses oreilles. Complètement trempée.

– Moi aussi. Mais j'aime bien. Et puis, de toute façon, ici, on est au sec. Tu te souviens ? On dirait que c'est plus petit.

– J'y viens depuis des années. Pour réfléchir. Il n'y a jamais personne dans ce coin.

– À quoi tu réfléchis ? Quand t'es ici, tu penses à quoi ?

– À toutes sortes de choses. »

Ishmael s'allongea sur le ventre, le menton dans les mains, savourant l'intimité de l'arbre, qu'accentuait la pluie, l'impression que personne, plus jamais, ne viendrait les chercher jusqu'ici. Les parois luisaient d'un éclat doré ; la lumière phosphorescente de la forêt inondait leur abri. Tout en haut, la pluie crépitait sur les feuilles, et, dehors, les fougères se tordaient sous les gouttes qui les cinglaient.

« Excuse-moi pour l'autre jour, sur la plage, dit Ishmael. J'aurais pas dû t'embrasser. On oublie tout et on fait comme s'il ne s'était rien passé, tu veux bien ? »

D'abord, elle ne répondit pas. C'était bien dans sa manière. Elle semblait capable d'une qualité de silence qui lui était étrangère à lui, qui cherchait toujours ses mots, sans pouvoir les trouver.

Pour ne pas avoir à le regarder, elle s'absorba dans la contemplation de son chapeau. « Tu n'as pas à t'excuser, lui dit-elle, sans lever les yeux. Moi, je ne regrette rien.

– Moi non plus », dit Ishmael.

Elle s'allongea sur le dos à côté de lui, le visage nimbé de lumière verte. Il aurait voulu poser sa bouche sur la sienne et l'y laisser pour toujours. Il savait maintenant qu'il pouvait le faire sans rien regretter. « Tu crois que c'est mal ? demanda-t-elle.

– Certains diraient que oui. Tes amies, par exemple, et tes parents.

– Les tiens aussi, dit Hatsue. Ton père et ta mère diraient la même chose.

– Chez toi, ça serait pire, affirma Ishmael. S'ils savaient qu'on est tous les deux dans cet arbre... ton père me tuerait à coups de machette, c'est sûr. Il me couperait en petits morceaux.

– Sans doute pas. Mais c'est vrai qu'il serait très en colère. Contre nous deux. À cause de ce qu'on fait.

– Mais on fait rien, on cause.

– N'empêche. Tu n'es pas japonais. Et je suis toute seule avec toi.

– Et alors ? » répondit Ishmael.

Ils restèrent allongés dans l'arbre à parler pendant plus d'une demi-heure. Puis ils s'embrassèrent et, y prenant plaisir, continuèrent pendant la demi-heure suivante. Bercé par la pluie, Ishmael ferma les yeux et se laissa pénétrer par l'odeur de ce corps à côté du sien. Jamais il ne s'était senti aussi heureux. Soudain une douleur fulgurante le traversa : jamais plus, aussi longtemps qu'il vivrait, il ne retrouverait cette sensation de bonheur.

9

Ishmael était dans la salle d'audience, les yeux toujours fixés sur Hatsue pendant qu'elle parlait à son époux. Il s'obligea à regarder ailleurs.

Les jurés firent leur entrée, suivis du juge Fielding. C'était au tour de la mère de Carl Heine de venir témoigner. Trapue, fanée, le visage buriné, elle avait beau vivre en ville depuis dix ans, elle n'avait rien perdu de ses allures de paysanne. Une fois assise, elle entreprit de se carrer dans le fauteuil. On entendit les frottements et les crissements de ses sous-vêtements, des bas épais, de la gaine achetée chez Lottie Opsvig, de la ceinture lombaire prescrite par le médecin de Bellingham pour soulager la sciatique qu'elle devait, selon elle, aux travaux de la ferme. Pendant vingt-cinq ans, elle avait trimé par tous les temps aux côtés de Carl, son mari. L'hiver, elle portait des bottes, un gros manteau et un foulard noué serré sous son menton épais et lourd. Dans le halo formé par la buée qui s'échappait de sa bouche, elle trayait ses vaches, les doigts passés dans des mitaines qu'elle tricotait la nuit, assise dans son lit, pendant que Carl ronflait. L'été, elle triait les fruits, éliminait les gourmands, arrachait les mauvaises herbes, un œil sur les Indiens et les Japonais qui, tous les ans, venaient travailler chez eux le temps de la cueillette.

Elle était née en Bavière, dont elle avait d'ailleurs gardé l'accent, dans une ferme des environs d'Ingolstadt, mais c'était sur les terres à blé de son père, dans le Dakota du Nord, près de Hettinger, qu'elle avait rencontré son mari. Tous deux s'étaient enfuis à Seattle sur le Northern Pacific – elle se souvenait encore du petit déjeuner dans le wagon-restaurant. Il travailla d'abord deux ans dans une fonderie de Harbor Island, puis comme docker, pendant un an. Etta, qui n'avait jamais connu que la vie à la ferme, trouva Seattle à son goût. Elle dénicha un emploi comme couturière dans Second Avenue, où elle était payée à la pièce pour faire des vestes de trappeur. La ferme de San Piedro, où ils se rendirent une année à Noël, appartenait au père de Carl, un homme corpulent qui se consacrait à la culture de la fraise. Carl l'avait quittée à dix-sept ans pour aller courir le monde. À la mort de son père, il reprit le chemin de San Piedro, emmenant Etta avec lui.

Elle essaya de se faire à sa nouvelle vie, malgré l'humidité, la toux et les douleurs dans les reins. Elle eut quatre enfants, qu'elle éleva à la dure. L'aîné trouva du travail dans une scierie de Darrington, le deuxième et le troisième partirent pour la guerre, dont seul Carl junior, le deuxième, revint. Quant à la dernière, c'était une fille qui, comme sa mère avant elle, s'enfuit à Seattle avec son amoureux.

Etta se lassa assez vite des fraises dont elle ne supportait même pas le goût et qui n'évoquaient rien pour elle. Son mari, lui, n'avait jamais assez de mots pour ce fruit qu'il adorait : mystère sacré, joyau de sucre, sphère délicieuse, pierre écarlate, rubis profond. Il en connaissait tous les secrets, toutes les exigences : son lent mûrissement sous le soleil, sa manière d'absorber la nuit venue la chaleur emmagasinée par les pierres au cours de la journée. Il lui en expliquait les subtilités, mais ce genre de discours la laissait froide. Elle se contentait de lui préparer son repas puis s'en allait traire ses vaches, jeter le grain aux dindes et aux poulets, gratter la boue dans la buanderie, remplir l'auge aux cochons ou s'assurer que les ramasseurs ne s'étaient pas soulagés dans les bocaux vides qui traînaient dans les baraquements.

Carl succomba à une attaque un soir d'octobre 1944. Elle le retrouva sur la cuvette des W-C, la tête contre le mur, le pantalon en bas des chevilles. Elle profita de ce que Carl junior était à la guerre pour vendre la ferme à Ole Jurgensen. Pour lui, cela représentait soixante-cinq acres de belle et bonne terre au cœur de Center Valley ; pour elle, suffisamment d'argent pour songer à la retraite, à condition de ne pas être trop dépensière. Ce n'était d'ailleurs pas dans son tempérament : compter ses sous lui procurait un plaisir au moins aussi intense que celui qu'avait trouvé Carl à s'occuper de ses fraises.

Le représentant du ministère public, qui paraissait d'autant plus alerte qu'il était face à Etta, s'intéressait énormément aux finances de son témoin. Il allait et venait devant elle, le coude droit emprisonné dans la main gauche, le menton appuyé sur le pouce. Elle, pendant ce temps, confirmait qu'elle s'était occupée de la comptabilité de la ferme. Celle-ci ne rapportait pas grand-chose, mais leurs trente acres avaient réussi à les faire vivre pendant vingt-cinq ans – plus ou moins bien. Tout dépendait de ce que la conserverie était prête à payer. En 1929, ils avaient remboursé leurs dettes et auraient été plus à l'aise si la Dépression ne s'en était pas mêlée. Le cours de la fraise avait chuté, il avait fallu changer une bielle sur le tracteur et le soleil n'était pas toujours de la partie. Tantôt, c'était une gelée de printemps qui grillait les fleurs, tantôt, l'humidité qui faisait pourrir les fruits. Une année, c'était la moisissure, la suivante, les punaises. Pour ne rien arranger, Carl s'était cassé la jambe en 1936 et avait passé son temps à boitiller entre les rangées de plants et à renverser les seaux avec ses béquilles. Et puis, il n'avait rien trouvé de mieux que de mettre cinq acres en framboisiers. Il en avait perdu de l'argent... Entre les piquets, le fil de fer, les ouvriers à payer pour monter les treillis, ils s'étaient quasiment retrouvés à leur point de départ, jusqu'à ce qu'il ait réussi à faire prendre ses boutures pour multiplier les plants. Une autre fois, il s'était mis en tête d'essayer une nouvelle variété, la Rainier, qui n'avait pas pris parce qu'il avait mis trop d'engrais azoté. Les plants avaient poussé tout en hauteur, tout en feuilles, donnant un petit fruit sans saveur. L'un dans l'autre, encore une récolte qui n'avait pas rapporté grand-chose.

Bien sûr qu'elle connaissait l'accusé. Depuis des années. Ça faisait plus de vingt ans que sa famille ramassait des fraises ; elle se souvenait bien de tout le monde : l'accusé, ses deux frères, ses deux sœurs, la mère et le père. Ils étaient tous aussi durs à la tâche les uns que les autres, mais peu liants. Ils apportaient leurs paniers remplis, elle cochait leur nom, les payait, et on en restait là. Ils avaient d'abord vécu dans un des baraquements réservés aux ouvriers agricoles. Elle les voyait parfois le soir installés sous un érable en train de manger leur poisson – des perches le plus souvent, qu'ils pêchaient eux-mêmes – et leur riz dans des assiettes en fer-blanc. Leur linge séchait sur un fil tendu dans un champ de pissenlits entre deux arbrisseaux. Ils n'avaient pas de voiture, et elle se demandait comment ils se débrouillaient. Le matin de bonne heure, on voyait deux ou trois des enfants descendre jusqu'à Center Bay et s'installer avec leurs lignes sur la jetée ou nager jusqu'aux rochers pour essayer d'attraper des morues. Elle les avait vus plus d'une fois rentrer à sept heures du matin avec leurs poissons enfilés sur un bâton ou avec des champignons des clams ou même, les bons jours, une ou deux truites de mer. Ils marchaient pieds nus, les yeux rivés au sol, leurs grands chapeaux de paille sur la tête.

Bien sûr qu'elle s'en souvenait. Pourquoi les aurait-elle oubliés ? Assise à la barre des témoins, elle dévisageait Kabuo, les yeux pleins de larmes, submergée par le ressentiment.

Le juge demanda alors une nouvelle suspension d'audience. Etta suivit Ed Soames dans l'antichambre et s'assit sans un mot, en proie à ses souvenirs.

Etta était à son évier le jour où Zenhichi Miyamoto, vers la fin de sa troisième saison chez eux, était apparu sur le seuil de la maison. L'apercevant dans la cuisine, il lui fit un signe de tête, mais elle se contenta de le regarder fixement avant de se remettre à sa vaisselle. La pipe à la main, Carl alla ouvrir la porte. Elle ferma le robinet pour mieux suivre la conversation et resta là à écouter sans bouger.

Les deux hommes partirent bientôt en direction des champs. Depuis la fenêtre au-dessus de l'évier, elle les vit marcher, s'arrêter, montrer un endroit de la main, puis repartir. Lorsqu'ils eurent répété ce manège plusieurs fois, Carl alluma sa pipe, se gratta l'oreille, tandis que Zenhichi désignait l'ouest d'un geste ample de son chapeau, avant de se le remettre sur la tête. Les deux hommes marchèrent encore un moment entre les rangées de plants, montèrent jusqu'à la crête de la colline et disparurent derrière les framboisiers.

Quand Carl rentra, le café était sur la table. « Qu'est-ce qu'il voulait ? demanda-t-elle.

– De la terre. Sept acres.

– Dans quel secteur ?

– Secteur ouest, dit-il en posant sa pipe. Plein ouest, ou la parcelle attenante. Ça toucherait pas les parcelles nord et sud. Je lui ai dit que si je devais vendre, de toute façon je vendrais que celle du nord-ouest. C'est tout en bosses dans ce coin-là.

– Il est pas question qu'on vende, dit Etta en remplissant leurs tasses. La terre vaut quasiment rien pour le moment. Il faut attendre que les prix remontent.

– C'est tout en bosses, répéta Carl. Elle est pas facile à travailler la terre, dans ce coin : beaucoup de soleil et pas assez d'eau. C'est la plus mauvaise parcelle du domaine, il le sait bien, et il sait bien qu'y a que celle-là que je vendrai. C'est pour ça qu'il l'a demandée.

– N'empêche qu'il aurait bien voulu mordre sur les parcelles du milieu, fit remarquer Etta. Il se figurait peut-être qu'il allait récupérer deux acres de bonne terre sans qu'on remarque rien.

– Possible. Mais ça a pas risqué, puisque j'l'ai remarqué. »

Ils burent leur café. Carl mangea une tranche de pain beurrée avec du sucre, puis une autre. Il avait toujours faim. Le nourrir n'était pas une sinécure. « Qu'est-ce que tu lui as dit pour finir ?

– J'lui ai dit que j'allais réfléchir. De toute façon, j'avais l'intention de laisser cinq de ces acres en friche, tellement j'ai du mal à empêcher les chardons d'y venir.

– T'aurais tort de vendre, Carl. Tu t'en mordras les doigts.

– Oh, c'est des gens bien. Pas le genre à faire la bringue ou à créer des embrouilles. Et puis, des gens avec qui on peut travailler sans problème. Ils valent mieux que bien d'autres, je t'assure. De toute façon, j'lui ai juste dit que j'allais réfléchir, ajouta-t-il en reprenant sa pipe et en jouant avec. Ça veut pas dire que je vais vendre.

– T'as intérêt à bien réfléchir », l'avertit Etta en se levant pour débarrasser la table. Elle n'allait pas se laisser faire : ces sept acres, c'était le quart de la propriété, le quart de toutes leurs terres. « Si tu t'y accroches, à ces sept acres, dans quelque temps, c'est toi qui feras ton prix.

– Possible. Va falloir que je réfléchisse à ça aussi. »

Etta se mit à sa vaisselle à grand bruit, tout en lui tournant le dos.

« Cet argent, on cracherait pas dessus, dit Carl au bout d'un moment. On a besoin de pas mal de choses et...

– Joue pas à ça avec moi, tu veux ? Ça ne prend pas. Essaie pas de me faire miroiter des habits neufs, Carl. Les habits neufs, je peux aller me les acheter quand je veux. On n'est pas dans le besoin au point de vendre à des Japs, quand même. Et tout ça, pour des habits, ou pour un peu de tabac à pipe ! Moi, je dis que tu ferais mieux de t'accrocher à ta terre. Et c'est pas un nouveau chapeau de chez Lottie qui changera quoi que ce soit à l'affaire. Sans compter, dit-elle en se tournant vers lui et en s'essuyant les mains sur son tablier, qu'y va te payer comment ? Comptant ? Tu crois peut-être qu'il a un bas de laine bien rempli ou un trésor enterré quelque part ? Mais qu'est-ce que tu crois ? Il a rien c't homme-là, rien que ce qu'on le paie pour ramasser les fraises ou ce que lui donnent les Thorsen ou ces catholiques pour couper leur bois, tu vois qui je veux dire, ces gens de South Beach, près de la jetée... comment ils s'appellent déjà ? Il a rien, Carl, rien de rien. Il va te payer trois sous à la fois, ça te fera juste ton argent de poche. T'auras de quoi t'acheter du tabac, tant que tu en voudras, et des magazines, mais c'est tout. Tu veux que je te dise, tes sept acres, tu vas les manger au bazar d'Amity Harbor.

– Ces catholiques, c'est Heppler qu'y s'appellent. Ça fait un bout de temps que Miyamoto travaille plus pour eux. L'hiver dernier, il a débité des billes de cèdre pour Torgerson. J'ai idée qu'il a bien gagné. Il travaille dur, Etta, tu le sais bien. J'ai pas besoin de t'le dire, tu l'as vu à l'œuvre dans les champs. Et y dépense rien. Il mange rien que des perches et du riz en sac qu'il achète en gros à Anacortes. C'est des gens propres, dit-il en se grattant le bras puis la poitrine de ses doigts courts et épais avant de reprendre sa pipe. T'es jamais allée dans leur baraque ? On mangerait par terre. Ils ont même gratté les murs pour enlever le moisi. Les gamins couchent sur des nattes et y sont propres comme des sous neufs, et le linge est accroché bien comme y faut avec des épingles, que quelqu'un a faites à la main, tu te rends compte. Ils sont toujours debout à l'aube, y se plaignent jamais, y réclament jamais rien...

– Comme les Indiens, quoi, intervint Etta.

– Justement, y sont pas du genre à traiter les Indiens comme des moins que rien. Y sont gentils avec eux, ils leur montrent les W-C. Aux nouveaux, y montrent le sentier qui descend à la crique et les meilleurs endroits pour les clams. Moi, que leurs yeux y soient bridés ou pas, j'fais pas de différence. J'm'en fous complètement. Les gens, y sont comme y sont. Et ceux-là, c'est des braves gens. La seule chose, c'est de savoir si on veut vendre ou pas. Parce que Miyamoto, il est prêt à m'donner cinq cents dollars cash. Cinq cents, tu t'rends compte ? Le reste, on peut l'étaler sur dix ans. »

Etta se remit à son évier. Ça, c'était Carl tout craché ! Il n'y avait que lui pour aimer traîner comme ça dans ses champs, bavarder avec ses ramasseurs, goûter ses fruits, faire claquer sa langue, fumer sa pipe, aller en ville chercher un sac de clous, proposer ses services au comité des fêtes, et, à l'occasion de la fête de la Fraise, faire partie du jury du concours de chars et donner un coup de main pour faire griller le saumon. Ou encore faire démarches sur démarches pour acheter les terrains en vue du nouveau champ de foire, recueillir les dons pour la nouvelle salle de bal de West Port Jensen, devenir membre des associations les plus diverses, aider le secrétaire du syndicat agricole, traîner le soir autour des cabanes des ramasseurs pour bavarder avec les Japonais, se donner du mal avec les Indiens, regarder les femmes tisser, faire parler les hommes du temps d'avant la culture des fraises. C'était Carl tout craché. Une fois la saison terminée, il s'en allait dans quelque endroit isolé dont on lui avait parlé dénicher des flèches, des vieux ossements ou des fossiles. Il s'était même fait accompagner une fois par un vieux chef indien : ils étaient revenus avec des pointes de flèche et étaient restés assis sur la véranda jusqu'à deux heures du matin à fumer la pipe et à se soûler au rhum. Étendue sur son lit, les yeux grands ouverts, l'oreille aux aguets, elle les avait écoutés s'enivrer, s'esclaffer, tandis que l'Indien racontait ses histoires de totems, de canoës, de cérémonies tribales. Sur le coup de deux heures, Etta était sortie en robe de chambre pour dire au chef de rentrer chez lui. Il était tard, et elle n'aimait pas l'odeur du rhum dans sa maison.

« Eh bien, disait-elle maintenant à Carl – histoire d'avoir le dernier mot –, après tout, l'homme de la maison, c'est toi. C'est toi qui portes la culotte. Fais donc comme tu l'entends. Va-t'en vendre nos terres à un Jap, mais viens pas te plaindre après ! »

L'arrangement, expliqua-t-elle à la requête d'Alvin Hooks quand l'audience reprit, reposait sur un paiement cash de cinq cents dollars et un prêt à six et demi pour cent sur huit ans pour la somme restante. Carl devait recevoir deux cent cinquante dollars tous les six mois, le 30 juin et le 31 décembre de chaque année. On avait rédigé les papiers en trois exemplaires : un pour Carl, un autre pour Zenhichi, le troisième pour le cas où un contrôle serait effectué. De toute façon, c'était en 1934, et, à l'époque. les Miyamoto, tous les deux japonais, nés au Japon, ne pouvaient pas devenir propriétaires. Une loi le leur interdisait. Carl avait gardé les titres à son nom et appelait ça une location à bail, pour leur éviter tout ennui avec les services de l'immigration. C'était Carl qui s'était occupé de tout ; elle, elle se contentait de vérifier que l'argent rentrait et que les intérêts étaient versés. Pour le reste, elle n'avait jamais eu voix au chapitre.

« Un instant, l'arrêta le juge Fielding en déplissant sa robe et en plissant les yeux. Excusez-moi de vous interrompre, Mrs Heine, mais la cour a quelques précisions à apporter à ce sujet.

– Y a pas de mal, dit Etta.

– Je voudrais éviter les messes basses entre Mr Hooks et moi-même en pleine audience, dit-il en reportant son attention sur les jurés. De toute façon, une consultation entre nous n'aurait d'autre effet que de m'obliger à interrompre le témoin pour éclaircir un point de détail. Autant apporter tout de suite les éclaircissements nécessaires. Le témoin, poursuivit-il après s'être frotté les sourcils et avoir bu un verre d'eau, vient de faire allusion à une loi, aujourd'hui caduque, de l'État de Washington qui, à l'époque, interdisait aux étrangers, à ceux qui n'avaient pas la nationalité américaine, l'accès à la propriété foncière. Cette même loi stipulait que personne n'avait le droit de se substituer à un étranger en la matière, ou d'agir en son nom sous quelque forme que ce soit. Qui plus est, le ministre de la Justice avait ordonné, en 1906, il me semble, à toutes les cours fédérales de refuser la nationalité américaine aux ressortissants japonais. D'un point de vue strictement légal, un immigrant japonais ne pouvait donc en aucun cas devenir propriétaire foncier dans l'État de Washington. Autrement dit, à l'époque où le défunt mari du témoin s'est entendu avec le père, lui aussi défunt, de l'accusé, pour signer un accord, celui-ci, même s'il satisfaisait les deux parties, était fondé sur une interprétation pour le moins laxiste des textes. Les deux hommes ont tout bonnement contourné la loi en appelant location à bail ce qui n'était ni plus ni moins qu'une vente pour l'un et un achat pour l'autre. De l'argent liquide a bel et bien changé de mains, et on a bel et bien établi des faux papiers en vue d'éventuels contrôles. Vous vous rappelez sans doute que ces documents – en même temps que d'autres décrits par Mrs Heine, ceux que détenaient son mari et l'*acheteur* – font partie des pièces enregistrées à la demande du ministère public. Les auteurs du délit – Mrs Heine a suffisamment insisté là-dessus – ne sont plus des nôtres aujourd'hui ; ils ne sauraient donc être mis en cause. Si l'avocat de la défense ou le témoin estiment avoir besoin de plus amples explications, il est de leur droit de les réclamer. Je rappelle cependant qu'il n'est pas du ressort de cette cour de juger ceux qui ont pu enfreindre la loi, heureusement caduque aujourd'hui, sur la propriété foncière et les ressortissants étrangers. Mr Hooks, vous avez la parole.

– Vous permettez ? dit Etta.

– Je vous en prie, répondit le juge.

– Les Japonais, ils avaient pas le droit d'avoir des terres. Alors, je vois pas comment ces Miyamoto ont jamais pu croire que les nôtres leur appartenaient. Ils...

– Mrs Heine, coupa le juge, je vous présente encore une fois mes excuses, mais permettez-moi de vous rappeler que Mr Miyamoto ici présent comparaît pour meurtre au premier degré devant un jury d'assises. Toute contestation relative à d'éventuels droits de propriété serait du ressort d'un tribunal civil. Vous voudrez donc bien vous en tenir aux questions qui vous sont posées. Maître, poursuivez, je vous prie.

– Merci, dit Alvin Hooks. J'aimerais faire remarquer que le témoin n'a tenté de reconstituer les faits concernant la propriété de ses terres qu'en réponse à une question qui lui a été directement posée au cours de sa déposition. Qu'en outre, de telles informations sont absolument vitales pour le ministère public, et que la compréhension de la nature exacte de l'accord passé entre l'accusé et le témoin peut servir à éclairer le mobile du crime. Que...

– C'est bon, coupa le juge. Vous avez dit ce que vous aviez à dire sur le sujet, Alvin. Veuillez poursuivre.

– Mrs Heine, dit Hooks en acquiesçant de la tête et en reprenant ses allées et venues, revenons en arrière, si vous le permettez. Si, comme vous le dites, la loi interdisait aux Miyamoto de devenir propriétaires terriens, quel était alors le but de cet accord ?

– La loi leur permettait de devenir propriétaires à condition qu'ils aient la nationalité américaine, et les gamins Miyamoto, ils étaient nés ici, ils étaient donc citoyens américains, je suppose. D'après la loi, ils pouvaient mettre la terre au nom de leurs enfants pour qu'elle leur revienne à leur majorité.

– Je vois, dit Hooks. Autant que vous vous en souveniez, Mrs Heine, il n'y avait pas, en 1934, d'enfant majeur chez les Miyamoto ?

– L'aîné est assis là en face de moi, répondit celle-ci en désignant Kabuo du doigt. À l'époque, il avait douze ans, je crois.

– L'accusé ? demanda Hooks, comme s'il voulait s'assurer de la personne qu'elle désignait.

– Oui, l'accusé. C'est ça qui explique le bail de huit ans. Douze et huit, ça fait vingt. Et vingt ans, c'est la majorité.

– Cela nous amène donc en 42 ?

– C'est ça. Vingt ans en novembre 42. La dernière échéance était fixée au 31 décembre 42. À cette date, il serait devenu propriétaire. C'est ce qui était prévu.

– Et cela ne s'est pas fait ?

– Ben non. Vu qu'ils n'ont jamais fait le dernier versement. Les *deux* derniers en fait. Sur seize au total. »

Elle croisa les bras, pinça les lèvres et attendit.

« Qu'avez-vous fait, Mrs Heine, lorsque vous avez vu qu'ils n'honoraient pas ces deux échéances ? »

Il lui fallut un moment pour répondre. Elle se frotta le nez et tenta de se donner une contenance. Elle revoyait Carl rentrant à la maison un soir avec une affiche qu'il avait ramassée à Amity Harbor. Il s'était assis à la table et, après l'avoir défroissée, en avait lu lentement chaque mot. Etta, penchée au-dessus de son épaule, lisait en même temps que lui.

« INSTRUCTIONS À TOUTES LES PERSONNES D'ASCENDANCE JAPONAISE DOMICILIÉES DANS LES RÉGIONS SUIVANTES... » L'affiche informait les Japs d'Anacortes, Bellingham, San Juan et San Piedro, sans parler de toute une série d'autres localités de la Skagit Valley, qu'ils devaient avoir quitté les lieux avant le 29 mars à midi. La 4e armée était chargée des opérations d'évacuation.

Etta avait compté sur ses doigts. Huit jours. Il restait aux Japs exactement huit jours. Ils étaient autorisés à emporter leurs effets personnels, de la vaisselle ainsi que tout ce qui pouvait se transporter – leur mobilier serait placé en garde-meubles –, à l'exception des animaux domestiques. Chaque famille se verrait attribuer un numéro qui servirait à identifier ses possessions. Les Japs étaient tenus de se présenter au centre d'accueil, sur le port d'Amity Harbor, le 29 mars à huit heures. Le gouvernement s'occuperait du transport.

« Seigneur ! dit Carl en lissant l'affiche du plat de la main et en secouant la tête.

– Ça va faire des ramasseurs en moins, dit Etta. On pourrait peut-être faire venir des Chinois d'Anacortes, si les Japs ne sont plus dans le coin.

– On a le temps de voir. Seigneur, Etta, tu t'rends compte ? dit-il, hochant la tête à nouveau et lâchant l'affiche qui s'enroula toute seule. Huit jours, mais tu t'rends compte !

– Ils vont être obligés de tout vendre. Tu vas voir,

toutes leurs affaires, leurs ustensiles de cuisine, les casseroles, les poêles, tout. On n'a pas fini de voir des ventes à la sauvette. Ils ont rien d'autre à faire, vendre à qui voudra bien acheter.

– Y en a qui vont en profiter, c'est sûr », dit Carl en secouant sa grosse tête, les coudes sur la table. Elle sentait qu'il n'allait pas tarder à vouloir manger quelque chose, que bientôt il lui mettrait des miettes plein sa cuisine. Il n'y avait qu'à le regarder pour s'en rendre compte. « C'est moche, dit-il. C'est pas juste.

– C'est des Japs, intervint Etta. On est en guerre avec eux. On peut pas laisser les espions nous envahir. »

Carl hocha la tête et, en dépit de son poids, pivota sur sa chaise pour lui faire face.

« Y a des jours où je m'demande comment on fait pour continuer ensemble. »

Elle savait ce qu'il entendait par là, mais ne répondit pas. Ce n'était pas la première fois qu'il faisait ce genre de remarque, mais elle avait depuis longtemps cessé d'y faire attention. Elle resta debout devant lui, les poings sur les hanches, sans chercher à cacher ce qu'elle pensait de l'affaire. « Tu pourrais faire preuve d'un peu de charité chrétienne, lui dit-il en la regardant bien en face. Bon sang, Etta, tu vas pas me faire croire que ça te laisse froide ? »

Elle sortit sans un mot. Il y avait des mauvaises herbes à arracher et l'auge à cochons était vide. Elle s'arrêta dans la buanderie pour pendre son tablier et mettre ses bottes. Elle était là, à essayer d'enfiler une botte, à ruminer ce que Carl venait de lui dire – toujours cette vieille histoire entre eux –, quand Zenhichi Miyamoto se présenta et la salua.

« On est déjà au courant, dit-elle.

– Mr Heine est ici, Mrs Heine ? demanda Miyamoto qui, après avoir tenu son chapeau devant lui, le fit passer derrière son dos.

– Oui, il est ici, dit Etta, qui passa la tête par la porte pour prévenir Carl. Tu peux aussi bien parler devant moi, ajouta-t-elle quand celui-ci se montra. Ça me regarde aussi.

– Salut, Zenhichi, dit Carl. Entre donc. »

Etta s'extirpa de ses bottes et suivit le Japonais dans la cuisine.

« Assieds-toi, Zenhichi. Etta va aller te chercher un peu de café, dit Carl en la regardant fixement. On a vu l'affiche. Huit jours, ça fait pas beaucoup. On se demande bien qui pourrait être prêt en huit jours. C'est pas juste. C'est vraiment pas juste.

– Qu'est-ce qu'on peut y faire ? demanda Zenhichi. On va clouer des planches sur nos fenêtres et tout laisser comme ça. Y a rien d'autre à faire. Si vous voulez, Mr Heine, vous pourrez vous occuper des champs. On vous doit tellement depuis que vous nous les avez vendus. Et puis, c'est des plants de deux ans, maintenant. qui viennent bien. Va y en avoir des fruits ! Dites, vous les ramasserez ? Vous avez qu'à les vendre à la conserverie et garder l'argent. Autrement, ça va tout pourrir. Et, au bout du compte, on sera tous perdants. »

Assis en face de Zenhichi, Carl se mit à se gratter la joue, et continua pendant un bon moment. Autant le petit Japonais avait l'œil vif autant lui avait l'air épais et fruste. Ils avaient à peu près le même âge, mais on aurait donné quinze ans de moins au Japonais. Etta posa ses tasses et ses soucoupes sur la table et ouvrit le sucrier. Il s'y prenait drôlement bien, le Jap : proposer de garder des fruits qui pour lui n'avaient plus aucune valeur, et après seulement, parler argent.

« C'est gentil de ta part, dit Carl. C'est entendu, on les ramassera. T'es un chic type. Zenhichi. »

Le Japonais hocha la tête, comme il le faisait sans arrêt. C'était comme ça qu'ils finissaient par vous avoir. Ils se contentaient de hocher la tête, sans rien dire, de garder les yeux baissés, et, mine de rien, ils arrivaient à leurs fins et ils vous soulageaient de sept acres. « Et comment vous allez rembourser, si moi et Carl, on s'occupe du ramassage ? demanda-t-elle de l'endroit où elle se tenait, à côté du poêle. C'est pas...

– Une minute, tu veux, Etta, l'interrompit Carl. On verra ça plus tard. Comment ça va chez toi ? demanda-t-il au Japonais. Ils le prennent pas trop mal ?

– On n'a pas le temps d'y penser, avec tout le travail qu'on a sur les bras, dit-il en souriant de ses grandes dents.

– Vous avez pas besoin d'un coup de main ? demanda Carl.

– Vous, vous ramassez nos fraises, c'est déjà pas mal.

– On peut pas faire autre chose ? »

Etta apporta la cafetière sur la table et vit que Miyamoto avait gardé son chapeau sur ses genoux. Carl avait beau être aux petits soins avec lui, il avait quand même oublié ça, oublié de débarrasser le Jap de son chapeau.

« Carl va le verser, dit-elle en s'asseyant et en croisant les mains sur la table.

– Ça attendra bien une minute », répondit celui-ci.

Ils étaient assis là, à se regarder, quand Carl junior fit irruption dans la cuisine. Il n'était pas en retard. Trois heures et demie, et voilà qu'il était déjà là. Il n'avait pas perdu de temps pour rentrer de l'école. Il avait juste un livre à la main – un livre de mathématiques. Sa veste était toute tachée d'herbe, son visage rougi par le vent et luisant de transpiration. Il n'avait même pas besoin de dire qu'il avait faim, ça se voyait. Il était bien comme son père, celui-là, à manger tout ce qui lui tombait sous la main. « Y a des pommes dans le garde-manger. T'as qu'à en prendre une et aller la manger dehors. Tu vois bien qu'y a du monde, on a à causer.

– Je suis au courant, dit Carl junior. J'ai...

– Va-t'en chercher ta pomme et laisse-nous », dit Etta.

Il sortit et revint avec deux pommes, se dirigea vers le réfrigérateur et se versa un verre de lait. Son père s'empara de la cafetière et remplit la tasse de Miyamoto, puis celle d'Etta, et, pour finir, la sienne.

« T'avise pas d'aller manger là-bas, lança Etta au garçon qui prenait la direction du séjour. Fais-moi le plaisir d'aller dehors. »

Carl junior revint sur ses pas. Il avait mordu dans une pomme, et son verre était vide. À dix-huit ans, il était déjà presque aussi massif que son père. « Kabuo est rentré ? demanda-t-il.

– Il vient de rentrer. Oui, oui, il est à la maison, répondit Miyamoto.

– Alors j'y vais, dit le jeune homme, qui traversa la cuisine, posa son verre dans l'évier au passage et fit claquer la porte derrière lui.

– Et ton livre ! » cria Etta.

Le garçon rentra, prit son livre pour le monter dans sa chambre et en profita pour attraper au passage une autre pomme dans le garde-manger. « J'en ai pas pour longtemps, annonça-t-il en les saluant de la main.

– Sers-toi, dit Carl au Japonais en poussant le sucrier dans sa direction. Y a de la crème aussi, si t'en veux.

– Merci. Ça ira. »

Il versa une demi-cuillerée de sucre dans sa tasse, tourna son café avec précaution, reposa la cuillère dans la soucoupe et attendit que Carl ait commencé à boire. « Très bon », dit-il en buvant une gorgée et en adressant à Etta ce petit sourire qui, chez lui, passait pour une grande marque d'affabilité.

« Votre garçon, il est très grand maintenant, continua-t-il sans se départir de son sourire. Il baissa soudain les yeux. Je viens vous payer. Plus que deux versements, et après c'est fini. J'ai cent vingt dollars...

– Pas question, dit Carl, qui secoua énergiquement la tête en reposant sa tasse. Pas question, Zenhichi. On va rentrer ta récolte en juillet et voir ce qu'on en tire. Peut-être que d'ici là, on trouvera une solution. Peut-être que là où tu vas, on te donnera du travail. Qui sait ? On verra bien. Tout ce que j'sais c'est qu'il est pas question que j'te prenne tes économies pour le moment. J'veux même pas t'en entendre parler. »

Le Japonais mit ses cent vingt dollars sur la table, en petites coupures de cinq et dix dollars qu'il disposa en éventail. « Si, si, vous, vous prenez ça. Et moi, j'en envoie encore de là où je vais. Et s'il en manque, vous avez la récolte. En décembre, il restera plus qu'un versement. Vous comprenez ? Plus qu'un. »

Etta se croisa les bras : elle savait bien qu'il n'avait jamais eu l'intention de leur en faire cadeau, de ses fraises. « Vos fraises, est-ce qu'on sait seulement combien elles vont aller chercher ? Le cours, il est pas fixé avant juin. Même si tout va bien, si vos plants, ils donnent à plein, comme vous le dites, nous, il faut encore qu'on prenne du monde pour désherber. En admettant qu'y ait pas de punaises, qu'y ait juste ce qu'il faut de soleil, que tout se passe bien, qu'on rentre les fruits et que la récolte soit bonne, une fois qu'on a déduit les heures de travail et l'engrais, qu'est-ce qui reste ? Deux cents dollars ? Et encore, si le cours s'effondre pas, si tout va bien. Mais si c'est une mauvaise année, ou une année moyenne, si y a des champignons, trop de pluie ou Dieu sait quoi encore, c'est pas deux cents dollars, c'est cent, cent vingt au maximum qu'elles vont rapporter, vos fraises. Et qu'est-ce qui va se passer ? J'vais vous le dire, moi, ce qui va se passer : on sera de la revue ! C'est deux cent cinquante que vous devez, pas moins.

– Prenez ça, dit Zenhichi en poussant les billets vers elle après les avoir empilés. Ces cent vingt dollars-là, plus les fraises, disons à cent trente, ça fait le compte.

– J'avais cru comprendre que les fruits, vous les donniez, dit Etta. C'est pas ce que vous avez dit en entrant ? Vous nous avez pas dit de les vendre à la conserverie et de garder ce qu'on en tirerait ? Et maintenant, vous en voulez cent trente dollars. Pour nous, c'est risqué. on est jamais qu'en mars, ajouta-t-elle en s'emparant des billets et en les comptant. Vous pensiez peut-être qu'on y verrait que du feu ? »

Le Japonais la regarda, les paupières mi-closes, sans plus rien dire, sans plus toucher à son café. Il s'était raidi, et elle voyait que, malgré la fureur qui l'avait envahi, son visage ne trahissait pas la moindre émotion. Pour être fier, il était fier ! Elle lui crachait à la figure, et il faisait comme si de rien n'était.

Etta finit de compter les billets qu'elle reposa sur la table avant de croiser à nouveau les bras. « Encore un peu de café ? demanda-t-elle.

– Non merci, répondit le Japonais. Allez-y, prenez l'argent. »

La grosse main de Carl glissa sur la table, s'empara des billets et les poussa devant la tasse du Japonais. « Zenhichi, dit-il, on en veut pas de ton argent. Fais pas attention à ce qu'elle raconte. Excuse-la, elle pensait pas ce qu'elle a dit. » C'est alors qu'il la regarda. Elle ne cilla pas. Elle savait ce qu'il éprouvait, mais c'était sans importance. Ce qu'elle voulait, c'était que Carl comprenne qu'il était en train de se faire avoir. Il pouvait toujours les attendre, ses excuses. Elle le regarda droit dans les yeux.

« Je suis désolé, dit le Jap. Vraiment désolé.

– T'inquiète pas, dit Carl, on avisera au moment de la récolte. Dès que t'arrives là-bas, tu nous écris. Nous, on rentre tes fraises, on t'écrit et après, on voit ce qu'on peut faire. Ça finira bien par s'arranger pour tout le monde. Mais là, t'as d'autres chats à fouetter. C'est pas le moment de venir t'embêter avec des histoires d'argent. Et si je peux faire quelque chose, comme je t'ai dit, te gêne pas.

– Vous faites pas de souci, dit Zenhichi. Je trouverai bien un moyen pour envoyer l'argent.

– Très bien », dit Carl en tendant la main au Japonais qui le remercia encore une fois avec effusion.

Etta regarda Zenhichi pour constater, une fois de plus, qu'il n'avait pas vieilli. Depuis dix ans qu'il travaillait leurs champs, il avait toujours aussi bonne mine, l'œil toujours aussi vif, le dos aussi droit, la peau aussi lisse, le ventre aussi plat et dur. Tout ceci faisait partie de son mystère, de la différence qui existait entre eux, de ce secret qu'il gardait jalousement et qui lui permettait de ne pas vieillir, tandis qu'elle-même était lasse et usée. C'était peut-être sa religion, ou peut-être qu'il avait ça dans le sang. Comment savoir ?

Assise dans le box des témoins, elle se souvenait maintenant que Carl junior était rentré le soir avec une canne à pêche en bambou. En dépit de sa taille et de sa force, il avait l'air d'un jeune chien fou avec ses cheveux en bataille.

« Regarde, lui avait-il dit. C'est Kabuo qui me l'a prêtée. »

Il s'était lancé dans toutes sortes d'explications, pendant qu'elle pelait ses pommes de terre au-dessus de l'évier. C'était une sacrée belle canne pour la truite de mer. L'œuvre d'un certain Mr Nishi. Il fallait absolument qu'il mette la main sur Erik Everts ou un autre de ses copains, pour aller pêcher à la traîne et voir ce que donnait la canne une fois montée avec du plomb léger. Il voulait à tout prix savoir où était son père pour la lui montrer.

Etta avait continué à peler ses pommes de terre tout

en signifiant à son fils que cette ligne, il fallait qu'il aille la rendre ; ces Japs leur devaient de l'argent, et cette histoire de canne à pêche ne faisait que compliquer les choses.

Elle se souvenait du regard qu'il lui avait alors lancé, de la peine qu'il essayait de cacher, de l'envie qu'il avait de discuter, tout en sachant déjà qu'il n'aurait pas le dernier mot. C'était un regard de vaincu – celui-là même qu'avait son père. Le garçon parlait comme lui, était aussi maladroit et emprunté, mais il avait aussi quelque chose d'elle : le large front, les petites oreilles, les yeux enfoncés. Il n'était pas que le fils de son père, il était aussi le sien.

« Tu retournes d'où tu viens, lui avait-elle répété en lui indiquant la porte de son épluche-légumes. Va-t'en leur rendre ça. » Elle savait aujourd'hui que son intuition ne l'avait pas trompée. Il avait rendu la canne ; quelques mois s'étaient écoulés ; il était parti à la guerre, en était revenu, et à présent, il était mort, tué par ce Japonais. Elle avait toujours eu raison ; c'était Carl qui n'avait rien compris.

Ils n'avaient pas pu payer jusqu'au bout, disait-elle maintenant à Alvin Hooks. C'était aussi bête que ça. Elle avait vendu la terre à Ole Jurgensen, les avait dédommagés en envoyant en Californie ce qui leur revenait. Elle ne les avait pas volés ; elle leur avait tout rendu, jusqu'au dernier sou. Il n'y avait qu'une chose qu'elle n'avait pas prévue : les questions d'argent, ça vous poursuit toute votre vie. La preuve, c'est que son fils en était mort, assassiné par Kabuo Miyamoto.

10

D'un pas élastique, Alvin Hooks reprit les lentes allées et venues qui avaient fait partie de sa stratégie toute la matinée. « Mrs Heine, vous avez déménagé à Amity Harbor en décembre 1944 ?

– C'est bien ça.

– Votre époux était mort depuis peu, et vous aviez l'impression que vous n'arriveriez pas à faire marcher l'exploitation toute seule ?

– Oui.

– Et c'est pour cette raison que vous avez déménagé à Amity Harbor. À quelle adresse exactement ?

– Dans la grand-rue. Juste au-dessus du magasin de Lottie Opsvig.

– Il s'agit bien d'un magasin de confection ?

– Oui, c'est ça.

– C'est un appartement ?

– Oui.

– Un grand appartement ?

– Non, juste un deux-pièces.

– Puis-je vous demander quel était le montant du loyer à l'époque ?

– Vingt-cinq dollars par mois.

– Et vous vivez toujours à la même adresse ?

– Oui.

– Et vous donnez toujours vingt-cinq dollars ?

– Non, trente-cinq. Les prix ont grimpé depuis 44.

– 44, c'est bien l'année où vous avez remboursé les Miyamoto ?

– Oui, c'est bien ça.

– Mrs Heine, après leur avoir renvoyé leur argent, est-ce que vous avez eu des nouvelles des Miyamoto ?

– Oui.

– À quelle époque ?

– En juillet 1945. » Etta se mordit la lèvre et s'accorda quelques secondes de réflexion. « J'ai trouvé cet homme, finit-elle par dire en désignant Kabuo du doigt, à ma porte.

– Vous voulez dire l'accusé ?

– Oui.

– Il est venu chez vous en 1945 ? Jusqu'à votre appartement ?

– C'est exact.

– Est-ce qu'il vous avait prévenue ? Est-ce que vous l'attendiez ?

– Non, il a débarqué, comme ça, sans prévenir.

– Et de quoi voulait-il vous parler ?

– De la terre. Celle que j'avais vendue à Ole.

– Et que vous a-t-il dit exactement, Mrs Heine ? Pourriez-vous le répéter à la cour ? »

Etta croisa les mains sur ses genoux et jeta un coup d'œil à Kabuo Miyamoto. Ce n'est pas elle qui allait se laisser prendre à son petit jeu : elle voyait bien dans ses yeux qu'il n'avait rien oublié. Elle l'avait trouvé sur le seuil, le regard froid, l'air impassible, impeccable dans ses vêtements tout propres. On était en juillet, il faisait une chaleur insupportable dans l'appartement ; on était mieux sur le palier pour parler, plus au frais. Ils avaient échangé un long regard, puis Etta lui avait demandé ce qu'il voulait.

« Vous vous souvenez de moi, Mrs Heine ?

– Sûr que je me souviens de vous. »

Elle ne l'avait pas revu depuis le jour où les Japs

étaient partis – trois ans déjà, en 42. Mais elle ne l'avait pas oublié. C'était lui qui avait voulu prêter une canne à pêche à Carl, lui avec lequel traînait souvent son fils. C'était lui qu'elle voyait depuis la fenêtre de la cuisine s'exercer avec son épée en bois. L'aîné des Miyamoto : elle se souvenait de son visage, mais pas de son prénom.

« Je suis rentré depuis trois jours, dit-il. Mais je suppose que Carl n'est pas encore ici.

– Mon mari est mort, répliqua Etta, en le dévisageant. Carl, lui, se bat contre les Japs. Ils en ont plus pour longtemps.

– C'est probable, confirma Kabuo. Ça m'a fait de la peine, pour Mr Heine. Je l'ai appris en Italie. Ma mère me l'a écrit.

– Je l'ai dit à votre famille, quand je vous ai envoyé votre argent. J'ai expliqué que, comme Carl était mort, je devais vendre la ferme.

– Je comprends bien, dit Kabuo. Mais mon père avait signé un accord avec Mr Heine, n'est-ce pas ? Est-ce que...

– Mon mari n'était plus là, il fallait bien que je prenne une décision. Je pouvais pas m'occuper de la ferme toute seule. Je l'ai vendue à Ole, c'est tout. Si vous voulez parler de ce bout de terre, c'est Ole qu'il faut aller trouver. Moi, j'ai plus rien à voir là-dedans.

– Je vous en prie, Mrs Heine. J'en ai déjà parlé avec Mr Jurgensen. Je suis rentré mercredi dernier et je suis tout de suite allé jeter un coup d'œil. J'ai trouvé Mr Jurgensen sur son tracteur, et on a bavardé un moment.

– Alors si vous lui avez parlé, moi, j'ai plus rien à vous dire.

– Mais c'est justement lui qui m'a dit de venir vous voir.

– C'est sa terre, non ? Pas la mienne. Vous avez qu'à retourner le voir et lui dire ça.

– Mais lui m'a dit qu'il n'était au courant de rien. Vous ne lui avez jamais dit qu'il ne nous restait plus qu'une échéance. Vous ne lui avez pas dit que Mr Heine avait...

– Il était pas au courant ! » Mrs Heine ricana. « C'est ça qu'il vous a raconté, Ole ? Qu'il était pas au courant ? Qu'est-ce que vous vouliez que je lui dise ? " Ole, y a des gens qui ont signé un accord avec mon mari, tout ce qu'il y a de plus illégal, et ces gens, ils risquent de venir réclamer leur bout de terre. " C'est la meilleure ! Alors, comme ça, il aurait fallu que j'aille raconter à quelqu'un qui voulait acheter ma ferme qu'il y avait une entourloupe, histoire de tout fiche par terre ? Tout ce que je vois, moi, c'est que vous avez pas pu honorer vos engagements. Voilà ce que je vois. Vous vous êtes jamais demandé ce qui se serait passé si vous aviez agi de la même façon avec une banque, hein ? À votre avis, qu'est-ce qui serait arrivé ? Vous croyez peut-être qu'elle se serait montrée bien polie, la banque ? Ces gens, c'est pas leur genre, ils cherchent qu'à rentrer dans leur argent. Moi, j'ai pas fait autre chose, j'ai rien fait de mal.

– Vous n'avez rien fait d'*illégal,* rétorqua le Japonais. Quant à ne rien avoir fait de mal, c'est autre chose.

– Fichez-moi le camp d'ici, dit Etta en reculant, la main sur la poignée de la porte.

– C'est notre terre que vous avez vendue. Vous l'avez vendue derrière notre dos, Mrs Heine. Vous avez profité de ce que nous n'étions pas là pour... »

Mais elle avait déjà refermé la porte. Tout ça, c'était la faute de Carl. Quel gâchis il avait fait ! Et maintenant c'était à elle de se débrouiller.

« Mrs Heine, demanda Alvin Hooks, avez-vous revu

l'accusé par la suite ? Est-il revenu vous trouver à propos de cette affaire ?

– Si je l'ai revu ? Bien sûr que je l'ai revu. Je l'ai revu en ville, je l'ai revu chez Petersen. Il m'est arrivé de le croiser de temps en temps.

– Vous a-t-il jamais adressé la parole ?

– Non, jamais.

– Il n'y a pas eu d'autre échange entre vous ?

– Pas que je me souvienne, sauf si on appelle échange le sale œil qu'il me jetait chaque fois qu'il me voyait, ajouta-t-elle avec un regard en direction de Kabuo.

– Le sale œil ? Que voulez-vous dire par là, Mrs Heine ?

– Chaque fois que je le rencontrais, elle lissa sa robe et se redressa, il plissait les yeux et il me regardait, mais d'un œil vraiment noir, vous voyez.

– Je vois, je vois. Et combien de temps a duré ce manège ?

– Je crois pas lui avoir jamais vu l'air aimable. Il avait toujours le visage mauvais avec ses yeux tout plissés.

– En avez-vous parlé avec votre fils ? Lui avez-vous dit que Kabuo Miyamoto était venu vous trouver pour contester la vente de vos terres ?

– Mon fils était au courant. Je lui ai tout raconté quand il est rentré.

– Rentré d'où ?

– De la guerre. Deux mois plus tard. En octobre, je crois.

– Et qu'en a-t-il pensé ?

– Il a dit qu'il ouvrirait l'œil. Qu'il allait surveiller Miyamoto.

– Je vois. Et l'a-t-il fait ?

– Pour autant que je sache, oui.

– À votre connaissance, Mrs Heine, les deux hommes étaient-ils en bons termes ? Ils étaient pêcheurs tous les deux, ils avaient été voisins pendant leur enfance. Après ce... disons ce malentendu, quelle était, à votre avis, la nature de leurs relations ?

– L'accusé n'était pas un ami de mon fils, c'est sûr. Ils ne pouvaient pas se sentir.

– À ce point ?

– Carl m'a dit plus d'une fois qu'il aimerait bien que Kabuo oublie ses sept acres de terre et arrête de me regarder comme ça.

– Quand vous lui avez dit que l'accusé vous regardait d'un sale œil, quelle a été exactement la réaction de votre fils, Mrs Heine ?

– Il a dit qu'il donnerait cher pour que Kabuo arrête son manège. Qu'il allait le surveiller.

– Le surveiller, répéta Alvin Hooks. Il le considérait donc comme dangereux ?

– Objection, votre Honneur, intervint Nels Gudmundsson. Le témoin n'est pas censé spéculer sur l'état d'esprit de son fils. Il...

– Entendu, je reformule ma question, dit Hooks. Mrs Heine, est-ce que quelque chose, dans les paroles ou dans l'attitude de votre fils, a pu vous donner à penser qu'à ses yeux Mr Miyamoto pouvait devenir dangereux ?

– Il a juste dit qu'il le surveillerait. Vous voyez ce que je veux dire, qu'il l'avait à l'œil.

– Mrs Heine, croyez-vous qu'on puisse appliquer l'expression " querelle de famille " aux relations que vous entreteniez avec l'accusé et sa famille ? Étiez-vous ennemis ?

– Ça, pour être ennemis, on l'était, dit Etta en regardant Kabuo droit dans les yeux. Ça fait bientôt dix ans qu'ils nous embêtent avec ces sept acres. Et c'est bien à cause de ça que mon fils a été tué.

– Objection, votre Honneur, intervint à nouveau Nels Gudmundsson. Il s'agit de suppositions et non...

– Objection retenue, acquiesça le juge. Le témoin s'en

tiendra aux questions qui lui sont posées. Les jurés feront abstraction de ces remarques, qui ne seront pas consignées dans le procès-verbal. Poursuivez, maître.

– Je vous remercie, votre Honneur, dit Hooks. Je n'ai pas d'autre question. Je vous sais gré d'être venue, Mrs Heine. surtout avec ce temps. Le témoin est à vous, dit-il en exécutant une pirouette sur lui-même et en désignant du doigt Nels Gudmundsson.

– Je n'aurai que trois questions, grommela ce dernier, qui secoua la tête et fronça les sourcils sans prendre la peine de se lever. J'ai fait quelques calculs, Mrs Heine. Si je ne m'abuse, la famille Miyamoto vous a acheté sept acres de terre pour quatre mille cinq cents dollars. C'est bien cela ? Quatre mille cinq cents dollars ?

– C'est ce qu'ils voulaient au départ, mais ils ont jamais fini de payer.

– Deuxième question. Quand vous êtes allée trouver Ole Jurgensen en 1944 pour lui dire que vous étiez prête à vendre, quel prix lui avez-vous proposé à l'acre ?

– Mille dollars l'acre.

– Ce qui veut dire, si je ne m'abuse, que les quatre mille cinq cents dollars devenaient sept mille dollars, autrement dit qu'après la vente à Ole Jurgensen et le remboursement aux Miyamoto, vous réalisiez une plus-value de deux mille cinq cents dollars ?

– C'est votre troisième question ? demanda Etta.

– En effet.

– Vos calculs sont justes. Deux mille cinq cents, c'est bien ça.

– Je n'ai pas d'autre question, dit Nels. Je vous remercie, Mrs Heine, vous pouvez quitter la barre. »

Cassé en deux sur la canne qu'il avait dans une main tandis que de l'autre il se tenait les reins, Ole Jurgensen, marchant de côté comme un crabe blessé, se traîna jusqu'au portillon qu'Alvin Hooks lui tenait ouvert. Ed

Soames l'attendait avec sa bible pour lui faire prêter serment. Ole commença par faire passer sa canne d'une main dans l'autre avant de l'accrocher à son poignet. Depuis son attaque de juin, ses mains tremblaient. Alors qu'il était avec ses ramasseurs, occupé à trier des fruits, il avait eu l'impression que la terre se dérobait soudain sous ses pieds et que le ciel lui tombait sur la tête. Dans un dernier effort pour tenter d'échapper à ce qui le menaçait, Ole s'était cabré avant de basculer, la tête la première, dans un baquet de fraises, où il resta jusqu'à ce que deux Indiens viennent l'en sortir en le tirant par les aisselles. Ils le montèrent chez lui dans la remorque du tracteur et le couchèrent tout raide sur sa véranda. Liesel se mit à le secouer comme un prunier tout en le bombardant de questions. Quand elle s'aperçut que, pour toute réponse, elle n'obtenait rien d'autre que des grognements et des bégaiements, elle lui embrassa le front et rentra pour appeler le docteur Whaley.

Depuis lors, il n'avait cessé de décliner. Il avait des jambes qui ressemblaient à des baguettes, des yeux qui pleuraient à longueur de temps, la peau rosâtre et irritée, et une barbe qui n'était plus que l'ombre d'elle-même. À le voir ainsi cassé en deux sur sa canne, tremblant et décharné, on aurait dit un vieillard.

« Mr Jurgensen, commença Alvin Hooks, vous avez été pendant des années un des voisins de la famille Heine dans Center Valley, c'est bien cela ?

– Oui, dit Ole Jurgensen.

– Pendant combien de temps ?

– Des années. Je me rappelle quand le vieux Carl défrichait sa terre, juste à côté de la mienne, y a bien quarante ans de ça.

– Quarante ans. Vous avez donc cultivé la fraise pendant quarante ans ?

– Bon poids, oui.

– Vous aviez combien d'acres, Mr Jurgensen ?

– J-j'ai commencé a-a-avec trente-cinq, dit-il après avoir réfléchi un moment, les yeux au plafond, la bouche ouverte. Et puis, j'en-j'en ai acheté encore trente à Etta, co-comme elle vous l'a dit. Ça-ça m'en faisait soixante-cinq, c'était grand. C'était une grande ferme.

– À quelle date avez-vous acheté ces trente acres, Mr Jurgensen ?

– En m-mille neuf cent qua-quarante-quatre.

– C'est à ce moment-là que Mrs Heine vous a donné le titre de propriété ?

– Oui, monsieur.

– À votre avis, Mr Jurgensen, l'acte de vente était-il sans ambiguïté ? Y avait-il des restrictions ou des clauses particulières ? Des droits de passage, une hypothèque ?

– Non, non. Rien de tout ça. Le contrat était rédigé en b-bonne et due forme.

– Vous ignoriez donc tout de ces sept acres dont les Miyamoto auraient été propriétaires ?

– Absolument tout. J'en ai parlé avec Etta, p-parce que la famille Miyamoto, elle a une maison sur la p-propriété. Je savais qu'on leur avait vendu sept acres. Mais Etta, elle m-m'a dit qu'ils avaient pas fini de p-payer et qu'elle voulait rentrer dans son argent. Elle a dit qu-que vu que Carl était mort, elle avait pas le choix. Y avait rien qu-qui clochait dans le contrat, qu'elle a dit. La famille Mi-Miyamoto, ils étaient dans un camp, qu'elle a dit, y reviendraient p't'êt jamais. Elle allait leur rendre leur argent, et c-comme ça les Miyamoto, ils auraient plus aucun droit.

– Vous ne saviez donc pas que les Miyamoto prétendaient être propriétaires de sept des acres que vous veniez d'acheter.

– Je savais rien du tout jusqu'au jour où cet homme,

il désigna Kabuo Miyamoto du nez, est venu m-me trouver.

– À quelle date est-il venu vous trouver, Mr Jurgensen ?

– V-voyons voir. C'était... l'été 45. Il est venu me voir chez m-moi pour me dire que Mrs Heine l'avait v-volé. Parce que Mr Heine, lui, il aurait j-jamais laissé faire une chose pareille, qu'il a dit.

– Et que lui avez-vous dit ?

– J'lui ai dit qu'non, qu'Etta, elle avait volé personne. Qu'elle m'avait v-vendu la terre à moi et que son nom à lui, j'le voyais nulle p-part sur le contrat.

– Et ensuite ?

– Ensuite, y m'a d-demandé si j'voulais pas lui revendre la terre.

– Les trente acres ?

– Non, pas les trente. Juste les sept de la p-parcelle nord-ouest, où que sa famille vivait avant la guerre.

– Est-ce que vous en avez discuté ? Est-ce que vous avez sérieusement envisagé de vendre ?

– Il avait p-pas un sou. Et puis, à l'époque, j'pensais pas à v-vendre, c'était avant mon attaque. J'avais une b-bonne ferme, soixante-cinq acres. L'était pas question qu'je vende.

– Mr Jurgensen, quand vous avez racheté ses trente acres à Etta Heine, est-ce que vous avez également repris la maison ?

– Non, non. Elle l'a vendue à part. À B-Bjorn Andreason. Il y est toujours à l'heure qu'il est.

– Qu'est-il arrivé à la maison où vivait la famille de l'accusé ?

– Ah, celle-là, j'l'ai achetée.

– Et qu'en avez-vous fait ?

– J'm'en sers pour loger les ramasseurs. Ma f-ferme, elle est tellement grande maintenant qu'y m'faut un régisseur toute l'année. C'est là qu'il habite, et en plus y a d'la p-place pour les ramasseurs quand c'est la récolte.

– Mr Jurgensen, l'accusé vous a-t-il dit autre chose au cours de sa visite de l'été 45 ?

– Oui, il a dit qu-quelque chose, répondit Ole dont la main droite quitta l'appui de sa canne pour aller fouiller dans la poche intérieure de son pardessus. Il était pas content, il a dit qu'un jour, il r-récupérerait sa terre.

– Et que lui avez-vous dit ?

– J'lui ai demandé pourquoi y m'en v-voulait, à moi ? Qu-que j'y étais pour rien, que j'savais rien sauf que j'voulais vendre à p-personne. J'lui ai dit d'aller voir Etta Heine, ajouta-t-il en s'essuyant la bouche avec son mouchoir. J'lui ai ex-expliqué où c'est qu'il pouvait la trouver, qu'elle avait déménagé à Amity Harbor.

– Et c'est tout ?

– Oui. Après ça, il est p-parti.

– Et vous l'avez revu ?

– Oui, j'l'ai revu. Elle est p-pas bien grande, l'île, z'êtes bien forcé de v-voir les gens.

– Bien. Pour en revenir à l'attaque dont vous nous avez parlé, Mr Jurgensen, elle vous a mis dans l'incapacité de continuer à exploiter vous-même votre ferme, c'est bien cela ?

– J-je... Oui. J'pouvais plus, dit Jurgensen avec difficulté, tout en branlant du chef.

– Alors, qu'avez-vous fait ?

– J'l'ai mise en vente. Le 7 s-septembre, juste après la f-fête du Travail.

– De cette année ?

– Oui, m'sieur.

– Vous êtes-vous adressé à un marchand de biens ?

– Oui, m'sieur.

– À Klaus Hartmann ?

– Oui, m'sieur.

– Avez-vous eu recours à d'autres moyens de publicité ?

– On a mis un écriteau sur la g-grange. C'est tout.

– Que s'est-il passé ? Est-ce que quelqu'un est venu visiter ?

– Carl Heine. C-Carl, le fils à Etta.

– Vous souvenez-vous de la date ?

– Le 7 septembre. C'est ce jour-là qu'il est v'nu, le Carl. Y v-voulait m'acheter ma ferme.

– Pouvez-vous nous raconter ce qui s'est passé ? demanda Alvin Hooks avec ménagement. Carl Heine gagnait bien sa vie comme pêcheur. Il était propriétaire d'une belle maison dans Mill Run Road. Alors en quoi est-ce que votre ferme l'intéressait ? »

Ole Jurgensen cligna des paupières à plusieurs reprises, puis se tamponna les yeux avec son mouchoir. Le jeune homme, il s'en souvenait très bien, avait débarqué dans sa cour, ce matin-là, au volant d'une Bel-Air bleu ciel. Ole l'avait reconnu immédiatement et deviné presque aussitôt ce qui l'amenait. Il venait tous les ans ramasser des fraises avec sa femme et ses enfants. Ole avait toujours refusé l'argent que Carl finissait malgré tout par lui faire accepter en le posant à côté de la balance. « Peu importe que la terre ait été à mon père dans le temps. Elle est à vous maintenant. C'est normal que je paie. »

Et voilà qu'il était là, devant lui, dans sa tenue de pêcheur, aussi grand et fort que son père, même si, de visage, il ressemblait plus à sa mère. Liesel lui avait offert un verre de thé glacé. Les champs de fraises s'étendaient à perte de vue sous leurs yeux. Au loin, on distinguait à peine la maison de Bjorn Andreason, où Carl avait passé son enfance.

Ils parlèrent de la pluie et du beau temps : Carl demanda des nouvelles de la récolte, Ole s'enquit des saumons, et Liesel de la santé d'Etta. Puis elle voulut savoir si la pêche lui plaisait, à quoi il répondit qu'il ne s'y était jamais vraiment fait.

Ole se dit qu'un tel aveu devait lui coûter, que son orgueil en souffrait, mais que, s'il s'exprimait ainsi, c'est qu'il devait avoir une bonne raison.

Le jeune homme posa son verre juste devant ses bottes et se pencha en avant, les coudes sur les genoux, comme pour leur confier un secret. « J'aimerais bien racheter votre ferme », finit-il par dire.

Liesel lui expliqua qu'Ole et elle-même n'avaient absolument aucune envie de partir, mais qu'ils ne pouvaient pas faire autrement. Le jeune homme acquiesça d'un signe de tête tout en se grattant la joue. « Ça me fait de la peine, dit-il doucement. Ça m'ennuie de profiter du malheur des autres. Mais s'il faut vraiment que vous vendiez, moi, ça m'intéresse.

– Tant mieux, répondit Ole. Ça me fait bien p-plaisir. T'as vécu ici, tu connais bien l'endroit. J'suis c-content que les choses s'arrangent c-comme ça, ajouta-t-il en tendant la main au jeune homme.

– C'est comme ça que je vois les choses, moi aussi », rétorqua ce dernier.

Ils discutèrent des conditions de la vente dans la cuisine. Carl avait mis la plus grosse partie de son argent dans le *Susan Marie* et dans sa maison de Mill Run Road. En attendant, il offrait un acompte – il posa mille dollars, en billets de cent, sur la table. En novembre, il vendrait le bateau, puis la maison. « C'est ta femme qui va être contente, dit Liesel avec un sourire. Au moins, un paysan, ça passe la nuit dans son lit. »

Ole Jurgensen se pencha en avant sur sa canne avant de préciser qu'ils avaient eu un autre visiteur ce jour-là : Kabuo Miyamoto.

« Le même jour que Carl Heine ?

– Oui, m'sieur.
– L'après-midi du 7 septembre ?
– Aux environs de m-midi. On allait se mettre à table, et voilà que Mi-Miyamoto a frappé à la porte.
– Pouvez-vous nous dire ce qu'il voulait ?
– La même chose que le fils à Etta. Y voulait m'acheter m-ma terre.
– Que vous a-t-il dit exactement ? »

L'accusé avait aperçu l'écriteau sur la grange. Il était prêt à acheter. Ole se souvint alors de la promesse que s'était faite le Japonais neuf ans plus tôt, quand il avait juré de récupérer la terre de sa famille.

Il se rappelait que le garçon avait travaillé pour lui en 1939, lorsqu'il avait installé le treillage pour les framboisiers. Il le revoyait, torse nu, en train d'enfoncer à coups de maillet les échalas de cèdre destinés à soutenir les plants. À l'époque, il devait avoir dans les seize ans.

Il le revoyait aussi quand, le matin de bonne heure, il s'exerçait dans les champs à faire tournoyer une épée en bois au-dessus de sa tête. Le père du garçon s'appelait Zeneechee ou quelque chose de ce genre – il n'était jamais arrivé à prononcer son nom correctement. Quand il demanda de ses nouvelles, Kabuo lui apprit qu'il était mort depuis longtemps.

C'est alors que le Japonais exprima le désir de racheter les sept acres dont sa famille avait été autrefois propriétaire.

« J'ai bien peur qu'elles soient déjà vendues, dit Liesel. Quelqu'un s'est présenté ce matin. Je suis désolée, Kabuo.
– Nous sommes vraiment d-désolés », renchérit Ole.

Le Japonais se raidit. Toute trace de politesse s'était effacée de son visage, maintenant impénétrable.

« Vendues ? Déjà ?

– Oui, ça s'est fait très vite, dit Liesel. Nous sommes désolés de te décevoir.

– Vous avez tout vendu ?

– Oui. On n'a même pas eu le temps d'enlever l'écriteau.

– Qui sont les acheteurs ? Je veux leur parler, demanda Kabuo, toujours aussi raide et impassible.

– C'est Carl, le fils d'Etta Heine. Il est venu vers dix heures.

– Carl Heine ! » s'exclama-t-il alors, avec une pointe de dépit dans la voix.

Ole lui suggéra d'aller voir Carl Heine : il y avait peut-être moyen de s'arranger.

Liesel continuait à se tordre les mains et à hocher la tête, tout en répétant inlassablement, sur un ton d'excuse : « Ole et Carl se sont serré la main. On a accepté des arrhes. On ne peut plus revenir en arrière, maintenant. C'est trop tard, vous comprenez, trop tard.

– J'aurais dû venir plus tôt », rétorqua l'autre en se levant.

Le lendemain, Carl revint enlever l'écriteau : Liesel lui avait téléphoné pour lui parler de Kabuo Miyamoto. Ole le regarda faire tout en lui racontant la visite du Japonais. Carl sembla s'intéresser au moindre détail, écoutant sans broncher, hochant la tête de temps à autre. Ole lui dit tout : la raideur du Japonais, son visage impassible, son dépit quand il avait appris que la terre qu'il convoitait tant venait d'être vendue. Carl Heine descendit de l'échelle, l'écriteau à la main, en remerciant Ole de l'avoir prévenu.

11

Pendant la suspension de séance, Kabuo Miyamoto alla prendre son déjeuner dans le sous-sol du tribunal. Depuis soixante-dix-sept jours, il prenait tous ses repas dans cette cellule, sans barreaux ni fenêtre, assez grande cependant pour recevoir un lit de camp sorti tout droit des surplus de l'armée, une cuvette de W-C, un lavabo et une table de nuit. En dehors du regard du tuyau d'écoulement, et d'un guichet grillagé d'environ trente centimètres sur trente, il n'y avait aucune ouverture susceptible de laisser passer la lumière. Au-dessus de sa tête pendait une ampoule que Kabuo pouvait allumer en la vissant dans la douille. Une semaine s'était à peine écoulée qu'il s'était découvert un goût prononcé pour l'obscurité à laquelle ses yeux s'accommodaient peu à peu. Sans lumière, il trouvait sa cellule moins exiguë, il avait moins l'impression d'être enfermé.

Kabuo s'assit au bord du lit, son plateau posé sur la table de nuit : un sandwich au beurre de cacahuète, une carotte coupée en deux, une coupelle de gelée au citron vert, un gobelet en métal rempli de lait. Il avait vissé l'ampoule afin de voir ce qu'il mangeait mais aussi pour se regarder dans un petit miroir de poche : avait-il vraiment l'air d'un des soldats de Tojo, comme le lui avait dit sa femme le matin même ?

Sur ce visage, où l'on discernait encore les traits de l'enfant qu'il avait été, s'en était greffé un autre, celui que la guerre lui avait donné et qui avait cessé de le surprendre. Il ne voyait plus dans ses yeux que ce vide trouble qu'il avait remarqué dans le regard de tant d'autres soldats. Ils donnaient moins l'impression de regarder sans voir que de se perdre dans la contemplation d'un monde à la fois très loin d'eux et pourtant plus présent que le monde réel. C'est ainsi que, sous la surface du quotidien, Kabuo vivait une autre vie, un peu comme s'il avait vécu sous l'eau. Il se souvenait que sur la colline boisée, dans l'incessant bourdonnement des abeilles, le casque du soldat qu'il venait de faucher d'une balle dans l'aine avait, en glissant, révélé le visage d'un très jeune garçon. Quand Kabuo s'était approché de lui, l'autre l'avait regardé d'un œil fixe et, les dents serrées, lui avait parlé en allemand d'une voix tremblante ; puis il avait pris peur, avait tenté de saisir son fusil, et c'est alors que Kabuo avait tiré une seconde fois, en plein cœur, à bout portant. Et pourtant le garçon refusait obstinément de mourir, tandis que Kabuo, figé sur place à moins de deux mètres, gardait son fusil pointé sur lui. L'autre, serrant sa poitrine à pleines mains, tentait de soulever la tête, aspirant goulûment l'air chaud de l'après-midi. Il parla à nouveau, toujours entre ses dents, et Kabuo comprit clairement qu'il le suppliait, l'implorait, voulait que l'Américain qui venait de l'abattre vienne maintenant le sauver. Sa poitrine se souleva encore cinq ou six fois, puis un filet de sang sortit de sa bouche et coula sur ses joues. Kabuo s'approcha, le fusil à la main, et s'accroupit à la droite de l'Allemand. Après avoir posé la main sur les bottes de son ennemi, le garçon ferma les yeux et rendit son dernier soupir. Kabuo regarda sa mâchoire se relâcher lentement. Bientôt une odeur fade d'excrément monta du sol.

Assis dans sa cellule, Kabuo étudiait soigneusement son image dans la glace. Cette image, ce visage modelés par ses années de guerre, il n'avait pas le pouvoir de les changer. Comment cacher au reste du monde l'angoisse qui le ravageait ? Après toutes ces années, son cœur battait toujours autant chaque fois qu'il repensait au jeune Allemand en train de mourir là-bas sur la colline, tandis que lui-même, accroupi à ses côtés, les jambes en coton, les oreilles bourdonnantes, humectait sa gorge sèche avec l'eau de sa gourde. Comment faire comprendre sa froideur aux gens de San Piedro ? Le monde avait quelque chose d'irréel, qui l'empêchait de se concentrer sur le souvenir du garçon : la nuée de mouches sur le visage étonné, l'odeur âcre du sang qui maculait la chemise et gouttait sur le sol, les bruits de fusillade qui lui parvenaient de la colline voisine. Une partie de lui-même était restée là-bas. Et après ce premier meurtre, il y en avait eu d'autres, trois autres, qui, s'ils lui avaient moins coûté, n'en restaient pas moins des meurtres. Au bout d'un moment, assis là sans bouger dans sa cellule, il commença à se regarder avec cette objectivité qui permettait à Hatsue de le voir tel que les autres le voyaient. L'image qu'il avait voulu donner aux jurés, en essayant de leur faire comprendre qu'il était hanté, c'était celle de son innocence, celle d'un homme dont l'impassibilité n'exprimait que le désespoir. C'était là le fruit de la leçon paradoxale que lui avait enseignée son père : plus grande est la maîtrise de soi, plus elle est susceptible de révéler votre vraie nature. Kabuo avait cru que son détachement était à lui seul une explication, que le juge, les jurés, le public reconnaîtraient d'emblée le visage d'un combattant qui avait sacrifié la tranquillité de son esprit pour leur assurer la paix. Brusquement, il comprenait que c'était au contraire le défi qu'ils lisaient sur ses traits. En refusant de s'ouvrir au monde, il avait refusé aux jurés la possibilité de déchiffrer les tourments de son âme.

Et pourtant, le seul fait d'entendre la déposition

d'Etta Heine avait réveillé en lui amertume et colère. Quand elle avait parlé de son père sur ce ton méprisant, il avait senti se lézarder sa façade élaborée avec tant de soins. Il avait eu du mal à ne pas l'interrompre pour rétablir la vérité, faire savoir la force et l'endurance de son père, son honnêteté, sa générosité, son humilité. Il n'avait cependant rien laissé paraître.

Il fixait dans la glace ce masque qui, loin d'évoquer le courage qu'il s'était forgé pour affronter la guerre et ses conséquences, trahissait le dédain, voire un sentiment de supériorité, face à la cour et face à la sentence de mort qu'elle allait peut-être prononcer à son encontre. Pour avoir tué pendant la guerre, il se jugeait coupable de meurtre, et il lui fallait vivre avec ce sentiment, s'efforcer de n'en rien laisser voir, tout en étant persuadé que ses efforts étaient voués à l'échec. Il ne pouvait empêcher la culpabilité de se lire sur son visage, même s'il savait, comme le lui avait affirmé Nels Gudmundsson au début de l'affaire, que, ce faisant, elle y inscrivait son destin. C'était bien lui qui lui avait dit : « Il y a les faits. Les jurés écoutent. Mais surtout ils vous regardent. Ils guettent les moindres changements sur votre visage pendant les dépositions des témoins. Pour eux, au fond, la réponse est dans votre attitude au tribunal, votre apparence, vos réactions. »

Nels Gudmundsson, il l'aimait bien. Il l'avait apprécié dès cet après-midi de septembre où il était apparu à la porte de sa cellule, un jeu d'échecs sous le bras. Il offrit à Kabuo un cigare qu'il tira de la poche de sa chemise, sortit deux barres de biscuit au chocolat qu'il posa discrètement sur le lit de Kabuo. C'était sa façon à lui de se montrer attentionné.

« Je suis Nels Gudmundsson, votre avocat. J'ai été désigné par le juge. Je...

– Je n'ai rien fait, dit Kabuo. Ce n'est pas moi.

– On s'occupera de ça plus tard, qu'en pensez-vous ? Ça fait cinquante ans que je cherche quelqu'un pour jouer aux échecs, quelqu'un qui ait du temps devant lui, et j'ai comme l'impression que vous pourriez être mon homme !

– Sans doute, mais...

– Vous étiez dans l'armée, non ? Si je ne m'abuse, vous devez être coriace aux échecs. Sans parler des dames, du rami, du bridge, des dominos... Et le solitaire, donc ? Ce serait peut-être plus approprié dans votre situation.

– Je n'ai jamais beaucoup aimé le solitaire. Et puis, jouer à ce jeu en prison, c'est la dépression assurée.

– Je n'y avais jamais pensé. Il ne nous reste plus qu'à vous sortir d'ici, dit Nels avec un sourire.

– Vous croyez pouvoir le faire ?

– Pour l'instant, ils n'ont pas grand-chose. Vous êtes ici jusqu'au procès, c'est tout.

– Il ne devrait même pas y avoir de procès.

– Alvin Hooks ne serait pas d'accord avec vous. Il réunit les pièces de son dossier, et il ne plaisante pas, ni pour le meurtre avec préméditation dont il vous accuse, ni pour la peine de mort qu'il a l'intention de réclamer. Nous ne pouvons donc pas nous permettre de plaisanter, nous non plus. On a du pain sur la planche, mais, en attendant, qu'est-ce que vous diriez d'une partie d'échecs ? »

La peine de mort, pensa Kabuo. Il était bouddhiste et croyait au karma. Payer pour les meurtres qu'il avait commis pendant la guerre lui paraissait juste. Rien ne se perd, le hasard n'existe pas. Il se sentit gagné par la peur. Il pensa à Hatsue et à ses enfants qu'il aimait tant et dont il lui faudrait se séparer à jamais afin de payer sa dette aux morts d'Italie.

« Asseyez-vous sur le lit, dit-il à Nels en s'efforçant de

paraître calme. On va tirer la table de nuit pour poser l'échiquier.

– Parfait », dit Nels. Il disposa les pièces. La peau de ses mains, marquées de taches sombres, était translucide. « Vous voulez les blancs ou les noirs ?

– Ça m'est égal, répliqua Kabuo. C'est aussi bien d'un côté que de l'autre. Allez-y, vous, choisissez.

– La plupart des joueurs préfèrent avoir le premier coup. Pourquoi, à votre avis ?

– Parce qu'ils trouvent un avantage à l'offensive.

– Et vous, qu'en pensez-vous ?

– Le meilleur moyen de résoudre le problème, c'est ça, dit Kabuo en prenant un pion dans chaque main et en présentant ses poings fermés à Nels après les avoir passés derrière son dos. Comme ça, c'est le hasard qui décide.

– Gauche, dit le vieil homme. Si c'est le hasard qui doit décider, peu importe. La gauche vaut la droite.

– Mais vous n'avez pas une préférence ? demanda Kabuo. Les blancs ou les noirs, ça vous est égal ?

– Ouvrez vos mains », répondit Nels qui piqua son cigare entre ses dents – un dentier, remarqua Kabuo –, tout au coin de la bouche.

C'est à Nels qu'échut le premier coup. La suite prouva que le vieil homme n'était pas partisan du roque, ni des fins de partie interminables, que sa tactique favorite consistait à sacrifier des pièces lors des premiers coups pour s'assurer une position inattaquable sur l'échiquier. Kabuo avait perdu, tout en ayant compris la tactique de son adversaire. Impossible de temporiser : il s'était retrouvé mat en un rien de temps.

Kabuo reposa la petite glace de poche sur le plateau et mangea la moitié de sa gelée au citron. Il mastiqua consciencieusement ses morceaux de carotte et le reste de son sandwich, puis vida dans l'évier sa tasse de lait et la remplit d'eau. Il se lava les mains, enleva ses chaussures et s'allongea sur le lit. Au bout d'un moment, il se releva pour dévisser l'ampoule. À nouveau plongé dans l'obscurité, l'accusé regagna son lit, ferma les yeux et rêva.

Il rêva sans dormir – des rêves éveillés, de ceux qu'il avait eus souvent dans cette même cellule. C'était le seul moyen qu'il avait trouvé pour s'échapper, franchir les murs et se promener librement le long des sentiers boisés, à la lisière des pâturages couverts d'une fine croûte de gelée blanche ; il vagabondait en esprit sur des sentes qui se perdaient soudain dans une profusion de mûres ou dans des champs de genêts. Il se remémorait les laies ou les sentiers oubliés qui s'écoulaient dans des vallons de fougères ou dans des creux envahis d'armoises. Parfois, ils butaient contre des promontoires qui dominaient la mer ou s'étiraient jusque sur des plages où gisaient des cèdres touffus, de jeunes aulnes et des érables rouges, rongés par les marées d'hiver, le bout de leurs branches desséchées enfoui dans le sable ou le gravier. Les vagues drapaient les algues en peaux épaisses autour des troncs. Puis son esprit s'évadait vers le large : il était à nouveau en mer, debout sur le gaillard d'avant de l'*Islander,* son filet déployé, le saumon derrière lui, le vent lui fouettant le visage, l'eau phosphorescente étalée devant lui, les vagues argentées moutonnant sous la lune. Couché dans sa cellule, il était à nouveau bercé par le roulis ; les yeux clos, il sentait l'odeur du sel sur ses lèvres, celle du saumon dans la cale, entendait le bruit du treuil et le grondement sourd du moteur. Sur le chemin du retour, le bateau, lourd de centaines de saumons royaux, le vent grinçant dans sa mâture, soulevait des nuées de goélands dans l'aube brumeuse d'un matin frais. À la conserverie, il prenait chaque poisson dans ses mains avant de le jeter sur le côté, souple et glissant, long comme le bras, les yeux vitreux encore ouverts. Quand il repartait en direction des quais, les mouettes le suivaient très haut dans le ciel, offrant leur gorge au vent, tournoyant au-dessus de sa tête pendant qu'il lessivait le pont. Il entendait leurs cris stridents, les regardait décrire des cercles de plus en plus bas pour venir piquer des déchets, tandis que Marlin Teneskold ou William Gjovaag tentaient de les éloigner en tirant un coup de fusil, dont les collines d'Amity Harbor renvoyaient l'écho. Soudain Kabuo comprit ce qu'il avait manqué cette année : l'or des saules et des aulnes à l'automne, la nuance rouge des érables, tous les roux et les rouilles d'octobre, le pressoir à cidre, les citrouilles et les paniers de jeunes courgettes, le parfum des feuilles mortes dans l'air immobile d'un matin gris après une nuit de pêche, le bruit mat de ses pas sur le sol spongieux après les pluies d'automne. Ces pluies, jamais il n'aurait pensé les regretter un jour, regretter l'eau qui lui ruisselait dans le cou et se mêlait à l'écume dans ses cheveux.

En août, il était allé avec sa famille à l'île de Lanheedron. Il s'était amarré à un radeau et il les avait emmenés à Sugar Sand Beach dans le youyou. Ses filles s'étaient amusées à piquer des méduses du bout de leurs bâtons et à chercher des piécettes enfouies dans le sable, puis, en suivant le cours d'un ruisseau, ils étaient montés dans un vallon jusqu'à une cascade qui ruisselait le long d'un mur de mousse. C'était là qu'ils avaient pique-niqué, à l'ombre des sapins du Canada, puis ramassé des framboises sauvages. Sous les bouleaux, Hatsue trouva une demi-douzaine de daturas qu'elle montra à ses filles. Délicates et virginales, les fleurs n'en étaient pas moins mortelles. Elle leur montra aussi des capillaires, dont les tiges noires retenaient leur brillant même une fois tressées.

Il ne l'avait jamais autant admirée que ce jour-là. Elle

cueillit des tiges de gingembre sauvage pour parfumer le riz et des feuilles d'achillée pour le thé. Sur la plage, elle fouilla le sable avec un bâton pointu à la recherche de clams, trouva des bouts de verre polis par la mer et une patte de crabe fossilisée dans une concrétion. Elle aspergea le bébé d'eau de mer, et, le soir venu, les filles l'aidèrent à ramasser du bois mort pour faire un feu. Aux dernières lueurs du crépuscule, ils reprirent le youyou. Dans les lits de varech au large de Lanheedron, sa fille aînée attrapa un cabillaud qu'il prépara sur le pont pendant qu'Hatsue en attrapait un autre à la ligne. Ils mangèrent en mer – le cabillaud, les clams, le riz au gingembre, le thé aux feuilles d'achillée. La cadette et le bébé dormaient sur sa couchette, l'aînée vint à la barre, et il alla se placer à l'avant avec Hatsue. Ils restèrent ainsi, elle appuyée contre sa poitrine, lui, les mains dans le cordage, jusqu'à ce que les lumières d'Amity Harbor apparaissent au sud. Alors, il rentra pour redresser l'*Islander* et prendre le chenal. Et c'est ainsi, la tête de sa fille sur son bras, qu'il pénétra dans le port à minuit.

Puis il se rappela les champs de fraises d'avant Manzanar, et lui-même au milieu des rangées de fraisiers, de cette mer de fruits, de ce labyrinthe aussi compliqué qu'un réseau d'artères, nourri au sol d'une dizaine de fermes qu'il connaissait depuis l'enfance. Il était à nouveau plié en deux, en train de ramasser les fruits, la nuque chauffée par le soleil qui prenait la terre en séton, remplissant du labeur de ses mains ses douze paniers tressés, perdu dans une mer de verdure d'où montait, comme une vapeur, l'odeur rouge de la terre et des fruits. Il revoyait sa femme à seize ans, avant leur mariage, ramassant les fruits sur la ferme des Ichikawa, et il se revoyait s'approchant d'elle, au moment où, comme par accident, elle levait vers lui ses yeux noirs, sans pour autant cesser de remplir ses paniers des rubis qu'elle faisait glisser entre ses doigts. Accroupi en face d'elle, il observait la manière dont elle travaillait, le menton au ras des genoux, remarquait les gouttes de sueur sur son front, ses cheveux tirés en une tresse longue et épaisse d'où s'échappaient quelques mèches folles. Ainsi penchée sur le sol, les seins reposant sur ses cuisses, chaussée de sandales tressées, vêtue d'une robe d'été rouge à bretelles étroites, elle lui apparaissait dans toute sa beauté, avec ses jambes musclées, son dos souple, ses chevilles bronzées, la transpiration qui perlait sur sa gorge. Puis ce fut le soir : il quitta le sentier de South Beach et depuis la lisière des champs entourés de grands cèdres qu'éclairait faiblement la lune, il observa la maison des Imada. Une lampe à pétrole éclairait la fenêtre d'une lueur orangée, et la porte entrouverte laissait filtrer un rai de lumière sur la véranda. Des grillons chantaient ; un chien gémissait ; le linge claquait dans l'air du soir. Il humait la salure, l'odeur verte des stolons, celle de la pluie sur l'écorce des cèdres. Il entendit le bruit de ses socques, et elle apparut, un seau à la main, qu'elle alla vider sur le tas de compost. Au retour, elle passa au milieu des framboisiers, et retenant ses cheveux d'une main, effleura de l'autre les tiges, se hissant parfois sur la pointe des pieds pour atteindre les fruits les plus mûrs qu'elle glissait entre ses lèvres. Les arcs silencieux des tiges se redressaient chaque fois qu'elle libérait une framboise de son pédoncule. Il se dit que, s'il l'embrassait maintenant, il garderait sur les lèvres la fraîcheur sucrée de sa bouche.

Il la revoyait telle qu'il l'avait vue en classe, un crayon entre les dents, une main sur la nuque, perdue dans son abondante chevelure. Elle marchait dans les couloirs, serrant ses livres contre sa poitrine, vêtue d'une jupe plissée, d'un chandail à carreaux, ses chaussettes blanches sagement retournées sur les boucles en onyx brillant de ses chaussures. Le regard furtif, elle le croisait sans rien dire.

Il se rappelait Manzanar, la poussière des baraquements, les cabanes en carton goudronné et le réfectoire ; jusqu'au pain qui avait un goût de terre. Ils avaient travaillé ensemble dans le potager du camp, soignant les aubergines et les laitues. On les payait peu, les journées étaient longues, et on ne cessait de leur répéter qu'il était de leur devoir de travailler dur. Au début, ils n'échangeaient que des banalités, puis ils avaient commencé à parler des champs de San Piedro et du parfum des fraises. Il s'était mis à l'aimer pour ce qu'elle était, et non plus seulement pour sa beauté. Et quand il vit qu'ils partageaient le même rêve, son cœur s'emplit de certitude. Ils s'embrassèrent à l'arrière du camion qui les ramenait un soir au camp. Et c'est ainsi que son amour mûrit et grandit. Il lui arrivait, pendant qu'ils travaillaient dans les jardins, de passer tout près d'elle et, l'espace d'un instant, de glisser autour de sa taille une main qu'elle serrait dans la sienne, plus calleuse et plus rêche depuis qu'elle était à Manzanar. Puis ils se remettaient à la tâche, le visage couvert de poussière, la peau desséchée et les cheveux raidis par le vent du désert.

Il se souvenait du visage d'Hatsue quand il lui avait appris qu'il s'était engagé. L'absence elle-même – si dure fût-elle – lui pèserait moins, lui avait-elle dit, que le fait qu'il puisse ne pas revenir ou, s'il revenait, ne plus être le même. Kabuo ne lui avait fait aucune promesse. Pour lui, c'était une affaire d'honneur : la guerre lui imposait un devoir auquel il ne pouvait se soustraire. Pour elle, le devoir comptait moins que l'amour et elle espérait bien l'en convaincre. Il était resté inébranlable : si haut que l'on plaçât l'amour, l'honneur venait d'abord. Il ne serait pas ce qu'il était, serait indigne d'elle, s'il ne s'engageait pas.

Elle essaya ensuite de l'éviter ; pendant trois jours, ils n'échangèrent pas un mot. C'est lui qui vint finalement la trouver au crépuscule dans le potager pour lui dire qu'il l'aimait plus que tout au monde mais qu'elle devait comprendre les raisons de son départ, l'accepter tel qu'il était. Appuyée sur sa houe, Hatsue lui dit avoir appris de Mrs Shigemura que volonté était synonyme de destin. Il ferait ce qu'il devait faire. Elle agirait de même.

Il acquiesça, s'efforçant de ne rien laisser paraître, avant de s'éloigner entre les rangées d'aubergines. Mais à peine avait-il fait vingt mètres qu'elle le rappelait pour lui demander s'il était prêt à l'épouser avant de partir. À sa question « Pourquoi ? », elle répondit : « Pour garder ici un peu de toi. » Elle lâcha sa houe pour revenir vers lui, le prendre dans ses bras et lui murmurer : « C'est ma volonté. Et mon destin, maintenant, c'est de t'aimer. »

Il comprenait aujourd'hui que leur mariage avait été dicté par les circonstances. Ils ne se connaissaient que depuis quelques mois, même s'il l'avait toujours admirée de loin, mais c'était une chose nécessaire et juste. Leurs parents étaient d'accord, et il était heureux de partir en sachant qu'elle l'attendrait, qu'elle serait là à son retour. À son retour, il n'était plus le même : c'était un meurtrier qu'elle avait retrouvé.

Il se souvenait aussi du visage de son père, du sabre que celui-ci avait gardé dans un coffre en bois jusqu'à l'attaque de Pearl Harbor. Un *katana,* œuvre d'un certain Masamune, propriété de la famille Miyamoto depuis six siècles. Cette arme purement utilitaire et totalement dépourvue d'ornements, son père la conservait dans un fourreau, lui-même enroulé dans un morceau de tissu. Sa simplicité, sa courbe épurée en faisaient toute la beauté ; jusqu'au fourreau en bois qui était sobre et dépouillé. Son père l'avait emportée, avec d'autres objets – ses épées de kendo en bois, son *sageo,* son *obi,* son *naginata,* ses pantalons *hakama,* son *bokken* – pour les enterrer une nuit dans un champ de fraises. Il les avait déposés, soigneusement enveloppés, dans un trou, en même temps qu'un pain de dynamite qui lui servait à faire sauter les souches, une valise pleine de livres et de rouleaux rédigés en japonais, et une photographie prise au centre culturel japonais de San Piedro et représentant Kabuo vêtu du costume féodal de *bugeisha,* son épée à la main.

Ce dernier avait commencé à pratiquer le kendo dès l'âge de sept ans. Un samedi après-midi, son père l'avait emmené au centre où un coin du gymnase était réservé au *dojo.* Ils s'étaient agenouillés devant une alcôve au fond de la pièce pour contempler un rayon sur lequel s'alignaient en bon ordre des petits bols de riz. Tandis que Kabuo, assis sur les talons, apprenait à saluer, son père lui expliqua le sens de *zenshin* : rester constamment en éveil face au danger potentiel. Il termina en répétant le mot deux fois : « *Zenshin ! zenshin !* » et, avant que Kabuo ait compris ce qui lui arrivait, il lui porta un coup en pleine poitrine avec une perche en bois qu'il avait décrochée du mur.

« *Zenshin !* s'exclama Zenhichi pendant que le garçon reprenait péniblement sa respiration. Tu viens de dire que tu avais compris ! »

Son père lui expliqua que, s'il voulait apprendre le kendo, il lui faudrait être prêt à payer davantage de sa personne que les autres. La décision lui appartenait, et il devait se garder de la prendre à la hâte.

Quand Kabuo eut huit ans, son père lui mit pour la première fois une arme entre les mains – un *bokken.* Ils se retrouvèrent dans un champ de fraises par un beau matin de juillet. Le *bokken,* un morceau de bois de cerisier incurvé mesurant environ un mètre, avait appartenu à l'arrière-grand-père de Kabuo. Celui-ci avait été samouraï avant l'ère Meiji et plus tard, quand le port du sabre avait été proscrit, s'était retrouvé, l'espace d'une dizaine de jours, fermier pour le compte du gouvernement. Puis il était allé rejoindre à Kumamoto deux cents autres samouraïs rebelles qui, après avoir formé la Ligue de la Divine Tempête et jeûné trois jours, étaient partis, sabre au clair, à l'assaut d'une garnison impériale. Seuls vingt-neuf d'entre eux, dont l'arrière-grand-père de Kabuo, avaient survécu à la première fusillade de l'ennemi ; ils s'étaient aussitôt donné la mort sur le champ de bataille.

« Tu viens d'une famille de samouraïs, lui expliqua son père en japonais. Ton arrière-grand-père est mort parce qu'il ne voulait pas renoncer à son rang. Il a eu la malchance de devoir vivre à une époque où l'on n'avait plus besoin des samouraïs. Il n'a pas su s'adapter, a laissé sa colère prendre le dessus. Je me souviens de l'homme amer qu'il était, Kabuo. Il ne vivait que pour se venger du Meiji. Quand on lui eut interdit de porter son sabre en public, il se mit à conspirer, cherchant à tuer des hommes qu'il connaissait à peine – des employés du gouvernement, qui avaient charge d'âmes et dont les familles vivaient à côté de chez nous, dont les enfants jouaient avec les nôtres. Il avait perdu la raison et ne parlait plus que de se purifier pour se rendre invulnérable face aux fusils du Meiji. La nuit venue, il disparaissait, et personne ne savait où il allait. Ma grand-mère se rongeait les sangs, se disputait avec lui quand il rentrait au petit matin et refusait de s'expliquer. Mais rien n'y faisait. Il avait les yeux rouges, le visage fermé, mangeait en silence, portait son sabre même dans la maison. On disait qu'il avait rejoint d'anciens samouraïs, bannis par le Meiji, qui, déguisés, couraient les grands chemins, sabre au poing, tuant et détroussant leurs victimes. C'étaient des bandits, des renégats. Je me souviens que mon grand-père s'enivra après avoir applaudi au meurtre d'Okubo Toshimichi, l'homme responsable de la confiscation du château de son maître et de la destruction de son armée.

« Mon grand-père maniait le sabre avec une grande adresse, poursuivit Zenhichi, mais sa colère finissait toujours par avoir raison de lui. Ceci est d'autant plus curieux que, quand j'avais ton âge et qu'il était encore en paix avec le monde et avec lui-même, il ne cessait de me dire : " Le samouraï doit apprendre à se servir du sabre qui donne la vie, et non de celui qui la prend. "

« L'art du *bokken,* lui répéta son père pour terminer, est tout entier dans la concentration. Tout dépend de toi. Tu es seul à pouvoir décider que tu veux l'apprendre. Ici et maintenant.

– Je suis sûr de le vouloir, répondit Kabuo.

– Je sais. Mais regarde un peu tes mains. Tes pieds, il faut les tourner davantage en dedans. Tu fais porter trop de poids à l'arrière. »

Ils commencèrent à travailler le coup vertical, se déplaçant au fur et à mesure dans les rangées de fraisiers, le gamin avançant, le père reculant. « Il faut bander les muscles de l'estomac, expliqua celui-ci, au moment de frapper. Pas comme ça. Là, tu bloques tes genoux – il faut les fléchir légèrement. Le coude souple. sinon tu ne peux pas enchaîner, le *bokken* se trouve coupé du corps. Les hanches s'effacent, l'estomac se durcit, les coudes et les genoux restent souples. Allez, attaque, tourne, encore, frappe... »

Son père lui montra comment tenir son arme sans raidir le poignet. Quand l'heure vint d'aller aux champs, ils rangèrent le *bokken.* À dater de ce jour, Kabuo pratiqua le kendo tous les matins : le coup vertical qui vous fend le crâne d'un homme en deux en suivant l'arête nasale ; les quatre coups en diagonale – de gauche à droite, de haut en bas... – qui vous cassent une côte ou vous déboîtent un bras en un éclair ; le coup horizontal, qui part de la gauche et vous sectionne un homme juste au-dessus de la hanche ; et, pour finir, le plus courant, le coup horizontal, d'une terrible violence, qu'un droitier va assener, du côté gauche, sur la tête de son adversaire.

Il s'entraîna jusqu'à ce que tous ces coups lui soient devenus familiers au point de faire partie de lui-même. le *bokken* n'étant plus que le prolongement de ses bras. Bientôt, il n'y eut personne au centre capable de lui résister, pas plus les quelques adultes qui prenaient cet art très au sérieux que son père, qui admettait, sans honte aucune, la supériorité de son fils. Nombreux étaient ceux au club qui reconnaissaient au père une meilleure technique et une plus grande pureté de style, mais devinaient en Kabuo un esprit plus combatif n'hésitant pas à faire appel à ses instincts les plus bas pour arracher la victoire.

C'est après avoir tué ses quatre Allemands que Kabuo comprit à quel point ils avaient eu raison, avec quelle prescience ils avaient su lire en lui. Il avait l'étoffe d'un guerrier, et cette férocité qu'il était condamné à transmettre à ses descendants, elle était dans le sang des Miyamoto depuis toujours. L'histoire de son arrière-grand-père, le samouraï fou, était aussi la sienne. Quand il sentait la colère monter en lui, à cause de cette terre qu'ils avaient perdue, il la refoulait au creux de ses entrailles et s'installait dans la cour avec son bâton de kendo pour répéter les figures de sa sombre chorégraphie. Après la guerre, il ne voyait plus qu'obscurité partout. Il avait l'impression de ne pas mériter le bonheur que sa famille lui apportait. Tard dans la nuit, quand il ne dormait pas, il s'imaginait en train de lui expliquer son péché dans une lettre d'adieu. Il la quitterait pour aller vivre seul, et son désespoir finirait par avoir raison de sa colère. La violence qui l'habitait finirait par s'éteindre, le laissant libre de contempler son destin et sa nouvelle vie dans l'au-delà.

Il avait l'impression, assis dans sa cellule, taraudé par la peur de la sentence à venir, d'avoir trouvé le lieu d'expiation auquel il aspirait dans ses rêves. L'heure était peut-être venue de payer pour ces existences qu'il avait supprimées sous l'empire de la passion. Quel mystère que la vie, le destin, l'éphémère ! Tout n'était que le fruit mystérieux du hasard. Plus il y réfléchissait, et plus, dans l'obscurité ambiante, les choses se clarifiaient. Chacun s'efforçait de trouver son identité, d'affirmer son individualité. Il lui faudrait plusieurs vies pour atteindre la paix. Il aurait beau faire pour essayer de progresser dans cette voie, il savait qu'il n'aurait pas le temps ici-bas de gravir la montagne de ses péchés. Il continuerait sa pénible ascension dans la vie qui l'attendait, puis dans la suivante, sans jamais pour autant cesser de souffrir.

12

Dehors, la neige, poussée par le vent du nord, continuait à s'entasser contre les murs du tribunal, et, dès midi, avait enfoui la ville sous une couche de huit centimètres. Serpentins de poudreuse poussière, arabesques nacrées, volutes de fumée blanche, les flocons éthérés tourbillonnaient dans les rues d'Amity Harbor, les noyant dans un brouillard glacé. L'odeur de la mer était comme éviscérée, la vue qu'on en avait comme étrécie, tant le champ de vision était réduit, flou, crêpelé, opaque et bouché. L'odeur acide du gel brûlait les narines de ceux qui se hasardaient au-dehors. Leurs bottes faisaient voler la neige, tandis que, tête baissée, luttant contre le vent âpre, ils plissaient les yeux devant la blancheur du monde.

Séduit par un tel spectacle, Ishmael Chambers marchait sans but, tout à ses souvenirs. À l'intérieur de leur cèdre, pendant près de quatre ans, lui et Hatsue s'étaient enlacés comme de jeunes amants. Leurs manteaux étalés sur un coussin de mousse, ils prolongeaient le crépuscule aussi longtemps qu'ils le pouvaient et passaient là l'après-midi du samedi et du dimanche. L'arbre sécrétait un parfum qui imprégnait jusqu'à leur peau. Une fois allongés, ils se touchaient : l'excitation, l'intimité, l'odeur du cèdre, la pluie du dehors, la douceur fondante de leurs lèvres et de leurs langues leur donnaient l'illusion qu'ils étaient seuls au monde. Les reins cambrés, les jambes ouvertes sous sa jupe, Hatsue se pressait contre Ishmael. Il sentait ses seins, effleurait l'élastique de ses sous-vêtements ; elle lui caressait le ventre, la poitrine et le dos. Parfois, en rentrant chez lui, Ishmael s'arrêtait dans quelque endroit désert de la forêt et se caressait. Les yeux clos, la tête appuyée contre un arbre, il se masturbait tout en pensant à Hatsue. Le soulagement qu'il en éprouvait était entaché de remords.

Le soir, il imaginait qu'il l'épousait. Il n'était pas loin de penser que l'idée de partir ailleurs, en Suisse, en Italie ou en France, pour réaliser son rêve, se vouer corps et âme à l'amour, pourrait un jour se concrétiser. Il voulait croire que ses sentiments pour Hatsue, la rencontre sur la plage, la vie qu'ils passeraient ensemble étaient inscrits dans le ciel.

Au creux de leur cèdre, tandis qu'ils parlaient de tout avec la véhémence et l'emphase propres aux adolescents, il découvrit qu'elle était d'humeur changeante. Il lui semblait parfois ne jamais plus devoir l'atteindre, tant elle était froide et silencieuse, tant la distance qui les séparait devenait tangible. Même quand il la serrait contre lui, il la sentait inaccessible. Il lui arrivait de s'armer de courage et de parler pour qu'elle comprenne à quel point il souffrait de la voir lui refuser une partie d'elle-même. Hatsue niait qu'il en fût ainsi et lui expliquait qu'elle ne pouvait se défendre de cette réserve. C'était son éducation qui la poussait à éviter toute effusion, ce qui ne signifiait pas pour autant qu'elle n'éprouvait rien. S'il se donnait la peine d'apprendre à le déchiffrer, son silence deviendrait lourd d'expression. Il soupçonnait pourtant que l'amour qu'elle lui portait était moins profond que le sien, et cette pensée le torturait.

Son côté mystique, il n'avait fait que l'entrevoir quand ils étaient enfants. À plusieurs reprises, au cours de leurs conversations, il l'entraîna sur ce sujet. Elle reconnut qu'elle essayait de garder présents à l'esprit certains aspects essentiels de sa foi : que la vie est éphémère ; qu'il importe de réfléchir avant d'agir, car le moindre de nos actes n'est pas sans répercussions sur l'avenir de notre âme. Elle avoua se sentir coupable de devoir le rencontrer secrètement et d'avoir à tromper ses parents : il lui faudrait payer un jour le prix de sa duplicité. Ishmael n'était pas d'accord : comment croire que Dieu puisse voir quelque chose de mal ou de répréhensible dans leur amour ? Chacun son Dieu, rétorquait Hatsue, elle seule savait ce que le sien attendait d'elle. Pourquoi fallait-il qu'elle cache à ses parents ses rencontres avec Ishmael ? Voilà la question qui la torturait.

Au lycée, Ishmael feignait à son égard l'indifférence et le détachement qu'Hatsue maîtrisait si bien et qu'elle lui avait enseignés. Vêtue de son corsage à manches bouffantes et à jabot et de sa jupe plissée, avec son nœud dans les cheveux et ses livres serrés contre sa poitrine, elle le croisait dans les couloirs avec une désinvolture qui semblait ne lui demander aucun effort et qui, au début, l'étonnait autant qu'elle le peinait. Comment pouvait-elle feindre une froideur qu'elle n'éprouvait pas ? Il apprit à aimer ces rencontres, même si son attitude était bien plus étudiée que celle d'Hatsue, même s'il avait du mal à cacher son envie d'accrocher son regard. De temps en temps, histoire de rendre plus crédibles ses faux-semblants, il allait jusqu'à la saluer.

« Le contrôle était difficile, disait-il à la fin d'un cours. Tu as su faire ?

– Je ne sais pas trop. Je n'avais pas assez révisé.

– Tu as fait ton essai pour Sparling ?

– Plus ou moins. J'en ai une page.

– Moi aussi, un peu plus. »

Il revenait à son bureau, ramassait ses livres, quittait la classe avec Sheridan Knowles, Don Hoyt ou Denny Horbach.

En 1941, à la fête de la Fraise, il avait regardé le maire d'Amity Harbor couronner Hatsue, lui poser une tiare sur la tête et lui passer un large ruban rouge sur l'épaule gauche. Entourée de quatre autres filles, elle avait défilé en jetant aux enfants des bonbons parfumés à la fraise. Le père d'Ishmael – propriétaire, rédacteur, reporter en chef, photographe et imprimeur de la *San Piedro Review* – s'intéressait tout spécialement à cet événement. Année après année, il y consacrait la première page de son journal, qu'il agrémentait d'une photo de la jeune lauréate, d'instantanés des familles en train de pique-niquer (« Les Malton, de Protection Point, à la dernière fête de la Fraise »), d'une rubrique entière consacrée aux efforts des dévoués organisateurs (« ... Ed Bailey, Lois Dunkirk et Carl Heine Sr, sans lesquels cette fête n'aurait pu avoir lieu... »). Arthur arpentait le champ de foire en nœud papillon, bretelles et chapeau mou, entraîné par le poids énorme de son appareil photo qui pendait à son cou au bout d'une grosse lanière de cuir. Cette année-là, pendant que son père, l'œil collé au viseur, photographiait Hatsue, Ishmael eut un signe de connivence à l'adresse de la jeune fille. C'est à peine si elle fit mine de le reconnaître.

« C'est une voisine, commenta son père. South Beach devrait être fier. »

Cet après-midi-là Ishmael participa à la lutte à la corde et à la course en sac avec son père. Les chars décorés de fougères, de zinnias et de myosotis – celui de la reine et de sa suite couvert de branches de cerisier et d'épinette – défilèrent devant les membres du comité des fêtes, dont faisaient partie, entre autres, le maire, le président de la chambre de commerce, le commandant des pompiers et Arthur Chambers. Ishmael était aux côtés de son père tandis que, sur son char, Hatsue, tenant d'une main son sceptre en papier crépon, agitait l'autre en direction de la foule.

Puis vint septembre ; ils étaient en terminale. En octobre, une fois les vacanciers repartis, San Piedro, laissant tomber le masque des plaisirs estivaux pour retrouver le visage endormi du rêveur qui se repose l'hiver sur un lit de mousse humide, s'installa dans une immobilité tranquille : ciel crémeux, brouillards nocturnes, brumes matinales dans les creux des collines, chemins boueux, plages désertes, coquilles de clams vides éparpillées dans les rochers, boutiques silencieuses, voitures se traînant comme des scarabées paresseux sans dépasser le quarante à l'heure. Les gens de Seattle étaient relégués au rang de souvenir ou d'économies sur les carnets de caisse d'épargne : le temps était venu de charger les poêles, d'entretenir le feu, de descendre les livres de leurs rayons et de raccommoder les couettes. Les caniveaux s'engorgeaient d'aiguilles de pin roussâtres et de feuilles d'aulne aux effluves âcres, et les pluies d'hiver faisaient déborder les chéneaux.

Par un après-midi d'automne, Hatsue lui révéla la consigne de Mrs Shigemura : elle se devait d'épouser un garçon de sa race. Elle lui répéta que sa duplicité la rendait malheureuse et que sa vie secrète lui pesait lorsqu'elle était en présence de ses parents et de ses sœurs : elle était convaincue de les trahir de manière « criminelle » – ce fut le mot qu'elle employa. La joue pressée sur ses genoux, sa longue tresse bien droite dans son dos, Hatsue regardait les branches des cèdres s'égoutter sur le tapis de lierre. « Il n'y a rien de criminel là-dedans, affirma Ishmael. Comment peux-tu dire une chose pareille ? C'est le monde qui est criminel. Ne t'inquiète donc pas.

– C'est plus facile à dire qu'à faire. Je leur mens tous les jours, Ishmael. Parfois, j'ai l'impression que je vais devenir folle. Ça ne peut pas continuer comme ça. »

Plus tard, allongés côte à côte, les yeux perdus dans les ténèbres des hautes branches, les mains derrière la tête, ils reprirent leur conversation. « Ça ne peut pas continuer, répéta Hatsue. Ça ne t'inquiète pas, toi ?

– Si, bien sûr.

– Qu'est-ce qu'on va faire ?

– Je n'en sais rien.

– On entend de drôles de choses en ce moment. Un pêcheur affirme avoir vu le périscope d'un sous-marin allemand au large d'Amity Harbor. Il l'a suivi sur près d'un kilomètre. Tu y crois, toi ?

– Non, dit Ishmael. Les gens sont prêts à croire n'importe quoi. Il est probable qu'ils ont la frousse.

– Moi aussi, j'ai peur. Tout le monde a peur en ce moment.

– Je ne vais pas tarder à être appelé, dit Ishmael. Il faudra bien que je m'y fasse. »

Ils réfléchirent à tout ce dont ils venaient de parler, mais la guerre semblait encore loin, trop loin pour troubler leur retraite. Ils persistaient à penser qu'ils avaient une chance extraordinaire de pouvoir continuer à vivre cette existence secrète. Leurs corps, leurs jeux, leurs odeurs les protégeaient de certaines vérités. Pourtant, certains soirs, à cause de ces combats, là-bas, à l'autre bout du monde, Ishmael n'arrivait pas à s'endormir. Il s'efforçait alors de penser à Hatsue, de ne penser qu'à elle, jusqu'à ce que la guerre revienne l'assaillir au bord du sommeil et peuple ses rêves de cauchemars.

13

Hatsue Imada était en train de boutonner son manteau dans le foyer du temple bouddhiste d'Amity Harbor, après le service, quand la mère de Georgia Katanaka apprit à l'assemblée les événements de Pearl Harbor. « Il vient d'y avoir un bombardement. L'aviation japonaise a tout bombardé. C'est affreux, pour nous, c'est affreux. On ne parle que de ça à la radio. On ne parle que de Pearl Harbor ! »

Hatsue se tourna vers ses parents. Son père, qui venait d'aider sa mère à enfiler son manteau, répétait sans cesse, incrédule : « Non, c'est impossible. Ce n'est pas vrai.

– Si, c'est vrai. Prenez la radio, et vous verrez. Ils ont bombardé Hawaii ce matin. »

Rassemblés dans la cuisine du centre, tête basse, sans un mot, sans un geste, ils écoutèrent pendant dix bonnes minutes le poste de radio qui trônait sur le comptoir, en compagnie des Katanaka, des Ichihara, des Sasaki et des Hayashida. Puis le père d'Hatsue se mit à arpenter la pièce en se grattant la tête et en se caressant le menton. « On ferait mieux de rentrer », dit-il.

Une fois à la maison, les cinq filles Imada et leurs parents écoutèrent à nouveau la radio, qu'ils laissèrent branchée tout l'après-midi et une partie de la soirée. De temps en temps, le téléphone sonnait, et on entendait le père d'Hatsue discuter en japonais avec Mr Oshiro ou Mr Nishi. De son côté, il appela plusieurs personnes pour faire le point sur la situation. Chaque fois qu'il raccrochait, il se grattait la tête avant de revenir à son poste.

Mr Oshiro rappela pour lui signaler qu'à Amity Harbor un pêcheur du nom d'Otto Willets avait dressé une échelle devant le cinéma de Shigeru Ichiyama pour dévisser les ampoules de la marquise. Quand Otto et les amis qui l'accompagnaient s'étaient rendu compte que les propriétaires n'étaient pas là, ils avaient pris leur camionnette pour aller s'installer dans Lundgren Road, en face de la maison des Ichiyama. À force de klaxonner, ils finirent par obliger Shig à sortir sur le perron. Willets le traita de sale Jap et lui dit qu'il aurait dû casser jusqu'à la dernière ampoule de sa marquise, histoire de lui apprendre à respecter le couvre-feu. Shig, feignant de n'avoir pas entendu les insultes de l'autre, le remercia de l'avoir mis au courant et d'avoir eu la gentillesse de dévisser les ampoules de sa marquise.

Mr Oshiro rappela à dix heures : des hommes en armes étaient postés autour d'Amity Harbor pour prévenir toute attaque japonaise. D'autres, abrités derrière des rondins et armés de fusils de chasse, étaient répartis le long de la plage, au nord et au sud de la ville. La défense de San Piedro s'organisait. En ce moment même se tenait une réunion de la loge des francs-maçons. En passant devant le bâtiment vers huit heures, les Otsubo avaient vu une quarantaine de voitures et de camionnettes garées à proximité. Mieux encore, trois ou quatre bateaux de pêche avaient quitté le port pour aller patrouiller dans les eaux de San Piedro. Mr Oshiro en avait aperçu un près de chez lui, à Crescent Bay, juste en dessous de la falaise, qui dérivait dans le courant, moteur coupé, tous feux éteints. Le père d'Hatsue demanda à Mr Oshiro, toujours en japonais, si les bruits concernant la présence de sous-marins et l'invasion de l'Oregon et de la Californie étaient confirmés ou non. « Tout est possible, répondit l'autre. Il faut être prêt à tout. »

Hisao sortit son fusil de chasse du placard et le posa, sans le charger, dans un coin du salon. Il alla chercher une boîte de cartouches et en glissa trois dans la poche de sa chemise. Puis il éteignit toutes les lumières à l'exception d'une seule et tendit des draps derrière toutes les fenêtres. Il n'arrêtait pas de quitter sa place près de la radio pour aller soulever un coin de drap, inspecter les champs de fraises, puis sortir sur le perron pour voir si le ciel couvert ne cachait pas des avions ennemis.

Ils allèrent se coucher, mais personne ne dormit. Le lendemain matin, en montant dans le car, Hatsue regarda Ishmael droit dans les yeux en passant devant lui. Le chauffeur, Ron Lamberson, avait un journal d'Anacortes replié sous son siège. À chaque arrêt, après avoir ouvert la porte, il lisait quelques lignes pendant que les enfants montaient en silence. « Je vais vous dire où on en est, cria-t-il par-dessus son épaule au moment où le car abordait les tournants de Mill Run Road. Les Japonais attaquent de tous les côtés, pas seulement à Pearl Harbor. Ils bombardent tout l'océan Pacifique. Roosevelt s'apprête à déclarer la guerre aujourd'hui, mais qu'est-ce qu'on va bien pouvoir faire, maintenant que toute notre flotte est détruite ? Y a des traîtres japonais qui se font arrêter partout, à Hawaii et ailleurs. Ils ont mis le FBI sur le coup. Le gouvernement a gelé les comptes bancaires des Japonais. Et puis le couvre-feu a été décrété à partir de ce soir, tout le long de la côte. La marine a dans l'idée qu'il pourrait y avoir un raid aérien. C'est pas que je veuille vous faire peur, les enfants, mais y se pourrait bien que ça tombe par ici – sur la station émettrice d'Agate Point ou sur celle de la marine ! Silence radio à partir de ce soir sept heures, jusqu'à demain matin. Comme ça, pas de signaux à capter pour les Japs. On nous demande de camoufler nos fenêtres, de rester chez nous et, surtout, de garder notre calme. »

Au lycée, on n'entendit que la radio, toute la journée. Les voix qui sortaient des postes étaient atones mais laissaient percer une excitation difficilement contenue. On comptait deux mille morts. Les lycéens, qui n'avaient même pas ouvert leurs livres, écoutèrent un officier expliquer comment on pouvait éteindre une bombe incendiaire, puis il y eut l'annonce d'autres attaques japonaises, le discours de Roosevelt au Congrès, la déclaration du ministre de la Justice, Mr Biddle, selon lequel des membres de la cinquième colonne japonaise avaient été arrêtés dans l'État de Washington, dans l'Oregon et en Californie. Mr Sparling commença à s'agiter et à discourir avec amertume des onze mois qu'il avait passés en France pendant la Grande Guerre. Il espérait bien que les garçons de sa classe allaient prendre leurs responsabilités et considérer comme un honneur la possibilité qui leur serait donnée de rendre la monnaie de leur pièce aux Japs. « La guerre, c'est moche, dit-il pour finir. Mais c'est eux qui ont commencé. Ils ont bombardé Hawaii un dimanche matin. Vous vous rendez compte, un dimanche matin ! » Il secoua la tête, incrédule, mit la radio et s'appuya contre le tableau, les bras passés autour de sa poitrine étroite.

À trois heures, cet après-midi-là, le père d'Ishmael avait imprimé et distribué une édition spéciale sur la guerre, la première de l'histoire du journal. Une seule page avec pour titre : L'ÎLE ORGANISE SA DÉFENSE.

Quelques heures seulement après le déclenchement des hostilités entre le Japon et les États-Unis, l'île de San Piedro était prête dès hier soir à faire face à un raid aérien ou à tout autre événement grave.

Une réunion du comité local de défense, sous la présidence de Richard A. Blackington, commissaire à la Défense, s'est tenue hier après-midi dans les locaux des francs-maçons. Tous les lieutenants du comité étaient présents. Un système d'alerte (avec cloches d'église, sirènes d'usine et klaxons d'automobile), dont on trouvera par ailleurs les détails dans cette même édition, a été mis au point en cas d'attaque aérienne.

Partant du principe que « tout peut arriver », les responsables ont demandé aux habitants de l'île de se tenir prêts à d'éventuels couvre-feux dans des délais extrêmement courts. Des guetteurs, travaillant pour le compte des forces aériennes d'interception, seront de garde vingt-quatre heures sur vingt-quatre.

À la station émettrice de la marine américaine d'Agate Point, ainsi qu'auprès des chemins de fer et des compagnies maritimes, on a triplé la garde. La Compagnie des téléphones et des télégraphes ainsi que la Compagnie d'électricité ont précisé que des mesures visant à protéger leurs installations seraient annoncées dans un proche avenir.

Des dispositions ont été prises aujourd'hui pour transporter sur l'île le matériel utilisé l'été pour lutter contre les incendies et habituellement stocké l'hiver à Anacortes.

L'enseigne R. B. Clawson s'est adressé, au nom du Commodore L. N. Channing de la station émettrice d'Agate Point, aux représentants du comité de défense lors de leur réunion. L'armée de terre et la marine ont la situation bien en main, a-t-il déclaré, et prennent des sanctions, sur le plan local, à l'encontre des saboteurs et des espions. Dès que nous avons appris l'attaque de Pearl Harbor, a-t-il ajouté, la station a été mise en état d'alerte automatique. Cependant, il est demandé aux civils d'agir au mieux de leurs moyens et indépendamment de toute aide militaire pour protéger leurs biens propres et leurs entreprises des bombardements ou des tentatives de sabotage.

Étaient présents à la réunion du comité de défense les lieutenants suivants : Bill Ingraham, chargé des communications ; Ernest Tingstaad, aux transports ; Mrs Thomas McKibben, aux soins médicaux ; Mrs Clarence Wukstich, à l'approvisionnement ; Jim Milleren, aux services de police auxiliaire ; Einar Petersen, aux ponts et chaussées ; Larry Philips, aux services d'incendie ; Arthur Chambers, à la publicité.

Étaient également présents : le major O. W. Hotchkins, président du conseil autonome de défense locale ; Bart Johannson, assistant du major, et S. Austin Coney, organisateur des défenses antiaériennes de l'île.

En bas de la page, en gros caractères, il y avait un message du comité de défense :

LE CARILLON DES CLOCHES D'ÉGLISE, LES KLAXONS DE VOITURE ET LES SIRÈNES DE LA COMPAGNIE DES CHEMINS DE FER ET DE LA COMPAGNIE MARITIME SIGNIFIENT QUE VOUS DEVEZ IMMÉDIATEMENT ÉTEINDRE TOUTES VOS LUMIÈRES, Y COMPRIS LES ÉCLAIRAGES NOCTURNES PERMANENTS, TELS QUE CEUX DES MAGASINS. NE LES RALLUMEZ PAS AVANT LE SIGNAL DE FIN D'ALERTE, QUI EST LE MÊME QUE CELUI DE DÉBUT D'ALERTE.

On pouvait aussi lire une déclaration de Richard Blackington qui insistait sur le fait que les cloches d'église et les klaxons de voiture ne devaient être utilisés que conformément au système d'alerte mis en place. Mrs Thomas McKibben demandait aux insulaires disposant d'une fourgonnette susceptible d'être utilisée comme ambulance de la contacter à Amity Harbor au 172-R. Elle invitait également les infirmières et les secouristes volontaires à se présenter. Enfin, le shérif de l'île, Gerald Lundquist, demandait qu'on lui signale dans les meilleurs délais tout mouvement suspect ou toute tentative de sabotage.

L'édition spéciale d'Arthur comprenait un article intitulé « Les leaders de la communauté japonaise choisissent l'Amérique ». Masato Nagaishi, Masao Uyeda et Zenhichi Miyamoto déclaraient se tenir prêts, avec tous les autres Japonais de l'île, à défendre le drapeau. Ils parlaient au nom de la chambre de commerce japonaise, de la Ligue des citoyens nippo-américains et du centre culturel. D'après la *Review*, leur engagement était « sans équivoque », à l'image de la promesse de Mr Uyeda qui assurait : « En cas de sabotage ou d'espionnage, nous serons les premiers à en informer les autorités. » Sous son titre habituel, « Parlons franc », Arthur publiait un éditorial péniblement rédigé à la lumière de la bougie à deux heures du matin :

> S'il y eut jamais communauté capable de faire face à une urgence locale née de facteurs qui la dépassent largement, c'est bien celle de l'île de San Piedro en ce lundi matin, 8 décembre 1941.
>
> Plus que jamais, le moment est venu de « parler franc » de choses qui nous concernent tous.
>
> Il y a, sur cette île, quelque huit cents membres représentant cent cinquante familles d'une communauté liée par le sang à une nation qui a commis hier un crime atroce contre l'humanité. Cette nation s'est engagée dans une guerre contre nous qui lui a valu une réaction de notre part aussi rapide qu'efficace. L'Amérique va s'unir pour répondre avec courage à la menace à laquelle elle se trouve aujourd'hui confrontée dans le Pacifique. Et l'Amérique vaincra.
>
> Une lourde tâche nous attend, qui va mettre en jeu nos sentiments et nos émotions. Gardons-nous toutefois d'une haine aveugle à l'encontre de toutes les personnes d'ascendance japonaise, car celles qui sont de nationalité américaine, qui restent fidèles à notre pays ou qui

n'ont plus de liens avec leur patrie risqueraient alors d'être balayées par cette hystérie collective.

En conséquence, la *Review* tient à souligner que les Japonais qui habitent notre île ne sont pas responsables de la tragédie de Pearl Harbor. Ils servent les États-Unis depuis des années, et depuis des années, San Piedro ne peut que s'enorgueillir de ces citoyens exemplaires. Ces gens sont nos voisins. Ils ont donné six de leurs fils à l'armée américaine. Ils ne sont pas plus nos ennemis que ne le sont nos concitoyens d'ascendance allemande ou italienne. Retenons bien cette leçon et laissons-la nous guider dans l'attitude que nous adopterons à leur égard.

La *Review* attend de tous les habitants de l'île – quelle que soit leur origine – le calme qui s'impose dans une situation aussi grave. Vivons cette épreuve de manière à pouvoir nous regarder en face, sans honte ni remords, quand elle sera terminée.

Souvenons-nous de ce que la folie meurtrière de la guerre peut nous faire si aisément oublier : les préjugés et la haine sont mauvais conseillers. Une société démocratique ne saurait les tolérer.

Assis dans le cèdre, Ishmael lisait et relisait ce texte quand Hatsue, en manteau et en foulard, se baissa pour entrer et s'assit sur la mousse à côté de lui. « Mon père est resté debout toute la nuit pour sortir son journal, dit Ishmael.

– Et le mien n'arrive pas à sortir son argent de la banque. Nous n'avons que quelques dollars à la maison et nous n'arrivons pas à récupérer le reste parce que mes parents n'ont pas la nationalité américaine.

– Qu'est-ce que vous allez faire ?

– On n'en sait rien.

– Il me reste vingt dollars de la dernière saison de ramassage, dit Ishmael. Ils sont à toi. Je te les apporterai demain matin.

– Non, je t'en prie. Mon père trouvera bien un moyen. Il n'est pas question que j'accepte ton argent.

– J'arrive pas à y croire, dit Ishmael en se tournant pour regarder Hatsue.

– C'est vrai que ça paraît incroyable. C'est trop injuste. Comment est-ce qu'ils ont pu faire ça, sans prévenir ? Qu'est-ce qu'on a fait pour mériter ça ?

– Nous, on n'a rien fait. C'est la faute des Japonais. Si tu veux tout savoir, je trouve ça moche de leur part. Attaquer un dimanche matin ! Ils...

– Regarde-moi, l'interrompit Hatsue. Regarde mes yeux, Ishmael, mon visage. C'est le visage de ceux qui ont fait ça, tu comprends ? Mes parents sont nés au Japon, ils ne parlent pas bien l'anglais, il leur arrive encore de parler japonais. Tu comprends ce que je veux dire ? On risque d'avoir de sérieux problèmes.

– Attends, attends. Vous n'êtes pas japonais. Vous...

– Tu as entendu les nouvelles. Ils arrêtent des tas de gens, ils les traitent d'espions. Hier soir, des types sont allés chez les Ichiyama pour les insulter. Ils sont restés assis dans leur voiture devant la maison à klaxonner. Je n'arrive pas à comprendre comment on a pu en arriver là.

– Qui est-ce qui a fait ça ?

– Otto Willets, l'oncle de Gina, avec quelques autres. Les Ichiyama avaient laissé le cinéma éclairé, ça les a rendus fous.

– C'est dingue, complètement dingue !

– Ils ont dévissé les ampoules de la marquise et puis ils sont allés jusque chez lui le traiter de sale Jap. »

Ishmael resta sans voix, se contentant de hocher la tête.

« Quand je suis rentrée à la maison après l'école, mon père était au téléphone. Tout le monde se fait du souci pour la station émettrice, celle d'Agate Point. On pense qu'elle va être bombardée ce soir. Y a plein de types qui ont l'intention de s'installer dans les bois et le long des plages avec leurs fusils de chasse. Les soldats de la station sont venus trouver les Shirasaki qui habitent juste à côté. Ils ont emporté la radio, l'appareil photo et le téléphone, ils ont arrêté Mr Shirasaki et interdit au reste de la famille de quitter la maison.

– Quand je suis parti, j'ai croisé Mr Timmons qui montait dans sa voiture. Il a dit qu'il allait faire un tour chez les francs-maçons. C'est là que tout s'organise qu'on distribue aux gens leur tour de garde. Ma mère est en train de peindre des écrans pour camoufler les fenêtres. Elle a écouté la radio toute la journée.

– Tout le monde a fait la même chose. Quand ma mère n'est pas pendue au poste, elle passe son temps au téléphone.

– La guerre ! J'arrive pas à y croire, dit Ishmael avec un soupir.

– Il vaut mieux qu'on s'en aille. Il est tard. »

Ils traversèrent le petit ruisseau qui passait au pied de leur cèdre et prirent le sentier qui descendait la colline. En chemin, ils s'embrassèrent une première fois, puis une deuxième, avec plus de violence. « Il ne faut pas que ce qui se passe dans le reste du monde nous sépare, dit Ishmael.

– N'aie pas peur, va. Ça n'arrivera pas », répondit Hatsue.

Le mardi, au bureau d'Andreasson Street, Ishmael aida son père. Débordé, celui-ci lui demanda d'appeler un certain nombre de gens et de leur poser une liste de questions toutes prêtes. Il devait aussi répondre au téléphone et prendre des notes sur un vieux bloc jauni.

Ishmael commença par le poste de surveillance maritime. On lui dit que le pilote d'un avion de reconnaissance venait de faire une découverte sans précédent : les fermiers japonais avaient planté leurs fraisiers de telle manière que les rangées pointaient droit sur la station émettrice d'Agate Point. Les avions japonais n'auraient donc aucun mal à repérer leur cible. Quand Ishmael s'exclama que ces champs étaient là depuis trente ans, son informateur se contenta d'un laconique : « Pas tous. »

Puis il prit un appel du shérif du comté. D'après celui-ci, des dizaines de fermiers japonais stockaient de la dynamite en quantité dans leurs remises et dans leurs granges. Il avait entendu dire que d'autres possédaient des radios à ondes courtes. Il demandait donc à ces fermiers, pour preuve de leur loyauté, de venir à son bureau d'Amity Harbor lui remettre tout ce matériel. Il souhaitait faire passer un communiqué dans la *Review* et remerciait par avance Ishmael de son aide.

Arthur imprima ledit communiqué en même temps qu'un autre émanant du comité de défense : à compter du 14 décembre, les ressortissants japonais de San Piedro ne seraient plus autorisés à quitter l'île. Il précisa, dans un de ses articles, que vingt-quatre civils avaient été désignés par Larry Philips pour faire partie des forces auxiliaires de lutte contre l'incendie : au nombre de ceux-ci se trouvaient George Tachibana, Fred Yasui et Edward Wakayama. Interrogé par Ishmael, il répondit que ces trois noms, il ne les avait pas choisis au hasard, mais parce que le journalisme doit parfois savoir accommoder les faits et tordre un peu le cou à la vérité s'il veut être équitable.

« Le journalisme, ce n'est pas ça ! Des faits, rien que des faits, voilà ce que c'est, répondit Ishmael, qui avait découvert le journalisme dans un manuel et trouvait que son père faisait bon marché des principes de la profession.

– Mais quels faits ? avait demandé son père. À ton avis, quels sont ceux qu'il faut imprimer ? »

Dans le numéro suivant, Arthur demandait aux commerçants de l'île d'éteindre leurs vitrines dès la tombée de la nuit, même si, en raison des fêtes de Noël, ils étaient tentés de les laisser allumées. Il annonçait un grand bal pour le soir de la Saint-Sylvestre, avec comme slogan : « N'oubliez pas Pearl Harbor – La même chose pourrait nous arriver ! » Les habitants de l'île étaient encouragés à venir en grand nombre, et l'entrée serait gratuite pour les militaires en uniforme. Arthur informait ses lecteurs que Mrs Lars Heineman avait fait un appel de fonds de cinq cents dollars au nom de la Croix-Rouge de San Piedro, et que les citoyens nippo-américains avaient immédiatement fait un don de cinquante-cinq dollars – la plus forte participation à ce jour. Un autre article précisait qu'une réception avait été organisée au centre culturel japonais d'Amity Harbor en l'honneur de Robert Sakamura, qui venait d'être appelé. Des discours avaient ponctué la soirée, qui s'était terminée devant le drapeau américain, au son de l'hymne national, repris en chœur par tous les participants.

La *San Piedro Review* rappelait également à ses lecteurs qu'elle s'était engagée à ne pas divulguer les nouvelles d'intérêt militaire susceptibles d'aider l'ennemi et leur conseillait de passer sous silence toutes les manœuvres sur terre ou sur mer dont ils pourraient être les témoins. Nick Olafsen était mort en remisant son bois ; les Bodine avaient failli mourir lors de l'explosion de leur poêle, qui avait coûté un bras et une jambe à Mrs Bodine. La section locale de la fédération agricole s'engageait à défendre San Piedro et, dans une lettre au ministère de l'Agriculture, promettait de « veiller à la production des fruits et des légumes dont les forces de combat pourraient avoir besoin ». L'armée priait tous les propriétaires de mules et de chevaux de se faire connaître, requête que le journal qualifiait de « devoir de patriote ». Enfin, les stocks de caoutchouc étant limités, les habitants de l'île étaient invités à conduire prudemment pour ménager leurs pneus.

Une autre soirée de bienfaisance était organisée, avec pour invités d'honneur les militaires stationnés à Agate Point. Le comité chargé de réunir des fonds pour la défense réclamait l'auditorium pour ses futurs bals à l'administration du lycée ; cette dernière demandait une garantie écrite comme quoi cigarettes et alcools seraient interdits dans la salle. Un bureau de recrutement était installé à la quincaillerie Fisk. Suite au réchauffement de la température, la boue envahissait les routes de San Piedro : à quatre-vingt-six ans, Eve Thurmann s'était vue obligée d'abandonner sa Buick enlisée et de faire trois kilomètres à pied pour venir en ville. Les règles à observer en cas d'alerte aérienne étaient désormais placardées sur tous les poteaux électriques : rester calme, ne pas sortir, éteindre les lumières, ne pas s'approcher des fenêtres ni se servir du téléphone. Avec quinze points à son actif, Ray Ichikawa était l'artisan de la victoire de l'équipe de basket du lycée dans la rencontre qui l'avait opposée à Anacortes. Une demi-douzaine de résidents de West Port Jensen disaient avoir aperçu, prenant le soleil non loin du rivage, une mystérieuse créature, dotée d'un cou de cygne, d'une tête d'ours polaire et d'une bouche immense d'où s'échappaient des nuages de fumée. Quand ils s'étaient approchés en barque, la créature avait disparu dans les vagues.

« Tu ne vas pas imprimer ça, quand même ? avait demandé Ishmael à son père. Un monstre marin à West Port Jensen ?

– Tu as peut-être raison, mais tu te souviens des histoires d'ours de l'an dernier ? L'ours responsable de tous les incidents qui survenaient dans l'île ? Chiens morts, vitres cassées, poulets disparus, voitures éraflées. Une créature mystérieuse, c'est bel et bien une nouvelle, Ishmael. Le fait que des gens l'aient vue, c'en est une aussi. »

Dans le numéro suivant, Arthur imprimait un communiqué gouvernemental demandant aux habitants de l'île d'acheter des titres d'emprunt de guerre. Le comité de défense répertoriait les bateaux disponibles en cas d'évacuation. William Blair – fils de Zachary et Edith Blair – venait de réussir l'examen spécial de l'Académie navale américaine et partait se battre en Europe. L'île avait été privée de courant pendant quatre heures quand une demi-douzaine de ballons captifs de l'armée avaient rompu leurs amarres et endommagé les lignes électriques. On recensait les enfants des écoles de San Piedro pour parer à l'éventualité d'une séparation avec les parents. Une planche du ministère de la Guerre reproduisait dans le détail tous les appareils de l'armée de l'air.

La *Review* faisait savoir, en première page, que quatre jeunes gens de San Piedro, d'origine japonaise, venaient de s'engager dans l'armée américaine. Richard Enslow, qui enseignait l'ébénisterie au lycée, démissionnait pour rejoindre les rangs de la marine. Mrs Ida Cross, de South Beach, venait de recevoir un mot de remerciement d'un canonnier de la DCA en poste à Baltimore à qui elle avait envoyé des chaussettes tricotées par ses soins. La pêche était interdite à l'ouest de l'île : la gendarmerie maritime avait poursuivi des pêcheurs en pleine nuit pour avoir placé leurs filets dans ce secteur. Face à la pénurie de fioul, le comité de défense intimait aux habitants de San Piedro l'ordre de réduire leur chauffage. Ce même comité réclamait aux fermiers dix mille sacs de jute pour les remplir de sable. Cent cinquante personnes suivaient les cours de secourisme proposés par les services de la Croix-Rouge. Arguant des restrictions d'essence et du manque de main-d'œuvre, l'épicerie Petersen n'assurait plus toutes ses livraisons à domicile.

« On dirait que vous aimez bien les Japs, Arthur, écrivit un jour un lecteur anonyme. Ils sont en première page toutes les semaines, et vous n'arrêtez pas de parler de leur patriotisme et de leur loyauté. Mais jamais un mot sur leur duplicité. Il serait peut-être temps de cesser de jouer à l'autruche et de comprendre que nous sommes en guerre. De quel côté êtes-vous, à la fin ? »

En janvier, quinze lecteurs suspendirent leur abonnement. « L'ennemi, c'est les Japs, écrivit l'un d'eux. Votre journal est une insulte pour tous les Américains de race blanche qui se sont engagés à purger leurs rangs de cette menace. Je demande à être rayé de la liste de vos abonnés dès aujourd'hui et à être remboursé dans les plus brefs délais. » Ce que fit Arthur. Il remboursa intégralement tous les abonnés qui le souhaitaient. « Un jour, ils reviendront », l'entendit-on prédire. C'est alors que le grand bazar d'Anacortes supprima son encart publicitaire hebdomadaire, bientôt suivi par la boutique de confection de Lottie Opsvig, de la scierie Larsen et de l'Anacortes Café. « On ne va pas se laisser démonter pour si peu, annonça Arthur à son fils. Si besoin est, de huit pages on passera à quatre. »

14

Quinze jours plus tard, le 4 février, une Ford noire s'arrêta devant chez les Imada. Hatsue, postée à l'entrée de la resserre en train de remplir son tablier de petit bois, entendit la voiture avant de la voir et remarqua, chose curieuse, que les phares avaient été noircis. Deux hommes en costume-cravate descendirent du véhicule en refermant les portières avec précaution. L'un d'eux rajusta son manteau – il était plus grand que l'autre, et ses manches, trop courtes, ne couvraient qu'à moitié les poignets de sa chemise. Hatsue les observa sans rien dire tandis qu'ils franchissaient le perron et frappaient à la porte, le chapeau à la main. Son père vint répondre en sandales et en pull, son journal à la main, ses lunettes juchées sur le bout de son nez, sa femme sur les talons.

« Permettez-moi de me présenter, dit le plus petit des deux hommes en sortant une plaque de sa poche. FBI. Vous êtes bien He-say-o Imada ?

– Oui, répondit le père d'Hatsue. Il y a un problème ?

– Rien de bien grave, répondit l'autre. On nous a demandé de perquisitionner. Vous comprenez ? On va fouiller la maison. Si vous le voulez bien, on va rentrer et s'asseoir un moment pour discuter.

– C'est bon, entrez », dit Hisao.

Hatsue laissa retomber ses brindilles sur le tas de bois. Les deux hommes se retournèrent pour la regarder : le plus grand redescendit quelques marches. Hatsue sortit de l'ombre de la resserre et s'avança dans la flaque de lumière qui tombait du perron. « Venez, vous aussi », dit le plus petit.

Ils s'entassèrent dans le séjour. Hatsue et ses sœurs s'installèrent sur la banquette, pendant qu'Hisao allait chercher deux chaises à la cuisine pour les hommes du FBI : le plus grand le suivait partout. « Asseyez-vous, je vous en prie, dit Hisao.

– C'est bien gentil à vous, dit le plus petit, qui sortit une enveloppe de la poche de son manteau et la tendit au Japonais. C'est un mandat signé du magistrat fédéral. On va perquisitionner, c'est un ordre. Vous comprenez ? Un ordre.

– Nous ne sommes pas des traîtres, se contenta de répondre Hisao, qui tenait l'enveloppe entre ses doigts sans faire mine de l'ouvrir.

– Je sais, je sais, continua l'homme du FBI, mais il faut quand même qu'on vérifie. »

Tandis qu'il parlait, le plus grand se leva, fit jaillir ses manchettes, et ouvrit la vitrine pour en sortir la pile de partitions *shakuhachi* que Fujiko rangeait sur le dernier rayon. Il tourna et retourna la flûte en bambou de Fujiko dans ses mains – des mains minuscules pour un homme aussi lourd et pataud –, puis la reposa sur la table. Il fureta dans les magazines entassés dans le porte-revues à côté du poêle et jeta également un coup d'œil sur le journal d'Hisao.

« D'après les informations recueillies auprès de plusieurs résidents locaux, certains ressortissants étrangers vivant à San Piedro auraient en leur possession des articles de contrebande. Notre travail, c'est de trouver ces articles en fouillant les maisons, et on vous demande de bien vouloir coopérer.

– Bien sûr », dit Hisao.

Le plus grand des deux hommes se dirigea vers la

cuisine. Par l'ouverture de la porte, ils le virent regarder sous l'évier et dans le four. « Y va falloir qu'on fouille aussi vos effets personnels, dit le petit en se levant et en reprenant à Hisao l'enveloppe qu'il remit dans sa poche. J'espère que vous n'y voyez pas d'inconvénient. »

Il ouvrit le *tansu* – une commode qui se trouvait dans un coin du séjour – et en sortit le kimono en soie de Fujiko avec sa large ceinture en brocart. « Joli ! dit-il en le mettant dans la lumière. Ça vient du pays, je suppose. C'est vraiment chouette. »

L'autre revint dans le séjour, tenant le fusil de chasse d'Hisao d'une main et de l'autre quatre boîtes de cartouches qu'il serrait contre sa poitrine. « Le type est armé, dit-il à son collègue. Il y a un grand sabre là-bas derrière.

– Pose-moi tout ça sur la table, Wilson, et mets donc des étiquettes. Tu les as apportées, au moins ?

– J'les ai dans ma poche », répondit Wilson.

La cadette des filles Imada commença à pleurer, le visage enfoui dans les mains. « Hé, petite, dit l'homme du FBI, y a pas de quoi pleurer. On n'en a pas pour longtemps, tu sais. On va pas tarder à lever le camp. »

Wilson retourna chercher le sabre d'Hisao, puis se dirigea vers les chambres.

« Vous savez quoi ? dit le petit en s'adressant à Hisao. On va rester assis bien tranquilles jusqu'à ce que Wilson ait fini. On va étiqueter tous ces trucs-là et les charger dans la voiture, et après ça on ira faire le tour des dépendances tous les deux. Faut qu'on vérifie tout. C'est la loi.

– Je comprends. » Hisao prit les mains de sa femme dans les siennes.

« Vous inquiétez pas, dit l'homme du FBI. On va pas tarder à débarrasser le plancher. »

Il attacha ses étiquettes aux objets disposés sur la table et attendit un moment sans rien dire, battant la mesure du pied et portant la flûte à sa bouche. « Wilson, finit-il par dire en riant, laisse donc les petites culottes tranquilles ! Il va falloir qu'on emporte ça aussi, ajouta-t-il sur un ton d'excuse à l'adresse d'Hisao en désignant le fusil. Vous comprenez, ils vont garder tout ça pendant un moment, et puis quand ils auront fini, ils vous réexpédieront le tout. C'est un peu compliqué, mais c'est comme ça. On est en guerre, vous comprenez.

– La flûte est fragile, intervint Hisao. Le kimono, les partitions, il faut aussi que vous les emportiez ?

– Oui, tous ces trucs-là, on est obligés. Tout ce qui vient du pays. quoi ! »

Hisao garda le silence, les sourcils froncés. Wilson sortit de la chambre, l'air grave, l'album d'Hatsue dans les mains. « Allez, le vicieux, lui dit son collègue, amène-toi un peu par ici.

– Arrête tes âneries, répondit Wilson. Je regardais juste dans les tiroirs. Si t'es pas content, c'est toi qui feras le boulot la prochaine fois.

– He-say-o et moi, on sort un moment, dit sévèrement le petit. Assieds-toi là avec les dames et finis de mettre les étiquettes. Et sois poli, s'il te plaît.

– Je sais me tenir », rétorqua l'autre.

Les deux hommes sortirent, et Wilson s'attaqua à ses étiquettes. Quand il eut terminé, il se mit à feuilleter l'album d'Hatsue, tout en mâchouillant sa lèvre inférieure. « Reine de la fraise, hein ? Ça a dû vous faire drôlement plaisir. La photo est bonne, poursuivit-il, voyant qu'Hatsue ne répondait pas. Elle est ressemblante. Y a pas à dire. »

Hatsue gardait toujours le silence. Elle aurait voulu qu'il cesse de triturer l'album. Elle songeait à lui demander poliment de le reposer quand Hisao rentra avec l'autre homme, qui transportait une caisse. « Regarde-moi un peu ça, Wilson. Des bâtons de dynamite ! » dit-il en posant doucement la caisse sur la table et en tripotant pensivement son contenu.

« Il faut me croire, insistait Hisao. Je m'en sers pour les souches, uniquement pour défricher.

– Peut-être bien, dit le petit en secouant gravement la tête. Mais ce truc-là, ajouta-t-il en désignant la caisse, c'est illégal. Vous auriez dû aller le porter aux autorités. »

Ils transportèrent le fusil, les cartouches, le sabre et la dynamite dans le coffre de la voiture. Wilson revint avec un sac dans lequel il entassa l'album, le kimono, les partitions et, pour finir, la flûte.

« Bon, eh ben voilà », dit le petit quand tout fut dans le coffre. « C'est bien beau, mais c'est pas fini », ajouta-t-il à l'adresse d'Hisao.

Clignant des yeux, ses lunettes à la main, celui-ci attendait que l'homme du FBI veuille bien s'expliquer.

« Va falloir qu'on vous arrête, qu'on vous emmène faire un tour à Seattle, dit Wilson en détachant une paire de menottes qui pendait à sa ceinture à côté de son pistolet.

– T'as pas besoin de ça, lui dit l'autre. Cet homme-là, c'est un type bien, un vrai gentleman. T'as pas besoin de tes menottes. Ils vont juste vous poser quelques questions, ajouta-t-il en se tournant vers le Japonais. On va jusqu'à Seattle, on vous interroge, vous répondez, et le tour est joué. »

Les plus petites des filles pleuraient toutes les deux. Hatsue essaya de consoler la cadette tout en lui caressant les cheveux. Hisao se leva.

« Vous, pas l'emmener, intervint Fujiko. Lui, il a pas fait mauvaises choses. Il...

– Ça, personne en sait rien, la coupa Wilson. Personne peut le dire.

– Y en a pour quelques jours, reprit l'autre. Ça peut prendre un peu de temps, vous comprenez, y faut qu'on l'emmène à Seattle, qu'on trouve un moment pour l'interroger. Mais y en a pour une semaine, pas plus.

– Une semaine ! s'exclama Fujiko. Mais nous, on fait quoi ? Vous...

– Dites-vous qu'y a une guerre, l'interrompit l'homme du FBI, que tout le monde fait des sacrifices et que vous devez en faire aussi. Essayez de voir les choses comme ça. »

Hisao demanda s'il pouvait changer de sandales, prendre son manteau qui se trouvait dans la resserre et, si possible, emballer quelques affaires. « Allez-y, dit Wilson. Si ça peut vous faire plaisir, nous, on n'y voit pas d'inconvénient. »

Ils l'autorisèrent à dire au revoir à sa femme et à ses filles et à les embrasser. « Appelez Robert Nishi, et dites-lui qu'on m'a arrêté. » Quand Fujiko appela, ce fut pour découvrir que Nishi avait été arrêté, en même temps que Ronald Kobayashi, Richard Sumida, Saburo Oda, Taro Kato, Junkoh Kitano, Kenzi Yamamoto. Ils avaient tous été ramassés le même soir et se trouvaient déjà dans une prison de Seattle.

Un train dont les vitres étaient protégées par des planches – on avait déjà tiré à plusieurs reprises sur les prisonniers depuis la voie – emmena Hisao et ses compagnons de Seattle jusqu'à un camp de travail dans le Montana. Hisao écrivait à sa famille tous les jours : la nourriture n'était pas bonne, mais ils n'étaient pas trop mal traités. On leur faisait creuser des tranchées pour améliorer le système d'adduction d'eau et augmenter la capacité d'accueil du camp. Hisao avait trouvé du travail à la blanchisserie, et Robert Nishi aux cuisines.

Quelque temps après le départ d'Hisao. la mère d'Hatsue, une lettre de son mari à la main, rassembla un jour ses filles pour leur raconter une fois de plus l'histoire du voyage qui l'avait amenée aux États-Unis à bord du *Korea Maru.* Elle leur parla des chambres qu'elle nettoyait à Seattle, des draps que les Blancs couvraient de sang et de vomissures, des toilettes pleines à ras bord de leurs excréments, de la puanteur de leurs alcools et de leur transpiration. Elle leur parla aussi des gargotes sur les quais où elle passait ses journées à faire frire des pommes de terre et à hacher des oignons pour les débardeurs *hakujin,* qui la regardaient sans la voir. Elle connaissait déjà les difficultés de l'existence. Elle savait ce que c'était que d'être vivant sans l'être, d'avoir l'impression d'être invisible. Elle voulait que ses filles soient capables de faire face à ce genre de vie sans rien perdre de leur dignité. Hatsue ne broncha pas pendant que sa mère discourait, essayant de comprendre où elle voulait en venir. Elle avait dix-huit ans maintenant, et l'histoire de sa mère prenait un sens qu'elle n'avait pas eu jusqu'ici. Elle se pencha en avant pour mieux écouter. Fujiko laissait entendre que cette guerre avec le Japon allait obliger ses filles à choisir leur camp. Personne n'ignorait que les *hakujin* ne voulaient pas des Japonais chez eux. Et il était inutile de chercher à se cacher ou de faire semblant de ne pas être japonais. Elles étaient des Japonaises vivant en Amérique alors que ce pays était en guerre avec le Japon. Il leur fallait empêcher la haine qui les entourait de les amener un jour à se haïr elles-mêmes, il leur fallait à tout prix garder le respect d'elles-mêmes. Au Japon, on apprend à ne pas se plaindre, à ne pas se laisser distraire par la souffrance. Savoir faire face à l'adversité est une composante de la vie intérieure, d'une philosophie personnelle. La vieillesse, la mort, l'injustice, les épreuves, il fallait les accepter comme faisant partie de l'existence. Seule une pauvre sotte songerait à nier une telle évidence, révélant du même coup et son immaturité et son allégeance au monde des *hakujin* plutôt qu'à celui de ses semblables. Elles devaient tirer la leçon des récents événements, y trouver la preuve de l'inquiétant mystère de la vie. Nier la présence du tragique, c'était prétendre que le froid de l'hiver n'est qu'illusion passagère, que la seule réalité est la douce chaleur des longs étés, sans voir que ceux-ci n'ont pas plus de consistance que neige au soleil. Maintenant que leur père n'était plus là, elles devaient apprendre à se débrouiller seules, à faire face aux réalités de la vie. « Est-ce que vous comprenez ce que je veux dire ? dit-elle en japonais. Nous n'avons pas le choix.

– Ils ne nous haïssent pas tous, protesta Hatsue. Quand même, tu exagères. Tu sais, ils ne sont pas si différents de nous. Il y a des bons et des mauvais, comme partout.

– Je comprends ce que tu veux dire, répliqua Fujiko, toujours en japonais. Tu as raison, ils ne sont pas tous mauvais. Mais reconnais qu'ils sont quand même très différents de nous.

– Non, je ne trouve pas, dit Hatsue.

– C'est pourtant le cas, et je vais te dire pourquoi. Les Blancs se laissent séduire par leur ego et sont incapables de le contrôler. Nous autres Japonais, au contraire, obligeons notre ego à se soumettre parce que nous savons qu'il n'est rien. C'est là toute la différence. Une différence fondamentale, Hatsue. Nous baissons la tête, nous plions, nous gardons le silence, tout simplement parce que nous comprenons que par nous-mêmes nous ne sommes rien, rien que grains de poussière dans le vent, alors que le *hakujin* croit qu'à lui seul il est tout, que sa seule individualité suffit à donner un sens à sa vie. Là où nous aspirons à l'union avec le Grand Tout, lui fait preuve d'un égocentrisme forcené – tu dois admettre, Hatsue, que les chemins que nous suivons, lui d'un côté, nous de l'autre, sont complètement différents.

– Tu vas peut-être me dire que ceux qui ont bombardé Pearl Harbor aspiraient aussi à l'union avec le Grand Tout ? s'obstina Hatsue. S'ils sont si prêts à plier, à se soumettre, quel besoin ont-ils d'aller attaquer le reste du monde et de vouloir conquérir d'autres pays ? Je ne suis pas des leurs, ajouta-t-elle. Ma patrie, elle est ici.

– C'est vrai que tu es née ici, dit Fujiko, mais ton sang, lui... tu es toujours japonaise.

– Mais je ne veux pas ! Je ne veux rien avoir à faire avec ces gens-là. Tu m'entends ? Je refuse d'être japonaise.

– Nous vivons des jours difficiles, rétorqua Fujiko sur un ton conciliant. Les gens ne savent plus qui ils sont et ils ont perdu leurs repères dans le chaos du monde. Il faut pourtant que tu apprennes à ne rien dire que tu puisses un jour regretter, à ne pas dire ce qui n'est pas dans ton cœur, ou ce que tu ne penses pas vraiment. Dans ces cas-là, tu le sais, mieux vaut se taire. »

Hatsue comprit aussitôt que sa mère avait raison, elle qui restait sereine et placide et dont la voix avait les accents de la vérité. Honteuse, elle se tut. Était-elle seulement à même de parler de ce qu'elle éprouvait ? Ses sentiments restaient pour elle un mystère, tant ils étaient contradictoires, tant elle était incapable de les démêler et de les analyser avec justesse et précision. Sa mère avait raison, mieux valait le silence.

« Je serais tentée de dire, Hatsue, poursuivit sa mère, qu'à force de vivre avec les *hakujin,* tu as été contaminée, que ton âme a été souillée. Cette souillure, je la vois grandir en toi de jour en jour. Pareille à une brume, elle enveloppe ton âme et assombrit ton visage quand tu n'y prends pas garde. Je la vois dans ton insistance à vouloir t'échapper de la maison pour courir les bois l'après-midi. Cette souillure, je crois que tu la dois à ta vie parmi les Blancs. Je ne te demande pas de les éviter, loin de là. Il faut bien que tu vives dans leur monde. Mais vivre parmi eux ne veut pas dire vivre comme eux. Si tu n'y prends pas garde, ton âme se flétrira, ton être sera rongé de l'intérieur. Tu as dix-huit ans, tu es grande maintenant – je ne peux plus t'accompagner sur le chemin que tu as choisi. Tu vas devoir marcher seule, Hatsue. J'espère que tu sauras préserver la pureté de ton âme et ne pas trahir la vérité qui est en toi. »

Hatsue comprit alors que ses faux-semblants n'avaient servi à rien. Depuis maintenant quatre ans, elle revenait de ses « promenades » avec des offrandes de jeunes pousses, de cresson, de champignons, de langoustines, de framboises sauvages, d'airelles ou de mûres – autant de présents destinés à donner le change. Quand elle allait au bal avec d'autres filles, elle refusait de danser. Ses amies avaient essayé de lui arranger des rendez-vous, l'encourageant à profiter de sa beauté pour sortir de sa coquille, pour vaincre sa timidité. Le printemps dernier, la rumeur lui avait un moment attribué un ami de cœur, un garçon particulièrement séduisant d'Anacortes, qu'elle allait voir de temps à autre en secret. Hatsue aurait bien aimé parler de l'amour avec les autres filles de son âge, mais elle avait résisté à la tentation de partager son lourd secret, que ce soit avec ses sœurs ou avec ses camarades. Elle avait continué à prétendre que seule sa timidité l'empêchait de sortir avec des garçons.

Et voilà que sa mère semblait avoir découvert une partie de la vérité. Ses cheveux noirs et brillants noués en un chignon sévère, ses mains majestueusement croisées sur ses genoux, elle était assise, très digne, au bord de sa chaise, et regardait calmement sa fille. « Mais je connais ma vérité, je sais qui je suis », dit Hatsue, convaincue pourtant que ce n'étaient là que des mots – des mots dont elle n'était pas sûre, qu'elle risquait de regretter. Le silence eût mieux valu.

« Tu as bien de la chance, dit Fujiko d'un ton égal en japonais. Tu parles avec beaucoup d'assurance, fille aînée. Les mots volent de ta bouche. »

Plus tard, cet après-midi-là, Hatsue gagna les bois. On était presque à la fin du mois de février. Au printemps, le soleil perçait la voûte de verdure de longs rayons, et les débris de brindilles, d'aiguilles ou de poussière d'écorce flottaient dans l'air léger. Mais en février, les bois étaient noirs et décharnés, les arbres détrempés exhalaient une odeur âcre de pourriture. Hatsue s'enfonça dans la forêt, là où les cèdres cèdent la place aux sapins couverts de lichen et de mousse. Tout lui était familier – les cèdres morts, gisants au cœur effrité ; les grands arbres vaincus aux racines découvertes envahies par la vigne vierge ; les champignons, le lierre, la vanille sauvage ; les creux humides hérissés d'aralies. C'était dans ces bois qu'elle s'était promenée au retour des leçons de Mrs Shigemura, dans ces bois qu'elle avait cultivé cette sérénité qu'exigeait d'elle son professeur. Assise au milieu des fougères et des jacinthes sauvages, elle s'était pénétrée de l'endroit. Aussi loin que remontaient ses souvenirs, c'était cette forêt silencieuse, au mystère intact, qui avait meublé ses jours.

Alignés en colonnades, les arbres poussaient dans le lit même de ceux qui, tombés deux cents ans plus tôt, s'étaient enfoncés dans la terre pour devenir terre à leur tour. Le sol de la forêt n'était rien d'autre qu'une immense carte d'arbres effondrés que signalaient à l'œil une légère dépression ou un petit monticule. Les vestiges de ces arbres étaient si vieux que personne ne pouvait se flatter de les avoir jamais connus. D'après les cercles concentriques qu'elle avait comptés sur les troncs, Hatsue avait déduit que certains avaient plus de six cents ans. Elle avait vu sous un cèdre des restes de musaraigne, de campagnol et les bois verdâtres d'un daim à queue blanche. Elle savait repérer les capillaires, les orchidées sauvages et les vesses-de-loup géantes.

Quand elle eut atteint les profondeurs de la forêt, elle s'allongea par terre sur une branche pour regarder tout en haut les troncs imberbes. Le vent agita les sommets, lui donnant le vertige. Elle admira les veines compliquées de l'écorce d'un épicéa, en suivit les rainures jusqu'à la voûte, quelque cinquante mètres plus haut. Le monde était d'une extrême complexité, et pourtant cette forêt lui parlait un langage simple, qu'elle ne retrouvait nulle part ailleurs.

Elle dressa la liste de ses peines : le départ de son père, arrêté par le FBI ; les rumeurs qui voulaient que bientôt tout individu ressemblant de près ou de loin à un Jaune serait déporté jusqu'à la fin de la guerre ; son petit ami *hakujin* qu'elle ne pouvait rencontrer qu'en secret et qui, dans quelques mois, s'en irait tuer des Japonais. Et voilà que maintenant, pour ne rien arranger, sa mère venait de sonder son âme et de découvrir cette fracture qu'elle cachait au plus profond d'elle-même. Qui était-elle ? Où étaient ses vraies racines ? Elle ne se sentirait jamais complètement chez elle ici, au milieu des *hakujin,* et pourtant, ces champs, ces bois, elle les aimait comme personne. C'était son pays. Même si, dans la maison de ses parents, elle n'était jamais loin de ce Japon qu'ils avaient quitté quelques années plus tôt et vers lequel elle se sentait attirée, elle était fille de San Piedro, ne voulait rien d'autre qu'une ferme où passer le restant de ses jours, au milieu des champs de fraises et des cèdres. Et puis, il y avait Ishmael. Il faisait partie de sa vie au même titre que les arbres, les clams sur la plage, le sel de la mer, dont il avait l'odeur. Et pourtant, il y avait ce vide qu'il laissait en elle. Il n'était pas japonais, et leur amour n'était que le fruit du hasard, des élans de leur jeunesse. Elle était tombée amoureuse de lui bien avant de se connaître elle-même. Mais se connaît-on jamais soi-même ? Elle commençait à en douter. Elle croyait pourtant comprendre à présent ce qui longtemps lui avait échappé : si elle cachait son amour, ce n'était pas parce qu'elle se sentait japonaise au fond du cœur, mais parce qu'elle était incapable d'affirmer au monde que ce qu'elle éprouvait était bien de l'amour.

Elle sentit la tristesse l'envahir. Elle n'avait réussi à tromper personne. Elle n'était même pas parvenue à se tromper elle-même. Comment pouvaient-ils dire, elle et Ishmael, qu'ils s'aimaient vraiment ? Ils avaient simplement grandi ensemble, et cette intimité qu'ils avaient connue enfants avait créé chez eux l'illusion de l'amour. Et pourtant, qu'était l'amour sinon cet instinct qu'elle devinait en elle quand elle était allongée à ses côtés dans le creux du cèdre ? Si l'identité dépendait de l'appartenance à un lieu et non à une race, alors Ishmael faisait partie d'elle, autant que son ascendance japonaise. C'était la forme la plus simple de l'amour, la plus pure aussi, celle que l'esprit, qui, comme le précisait ironiquement Mrs Shigemura, déforme toute chose, n'a pas encore corrompue. Elle s'était contentée de suivre son instinct, et celui-ci ne s'embarrassait pas de discriminations.

« Nous nous connaissons depuis toujours, dit-elle à Ishmael, une heure plus tard dans le creux de leur arbre. C'est à peine si je me souviens d'une époque où tu n'étais pas là.

– C'est pareil pour moi. Tu te souviens de cette boîte à fond vitré que nous emportions dans l'eau ?

– Bien sûr que je m'en souviens.

– Ça doit bien faire dix ans. On s'y accrochait et on se laissait flotter sur l'océan.

– Justement, dit Hatsue, à propos de cette boîte... tu

crois qu'un objet aussi banal peut rapprocher les gens ? En fait, on n'avait rien en commun. On ne se connaissait même pas.

– Bien sûr que si. On s'est toujours connus. On n'a jamais été des étrangers l'un pour l'autre, comme le sont la plupart des gens quand ils commencent à sortir ensemble.

– Comme si on sortait ensemble ! On aurait bien du mal puisqu'on est condamnés à se voir dans cet arbre.

– On va passer nos examens dans trois mois. Je crois qu'après ça on devrait aller s'installer à Seattle. Là-bas, ce sera différent... tu verras.

– Les gens comme moi, on les arrête à Seattle aussi bien qu'ici, Ishmael. Un Blanc et une Japonaise, à Seattle ou ailleurs, c'est la même chose. On ne pourrait même pas se promener ensemble dans la rue. Pas après Pearl Harbor, tu le sais très bien. Et puis, tu vas être appelé en juin, alors comment peux-tu parler d'aller t'installer ailleurs ? Il faut regarder les choses en face.

– Alors qu'est-ce qu'on va faire ? Dis-le-moi, puisque toi, tu as l'air de savoir.

– Non, je ne sais rien. Rien du tout.

– Il faut simplement prendre patience. Cette guerre ne durera pas éternellement. »

Ils restèrent sans rien dire dans leur arbre, Ishmael appuyé sur un coude, Hatsue la tête sur sa poitrine, les jambes contre le bois luisant. « On est bien ici, dit-elle. On est toujours bien.

– Je t'aime, répondit Ishmael. Je t'aimerai toujours, quoi qu'il arrive.

– Je sais, dit Hatsue. Mais ce n'est pas si simple. J'essaie juste d'être réaliste.

– Pourquoi ? Quelle importance ? C'est l'amour qui est le plus fort, l'amour, tu comprends ? Si nous nous aimons, il ne peut rien nous arriver. »

Il parlait avec tant d'assurance et de gravité

qu'Hatsue se laissa convaincre. Elle ne demandait qu'à le croire et à s'abandonner. Ils s'embrassèrent, mais leur baiser avait pour elle quelque chose de faux, comme s'ils cherchaient dans la sensation l'oubli de la triste réalité.

« Excuse-moi, dit-elle en s'écartant. C'est vraiment trop compliqué. Je n'arrive pas à oublier le reste. »

Il la tint dans ses bras tout en lui caressant les cheveux. Ils gardèrent le silence. Elle se sentait en sécurité, comme si elle avait hiberné au cœur de la forêt ou avait fait halte dans une petite gare de campagne calme et tranquille, comme si le temps s'était arrêté et que le monde s'était figé. Ils s'endormirent, la tête sur la mousse, puis de verte la lumière devint grise, et il fut temps de partir.

« Tout va s'arranger, dit Ishmael. Tu verras... tout va s'arranger.

– Je ne vois pas comment », répondit Hatsue.

Le ministère de la Guerre se chargea de résoudre le problème à leur place, en annonçant le 21 mars que les ressortissants japonais de l'île avaient huit jours pour se préparer à quitter San Piedro.

Les Kobayashi, qui avaient planté pour mille dollars de rhubarbe dans Center Valley, négocièrent un accord avec Torval Rasmussen pour qu'il s'occupe de la récolte. Les Masui travaillèrent même la nuit pour désherber leurs champs de fraises et mettre des perches à leurs petits pois, de manière à tout laisser en parfait état à Michael Burns, qui avait accepté de s'occuper de leur ferme avec son incapable de frère. Les Sumida décidèrent de tout vendre et de fermer leur pépinière : le jeudi et le vendredi, ils organisèrent des journées portes ouvertes et regardèrent partir cisailles, engrais, chaises, bancs de jardin, cages à oiseaux, lanternes en papier, paniers en osier et bonsaïs. Le dimanche, ils mirent des cadenas aux portes des serres et demandèrent à Piers Petersen de garder un œil sur la propriété. Ils lui firent cadeau de leur couvée de poussins et d'une couple de colverts.

Len Kato et Johnny Kobashigawa sillonnèrent les routes de l'île au volant d'un trois tonnes pour ramasser des monceaux de meubles, de caisses et d'appareils divers qu'ils transportèrent jusqu'au centre culturel. Remplie jusqu'au plafond de lits, de banquettes, de poêles, de réfrigérateurs, de commodes, de bureaux, de tables et de chaises, la grande salle du centre fut fermée à clé à six heures du soir, ce dimanche-là, et des planches clouées sur les fenêtres. Après avoir été assermentés, trois pêcheurs à la retraite – Gillon Crichton, Sam Goodall et Eric Hoffman – furent chargés par le shérif de San Piedro de veiller sur tout ce mobilier.

Les services d'évacuation s'installèrent dans de vieux bureaux près d'une conserverie désaffectée, à la sortie d'Amity Harbor. Les bâtiments abritaient aussi l'unité des transports de l'armée ainsi que les services du ministère de l'Emploi. Kaspars Hinkle, entraîneur de l'équipe de base-ball du lycée, fit une irruption remarquée, un jeudi tard dans l'après-midi, alors que tout le monde s'apprêtait à partir, et jeta la liste de ses joueurs sur le bureau du secrétaire. Quatre d'entre eux, sans parler de ses deux meilleurs lanceurs, allaient rater la saison : son premier attrapeur, son deuxième gardien de base et deux joueurs de champ. N'y avait-il pas moyen de réétudier la question ? Bon sang, ces gamins n'étaient pas des espions !

Le soir du samedi 28 mars se tenait dans la grande salle du lycée d'Amity Harbor le bal des élèves de dernière année. On avait loué les services d'un orchestre de jazz d'Anacortes, les « Crazy Men » ; au cours d'un intermède, le capitaine de l'équipe de base-ball monta sur la scène pour s'emparer du micro et rendre hommage aux sept joueurs qui devaient partir le lundi matin. « Sans vous, on n'ira pas bien loin, dit-il. Pour l'instant, on n'a même pas de quoi former une équipe. Mais nos victoires, si victoires il y a, elles seront pour vous. »

Evelyn Nearing, une veuve qui adorait les animaux et vivait dans une cabane à Yearsley Point, sans électricité ni toilettes, se chargea des chèvres, des cochons, des chiens et des chats d'une demi-douzaine de familles japonaises. Les Oda donnèrent leur épicerie en gérance aux MacPherson et vendirent leur voiture et leurs deux camionnettes au vieux Charles. Arthur Chambers passa un accord avec Nelson Obada, qui s'engageait, en tant que correspondant spécial, à envoyer régulièrement des comptes rendus au journal. Arthur fit paraître quatre articles sur l'évacuation dans son numéro du 26 mars : « Les insulaires japonais acceptent l'ordre d'évacuation », « Les femmes japonaises félicitées pour leur travail au sein des associations de parents d'élèves », « L'ordre d'évacuation frappe l'équipe de base-ball de plein fouet » et, dans sa rubrique « Parlons franc », « Un délai trop court », éditorial qui condamnait sans appel les autorités pour « la hâte impitoyable avec laquelle elles s'employaient à exiler les Nippo-Américains de notre île ». Le lendemain matin, à sept heures trente, Arthur reçut un coup de téléphone anonyme. Une voix aiguë cria dans l'appareil : « Ceux qui aiment les Japs, on leur coupe les couilles et on les leur fait bouffer ! » Après avoir raccroché, Arthur continua à taper son article, « Les fidèles se préparent pour les fêtes de Pâques ».

Le dimanche après-midi, à quatre heures, Hatsue annonça à sa mère qu'elle allait se promener pour la dernière fois avant leur départ. Elle avait besoin de réfléchir. Elle partit dans la direction de Protection Point, puis coupa à travers bois pour rejoindre le sentier de South Beach qu'elle suivit jusqu'au cèdre, devant lequel elle s'agenouilla un instant avant d'entrer. « Ça y est, dit-elle à Ishmael qui l'attendait. On part demain matin.

– J'ai un plan, lui répondit-il. Une fois arrivée là-bas, tu m'écris, et moi, je t'envoie un exemplaire du journal de l'école, avec une lettre à l'intérieur et au dos de l'enveloppe l'adresse du cours de journalisme. Qu'est-ce que t'en penses ? Comme ça, on ne risque rien.

– Si seulement les choses étaient plus simples, on n'aurait pas besoin d'en passer par là.

– Tu n'auras qu'à écrire chez moi en mettant sur l'enveloppe l'adresse de Kenny Yamashita. C'est un copain, mes parents ne se douteront de rien.

– Imagine qu'ils veuillent voir la lettre de Kenny ? Qu'ils te demandent de ses nouvelles ?

– Ça m'étonnerait, dit Ishmael après avoir réfléchi un moment. Le mieux, c'est que tu rassembles une demi-douzaine de lettres, une de Kenny, une de toi, une d'Helen, une de Tom Obata, et que tu les expédies en même temps. T'as qu'à leur dire que c'est pour le journal. J'appellerai Kenny ce soir pour le mettre au courant, comme ça quand tu lui réclameras les lettres, il n'aura pas l'air surpris. De mon côté, quand je les reçois, je garde la tienne et j'emporte les autres à l'école. Ça devrait marcher sans problème.

– Tu es comme moi, dit Hatsue. Tu es devenu très fort pour tromper le monde.

– On trompe personne, on n'a pas le choix. »

Hatsue desserra la ceinture de sa cape à chevrons achetée chez Penney, une boutique d'Anacortes. Elle portait une robe avec un grand col brodé. Ses cheveux pendaient librement dans son dos. « Ils sentent bon le cèdre, dit Ishmael en y enfouissant son visage.

– Toi aussi, tu sens le cèdre. C'est ton odeur qui va me manquer le plus », dit Hatsue.

Ils restèrent allongés sur la mousse, sans se toucher, sans dire un mot, Hatsue, les cheveux maintenant ramassés sur une épaule, Ishmael, les mains croisées sur la poitrine. Dehors, le vent de mars se levait ; ils l'entendirent agiter les fougères et mêler son souffle au clapotis de l'eau dans le ruisseau juste en dessous. De l'intérieur, les bruits étaient comme adoucis. Au cœur du cèdre, Hatsue avait le sentiment d'être au cœur des choses.

Ils commencèrent à s'embrasser et à se caresser, mais elle se sentait vide, et les pensées se bousculaient dans sa tête. Elle posa son index sur les lèvres d'Ishmael, ferma les yeux et laissa retomber ses cheveux sur la mousse. L'odeur de l'arbre, c'était l'odeur d'Ishmael. C'était aussi l'odeur de l'endroit qu'elle allait quitter le lendemain. Elle comprit brutalement pourquoi elle allait lui manquer. Elle avait du chagrin, et pour lui et pour elle, et elle se mit à pleurer doucement – ses paupières se crispèrent, sa gorge se contracta, sa poitrine frémit imperceptiblement. Elle se serra contre lui, pleurant en silence, respirant son odeur, nichant son visage dans son cou.

Les mains d'Ishmael se glissèrent sous l'ourlet de la robe, remontèrent le long des cuisses puis, au-dessus de la culotte, jusqu'au creux de la taille où elles s'attardèrent pour redescendre ensuite jusqu'aux rondeurs des hanches. Il l'attira violemment contre lui. Elle fut soulevée, sentit son pénis dur qui gonflait son pantalon presser la soie douce et humide de sa culotte. Elle répondit à son étreinte qui se fit soudain plus âpre et commença à bouger comme pour l'attirer tout entier en elle. Puis les mains d'Ishmael quittèrent ses hanches, suivirent la courbe de la taille et remontèrent sous la robe jusqu'aux agrafes du soutien-gorge. Elle se cambra pour lui permettre de le dégrafer et, sans efforts, il fit glisser les bretelles sur ses bras tout en lui mordillant le lobe de l'oreille. À nouveau, ses mains voyagèrent sur son corps, se dégagèrent de la robe pour la soutenir sous la nuque, puis sous les omoplates. Elle se laissa aller de tout son poids et lui offrit sa poitrine comme pour mieux aller à sa rencontre. Ishmael embrassa le devant de sa robe et, en commençant par le plus haut, juste en dessous du col, se mit à défaire les boutons, un par un. Leurs souffles se mêlèrent ; elle prit sa lèvre supérieure entre les siennes. Le haut de la robe s'ouvrit, et après avoir relevé le soutien-gorge, il effleura de ses lèvres la pointe de ses seins en murmurant : « J'ai envie de t'épouser, Hatsue. Je voudrais que tu sois à moi. »

Elle était bien trop vide pour pouvoir lui répondre. Elle avait l'impression que ses larmes étouffaient sa voix et qu'elle ne la retrouverait plus jamais. Alors, elle se contenta de faire courir ses doigts le long de son dos, de ses hanches, puis, à travers le tissu, elle saisit son pénis qu'elle pressa entre ses mains et embrassa Ishmael sur les lèvres. L'espace d'un instant, il sembla cesser de respirer.

« Épouse-moi, dit-il à nouveau, et elle comprit ce qu'il voulait dire. Je t'en prie, épouse-moi. »

Elle ne fit pas un geste pour l'arrêter quand il passa la main dans sa culotte, et quand il fit glisser celle-ci le long de ses jambes, elle pleurait toujours en silence. Il l'embrassa, repoussa son pantalon en bas de ses genoux, et tandis qu'elle sentait maintenant le bout de son pénis raidi contre sa peau, il lui prit le visage entre les mains. « Dis oui, murmura-t-il. Ne me repousse pas. Je t'en prie, dis oui.

– Ishmael », murmura-t-elle à son tour au moment où il la pénétrait, la possédant tout entière. Mais brusquement, Hatsue comprit qu'il ne fallait pas. Ce fut un choc, un choc énorme. Et pourtant, sans se l'avouer, au fond d'elle-même elle l'avait toujours su. Elle le repoussa pour s'arracher à son étreinte. « Non, Ishmael. Non. Jamais. »

Il s'écarta. C'était un garçon bien, elle le savait. Il se rhabilla et l'aida à en faire autant, puis elle se mit à retirer un à un les brins de mousse de ses cheveux. « Je suis désolée, dit-elle. On n'aurait pas dû.

– Je ne vois pas ce qu'il y avait de mal. Ça aurait été notre mariage, le seul qu'on aura jamais.

– Excuse-moi, dit Hatsue. Je ne veux pas que tu sois malheureux à cause de moi.

– Mais je suis malheureux. Horriblement malheureux. Tu te rends compte, demain tu ne seras plus là.

– Moi aussi, je suis malheureuse. Comme je ne l'ai jamais été. Ça me rend malade. »

Il la raccompagna chez elle, jusqu'à l'orée des bois où ils s'attardèrent quelques instants derrière un cèdre. Il faisait presque nuit, le silence de mars était partout – dans les arbres, le bois mort en décomposition, la vigne vierge décharnée, les pierres qui jonchaient le sol. « Au revoir, dit Hatsue, je t'écrirai.

– Ne pars pas. Reste encore un peu », dit Ishmael.

Quand enfin elle partit, le crépuscule était tombé. Elle sortit dans la clairière, décidée à ne pas regarder en arrière. Mais elle n'avait pas fait dix pas que, malgré elle, elle se retournait. C'était trop dur. Elle faillit presque lui dire adieu pour toujours, lui expliquer que, si elle décidait de partir, c'était parce que dans ses bras elle avait l'impression de ne plus être elle-même. Mais elle ne dit rien, elle ne dit pas que c'était leur jeunesse qui les avait trompés, qu'ils s'étaient laissé prendre au piège de la plage et de la forêt, que tout n'avait été qu'illusion, qu'elle-même avait été une autre. Elle se contenta de le regarder, incapable de lui faire cette peine, chérissant encore, sans trop savoir pourquoi, ce qu'il était, sa gentillesse, son sérieux, sa générosité. Et lui, de son côté, restait là à la regarder, désespérément. C'était ainsi qu'elle devait se souvenir de lui, qu'elle le verrait encore, douze ans plus tard, à la lisière des champs de fraises, sous le couvert des grands cèdres muets, la rappelant à lui, les bras tendus, d'un geste silencieux.

15

Le lundi matin, à sept heures, un camion de l'armée emmena Fujiko et ses filles jusqu'au ferry d'Amity Harbor, où un soldat leur distribua des étiquettes pour leurs valises et leurs manteaux. Elles attendirent sur le quai, au milieu de leurs bagages et des soldats, sous le regard de leurs voisins *hakujin*. Fujiko aperçut Ilse Severensen qui, appuyée contre la rambarde, saluait les Imada à leur passage. Originaire de Seattle, mais installée à San Piedro depuis dix ans, Ilse s'était toujours adressée à Fujiko, à qui elle achetait ses fraises, comme à une paysanne, dont la seule raison d'être était de donner à la vie de l'île une coloration agréablement exotique pour le plaisir des amis citadins qui venaient lui rendre visite. Sa gentillesse était empreinte de condescendance : elle payait toujours un peu plus pour ses fraises, avec l'air de faire la charité. Rien d'étonnant à ce que Fujiko, ce matin-là, fût incapable de croiser son regard ou de répondre aux saluts amicaux qu'Ilse Severensen s'obstinait à lui adresser. Fujiko garda les yeux rivés au sol.

À neuf heures, on les fit monter à bord du *Kehloken*, toujours sous le regard des Blancs rassemblés sur les hauteurs. La fille de Gordon Tanaka, âgée de huit ans, tomba sur le quai et se mit à pleurer. De la colline leur parvint la voix d'Antonio Dangaran, un Philippin qui avait épousé deux mois plus tôt Eleanor Kitano. Quand elle entendit crier son nom, elle leva les yeux, et il lui jeta un bouquet de roses rouges qui, emporté par le vent, disparut dans les vagues sous les piliers de l'embarcadère.

À Anacortes, ils prirent un train qui les emmena jusqu'à un camp de transit : les écuries du champ de foire de Puyallup. On leur attribua un box, et ils passèrent la nuit sur des lits de camp. Interdiction de sortir après neuf heures du soir, extinction des feux – une ampoule par famille – à dix heures. Le froid les pénétrait jusqu'aux os, et quand il se mit à pleuvoir les fuites les obligèrent à déplacer leurs lits. Le lendemain matin, ils pataugèrent dans la boue jusqu'à la cantine où on leur distribua des figues en boîte avec du pain et du café qu'ils burent dans des gobelets en fer-blanc. Fujiko continuait à s'accrocher désespérément à sa dignité ; même si elle avait failli flancher quand elle avait dû se soulager devant les autres femmes ; même si les bruits honteux, les contorsions de son visage l'avaient profondément humiliée, l'obligeant à baisser la tête.

Trois jours plus tard, on les embarqua dans un autre train, et commença alors un interminable voyage vers la Californie. Le soir, la police militaire, qui patrouillait dans les voitures, vint leur dire de baisser les stores. Ils passèrent la nuit à se tortiller sur leurs sièges en s'efforçant de ne pas se plaindre. Les mouvements du train, qui s'arrêtait, repartait, puis s'arrêtait encore, les empêchaient de dormir. Devant les toilettes, la file d'attente s'allongeait d'heure en heure. Depuis le camp de Puyallup, beaucoup, dont Fujiko, n'arrivaient plus à se retenir. Elle avait des brûlures au rectum, l'impression d'avoir le cerveau, maintenant trop léger, qui flottait sous son crâne ; des gouttes de sueur perlaient constamment à son front. Elle refusait de s'abandonner à son malaise, évitait d'en parler avec ses filles. Elle voulait leur dissimuler ses souffrances, son besoin de s'allonger confortablement pour enfin dormir. Quand par hasard elle somnolait, elle était réveillée par le bruit des mouches vertes qui tournaient constamment autour d'elle ou par les pleurs du bébé Takami, âgé de trois semaines, qui avait la fièvre. Ces vagissements perpétuels la rongeaient ; elle avait beau s'enfoncer les doigts dans les oreilles, rien n'y faisait. Plus le sommeil lui échappait, et moins elle était prête à compatir au sort du nourrisson, dont elle venait à souhaiter secrètement la mort, si c'était à ce prix que devait se faire le silence. Elle se haïssait d'avoir une telle pensée, tout en songeant que cette fois-ci, vraiment, elle n'en pouvait plus, qu'il vaudrait mieux jeter l'enfant par la fenêtre. Quand enfin celui-ci cessait ses plaintes, Fujiko se calmait, fermait les yeux, s'acheminait avec soulagement vers le sommeil. C'est alors que le bébé, inconsolable, se remettait à pleurer et à hurler.

Le train s'arrêta au milieu d'un désert immense et silencieux dans un endroit appelé Mojave. À huit heures et demie du matin, on les entassa dans des cars qui empruntèrent des chemins poussiéreux en direction du nord et les déposèrent quatre heures plus tard à Manzanar. Fujiko avait fermé les yeux et rêvait, prenant la tempête de sable qui fouettait le car pour la pluie d'Amity Harbor. Elle se réveilla à temps pour apercevoir les barbelés, les rangées sombres des baraques noyées dans la poussière. Il était midi et demi à sa montre, l'heure de faire la queue pour obtenir une gamelle. Ils mangèrent debout, le dos au vent. Du beurre de cacahuète, du pain de mie, des figues et des haricots verts en boîte : tout avait un goût de sable.

Cet après-midi-là, on les fit mettre en rang pour les vacciner contre la typhoïde. Ils attendirent dans la poussière, à côté de leurs bagages, puis refirent la queue pour le repas du soir. Plus tard, les Imada furent expédiés au bloc 11, baraquement numéro 4, où on leur attribua une pièce de six mètres sur quatre : une ampoule nue, un poêle minuscule, six lits de camp, dotés chacun d'une paillasse et de deux couvertures. Pendant que ses filles aplatissaient les paillasses et allumaient le poêle, Fujiko s'assit tout habillée au bord d'un lit : la nourriture du camp autant que la piqûre lui tordaient le ventre. Même avec le poêle allumé, elle continua à frissonner sous les couvertures. À minuit, n'y tenant plus, elle partit en trébuchant dans l'obscurité du désert, avec trois de ses filles, en direction des latrines. Cinquante femmes, peut-être davantage, emmitouflées dans leurs manteaux, arc-boutées contre le vent, faisaient la queue. L'une d'elles vomit, et l'odeur des figues monta de la terre. La femme n'en finissait plus de s'excuser, en japonais, quand une autre se pencha et vomit à son tour dans le silence et l'attente.

À l'intérieur, une couche d'excréments recouvrait le sol jonché de bouts de papier humides et souillés. Les douze W-C débordaient, ce qui n'empêchait pas les femmes de s'accroupir à tour de rôle dans la demi-obscurité, tandis que les autres regardaient en se bouchant le nez. Quand vint son tour, Fujiko se soulagea, les bras serrés contre l'estomac, les yeux au sol.

Cette nuit-là, la poussière et le sable s'infiltrèrent par les interstices des murs et du plancher. Le matin, leurs lits en étaient couverts. La tête de Fujiko avait laissé une marque blanche sur l'oreiller, autour de laquelle s'était accumulée une couche de sable. Elle en sentait les grains sur son visage, dans ses cheveux et dans sa bouche. La nuit avait été froide et, dans la pièce voisine, un bébé s'était mis à crier derrière la mince cloison.

Le lendemain de leur arrivée à Manzanar, on leur donna un balai, un seau et une serpillière. Le chef du bloc, qui, avec ses chaussures délacées, son pardessus poussiéreux, son visage non rasé et ses petites lunettes cerclées d'acier de travers sur son nez, n'était plus que l'ombre de l'avocat qu'il prétendait avoir été à Los Angeles, leur montra où se trouvait le robinet. Fujiko et ses filles balayèrent la poussière et firent la lessive dans une gamelle à soupe. Pendant qu'elles nettoyaient, la poussière et le sable continuaient à entrer dans la pièce et se déposaient sur les planches de pin fraîchement lavées. Hatsue trouva quelques morceaux de carton goudronné que le vent avait poussés contre un rouleau de fil de fer barbelé. À l'aide de punaises empruntées aux Fujita, elles calfeutrèrent l'encadrement de la porte et bouchèrent les plus gros interstices.

Ils étaient tous logés à la même enseigne, ils erraient tous sans but autour des miradors, écrasés par les montagnes qui les encerclaient. Le camp n'était qu'à moitié fini, et il n'y avait pas suffisamment de baraques. En arrivant, certains avaient dû construire les leurs pour avoir un toit. L'endroit était surpeuplé. Des milliers de gens s'entassaient sur deux kilomètres carrés de désert que les bulldozers de l'armée, à force de creuser, plongeaient dans un perpétuel nuage de poussière. Quant aux baraquements, ils se ressemblaient tous : la deuxième nuit, à une heure et demie du matin, un homme ivre apparut à la porte des Imada, s'excusant de s'être perdu et laissant entrer toute la poussière. Les cloisons ne montaient pas jusqu'en haut, et l'on entendait tout ce qui se disait d'une pièce à l'autre. Le troisième soir, l'homme, qui, à quelques mètres de là, distillait son vin en utilisant le riz de la cantine et du jus d'abricot en boîte, se mit à pleurer sous les menaces de son épouse. La même nuit, les projecteurs s'allumèrent et balayèrent leur unique fenêtre. Soupçonnant une tentative d'évasion, un garde avait alerté les soldats aux commandes des mitrailleuses dans les miradors. La quatrième nuit, un jeune homme du baraquement 17, qui avait réussi à introduire une arme dans sa chambre, se tira une balle dans la tête après avoir tué sa femme.

« *Shikata ga nai* », dirent les autres. « Personne n'y peut rien. C'est la vie. »

Ils n'avaient nulle part où ranger leurs vêtements, entassés dans leurs valises et leurs caisses. Le sol était si froid qu'ils devaient conserver leurs chaussures jusqu'à l'heure du coucher. Tous se ressemblaient, vêtus qu'ils étaient des surplus de l'armée : capotes vertes, casquettes de laine, jambières en toile, protège-oreilles et pantalons kaki. À la fin de la première semaine. Fujiko ne savait plus rien des allées et venues de ses filles. Seules les deux cadettes partageaient encore ses repas ; les trois autres se joignaient aux hordes de jeunes gens qui s'installaient à d'autres tables. Elle entreprit de les réprimander ; elles l'écoutèrent poliment, sans rien changer à leurs habitudes. Elles partaient tôt, rentraient tard, les cheveux et les vêtements couverts de poussière. Le camp s'était transformé en une immense promenade abandonnée aux jeunes gens qui arpentaient les allées ou se rassemblaient à l'abri des baraques. Un matin, en se rendant au lavoir après le petit déjeuner, Fujiko aperçut une de ses filles, âgée seulement de quatorze ans, au milieu de quatre garçons tirés à quatre épingles dans leurs uniformes d'emprunt. Ils venaient de Los Angeles, comme la plupart des gens du camp. Les natifs de cette ville n'étaient pas très cordiaux et la regardaient de haut, sans qu'elle comprenne pourquoi. Incapable de leur parler, elle finit par se replier sur elle-même. Elle espérait une lettre d'Hisao, mais une autre lui parvint, qu'elle n'attendait pas.

Quand la sœur d'Hatsue, Sumiko, vit l'enveloppe portant au dos l'adresse *Cours de journalisme, Lycée de San Piedro,* elle ne put résister à la tentation. Au moment du départ pour Manzanar, Sumiko était en avant-dernière année au lycée. Bien que la lettre fût adressée à

Hatsue, elle ne put se défendre du plaisir d'avoir des nouvelles du pays.

Elle lut la lettre d'Ishmael Chambers devant le bâtiment du YMCA, puis la relut, en savourant les passages les plus surprenants, à deux pas de l'enclos des cochons.

Le 4 avril 1942

Mon amour,

Je vais à notre cèdre tous les après-midi. Je ferme les yeux et j'attends. Je respire ton odeur et je rêve de toi. J'ai tellement besoin que tu reviennes. Je pense à toi à chaque instant. J'ai tellement envie de te tenir dans mes bras, de te sentir contre moi. Ton absence me ronge. C'est comme si on m'avait enlevé une partie de moi-même.

Je suis seul et malheureux et je pense à toi sans cesse. J'espère que tu m'écriras dès que tu recevras ma lettre. N'oublie pas d'inscrire le nom de Kenny Yamashita au dos de l'enveloppe ; cela évitera à mes parents de se montrer trop curieux.

Ici, tout est affreusement triste, et la vie ne vaut pas la peine d'être vécue. Mon seul espoir, c'est que toi-même tu trouves le temps de notre séparation un peu de bonheur. Oui, un peu de bonheur. Quant à moi, je serai malheureux tant que tu ne seras pas dans mes bras. Je sais que je ne peux pas vivre sans toi. Je le sais maintenant. Après toutes ces années passées ensemble, je sais que tu fais partie de moi-même. Sans toi, je ne suis rien.

À toi pour toujours,
Ishmael

Au bout d'une demi-heure passée à déambuler, réfléchir, lire et relire la lettre d'Ishmael, Sumiko la porta, non sans hésitations, à sa mère. « Tiens, regarde, dit-elle. Je me fais l'impression d'une vraie garce, mais il faut que je te montre ça. »

Sa mère parcourut la lettre, debout au milieu de la baraque, la main sur le front, les lèvres en mouvement, les sourcils sévèrement froncés. Quand elle eut fini, elle s'assit au bord d'une chaise, la lettre au bout des doigts, puis enleva ses lunettes en poussant un long soupir. « Non », dit-elle en japonais.

D'un geste las, elle posa ses lunettes sur ses genoux, la lettre par-dessus, et se frotta les yeux de la paume de la main.

« C'est le petit voisin, dit-elle à Sumiko. Celui qui lui a appris à nager.

– Oui, je sais. Ishmael Chambers.

– Ta sœur a commis une terrible erreur. Comme j'espère que toi, tu n'en commettras jamais.

– Avec moi, ça ne craint rien. Et puis ici, je ne vois pas comment je pourrais faire.

– Sumi, dit Fujiko en prenant ses lunettes entre le pouce et l'index, est-ce que tu en as parlé à quelqu'un ? Est-ce que tu as montré cette lettre à quelqu'un ?

– Non, à personne d'autre qu'à toi.

– Alors, tu vas me jurer de ne rien dire à personne. À personne, tu m'entends, ma fille ? Il y a assez de ragots comme ça dans le camp.

– D'accord, c'est promis.

– Je dirai à Hatsue que c'est moi qui ai trouvé la lettre. Comme ça, elle ne t'en voudra pas.

– Oui, dit Sumiko.

– Maintenant, laisse-moi. J'ai besoin d'être seule. »

Après le départ de la jeune fille, Fujiko chaussa à nouveau ses lunettes et se mit à relire la lettre. À voir les mots qu'utilisait ce garçon, il était clair que sa fille lui était attachée depuis longtemps, depuis des années. À l'évidence, ils avaient eu des contacts physiques, peut-être même des rapports sexuels, à l'intérieur de cet arbre qui leur servait de lieu de rendez-vous. Fujiko s'en était toujours doutée, les « promenades » d'Hatsue n'avaient été qu'un subterfuge. Sa fille rentrait, les mains pleines d'offrandes et les cuisses tout humides. Quelle duplicité !

Elle repensa alors à sa propre vie amoureuse : son mariage avec un homme qu'elle n'avait jamais vu, sa nuit de noces dans une pension de famille où les murs étaient couverts de photos de magazines. Cette nuit-là, elle avait refusé que son mari la touche – Hisao n'était pas propre, il avait les mains calleuses et quelques malheureuses pièces pour toute fortune. Il avait passé ces premières heures à s'excuser auprès de Fujiko, à lui expliquer en détail ses problèmes d'argent, la suppliant de travailler à ses côtés, faisant valoir ses qualités : il était ambitieux, travailleur, ne jouait pas, ne buvait pas, était économe de ses deniers. Mais les temps étaient si durs qu'il avait besoin de quelqu'un pour partager sa vie. Il comprenait qu'il lui faudrait gagner son amour, mais il était prêt à faire ses preuves si elle voulait bien se montrer patiente. « Comment oses-tu même m'adresser la parole ? » avait-elle répliqué.

Il avait dormi sur une chaise, cette nuit-là, pendant que Fujiko cherchait un moyen pour échapper à son sort. Elle n'avait pas assez d'argent pour s'acheter un billet de retour et savait pertinemment qu'elle ne pouvait pas rentrer dans sa famille – ses parents l'avaient vendue à ce fourbe de *baishakunin* qui leur avait assuré qu'Hisao avait amassé une fortune pendant toutes ces années passées en Amérique. La colère monta en elle au fil des heures, et, au petit matin, elle se sentait des instincts de meurtrière. Hisao, debout au pied du lit, demanda à Fujiko si elle avait bien dormi. « Je refuse de te parler. Je vais écrire chez moi et demander l'argent dont j'ai besoin pour rentrer.

– Nous ferons des économies ensemble, supplia

Hisao, et nous rentrerons ensemble, si c'est ça ce que tu veux. Nous...

– Et tes douze acres de terre, où sont-elles ? l'apostropha Fujiko. Quand je pense que le *baishakunin* m'a montré des pêchers, des plaqueminiers, des saules pleureurs, des jardins de rocaille, qui ne t'ont jamais appartenu !

– C'est vrai, tu as raison, avoua Hisao. Je suis pauvre et pourtant je m'échine sans compter. Le *baishakunin* t'a menti. Je suis désolé, mais...

– Je t'en prie, cesse de m'adresser la parole. Je refuse d'être ta femme. »

Il lui fallut trois mois pour accepter de coucher avec lui. Mais alors, elle découvrit qu'elle avait appris à l'aimer, si c'était là le mot qui convenait, car, dans ses bras, l'amour, moins romantique, plus pragmatique, ressemblait bien peu à ce qu'elle avait imaginé quand elle était jeune et qu'elle vivait à Kure. Elle avait pleuré quand Hisao lui avait déchiré l'hymen : il ne correspondait guère à l'homme auquel elle avait rêvé de sacrifier sa virginité. Mais elle était mariée maintenant, et Hisao était un homme bon. Peu à peu, elle s'était rapprochée de lui. Ensemble, ils avaient partagé des moments difficiles, et jamais elle ne l'avait entendu se plaindre.

Et voilà maintenant qu'elle avait cette lettre entre les mains – celle qu'un *hakujin* avait adressée à sa fille. Hatsue aimait-elle ce garçon ? Savait-elle seulement ce qu'était l'amour ? Elle comprenait aujourd'hui pourquoi, depuis qu'elles avaient quitté l'île, son aînée s'était montrée plus agitée, plus morose et avare de mots que ses autres filles, vaquant à ses occupations avec l'apathie de ceux qui souffrent, prenant prétexte du malheur général, de l'absence du père, de l'éloignement de San Piedro pour excuser son attitude. Mais elle se gardait bien de dire que celui qui lui manquait, c'était ce *hakujin,* son amant. Semblable duplicité laissait Fujiko sans voix. Devant pareille trahison, elle se sentait submergée par une colère qui, depuis les événements de Pearl Harbor, s'était teintée de mélancolie.

Peu importaient les circonstances, elle se devait de ne rien perdre de sa dignité. C'était là une leçon, transmise de mère en fille à Kure, qu'elle avait oubliée à son arrivée en Amérique, mais qu'elle avait réapprise avec le temps. *Giri,* c'était le mot, difficilement traduisible en anglais, qu'utilisait sa grand-mère : ce qu'on avait à faire, il fallait le faire sans bruit, avec courage et résolution. Fujiko, inspirant profondément et fermant les yeux, chercha à s'armer de cette dignité tranquille dont elle aurait besoin pour affronter Hatsue. Elle se promit d'avoir une discussion avec sa fille dès que celle-ci aurait fini de traîner dans le camp. Il fallait mettre un terme à toute cette histoire.

Quelques heures avant le dîner, un groupe de garçons de San Piedro se présenta à la porte du baraquement. Armés d'outils et de planches, ils se dirent prêts à fabriquer pour les Imada tout ce dont celles-ci pouvaient avoir besoin : rayonnages, commodes, chaises... Elle les reconnut tous, aussi bien les Tanaka que les Kado, les Masui que les Miyamoto, et les remercia de leur aide. Les jeunes gens se mirent au travail derrière la baraque, à l'abri du vent, mesurant, coupant et sciant. Kabuo Miyamoto entra dans la pièce pour fixer des tasseaux pendant que Fujiko l'observait, les bras croisés, la lettre du *hakujin* derrière le dos. « Il y a des bouts de fer-blanc à côté des cuisines, lui dit Kabuo. On pourrait les clouer sur les nœuds éclatés des planches, ce serait mieux que votre carton goudronné.

– Ce carton, il se déchire comme un rien, répondit Fujiko en anglais. Il empêche pas bien le froid d'entrer. »

Kabuo hocha la tête et reprit son travail, maniant son

marteau avec adresse. « Et votre famille, comment ça va ? demanda Fujiko. Votre mère ? Votre père ?

– Mon père est malade. Son estomac ne supporte pas la nourriture du camp. Et vous ? demanda-t-il en sortant un autre clou de sa poche. Comment allez-vous ?

– On a de la poussière partout. On en mange toute la journée. »

À cet instant, Hatsue passa la tête dans la porte, le visage rougi par le froid, un foulard sur la tête. Kabuo s'arrêta de travailler, le temps de la regarder ôter son foulard et secouer ses cheveux. « Bonjour, dit-il, content de te voir. »

Hatsue rassembla ses cheveux pour les rejeter en arrière et les lisser, puis elle fourra ses mains dans les poches de son manteau et s'assit à côté de sa mère, se contentant d'un bref salut.

Elles restèrent assises un moment sans parler à regarder Kabuo travailler. Il était à genoux, leur tournant le dos, enfonçant soigneusement ses clous. Un autre garçon entra avec une pile de planches fraîchement sciées. Kabuo posa chacune d'elles sur les tasseaux, vérifiant qu'elles étaient bien d'aplomb avec son niveau. « Ça ira, dit-il. Elles devraient tenir. Je suis désolé de ne pouvoir faire mieux.

– Ça fait très bien, dit Fujiko. C'est vraiment gentil à vous. Merci mille fois.

– On va vous fabriquer six chaises, dit Kabuo, regardant Hatsue. En même temps, on vous fera deux commodes et une table pour pouvoir manger. On vous apportera tout ça dès que ce sera prêt.

– Merci encore, dit Fujiko. Vous êtes vraiment très gentil.

– C'est rien du tout. On est contents de vous rendre service. »

Il sourit à Hatsue, qui baissa aussitôt les yeux. Il glissa son marteau dans un coulant fixé à sa ceinture, puis ramassa son niveau et son mètre. « Au revoir, Mrs Imada. Au revoir, Hatsue. Content de vous avoir vues.

– Encore merci », dit Fujiko.

La porte n'était pas refermée qu'elle attrapait la lettre et la tendait à Hatsue. « Ton courrier ! aboya-t-elle. Je ne comprends pas comment tu as pu me tromper, Hatsue ! Je ne le comprendrai jamais ! »

Elle avait prévu de régler les choses au plus vite, mais craignait que son amertume ne l'emporte trop loin. « Il n'est pas question que tu écrives à ce garçon ni que tu acceptes ses lettres, dit-elle sévèrement en japonais, debout devant la porte.

– Je suis désolée, dit Hatsue, sa lettre à la main, les larmes aux yeux. Pardonne-moi, Mère. Je t'ai trompée et j'ai toujours su que je te trompais.

– Que tu m'aies trompée, c'est une chose, ma fille, mais tu t'es aussi trompée toi-même. »

Puis Fujiko sortit dans le vent et la poussière et se dirigea vers la poste où elle demanda à l'employé de garder les lettres destinées aux Imada. Désormais, ce serait elle qui viendrait chercher le courrier de toute la famille.

Cet après-midi-là, elle alla s'installer au réfectoire pour écrire aux parents du garçon. Elle leur parla du cèdre, des bois, de la manière dont Ishmael et Hatsue avaient trompé leur entourage pendant des années, du contenu de la lettre que leur fils avait envoyée à sa fille. Celle-ci n'y répondrait pas, ni aujourd'hui, ni plus tard : toute cette histoire était terminée. Elle s'excusa du rôle qu'avait pu jouer sa fille et exprima l'espoir que le garçon envisagerait son avenir sous un jour nouveau et finirait par oublier Hatsue. Bien sûr, ce n'étaient que des enfants, et on sait combien les enfants sont parfois irréfléchis, mais ces deux-là étaient coupables : il fallait qu'ils prennent conscience de leur faute. Ce n'était certes pas un crime que de se sentir attiré par quelqu'un ou de se croire amoureux ; ce qui était criminel et déshonorant, c'était de cacher à sa famille la nature de ses penchants. Les parents d'Ishmael comprendraient certainement son désir de voir cesser toute communication entre leurs enfants. Elle avait exprimé son sentiment à sa fille et exigé d'elle qu'elle n'écrive plus et qu'elle refuse à l'avenir toute lettre venant de leur fils. Elle ajouta qu'elle admirait la famille Chambers et respectait la *San Piedro Review*. Elle leur souhaitait santé et prospérité.

Elle montra à Hatsue la lettre qu'elle s'apprêtait à mettre sous enveloppe. La jeune fille la lut à deux reprises, lentement, la joue dans la main. Quand elle eut terminé, son visage, curieusement, était vide de toute expression : on l'aurait dit épuisée de l'intérieur, trop fatiguée pour pouvoir encore éprouver un quelconque sentiment. Fujiko trouva que, depuis leur arrivée au camp, elle avait mûri. Elle s'était aussi durcie. En trois semaines, sa fille était devenue une femme.

« Tu n'as pas besoin de l'envoyer, dit-elle. De toute façon, je n'avais pas l'intention de répondre à sa lettre. En venant ici, dans le train, je ne pensais qu'à lui. J'ai passé mon temps à me demander si je devais lui écrire, si oui ou non, je l'aimais encore.

– Si tu l'aimais ! Qu'est-ce que tu sais de l'amour ?

– J'ai dix-huit ans, Mère. Cesse de me considérer comme une gamine. Il faut que tu comprennes que j'ai grandi.

– Dans le train, demanda Fujiko en retirant ses lunettes pour se frotter les yeux, qu'est-ce que tu as décidé ?

– Au début, rien, parce que je n'avais pas l'esprit clair. J'étais trop préoccupée, et, pour tout dire, je n'avais même pas le courage de penser.

– Et depuis ? Qu'est-ce que tu as décidé ?

– Qu'entre nous, c'est fini. On a grandi ensemble, on a joué ensemble sur la plage et, sans qu'on s'en aperçoive, les choses sont allées plus loin. Mais ce n'est pas le mari qu'il me faut, Mère. Je l'ai toujours su. Je lui ai écrit pour lui dire que chacune de nos rencontres me laissait un goût d'inachevé. Cela aussi, je l'ai toujours ressenti au plus profond de moi – comme si je l'aimais tout en ne l'aimant pas. Depuis le premier jour, je n'ai jamais très bien su où j'en étais. C'est un gentil garçon, Mère, tu connais sa famille. Il est vraiment très bon. Mais quelle importance, maintenant ? Au dernier moment, j'ai voulu lui dire que tout était fini entre nous, mais c'était la veille de notre départ, tu comprends... je n'ai pas su trouver les mots, je ne savais même plus au juste ce que j'éprouvais. Tout se bousculait dans ma tête. J'avais besoin de temps pour essayer d'y voir clair.

– Et aujourd'hui, Hatsue, tu y vois plus clair ?

– Oui, dit la jeune fille au bout d'un moment, en se passant la main dans les cheveux. Il faut que je lui dise que tout est fini entre nous. »

Fujiko prit la lettre sur les genoux de sa fille et la déchira. « Maintenant, écris-lui, dit-elle. Dis-lui la vérité, sans rien oublier. Dis-lui la vérité, et si tu veux recommencer à vivre, chasse ce *hakujin* de tes pensées. »

Le lendemain matin, Sumiko se vit renouveler l'ordre de ne rien révéler de toute cette histoire et promit de garder le secret. Fujiko porta la lettre d'Hatsue à la poste, après avoir elle-même cacheté l'enveloppe. Mais prise soudain d'une impulsion – un simple caprice, rien d'autre –, avant de la jeter dans la boîte, elle colla le timbre à l'envers.

Quand Kabuo Miyamoto apporta les commodes, Fujiko l'invita à prendre le thé. Il passa plus de deux heures en leur compagnie et fit de même le lendemain quand il revint avec la table, puis le jour suivant quand ce fut le tour des chaises. Le quatrième soir, il se présenta, le chapeau à la main, et demanda à Hatsue si elle voulait venir se promener avec lui sous les étoiles. Elle déclina l'invitation et ne le revit pas de trois semaines. Elle n'était pourtant pas restée insensible au charme de ce fils de fermiers. Et puis elle n'avait pas l'intention de pleurer Ishmael Chambers jusqu'à la fin de ses jours.

Quand, quelques mois plus tard, Ishmael ne fut plus en elle qu'une petite douleur sourde, latente mais presque oubliée, elle accepta de parler à Kabuo Miyamoto et de s'asseoir à côté de lui au réfectoire. Elle admirait ses manières impeccables à table et son sourire aimable. Il lui parlait doucement, lui demandant à quoi elle aspirait dans la vie, et quand elle lui répondit un jour que ce qu'elle désirait le plus au monde, c'était une ferme, il lui dit que c'était aussi son rêve le plus cher et lui expliqua que les sept acres de la propriété familiale seraient bientôt à son nom. Une fois la guerre finie, il retournerait chez lui, à San Piedro, pour cultiver les fraises.

Quand elle l'embrassa pour la première fois, elle sentit toute sa tristesse remonter à la surface. La bouche de cet homme était tellement différente de celle d'Ishmael. Il sentait la terre et il était bien plus fort qu'elle, si fort que, emprisonnée dans ses bras, elle ne pouvait plus bouger. À moitié étouffée, elle dut faire un violent effort pour se dégager.

« Il va te falloir être moins brusque, murmura-t-elle.

– J'essaierai », répondit-il.

16

Ishmael Chambers, en compagnie de sept cent cinquante autres recrues, commença ses classes de fusilier marin à la fin de l'été 1942 à Fort Benning, en Géorgie. En octobre, atteint de dysenterie et d'une forte fièvre, il fut hospitalisé pendant onze jours. Il perdit beaucoup de poids et passa son temps à lire les journaux d'Atlanta et à jouer aux échecs avec les autres malades. Vautré sur son lit, en T-shirt et en slip, les genoux relevés et les mains derrière la tête, il écoutait les nouvelles de la guerre à la radio et suivait les mouvements des troupes avec une nonchalance fascinée. Il se laissa pousser la moustache pour la raser six jours plus tard et la laisser repousser aussitôt. Il dormait presque tous les après-midi, se réveillant juste à temps pour voir la lumière du crépuscule mourir derrière la fenêtre, trois lits plus loin sur sa droite. D'autres garçons arrivaient, puis repartaient, mais lui ne bougeait pas. Il ne voyait pas les blessés de guerre, car deux étages leur étaient réservés auxquels il n'avait pas accès. L'odeur qui pénétrait par la fenêtre ouverte était celle des feuilles mortes et de la pluie dans les champs labourés. Il commença à se dire que sa situation n'avait rien d'incongru ; se retrouver seul et malade, à des milliers de kilomètres de chez lui, voilà le genre de souffrance qu'il avait appelé de ses vœux durant ces cinq derniers mois – depuis le jour où il avait reçu la lettre d'Hatsue. Sa fièvre, qui le plongeait dans un état de torpeur apathique, n'avait rien de pénible, et à condition de ne pas s'agiter, de ne pas faire trop d'efforts, il pourrait continuer à vivre ainsi indéfiniment. Il sombra dans la maladie avec complaisance.

Après avoir repris ses classes, cette fois-ci comme radio, à sa sortie de l'hôpital, il partit en Nouvelle-Zélande rejoindre les rangs de la 2e division navale. On l'affecta au 3e bataillon de la compagnie B, 2e régiment, où il rencontra des hommes qui avaient fait Guadalcanal, et fut bientôt désigné pour remplacer un opérateur radio, tué lors des combats dans les îles Salomon. Un soir, un lieutenant du nom de Jim Kent raconta comment le radio en question avait remarqué le cadavre d'un Japonais dont le pantalon retourné découvrait toute la partie inférieure du corps. Le radio, un certain Gerald Willis, soldat de seconde classe, avait mis une pierre sous le pénis de l'homme pour le redresser, puis, allongé dans la boue, s'était mis à tirer dessus pour en faire sauter le bout. Très fier de son coup, il s'en était vanté pendant plus d'une demi-heure, à grand renfort de détails. Willis s'était fait tuer deux jours plus tard, lors d'une patrouille, par un tir de mortier américain qu'il avait lui-même déclenché en transmettant les instructions du lieutenant Kent. Sept hommes de la section avaient trouvé la mort : depuis l'abri où il se trouvait, Kent avait vu le soldat Wiesner se faire faucher par un tir de mitrailleuse au moment où il lançait une grenade en direction d'une casemate. Ses boyaux avaient giclé, éclaboussant l'avant-bras du lieutenant de matières visqueuses et luisantes.

À Hawkes Bay, où les courants étaient particulièrement mauvais, on les entraînait tout le jour à des manœuvres de débarquement. Des hommes moururent pendant ces exercices qu'Ishmael essayait de prendre au sérieux, mais que les anciens de sa section faisaient dans l'ivresse ou dans l'ennui, voire les deux. Leur indifférence ne fut pas sans effet sur Ishmael. Quand il avait une permission, il allait à Wellington avec des nouveaux comme lui jouer au billard et boire de la bière ou du gin. À une heure du matin, ivre mort, appuyé sur sa queue de billard dans la fumée épaisse du bar qui résonnait d'une musique qu'il ne reconnaissait plus, Ishmael éprouvait un sentiment bizarre de détachement. Il était comme engourdi, insensible à la boisson, au billard et aux gens, et plus il buvait, plus il était lucide et indifférent. Il ne comprenait rien à ses compatriotes, ni leurs rires, ni leur insouciance. Que faisaient-ils à boire et à brailler ainsi dans un pays qui se trouvait si loin de chez eux ? Comment expliquer leur excitation fébrile ? Un matin, à l'aube, il rentra à l'hôtel sous une pluie battante et, allongé sur son lit, entreprit d'écrire à ses parents. Quand il eut fini, il écrivit aussi à Hatsue, puis il déchira les deux lettres dont il enfouit quelques morceaux dans ses poches et s'endormit tout habillé. Il se réveilla à six heures et quart pour aller vomir dans les W-C au bout du couloir.

Le 1er novembre, la 2e division quitta Wellington, soi-disant pour de nouvelles manœuvres à Hawkes Bay, en fait pour Nouméa en Nouvelle-Calédonie. Le 13, le régiment d'Ishmael montait à bord du *Heywood,* un navire de transport qui voyageait vers une destination inconnue, de conserve avec une bonne partie de la 3e flotte – frégates, contre-torpilleurs, croiseurs lourds et légers, sans parler d'une demi-douzaine de navires de guerre. Le lendemain, la compagnie fut rassemblée sur le pont supérieur. On lui apprit qu'elle faisait route vers l'atoll de Tarawa. Ils devaient débarquer sur l'île de Betio, un des bastions de la défense japonaise. La pipe à la bouche, un major leur expliqua de quoi il retournait : l'artillerie était censée pilonner l'île – moins de dix kilomètres carrés de sable et de corail – avant qu'eux-mêmes l'investissent et nettoient l'endroit. Le commandant japonais de la place s'était vanté de ce que Betio pouvait résister à une armée d'un million d'hommes pendant mille ans. Après avoir enlevé la pipe de sa bouche, le major déclara que les affirmations du Jap étaient grotesques et que la bataille durerait tout au plus deux jours, sans perte aucune – ou si peu – pour la marine américaine. Il répéta que les canons s'occupaient de tout, et que l'artillerie – l'endroit s'y prêtait à merveille – ferait tout le sale boulot depuis les navires.

La nuit du 19, la flotte se trouvait à sept milles de Tarawa. Ishmael partagea son dernier souper – un steak avec des œufs et des frites, arrosé de café – à bord du *Heywood* avec Ernest Testaverde, un contre-artilleur du Delaware qu'il aimait bien. À la fin du repas, Testaverde posa son assiette, sortit un bloc-notes et un crayon de sa poche et se mit à écrire chez lui.

« Tu ferais bien d'en faire autant, dit-il à Ishmael. On ne sait jamais.

– J'ai personne à qui écrire. Je...

– Écris quand même, juste au cas où. »

Ishmael descendit chercher son papier, remonta s'asseoir sur le pont, et, le dos calé contre un étançon, entreprit d'écrire à Hatsue. D'où il était, il voyait une vingtaine d'hommes, tous occupés à la même tâche. Il était tard, mais il faisait encore doux, et les hommes, le col ouvert, les manches remontées, avaient un air tranquille. Ishmael raconta à Hatsue qu'il s'apprêtait à débarquer sur une île du Pacifique sud et qu'il allait devoir tuer – autant qu'il en pourrait – des Japonais comme elle. Qu'est-ce qu'elle disait de ça ? Son insensibilité l'effrayait : il ne ressentait plus rien que le désir de tuer des Japs, de les voir tous morts. Il n'avait pour eux que de la haine, et cette haine, elle en était la première responsable, à tel point que maintenant, c'était elle qu'il haïssait. Non pas qu'il le voulût, mais puisqu'il s'agissait d'une dernière lettre, autant lui dire la vérité : il la haïssait de tout son cœur, de toute son âme, de toutes ses forces, et il éprouvait un malin plaisir à le lui dire exactement sous cette forme : *Je te hais, Hatsue, je te hais de tout mon cœur*. À ce point de ses élucubrations, il arracha la feuille, la froissa et la jeta à la mer. Il la regarda flotter quelques secondes, puis jeta à sa suite le bloc de papier.

C'est à trois heures vingt du matin, les yeux grands ouverts sur sa couchette, qu'Ishmael entendit résonner l'ordre : « Tous les marines à leurs postes de débarquement sur le pont supérieur ! » Il se mit sur son séant, regarda Ernest Testaverde lacer ses bottes, puis entreprit de lacer les siennes. « J'ai la bouche sèche, dit-il à Ernest en sortant sa gourde. T'en veux un peu avant d'aller au casse-pipe ?

– Finis de lacer tes godasses, dit l'autre, et monte sur le pont. »

Ils montèrent, traînant leur équipement derrière eux. Ishmael était bien réveillé maintenant. Plus de trois cents hommes étaient déjà accroupis ou agenouillés sur le pont du *Heywood,* rajustant leur paquetage dans l'obscurité : rations, bidons, gamelles, masques à gaz, munitions, casques. Il n'y avait pas encore eu un seul coup de feu, et on n'avait pas vraiment l'impression que c'était la guerre – tout au plus un de ces innombrables exercices nocturnes dans les eaux des tropiques. Ishmael entendit un grincement de poulies : on mettait les chaloupes de débarquement à la mer, des hommes commençaient à passer par-dessus le bastingage pour descendre le long des filets, paquetage sur le dos, casque en bandoulière, attendant le moment propice pour sauter dans les embarcations.

Ishmael regarda une demi-douzaine d'infirmiers occupés à emballer des trousses de premier secours et à entasser des civières. C'était un spectacle auquel il n'avait jamais assisté au cours des manœuvres, et il le fit remarquer à Testaverde, qui haussa les épaules. Ishmael mit sa radio en marche, vérifia qu'elle fonctionnait, puis l'éteignit et attendit. Il hésitait à la charger sur son dos de peur d'avoir à attendre son tour trop longtemps. Assis à côté de son attirail, les yeux sur la mer, il essaya d'apercevoir Betio, mais en vain. En revanche, il distingua fort bien les points sombres que faisaient sur l'eau les chaloupes ayant quitté le *Heywood* au cours de la dernière demi-heure. Il en compta trente-six.

C'est le lieutenant Pavelman, de San Antonio, qui expliqua en détail aux trois escouades de la 3e section le rôle de la compagnie B dans le plan d'ensemble. Il avait devant lui une maquette de l'île : trois carrés de caoutchouc dont il entreprit, baguette à l'appui, de détailler la topographie sans s'embarrasser d'effets superflus. On envoyait d'abord les amtracs, suivis de vagues de Higgins. La couverture aérienne – bombardiers lourds et Hellcats pour pilonnage intensif, puis B-24 en provenance d'Ellice Island – ne cesserait qu'avec le début de l'attaque sur terre. La compagnie B débarquerait à un endroit appelé Beach Red Two, où le sous-lieutenant Pratt, chef de la brigade des artilleurs, devait mettre en place un feu nourri de mortiers. Au même moment, la 2e section arriverait sur la droite de Pratt et franchirait, précédée de son artillerie légère, le mur fortifié établi le long de la plage, avant de reformer ses rangs un peu plus haut et de continuer vers l'intérieur. D'après le lieutenant Pavelman, il y avait des bunkers et des casemates à proximité de Beach Red Two, au sud, et, selon les services secrets de la marine, il n'était pas impossible que le bunker du commandement japonais se trouve précisément dans cette zone, à l'extrémité est du champ d'aviation. La 2e section avait pour mission de le repérer et de signaler l'emplacement des conduits de ventilation aux équipes de démolition qui la suivraient de près. Trois minutes après la 2e section débarquerait la 3e – celle d'Ishmael –, qui devait progresser à sa suite ou, selon le lieutenant Bellows, aller renforcer la section qui aurait effectué la meilleure percée. La 3e pouvait compter sur l'appui de la compagnie K, qui était programmée pour arriver juste derrière elle en même temps que l'état-major et les mitrailleuses lourdes, lesquels débarqueraient à bord d'amtracs qui seraient ensuite utilisés pour attaquer le mur fortifié. Dans l'idée de l'état-major, il fallait donner toute la puissance de feu dès qu'on aurait lancé la première vague de fusiliers à l'assaut. « Autrement dit, les jobards en première ligne ! » lança une voix ironique. Personne ne releva, et Pavelman continua son briefing comme une horloge bien remontée : l'avance des fusiliers devait être prudente mais régulière ; elle serait facilitée par les renforts de la deuxième vague, puis de la troisième avec le commandement, les tanks et tout le soutien balistique disponible ; suivraient d'autres compagnies d'artillerie et une intensification du soutien jusqu'à ce que la tête de pont soit solidement implantée. Puis le lieutenant céda la place à l'aumônier, un certain Thomas, qui leur fit réciter le psaume vingt-trois et chanter « Plus près de Toi, mon Dieu ». Dans le silence qui s'était installé, l'aumônier invita ensuite les hommes à faire le point sur leur relation avec Dieu et avec Jésus. « C'est bien joli tout ça, cria un soldat dans l'obscurité, mais moi, je suis athée, m'sieur, l'exception qui confirme la règle comme quoi y a plus un putain d'athée en première ligne quand ça s'met à canarder. Et j'ai bien l'intention de l'rester, bon Dieu, jusqu'à la fin de cette putain de guerre !

– Qu'il en soit ainsi, mon fils. Et que Dieu te bénisse comme les autres. »

Ishmael commença à se demander de quelle utilité

lui seraient ces préliminaires une fois qu'il aurait pris pied sur la plage. Il avait écouté le lieutenant Pavelman avec la plus grande attention sans pour autant discerner en quoi ses instructions pourraient l'aider, le moment venu, à prendre la bonne direction. Pour quelle raison allait-il là-bas ? Et pour y faire quoi, au juste ? L'aumônier, un colt 45 passé dans sa ceinture, faisait circuler des bonbons porte-bonheur et des rouleaux de papier hygiénique. Ishmael en prit un de chaque, histoire de faire comme tout le monde. Il fut invité à se resservir en bonbons. « Vas-y, lui dit Thomas. Ils sont pas mauvais du tout. » C'étaient des bonbons à la menthe, et Ishmael en glissa un dans sa bouche, avant de charger sa radio sur son dos et de se relever. Son équipement devait peser près de trente-cinq kilos et n'allait pas lui faciliter la descente le long du filet, même si, grâce à l'entraînement qu'il avait reçu au cours des manœuvres, il maîtrisait désormais mieux son corps. À mi-chemin, il cracha son bonbon et se pencha au-dessus de l'eau. Le sifflement qu'il avait dans les oreilles s'amplifiait rapidement. Il voulut se retourner et, au même moment, un obus plongea dans la mer, à une vingtaine de mètres de l'arrière du bateau. Un bouillonnement monta des profondeurs, et une vague s'abattit sur le pont, trouant l'obscurité de sa phosphorescence verte. L'homme qui se trouvait à côté d'Ishmael, le soldat Jim Harvey, de Carson City dans le Nevada, jura tout bas à deux reprises, puis se plaqua contre le filet. « Bordel ! Un putain d'obus. Une merde pareille, j'arrive pas à y croire.

– Moi non plus, dit Ishmael en écho.

– J'croyais qu'y-z-avaient tout fait sauter dans le coin, reprit l'autre. Bordel de merde, y d'vaient bien bousiller la grosse artillerie des Japs avant qu'on débarque, non ?

– Nos bombardiers continuent à arriver d'Ellice Island, fit remarquer Walter Bennett, qui était agrippé au filet en dessous d'eux. On aura pas posé le pied sur le sable qu'ils t'auront déjà balayé les Japs à coups de bombes explosives.

– Connerie, oui ! lança une autre voix. Tes putains de bombes, Walter, tu peux toujours les attendre. T'es qu'un pauvre con. Tu goberais n'importe quoi.

– Un putain d'obus japonais, continuait Jim Harvey. Putain d'merde, j'arrive pas... »

Mais un autre obus frappait déjà l'eau en sifflant, faisant jaillir un geyser à cent mètres à peine de l'endroit où ils se trouvaient.

« Les enculés ! hurla Harvey. J'croyais qu'y devaient nous démolir ces connards de Japs et qu'nous, on arrivait là, pépères, juste pour finir de nettoyer.

– Ça fait des jours qu'ils merdoient comme ça, à tirer dans tous les sens, expliqua calmement un nommé Larry Jackson. Toute cette histoire de préparation de terrain, c'est rien que des conneries. Ils ont merdé sur toute la ligne. Tout ce que je vois, les mecs, c'est qu'nous, y va falloir qu'on y aille, et que les Japs, y tirent encore de partout.

– Bon Dieu, j'arrive pas à y croire, dit encore Harvey. Putain, mais qui est-ce qui nous a foutus dans une merde pareille ? »

À bord des chaloupes de débarquement, la 3e section naviguait maintenant vers Betio. Ishmael entendait les obus siffler dans le lointain. Il était assis à l'abri d'une lisse de plat-bord en contreplaqué qu'une équipe avait bricolée au cours de leur relâche à Nouméa. Il pliait maintenant sous le poids de son paquetage, son casque enfoncé jusqu'aux oreilles. Il entendait Jim Harvey qui essayait de se rassurer : « Ça fait des jours qu'ces enculés les pilonnent, non ? Y reste plus qu'du sable et des Japs en bouillie là-bas, c'est pas possible autrement. C'est ce que tout l'monde répète, nom de Dieu. C'est l'message radio qu'a eu Madsen, et Bledsoe était avec lui, dans la turne. Il l'a pas inventé, quand même. Y doivent déjà les avoir salement amochés. »

Contrairement à toutes les prévisions, la mer était haute et agitée. Ishmael, qui avait pris l'habitude de la Dramamine, avala deux cachets qu'il fit passer avec l'eau de sa gourde et jeta un coup d'œil par-dessus la lisse de plat-bord. Le bateau vibrait sous lui, et il vit à sa gauche trois autres embarcations à la même hauteur. Dans la plus proche, il aperçut le bout rougeoyant d'une cigarette qu'un homme essayait de dissimuler dans le creux de sa main. À nouveau, il se tassa sur lui-même, calé contre son paquetage, ferma les yeux et se boucha les oreilles, essayant de ne plus penser à rien.

Pendant trois heures, ils poursuivirent leur route vers Betio ; les vagues continuaient à passer par-dessus les lisses, aspergeant tout le monde. Bientôt, ils aperçurent l'île, simple trait noir sur l'horizon, parcouru d'éclairs rougeoyants. Ishmael se leva pour se dégourdir les jambes ; à côté de lui, un homme essayait de minuter, à l'aide de sa montre étanche, les intervalles entre les salves des canonnières. De l'autre côté, deux soldats vitupéraient contre le responsable du plan d'attaque, un certain amiral Hill : celui-ci avait si bien calculé son coup qu'il les faisait débarquer à l'aube et non en pleine nuit. On voyait sans peine, aux nuages de fumée noire qui tourbillonnaient au-dessus de l'île, que la marine la maintenait sous un feu nourri, ce qui ne tarda pas à faire remonter le moral de la 3e. « Y va rien rester d'ces salopards, affirma Harvey haut et fort. Ces p'tits bijoux leur crachent un feu d'enfer. Tu vas voir, y vont en faire d'la vraie chair à pâté. »

Un quart d'heure plus tard, ils étaient dans le courant à l'entrée du lagon de Tarawa. Ils dépassèrent deux destroyers, le *Dashiell* et le *Ring-gold,* qui tiraient en direction de la plage dans un bruit assourdissant. Tout en attachant son casque sous le menton, Ishmael décida de ne plus regarder par-dessus le plat-bord. Il l'avait fait une fois et cela lui avait suffi : trois amtracs remontaient la plage sous le tir des mitrailleuses ; tandis que l'un tombait dans un trou d'obus, un autre prenait feu et devait s'arrêter. Les bombardiers légers avaient cessé leurs sorties ; quant aux B-24, on n'en avait pas vu un seul. Le mieux, c'était encore de rentrer la tête dans les épaules, de se préparer au pire tout en se tenant en dehors de la ligne de tir. Ishmael était en train de vivre le rêve de tous les petits garçons : il était opérateur radio dans les marines et prenait d'assaut une plage du Pacifique. Seulement, lui, il était prêt, au sens littéral de l'expression, à faire dans sa culotte.

« Bordel de Dieu, s'exclamait Jim Harvey. Putain de merde, les enfoirés, les empaffés, les enculés ! Putain, mais c'est pas vrai ! »

Le premier à tomber fut le chef d'escouade, un dénommé Rich Hinkle, d'Yreka en Californie, qui avait été pour Ishmael un excellent partenaire aux échecs en Nouvelle-Zélande. Alors qu'ils étaient encore à plus de cinq cents mètres de la plage, l'embarcation s'échoua sur le récif ; indécis, les hommes se regardèrent pendant quelques secondes, tandis que les balles ricochaient à bâbord. « Y a du plus gros qui s'prépare, hurla Hinkle pour tenter de couvrir le vacarme. On ferait mieux de se tirer d'là vite fait. Allez ! Dégagez ! Tirez-vous ! » « Toi d'abord », lui répondit quelqu'un.

Hinkle monta sur la lisse de tribord et se laissa tomber dans l'eau. Les autres, dont Ishmael qui tentait de hisser son paquetage par-dessus bord, commençaient à le suivre quand Hinkle s'écroula, tué d'une balle dans la tête. Quelques secondes plus tard, celui qui était juste derrière lui coulait à son tour, le crâne décalotté. Ishmael fit basculer son attirail avant de sauter. Il resta sous l'eau, ne refaisant surface que pour reprendre sa respiration. Quand il vit les éclairs qui zébraient la plage, il replongea aussitôt. Sortant à nouveau la tête, il vit que tout le monde, depuis les porteurs de munitions jusqu'aux types de la démolition, en passant par les mitrailleurs, avait tout lâché et, comme lui, restait sous l'eau.

Il revint à la nage derrière la chaloupe avec une trentaine de soldats. À grand renfort de jurons, le brigadier s'évertuait sur la manette des gaz pour dégager l'embarcation du récif. Le lieutenant Bellows s'en prenait aux hommes qui avaient refusé de sauter. « Va t'faire foutre, Bellows », répétait l'un d'eux. « Vas-y, toi, personne t'empêche », hurlait un autre, en qui Ishmael reconnut Harvey, à présent complètement hystérique.

Le bateau continuait à essuyer le feu des armes légères, et les hommes qui s'étaient abrités derrière lui commencèrent à avancer en direction de la plage. Ishmael essaya de se faire aussi petit que possible au milieu du groupe, imaginant qu'il n'était plus qu'un cadavre dérivant dans le lagon. Les hommes, dont certains portaient encore leurs fusils au-dessus de leurs têtes, avaient de l'eau jusqu'à la poitrine et continuaient à s'abattre dans les flots rougis par le sang de leurs camarades. En les voyant tituber et en entendant les balles des mitrailleuses fouetter la surface de l'eau, Ishmael se tassa encore un peu plus. Devant lui, Newland se dressa soudain, prêt à courir vers le mur de la plage, tandis qu'un autre qu'il ne connaissait pas, puis un troisième étaient fauchés dans leur course. Le quatrième, Eric Bledsoe, fut atteint au genou et resta couché dans les vagues. Ishmael s'arrêta pour regarder le cinquième et le sixième se faire tirer dessus, puis, bandant tous ses muscles, jaillit comme une flèche. Avec deux de ses compagnons, il atteignit le pied du mur indemne et s'accroupit pour regarder Eric Bledsoe, qui, à cinquante mètres d'eux à peine, un trou à la place du genou, se vidait de son sang.

« Merde, merde ! Aidez-moi, les mecs, putain, les mecs, venez m'aider ! » suppliait-il à voix basse. Eric avait grandi dans le Delaware avec Ernest Testaverde. Ils s'étaient soûlés plus d'une fois ensemble à Wellington. Robert Newland se déclara prêt à lui porter secours, mais le lieutenant Bellows l'en empêcha : il n'y avait plus rien à faire, le feu était bien trop nourri pour tenter quoi que ce soit, tout ce qu'on risquait, c'étaient deux morts au lieu d'un. Tout le monde acquiesça en silence. Ishmael se plaqua contre les sacs de sable : même si sa conscience le poussait à le faire, il se refusait à redescendre la plage pour aller récupérer un blessé. Quel secours aurait-il pu lui apporter ? Tout son équipement flottait dans le lagon. Sans parler de lui sauver la vie, il n'avait même pas un bandage à lui offrir. Il resta assis là à regarder Eric qui, roulé par les vagues, finit par se retrouver sur le dos. Il n'avait qu'une partie des jambes dans l'eau, et Ishmael n'eut aucun mal à repérer celle qui était touchée et que ballottait la houle. Le garçon mourut, et sa jambe finit par se détacher complètement pour aller flotter à quelques mètres de lui.

À dix heures, Ishmael était toujours là, sans arme, sans rien à faire, comme des centaines d'autres qui s'étaient fait tirer dessus en débarquant. La plage était maintenant jonchée de morts et de blessés, et les hommes qui étaient à l'abri du mur s'efforçaient de ne pas entendre leurs cris ou leurs appels au secours. Tout à coup, un sergent de la compagnie J, sorti de nulle part, une cigarette au coin de la bouche, se dressa sur le mur et se mit à les traiter de tous les noms. Ils n'étaient qu'une « bande de dégonflés, de trouillards à qui on devrait couper les couilles une fois cette putain de bataille terminée, de foireux qui laissent les autres faire le sale boulot à leur place pendant qu'ils restent planqués, le cul à l'abri, des hommes qui ne sont pas des hommes, mais des enculés de première, des jean-foutre, des branleurs incapables de bander faute de couilles et de bites ». Il continua ainsi pendant un bon moment, tandis que les hommes le suppliaient de se mettre à couvert pour sauver sa peau. Il refusa ; un obus l'atteignit par-derrière et, après lui avoir traversé la colonne vertébrale, lui déchira la poitrine. Le sergent n'eut même pas le temps d'être surpris, il tomba la tête la première dans ses intestins répandus sur le sable.

Quelques hommes commencèrent à s'engouffrer dans une brèche ouverte par un amtrac. Ils furent tous tués sur-le-champ. Ishmael fut réquisitionné pour dégager un half-track qui avait été débarqué d'une péniche et qui s'était aussitôt enlisé. À genoux dans le sable, il se mit à creuser, pendant que son voisin vomissait à côté de lui avant de s'évanouir, le casque en travers du visage. Un peu plus loin, un opérateur radio de la compagnie K pestait contre les interférences : chaque fois que les canons des navires tiraient, il n'entendait plus rien, pas même les parasites. Impossible d'établir le moindre contact.

Au début de l'après-midi, Ishmael se rendit brusquement compte que l'odeur fade qui montait de la plage était celle des morts. Il vomit à son tour, puis finit l'eau de sa gourde. Il avait bien l'impression d'être le seul survivant de son escouade. Il n'avait vu aucun de ses camarades depuis plus de trois heures, mais une équipe chargée du réapprovisionnement était passée, lui donnant une carabine, des munitions et une machette. Assis au pied du mur, la bride de son casque dénouée, il démonta la carabine, qui était pleine de sable, pour essayer de la nettoyer de son mieux. Il était en train d'essuyer le mécanisme de détente avec un pan de sa chemise quand une nouvelle vague d'amtracs débarqua sur la plage et déclencha un tir de mortiers. Ishmael regarda, d'abord fasciné, les hommes qui tombaient dès qu'ils touchaient le sol ou, quand ils n'étaient pas morts ou blessés, se mettaient à courir en hurlant ; puis, refusant plus longtemps ce spectacle, il baissa les yeux et s'absorba dans le nettoyage de son arme. Quand, quatre heures plus tard, la nuit tomba, il était toujours là, tassé sur lui-même, sa carabine à la main, sa machette dans le fourreau accroché à sa ceinture.

Un colonel, escorté de son état-major, arriva sur la plage et se mit à la recherche des sous-officiers et des officiers encore debout, les exhortant à reformer des escouades. À dix-neuf heures précises – autrement dit, dans moins de vingt minutes – il voulait voir tout le monde franchir le mur ; ceux qui refuseraient de s'exécuter seraient passibles de la cour martiale ; il était temps qu'ils se comportent enfin comme de vrais marines. Le colonel s'éloigna, et un certain lieutenant Doerper de la compagnie K demanda à Ishmael où se trouvait son escouade et où il se croyait, pour rester là, comme ça, tout seul, à l'abri de son mur. Celui-ci expliqua qu'il avait perdu son équipement en sautant de la chaloupe, que tous ceux qui étaient alors avec lui étaient morts ou blessés et qu'il ignorait où étaient passés les autres. Le lieutenant l'écouta avec une impatience non dissimulée pour finir par lui dire qu'il n'avait pas de temps à perdre à ces conneries et lui intimer l'ordre de reformer une brigade en récupérant tous les hommes valides qu'il trouverait le long du mur. Il irait ensuite au rapport au poste de commandement que le colonel Freeman avait installé à côté du half-track enlisé.

Ishmael dut expliquer la situation à une bonne vingtaine de garçons avant de trouver suffisamment de volontaires. L'un lui répondit d'aller se faire foutre, un autre allégua une blessure à la jambe, un troisième lui dit qu'il arrivait mais ne fit pas mine de bouger. Brusquement, une mitrailleuse se mit à cracher le feu depuis l'eau. Un tireur japonais avait dû nager jusqu'à un amtrac mis hors de combat, dont il actionnait maintenant la mitrailleuse. Décidément, il fallait filer d'ici au plus vite.

Tout en continuant à longer le mur, courbé en deux, et à discuter brièvement avec ceux qu'il rencontrait, Ishmael finit par tomber sur Ernest Testaverde, qui tirait sans viser, la tête baissée, le fusil en l'air, par-dessus les troncs de cocotiers. « Seigneur ! s'écria Ishmael.

– Chambers ! Nom de Dieu !

– Où sont les autres ?

– J'ai vu Jackson se faire descendre. Les démineurs et les gars de la démolition sont tous tombés en arrivant sur la plage. Walter, Jim Harvey et puis ce type, Hadges Murray, et Behring aussi, ils ont même pas eu le temps de sortir de l'eau.

– Pareil pour Hinkle. Eric Bledsoe, lui, il s'est fait emporter la jambe. Et Fitz – il a pris un pruneau sur la plage, je l'ai vu tomber. Bellows s'en est tiré, Newland aussi, mais je sais pas où ils sont.

– Tu es sûr pour Bledsoe ? demanda l'autre en détachant la bride de son casque et en posant sa carabine.

– Il est mort, dit Ishmael en hochant la tête.

– Il a eu la jambe emportée ? » demanda Ernest.

Ishmael s'assit, le dos au mur. Il ne voulait ni parler d'Eric Bledsoe ni se souvenir des circonstances de sa mort. À quoi bon ? Depuis le moment où la chaloupe avait heurté le récif, il n'arrivait plus à mettre de l'ordre dans ses idées, ne savait plus ce qui s'était passé. Il se serait cru dans un rêve où tout se brouille et où les événements n'arrêtent pas de se répéter. Il était fatigué, il avait soif, il n'y voyait plus vraiment clair et il avait épuisé ses réserves d'adrénaline. Il n'était sûr que d'une chose : il voulait vivre. Pour le reste, tout était flou. Il n'arrivait même pas à se souvenir des raisons qui avaient pu l'amener là – pourquoi s'était-il engagé dans les marines ? « Ouais, dit-il en réponse à la question de Testaverde. Bledsoe est mort.

– Merde, c'est pas vrai ! » dit l'autre, qui se mit à donner des coups de pied dans les troncs pour soulager sa rage. Ishmael se détourna pour regarder ailleurs.

À dix-neuf heures précises, ils franchirent le mur en compagnie de trois cents hommes. Ils se heurtèrent aux tirs des mortiers et des mitrailleuses placés juste en face d'eux sous les palmiers. Ishmael ne vit pas tomber Testaverde ; plus tard, quand il demanda ce qu'il était devenu, il apprit qu'on l'avait retrouvé avec un trou dans la tête gros comme le poing. Ishmael, quant à lui, fut atteint au bras gauche, en plein biceps. Le muscle se déchira sous l'impact d'une balle de mitrailleuse Nambu, qui fractura l'os en dents de scie, des centaines d'esquilles se logeant dans les nerfs, les veines, le gras du bras.

Quatre heures plus tard, quand le jour se leva, il vit deux infirmiers agenouillés près de l'homme allongé juste à côté de lui. Celui-ci avait été touché à la tête, et des morceaux de cervelle s'échappaient de son casque. Ishmael s'était approché du mort pour lui prendre les sulfamides et les pansements qu'il avait dans la trousse de secours accrochée à sa ceinture. Il avait enveloppé son bras et s'était couché dessus, en utilisant le poids de son corps pour tenter d'arrêter l'hémorragie. « Ça va aller, dit un des infirmiers à Ishmael. Y a des civières qui arrivent et une équipe de brancardiers. Tout va bien. On tient la plage. On va te transporter à bord en quatrième vitesse.

– Enculés de Japonais », dit Ishmael.

Il se retrouva sur le pont d'un bateau, à sept milles au large de Betio, au milieu de dizaines et de dizaines de rangées de blessés. Celui qui était couché sur la civière de gauche mourut, le foie transpercé par des éclats de shrapnel. De l'autre côté, un garçon aux dents de lapin avait été touché en plein dans l'aine : son pantalon était tout imbibé de sang. Il n'arrivait pas à parler : arc-bouté sur sa civière, le souffle coupé, la respiration hachée, il n'émettait plus que de brefs gémissements. Ishmael lui demanda comment il allait, mais l'autre continua à gémir. Il mourut dix minutes avant que les brancardiers viennent le chercher pour le descendre au bloc opératoire.

Ishmael perdit son bras sur la table d'opération d'un navire-hôpital. L'aide-pharmacien qui l'opéra n'avait à son actif que quatre amputations, toutes de fraîche date. Il se servit d'une scie à métaux pour couper l'os à angle droit et cautérisa inégalement le moignon, si bien que la blessure, qui fut longue à guérir, laissa une cicatrice épaisse et grossière. L'anesthésie avait été mal dosée, et Ishmael se réveilla juste à temps pour voir son bras jeté dans un coin, sur un tas de pansements pleins de sang. Dix ans plus tard, il en rêverait encore, il rêverait à ses doigts tout recroquevillés contre le mur, à son bras tout blanc, qui lui paraissait si loin même s'il se rendait compte que ce déchet abandonné, là, par terre, était une partie de lui-même. Quelqu'un remarqua ses yeux exorbités et donna un ordre : aussitôt le bras fut enveloppé dans une serviette, puis disparut dans une poubelle. Quelqu'un d'autre lui fit une piqûre de morphine et Ishmael se mit à déblatérer sur ces Japs qui étaient... ces enculés de Japs qui..., sans trop savoir comment terminer ses phrases, sans même trop savoir ce qu'il voulait dire. « *Cette putain de salope de Jap* », voilà ce qu'il avait envie de crier.

17

À deux heures de l'après-midi, le jour du procès, toutes les routes de l'île étaient déjà sous la neige. Après avoir patiné sur la chaussée, une voiture fit un tête-à-queue et, au terme d'une longue glissade silencieuse, vint s'immobiliser devant l'épicerie Petersen. Un de ses phares se serait encastré dans la porte si, à ce moment précis, quelqu'un ne l'avait ouverte, évitant ainsi tout dégât au véhicule comme au magasin. Derrière l'école d'Amity Harbor, une fillette de sept ans, qui faisait une boule de neige, fut renversée par un jeune garçon qui arrivait à toute vitesse derrière elle sur une luge improvisée. Fracture du bras droit. Après lui avoir passé une couverture autour des épaules et l'avoir installée près d'un radiateur, Erik Karlsen, le directeur de l'école, sortit faire tourner le moteur de sa voiture. Quelques instants plus tard, l'œil collé au hublot que le système de dégivrage avait fini par dessiner sur son pare-brise gelé, il descendit First Hill avec mille précautions pour conduire la blessée en ville.

Dans Mill Run Road, Mrs Larsen de Skiff Point versa dans un fossé avec la DeSoto de son mari. Un feu de cheminée se déclara chez Arne Stolbaad, dont le poêle à bois était chargé jusqu'à la gueule. Un voisin alerta les pompiers, mais, dans l'impossibilité de franchir Indian Knob Hill, le chauffeur du camion-citerne, Edgar Paulsen, dut s'arrêter pour mettre ses chaînes.

Dans l'intervalle, le feu s'était éteint tout seul, et lorsque les pompiers arrivèrent enfin sur les lieux, ils furent accueillis par un Arne Stolbaad ravi d'avoir débarrassé le conduit de sa cheminée des dépôts accumulés depuis des années.

À trois heures, cinq cars chargés d'écoliers quittèrent Amity Harbor, leurs essuie-glaces grippés par le givre, la lumière de leurs phares noyée dans la tempête. Ils se firent bombarder de boules de neige par des collégiens qui rentraient chez eux. Un peu après Island Center, le car de South Beach franchit l'accotement après avoir dérapé sur le verglas. Le conducteur, Johnny Katayama, fit descendre les enfants, et ils se mirent tous en route dans la tourmente. Johnny fermait la marche, donnant à chaque enfant qui arrivait en vue de chez lui une demi-tablette de chewing-gum.

Ce même après-midi, faute de savoir manœuvrer sa luge, un jeune garçon se fractura la cheville contre le tronc d'un cèdre. Il avait essayé d'écarter du pied l'arbre qui brutalement avait surgi devant lui.

Le vieux docteur Cable, dentiste à la retraite, fut victime d'une chute alors qu'il allait chercher du bois dans sa resserre. Grimaçant sous l'effet d'une violente douleur au coccyx, le docteur s'affaissa dans la neige. Au bout d'un moment, après s'être relevé à grand-peine, il réussit à regagner la maison, pour informer d'une voix étranglée Sarah, sa femme, qu'il croyait s'être fait mal. La brave Sarah le fit allonger sur le canapé avec une bouillotte et lui donna deux comprimés d'aspirine qui l'endormirent aussitôt.

Non loin de là, sur un quai de Port Jefferson Harbor, deux adolescents faisaient un concours de boules de neige. Après avoir pris pour cible un coffre d'amarrage, ils s'employèrent à viser un pilier du quai voisin. Lorsque vint le tour du jeune Scott, celui-ci prit son élan, lança son projectile et piqua dans l'eau la tête la première. Il ne lui fallut que quelques secondes pour ressortir, enveloppé d'un nuage de vapeur, avant de partir chez lui en courant comme un fou, les cheveux raidis par le gel.

Les habitants de San Piedro se précipitaient en masse chez Petersen pour vider les rayons de leurs boîtes de conserve. Ils apportaient avec eux tellement de neige dans le magasin qu'un des employés, Earl Camp, dut passer l'après-midi à tout nettoyer, tandis que deux clients glissaient devant l'épicerie malgré le sel répandu sur le trottoir. Einar décida d'offrir à tout le monde une tasse de café : une des caissières, la jeune et accorte Jessica Porter, installée derrière une table pliante, faisait le service.

La quincaillerie Fisk était elle aussi dévalisée : pelles, bougies, allumettes, gants fourrés, fournitures pour lampes à pétrole, piles pour torches électriques partaient comme des petits pains. À trois heures, le garage des frères Torgerson avait épuisé son stock de chaînes, et il ne restait pratiquement plus de grattoirs ni d'antigel. Tandis que Tom Torgerson partait avec sa dépanneuse récemment repeinte sortir les voitures des fossés, Dave, lui, vendait batteries, huile et essence, tout en conseillant à ses clients de rentrer chez eux au plus vite et d'y rester. Il était constamment entouré d'un petit groupe de personnes qui le regardaient pomper l'essence ou installer des chaînes, tout en écoutant ses sombres prévisions météorologiques. « On en a bien pour trois jours, de cette tempête, répétait-il. Feriez bien de prendre vos précautions. »

Vers le milieu de l'après-midi, les branches des cèdres croulaient sous la neige. Chaque coup de vent déclenchait de petites averses de flocons qui s'écrasaient sur le sol en tourbillonnant. Les champs de San Piedro étaient uniformément blancs, aussi vierges et immaculés que le sable du désert. Plutôt qu'assourdis, les bruits du monde animé, remplacés par le vent, le fracas des vagues, le chuintement de l'eau qui se retire sur le sable, étaient comme suspendus – même les mouettes s'étaient tues.

Les habitants de l'île se laissaient peu à peu gagner par un sentiment d'accablement, doublé d'une étrange fièvre. Avec la tempête de décembre, on pouvait s'attendre à tout. Les maisons seraient peut-être bientôt bloquées par des congères qui ne laisseraient plus voir que les étages supérieurs et les toits des bungalows de la plage. Le vent risquait d'emporter les lignes électriques, privant tout le monde de courant. Les chasses d'eau, les pompes des puits, plus rien bientôt ne fonctionnerait, et il faudrait vivre autour des poêles et des bougies. Mais d'un autre côté, la neige était peut-être aussi la promesse de quelques jours de répit, de petites vacances d'hiver. On fermerait les écoles, les routes, et personne n'aurait plus à aller travailler. On pourrait se lever tard, prendre en famille un solide petit déjeuner, s'habiller chaudement pour sortir, certain de trouver au retour une maison douillette et confortable, des provisions en suffisance. À la tombée de la nuit, il y aurait de la fumée sur les toits, de la lumière aux fenêtres, et, dans les cours, des bonshommes de neige ventrus monteraient la garde.

Ceux qui habitaient l'île depuis longtemps savaient qu'ils ne pouvaient rien faire pour infléchir le cours de la tempête, qui serait peut-être aussi éprouvante et meurtrière que d'autres par le passé. Mais tout aussi bien allait-elle s'apaiser cette nuit même, procurant à leurs enfants le bonheur de quelques jours de congé. Comment savoir ? Ils feraient tout ce qui était humainement possible, sachant que le reste, le surhumain, échappait à leur contrôle – à l'image de cette eau salée qui les entourait et qui, sans effort apparent, toujours aussi intacte, absorbait impitoyablement la neige.

Quand l'audience reprit cet après-midi-là, Alvin Hooks fit rappeler Art Moran à la barre. Après avoir quitté la salle du tribunal, le shérif avait passé deux heures à contacter les pompiers volontaires et à rassembler ses adjoints, des volontaires eux aussi, tous hommes de ressource. D'ordinaire, leur rôle se limitait au maintien de l'ordre lors de la fête de la Fraise ou autres manifestations publiques. Aujourd'hui, ils avaient pour mission de quadriller l'île en fonction de leurs lieux de travail et de résidence, dans le but de venir en aide à ceux qui se trouvaient bloqués sur les routes.

Préoccupé par la tempête et plus mal à l'aise encore que le matin, Art se retrouva donc à la barre pour la seconde fois de la journée. Ce n'était pas de gaieté de cœur qu'il acceptait de témoigner à nouveau, même s'il comprenait qu'Alvin puisse avoir besoin de lui pour étayer son argumentation. Il avait passé le quart d'heure qu'avait duré la suspension d'audience dans le bureau de l'avocat, à manger un sandwich, un morceau de papier sulfurisé sur les genoux, une pomme à portée de la main, et à écouter les recommandations de ce dernier : il fallait qu'il raconte son histoire sans rien omettre ; le moindre détail, même le plus anodin, pouvait se révéler capital. Il était maintenant à la barre, tripotant son nœud de cravate, vérifiant qu'il ne lui restait pas de miettes au coin des lèvres, et attendant avec impatience qu'Alvin ait fini de demander au juge l'autorisation d'enregistrer quatre morceaux de cordage comme nouvelles pièces à conviction.

« Shérif Moran, dit enfin Hooks en se tournant vers lui, j'ai ici quatre morceaux de cordage. C'est le genre de cordage dont les pêcheurs se servent pour leurs amarres. Puis-je vous demander de les regarder attentivement ?

– C'est fait, dit Art au bout d'un moment.

– Les reconnaissez-vous ?

– Oui.

– S'agit-il des amarres mentionnées dans votre rapport ?

– Celles-là mêmes, Mr Hooks. Aucun doute là-dessus. »

Une fois les cordages dûment étiquetés par Ed Soames, Alvin Hooks les replaça dans les mains d'Art et lui demanda d'expliquer à la cour où il les avait trouvés.

« Voilà, dit le shérif. Celui-ci, marqué A, provient du bateau de l'accusé. Il était sur un taquet à bâbord ; pour être exact, sur le troisième taquet en partant de l'arrière. C'est le même cordage que celui de toutes ses autres amarres. Toutes, sauf une : celle du deuxième taquet à bâbord. Celle-là, la voici ; elle est marquée B et, contrairement aux autres, elle est neuve. Toutes ses amarres étaient en chanvre de Manille à trois torons avec un nœud de chaise à une extrémité, et elles étaient fichtrement usées. Sauf la B, qui était toute neuve, mais qui avait le même nœud que les autres.

– Et ces deux-là ? demanda Alvin Hooks. Où les avez-vous trouvées ?

– Sur le bateau de Carl Heine, Mr Hooks. Celle-ci, marquée C – le shérif leva le bras pour présenter l'amarre aux jurés – est identique à toutes celles que j'ai trouvées sur le bateau du défunt. Regardez bien. C'est aussi un filin de Manille à trois torons, mais presque pas usé, avec un œillet fantaisie tressé dans le cordage, à la main. C'était pour ainsi dire la marque de fabrique de Carl Heine. Toutes ses amarres se terminaient comme ça.

– Et la quatrième ? demanda Hooks. D'où provient-elle ?

– Je l'ai également trouvée sur le bateau de Carl Heine, mais elle ne ressemble pas du tout aux autres.

Elle était à tribord, sur le deuxième taquet en partant de l'arrière. Ce qui est curieux, c'est qu'elle est identique à celles du bateau de l'accusé. Elle est diablement usée et elle a le même nœud que celle que je vous ai montrée tout à l'heure. Même calibre, même usure, aucun doute possible : elles viennent toutes du même endroit.

– Vous affirmez donc que cette amarre est identique à celles du bateau de l'accusé, mais que vous l'avez trouvée sur celui du défunt ?

– C'est exact.

– À tribord, sur le deuxième taquet en partant de l'arrière ?

– Oui.

– Et si je vous suis bien, le bateau de l'accusé avait une amarre neuve à bâbord, également sur le deuxième taquet ?

– Toujours exact, Mr Hooks.

– Autre chose, shérif. À supposer que l'accusé ait amarré son bateau à celui de Carl Heine, les deux taquets en question se seraient-ils trouvés au même niveau ?

– Pour sûr que oui. Et si notre homme – je veux dire Miyamoto – avait dû tout d'un coup larguer les amarres, il aurait très bien pu abandonner un morceau de cordage sur ce deuxième taquet.

– Je vois, dit Hooks. Vous en déduisez donc qu'il a abandonné une amarre qu'il a remplacée, une fois rentré au port, par une neuve – celle-là même que vous tenez à la main, notre pièce à conviction B.

– Ça me paraît évident.

– Bien. Dites-moi, shérif, qu'est-ce qui a bien pu au départ vous pousser à faire une enquête sur l'accusé ? Pourquoi avoir songé à fouiller son bateau, à vous attacher à ce genre de détail ? »

Art expliqua alors que son enquête sur la mort de Carl Heine l'avait tout naturellement amené à interroger la famille du défunt. Il était allé voir Etta Heine, l'avait informée de l'ouverture d'une enquête officielle – procédure normale, même en cas d'accident – et lui avait demandé si Carl avait des ennemis.

Dès lors, la voie était toute tracée : d'Etta Heine à Ole Jurgensen, puis d'Ole au cabinet du juge Fielding, puisqu'il fallait à Art un mandat de perquisition pour fouiller le bateau de Kabuo Miyamoto, avant qu'il ne reprenne la mer.

18

Lorsque Moran s'était présenté chez le juge Fielding à dix-sept heures cinq en ce jour du 16 septembre, c'est l'huissier, Ed Soames, qui lui avait ouvert la porte, son manteau sur le bras et sa boîte à sandwich à la main. Il était sur le point de partir, expliqua-t-il à Art, mais le juge était encore dans son bureau.

« C'est au sujet de Carl Heine ? demanda Ed.

– T'es au courant, à ce que je vois, répondit le shérif. Mais tu te trompes, Ed, il ne s'agit pas de ça. Et ne t'avise pas d'aller raconter n'importe quoi au café !

– C'est pas mon genre. J'en connais qui le feraient, mais pas moi.

– Si tu le dis ! »

L'huissier alla annoncer au juge que le shérif voulait l'entretenir d'une affaire dans le plus grand secret. « Entendu, fit le juge. Faites-le entrer. »

L'huissier, tout en tenant la porte ouverte, s'écarta pour laisser entrer Art Moran, avant de dire : « Bonsoir, m'sieur le juge. À demain.

– Bonsoir, Ed. Vous pouvez fermer en partant ? Je n'attends plus personne.

– Pas de problème », dit celui-ci en refermant la porte.

Art prit un siège, allongea les jambes et posa son chapeau par terre. Ce n'est que lorsqu'il eut entendu le bruit de la clé dans la serrure que le juge reporta son attention sur le shérif. « C'est au sujet de Carl Heine ? demanda-t-il.

– Tout juste, répondit le shérif.

– Un homme qui laisse une femme et des enfants, ajouta le juge.

– À qui le dites-vous ! C'est moi qui ai annoncé la nouvelle à Susan Marie ce matin. Et Dieu sait que c'était pas facile. »

Lew Fielding opina du chef. Les coudes sur le bureau, le menton dans les mains, il avait comme d'habitude le visage morose, et ses yeux de basset lui donnaient l'air de quelqu'un qui est sur le point de s'endormir. Ses joues et son front étaient sillonnés de rides profondes, ses sourcils hérissés de grosses touffes argentées. Art eut la brève vision d'un Lew Fielding plus alerte, en bras de chemise, qui, le corps légèrement incliné, se concentrait avant de lancer son fer à cheval lors d'une fête de la Fraise quelques années auparavant.

« Et comment va-t-elle ? demanda le juge. Susan Marie, je veux dire.

– Pas très bien », répondit Moran.

Lew Fielding leva les yeux sur lui et attendit sans mot dire. Après avoir ramassé son chapeau, Art le mit sur ses genoux et commença à en tripoter le bord. « Mais j'en viens au fait, reprit-il. J'ai besoin d'un mandat pour fouiller le bateau de Kabuo Miyamoto, et peut-être son domicile, je ne sais pas encore.

– Kabuo Miyamoto ? Et qu'espérez-vous trouver ?

– Eh bien, voilà, répondit le shérif en se penchant en avant. Deux ou trois choses me chiffonnent. Cinq pour tout dire. Un : plusieurs pêcheurs ont déclaré que Miyamoto se trouvait dans le même coin que Carl la nuit dernière au moment du drame. Deux : d'après Etta Heine, son fils et Miyamoto étaient en mauvais termes, à cause d'une vieille histoire d'achat de terrain. Trois : j'ai trouvé sur le bateau de Carl un morceau d'amarre abandonné sur un des taquets arrière. Quelqu'un a pu monter à bord et le laisser là, et j'aimerais bien jeter un coup d'œil aux amarres de Miyamoto. Quatre : Ole Jurgensen m'a assuré avoir reçu les visites de Carl et de Miyamoto récemment. Ils voulaient tous les deux lui acheter ses terres, qu'il a finalement vendues à Carl. À l'annonce de la nouvelle, Miyamoto – c'est Ole qui le dit – est parti comme un fou, jurant qu'il allait s'expliquer avec Carl. Ma foi, c'est peut-être bien ce qu'il a fait... En pleine mer et en pleine nuit. Et ça aurait mal tourné.

– Et cinq ? demanda Lew Fielding.

– Pardon ?

– Vous m'avez annoncé cinq bonnes raisons pour demander un mandat. J'attends la cinquième.

– J'y viens, dit Art Moran. L'autopsie pratiquée par Horace a été très... fouillée. Heine a une blessure sérieuse à la tête. Horace a dit là-dessus des choses qui ne manquent pas d'intérêt et qui concordent tout à fait avec les propos d'Ole et ceux d'Etta. Des blessures comme celle-là, le toubib en a vu pendant la guerre. Elles venaient des coups de crosse assenés par les Japs maniant leurs fusils comme au kendo. Il paraît qu'au Japon on vous entraîne à vous battre avec des bâtons quand vous êtes encore tout petit. Je me demande si la blessure de Carl pourrait pas venir d'un coup de ce genre. Je dois dire que, sur le moment, j'y ai pas fait attention, à cette histoire. Je m'en suis même pas rappelé quand, un peu plus tard, j'ai entendu des pêcheurs sur le port dire que Miyamoto se trouvait à Ship Channel Bank la nuit dernière, au même endroit que Carl. C'est seulement cet après-midi que j'y ai repensé, quand Etta m'a raconté ses démêlés avec Miyamoto, et surtout quand Ole Jurgensen m'a exposé toute l'affaire. Je me suis dit que je ferais peut-être bien de suivre cette piste et de fouiller le bateau de Miyamoto. Au cas où il y aurait quelque chose à dénicher... on ne sait jamais.

– Je ne sais trop qu'en penser, Art, dit le juge en se pinçant le bout du nez d'un air dubitatif. D'abord, cette remarque d'Horace – somme toute accidentelle – à propos d'une prétendue ressemblance entre la blessure à la tête de Carl et celles que les Japonais infligeaient à nos soldats. Croyez-vous que ce soit suffisant pour suspecter Miyamoto ? Ensuite, les déclarations d'Etta Heine... Elle a la rancune tenace, tout le monde le sait, et en plus elle est malveillante. Personnellement, je ne lui accorderais aucune confiance – aucune, Art. Quant aux pêcheurs, ils devaient bien être une cinquantaine à naviguer dans le brouillard la nuit dernière, tous plus querelleurs les uns que les autres dès qu'ils soupçonnent quelqu'un de s'intéresser d'un peu trop près à leur poisson. Le témoignage d'Ole Jurgensen, c'est autre chose. Vous tenez là du solide, je l'admets. Pourtant...

– Je peux vous interrompre, monsieur le juge ? dit Art Moran. Il ne faudrait pas qu'on se pose des questions trop longtemps. Les bateaux ne vont pas tarder à sortir.

– Vous avez raison, dit le juge après un coup d'œil à sa montre. Il est déjà cinq heures vingt.

– J'ai là une déclaration sur l'honneur, dit le shérif, qui sortit le document de la poche de sa chemise. Je l'ai faite en vitesse, mais elle est réglementaire. Tout y est clairement expliqué. Ce que je cherche, c'est une arme qui aurait servi à tuer.

– Eh bien... J'imagine qu'on ne risque pas grand-chose, à condition que les choses se fassent dans les règles. Justement, à propos de règles, il nous faut une déclaration sous serment en bonne et due forme. Jurez-vous que tous les faits contenus dans cette déclaration sont véridiques ? demanda Lew Fielding en se penchant vers le shérif par-dessus son bureau. Êtes-vous prêt à jurer en votre âme et conscience ? »

Le shérif s'exécuta.

« Bien. Vous avez apporté un mandat ? »

Le shérif sortit le document de l'autre poche de sa chemise et le tendit au juge, qui le déplia sous sa lampe avant de prendre son stylo. « Voilà ce que je vais inscrire, dit le magistrat. Vous êtes autorisé à procéder à une perquisition à bord du bateau de Miyamoto, mais pas à fouiller son domicile. Pour l'instant, pas question d'aller ennuyer sa femme et ses enfants ; rien ne justifierait une telle démarche. Et ne l'oubliez pas, Art, il s'agit d'une perquisition à objectif limité : l'arme du crime, en admettant qu'il y ait eu crime, et rien d'autre. Je n'ai pas du tout envie de vous voir vous ingérer sans ménagements dans la vie privée de cet homme.

– Message reçu, dit Art Moran. L'arme du crime, c'est tout.

– À supposer que vous ne trouviez rien sur le bateau, revenez me voir demain matin. Nous verrons alors quelle suite donner à l'affaire.

– Entendu. Merci beaucoup, monsieur le juge. »

Avant de partir, le shérif demanda à se servir du téléphone pour appeler son bureau. Il chargea Eleanor Dokes de dire à Abel qu'il devait le retrouver sur le port, muni d'une torche électrique.

Les pêcheurs de San Piedro, à l'époque de cette histoire, vivaient et travaillaient sous l'empire de superstitions, de signes et de présages, aussi mystérieux que variés, qu'ils étaient seuls à connaître et qui régissaient les tenants et les aboutissants du monde. C'étaient eux qui faisaient par exemple qu'un pêcheur voyait ses filets regorger de saumons une nuit et ne ramener que du varech la suivante. Les marées, les vents, les courants, c'était une chose ; la chance, c'en était une autre. Des mots tels que « cheval, cochon ou porc » étaient proscrits sur le pont d'un fileyeur : les prononcer était le meilleur moyen de s'attirer du gros temps ou de voir un filin se prendre dans l'hélice. Un panneau d'écoutille dans le mauvais sens, et la tempête arrivait du sud-ouest ; une valise noire à bord, et c'étaient des engrenages coincés, des courroies emmêlées. S'attaquer à une mouette, c'était risquer de déchaîner la colère des esprits maléfiques, car on savait bien que ces oiseaux étaient habités par les âmes de ceux qui avaient disparu en mer. Parapluies, verre brisé, ciseaux offerts en cadeau étaient autant de mauvais présages. À bord d'un senneur, personne ne se serait jamais avisé de s'asseoir sur une seine pour se couper les ongles, d'enlever le fond d'une boîte de conserve, ou de tendre un morceau de savon à un camarade de bord au lieu de le laisser tomber dans sa cuvette, comme l'exigeait la plus élémentaire des précautions. De tels manquements ne pouvaient apporter qu'une mauvaise pêche ou du mauvais temps.

Alors qu'il arrivait en vue de son bateau par le dock sud ce soir-là, avec une batterie neuve, Kabuo Miyamoto vit que les mouettes avaient investi l'*Islander* ; elles étaient partout, sur le tambour du filet, les stabilisateurs, le toit de la cabine. Quand il fit mine de monter à bord, elles prirent leur envol dans un grand froissement d'ailes. Une bonne cinquantaine d'entre elles, bien plus en tout cas qu'il n'avait d'abord imaginé, jaillirent tout à coup du cockpit pour tournoyer une dizaine de fois au-dessus des docks en cercles de plus en plus larges avant d'aller se poser sur la houle en direction de la pleine mer.

Kabuo sentit les battements de son cœur s'accélérer. Il n'était pas particulièrement superstitieux, mais c'était la première fois qu'il voyait une chose pareille.

Une fois à bord, il installa sa batterie neuve, puis fit démarrer son moteur qu'il laissa tourner un moment.

Il abaissa ensuite la manette qui commandait la pompe principale servant au nettoyage du pont. Debout sur le bord du panneau d'écoutille, il s'appliqua à récurer les tuyaux d'orgue pleins de fiente. Toutes ces mouettes le contrariaient et le mettaient mal à l'aise. Les autres bateaux sortaient déjà du port. Un coup d'œil à sa montre lui indiqua qu'il était six heures moins vingt. Il se dit que ce soir-là il irait tenter sa chance à Ship Channel, même si les meilleures prises devaient se faire du côté d'Elliot Head.

En levant les yeux, il vit, perché sur le plat-bord arrière à bâbord, à moins de trois mètres de lui, un jeune goéland argenté aux ailes blanches et à la gorge large et évasée, qui semblait le regarder d'un œil arrogant. Kabuo étendit lentement le bras derrière lui pour ouvrir à fond la vanne du tuyau, et l'eau, jaillissant avec plus de force, alla frapper le pont arrière. Il se détourna légèrement pour observer le goéland du coin de l'œil : celui-ci n'avait pas bougé. Un demi-tour rapide vers la gauche, et le jet de la lance atteignit l'oiseau par le travers. Surpris, celui-ci essaya de lutter pour se soustraire à la force impitoyable de l'eau, mais sa tête alla frapper le plat-bord du *Channel Star,* au mouillage le long de l'*Islander.*

Lorsque Art Moran et Abel Martinson, tous deux munis de torches, arrivèrent près du bateau, Kabuo, sa lance toujours à la main, était à bâbord, près du plat-bord arrière, incapable de détacher les yeux de l'oiseau agonisant.

Par deux fois, le shérif se passa la main en travers de la gorge. « Coupez votre moteur, finit-il par hurler.

– Et pourquoi ? demanda Kabuo.

– J'ai un mandat, répondit le shérif, en le sortant de sa poche. Il faut qu'on fouille votre bateau. »

Les yeux de Kabuo se plissèrent, puis son visage se durcit. Il ferma la vanne et regarda le shérif droit dans les yeux. « Vous pensez en avoir pour longtemps ? demanda-t-il.

– Pas la moindre idée. Mais ça se pourrait bien.

– Et qu'est-ce que vous cherchez au juste ?

– Une arme. Nous pensons que vous n'êtes pas étranger à la mort de Carl Heine. »

Kabuo plissa encore un peu plus les yeux et laissa tomber la lance sur le pont. « Ce n'est pas moi qui ai tué Carl Heine, shérif. Je vous jure que ce n'est pas moi.

– Alors, qu'est-ce que ça peut bien vous faire qu'on fouille votre bateau ? » dit Art Moran en montant à bord.

Il contourna la cabine, accompagné d'Abel Martinson, puis ils descendirent dans le cockpit. « Vous voulez peut-être jeter un coup d'œil à ça ? dit le shérif à Kabuo, en lui tendant le mandat de perquisition. Pendant ce temps, nous, on va se mettre au travail. Si on ne trouve rien, on vous laisse partir.

– Alors, ça ne saurait tarder, dit Kabuo. Parce qu'il n'y a rien à trouver.

– Eh bien, c'est parfait. Et maintenant, coupez votre moteur. »

Les trois hommes entrèrent dans la cabine et Kabuo abaissa la manette qui se trouvait près de la barre. Un grand silence se fit. « Voilà. Vous pouvez y aller, dit-il.

– Vous en faites pas comme ça. Reposez-vous donc un moment sur votre couchette. »

Kabuo s'assit et lut le mandat ; puis il observa Abel Martinson qui passait au crible le contenu de sa boîte à outils. L'adjoint du shérif examina chacune des pièces du jeu de clés à la lumière de sa torche, dont il balaya ensuite le sol de la cuisine. Il s'agenouilla devant le compartiment à batteries, dont il souleva le couvercle avec un tournevis, et l'examina en détail. « Des D-6 », dit-il tout haut.

Voyant que Kabuo ne réagissait pas, Abel remit le couvercle en place et rangea le tournevis ; puis il éteignit sa torche.

« Le moteur est bien sous la couchette ? demanda-t-il.

– Oui, répondit Kabuo.

– Alors, je vais vous demander de vous lever et de me débarrasser le matelas. Je voudrais jeter un œil là-dessous, si ça ne vous fait rien.

– À votre aise », dit Kabuo, qui se leva, roula matelas et couverture et ouvrit le panneau du compartiment moteur.

Après avoir rallumé sa torche, Abel passa la tête par l'ouverture. « Ça va, dit-il au bout d'un instant. Vous pouvez tout remettre en place. »

Ils sortirent et gagnèrent le pont arrière, Abel Martinson ouvrant la marche. Le shérif examinait méthodiquement tout ce qui lui tombait sous la main : équipement de pluie, gants de caoutchouc, flotteurs, lignes, lance d'arrosage, ceinture de sauvetage, balai-pont, seaux de toutes sortes. Il fit lentement le tour du bateau, vérifiant les amarres sur chaque taquet, avant de s'agenouiller près de l'ancre à l'avant, l'air préoccupé. Il finit par revenir vers l'arrière, la torche à la ceinture.

« Je vois que vous avez remplacé une de vos amarres il n'y a pas longtemps, dit-il à Kabuo. Celle du deuxième taquet à bâbord. Elle a l'air toute neuve.

– Oh, ça fait déjà quelque temps qu'elle est là, dit l'autre.

– Ah bon ! Si vous le dites..., dit le shérif, peu convaincu. Abel, viens m'aider à tirer ce panneau. »

Tandis qu'ils essayaient de voir à l'intérieur, l'odeur de saumon qui s'échappait de la cale les saisit à la gorge. « Y a rien, dit Abel. Et maintenant, qu'est-ce qu'on fait ?

– Saute-moi donc là-dedans, dit le shérif, histoire de jeter un œil. »

L'adjoint se laissa glisser dans la cale. À genoux, il alluma sa torche et fit semblant d'inspecter l'endroit.

« Ben, je vois rien de spécial, dit-il.

– Il n'y a rien à voir, dit Miyamoto. Vous perdez votre temps et vous me faites perdre le mien par la même occasion. Il faut absolument que je sorte.

– Allez, remonte », dit Art Moran à Martinson.

Abel se tourna à tribord, les mains sur le surbau de l'écoutille. Kabuo le vit regarder sous le plat-bord, à l'endroit où une gaffe était coincée contre la paroi. « Regardez-moi ça », dit Abel.

Il remonta sur le pont et tendit l'objet au shérif. C'était une solide gaffe d'un mètre de long qui se terminait par un gros hameçon en acier.

« Il y a du sang dessus, fit-il remarquer.

– C'est du sang de poisson, dit Kabuo. Il m'arrive de m'en servir pour harponner les grosses pièces.

– Qu'est-ce que du sang de poisson viendrait faire à cette extrémité ? demanda Art. Je comprendrais qu'il y en ait à l'autre bout, du côté du crochet, mais à cet endroit ? Là où on tient la gaffe ? C'est bizarre.

– Mais non, dit Kabuo. On s'en met souvent plein les mains. N'importe quel pêcheur vous le dira. »

Le shérif enroula autour du manche un mouchoir qu'il avait sorti de la poche arrière de son pantalon et tendit la gaffe à Abel Martinson. « Je l'emporte pour la faire analyser, dit-il. Le mandat m'y autorise. Je me demande si vous accepteriez de ne pas sortir en mer jusqu'à ce que je vous recontacte. Je me doute bien que ce n'est pas l'envie qui vous en manque, mais vaudrait mieux rentrer chez vous et attendre la suite des événements. Sinon, je me verrai dans l'obligation de vous arrêter pour vous placer en garde à vue.

– Je ne l'ai pas tué, dit Kabuo Miyamoto. Et je ne

peux pas me permettre de ne pas sortir. Pas par une nuit comme celle qui s'annonce, et puis...

– Alors, vous êtes en état d'arrestation, l'interrompit Art Moran. Je ne vais pas courir le risque de vous laisser partir pour que vous filiez au Canada.

– Y a pas de danger, répliqua Kabuo. Si je pars, c'est pour pêcher. Demain matin, quand on se reverra, vous saurez que ce n'est pas le sang de Heine qui est sur ma gaffe. »

Le shérif secoua la tête et glissa les mains dans sa ceinture, passant les pouces par-dessus la boucle.

« Pas question que vous partiez, dit-il. Je vous arrête. Désolé, on vous emmène. »

Le shérif se dit tout à coup que son enquête avait commencé à peine cinq heures auparavant. *Sherlock Holmes :* le nom dont Horace Whaley l'avait affublé lui revint en mémoire ; ainsi que ses nausées devant le cadavre de Carl, le scalp rabattu sur les yeux et des esquilles plein le cerveau. Puis il y avait eu Susan Marie, une couche sur l'épaule, un biberon à la main... Pas la jeune femme bien mise qui, lors des réunions paroissiales, l'invitait à se servir, mais celle qui s'était affaissée sur les escaliers, les pieds écartés, le biberon posé à côté d'elle. C'était vrai qu'il avait fini par jouer les Sherlock Holmes, par se piquer au jeu. Au départ, pourtant, il avait bel et bien pensé n'avoir affaire qu'à une simple noyade. Carl Heine était tombé à la mer, comme d'autres avant lui, et il était mort : de tels accidents n'étaient pas rares. Art Moran croyait à la fatalité et son métier n'avait rien fait pour l'en dissuader. Il savait qu'il n'en finirait jamais des malheurs et des misères dont il était le témoin depuis déjà tant d'années. À cet égard, la vie sur l'île n'était pas différente de ce qu'elle était ailleurs, et elle n'était pas toujours belle à voir.

Ce n'est qu'à cet instant qu'il prit conscience de la

situation : il avait un meurtre sur les bras. Il aurait dû s'y attendre depuis longtemps. Même pris au dépourvu, il s'était comporté en vrai professionnel : Horace Whaley ne se moquerait plus de l'apprenti Sherlock Holmes. Art dut cependant reconnaître qu'en dépit de son arrogance le médecin avait vu juste en le mettant sur la piste d'un Japonais, ce même Japonais vers lequel l'avaient inexorablement mené les témoignages de tous ceux qu'il avait interrogés.

Art Moran regarda Kabuo Miyamoto dans les yeux, comme pour y chercher la vérité. Dans ce regard dur, sur ce visage fier et impassible, il n'y avait rien – aucun indice, aucun signe. Mais l'homme avait sûrement quelque chose à cacher. « Je vous arrête, répéta Art. Je vous soupçonne de ne pas être étranger à la mort de Carl Heine. »

19

À huit heures et demie le matin du 7 décembre, tous ceux qui étaient venus assister à l'audience se félicitaient de la chaleur qui régnait dans la salle. Ils avaient laissé leurs manteaux humides au vestiaire, mais l'odeur de la neige s'accrochait encore à leurs cheveux et à leurs habits. Ed Soames avait remonté la chaudière à la demande du premier juré : plusieurs membres du jury s'étaient plaints d'avoir passé une nuit très inconfortable à l'Amity Harbor Hotel. Les gémissements des radiateurs conjugués au claquement du vent contre les vitres les avaient empêchés de dormir. Isolés au deuxième étage, ils avaient passé la soirée à se demander si la neige n'allait pas obliger le juge à suspendre les audiences, puis la nuit à grelotter dans leurs lits, incapables de trouver le sommeil dans la tourmente qui secouait l'hôtel.

Ed Soames demanda aux jurés de bien vouloir excuser la médiocre qualité de leur hébergement et leur indiqua l'urne à café qui trônait dans l'antichambre et qui était à leur entière disposition pendant les suspensions d'audience. Comme il l'avait fait la veille, il leur montra le buffet contenant les quatorze tasses à café, le sucrier, et s'excusa de ne pouvoir proposer de crème : l'épicerie avait été dévalisée.

Lorsqu'ils furent tous prêts, Ed Soames conduisit les jurés dans la salle. Les reporters s'installèrent, on fit entrer l'accusé, Eleanor Dokes reprit sa place au sténotype. À la demande de Soames, tous se levèrent au moment où Lew Fielding, toujours aussi impassible, faisait son entrée et gagnait son fauteuil comme si la salle avait été vide. Le menton calé sur le poing, il fit un signe de tête à Alvin Hooks. « Deuxième jour d'audience, lui dit-il, mais la parole est toujours au ministère public. Allez-y, maître. Faites appeler votre témoin. »

Alvin Hooks se leva et remercia le juge. Il était rasé de frais, avait la mine reposée, et son costume de serge aux épaules rembourrées lui donnait un air très soigné. Lorsqu'il eut annoncé : « Le ministère public appelle à la barre le docteur Sterling Whitman », un inconnu se leva dans la salle, passa le portillon et gagna la barre des témoins où Ed Soames lui fit prêter serment. Il faisait plus d'un mètre quatre-vingt-dix, et son costume semblait trop petit pour lui. Sa veste faisait des plis aux aisselles, et ses manches découvraient les poignets de sa chemise.

« Docteur Whitman, dit Alvin Hooks, je vous remercie d'avoir bravé les éléments déchaînés pour venir témoigner devant ce tribunal. Je crois savoir que bien peu de personnes ont été suffisamment courageuses pour prendre le ferry de six heures vingt-cinq ce matin. C'est bien ça, n'est-ce pas ?

– Tout à fait, dit l'autre. Nous n'étions que six.

– Six pour une traversée mouvementée dans une terrible tempête de neige.

– C'est exact. »

Décidément, il était trop grand et, assis dans le box, il avait l'air d'une cigogne qu'on aurait essayé de faire entrer dans une caisse à claire-voie.

« Docteur Whitman, dit l'avocat, vous êtes hématologue au General Hospital d'Anacortes. C'est bien cela ?

– C'est exact, en effet.

– Et depuis combien de temps exercez-vous ?

– Sept ans.

– Pouvez-vous nous dire, docteur, quelle a été la nature de votre travail pendant toutes ces années ?

– L'hématologie, exclusivement.

– Bien. Et en quoi consiste exactement le travail d'un hématologue ?

– Je suis spécialiste des affections sanguines, dit-il en se grattant la nuque et l'oreille gauche. Je m'occupe surtout de prélèvements et d'analyses, en collaboration avec les médecins de l'hôpital.

– Bien. J'imagine qu'on pourrait, au vu de votre expérience, vous qualifier d'expert en la matière. Vous-même, diriez-vous que vous avez acquis une certaine compétence, notamment dans la détermination des groupes sanguins ?

– Bien évidemment, dit Sterling Whitman. Il s'agit là pour un hématologue d'un travail de routine.

– Très bien, dit Alvin Hooks. Pouvez-vous nous dire maintenant s'il est bien exact que le soir du 16 septembre dernier – assez tard dans la soirée – le shérif de ce comté vous a demandé d'analyser une tache de sang qui se trouvait sur une gaffe de pêcheur ?

– C'est tout à fait exact. »

Alvin Hooks pivota sur les talons et fit un signe à Ed Soames, qui immédiatement lui tendit la gaffe.

« Docteur Whitman, je vais vous demander d'examiner l'objet enregistré à la demande du ministère public comme pièce à conviction 4-B.

– C'est chose faite, dit celui-ci au bout d'un instant, après avoir pris l'objet des mains de l'avocat et l'avoir examiné.

– Bien. Reconnaissez-vous cette gaffe, docteur Whitman ?

– Oui. C'est bien celle que le shérif Moran m'a apportée le soir du 16 septembre, en me demandant de procéder à des analyses. »

Alvin Hooks reprit la gaffe et la posa bien en vue sur la table destinée à recevoir les pièces à conviction. Puis il s'empara d'une chemise dans sa pile de dossiers et revint à la barre.

« Docteur Whitman, voulez-vous regarder ce document que le ministère public se propose de faire enregistrer comme pièce à conviction 5-A et nous dire si vous le reconnaissez ?

– Bien sûr. Il s'agit du rapport que j'ai rédigé à la demande du shérif Moran.

– Pouvez-vous nous certifier qu'il s'agit de votre rapport ?

– Il semble bien que oui. Oui, j'en suis même certain, dit le docteur après l'avoir feuilleté.

– Et il est bien signé de votre main ?

– Oui.

– Je vous remercie, docteur. Votre Honneur, dit Hooks en reprenant la chemise et en s'adressant au juge, je sollicite l'enregistrement de la pièce à conviction 5-A.

– Pas d'objection », dit Nels Gudmundsson après s'être raclé la gorge.

Une fois le document enregistré par le juge et dûment estampillé par l'huissier, Alvin Hooks le remit dans les mains du médecin.

« Docteur Whitman, pouvez-vous maintenant nous résumer les principales conclusions de votre rapport ?

– Certainement, dit celui-ci, mal à l'aise. Premièrement, le sang qui était sur la gaffe était du sang humain, car il a aussitôt réagi aux anticorps. Deuxièmement, il était du type B positif. L'examen au microscope ne laisse aucun doute là-dessus.

– Avez-vous découvert autre chose ? demanda Alvin Hooks.

– Oui. À la demande du shérif, j'ai fait des recherches dans les dossiers de l'hôpital pour voir si l'on n'avait pas quelque chose sur un pêcheur du nom de Carl Heine. Or, il se trouve que Mr Heine s'était présenté chez nous à plusieurs reprises après la guerre pour une série d'examens. J'ai donc consulté le dossier médical transmis par l'armée et j'en ai consigné les principaux éléments dans mon rapport. Le groupe sanguin de Mr Heine était B positif.

– B positif ? dit Alvin Hooks. Donc du même type que le sang trouvé sur la gaffe ?

– En effet, dit Sterling Whitman.

– Mais ce groupe sanguin est sans doute assez répandu, docteur. Pouvez-vous prouver qu'il s'agissait bien du sang de Carl Heine ?

– Non, bien sûr. Mais ce que je peux dire, c'est qu'il s'agit d'un groupe rare. Il est statistiquement prouvé que seuls dix pour cent des hommes de race blanche appartiennent à ce groupe.

– Pas plus d'un homme de race blanche sur dix ?

– C'est exact. »

Alvin Hooks passa devant les jurés et s'approcha du banc de l'accusé. « Docteur Whitman, dit-il, l'accusé ici présent a pour nom Kabuo Miyamoto. Ce nom est-il mentionné dans votre rapport ?

– Oui.

– À quel titre ?

– Eh bien, le shérif m'avait demandé de vérifier si nous avions un dossier à ce nom, et dans ce cas, de procéder à quelques vérifications. Là encore, j'ai trouvé le dossier médical de l'armée. La fiche établie au moment de l'incorporation de Kabuo Miyamoto indique que son groupe sanguin est O négatif.

– O négatif ?

– Oui, c'est bien cela.

– Et le sang sur la gaffe que vous aviez dans les mains il y a un instant était du groupe B positif ?

– C'est exact.

– Donc, ce sang ne peut être celui de l'accusé ?

– En aucun cas.

– Ce n'était pas non plus du sang de saumon ou du sang animal ?

– Non.

– Il était bien du même type que celui du défunt ?

– Oui.

– Un type que vous qualifieriez de rare ?

– Oui.

– Merci, docteur Whitman. Je n'ai pas d'autres questions. »

Nels Gudmundsson se leva alors, comme toujours à grand-peine, pour procéder au contre-interrogatoire du témoin. En cette deuxième journée du procès, l'avocat de la défense était devenu un objet d'amusement pour les journalistes, qui ne se privaient pas de sourire chaque fois qu'il se raclait la gorge ou essayait tant bien que mal de se lever ou de s'asseoir. Ils avaient devant eux un vieil homme affublé de bretelles, n'y voyant que d'un œil, et qui avait de grands fanons mal rasés à la peau irritée et rosâtre d'où sortaient quelques longs poils argentés. Et pourtant, si ridicule qu'il pût sembler à certains moments, Nels Gudmundsson imposait le respect aux reporters lorsqu'il passait devant eux et qu'ils pouvaient voir battre ses tempes ou s'allumer une étincelle au fond de son œil.

« Docteur Whitman, commença Nels, verriez-vous un inconvénient à répondre à quelques questions ? »

Le médecin fit savoir qu'il était venu à San Piedro expressément dans cette intention.

« Bien, dit Nels. Reprenons : il y avait donc du sang sur cette gaffe de pêcheur ?

– Oui, je viens de témoigner dans ce sens.

– Et ce sang, où était-il exactement ? demanda Nels, qui prit la gaffe et la mit sous les yeux du témoin. À quelle extrémité ? Celle du crochet ou l'autre ?

– L'autre, répondit le docteur, qui montra l'endroit.

– Donc ici ? dit Nels en mettant la main à l'endroit indiqué. Le sang était bien sur ce manche de bois ?

– Oui.

– Et il n'avait pas été absorbé ? Avec ce genre de bois, c'est étonnant, non ?

– Il en restait suffisamment pour me fournir un prélèvement exploitable.

– Et comment vous y êtes-vous pris ? demanda Nels, qui avait toujours la gaffe à la main.

– J'ai raclé un peu le bois. C'est ce qu'on fait d'habitude avec le sang séché.

– Je vois. Et qu'avez-vous utilisé ? Une petite lame ?

– Oui, en effet.

– Vous avez ensuite placé votre prélèvement sur une lamelle et observé le tout au microscope ?

– Exactement.

– Et vous avez vu quoi ? Du sang et des fragments de bois ?

– Exactement.

– Et rien d'autre ?

– Rien d'autre.

– Vous en êtes sûr ?

– Absolument.

– Pas de fragments d'os, de cheveux, de peau ?

– Rien de tout cela, dit le docteur en secouant énergiquement la tête. Je l'ai déjà dit tout à l'heure, et c'est ce qui figure dans mon rapport.

– J'en prends acte, dit Nels. Mais est-ce que cela ne vous paraît pas un peu bizarre ? Si l'on s'était servi de cet instrument pour frapper quelqu'un à la tête, il y aurait des traces, vous ne croyez pas ? Des cheveux, par exemple, des esquilles ou des fragments de cuir chevelu, le genre de choses que l'on associe à une blessure à la tête. Qu'en pensez-vous, docteur ?

– On m'a demandé de faire deux analyses, et je les ai faites, dit le témoin. Elles ont montré que...

– Oui, oui, l'interrompit Nels, nous savons cela. Le sang sur la gaffe était du type B positif, etc. Personne ne prétend le contraire, docteur. Ce que je voudrais savoir, c'est si l'homme d'expérience que vous êtes, qui a passé plus de six ans de son existence à observer du sang au microscope, ne se serait pas attendu à voir autre chose que du sang sur un objet ayant servi à infliger une blessure à la tête ? Cela paraîtrait logique, non ?

– Je n'en sais rien.

– Vous n'en savez rien ? dit l'avocat après avoir posé la gaffe en équilibre sur la barre entre lui et le spécialiste. Le rapport du médecin légiste chargé de l'autopsie fait état, si je me souviens bien, d'" une légère lacération des tissus, d'origine récente, à la main droite, qui part du pli interne entre le pouce et l'index et va jusqu'à l'extérieur du poignet ". En d'autres termes, une coupure à la paume de la main. Serait-il possible qu'une coupure de ce genre – à supposer que la main ait empoigné le manche de la gaffe – soit à l'origine de ce sang B positif retrouvé sur l'instrument que vous avez sous les yeux ? Est-ce que cela vous paraît possible, docteur ?

– Possible, oui. Mais je ne saurais me prononcer avec certitude. Je me suis contenté de faire ce qu'on me demandait. Quant à savoir comment ce sang est venu là, je n'en ai pas la moindre idée.

– Je vous remercie de cette précision. Comme vous nous l'avez laissé entendre, il n'y a pas plus d'un homme de race blanche sur dix, c'est bien ça, qui soit du groupe B positif ? Ce qui, pour une île comme celle-ci, représenterait quelque chose comme deux cents individus. L'estimation vous paraît correcte ?

– Elle en a l'air. Voyons, dix pour cent des individus de race blanche et de sexe masculin habitant...

– Est-ce que ce pourcentage n'est pas plus élevé parmi les individus de sexe masculin d'origine japonaise ?

– Vous avez raison. La proportion est chez eux de l'ordre de vingt pour cent. Mais...

– Vingt pour cent. Merci, docteur. La population de l'île compte donc un nombre appréciable de B positifs. Mais supposons maintenant – il s'agit là d'une simple hypothèse – que le sang trouvé sur la gaffe soit bien le sang de Carl Heine, même si nous savons maintenant qu'il aurait pu être celui de centaines d'autres individus. À mon sens, il ne peut y avoir alors que deux explications à la présence de ce sang : il provient ou bien de la tête du défunt, ou bien de cette coupure à la main. La tête ou la main, docteur, c'est la seule alternative. Attendu que le sang se trouve au bout du manche et non du côté du crochet, attendu que votre examen n'a rien révélé d'autre que du sang, et, en particulier, aucun de ces fragments qui auraient pu indiquer une blessure à la tête, quelle est votre conclusion ? À supposer que ce soit le sang de Carl Heine, diriez-vous qu'il vient de la tête ou de la main ?

– Je n'en ai pas la moindre idée, dit Sterling Whitman. Je suis hématologue, pas détective.

– Je ne vous demande pas de jouer au détective. Je veux simplement avoir votre avis sur l'origine probable de ce sang. Alors, la tête ou la main ?

– La main, j'imagine. Oui, la main, c'est ce qui paraît le plus plausible.

– Merci beaucoup, docteur, dit Nels. Et merci d'avoir bravé les éléments déchaînés pour venir témoigner aujourd'hui. » Il abandonna le témoin pour se diriger vers l'huissier, à qui il tendit la gaffe. « Voulez-vous avoir l'obligeance de ranger ceci, Mr Soames ? Nous n'en aurons plus besoin. »

Trois pêcheurs parurent ensuite à la barre – Dale Middleton, Vance Cope et Leonard George. Tous affirmèrent avoir vu, le soir du 15 septembre, le *Susan Marie* dans les eaux de Ship Channel Bank. Presque au même moment, ils avaient aussi aperçu le bateau de Kabuo Miyamoto. Leonard George expliqua à la cour que le chenal étroit et relativement peu profond de Ship Channel, semblable en cela aux autres endroits fréquentés par les fileyeurs de l'île, vous obligeait à travailler au vu et au su des autres pêcheurs et à vous déplacer avec une grande prudence, surtout au début de l'automne, où, dans le brouillard si fréquent la nuit dans cette région, on avait vite fait de passer sur le filet d'un autre et de le prendre dans son hélice. Cela expliquait pourquoi Leonard avait pu, malgré le brouillard, apercevoir tour à tour le *Susan Marie* et l'*Islander* ce soir-là entre huit heures et huit heures trente. Il se rappelait avoir vu le second d'abord, puis dix minutes plus tard, il avait croisé le premier, sur lequel Carl Heine dévidait son filet. Cela voulait dire que les deux hommes pêchaient dans les mêmes eaux, Carl à un kilomètre plus au nord et en aval, soit presque en bordure du couloir de navigation qui donnait son nom à Ship Channel Bank.

Lorsque Nels Gudmundsson demanda à Leonard George s'il était courant de voir un fileyeur en aborder un autre en pleine mer, celui-ci répondit : « Absolument pas. C'est pas souvent que ça arrive. Si vous êtes en panne et qu'on vous passe une pièce de rechange – là oui, c'est une bonne raison ; ou si vous êtes blessé ou que vous avez un gros pépin. Autrement, on aurait pas idée d'aller s'amarrer à un autre bateau. On fait notre boulot chacun dans notre coin.

– Est-ce qu'il arrive aux pêcheurs de se disputer ? J'ai entendu dire que les altercations n'étaient pas rares, surtout entre les propriétaires de fileyeurs. Est-ce vrai, Mr George ?

– Et comment ! Coupez le bouchon à un gars et il...

– " Couper le bouchon " ? l'interrompit Nels. Pouvez-vous nous dire ce que vous entendez par là ? »

Leonard George apporta alors les précisions suivantes. Un filet droit est conçu pour avoir un haut et un bas ; le bas est appelé la ligne de plomb, à cause des bagues qui courent tout du long et la tirent vers le fond ; le haut est appelé la ligne de liège, à cause des bouchons qui lui permettent de rester à la surface. Vu de loin, un filet droit apparaît comme une rangée de bouchons se terminant à un bout par l'arrière du bateau et à l'autre par un fanal de signalisation. Qu'un autre pêcheur vienne déployer son filet dans le courant en amont du vôtre, et on dit qu'il vous « coupe le bouchon », autrement dit, il vous vole votre poisson en l'interceptant. D'où des histoires sans fin. Faut alors prendre de la vitesse, dépasser l'autre gars pour aller installer son filet un peu plus loin en amont, auquel cas l'autre peut décider d'en faire autant, et c'est comme ça qu'on perd une heure à jouer à saute-mouton. Mais sans jamais s'aborder pour autant. Ça se fait pas. Chacun pour soi, chacun chez soi, y a pas d'autre règle qui vaille, sauf en cas d'urgence, quand un gars en détresse a besoin d'aide.

Après la suspension d'audience de la matinée, Alvin Hooks appela à la barre le sergent chef Victor Maples. Dans son uniforme de parade vert aux insignes de la 4e division d'infanterie, le sergent arborait ses médailles de tireur d'élite. Les boutons de sa veste, les insignes cousus à son revers et les médailles épinglées sur sa poitrine accrochaient la faible lumière de la salle d'audience. Malgré une bonne quinzaine de kilos en trop, il avait fière allure, car les kilos étaient bien répartis. C'était un homme puissant, aux bras courts et épais, au cou rentré dans les épaules, au visage poupin d'adolescent et aux cheveux en brosse coupés très court.

Le sergent chef Maples commença par expliquer à la cour que, depuis 1946, il s'occupait de l'entraînement des troupes de combat à Fort Sheridan, dans l'Illinois. Auparavant, il avait entraîné les jeunes recrues de Camp Shelby, dans le Mississippi, avant de partir pour l'Europe et de combattre en 44 et 45 sur le front italien. Il avait été blessé sur l'Arno par une balle allemande qui avait failli lui traverser la colonne vertébrale, ce qui lui avait valu la Silver Star. C'est à Livourne et à Luciana qu'il avait vu à l'œuvre le 442ᵉ, le régiment de Nippo-Américains auquel avait été affecté l'accusé.

Le sergent Maples avait eu l'occasion, au cours de sa carrière, d'entraîner des milliers d'hommes au combat corps à corps. Le corps à corps, c'était sa spécialité ; il s'était parfois occupé d'autres types d'entraînement, mais il revenait toujours à celui-là. Le sergent évoqua devant la cour la stupéfaction qui avait été la sienne lorsque, début 1943, le 442ᵉ était arrivé à Camp Shelby. Il s'agissait de jeunes recrues d'origine japonaise venant des camps d'internement et s'apprêtant à partir pour l'Europe. Parmi elles, il s'en souvenait parfaitement, se trouvait l'accusé.

S'il se rappelait Kabuo, c'était en raison d'un épisode bien particulier. Un après-midi de février, le sergent s'était retrouvé sur le terrain de manœuvres en train d'expliquer le maniement de la baïonnette à une centaine de jeunes soldats du 442ᵉ. Il les avait informés que, conformément à la règle en vigueur dans l'armée américaine qui voulait qu'on les maintienne en vie jusqu'à ce qu'ils arrivent sur le front, ils se serviraient de bâtons et non de baïonnettes et qu'ils porteraient des casques.

Le sergent avait commencé sa démonstration, puis

demandé un volontaire. Un jeune homme, qui n'était autre que l'accusé, s'était avancé au milieu du cercle formé par ses camarades et présenté à lui en s'inclinant légèrement avant de lui lancer un « Sergent ! » tonitruant. « Primo, dit celui-ci, tu n'as pas à me saluer ou à m'appeler sergent. Je suis un simple soldat, comme toi – pas un officier. Deuxio, personne ici ne s'incline devant personne. Que des officiers s'attendent à ce qu'on les salue, d'accord. Mais d'ici à s'incliner devant eux ! Dans l'armée américaine, ça se fait pas. »

Le sergent donna un bâton à Miyamoto et lui lança un casque de protection. Le ton agressif du jeune homme ne lui avait pas échappé ; il avait déjà eu l'occasion de remarquer ce Kabuo, qui s'était fait une solide réputation de combattant aguerri, efficace, prêt à tuer. Maples avait déjà rencontré des recrues de ce genre, et d'ordinaire, il ne se laissait pas impressionner. Il fixa donc son adversaire dans les yeux et dit à l'intention de tous : « Ne croyez pas que, dans un vrai corps à corps, votre ennemi va rester sans bouger. C'est une chose de s'exercer avec un mannequin ou un sac de sable ; c'en est une autre de s'entraîner avec un être humain doué de mouvement. Notre volontaire va devoir s'efforcer d'esquiver les coups de baïonnette que je vais lui porter.

– Oui, sergent, dit Miyamoto.

– Ça suffit avec tes “ sergent ”, c'est compris ? »

Le témoin expliqua à la cour sa stupéfaction quand il s'était vu dans l'incapacité d'atteindre son adversaire. Celui-ci, tout en donnant l'impression de ne pas bouger, esquivait tous les coups avec une adresse incroyable. Aucun des spectateurs ne disait mot, ni ne trahissait la moindre émotion. Le sergent s'acharna jusqu'au moment où Kabuo lui fit sauter son bâton des mains.

« Excusez-moi », dit Miyamoto, qui se baissa pour le

ramasser et le tendre au sergent. Ceci fait, il s'inclina à nouveau.

« Ces courbettes sont inutiles, dit le sergent. Je te l'ai déjà dit.

– C'est une question d'habitude, fit l'autre, quand on pratique le kendo. » Tout à coup, il releva son bâton, regarda le sergent droit dans les yeux et sourit.

Le sergent Maples avait dû alors se résoudre à l'inévitable et affronter l'accusé en combat singulier. L'affaire n'avait pas pris plus de trois secondes. Dès sa première attaque, il s'était senti basculer, puis avait eu la tête clouée au sol par la pointe du bâton, qui s'était aussitôt retirée. Déjà, son adversaire s'inclinait et l'aidait à se relever. « Excusez-moi, sergent, avait-il dit. Voilà votre bâton. »

Par la suite, le sergent avait profité de la présence de Miyamoto pour s'initier au kendo. Il n'était pas bête – comme il le fit savoir à la cour, sans la moindre trace d'humour – et avait très vite assimilé les techniques de base ainsi que le rituel qui accompagnait les combats. Passé maître dans cet art martial séculaire, il l'avait lui-même enseigné aux troupes stationnées à Fort Sheridan. Son expérience dans ce domaine l'autorisait à affirmer que l'accusé était tout à fait capable de tuer quelqu'un de beaucoup plus grand et fort que lui d'un seul coup de gaffe. Il connaissait peu d'hommes capables de résister aux attaques de Kabuo Miyamoto, que seul un initié avait quelques chances de repousser. L'accusé, à en croire le sergent, était non seulement un as du kendo, mais un individu que la violence n'effrayait pas. Il avait fait un excellent soldat, comme le prouvaient ses états de service. Non, vraiment, le sergent Victor Maples n'aurait pas été surpris outre mesure d'apprendre que Kabuo Miyamoto avait tué un homme d'un coup de gaffe : il en était tout à fait capable.

20

Lorsque s'ouvrit le procès de Kabuo Miyamoto, Susan Marie Heine avait perdu son mari depuis déjà trois mois. Mal remise de sa mort, il lui arrivait encore de passer de longues heures, surtout la nuit, à ne penser qu'à lui. Assise dans l'assistance, entourée de sa sœur et de sa mère, vêtue de noir des pieds à la tête, les yeux dissimulés derrière une voilette, Susan Marie était étrangement séduisante dans sa détresse. Il émanait d'elle une tristesse blonde et mélancolique qui attirait le regard des journalistes. Plus d'un se demandait comment l'aborder, prêt à invoquer des raisons d'ordre professionnel. Ses cheveux abondants, tressés et rassemblés en un chignon sur sa nuque, exposaient au regard de tous ce cou d'albâtre qu'Art Moran admirait tant. Le cou, les tresses blondes et les mains blanches sagement croisées devant elle contrastaient vivement avec ses vêtements noirs et lui donnaient l'air d'une jeune aristocrate allemande pleine de distinction, qui, malgré son deuil récent, n'aurait pas négligé de soigner son apparence. C'était bien l'image de la douleur qu'évoquait la jeune veuve. Ceux qui la connaissaient depuis longtemps se rendaient compte que son visage n'était plus le même, et si les moins observateurs attribuaient ses joues creusées au fait qu'elle avait omis de se nourrir correctement depuis la mort de Carl, les plus perspicaces y voyaient le signe d'une dégradation plus profonde affectant moins le corps que l'âme. Le pasteur de la First Hill Lutheran Church avait, quatre dimanches de suite, demandé à l'assemblée de prier non seulement pour le repos de Carl Heine mais pour que Susan Marie « avec le temps connaisse à nouveau la joie ». C'est dans ce but que quelques dames patronnesses avaient veillé à ce qu'elle et ses enfants trouvent un souper chaud tous les soirs pendant un mois ; de son côté, Einar Petersen lui avait régulièrement fait livrer des provisions à domicile. Chacun, à sa manière, cherchait à soulager son affliction.

Alvin Hooks n'ignorait pas le parti qu'il pouvait tirer de Susan Marie Heine. Il avait appelé à la barre le shérif et le coroner du comté, la mère de la victime et le vieux Suédois à qui le défunt voulait racheter la ferme de son père. Puis il avait fait comparaître plusieurs témoins mineurs – Sterling Whitman, Dale Middleton, Vance Cope, Leonard George, le sergent Maples ; il ne lui restait plus maintenant qu'à conclure l'affaire en présentant la veuve, laquelle avait déjà joué un rôle appréciable par sa seule présence aux débats. Il n'était pas possible que les jurés, les hommes surtout, trahissent cette femme en prononçant l'acquittement. Ses réponses feraient moins pour les persuader de la culpabilité de l'accusé que ce qu'elle était et ce qu'elle symbolisait.

Le jeudi 9 septembre, dans l'après-midi, Kabuo Miyamoto s'était présenté à la porte de Susan Marie et avait demandé à parler à Carl. C'était une de ces journées ensoleillées comme on en voit rarement à San Piedro en septembre – même si, cette année, ils en avaient connu plusieurs au début du mois –, une journée de grosse chaleur que tempérait une forte brise du large. L'espace d'une minute, tout était silencieux, et l'instant d'après arrivait une rafale qui sentait le sel et les algues et qui agitait le feuillage des arbres dans un bruit de vagues se brisant sur la grève. Le vent s'engouffra dans la chemise de Kabuo Miyamoto, relevant le col et gonflant les épaules. La bourrasque passée, la chemise retomba, et Susan Marie invita l'homme à entrer et à attendre dans le salon le temps qu'elle aille chercher son mari.

« Je peux très bien attendre ici, dit le Japonais. Il fait tellement beau.

– Vous n'y pensez pas, protesta-t-elle, en s'écartant de la porte. Vous n'allez pas rester en plein soleil. Entrez donc au salon. Il fait frais à l'intérieur.

– Merci, dit-il. Vous avez une belle maison.

– C'est Carl qui l'a construite, dit Susan Marie. Je vous en prie, entrez et asseyez-vous. »

L'homme passa la porte, tourna sur sa gauche et s'assit au bord du canapé. Le dos droit, il gardait une attitude cérémonieuse, comme s'il craignait de se montrer impoli en prenant ses aises. Avec une lenteur délibérée qui frisait l'affectation, il croisa les mains et se figea sur son siège.

« Je vais prévenir Carl, dit Susan Marie. J'en ai pour une minute.

– Très bien, dit le Japonais. Je vous remercie. »

Carl et les garçons étaient occupés à tailler les framboisiers, et elle les trouva près des espaliers du mur sud. Carl, les genoux fléchis, maniait le sécateur, tandis que les garçons, torse nu, remplissaient la brouette. Elle les appela de loin. « Carl, il y a quelqu'un pour toi. Kabuo Miyamoto. »

Ils se retournèrent, les garçons petits et frêles au pied des framboisiers, à côté du géant à barbe brune qu'était leur père. Ce dernier ferma son sécateur et le glissa dans l'étui qui pendait à sa ceinture. « Kabuo ? dit-il. Où est-il ?

– Au salon. Il t'attend.

– Dis-lui que j'arrive. »

Carl installa les deux garçons sur le bois mort entassé dans la brouette. « Allez, on y va. Faites attention de ne pas vous piquer. »

De retour à la maison, Susan Marie proposa une tasse de café à son visiteur. « Non, merci, dit Kabuo.

– Ça ne me dérange pas du tout, insista-t-elle.

– C'est vraiment gentil à vous. Vous êtes très aimable.

– Alors, c'est oui ? J'allais en faire pour Carl et moi.

– D'accord. Merci beaucoup. J'en prendrai une tasse avec vous. »

Il n'avait pas bougé d'un pouce. Elle trouvait cette immobilité un peu inquiétante et était sur le point de l'inviter à s'installer confortablement sur le canapé et à se détendre, quand Carl entra. Aussitôt, l'autre se leva.

Elle regarda les deux hommes aller à la rencontre l'un de l'autre pour se serrer la main, son mari plus grand d'une vingtaine de centimètres, la barbe hirsute, la carrure impressionnante, le T-shirt trempé de sueur. « Et si on sortait un moment ? suggéra Carl. Histoire de marcher un peu en faisant le tour de la propriété.

– Pourquoi pas ? dit Kabuo. J'espère que je ne te dérange pas.

– On sort, dit Carl en se tournant vers Susan Marie. On en a pas pour bien longtemps.

– Entendu. Je prépare le café. »

Une fois seule, elle monta voir le bébé. Elle se pencha sur le berceau pour sentir le souffle tiède de la petite fille et lui effleurer la joue. Par la fenêtre, elle vit la tête des garçons qui émergeait de l'herbe dans laquelle ils étaient assis à côté de la brouette renversée, occupés à faire des fagots avec le bois mort.

Susan Marie n'ignorait pas que Carl était allé trouver Ole Jurgensen et lui avait déjà versé des arrhes. Elle n'ignorait pas non plus l'attachement de Carl pour la vieille maison d'Island Center, ni sa passion pour la culture des fraises. Et pourtant, elle ne voulait pas quitter la maison de Mill Run Road, sa lumière dorée, ses parquets vernis, ses poutres dans la chambre du haut, sa vue sur la mer par-delà les champs de framboisiers. Jamais elle ne s'était sentie aussi triste à l'idée de déménager. Sa vie n'avait pas toujours été facile. Fille d'un paysan qui avait bien du mal à joindre les deux bouts en vendant son foin et ses douves, elle avait passé des journées entières à tailler des douves, courbée sur un billot de cèdre, armée d'une herminette et d'un maillet, ses longs cheveux blonds lui tombant dans les yeux. Elle avait deux sœurs, l'une plus âgée, l'autre plus jeune, et elle se souvenait du jour d'hiver où cette dernière, emportée par la tuberculose, avait été enterrée à Indian Knob Hill, dans la section luthérienne du cimetière : le sol était gelé et il avait fallu presque toute la matinée pour creuser la tombe de la petite Ellen.

Sa rencontre avec Carl Heine, c'était elle qui l'avait voulue. À San Piedro, une femme aussi jolie qu'elle pouvait se le permettre, à condition de ne pas se montrer trop provocante. Un samedi soir – elle avait vingt ans et travaillait comme vendeuse à la pharmacie Larsen –, elle s'était retrouvée, vers onze heures et demie, sur une colline surplombant le dancing de West Port Jensen, adossée à un cèdre, tandis que Carl lui caressait les seins de ses mains rêches. Des lanternes étaient accrochées dans les arbres, et à travers les troncs serrés, elle distinguait les feux des bateaux de plaisance dans la baie. Un peu de lumière parvenait jusqu'à eux, assez pour lui permettre d'apercevoir son visage, large, hâlé et serein, d'une banalité familière, sur lequel la guerre avait pourtant laissé l'empreinte de son mystère.

Carl commença à lui embrasser le cou, et elle dut rejeter la tête en arrière pour lui faciliter les choses. Les yeux dans les branches des cèdres et leur parfum dans les narines, elle sentit les lèvres de l'homme descendre lentement sur sa peau jusqu'au sillon entre ses seins. Elle le laissa faire. Elle se rappelait très bien l'avoir laissé faire, poussée par un désir intense et profond, sans cette résignation dont elle avait fait preuve avec les deux garçons qui avaient précédé ce pêcheur à barbe brune. La caresse de cette barbe sur ses seins lui procurait une sensation étrange. « Carl », murmura-t-elle, sans pouvoir rien ajouter, faute de connaître les mots. Au bout d'un instant, il appuya les mains sur le tronc de l'arbre, encerclant sa tête de ses bras musclés, la retenant prisonnière entre lui et le cèdre. Son regard fouilla le sien, sans pudeur ni gêne, puis il l'embrassa, dégrafa son corsage et, sans cesser de la regarder, l'embrassa à nouveau. D'un mouvement instinctif et lascif, qui trahissait son désir et la laissa stupéfaite, elle se pressa contre lui.

Elle n'était pas autrement surprise de se retrouver là, dans les bras de Carl Heine, au bal de West Port Jensen, puisque c'était elle qui l'avait voulu. À dix-sept ans, consciente du pouvoir qu'elle exerçait sur les hommes, elle avait d'abord été saisie d'étonnement face à cette image d'une femme séduisante aux seins épanouis et aux hanches pleines que lui renvoyait la glace, puis elle en avait conçu un certain plaisir. Son corps suggérait rondeur et fermeté, force et douceur, et son abondante chevelure dorait ses épaules d'un éclat blond. Elle avait des seins lourds, qui l'avaient d'abord embarrassée pour bientôt la réjouir quand elle en avait constaté les effets sur le sexe opposé. Mais Susan Marie n'était pas du genre à flirter, ni même à laisser voir qu'elle se savait séduisante. Avant Carl, elle était sortie avec deux garçons, mais elle avait veillé à ce que les choses n'aillent pas trop loin. Elle ne voulait pas se voir réduite à une paire de seins, toute fière qu'elle fût de sa plastique – fierté qui l'abandonna peu à peu lorsqu'elle eut mis au monde un deuxième enfant et que sa poitrine, maltraitée par deux jeunes gloutons, eut cessé d'avoir pour elle l'importance et le sens qu'elle avait eus jusqu'alors. Maintenant, elle portait un soutien-gorge renforcé à la base pour la maintenir en place.

Trois mois de mariage suffirent à la convaincre qu'elle avait fait le bon choix. À sa manière grave et silencieuse, Carl était un homme attentionné sur qui on pouvait compter. Le soir, il partait pêcher, ne rentrant qu'au petit matin. Alors, il mangeait, se douchait, et ils se mettaient au lit. Il se passait souvent les mains à la pierre ponce, si bien que ses caresses étaient douces lorsqu'il la prenait dans ses bras. Ils essayaient toutes les positions, leurs deux corps enlacés se découpant dans la lumière du matin qui filtrait à travers le store. Elle découvrit en son mari un amant attentif, cherchant toujours à la combler, prompt à interpréter chacun de ses mouvements. Lorsqu'il la sentait près de l'orgasme, il se retirait juste à temps pour redoubler son plaisir. Elle devait alors le mettre sur le dos, l'obliger à s'enfoncer en elle à nouveau, se redresser, tandis que lui, maintenant à demi assis, les muscles du ventre bandés, lui caressait et lui embrassait les seins. C'est souvent dans cette position qu'elle jouissait, totalement maîtresse de ses sensations, accordant son corps au rythme de celui de Carl. Lui s'arrangeait pour jouir au moment où elle était en plein orgasme, la forçant ainsi à en chercher un deuxième, à propos duquel le pasteur de la First Hill Lutheran Church n'aurait rien eu à dire pour la bonne raison qu'il était loin de soupçonner que la chose fût possible.

Puis Carl dormait jusqu'à une heure de l'après-midi, mangeait à nouveau avant d'aller travailler dehors. Quand elle lui annonça qu'elle était enceinte, il fut tout heureux. Ils continuèrent à faire l'amour jusqu'au début du neuvième mois. Quelque temps après la naissance, Carl acheta son bateau. Le jour où il le baptisa « Susan

Marie », elle monta à bord avec le bébé, et ils partirent vers le large. L'île ne fut bientôt plus qu'une ligne noire à l'horizon. Assise sur l'étroite couchette, elle berçait le bébé, tandis que Carl était à la barre. Ils déjeunèrent de sardines, de poires et de noisettes. Plus tard, alors que le bébé s'était endormi, ce fut au tour de Susan Marie, montée sur une palette, de piloter le bateau. Carl vint se planter derrière elle et se mit à lui masser les épaules, puis le dos et les fesses. Ses mains se crispèrent sur la barre lorsqu'il souleva sa jupe et fit glisser sa culotte. Elle se pencha en avant, tendit les mains en arrière pour agripper les hanches de son mari et, les yeux fermés, se mit à se balancer.

Telles étaient les images qui défilaient dans la tête de Susan Marie, rêvant à la fenêtre de la chambre du bébé. Elle constatait, non sans inquiétude, que leur vie sexuelle était au cœur de leur mariage. Si elle devait se dégrader, qu'adviendrait-il de leur union ? Plus tard, quand ils seraient moins jeunes et moins ardents, quand leur désir se serait émoussé, que leur resterait-il ? Elle préférait n'y pas penser, n'osant envisager le jour où ils n'auraient plus rien à partager si ce n'est son silence et ses obsessions – la maison, son bateau, ses plantations.

Elle vit son mari et Kabuo Miyamoto atteindre les limites de leur terrain, puis disparaître derrière une petite éminence. Elle se pencha pour caresser les cheveux du bébé et redescendit.

Au bout d'une vingtaine de minutes, Carl rentra seul, mit un T-shirt propre et alla s'asseoir sur les marches de la véranda, la tête entre les mains.

Elle sortit, une tasse de café dans chaque main, et s'assit près de lui. « Qu'est-ce qu'il voulait ? demanda-t-elle.

– Rien, répondit Carl. On avait à parler de quelque chose. Rien d'important.

– Fais attention, c'est chaud, dit Susan Marie en lui tendant une tasse.

– Merci.

– J'en avais fait pour lui. Je pensais qu'il allait rester un moment.

– C'était rien. Une vieille histoire.

– Qu'est-ce qu'il y a, au juste ? demanda-t-elle en lui passant le bras autour du cou.

– Je sais pas quoi faire. Il veut récupérer sept acres sur les terres d'Ole Jurgensen. Il voudrait les racheter, soit à Ole, soit à moi.

– Sept acres ? Pour quoi faire ?

– Tu sais bien, ma mère n'arrête pas d'en parler. C'est cette terre que sa famille avait achetée dans le temps.

– C'est donc ça ! dit Susan Marie. Quand je l'ai vu, je m'en suis tout de suite doutée. »

Carl ne répondit rien. C'était un homme de peu de mots, qui n'aimait pas s'expliquer, entrer dans les détails. Il y avait en lui une part secrète qu'elle désespérait de comprendre un jour et qu'elle mettait sur le compte de la guerre. Si le plus souvent elle respectait son mutisme, parfois cette attitude l'agaçait.

« Qu'est-ce que tu lui as répondu, Carl ? demanda-t-elle. Est-ce qu'il est parti en colère ?

– Bon Dieu, qu'est-ce que tu voulais que je lui réponde ? » explosa-t-il. Il prit soin de poser sa tasse. « Faut que je réfléchisse. On est pas tout seuls, y a ma mère. Tu sais comment elle est. Si je laisse Kabuo revenir là-bas... » Il haussa les épaules, l'air désemparé. L'espace d'une seconde, elle vit les rides gravées par le vent au coin de ses yeux bleus. « Je lui ai dit qu'il fallait me donner un peu de temps pour réfléchir, pour en parler avec toi. Je lui ai dit que ma mère lui en voulait – à cause de cette façon qu'il a de la regarder. Quand j'ai commencé à parler d'elle, son visage s'est fermé, il s'est raidi. Il est resté poli, mais il m'a plus regardé. Il a pas voulu entrer prendre une tasse de café. C'est sûrement de ma faute. Je suis pas arrivé à m'expliquer. Susan, j'ai pas pu lui PARLER. J'ai pas su trouver les mots... »

Il s'interrompit, mais elle ne dit rien, consciente qu'il s'agissait d'un de ses « moments », comme elle les appelait. Elle n'avait jamais réussi à savoir si Carl et Kabuo étaient amis ou pas. Elle venait de les voir ensemble pour la première fois et elle avait l'impression qu'il subsistait un reste de leur ancienne amitié, un respect mutuel – sentiments certes inexprimés, mais sans doute bien réels. D'un autre côté, elle pouvait se tromper et avoir pris pour de la cordialité et de la chaleur ce qui n'était que politesse et empressement simulé. Peut-être qu'en fait les deux hommes se détestaient. Ce dont elle était sûre, en revanche, c'était de l'hostilité de la mère de Carl à l'égard de tous les Miyamoto. Elle parlait souvent d'eux le dimanche soir au souper, ressassant toujours les mêmes griefs. En règle générale, Carl ne disait rien ou bien acquiesçait pour la forme, avant de changer de sujet. Tout en regrettant ses dérobades et en souhaitant le voir enfin s'expliquer, Susan Marie s'était habituée à son refus de mettre les choses au point une fois pour toutes.

Dans le vent qui soudain agita la cime des aulnes, elle sentit le souffle étrange de la tiédeur de septembre. Carl lui avait dit maintes fois avoir du mal à parler aux autres depuis la guerre, même à ses plus vieux amis. C'était maintenant un homme solitaire, qui connaissait le langage de la terre, de la navigation, de la mer et de ses mains beaucoup mieux que celui des mots et du cœur. Dans un accès de tendresse, elle lui caressa l'épaule, attendant patiemment.

« Bon Dieu, dit Carl au bout d'un moment, s'il ne s'agissait que de toi, je le sens bien, on lui refilerait toute la propriété et on le laisserait se débrouiller avec.

J'ai comme l'impression que t'as pas envie d'aller habiter là-bas.

– C'est si beau ici, dit-elle. Regarde un peu autour de toi.

– Mais pense à ce qu'il y a là-bas. Soixante-cinq acres, Susan. »

Bien sûr, elle comprenait. Il avait besoin d'espace, d'un vaste champ d'action. C'était ce qu'il avait connu dans son enfance, et la mer, en dépit de son immensité, ne remplacerait jamais les champs. Pour lui, l'espace était une question de survie, et sur son bateau, il se sentait à l'étroit. Et puis Susan Marie savait qu'il n'oublierait la guerre – le naufrage du *Canton,* tous ces hommes noyés sous ses yeux – que s'il quittait son bateau et devenait cultivateur, comme son père. Si c'était là pour lui le seul moyen de retrouver son équilibre, alors elle était prête à renoncer à Mill Run Road pour le suivre à Island Center.

« À supposer que tu lui vendes ces sept acres, dit-elle, ta mère ferait quoi, au pire ?

– Ça n'a pas grand-chose à voir avec elle, en définitive. » Carl secoua énergiquement la tête. « Kabuo, c'est un Jaune. Le problème, il est là. Et les Jaunes, c'est pas que je les déteste, mais je peux pas dire non plus que je les aime beaucoup. C'est difficile à expliquer, mais c'est comme ça.

– Ne dis pas des choses pareilles, Carl. Tu m'as répété plus d'une fois que c'était quelqu'un de bien, que vous étiez amis dans le temps.

– Comme tu dis, dans le temps. Mais ça, c'était avant la guerre. Maintenant, c'est différent. J'ai pas aimé la façon dont il a réagi quand je lui ai dit qu'il fallait que je réfléchisse. Comme s'il s'attendait à ce que ces sept acres, je les lui abandonne, comme ça, sans discuter, comme si... »

Un cri strident s'éleva tout à coup derrière la maison,

un cri de douleur. Carl était déjà parti avant que Susan Marie ait eu le temps de se relever. Ils trouvèrent leur fils aîné étendu sur une dalle, se tenant à deux mains le pied gauche qu'il s'était ouvert sur une des arêtes de la brouette renversée. Susan Marie s'agenouilla à côté de lui, lui embrassa le visage et le tint serré contre elle, le temps que Carl examine la blessure. Quelle tendresse il y avait mis ! Il n'avait plus rien du soldat traumatisé par la guerre. Ils avaient emmené l'enfant chez le docteur Whaley, puis Carl était parti en mer. Depuis, ils n'avaient plus jamais reparlé de Kabuo Miyamoto, et Susan Marie avait compris que le sujet était tabou, que même en sa qualité d'épouse, s'il ne l'invitait pas d'abord à le faire, il lui était interdit de rouvrir les vieilles blessures.

Que le sexe ait tenu une grande place dans leur mariage, elle en avait eu confirmation après la mort de Carl. Jusqu'à leur dernière journée qui avait été placée sous ce signe : après son retour ce matin-là, et tandis que les enfants dormaient, ils s'étaient enfermés dans la salle de bains. Carl prit sa douche pour se débarrasser de l'odeur de saumon qui lui collait à la peau, et Susan Marie le rejoignit. Elle lui lava le sexe, le sentant durcir sous ses doigts, lui passa les bras autour du cou, lui encerclant la taille de ses jambes et Carl, la soutenant sous les cuisses de ses deux mains vigoureuses, appuya la joue contre ses seins et se mit à en sucer les pointes. Ils firent l'amour, debout dans la douche, l'eau ruisselant sur leurs corps et plaquant sur son visage les cheveux blonds de Susan Marie. Ensuite, ils se lavèrent l'un l'autre, lentement, méthodiquement, puis Carl se mit au lit pour dormir jusqu'à une heure. Vers deux heures, après un déjeuner d'œufs au plat et d'artichauts, de poires au sirop et de tartines de miel de trèfle, il sortit pour vidanger le tracteur. Puis elle le vit, depuis la fenêtre de la cuisine, ramasser quelques pommes déjà tombées et les mettre dans un sac. À quatre heures moins le quart, il revint à la maison et dit au revoir aux enfants, occupés dans la véranda à boire du jus de pomme, à manger des biscuits et à jouer aux billes avec de petits galets. Il rentra dans la cuisine, enlaça sa femme, et lui dit que, à moins d'une pêche miraculeuse, il serait de retour de bonne heure, sans doute avant quatre heures, le lendemain matin. Puis il partit pour les docks d'Amity Harbor. Elle ne devait plus le revoir.

21

Nels Gudmundsson prit soin de se tenir à une certaine distance de la barre des témoins quand vint son tour de questionner Susan Marie Heine : s'approcher trop près de cette beauté tragique et sensuelle risquait de le faire passer pour un vieillard libidineux. Il avait une conscience exagérée de son âge et craignait de donner aux jurés une image peu flatteuse de lui-même. Un mois auparavant, un médecin d'Anacortes lui avait annoncé qu'il lui faudrait bientôt subir une ablation de la prostate, et qu'il ne produirait donc plus de sperme. Devant les questions embarrassantes du médecin, Nels, honteux, s'était vu contraint et forcé d'avouer qu'il n'avait plus d'érections. Celles qu'il avait encore étaient trop rares et surtout trop brèves pour lui permettre d'en tirer un quelconque plaisir. Ce n'est pas tant cette carence qui le préoccupait en ce moment précis que le profond sentiment de frustration que lui inspirait la femme qu'il avait devant lui, la pénible impression d'être un homme fini.

La vue de Susan Marie Heine faisait resurgir en lui le souvenir fugitif de ses plus belles années, vieilles maintenant de plus... d'un demi-siècle. Il avait soixante-dix-neuf ans et se trouvait pris au piège d'un corps défaillant qui le trahissait. Ce qui jadis lui paraissait tout naturel – uriner, dormir, faire l'amour – était maintenant loin d'aller de soi. Un autre homme en aurait peut-être conçu de l'amertume, mais Nels s'était fait une règle de ne plus chercher à résoudre l'insoluble. Il avait atteint une forme de sagesse, somme toute assez précaire, tout en restant convaincu que la plupart des gens âgés n'acquièrent même pas ce semblant de vertu et se contentent à la place d'un mince vernis d'expérience qui leur tient lieu de protection contre le monde.

Sa femme était morte d'un cancer du côlon. Même s'ils ne s'étaient jamais bien entendus, elle lui manquait. De temps en temps, seul dans son appartement, il se laissait aller à pleurer tant il s'apitoyait sur lui-même, histoire d'évacuer ses remords. Il essayait parfois, mais sans succès, de se masturber, dans l'espoir de retrouver cette partie de lui-même dont la perte le faisait tant souffrir. Il savait que ce n'était qu'un leurre et se rabattait sur ses dérivatifs habituels : la nourriture, les échecs, le travail. Il lisait aussi beaucoup, de manière quasi obsessionnelle, tout en reconnaissant que les journaux et les magazines qu'il dévorait étaient un peu légers. L'ennui, c'est qu'avec la « littérature », il ne parvenait pas à se concentrer. Sans véritablement l'ennuyer, *Guerre et Paix* ne l'intéressait pas suffisamment pour qu'il arrive à « fixer » l'histoire et les personnages. Et puis, à ne lire que d'un œil, il finissait par devenir neurasthénique. Enfin, même s'il était difficile d'être catégorique en la matière, il lui fallait bien reconnaître que ses facultés mentales elles aussi déclinaient. Sa mémoire, pour ne parler que d'elle, fichait le camp.

Nels Gudmundsson passa ses pouces derrière ses bretelles et observa le témoin avec tout le détachement dont il était capable. « Mrs Heine, dit-il, l'accusé ici présent est venu chez vous le jeudi 9 septembre ? C'est bien ce que vous nous avez déclaré ?

– C'est exact, Mr Gudmundsson.

– Et il a demandé à parler à votre mari ?

– Oui.

– Ils ont discuté dehors, c'est bien cela ?

– Oui. Ils se sont promenés dans la propriété pendant une quarantaine de minutes.

– Je vois. Et vous ne les avez pas accompagnés ?

– Non.

– Les avez-vous entendus à un moment ou à un autre ?

– Non.

– En d'autres termes, ce n'est que par ouï-dire que vous avez eu connaissance de ce qu'ils se sont dit ?

– C'est vrai. Ce que je sais, je le tiens de Carl.

– Merci, dit Nels. Le fait que vous ayez fait état de cette conversation dans votre déposition alors même que vous n'en avez pas été témoin est pour moi capital. »

Il pinça les fanons de son cou et jeta un coup d'œil au juge, qui, le coude sur le bureau et la tête appuyée sur la main, le regarda d'un air indifférent en étouffant un bâillement.

« Bien, reprit Nels. Résumons-nous, Mrs Heine. Après sa conversation avec l'accusé, votre mari est revenu seul à la maison où vous l'attendiez. Vous lui avez alors demandé ce qui s'était passé, c'est bien cela ?

– En effet.

– Et il vous a répondu qu'ils avaient parlé de cette terre que votre belle-mère a vendue à Ole Jurgensen il y a plus de dix ans ? La propriété où se trouve la maison où l'accusé a passé son enfance ? C'est bien cela, Mrs Heine ?

– Oui.

– Est-il exact que vous et votre mari aviez, peu de temps auparavant, versé des arrhes en vue de l'achat de cette terre ?

– Mon mari avait effectivement versé des arrhes.

– Voyons voir, dit Nels. Le lundi 6 septembre était le jour de la fête du Travail, et c'est le mardi 7 que

Mr Jurgensen a officiellement mis sa propriété en vente. C'est donc le lendemain – le mercredi 8 – que votre mari a dû signer l'acte de vente ?

– Oui, ça doit être ça. Le mercredi 8.

– Et l'accusé vous a rendu visite le jour suivant ? Le jeudi 9 septembre ?

– Oui.

– Bien. C'est donc l'après-midi du 9, après le départ de l'accusé, que vous avez eu cette conversation avec votre mari, sur les marches de votre véranda ?

– Oui.

– Et votre mari a montré une certaine réticence à vous rapporter la conversation ?

– Exact.

– Mais vous avez insisté ?

– Oui.

– C'est alors qu'il vous a dit avoir laissé entendre à l'accusé qu'il était disposé à réfléchir à la question ? Qu'il voulait prendre le temps de la réflexion avant soit de céder lui-même ces sept acres à Mr Miyamoto, soit d'autoriser Mr Jurgensen à le faire ?

– Oui.

– Il vous a fait part de son inquiétude à l'idée des réactions de sa mère au cas où il accéderait à la demande de l'accusé ? Est-ce bien ce que vous avez dit, Mrs Heine ?

– C'est bien ça, oui.

– Mais il envisageait malgré tout de le faire ?

– C'est exact.

– Et c'est ce qu'il avait laissé entendre à l'accusé ?

– Oui.

– En résumé, donc, lorsque Mr Miyamoto est parti de chez vous le 9 septembre dans l'après-midi, il était en droit de penser qu'il avait une chance de racheter les sept acres en question.

– C'est exact.

– Votre mari vous a dit l'avoir encouragé à espérer ?

– Je ne dirais pas " encouragé ".

– Mais il ne lui a pas opposé un refus catégorique ?

– Non, je ne pense pas.

– Il a donc encouragé Mr Miyamoto à espérer.

– Oui, si on veut.

– " Si on veut ", " je ne pense pas ", autant d'expressions qui prouvent bien, Mrs Heine, que vous n'avez pas été témoin de leur conversation. En fait, vous vous contentez de rapporter à la cour ce que votre mari vous a lui-même raconté. Et ces propos pourraient bien ne pas être tout à fait exacts. Votre mari qui, de votre propre aveu, n'était pas sans connaître votre sentiment sur un éventuel déménagement, a peut-être modifié le ton et la substance de cette conversation avec...

– Objection ! s'écria Alvin Hooks. Pure spéculation.

– Objection retenue, dit le juge. Cessez de vous égarer, Mr Gudmundsson. Vous devez vous en tenir aux seules questions ayant un rapport direct avec les déclarations du témoin. Ce n'est pas à vous que je devrais avoir à le dire. Poursuivez, maître.

– Mes excuses à la cour, et au témoin, dit Nels. Dites-moi, Mrs Heine, votre mari et l'accusé ont plus ou moins grandi ensemble, est-ce que je me trompe ?

– Pour autant que je sache, oui.

– Votre mari n'a-t-il jamais parlé d'un Kabuo Miyamoto qui aurait été son voisin, son camarade d'enfance ?

– Si.

– Ne vous a-t-il jamais raconté qu'ils allaient à la pêche ensemble quand ils avaient dix ou onze ans ? Ou qu'au lycée, ils faisaient partie des mêmes équipes de base-ball et de football ? Qu'ils prenaient le même car pour aller à l'école et en revenir ? Est-ce que cela vous dit quelque chose, Mrs Heine ?

– Oui, vaguement.

– Ouais, dit Nels, qui tira à nouveau sur les fanons de son cou et garda un instant les yeux fixés au plafond. Mrs Heine, reprit-il, vous souvenez-vous avoir fait état, lors de votre déposition, de ces " regards noirs " censément jetés à votre belle-mère par Mr Miyamoto ?

– Oui.

– Vous ne nous avez pas dit, si je ne m'abuse, avoir été vous-même l'objet de tels regards ?

– Non, c'est exact.

– Et qu'en était-il de votre mari ? Les déclarations de votre belle-mère à ce sujet vous paraissent-elles fondées ?

– Il m'est difficile de parler en leur nom ou de me mettre à leur place.

– Évidemment. Et loin de moi l'intention de vous y obliger. Mais vous paraissiez tellement disposée à le faire, ajouta Nels avec un petit sourire, quand vous répondiez aux questions de Mr Hooks, que je me suis dit : pourquoi ne pas tenter ma chance, moi aussi ?

– C'est bon, c'est bon, intervint le juge. Mr Gudmundsson, voulez-vous poursuivre, je vous prie, en vous abstenant de toute digression.

– Monsieur le juge, répliqua Nels, il y a eu jusqu'ici beaucoup de témoignages sur la foi d'un tiers, et je crois que cela méritait d'être signalé.

– En effet, dit le juge. Mais ces témoignages, maître, vous ne les avez pas récusés. Parce que vous saviez fort bien que Mrs Heine est habilitée par la loi à rendre compte de la nature et du contenu d'une conversation qu'elle a eue avec son défunt mari. Il est certes regrettable que ce dernier ne puisse le faire lui-même. Mais Mrs Heine a prêté serment, et le tribunal n'a pas d'autre solution que de faire confiance au témoin et de tenir ses déclarations pour véridiques. Le texte de loi auquel nous faisons référence ici, poursuivit-il en se tournant vers les jurés, est connu sous le nom, un peu brutal, je le reconnais, d'"article du mort". En règle générale, il autorise le juge à rejeter toute déposition qui serait faite sur la foi d'un tiers décédé au moment du procès. Dans les affaires criminelles, pourtant, l'"article du mort" n'interdit absolument pas la présentation de ce genre de témoignage, et Mr Gudmundsson ne l'ignore pas. Il reste, à mon humble avis, que cet article est source d'un certain flou juridique, et c'est là, je pense, ce que voulait faire remarquer l'avocat de la défense.

– C'est effectivement ce que je tenais à souligner », dit ce dernier.

Nels Gudmundsson s'inclina en direction du juge, jeta un regard sur le jury, puis se retourna vers Kabuo Miyamoto, toujours aussi droit sur sa chaise, les mains croisées devant lui. C'est à ce moment que la lumière vacilla dans la salle, revint, vacilla à nouveau et s'éteignit tout à fait. Sous l'effet de la tempête, un arbre s'était abattu dans Piersall Road, entraînant dans sa chute les câbles à haute tension.

22

« Ça ne pouvait pas mieux tomber, dit Nels Gudmundsson lorsque les lampes s'éteignirent dans le tribunal. Je n'ai plus de questions, votre Honneur. »

La lumière blafarde des jours de neige envahit la salle, descendant des quatre fenêtres couvertes de buée pour envelopper le public de son linceul grisâtre et transparent.

« Très bien, répliqua le juge. Mais chaque chose en son temps. Procédons par ordre, panne de courant ou non. Mr Hooks, voulez-vous à nouveau interroger le témoin ? »

Alvin Hooks se leva et dit à la cour que l'accusation n'avait pas d'autres questions. « En fait, ajouta-t-il avec un clin d'œil en direction de Nels, cette coupure de courant tombe encore mieux que ne l'imagine mon confrère. Mrs Heine était notre dernier témoin. La lumière disparaît au moment où le ministère public en a terminé. »

Il y eut un petit frisson et quelques sourires parmi les membres du jury. « Le ministère public en a donc terminé, répéta Lew Fielding. J'avais de toute façon l'intention de suspendre l'audience pour le déjeuner. Nous aviserons de la suite à donner aux débats en fonction de ce que nous dira la compagnie d'électricité. Dans l'intervalle, j'aimerais avoir un entretien dans mon cabinet avec Mr Hooks et Mr Gudmundsson. »

Le juge prit son marteau et le laissa mollement retomber. « Allez donc déjeuner, dit-il. En admettant que l'audience reprenne, elle reprendra à treize heures à ma montre, laquelle indique précisément... onze heures cinquante-trois. Ne vous fiez pas aux pendules électriques qui se trouvent dans ce bâtiment : elles ne sont jamais à l'heure. »

L'huissier alla lui ouvrir la porte et le juge disparut dans son cabinet. La salle se vida lentement ; les journalistes ramassèrent leurs blocs-notes. Ed Soames avait suivi le magistrat dans l'intention d'allumer les deux bougies qu'il savait trouver dans le fond d'un tiroir du bureau, car la pièce, où seule filtrait une clarté crépusculaire, était très sombre. Les deux avocats prirent place en face du juge ; assis autour des bougies, les trois hommes donnaient l'impression de se préparer à une séance de spiritisme – Lew Fielding dans sa robe de soie, Nels avec son nœud papillon et son air un tantinet théâtral, Alvin Hooks un peu raide et compassé. S'excusant de l'interruption, Ed demanda si l'on n'avait plus besoin de ses services, auquel cas, il irait s'occuper des jurés.

« Excellente idée, dit Lew Fielding. Allez jeter un coup d'œil à la chaudière pour voir s'il n'y a pas moyen de monter le chauffage. Appelez la compagnie d'électricité et faites main basse sur toutes les bougies que vous pourrez trouver. Est-ce que j'oublie quelque chose ? ajouta-t-il en se tournant vers les deux autres.

– L'hôtel, répondit Alvin Hooks. Vous feriez bien de leur demander à eux aussi de vérifier leur chaudière, sinon les jurés risquent de ne pas tenir le coup. Rappelez-vous, ils ont déjà eu pas mal de problèmes la nuit dernière, et sans courant, ce sera bien pire.

– Entendu, dit Ed Soames. Ça sera fait.

– Très bien, Ed, dit le juge. Que de prévenances, Alvin, ajouta-t-il.

– Mieux vaut prévenir que guérir, surtout quand on s'occupe de prévenus ! » répliqua l'autre en riant.

Soames quitta la pièce, l'air sombre. Il n'y avait plus personne dans la salle excepté Ishmael Chambers, qui, assis sur un banc, semblait prêt à une longue attente. Les jurés, dont Eleanor Dokes s'était occupée dans l'intervalle, étaient dans le vestibule en train d'enfiler leurs manteaux.

« Le juge est en consultation et il en a pour jusqu'à la reprise de l'audience, dit Ed à Ishmael Chambers. Inutile de l'attendre. Il fera un communiqué à une heure.

– Je n'attends personne, dit le journaliste, qui se leva et fourra son bloc-notes dans sa poche. Je réfléchissais.

– Il va falloir que vous alliez réfléchir ailleurs, dit Ed. Je dois fermer la salle.

– Ah bon, dit Ishmael. Excusez-moi. »

Il sortit à pas lents, l'air préoccupé, sous l'œil impatient de l'huissier. Drôle de type, tout de même, songea Ed, pas du genre causant. Arrive pas à la cheville de son père. C'est peut-être à cause de son bras en moins. Il se souvint du père d'Ishmael et secoua la tête, perplexe. Arthur et lui avaient toujours été en bons termes, mais le fils, c'était autre chose.

Les épaules courbées, le col relevé, la manche vide de son manteau battant au vent, Ishmael se mit en route pour son bureau. La neige ralentissait sa marche, et le vent qui soufflait de la mer s'engouffrait avec violence dans Hill Street. Ishmael gardait la tête baissée, car chaque fois qu'il la relevait, des aiguilles de neige lui piquaient les yeux. Il remarqua néanmoins qu'Amity Harbor était plongé dans l'obscurité : la panne était donc générale. Le long de Hill Street, il compta quatre voitures abandonnées en travers de la chaussée, et près du carrefour d'Ericksen Street, une cinquième qui, à la suite sans doute d'un dérapage, avait défoncé la portière d'une camionnette garée le long du trottoir.

Ishmael poussa de l'épaule la porte de son bureau et la referma de même. Sans quitter son manteau ni son chapeau, il prit le téléphone pour appeler sa mère, qui vivait seule dans une maison à huit kilomètres au sud d'Amity Harbor : il voulait savoir si la situation était aussi catastrophique là-bas qu'en ville. À condition de bien garnir le poêle de la cuisine et de tendre un rideau devant la porte de la souillarde, elle aurait, pensait-il, suffisamment chaud.

Mais le téléphone ne marchait pas ; sa presse non plus, sans doute. L'endroit, habituellement chauffé à l'électricité, se refroidissait rapidement. Il resta assis un instant, la main dans la poche de son manteau, à contempler la neige qui tourbillonnait devant sa fenêtre. Il sentait des picotements dans le moignon de son bras, dont il avait l'impression qu'il était encore là, mais à demi paralysé, comme un membre fantôme. Il n'avait toujours pas vraiment pris conscience de l'avoir perdu, ou plutôt refusait de se faire à cette idée. À certains moments, juste après la guerre, ce bras l'avait beaucoup fait souffrir. Un médecin de Seattle avait suggéré une dénervation complète du membre, mais Ishmael s'y était refusé, pour des raisons qui lui étaient restées obscures. Si son bras était encore capable de sensations, douloureuses ou non, il tenait à les conserver. Il prit son moignon dans le creux de sa main et réfléchit à tout ce que la coupure de courant allait l'obliger à faire. S'occuper de sa mère, d'abord ; aller chez Tom Torgerson pour appeler Anacortes sur son poste de radioamateur et demander s'il pouvait y faire imprimer son journal ; s'entretenir avec Nels Gudmundsson et Alvin Hooks ; se renseigner pour savoir si le ferry d'Anacortes fonctionnait et si la compagnie d'électricité avait une idée du temps qu'il faudrait pour rétablir le courant, savoir également où les câbles étaient tombés, histoire d'aller prendre quelques photos ; se rendre au poste de la gendarmerie maritime pour avoir un bulletin météo complet (vitesse du vent, amplitude des marées, épaisseur de la couche de neige...). Il ferait bien également d'apporter quelques provisions à sa mère, ainsi qu'un bidon de pétrole pour le petit radiateur du hangar, qui, une fois la mèche changée, lui permettrait de chauffer un peu sa chambre. Il faudrait donc aussi qu'il passe chez Fisk.

Ishmael se mit son appareil autour du cou et sortit dans Hill Street pour prendre quelques clichés. Même en temps ordinaire, il avait du mal, avec son unique bras, à l'empêcher de bouger et il n'aimait guère ce vieux modèle à soufflet, lourd et encombrant. Quand il le pouvait, il le fixait sur un trépied ; sinon, il le posait sur son moignon, tournait la tête vers l'épaule gauche et prenait ses photos tant bien que mal. Il n'aimait pas être surpris dans cette attitude. Déjeté et tordu, l'appareil en équilibre précaire contre son oreille, il se faisait l'impression d'un phénomène de foire.

Ishmael prit trois clichés de la voiture qui avait défoncé la portière de la camionnette. Il ne parvenait pas à empêcher la neige de venir se coller sur l'objectif, et, au bout d'un moment, il renonça. Il était pourtant convaincu qu'il devait persister : une tempête comme celle-ci – il fallait remonter à 1936 pour en trouver une aussi violente – allait provoquer des dégâts que le journal de l'île ne pouvait se permettre de passer sous silence. Ishmael avait beau penser que les conditions climatiques exceptionnelles ne devaient pas éclipser le procès de Kabuo Miyamoto, un blizzard comme celui-ci, aux yeux de ses concitoyens, primait toute autre considération. Paradoxalement, au moment même où un homme jouait sa tête, il y avait toutes les chances pour que les habitants de l'île s'intéressent davantage aux bassins dévastés, aux cloisons détruites, aux toitures effondrées, aux canalisations éclatées et aux voitures accidentées. Il avait du mal à comprendre comment ils pouvaient en arriver à considérer comme essentiels des phénomènes aussi éphémères et contingents. Était-ce parce qu'un événement hors du commun, en brisant la monotonie de leur vie, allait enfin faire parler d'eux ? Pour lui, l'événement ce n'était pas la tempête, ni les caprices du vent et de la mer, mais le procès de Kabuo Miyamoto, le premier procès criminel à se dérouler sur l'île depuis vingt-huit ans – Ishmael avait vérifié la date dans de vieux numéros de la *Review* –, qui, lui, concernait directement les hommes, leur sens des responsabilités, leur capacité à comprendre et à découvrir la vérité. Le déroulement de cette affaire, son impact, son issue et son sens, Ishmael en ferait sa première page – si toutefois il réussissait à imprimer l'édition de jeudi.

Il se rendit au garage de Tom Torgerson, et il trouva celui-ci occupé à ranger une voiture accidentée près de la clôture où s'alignaient déjà une demi-douzaine d'autres véhicules plus ou moins cabossés et pratiquement recouverts de neige. « Il y en a partout, lui dit le garagiste par la vitre de sa dépanneuse. Une bonne quinzaine rien que dans Island Center Road, et une dizaine d'autres dans le haut de Mill Run. J'en ai pour trois jours à débarrasser tout ça.

– Écoutez, dit Ishmael, je vois que vous avez fort à faire, mais il me faut absolument des chaînes sur ma DeSoto, et je ne peux pas vous l'amener. Il y a quatre voitures abandonnées dans Hill Street pas loin de la mienne. Comme vous allez être obligé de les enlever, je me suis dit que vous pourriez peut-être faire d'une pierre deux coups. Les chaînes sont par terre à l'arrière de la voiture. Il faudrait aussi que j'essaie d'avoir Anacortes sur votre radio, à moins de trouver un téléphone qui marche. Sans électricité, je ne peux pas imprimer.

– Courant, téléphone, tout est détraqué. Y'a des arbres qui sont tombés sur les lignes un peu partout. L'équipe qui travaille dans Piersall Road est censée réparer tout ça, mais ça m'étonnerait qu'ils arrivent à grand-chose avant demain matin. Pour votre affaire, c'est d'accord. Je peux pas m'en occuper moi-même, mais on a deux lycéens qui nous aident en ce moment. Je vais en envoyer un mettre les chaînes sur votre voiture. Ça vous va comme ça ?

– C'est parfait. Les clés sont à l'intérieur. Est-ce que je peux me servir de votre radio ?

– Elle est plus ici. On l'a installée à la maison la semaine dernière. Si vous avez le temps d'y aller, y a pas de problème. Loïs vous montrera.

– Maintenant que j'y pense, il faut que j'aille à la gendarmerie maritime, et je pourrais peut-être leur demander de passer un appel pour moi.

– C'est comme ça vous arrange. Mais si vous voulez vous servir de ma radio, c'est sans problème. Vous avez qu'à aller à la maison. »

Ishmael descendit Main Street jusqu'à la quincaillerie, où il acheta un bidon de quatre litres de pétrole et une mèche pour le radiateur de sa mère. Fisk avait épuisé son stock de batteries et il ne lui restait plus qu'une pelle à neige. Il avait vendu les trois quarts de ses bougies et la quasi-totalité de son pétrole, que son sens civique très développé l'avait poussé à rationner dès dix heures du matin : pas plus de quatre litres par foyer. Debout près du poêle ventru, tout en essuyant ses lunettes sur le pan de sa chemise de flanelle, il se lança, sans y être invité, dans un inventaire détaillé de tous les articles qui étaient sortis de sa boutique depuis l'ouverture du magasin, le matin même.

Ishmael passa ensuite à l'Amity Harbor Restaurant,

qui, en dépit de la pénombre, était plein, et demanda à Elena Bridges de lui préparer deux sandwiches à emporter. Assis aux tables ou au comptoir, les gens avaient gardé leurs manteaux et leurs écharpes et de temps à autre jetaient un œil inquiet au-dehors, heureux tout de même d'avoir trouvé un abri provisoire contre la tempête. En attendant ses sandwiches, Ishmael écouta la conversation de deux pêcheurs installés au comptoir, qui essayaient de prévoir le moment où le courant serait rétabli. Puis l'un d'eux exprima ses craintes que la marée montante, poussée par un vent de quatre-vingt-dix kilomètres à l'heure, ne submerge complètement les docks et leurs bassins. L'autre redoutait que les arbres, habitués au vent du sud, ne résistent pas au vent violent qui soufflait du nord-ouest ; il pensait surtout à un sapin du Canada qui se trouvait juste derrière sa maison en bordure d'une falaise. Il était sorti le matin pour amarrer son bateau à un coffre en triplant les filins, puis l'avait surveillé à la jumelle depuis une fenêtre de la maison : il avait failli chavirer plusieurs fois sous les rafales qui balayaient la baie. Le premier pêcheur se traita de tous les noms pour ne pas avoir fait la même chose : son bateau devrait se contenter de ses amarres lâches et de ses six défenses de chaque côté. Avec ce vent, c'était trop risqué d'essayer de le déplacer maintenant.

À une heure moins le quart, Ishmael était devant la porte du bureau de la compagnie d'électricité, au coin de Second Street et de Main Street. Son appareil photo toujours pendu autour du cou, il avait maintenant les poches gonflées par ses sandwiches d'un côté et la mèche neuve de l'autre et portait son bidon à la main. Il lut le bulletin affiché sur la porte à l'intention des usagers : Piersall Road, Alder Valley Road, South Beach Drive, New Sweden Road, Mill Run Road, ainsi qu'une demi-douzaine d'autres voies étaient bloquées par des arbres qui avaient entraîné les lignes électriques dans leur chute. Le courant serait en principe rétabli dans toute la ville au plus tard vers huit heures le lendemain matin, annonçait-on tout en sollicitant la compréhension des habitants. L'équipe appelée en urgence avait reçu le concours de la brigade de pompiers volontaires ; les uns et les autres travailleraient toute la nuit s'il le fallait. La compagnie faisait son possible pour assurer le retour à la normale dans les meilleurs délais.

Ishmael revint ensuite au tribunal. Il mangea un sandwich, assis sur un des bancs du corridor au premier étage. Les visiteurs qui empruntaient le couloir avançaient avec précaution, comme des patineurs débutants, sur le sol rendu glissant par la neige qui collait à leurs chaussures. La lumière du dehors, plusieurs fois filtrée par les fenêtres des bureaux, puis par les panneaux vitrés des portes, n'éclairait que faiblement l'endroit. Même sol glissant, même humidité et même pénombre dans le vestiaire, où Ishmael se rendit ensuite pour se débarrasser de son manteau et entreposer son bidon et son appareil. Personne ne songerait à lui voler le second ; pour le premier, en revanche, vu les circonstances, il courait quelques risques.

Le communiqué du juge Fielding à la cour fut bref. L'audience était ajournée au lendemain matin huit heures, heure à laquelle le courant devait être rétabli. La tempête interdisant toute traversée au ferry d'Anacortes, il s'avérait impossible de loger les membres du jury ailleurs qu'à l'Amity Harbor Hotel, où ils allaient devoir affronter une autre nuit difficile. Le juge s'en excusait, mais il osait espérer que, pour pénibles qu'elles fussent, les circonstances ne détourneraient pas les jurés de l'accomplissement de leur tâche. Ils auraient besoin de tout leur calme pour se concentrer sur le procès et son déroulement. Pour finir, le magistrat croisa les bras et se pencha en avant, offrant aux jurés le spectacle d'un visage hirsute et épuisé. « La perspective d'avoir à ajourner le procès ne m'enchante guère, soupira-t-il, mais si nous y mettons tous un peu du nôtre, je pense que nous pouvons l'éviter. J'espère que vous ne passerez pas une trop mauvaise nuit, mais si ce devait être le cas, soyez courageux face à l'adversité, et ne vous laissez pas déconcentrer. Je vous rappelle qu'il s'agit d'un procès pour meurtre ; neige ou pas neige, cela seul doit retenir votre attention. »

À trois heures moins vingt-cinq, Ishmael avait rejoint sa voiture et mettait dans son coffre le bidon, la mèche et deux sacs pleins de provisions. À genoux dans la neige, il vérifia que les chaînes avaient été convenablement montées, puis gratta la glace qui s'était formée sur les vitres et mit le dégivrage en marche avant de démarrer tout doucement. Le tout était de ne pas toucher la pédale du frein, de rouler lentement et sans à-coups et de relâcher l'accélérateur au sommet des descentes pour laisser la voiture reprendre de la vitesse toute seule. Dans First Hill, il entendit ses chaînes mordre dans la neige et descendit prudemment, en première, la tête contre le pare-brise. Il ne s'arrêta pas en arrivant dans Main Street mais prit immédiatement à gauche, dérapant un peu, en direction de Center Valley Road. Il était rassuré à présent. La neige s'était tassée au passage des autres voitures ; à condition d'être patient et attentif, les rues étaient tout à fait praticables. La neige l'inquiétait d'ailleurs moins que les conducteurs imprudents. Il lui faudrait garder un œil sur son rétroviseur et, dans la mesure du possible, se ranger sur le côté dès qu'un autre véhicule ferait mine de vouloir le doubler.

Ishmael choisit de sortir de la ville par Lundgren Road : la route montait régulièrement, sans virages serrés, et la pente était moins raide que dans Mill Run ou Piersall. Et puis elle ne figurait pas sur la liste des routes barrées par des arbres abattus par la tempête. Il s'en était sans doute fallu de peu, puisque devant chez George Freeman, Ishmael vit, près du portail, un sapin du Canada qui s'était écrasé sur la clôture et dont les racines devaient faire à elles seules plus de trois mètres de haut. Son bonnet de laine perché sur le crâne, George était en train de couper les branches avec une grande scie à bois.

Arrivé au sommet de Lundgren Road, Ishmael s'engagea dans la descente et tourna dans Scatter Springs Drive. Dans le premier virage, une Hudson avait piqué du nez dans le fossé ; dans le deuxième, une Packard Clipper avait fait un tonneau avant d'atterrir sur le toit dans les buissons. Ishmael s'arrêta pour faire quelques photos, son trépied installé au bord de la route. Avec, en arrière-plan, les aulnes et les érables dont la géométrie tranchait nettement sur les blancheurs de la neige, la lumière dure et grisâtre, et, en premier plan, la malheureuse voiture, abandonnée là avec ses pneus en l'air surmontés de petits monticules blancs, son habitacle enfoui dans les broussailles gelées ne laissant voir que la partie inférieure des vitres, Ishmael avait devant lui la plus belle image de la tempête dont il pût rêver. C'est son côté pathétique qui le retint, sa signification emblématique : celle d'un monde où une voiture, en se trouvant privée de ses fonctions premières, perdait tout son sens. Retournée dans la neige, la Packard était tout aussi inutile qu'un bateau échoué au fond de la mer.

Ishmael avait été soulagé de voir que la vitre du côté du conducteur était baissée et qu'il n'y avait personne à l'intérieur. Il crut reconnaître la voiture de Charlie Torval ; Charlie habitait dans New Sweden Road et construisait des cloisons, des bouées d'amarrage et des bassins. Il possédait tout un matériel pour travailler sous l'eau, une péniche équipée d'une grue et cette Packard marron. Ishmael se dit qu'il ferait peut-être mieux de parler de son projet à Charlie : trouver une photo de sa voiture renversée dans les pages de la *Review* risquait de déplaire à l'intéressé.

Dans le troisième tournant de Scatter Springs Drive, un virage en épingle à cheveux où la route quittait les bois pour descendre par paliers dans Center Valley, Ishmael vit trois hommes s'affairant autour d'une Plymouth échouée en travers de la route. Le premier sautait à pieds joints sur le pare-chocs, le deuxième, accroupi, surveillait les roues qui patinaient, tandis que le troisième, assis au volant, la portière grande ouverte, appuyait sur l'accélérateur. Ishmael se faufila comme il put, sans s'arrêter, et partit dans une glissade qui l'amena, non sans un frisson de plaisir et un serrement d'estomac, directement dans Center Valley Road. Depuis son départ, son excitation, née des dangers de la route, n'avait cessé de croître.

Il n'était pas sans savoir que la DeSoto se comportait assez mal sur la neige et le verglas. Il avait équipé son volant d'un petit pommeau en bois de merisier qui lui permettait de conduire avec un seul bras, mais n'avait procédé à aucun autre aménagement et n'en avait pas l'intention. Vieille de quinze ans, la voiture était un modèle à quatre vitesses avec boîte semi-automatique, essieu arrière à engrenage hyperboloïde et levier au plancher. Moyennant cinq cents dollars cash, son père l'avait échangée, en 1939, contre sa vieille Ford modèle A chez un revendeur de Bellingham. C'était un véhicule sans prétention, carré et massif comme une Dodge, avec un avant si long qu'il en paraissait déséquilibré et une grille de radiateur très basse sur le pare-chocs. Ishmael n'avait pas voulu s'en séparer, autant par inertie que par fidélité à la mémoire de son père.

S'asseoir au volant à la place qu'avait occupée celui-ci, c'était encore une façon de le faire revivre.

Les champs de Center Valley étaient recouverts de vingt centimètres de neige et paraissaient aussi flous, derrière le rideau de flocons, qu'un paysage entrevu dans un rêve. Dans Scatter Springs Drive, les arbres emprisonnaient la route au point que le ciel était réduit à un mince ruban d'un gris uniforme, mais ici, dans la vallée, il s'étendait à perte de vue, chaotique, contrasté et hostile. Le vent précipitait la neige en longues diagonales contre les murs des granges et des maisons, et Ishmael l'entendait siffler dans l'interstice laissé par le joint de caoutchouc de la vitre arrière, qui était déjà décollé du vivant de son père – un des détails qui expliquaient l'attachement d'Ishmael à cette voiture.

Il dépassa la maison d'Ole Jurgensen, qui, à voir l'épaisse fumée blanche qui s'échappait de la cheminée, devait avoir du bois à revendre. La neige effaçait toute démarcation entre les champs, et il était impossible de distinguer les sept acres de Kabuo Miyamoto des terrains qui les entouraient. Elle annihilait toute prétention à s'approprier une parcelle du paysage. Le monde était un, et absurde l'idée qu'un homme puisse aller jusqu'à tuer pour en posséder quelques arpents. Et pourtant... les hommes et l'histoire prouvaient le contraire.

Arrivé au croisement de Center Valley Road et de South Beach Drive, Ishmael aperçut un peu plus loin une voiture qui n'avait pas réussi à négocier la rampe là où la route faisait une boucle autour d'un petit bois. Il reconnut le break Willys des Imada. C'était bien Hisao qui, armé d'une pelle, essayait de dégager la roue arrière droite coincée dans le fossé.

Hisao Imada était déjà passablement petit en temps ordinaire, mais emmitouflé dans ses vêtements d'hiver, le chapeau sur les yeux et l'écharpe remontée jusqu'au nez, il paraissait minuscule. Ishmael savait fort bien qu'il ne s'abaisserait pas à demander de l'aide : ce n'était pas le genre des habitants de San Piedro, et encore moins celui d'Hisao. Il décida de garer sa voiture hors de vue, en bas de la côte, à hauteur de la boîte aux lettres de Gordon Ostrom, puis de remonter South Beach Drive sur une cinquantaine de mètres pour persuader Imada de repartir avec lui.

Ishmael le connaissait depuis longtemps. Enfant, il avait vu le Japonais marcher derrière son cheval de labour blanc ensellé, une machette à la ceinture. Lui et sa famille avaient vécu sous deux tentes de toile le temps de défricher le terrain qu'ils venaient d'acquérir. Ils prenaient l'eau au ruisseau et se chauffaient à un feu de branches et de broussailles entretenu par les enfants. Le père était de ces hommes secs et coriaces, capables de travailler des heures durant au même rythme. Avec son maillot de corps sans manches et l'arme bien affûtée qu'il portait à la ceinture, il évoquait pour Ishmael les pirates des livres illustrés que son père lui rapportait de la bibliothèque. Mais ces images remontaient maintenant à plus d'une vingtaine d'années, et c'est à une tout autre vision qu'Ishmael se trouvait maintenant confronté dans South Beach Drive – celle d'un homme en difficulté, aux prises avec la tempête et le froid, s'échinant en pure perte, écrasé par les arbres qui menaçaient de s'abattre autour de lui.

Ishmael s'aperçut qu'il n'était pas seul. De l'autre côté de la voiture, une pelle à la main, Hatsue travaillait sans relâche à creuser pour aller chercher sous la neige de la terre qu'elle jetait sous les pneus.

Un quart d'heure plus tard, ils descendaient tous les trois en direction de la DeSoto. Le pneu arrière droit du break avait été perforé par une branche qui était toujours coincée sous les essieux. De plus, une partie du tuyau d'échappement avait été arrachée. Il était clair que la voiture ne pouvait pas repartir, mais Hisao mit un certain temps à se rendre à l'évidence. Il s'était escrimé avec sa pelle comme si cet instrument devait lui apporter le salut. Ishmael, après les avoir obligeamment aidés pendant un moment, proposa les services de sa DeSoto. La mort dans l'âme, Hisao, après s'être obstiné encore quelques minutes, rangea sa pelle dans la voiture et en sortit un sac de provisions et un bidon de pétrole. De son côté, Hatsue continuait à creuser sans un mot et à jeter la terre noire sous les pneus.

Son père finit par faire le tour de la Willys pour lui dire quelques mots en japonais. C'est alors seulement qu'elle s'arrêta et gagna le milieu de la route, où Ishmael put enfin la voir. Leur dernière rencontre datait de la veille, du moment où il l'avait vue sur son banc, dans le corridor du tribunal, adossée à une fenêtre juste devant le bureau de l'assesseur, ses cheveux coiffés, comme aujourd'hui, en un gros chignon noir. Par trois fois, elle l'avait repoussé.

« Bonjour, Hatsue, dit Ishmael. Je peux vous ramener chez vous, si vous voulez.

– Je sais. Mon père vient de me le dire. Il t'en est très reconnaissant. »

Dans la descente, elle marcha derrière les deux hommes, sa pelle à la main. Une fois qu'ils eurent atteint la route plate du bord de mer, où la conduite était plus facile, Hisao expliqua, dans son anglais approximatif, que sa fille était venue s'installer chez eux jusqu'à la fin du procès, et qu'Ishmael pouvait donc les déposer tous deux chez lui. Puis il raconta comment il avait vu une branche tomber sur la route juste devant lui et avait freiné d'un coup sec. Le break avait alors chassé et était allé piquer du nez dans le fossé.

Ishmael écoutait, opinant poliment du chef, plaçant de temps à autre un « je vois » ou un « bien sûr, ça se comprend », et ne se risqua qu'une seule fois à regarder Hatsue dans le rectangle de son rétroviseur. Deux secondes lui suffirent pour constater qu'elle s'appliquait à garder les yeux fixés sur le paysage, comme si elle tenait à prouver que le spectacle l'absorbait tout entière. Il eut le temps de noter que deux mèches s'étaient détachées de ses cheveux noirs trempés et s'étaient collées sur sa joue.

« Même si elle vous a causé des ennuis, dit Ishmael, vous ne trouvez pas que la neige est belle ? »

Elle était partout, courbant les branches des sapins, habillant les palissades et les boîtes aux lettres, couvrant la route devant lui. Et nulle part âme qui vive. Hisao Imada signifia son assentiment d'un bref « oh oui, très belle », et c'est à ce moment que sa fille tourna la tête pour regarder devant elle et que ses yeux croisèrent ceux d'Ishmael dans le rétroviseur. C'était le même regard mystérieux, indéchiffrable, que celui qu'elle lui avait adressé la veille. Qu'exprimait-il au juste ? Le besoin de punir, le chagrin, la colère rentrée, la déception ? Ou tous ces sentiments à la fois ?

Au bout de tant d'années, il était toujours incapable de lire sur son visage. Il se dit que s'il avait été seul avec elle, il lui aurait demandé tout de go ce que voulaient dire ce mutisme et ces regards distants. Que lui avait-il fait ? Pourquoi lui en voulait-elle ? N'était-ce pas plutôt à lui de lui en vouloir ? Mais sa colère s'était tarie depuis bien longtemps, ne laissant en lui qu'un grand vide. Ils s'évitaient avec soin et, lorsque par hasard ils se rencontraient, devant les rayons de chez Petersen ou dans la rue, elle se détournait encore plus vite que lui. Depuis trois ans, sa nouvelle vie l'accaparait complètement. Il avait eu l'occasion de s'en rendre compte le jour où, sans qu'elle le remarque, il l'avait vue agenouillée sur le trottoir devant chez Fisk, en train de lacer les chaussures de sa fille, son sac à côté d'elle. Tout d'un coup, il avait eu la révélation de ce qu'était sa vie : celle d'une épouse et d'une mère. Toutes les nuits, elle dormait dans le même lit que Kabuo Miyamoto. À la longue, il s'était fait à cette idée, et il ne restait plus en lui qu'une vague attente – attente du jour où Hatsue reviendrait à lui. Comment ce rêve deviendrait-il réalité ? Il n'en avait pas la moindre idée, mais il ne pouvait s'empêcher de penser que ces dernières années n'étaient qu'un intermède entre celles qu'il avait partagées avec elle et celles qu'il vivrait encore à ses côtés.

À nouveau abîmée dans sa contemplation, elle dit quelque chose. Il n'entendit que deux mots : « ton journal ».

« Oui, dit Ishmael, je t'écoute.

– Le procès, le procès de Kabuo n'est pas juste, dit-elle. Tu devrais le dire dans ton journal.

– Comment ça, pas juste ? Qu'est-ce qui n'est pas juste ? Je veux bien en parler à condition que tu m'expliques. »

Elle regardait toujours par la fenêtre, ses mèches collées à sa joue. « C'est tellement injuste, lui dit-elle d'un ton amer. Kabuo n'a tué personne. Il n'a rien d'un tueur. C'est du parti pris d'avoir fait témoigner ce sergent. Tu as entendu ce qu'il a dit ? Que Kabuo était un tueur-né. Qu'il prenait plaisir à tuer. Il faut que tu dises dans ton journal que cet homme est plein de préjugés, que ce procès est injuste.

– Je comprends ce que tu veux dire, mais je ne suis pas homme de loi, ni expert judiciaire. Je ne sais pas si le juge a eu tort ou non d'accepter la déposition du sergent Maples. Mais j'espère sincèrement que le verdict, lui, sera juste. Je pourrais peut-être faire un article là-dessus, sur la confiance que nous avons dans le bon fonctionnement de notre système judiciaire, sur l'espoir que nous nourrissons d'un verdict impartial.

– Mais il n'aurait jamais dû y avoir de procès, dit Hatsue. C'est une honte, une véritable honte.

– Moi aussi, ça me contrarie quand j'ai l'impression qu'il y a une injustice quelque part. Mais est-ce que ce n'est pas en quelque sorte... inévitable ? Faut-il toujours exiger la justice, la considérer comme un droit inaliénable ? Ou alors...

– Tu me parles de principes ! l'interrompit Hatsue. Moi, je te parle d'individus, de gens comme le shérif, comme cet avocat de l'accusation, comme le juge ou comme toi. De personnes responsables qui ont de l'influence, parce qu'elles dirigent un journal, procèdent à des arrestations, condamnent des inculpés et décident de leur sort. On n'est quand même pas condamné à l'injustice. L'injustice envers son semblable, ça peut " s'éviter ".

– Oui, bien sûr, dit Ishmael sèchement. Tu as raison : l'injustice n'est pas une fatalité. »

Ishmael les laissa à leur porte avec l'impression d'avoir pris l'avantage sur Hatsue. Il lui avait parlé, et elle avait répondu, exprimant le désir de lui voir faire quelque chose pour elle. Mieux valait cette tension, cette hostilité, qu'il sentait entre eux. C'était au moins une émotion à partager. Assis à son volant, il regarda Hatsue disparaître au milieu des flocons, sa pelle sur l'épaule. Il se prit à penser que son mari était en train de sortir de sa vie comme lui-même en était sorti autrefois. Leurs vies se faisaient et se défaisaient au gré du hasard. Devrait-il leur réunion à l'accusation qui pesait aujourd'hui sur Kabuo Miyamoto ?

23

Le phare du poste de gendarmerie maritime situé sur les rochers de Point White était une tour de trente mètres construite en béton armé. Dans les trente années qui avaient précédé sa construction, pas moins de onze bâtiments avaient fait naufrage à cet endroit – deux bateaux-poste, sept schooners transportant du bois, un cargo norvégien, et un trois-mâts avec une cargaison de charbon de Newcastle pris dans un ouragan alors qu'il faisait route pour Seattle. Il ne restait plus trace de ces naufrages : au fil des ans, l'océan avait tout englouti. Il n'y avait plus là qu'un enchevêtrement de rochers couverts de bernaches et l'eau grise, uniforme, qui s'étendait à perte de vue jusqu'à l'horizon, où elle rejoignait le ciel.

Lorsque la marée était exceptionnellement haute, les vagues venaient fouetter la base du phare, la couvrant d'un manteau d'algues couleur de sel. Sous la coupole de cuivre se trouvaient seize prismes réfléchissants et quatre lentilles de réfraction baignant dans le mercure. Le mécanisme avait beau être parfaitement entretenu et les lentilles tourner toutes les trente secondes, il y avait toujours des accidents. Comment éviter les naufrages lorsque le brouillard empêchait de voir la lumière du phare ? La gendarmerie maritime avait bien installé des murs d'écho sur les plages de certaines îles et des bouées numérotées à intervalles réguliers dans le couloir de navigation, mais rien n'y faisait, même si dans les premiers temps de telles mesures avaient paru devoir être efficaces. C'est ainsi qu'un remorqueur tirant un ferry de San Francisco s'était échoué sur les rochers un kilomètre plus au nord ; il avait été suivi par un autre remorqueur avec sa péniche pleine de billes de sapin, puis par un vapeur de sauvetage qui venait de quitter Victoria. Les habitants de l'île accueillaient la nouvelle de chaque naufrage avec fatalisme ; beaucoup semblaient y voir la main de Dieu, ou du moins celle du destin. Ils se rassemblaient sur la plage et, fascinés, contemplaient le bâtiment en train de sombrer, certains avec des jumelles ou des appareils photo. Les vieux pêcheurs pour qui le temps ne comptait plus allumaient des feux pour se réchauffer, tout en regardant la mer éventrer les coques des bateaux qui avaient heurté les rochers avec le plus de violence. Les commentaires allaient bon train ; sans le moindre commencement de preuve, on jugeait, on accusait : erreur de pilotage, manque d'expérience du navigateur, mauvaise lecture des cartes, ignorance des signaux, imprudences en tout genre ; ou bien c'était la faute du brouillard, du vent, de la marée. Au bout de quelques jours, le bateau finissait par se disloquer pour être englouti dans les flots ou bien une compagnie de sauvetage était obligée de renoncer après avoir sauvé un quart seulement de la cargaison ; alors les habitants de l'île, le visage dur, regardaient sans paraître comprendre et secouaient la tête. Pendant une semaine ou deux, ils parlaient encore à mots couverts du naufrage, puis celui-ci disparaissait de leurs conversations, pour n'être plus qu'un souvenir.

À la tombée de la nuit, Ishmael Chambers se trouvait dans le bureau du maître d'équipage responsable du phare, un homme imposant du nom d'Evan Powell. L'endroit était éclairé par des lampes à pétrole et chauffé par un poêle à bois. Un générateur extérieur alimentait le phare, et, toutes les trente secondes, un rayon lumineux venait illuminer la vitre. Le maître d'équipage Powell n'avait sur son bureau qu'un registre, deux porte-stylos, un cendrier – presque plein – et un téléphone. Renversé contre le dossier de son siège inclinable, il se grattait la tête en toussant. « Je suis enrhumé, dit-il à Ishmael d'une voix enrouée. Mes batteries sont un peu à plat en ce moment, mais je suis à votre disposition, Mr Chambers. Vous avez besoin de quelque chose pour votre journal ?

– Oui, en effet, dit Ishmael. Je rassemble des informations pour écrire un article sur cette tempête. Je me demandais si vous aviez ici des archives... des vieux relevés, des documents météo. J'aimerais y jeter un coup d'œil, consulter les registres, si c'est possible, histoire de faire quelques comparaisons. Personnellement, je n'avais jamais vu de tempête comme celle-ci, mais ce n'est sans doute pas la première du genre.

– Des archives, on en a à revendre, dit Powell. Le phare fonctionnait déjà depuis un certain temps quand on y a installé la gendarmerie maritime, et je serais incapable de vous dire à quand remontent les documents vraiment fiables. Vous pouvez consulter tout ce que vous voulez. Jamais vous ne viendrez à bout de toute la paperasse entassée ici. Mais ça m'intéresserait de voir ce que vous aurez déniché. »

Le maître d'équipage fit basculer sa chaise et éteignit soigneusement sa cigarette. Il décrocha son téléphone, fit un numéro à un seul chiffre et tira un mouchoir de sa poche. « Qui est à l'appareil ? dit-il d'un ton brusque dans le combiné. Il faut que tu me trouves Levant tout de suite. Dis-lui de descendre dans mon bureau et d'apporter deux lanternes. C'est urgent. »

Ayant couvert le combiné de sa main, il se moucha et regarda Ishmael. « Vous disposez de combien de temps ? Je peux vous laisser Levant deux heures, mais pas plus.

– Ça ira très bien. Je ne voudrais déranger personne. Dites-moi simplement où je dois aller. »

Powell s'adressa de nouveau à l'homme à l'autre bout du fil. « Smoltz, trouve-moi Levant. Dis-lui que j'ai besoin de lui tout de suite. »

Il raccrocha et se moucha une nouvelle fois. « Y'a pas un bateau dehors par ce temps. On a réussi à entrer en contact avec Neah Bay il y a une heure. On en a bien pour jusqu'à demain après-midi de cette neige. »

Le dénommé Levant ne tarda pas à arriver, muni d'une lanterne et d'une torche. Il avait la taille d'un basketteur, quelque chose comme un mètre quatre-vingt-quinze, une grosse pomme d'Adam et des cheveux noirs aux petites boucles serrées.

« Je te présente Ishmael Chambers, dit Powell. C'est lui qui dirige le journal, en ville, et il a besoin de jeter un coup d'œil sur nos archives. Tu vas t'occuper de lui, le mettre au parfum, lui donner un coup de main, quoi. Installe-le avec tes lanternes et donne-lui ce qu'il te demande.

– Autre chose ? s'enquit Levant.

– Non, mais n'oublie pas que, dans deux heures, tu es de quart.

– Écoutez, dit Ishmael, dites-moi simplement où je dois aller. Je ne voudrais pas vous faire perdre votre temps. »

Levant le conduisit au premier étage dans une pièce où flottait une odeur de poussière, de vieux papier et d'encre à ronéotyper et où étaient entassés, du sol au plafond, des caisses en bois, des classeurs métalliques et des sacs de paquetage empilés les uns sur les autres. Levant eut du mal à trouver un endroit où poser sa lanterne. « Tout est daté, fit-il remarquer. C'est comme ça qu'on procède pour le rangement, par dates. Enfin, le plus souvent. Messages radio, passages des bateaux, bulletins météo, entretien : tout est là, rangé par année et par mois. Enfin, je crois. Y'a une date portée sur chaque document.

– C'est vous, l'opérateur radio de la station ?

– Oui, mais depuis deux ou trois mois seulement. Ceux d'avant ont été mutés, et moi, j'ai été promu.

– Est-ce que vous êtes censé prendre des notes quand vous êtes de quart, et est-ce que vous les gardez ?

– Sûr. Y'a un type qui prend tous les messages en sténo. Après, il les classe, et ils atterrissent ici dans un tiroir. Et puis, on n'en entend plus parler. Ça prend une place folle, et personne vient jamais y fourrer son nez. »

Ishmael prit une chemise cartonnée et la plaça sous la lumière de la lanterne. « J'ai l'impression que j'en ai pour un bout de temps, dit-il. Faites ce que vous avez à faire. Je vous appellerai si j'ai besoin de quelque chose.

– Je vous apporte une autre lanterne. »

Ishmael se retrouva seul au milieu des piles de documents, dans le halo de buée produit par sa respiration et l'odeur d'eau salée et de neige qui envahissait peu à peu la pièce. Il y flottait aussi un lourd parfum de passé : Ishmael eut beau essayer de se concentrer sur son travail, l'image d'Hatsue assise à l'arrière de sa voiture et celle de ses yeux croisant les siens dans le rétroviseur furent les plus fortes, et il plongea dans ses souvenirs.

Lors de leur première rencontre après la guerre, elle s'était efforcée d'être aimable, mais il n'avait pas su s'en satisfaire. Il attendait derrière elle à la caisse chez Petersen, une bouteille de lait et un paquet de biscuits à la main, la haine au cœur, quand elle s'était retournée, un bébé dans les bras, pour lui dire, sur un ton de condoléances polies, qu'elle avait appris son malheur, la perte de son bras, et qu'elle en était désolée. Elle était plus belle que jamais, il s'en souvenait comme si c'était hier, les traits seulement un peu plus durs, et la vue de son visage et de la longue tresse de ses cheveux lui serra le cœur. Il restait là, l'air pâle et malade (il avait un rhume et un peu de fièvre), la manche de sa grosse veste à carreaux retenue par une épingle, la main crispée sur son lait et ses biscuits, les yeux rivés sur le bébé. Il vit qu'Eleanor Hill, la caissière, faisait semblant d'ignorer l'allusion d'Hatsue à l'infirmité d'Ishmael ; elle-même, comme beaucoup d'autres, ne se serait jamais permis une telle remarque. « C'est la faute des Japonais, finit-il par dire. C'est ces sales Japs qui m'ont fait ça. »

Hatsue le regarda encore quelques secondes, puis se tourna vers Eleanor Hill et ouvrit son porte-monnaie. « Excuse-moi, se reprit aussitôt Ishmael. Ce n'est pas ce que je voulais dire. » Mais elle fit comme si elle n'avait rien entendu. Il posa alors les biscuits et le lait et lui mit la main sur l'épaule. « Excuse-moi, répéta-t-il. Je suis malheureux, Hatsue. Tu comprends ? J'ai tendance à dire n'importe quoi. Il ne faut pas faire attention. Je parle comme ça, sans... » Sans se retourner, Hatsue eut un mouvement pour se dégager.

Eleanor Hill s'affairait ostensiblement pour ne pas avoir à entendre ni à regarder cet ancien combattant s'humilier ainsi. Les gens réagissaient tous de la même manière lorsqu'il essayait de parler de lui. Tout était si difficile à expliquer, et de toute façon, personne n'était prêt à écouter. Il lui était arrivé, quoique rarement, de communiquer avec des jeunes gens qui, comme lui, avaient fait la guerre, mais sans jamais aller très loin. « Excuse-moi, Hatsue, dit-il encore une fois. Excuse-moi pour tout. »

Il avait quitté le magasin sans rien acheter et était rentré chez lui pour rédiger une longue lettre dans laquelle il expliquait qu'il n'était pas vraiment lui-même, qu'il regrettait d'avoir parlé de « sales Japs » devant elle. La lettre resta au fond d'un tiroir pendant deux semaines. Puis il la déchira.

Il connaissait son adresse, sa voiture et chaque fois qu'il apercevait son mari, il sentait son cœur se serrer. Pendant longtemps, il resta si tendu qu'il en perdit le sommeil. Il demeurait éveillé jusqu'à deux heures du matin, puis allumait et essayait de lire. Bientôt le jour se levait, et il n'avait pas dormi. Il sortait alors dans le petit matin pour suivre à pas lents les sentiers de l'île. C'est ainsi qu'un jour il l'avait rencontrée, alors qu'elle ramassait des clams sur la plage de Fletcher's Bay. Son bébé dormait sur une couverture à côté d'elle, sous un parasol. Ishmael vint délibérément s'asseoir à ses côtés, et la regarda un instant arracher les clams avec son râteau et les mettre dans son seau avant de dire : « S'il te plaît, Hatsue, je voudrais te parler.

– Je suis une femme mariée, dit-elle, sans lever les yeux. Ça n'est pas bien d'être seuls tous les deux. Si on nous voit, les gens vont jaser.

– Mais il n'y a personne par ici. Il faut absolument que je te parle. Tu me dois bien ça, tu ne crois pas ?

– C'est vrai. »

Elle se retourna et, voyant que le soleil était maintenant sur le visage du bébé, inclina le parasol.

« Sais-tu ce qu'éprouve un homme à l'agonie ? dit Ishmael. Je n'ai pas eu un seul moment de bonheur depuis le jour où tu es partie pour Manzanar. C'est comme si un poids énorme me pesait dans les entrailles, comme si j'avais constamment à porter une grosse boule de plomb. Tu as déjà ressenti ça ? Par moments, j'ai l'impression de devenir fou, je me vois finir à l'asile de Bellingham. Et j'en deviens bel et bien fou, je ne dors plus, je veille toute la nuit, je n'ai plus une minute de répit. Je me dis parfois que je ne vais pas tenir, que ça ne peut plus durer. Et pourtant ça dure, et ça n'en finit pas...

– Tu me fais de la peine, dit doucement Hatsue en écartant les cheveux de son front. Je n'ai jamais voulu te faire souffrir. Mais je ne vois pas comment je pourrais t'aider.

– Tu vas trouver ça stupide, mais tout ce que je voudrais, c'est te prendre dans mes bras. Te prendre dans mes bras juste une fois, Hatsue, et sentir tes cheveux. »

Hatsue l'avait regardé fixement, longuement, la main crispée sur son râteau.

« Tu sais bien que ça n'est pas possible. Je ne pourrai plus jamais te toucher, Ishmael. Tout est fini entre nous. Il faut qu'on oublie tout. On a chacun notre vie maintenant. Pour moi, les choses sont claires : je suis mariée, j'ai un enfant, et je ne peux pas te laisser me prendre dans tes bras. Tu vas te lever, partir d'ici et m'oublier pour toujours. Ishmael, il faut que tu te fasses une raison.

– Je sais bien que tu es mariée. Crois-moi, je ne demande pas mieux que de t'oublier. Mais si tu me prenais dans tes bras, ça me serait plus facile. Je t'en prie, Hatsue, juste une fois. Je t'assure qu'après tu n'entendras plus jamais parler de moi.

– Non, c'est impossible. Je ne peux pas.

– Je ne te demande pas d'essayer de m'aimer, mais seulement de m'aider, en m'accordant une seconde de bonheur, une seule.

– Rentre chez toi, dit Hatsue en soupirant et en se détournant de lui. Tu me fais de la peine, je t'assure, mais tu sais que je ne peux pas te donner ce que tu demandes. Il faut que tu apprennes à vivre sans espoir de jamais me revoir. Lève-toi, je t'en prie, et laisse-moi seule à présent. »

Les années avaient passé, et, aujourd'hui, son mari était accusé d'avoir tué un homme. Dans la pièce de la gendarmerie maritime, Ishmael eut soudain la révélation qu'il pouvait trouver dans les dossiers qui étaient là sous ses yeux quelque chose intéressant le procès de Kabuo. Une étrange excitation s'empara de lui et, oubliant sur-le-champ ses recherches météorologiques, il se mit à fouiller les tiroirs.

Il lui fallut un bon quart d'heure pour mettre la main sur ce qu'il cherchait. C'est dans le troisième tiroir d'un classeur à côté de la porte qu'il dénicha les relevés et les transcriptions des 15 et 16 septembre 1954. Vent nul, marée faible, brouillard épais, température très douce, disait le document. Passage à une heure vingt du *West Corona,* navire grec battant pavillon libérien et faisant route vers le sud, en direction de Seattle. Les messages radio étaient en sténo : le *Corona,* cherchant à déterminer sa position, avait contacté le phare par radio alors qu'il se trouvait au nord-ouest du mur d'écho 56. Il s'était engagé dans le chenal, faisant sondage sur sondage, mais le pilote, par prudence, appelait à une heure vingt-six, au plus fort du brouillard, le poste de la gendarmerie maritime pour demander à être guidé. Le signal était faible, troublé par les parasites ; l'opérateur avait donc conseillé au navigateur du *Corona* d'essayer le mur d'écho 56, qui se trouvait sur la côte nord de Lanheedron Island, et de déterminer sa position en fonction de la réponse. Le navigateur avait fait donner la sirène et, après avoir calculé le temps que mettait l'écho à lui revenir, avait transmis ses conclusions au phare : le *Corona* se trouvait hors du couloir de navigation, quelque part au sud de la bouée 56, et allait devoir obliquer vers le nord-est, dans la diagonale de Ship Channel Bank.

Ship Channel Bank ! Précisément là où Dale Middleton, Vance Cope et Leonard George avaient vu Carl Heine, son filet déployé, la nuit où il était tombé à la mer. Un énorme cargo avait donc traversé les terrains de pêche, provoquant des remous assez violents pour précipiter n'importe quel homme par-dessus bord.

À une heure quarante-deux, sur les ordres du pilote, le *Corona* effectuait le changement de cap destiné à corriger sa course, le navigateur s'étant à nouveau réglé sur le mur d'écho. Plus tard, il faisait trois nouveaux contrôles sur les murs 58, 59 et 60. À en juger par le message suivant, le radio paraissait certain que le cargo avait réintégré le couloir de navigation. C'est dans le voisinage de White Sand Bay qu'il entrait en contact pour la dernière fois avec le phare. Définitivement rassuré, le *Corona* remettait alors le cap au sud pour continuer sa route vers Seattle.

Tous les messages étaient en trois exemplaires, conformément au règlement, et signés de l'assistant de l'opérateur radio, le marin Philip Milholland, qui s'était occupé de la transcription. Ishmael détacha trois feuillets du rapport qu'il plia en quatre, avant de les glisser dans la poche de sa veste. Il prit le temps de se remettre de son émotion, puis s'empara d'une lanterne et quitta la pièce.

Au bas des escaliers, dans une espèce de vestibule, il trouva Levant en train de feuilleter les pages du *Saturday Evening Post*.

« Ça y est, j'ai terminé, lui dit-il. Une chose encore. Est-ce que Philip Milholland est ici ? Je voudrais lui parler.

– Vous le connaissez ? demanda Levant, après avoir posé son journal par terre.

– Si on veut, oui. Vaguement.

– Il est plus ici. Il a été muté à Cape Flattery, en même temps que Robert Miller. C'est à ce moment-là que nous, on est arrivés.

– Qui ça, nous ?

– Smoltz et moi. On a commencé ensemble.

– Et ça remonte à quand ?

– À septembre. Avec Smoltz, on a fait le petit quart à partir du 16.

– Le petit quart ? C'est-à-dire la nuit ?

– Si vous voulez. C'est l'équipe de nuit. C'est ce qu'on fait, Smoltz et moi.

– Alors, Milholland n'est plus ici. Il est parti le 15 septembre ?

– Non, attendez, il a pas pu partir le 15. Vu qu'il a encore travaillé la nuit du 15 au 16. Il n'a pu partir que le lendemain... Oui, c'est ça. C'est le 16 qu'avec Miller ils sont partis à Flattery. »

Ainsi, personne n'était au courant. Ceux qui avaient entendu les messages radio du *Corona* avaient quitté San Piedro le jour suivant. Quant aux textes des messages, ils avaient disparu dans une chemise cartonnée, laquelle avait disparu à son tour au fond d'un tiroir au milieu d'un tas de documents que personne ne consultait jamais. Autant dire qu'ils étaient perdus pour toujours. Personne ne connaissait la vérité sur cette affaire : la nuit où Carl Heine s'était noyé, à une heure quarante-sept d'après sa montre, un cargo avait abordé Ship Channel Bank à une heure quarante-deux, soit à peine cinq minutes plus tôt, déclenchant, selon toute vraisemblance, des remous capables de faire chavirer un petit fileyeur et de précipiter par-dessus bord même le plus robuste des pêcheurs. Personne n'aurait jamais accès à cette information. Lui seul, Ishmael, connaissait la vérité.

24

Les épaisses volutes de fumée qui s'élevaient de la cheminée, torsades d'un blanc spectral sur le rideau serré des flocons, signifièrent à Ishmael, quand il arriva en vue de la maison, que sa mère avait garni le poêle à bois de la cuisine. En passant devant la fenêtre, son bidon à la main, il l'aperçut debout devant l'évier, emmitouflée dans son manteau et son écharpe. La buée s'était déposée sur la vitre, et il ne vit d'abord qu'une silhouette, une image réfractée et fragmentaire, comme dans un lavis. Soudain une main qui s'agitait derrière le carreau et faisait un rond dans la buée lui fit un petit signe. Leurs regards se croisèrent ; Ishmael lui montra son bidon, sans ralentir le pas, et se dirigea vers la porte de la cuisine. Sa mère avait dégagé l'accès à la réserve de bois, mais la neige recouvrait déjà le chemin. Une pelle était appuyée contre la palissade.

Il s'arrêta sur le seuil, posa son bidon et mit la main dans la poche de son manteau pour tâter, contre sa cuisse, les notes de Philip Milholland. Puis il reprit son bidon et entra.

Sa mère avait accroché une couverture de laine pour isoler la cuisine du salon, et, dans la pièce assombrie par la buée qui couvrait les vitres, il faisait bon. Sur la table s'alignaient une collection de bougies, une lampe à pétrole, deux torches et une boîte d'allumettes. Sur le poêle, une bouilloire pleine de neige se mit à siffler quand Ishmael referma la porte derrière lui. « J'ai des provisions dans la voiture, dit-il en posant le bidon contre le mur, et une nouvelle mèche pour le radiateur. Tu ne t'es pas gelée la nuit dernière ?

– Pas du tout. Je suis bien contente de te voir. J'ai essayé de t'appeler, mais le téléphone est coupé. Les lignes doivent être par terre.

– Effectivement. »

Elle vida une bouilloire dans des pots qui se trouvaient dans l'évier et se tourna vers lui après s'être essuyé les mains. « Alors, quoi de neuf ? demanda-t-elle.

– Une cinquantaine de voitures sont abandonnées sur les routes entre la ville et ici. J'ai vu celle de Charlie Torval retournée sur le toit dans les ronciers du côté de Scatter Springs. Il y a des arbres abattus un peu partout, et pas de courant nulle part. Comme d'habitude, ils s'occupent en priorité de la ville, et si, comme ils l'espèrent, ils réussissent à rétablir le courant dans la matinée, on fermera la maison, et tu viendras t'installer chez moi. Ce serait ridicule de continuer à te geler ici. Je...

– Mais je n'ai absolument pas froid, l'interrompit sa mère en enlevant son écharpe. Je dirais même que pour l'instant j'ai un peu trop chaud. Juste avant que tu arrives, j'ai fini de pelleter la neige et de rentrer du bois pour le poêle. Ça va très bien, sauf que je me fais un peu de souci pour les canalisations. Avec ce gel, je me demande ce qui va se passer. Un tuyau éclaté, ça n'a rien de drôle.

– Il faudra ouvrir les robinets, dit Ishmael. Mais il ne devrait pas y avoir de problèmes. Tu te rappelles que papa avait installé un purgeur sur le tuyau d'arrivée d'eau, dans la cave, sur le mur de droite. » Il s'assit à la table et se mit à masser le moignon de son bras et à le serrer doucement. « Ça fait mal, dit-il, quand il fait froid à ce point.

– Il y a moins huit dehors. Tu ne crois pas que tes sacs vont geler dans la voiture ? On ferait peut-être bien d'aller les chercher.

– Tu as raison. Allons-y.

– Attends une minute, que ton bras te fasse moins mal. »

Ils allèrent chercher les deux sacs, ainsi que l'appareil photo d'Ishmael. Les parterres de sa mère étaient enfouis sous une épaisse couche de neige qui recouvrait aussi les houx et les mûriers et givrait les têtes des rhododendrons. Elle exprima sa crainte de voir ses fleurs les moins résistantes ne pas survivre au gel, ajoutant qu'il lui était arrivé d'en perdre par des temps moins rigoureux. Ishmael vit les traces laissées par la brouette avec laquelle elle avait transporté son bois jusqu'à la porte de la cuisine. Il y avait aussi des éclats autour du billot où elle avait coupé son petit bois.

À cinquante-six ans, sa mère était de ces veuves qui se débrouillent fort bien toutes seules à la campagne. Il savait qu'elle se levait tous les matins à cinq heures et quart, et qu'après avoir fait son lit, donné à manger à ses poules et pris une douche, elle se préparait un œuf poché et des toasts qu'elle arrosait de plusieurs tasses de thé très fort, puis se mettait à sa vaisselle et s'acquittait de ses diverses tâches ménagères. À neuf heures, n'ayant plus grand-chose à faire, elle devait lire, jardiner ou prendre sa voiture pour aller chez Petersen. Mais il n'aurait pas su dire au juste comment elle occupait son temps. Il savait qu'elle lisait beaucoup – Shakespeare, James, Dickens, Hardy –, mais cela suffisait-il à remplir ses journées ? Deux fois par mois, le mercredi soir, elle avait une réunion du club de lecture et, en compagnie de cinq autres femmes, parlait de *Benito Cereno,* des *Fleurs du Mal* ou de *Jane Eyre.* Elle s'était liée d'amitié avec Lillian Taylor, dont elle partageait la passion pour les fleurs et pour *La Montagne magique* et *Mrs Dalloway*. On les voyait dans le jardin ramasser des graines de seringa quelques semaines après la floraison, puis s'asseoir à une table pour les trier et les mettre dans de petites enveloppes marron. Parfois, vers trois heures de l'après-midi, elles buvaient de la citronnade en mangeant des toasts dont elles avaient soigneusement gratté le brûlé. Un jour, il avait entendu Lillian s'exclamer : « Quelles vieilles dames raffinées nous faisons ! Il ne nous manque plus qu'une blouse, un béret bleu, et une palette, et nous voilà fin prêtes pour la peinture. Que dirais-tu de jouer à la vieille dame aux aquarelles, Helen ? »

Helen Chambers était une femme sans prétention, au nez large et au front imposant, qui ne manquait pourtant pas de dignité, un peu à la manière d'Eleanor Roosevelt. Sa simplicité était à elle seule une forme de beauté. Lorsqu'elle allait en ville faire ses courses, elle mettait d'ordinaire une veste en poil de chameau et un canotier orné de rubans et de galons. Après la mort de son mari, elle avait consacré encore davantage de temps à ses livres et à ses fleurs et avait éprouvé un plus grand besoin de compagnie. Ishmael se retrouvait souvent à ses côtés à l'église tandis qu'elle saluait amis et connaissances avec cette cordialité et cette chaleur dont lui-même se sentait incapable. Le dimanche, assez régulièrement, il déjeunait avec elle, mais son agnosticisme invétéré l'empêchait d'accéder à ses demandes réitérées et de dire le bénédicité. Comme son père avant lui, il tenait Dieu pour une vaste supercherie. Lors d'une de ces occasions, sa mère lui avait dit : « Suppose qu'on t'oblige, le couteau sur la gorge, à répondre à la question : " Dieu existe-t-il ? " Qu'est-ce que tu dirais, Ishmael, oui ou non ?

– Mais, justement, personne ne me met un couteau

sur la gorge, avait-il répondu. Et je ne suis pas tenu de choisir. Tout est là. Je n'ai pas absolument besoin de savoir si...

– Ce n'est pas une question de *savoir,* Ishmael, mais de foi. En quoi est-ce que tu crois ?

– En rien. Pourquoi devrais-je faire semblant ? Et puis, je ne vois pas très bien ce que tu entends par Dieu. Si tu me dis ce qu'il est, je te dirai peut-être ce que je pense de son existence.

– Tout le monde sait ce qu'est Dieu. Toi-même, tu le sens bien ?

– Je ne sens rien du tout. Ni dans un sens ni dans l'autre. Et là, ce n'est pas une question de choix. Un sentiment comme celui-là, il vous vient ou il ne vous vient pas. On ne peut pas se forcer ou faire semblant. Peut-être que Dieu choisit certains d'entre nous, et que les autres ne le connaissent jamais...

– Mais tu Le connaissais quand tu étais petit. Souviens-toi, Ishmael, Dieu alors n'était pas un étranger pour toi.

– C'était il y a bien longtemps. Quand on grandit... »

Assis à la table dans la pénombre de la cuisine, il essaya de retrouver cette présence divine qu'il avait sentie dans son enfance, mais s'en trouva incapable. Au lendemain de la guerre, il avait cherché Dieu, dans l'espoir d'y puiser le réconfort. Sa tentative s'était soldée par un échec et il ne l'avait jamais renouvelée, convaincu qu'il s'agissait là d'une pitoyable mystification.

Le vent secoua la fenêtre dans son dos. Dehors, la neige tombait à gros flocons. Sa mère l'invita à rester avec elle : elle avait préparé une soupe aux haricots et aux oignons, avec un jambonneau et des navets. Ils pouvaient manger tout de suite, s'il avait faim, ou attendre un peu, s'il préférait. Ishmael glissa deux bûches de sapin dans le poêle et mit une bouilloire à chauffer. Puis il se rassit. « Il fait vraiment bon ici, remarqua-t-il. Tu ne risques pas d'avoir froid.

– Reste donc jusqu'à demain, répliqua sa mère. Je ne manque pas d'édredons. Il fera froid dans la chambre, mais dans le lit, tu seras bien. Ça ne me dit rien de te voir repartir avec toute cette neige. Je préférerais que tu passes la nuit ici. »

Ishmael accepta. On était bien chez elle, et son journal pouvait attendre. La main dans la poche de son manteau, il hésita et faillit parler à sa mère des notes qu'il avait subtilisées au phare, se demandant s'il ne ferait pas mieux ensuite de retourner en ville pour les remettre au juge. Finalement, il ne bougea pas et regarda les dernières lueurs du jour s'éteindre derrière les fenêtres.

« Et au fait, ce procès ? demanda sa mère au bout d'un moment. Ça doit pas mal t'occuper.

– Tu veux dire que je ne pense qu'à ça.

– C'est une honte. Si tu veux mon avis, c'est une parodie de justice. Cet homme a été arrêté simplement parce qu'il est japonais. »

Ishmael ne répondit rien. Sa mère alluma une des bougies et la posa sur une soucoupe. « Et toi, qu'est-ce que tu en penses ? poursuivit-elle. Je n'ai pas assisté aux débats, et j'aimerais bien en savoir un peu plus.

– Je n'en ai pas manqué une minute », dit Ishmael, qui sentit soudain le froid l'envahir. Cette sensation ne le surprit pas outre mesure, et il serra la main sur les notes de Milholland.

« Je crois qu'il est coupable, mentit Ishmael. Les faits sont accablants et le ministère public a bien mené son affaire. »

Ishmael entreprit de lui résumer les audiences de la veille et du matin, depuis le sang sur la gaffe et la blessure de Carl Heine à la tête jusqu'à la déposition d'Ole Jurgensen et la querelle à propos des terres d'Island

Center, en passant par le témoignage du sergent qui avait présenté Kabuo Miyamoto comme un homme capable d'en tuer un autre sans broncher. Il lui décrivit aussi l'accusé, très raide sur sa chaise, immobile, imperturbable, apparemment incapable de remords. Son attitude fière et provocante, comme si l'idée qu'il risquait sa tête le laissait totalement indifférent, lui avait rappelé ce qu'on leur avait dit au cours d'une conférence, quand il faisait ses classes à Fort Benning. Un colonel leur avait expliqué que le soldat japonais préfère mourir les armes à la main plutôt que de se rendre, tellement est fort son attachement à sa patrie et grande sa fierté d'être japonais, que son attitude face à la mort sur un champ de bataille n'a rien à voir avec celle du soldat américain et qu'il n'est pas question pour lui de vivre dans le déshonneur. L'idée de rentrer chez lui vaincu et humilié lui est intolérable ; il n'ignore pas par ailleurs qu'il serait hors de question pour lui de se présenter ainsi devant son Créateur : sa religion lui ordonne de mourir dans l'honneur. Puisque les Japs tenaient tant à mourir ainsi, les soldats américains devaient se faire un plaisir de les y aider. En d'autres termes, pas de quartiers et pas de prisonniers : tirer d'abord, faire les sommations ensuite. L'ennemi n'avait aucun respect pour la vie, pas plus pour la sienne que pour celle des autres, et ne respectait pas davantage les règles d'usage. Un Japonais pouvait fort bien mettre les mains en l'air et faire semblant de se rendre, alors qu'il était prêt à se faire sauter à la dynamite, et son ennemi avec. Les Japs étaient d'un naturel fourbe et sournois et ne vous laissaient jamais voir ce qu'ils pensaient.

« Ce n'était que de la propagande, dit Ishmael en terminant. Ils voulaient que nous soyons capables de les tuer sans remords, sans nous poser de questions, comme s'il s'était agi d'êtres à demi humains. Rien de tout cela n'est juste, ni vrai, mais il n'empêche que, chaque fois que je regarde Miyamoto assis à son banc, les yeux fixés droit devant lui, je repense à cette conférence. Il a ce visage impénétrable qui aurait fait merveille dans les films de propagande de l'armée.

– Je vois bien à quoi il ressemble. Il a du caractère, c'est un homme que l'on n'oublie pas facilement. Il a fait la guerre, comme toi, Ishmael, tu sembles l'oublier. Rappelle-toi qu'il a risqué sa vie pour notre pays.

– Il a fait la guerre, et après ? Quel rapport avec le meurtre de Carl Heine ? Je t'accorde que c'est un homme que l'on n'oublie pas, comme tu dis, et qu'il a combattu pour le pays... mais veux-tu me dire en quoi ça concerne l'histoire qui nous occupe ?

– Ça la concerne au moins autant que le discours de propagande de ton colonel. Si tu ne peux pas t'empêcher de te souvenir de tout ça quand tu le regardes, tu ferais bien, me semble-t-il, de te souvenir aussi d'autres choses – histoire de rééquilibrer la balance. Sinon, tu n'es plus objectif.

– Laisse son visage en dehors de ça. Les impressions et les sentiments n'ont rien à voir là-dedans. Il n'y a que les faits qui comptent – et les faits sont contre lui.

– Mais tu as dit toi-même que le procès n'était pas terminé. La défense n'a pas encore cité ses témoins, et te voilà déjà prêt à le condamner. Tu ne disposes que de la version du ministère public, mais il y en a peut-être une autre – il y en a toujours une autre. Et puis, Ishmael, les faits en eux-mêmes, c'est aride, c'est tellement aride ! Il n'y a rien d'autre sur quoi s'appuyer ?

– Je ne vois pas quoi. Tout le reste n'est qu'émotions, impressions, intuitions. Les faits, c'est du solide, alors que les émotions, ça va, ça vient, ça s'envole.

– Et si tu essayais d'en faire autant, de t'envoler toi aussi ? À supposer que tu en sois encore capable et que tu ne sois pas devenu complètement insensible. »

Elle se leva et alla jusqu'au poêle. Il resta assis sans mot dire, respirant bruyamment, soudain conscient d'un grand vide au-dedans de lui, comme si une grosse bulle d'air lui emplissait la poitrine et appuyait contre ses côtes. Vide, il se sentait plus vide que jamais, plus encore qu'avant le dernier échange avec sa mère. Que pouvait-elle savoir de ce désert qui l'habitait en permanence ? Et d'ailleurs, que savait-elle de lui ? L'avoir connu enfant était une chose ; une autre que de comprendre la nature de ses blessures d'adulte. Il ne l'y aidait d'ailleurs pas, puisqu'il était incapable de s'expliquer. Il n'avait pas plus envie de se confier à elle que de lui parler de cette paralysie dont il souffrait. Il l'avait vue pleurer la mort de son mari et découvrir que la douleur pouvait s'enraciner pour de bon, expérience qu'à l'époque Ishmael avait déjà vécue. Oui, la douleur se fixait en un point, puis elle creusait, fouissait, s'enfonçait, faisait son trou et s'installait définitivement. Elle rongeait tout ce qui était alentour, se nourrissant de votre chaleur, et le froid finissait par vous envahir pour toujours.

À la mort d'Arthur, sa mère avait connu ce froid et ce vide intérieurs ; sa douleur maintenant ne disparaîtrait plus jamais. Mais – Ishmael s'en rendit compte tout à coup – cela ne l'empêchait pas de goûter les plaisirs simples de la vie. Elle était là, devant le poêle, servant la soupe avec une grâce et une assurance tranquilles, appréciant la bonne odeur, la chaleur du feu, l'ombre que dessinait d'elle sur le mur la lumière de la bougie. La pièce était sombre et paisible ; c'était sans doute l'endroit le plus accueillant au monde, et pourtant, il s'y sentait vide, désemparé.

« Je suis malheureux, finit-il par dire. Dis-moi ce que je dois faire. »

Sa mère ne répondit pas tout de suite, se contentant de venir poser son bol de soupe devant lui. Puis elle apporta le sien, repartit et revint à la table avec une miche de pain sur un plateau, une motte de beurre et des cuillères. Elle s'assit, mit les deux coudes sur la table et se prit le menton dans les mains. « Que tu sois malheureux, dit-elle enfin, n'est un mystère pour personne, je suppose que je ne t'apprends rien.

– Dis-moi ce que je dois faire, répéta Ishmael.

– Ce que tu dois faire ? Mais je n'en sais rien, Ishmael. J'ai essayé de comprendre à quoi pouvait bien ressembler ta vie, je veux dire la guerre, la perte de ton bras, le fait que tu sois célibataire, que tu n'aies pas d'enfants. J'ai vraiment essayé de me mettre à ta place, tu peux me croire, de voir les choses comme toi tu les vois. Mais je dois avouer qu'en dépit de tous mes efforts, je n'y suis pas arrivée. D'autres hommes ont fait la guerre comme toi, ils ne se sont pas arrêtés de vivre pour autant, une fois rentrés au pays : ils ont trouvé une fille, se sont mariés, ont fondé un foyer, en dépit de tout ce qu'ils avaient vécu. Mais toi, Ishmael... tu es rentré comme paralysé. Et depuis, tu es sec, renfermé ; tu n'as pas retrouvé l'usage de ton cœur. Et moi, je n'ai pas su que dire ni que faire ; c'est vrai, je n'ai pas su t'aider. J'ai prié et j'en ai parlé au révérend...

– À Tarawa aussi, il y en avait qui priaient, l'interrompit Ishmael. Cela ne les empêchait pas de se faire tuer, tout comme les autres.

– Peut-être, mais le fait est que j'ai prié pour toi. J'aurais tellement voulu que tu sois heureux, Ishmael. Mais je n'ai pas su m'y prendre. »

Ils mangèrent leur pain et leur soupe en silence pendant que la bouilloire sifflait sur le poêle. La lueur de la bougie dessinait un arc de cercle sur leurs assiettes et, dehors, la neige sur le sol renvoyait un pâle éclat qui, filtrant à travers la vitre embuée, baignait maintenant la cuisine d'une lumière douce. Ishmael essaya de jouir un peu du moment – la chaleur, la clarté, le pain partagé. Mais il se refusait à parler d'Hatsue Miyamoto, de dire à sa mère qu'un jour, il y avait bien longtemps, il avait été certain qu'ils se marieraient. Il ne voulait pas lui raconter leur histoire, leurs rencontres dans le tronc creux du vieux cèdre. De ces jours-là, il n'en avait jamais parlé à personne ; il avait tout fait pour les rayer de sa mémoire. Mais voilà que le procès les faisait remonter à la surface.

« Ton père a combattu au bois de Belleau, lui dit soudain sa mère. Il lui a fallu des années pour oublier, pour ne plus faire de cauchemars. Il a souffert autant que toi, mais ça ne l'a pas empêché de vivre.

– Je suis certain qu'il n'a jamais oublié. On n'oublie pas une chose pareille.

– Mais il a continué à vivre, lui, normalement, sans passer son temps à pleurer sur son sort.

– Mais c'est bien ce que j'ai essayé de faire. J'ai repris le journal, tout de même. J'ai...

– Ce n'est pas du tout ce que je veux dire, et tu le sais très bien. Sortir avec quelqu'un, refuser la solitude, voilà qui serait normal. Tu es séduisant, et je suis sûre qu'il y a des tas de femmes qui...

– On ne va pas revenir là-dessus, dit Ishmael en reposant sa cuillère. Parlons d'autre chose, veux-tu ?

– Tu as autre chose à proposer ? Tu m'as demandé ce que tu devais faire pour ne plus être malheureux. Ma réponse, la voilà : marie-toi, fais des enfants.

– C'est hors de question. Ce n'est pas la solution.

– Mais si, crois-moi. C'est la seule, la vraie. »

Après le souper, il alluma le radiateur à pétrole et l'installa dans la chambre de sa mère. En dépit des années, la vieille horloge de ses parents faisait toujours entendre son tic-tac obstiné. Elle lui rappela ces samedis matin où il venait se glisser dans leur lit et où l'horloge, bourdonnant dans le fond de la pièce, rythmait les lectures qu'il faisait avec son père et qui leur avaient permis de venir à bout d'*Ivanhoé* puis de *David Copperfield*. Il vit dans le rayon de sa torche que les édredons commençaient à jaunir. Il fut surpris de trouver à côté de son lit le vieux tourne-disque RCA qui, jusqu'à une date récente, était resté dans l'ancien bureau de son père. La symphonie *Jupiter* de Mozart, interprétée par l'orchestre philharmonique de Vienne, était encore sur le plateau, et Ishmael imagina sa mère étendue sur son lit, écoutant cette musique mélancolique, une tasse de thé à côté d'elle.

Il ouvrit les robinets de l'évier et de la baignoire et sortit voir les poules. Il y en avait douze, des rousses de Rhode Island, et elles étaient toutes blotties les unes contre les autres en une grosse boule au fond du poulailler qu'avait construit son père des années auparavant. Ishmael promena sur elles le rayon de sa torche, puis tendit le bras pour ramasser un œuf abandonné dans le froid. La coquille était très dure, et l'embryon probablement gelé. Il réchauffa l'œuf un instant dans le creux de sa main puis le fit rouler doucement en direction des poules. Une fois remises de leur émoi, elles se réinstallèrent dans leur nid.

Il rentra dans la maison et, toujours en manteau et en chapeau, parcourut les pièces glacées. De petits jets de buée sortaient de sa bouche et disparaissaient dans l'obscurité. Au pied de l'escalier, il posa la main sur le pilier central, puis la retira pour diriger sa torche vers le haut et constater que les contremarches s'étaient creusées et que la rampe avait perdu de son brillant. Il monta au premier pour se retrouver dans la chambre de son enfance, dont sa mère avait fait une lingerie : elle y cousait, repassait et rangeait ses vêtements. Assis sur son ancien lit, Ishmael essaya de revoir la chambre telle qu'elle était quand il était adolescent. Il se rappela qu'en hiver, lorsque les érables avaient perdu leurs feuilles, il apercevait par la lucarne le vert de la mer au-delà des arbres.

En ce temps-là, il avait une collection de badges et une autre de fanions, des centaines de pièces dans un grand pot de confiture, un bocal à poissons, et une Ford Lizzie miniature qui pendait à un fil accroché au plafond. Tout avait disparu, Dieu seul savait où. Il rangeait sa boîte à fond vitré dans un coin de l'armoire avec son gant de base-ball. Il se souvenait de certains soirs où le clair de lune, entrant à flots par la lucarne, peuplait sa chambre d'ombres bleues et mouvantes qui l'empêchaient de dormir. Il s'asseyait alors dans son lit, écoutant les grillons et les grenouilles, et parfois la radio qui se trouvait sur la table de nuit. Il s'intéressait surtout aux matches de base-ball et suivait les Rainiers de Seattle et le championnat de la côte Ouest. Extraordinaire, comme il avait encore dans l'oreille la voix du commentateur Leo Lassen, que les parasites rendaient pratiquement inaudible : *White est à la première base, il sautille sur place, prêt à foncer affolant complètement ce pauvre Gittelsohn... Et voilà Strange qui a fini son échauffement et qui vient se mettre en position... Ah, mes amis, écoutez-moi la foule de Sick's Stadium qui acclame son batteur favori. Je donnerais cher pour que vous soyez avec nous ce soir ! Le mont Rainier là-bas au fond, derrière la moitié droite du terrain, ressemble à un immense cornet de glace. Et voilà Gittelsohn qui arme son bras et... White est parti comme une flèche ! Trop tard pour renvoyer la balle. Ça y est, White a déjà le pied sur la deuxième base ! Fan-tas-tique course de White !*

Son père aussi aimait le base-ball. Certains soirs, ils écoutaient tous les deux les reportages, assis près du Bendix dans le salon, fascinés par l'art avec lequel Leo Lassen savait faire vivre une rencontre se disputant à des centaines de kilomètres de là, à Seattle, Portland ou Sacramento. La voix du reporter – avec le temps, elle avait baissé d'une octave, ralenti son débit – tantôt ressemblait à celle d'un vieil oncle excentrique vous confiant ses secrets de golfeur, tantôt négociait de façon miraculeuse une phrase impossible à prononcer, tantôt pressentait des significations cachées dans la plus banale des tactiques défensives. Arthur ponctuait chaque phase favorable à son équipe d'un grand coup sur le bras de son fauteuil et se désespérait chaque fois qu'une erreur d'appréciation ou une maladresse la mettait en difficulté. Au cours des temps morts de la rencontre, il étendait les jambes et se croisait les mains sur le ventre, ne quittant pas des yeux l'appareil d'où sortait la voix. Il finissait par s'endormir, dodelinant de la tête, et ne se réveillait que lorsque le reporter s'égosillait à nouveau, saluant l'exploit d'un Strange ou d'un Freddy Mueller.

Ishmael avait encore très présente à la mémoire l'image de son père à demi endormi : l'homme dans son fauteuil, à côté de lui le poste de radio, sur ses genoux un magazine ouvert, *Harper's* ou *Scientific Agriculture,* le tout baignant dans le rond de lumière blonde dessiné par le lampadaire. Aux derniers tours de batte de la rencontre, la pièce alentour s'était assoupie dans une pénombre douce et apaisée, parcourue des reflets orangés des dernières braises se consumant sous la grille du foyer. Des vestes pendaient dans l'entrée, accrochées aux portemanteaux de cuivre bien astiqués, et les livres de son père, rangés par ordre de grandeur, s'alignaient derrière les vitres de deux bibliothèques cintrées en chêne. À chaque tournant du match – circuit complet, base conquise de haute lutte, point marqué ou coup double défensif –, son père s'agitait, clignait deux ou trois fois des yeux et faisait mine de prendre ses lunettes posées sur son magazine. Il avait les cheveux plaqués sur le crâne en mèches grisonnantes et le menton légèrement en galoche. Des touffes de poils gris sortaient de ses oreilles et de ses narines ; d'autres hérissaient ses sourcils. Une fois le match terminé, il éteignait la radio et chaussait ses lunettes avec soin, passant du doigt l'extrémité des branches derrière ses oreilles. C'étaient de vieilles lunettes rondes à monture d'acier qui lui donnaient l'air d'un professeur ou d'un savant qui, malgré les heures passées dans ses livres, aurait conservé l'allure de ceux qui vivent au grand air. Il prenait son magazine et se mettait à lire, comme si rien ne s'était passé.

Le père d'Ishmael était mort d'un cancer du pancréas à l'hôpital militaire de Seattle. Son fils n'avait pu assister à ses derniers moments. Cent soixante-dix personnes avaient suivi l'enterrement et s'étaient retrouvées par un beau jour de juin au Memorial Cemetery de San Piedro. Ishmael se souvenait qu'après la cérémonie Masato Nagaishi était venu lui présenter les condoléances de l'Association des citoyens nippo-américains. « Je ne saurais vous dire à quel point la communauté japonaise a été attristée par la mort de votre père. Nous avons toujours eu un grand respect pour le journaliste qu'il était, pour l'homme d'équité et de compassion qu'il a toujours su être. Il n'avait que des amis et il était l'ami de tous. » Masato Nagaishi, un homme grand, au visage large, au crâne complètement dégarni et aux yeux papillotant sans arrêt derrière ses lunettes, avait alors empoigné la main d'Ishmael. « Nous savons tous que vous continuerez l'œuvre entreprise par votre père, avait-il ajouté avec chaleur, en secouant la main qu'il tenait dans la sienne. Nous sommes certains que vous lui ferez honneur. Mais aujourd'hui, comme vous, nous sommes dans l'affliction. Nous pleurons votre père et avec vous nous honorons sa mémoire. »

Ishmael alla ouvrir son ancienne armoire et regarda un instant les cartons empilés à l'intérieur. Cela faisait plus de huit ans qu'il ne les avait pas rouverts, et leur contenu ne l'intéressait plus guère. Ses livres, ses devoirs de lycéen, ses pointes de flèche, sa collection de fanions, son bocal plein de pièces, ses galets – autant d'objets qui appartenaient à une époque révolue. Ce qu'il voulait, c'était retrouver la lettre que lui avait écrite Hatsue de Manzanar et la relire, comme quelqu'un qui s'octroie un plaisir défendu. Depuis qu'il l'avait prise en voiture avec son père, il s'était laissé aller à des rêves insensés et, en dépit de ses nombreuses occupations, n'avait pas cessé de penser à elle.

La lettre était enfouie dans un carton, entre les pages d'un livre sur la navigation qu'on lui avait offert pour ses trente ans. L'enveloppe jaunie, avec son timbre collé à l'envers et, au dos, l'adresse de Kenny Yamashita, était raide et froide au toucher. Ishmael coinça la torche sous son aisselle et revint s'asseoir sur le lit. Le papier de riz qu'Hatsue avait couvert de sa délicate écriture était maintenant très abîmé ; aussi le déplia-t-il avec le plus grand soin avant de le placer sous la lumière de sa torche.

Cher Ishmael,
Ces choses-là sont très difficiles à dire... et je n'ai jamais eu autant de mal à écrire une lettre. Me voilà à plus de huit cents kilomètres de toi, et tout me paraît si différent maintenant que je ne suis plus à San Piedro. J'ai essayé de profiter de l'éloignement pour réfléchir à tête reposée. Et je vais essayer de te dire ce que je pense de la situation. Je n'ai pas d'amour pour toi, Ishmael. Je ne trouve pas d'autre moyen de te dire la vérité. Il m'a toujours semblé, même quand nous étions encore petits, que quelque chose n'allait pas. Je le sentais chaque fois que nous étions ensemble. Dans le même instant, je t'aimais et je ne t'aimais pas, et j'étais troublée et désemparée.

À présent, tout me paraît très clair et je crois que je te dois la vérité. Quand nous nous sommes vus pour la dernière fois dans le cèdre et que j'ai senti ton corps contre le mien, j'ai su avec certitude que quelque chose n'allait pas. J'ai compris que nous ne pourrions jamais être heureux ensemble et qu'un jour il me faudrait te le dire. C'est ce que je fais aujourd'hui. Je ne t'écrirai plus jamais. Désormais, je ne t'appartiens plus.

Je te souhaite bonne chance, Ishmael. Tu as beaucoup de cœur ; tu es bon et généreux. Je suis sûre que tu réaliseras de grandes choses. À présent, il faut que je te dise adieu. Je vais continuer ma vie du mieux que je pourrai, et j'espère que tu feras de même.

Amicalement,
Hatsue Imada

Ishmael lut la lettre une deuxième fois, puis une troisième, et éteignit sa torche. Il repensa à la révélation qu'elle avait eue au moment même où il s'était enfoncé en elle, comme si cette pénétration avait mis au jour une vérité qu'elle n'aurait jamais découverte autrement. Fermant les yeux, il revécut l'instant où il avait été en elle, incapable alors de se faire une idée du plaisir qui l'attendait, puisqu'il ignorait encore ce que c'était que d'être à l'intérieur d'une femme. Elle s'était détachée de lui au moment où l'envahissait cette sensation si nouvelle. Il n'avait pas joui, étant à peine resté en elle, mais ces quelques secondes avaient suffi à Hatsue, s'il fallait en croire sa lettre, pour découvrir qu'elle ne l'aimait plus, alors même que lui ne l'avait jamais autant aimée. C'était bien là le plus étrange. Qu'en la pénétrant, il lui ait donné le moyen de découvrir la vérité. Il aurait voulu pouvoir la prendre à nouveau, il aurait voulu qu'elle lui demande de le faire... Le lendemain, elle était partie.

Au cours des années passées à Seattle, il avait couché avec trois femmes et failli tomber amoureux de deux d'entre elles. Un moment, il était allé jusqu'à nourrir l'espoir d'une vie commune, mais il ne s'était finalement rien passé. Ces femmes lui posaient souvent des questions à propos de son bras, et il leur parlait un peu de ce qu'il avait connu à la guerre, mais il se rendit compte assez vite qu'il ne les respectait pas, en conçut un certain dégoût et décida qu'elles n'étaient pas faites pour lui. Son passé de soldat et la perte de son bras lui conféraient du charme auprès de certaines filles qui s'imaginaient plus mûres qu'on l'est d'ordinaire à vingt ans et se voulaient plus sérieuses. Il faisait l'amour sans joie, par égoïsme et par peur de la solitude. Il jouissait en elles brutalement et, jamais rassasié, les tenait éveillées jusqu'au milieu de la nuit. Sachant qu'il se sentirait encore plus seul qu'avant quand il les aurait renvoyées et qu'elles auraient disparu de sa vie ; il avait, par deux fois, attendu plusieurs semaines avant de rompre, simplement pour pouvoir continuer à faire l'amour, pour sentir quelqu'un respirer sous lui quand, les yeux fermés, il faisait aller et venir son sexe. Lorsque son père, déjà près de sa fin, était entré à l'hôpital de Seattle, Ishmael avait oublié les femmes. L'après-midi où Arthur était mort, il se trouvait dans la salle de rédaction du *Seattle Times* en train de taper à la machine de ses cinq doigts. Il était revenu à San Piedro pour l'enterrement et pour régler les affaires de son père. Il avait fini par y rester et par reprendre le journal. Il habitait un appartement à Amity Harbor et vivait en solitaire, du moins autant qu'on peut le faire lorsqu'on dirige le journal d'une petite île. Deux fois par mois, il se masturbait dans son mouchoir. Et c'était là toute son activité sexuelle.

Seul dans l'obscurité, Ishmael prit la décision d'écrire l'article qu'Hatsue voulait le voir publier dans les pages de la *San Piedro Review*. Son père n'aurait sans doute pas procédé ainsi ; il se serait immédiatement rendu chez le juge Fielding pour lui rendre compte des mouvements de bateaux consignés dans les registres pour la nuit du 15 septembre. Et après ? Il était Ishmael Chambers, et non Arthur Chambers, et il avait de bonnes raisons de conserver ce document dans sa poche. Demain, il écrirait son article, elle deviendrait aussitôt son obligée et ne pourrait faire moins que l'écouter quand, le procès terminé, il lui parlerait en homme qui a pris sa défense. C'était bien là la meilleure solution. Seul dans le froid de son ancienne chambre, tenant la lettre d'une main mal assurée, il se mit à rêver.

25

À huit heures précises, le matin du troisième jour du procès, alors qu'une douzaine de cierges donnaient à la salle d'audience l'allure d'une chapelle ou d'un sanctuaire, Nels Gudmundsson appela son premier témoin à la barre. La femme de l'accusé se leva au fond de la salle et descendit l'allée. Ses cheveux étaient tirés en arrière et rassemblés sous un chapeau sans ornement qui laissait ses yeux dans l'ombre. Au moment de franchir le portillon que Nels lui tenait ouvert, elle s'arrêta un instant pour regarder son mari, assis immédiatement à sa gauche, les mains croisées devant lui. Elle lui fit un signe de tête sans se départir de son calme, et il lui répondit de la même façon. Il décroisa les mains, les mit sur la table et fouilla ses yeux du regard. L'espace d'une seconde, on eut l'impression que la femme allait se tourner et se diriger vers lui, mais elle n'en fit rien, se contentant de reprendre sa marche en direction de l'huissier, qui l'attendait patiemment devant la barre, sa bible à la main.

Lorsqu'elle eut pris place, Nels Gudmundsson toussota dans sa main pour s'éclaircir la voix. Puis il passa devant les jurés, les pouces toujours sous ses bretelles, les yeux voilés par les larmes. Le sang lui battait aux tempes, comme chaque fois qu'il avait passé une nuit blanche. À deux heures et demie, transi de froid, il avait craqué une allumette pour voir l'heure à sa montre, puis dans l'obscurité était allé à la salle de bains en chaussettes, pour trouver l'eau gelée dans la cuvette des W-C. À grand renfort de jurons et de grognements, il avait cassé la glace avec le manche de la ventouse, avant de s'appuyer contre le mur, cassé en deux par son lumbago, pour faire trois gouttes dans la cuvette. Puis il s'était remis au lit, sous une pile de couvertures et, recroquevillé comme une feuille morte, était resté éveillé jusqu'à l'aube. À présent, il donnait l'image d'un homme qui, ni rasé ni peigné, faisait dix ans de plus que son âge. Sa pupille aveugle paraissait encore plus vagabonde, plus incontrôlable qu'à l'ordinaire.

Il y avait autant de monde dans la salle que lors des deux premiers jours. Nombreux étaient les habitants de l'île qui avaient gardé leurs manteaux, leurs caoutchoucs sur leurs chaussures et leurs grosses écharpes : pressés d'entrer pour trouver une place assise, ils ne s'étaient pas arrêtés au vestiaire. Autour d'eux flottait l'odeur de la neige fondant au contact de la laine de leurs vêtements ; ils étaient tout heureux de se trouver enfin dans un endroit chauffé, prêts à assister au spectacle. Ils s'installaient, fourrant leurs moufles et leurs bonnets dans leurs poches, conscients de la chance qu'ils avaient de pouvoir échapper un moment aux rigueurs de la tempête. Comme à l'ordinaire, leur attitude un peu guindée témoignait du respect dans lequel ils tenaient la justice ; pour eux, la loi n'était pas un vain mot, et sa force s'incarnait dans la figure de Lew Fielding, présidant les débats les yeux mi-clos, le visage impénétrable, ainsi que dans les jurés siégeant, attentifs et concentrés, dans leur box surélevé. Les journalistes, de leur côté, n'avaient d'yeux que pour la femme de l'accusé, qui, ce jour-là, portait une jupe plissée et un corsage froncé aux épaules. Lorsqu'elle prêta serment, la main sur la bible, sa pose ne manquait pas de grâce. En la voyant, un des journalistes, qui, juste après la guerre, avait vécu quelque temps au Japon, repensa à la geisha aux gestes délicats et mesurés qu'il avait observée à Nara en train de s'acquitter de la cérémonie rituelle du thé, et il sentit à nouveau l'odeur des aiguilles de pin répandues dans la cour de la maison.

Mais Hatsue était loin d'être aussi sereine qu'elle en avait l'air. Son calme n'était qu'un masque destiné à cacher son désarroi. Depuis qu'il était revenu de la guerre neuf ans auparavant, son mari n'avait cessé d'être pour elle un mystère. À son retour, ils avaient loué un cottage dans Bender's Spring Road, une impasse plantée d'aulnes qui leur cachaient les autres maisons. La nuit, Kabuo était souvent réveillé par des cauchemars et il se retrouvait assis à la table de la cuisine, en pantoufles et en peignoir, à boire du thé, les yeux perdus dans le vide. Hatsue dut se faire à l'idée qu'elle était mariée à un homme en qui la guerre avait fait naître un sentiment de culpabilité qui lui enveloppait l'âme comme un linceul. Elle allait devoir l'aimer autrement, d'une façon qu'elle n'aurait pas imaginée avant son départ. Elle n'était poussée ni par un esprit de charité ni par la tentation d'ignorer ses angoisses ou de céder à ses caprices. Elle cherchait simplement à adhérer à sa douleur, moins dans le but de le réconforter que de lui laisser le temps de se retrouver. Elle lui apportait sans compter l'aide qu'elle estimait lui devoir, et c'est avec joie qu'elle acceptait de s'effacer. Sa dévotion donnait à sa vie une forme et un sens bien supérieurs à ceux qu'aurait pu lui donner son vieux rêve d'une ferme, même si la tâche qui consistait à soigner les blessures de son mari lui apparaissait parfois bien ingrate. Assise en face de lui dans la cuisine à trois heures du matin, alors qu'il était occupé à regarder dans le vide, à parler ou à pleurer, elle profitait de la moindre occasion pour le soulager d'un peu de sa peine qu'elle emprisonnait dans son propre cœur.

Lorsqu'elle avait été enceinte, les choses s'étaient arrangées pour Kabuo. Il avait trouvé un emploi à la conserverie, où il travaillait aux côtés de son frère Kenji. S'étant mis dans l'idée d'acheter une ferme, il l'emmenait sur les routes de l'île faire le tour des exploitations à vendre. Mais il trouvait toujours quelque chose à redire : tantôt, c'était le système de drainage, tantôt l'exposition, tantôt la nature du sol. Un après-midi où il pleuvait, il arrêta la voiture dans un petit chemin et lui expliqua d'un ton grave qu'il avait décidé de racheter la terre de ses parents dès que la possibilité s'en présenterait. Il entreprit à nouveau de lui raconter comment il ne s'en était fallu que d'un versement, le dernier, pour qu'ils deviennent propriétaires des sept acres d'Island Center, comment Etta Heine avait manqué à sa parole et vendu leur terre à Ole Jurgensen, et comment la propriété aurait dû lui revenir à lui, le fils aîné et le premier des Miyamoto à pouvoir prétendre au titre de citoyen américain. C'était à cause de l'internement à Manzanar qu'ils avaient tout perdu. Par la suite, son père était mort d'un cancer du côlon, sa mère était partie vivre à Fresno, où sa sœur avait épousé un marchand de meubles. Kabuo ponctua la fin de son histoire par un grand coup de poing sur le volant tout en maudissant l'injustice du monde : « Ils nous ont volés, tu m'entends, volés ! Et en toute impunité. »

Une nuit, six mois après la fin de la guerre, Hatsue s'était réveillée pour s'apercevoir qu'il n'était plus à ses côtés. Il avait quitté la maison. Inquiète, elle avait attendu pendant plus d'une heure, assise dans l'obscurité de la cuisine. Dehors, il pleuvait et ventait ; la voiture n'était pas au garage.

Hatsue attendit. Elle passa les mains sur son ventre, essayant de suivre les contours du bébé, espérant le sentir bouger. Il y avait une fuite dans l'appentis de la souillarde, et elle se leva pour aller vider la casserole qu'elle avait placée dessous. Lorsque Kabuo rentra vers quatre heures du matin, trempé, chargé de deux sacs en toile de jute, le pantalon couvert de boue, ce fut pour la trouver immobile à la table. Ils se regardèrent en silence, et après avoir posé un des sacs par terre, il souleva l'autre pour le mettre sur une chaise. « Il y a là-dedans tout ce que mon père avait caché après Pearl Harbor », dit-il en enlevant son chapeau. Puis il se mit à vider le sac de son contenu : épées de bois, pantalons *hakama,* rouleaux de parchemin couverts d'idéogrammes, *bokken, naginata,* déposant chaque objet au fur et à mesure sur la table avec précaution. « Tout ceci appartient à ma famille, dit-il en s'essuyant le front. Mon père avait pris soin de l'enterrer dans nos champs de fraises. Tiens, regarde ça », ajouta-t-il en lui tendant une photographie.

On y voyait Kabuo en costume de *bugeisha,* tenant un bâton de kendo à deux mains. Il ne devait pas avoir plus de seize ans, mais il avait déjà son air farouche et hautain. Hatsue étudia la photo pendant un long moment, s'attardant sur les yeux et la bouche du jeune homme, comme si elle cherchait à percer un mystère. « Mon arrière-grand-père, dit Kabuo, en enlevant son manteau, était un samouraï et un grand guerrier. Il s'est donné la mort sur le champ de bataille de Kumamoto, avec son propre sabre : *seppukku.* » Et Kabuo mima le geste, se plongeant une arme imaginaire dans le côté gauche et la déplaçant lentement, méthodiquement vers la droite. « Il n'avait rien d'autre que son sabre de samouraï pour affronter les fusils de toute une garnison impériale. Tu te rends compte, Hatsue ? Combattre des fusils avec un sabre, tout en sachant qu'il ne peut y avoir qu'une issue au combat : la mort ! »

Kabuo s'agenouilla alors pour sortir un fraisier, puis un autre, du sac qui était resté sur le sol. Il les transporta jusqu'à la table et les tendit à Hatsue pour qu'elle puisse les examiner de près. Elle ne vit que les veines de ses bras qui saillaient sous sa peau, ses poignets solides et ses doigts noueux.

« Ce sont les enfants des fraisiers que mon père avait plantés, dit-il d'une voix où perçait la colère. Nous vivions des fruits qu'ils produisaient, quand nous étions petits. Est-ce que tu comprends ce que je veux dire ?

– Viens te coucher, répondit Hatsue. Prends un bain, sèche-toi, et remets-toi au lit. »

Elle se leva et quitta la table. Elle savait que, en la voyant de profil, il remarquerait la courbure de son ventre. « Tu vas être père dans quelque temps, lui avait-elle rappelé en s'arrêtant sur le seuil. J'espère que tu retrouveras la paix, Kabuo, et que tu oublieras toute cette histoire.

– Je récupérerai la ferme, crois-moi, avait-il répondu dans le vacarme de la pluie. Nous irons vivre là-bas, sur nos champs de fraises. Ce sera merveilleux, tu verras. Oui, un jour, cette ferme sera de nouveau à moi. »

Il y avait de cela bien longtemps, pas loin de neuf ans. Ils avaient économisé sur tout dans le but d'acheter une maison. Hatsue voulait quitter le cottage délabré de Bender's Spring Road, mais Kabuo avait fini par faire triompher son idée : acheter un fileyeur pour aller pêcher le saumon, ce qui leur permettrait de doubler leur capital en l'espace d'un an ou deux. Ils pourraient alors finir de payer le bateau, tout en disposant encore de la somme nécessaire à un premier versement en vue du rachat de la ferme. Ole Jurgensen se faisait vieux et ne tarderait pas à mettre ses terres en vente.

Kabuo avait fait un pêcheur tout à fait honorable, mais il n'était pas fait pour ce métier. Il avait beau bien gagner sa vie, apprécier l'argent que lui rapportait la pêche, être ambitieux, résistant, acharné au travail, la mer, en fin de compte, n'était pas son élément. Ils n'avaient pas doublé leur capital, il s'en fallait de beaucoup, et l'*Islander* n'avait jamais vraiment été à eux. Kabuo ne faisait que s'éreinter davantage, mesurant la qualité de sa vie à la quantité de poisson qu'il ramenait à la maison. Chaque fois qu'il rentrait les mains vides, il voyait son rêve s'éloigner un peu plus. Il se faisait sans arrêt des reproches, et il lui arrivait de rabrouer sa femme, ravivant ainsi les blessures de leur couple. Sachant que ce n'était pas un service à lui rendre, Hatsue s'abstenait de le plaindre, et il en conçut une certaine amertume. Il connaissait des moments d'abattement qu'elle avait du mal à distinguer des angoisses nées du traumatisme de la guerre. Et puis, elle avait maintenant trois enfants, qui réclamaient toute son attention et une bonne part de ce qu'elle n'avait longtemps donné qu'à son mari. Elle espérait qu'ils réussiraient à l'adoucir, à le détourner de son obsession, à lui faire oublier ce rêve d'une autre existence. Elle savait, pour en avoir elle-même fait l'expérience, que c'était là chose possible.

Bien sûr qu'elle aurait aimé habiter une belle maison, pouvoir sortir les matins de juin dans le parfum des fruits mûrs, rester la tête dans le vent à humer l'air à pleins poumons. Pourtant il fallait savoir s'accommoder de son sort sans toujours aspirer à l'impossible. C'est ce que, patiemment, elle essayait de faire comprendre à son mari. Mais Kabuo s'entêtait : une autre vie, une vie meilleure, leur était promise dans un proche avenir ; pour l'instant, il n'y avait qu'à espérer de bonnes pêches, attendre qu'Ole Jurgensen faiblisse encore un peu, faire des économies et... prendre son mal en patience.

Assise très droite dans le box des témoins, les mains croisées devant elle, Hatsue s'apprêtait à répondre aux questions de Nels Gudmundsson.

« Mrs Miyamoto, je vous demanderai de bien vouloir repenser à certains événements du mois de septembre.

Est-il exact qu'à cette époque votre mari désirait acheter une terre qui était à vendre à Island Center ?

– Tout à fait exact, répondit Hatsue. Mon mari tenait beaucoup à cette terre qui, à une époque, avait appartenu à sa famille. Vous comprenez, ses parents avaient travaillé dur pour en devenir propriétaires. Pendant la guerre, ils ont tout perdu du jour au lendemain quand on les a dépossédés de leur bien.

– Je vous demanderai maintenant, Mrs Miyamoto, de vous reporter plus précisément au mardi 7 septembre. Un cultivateur d'Island Center à la retraite, un certain Mr Jurgensen, a déclaré ici même, vous vous en souvenez peut-être, que votre mari était venu le voir ce jour-là pour lui faire part de ses intentions : il voulait racheter ces fameux champs de fraisiers dont vous venez de nous parler, sept acres en tout. Cela vous rappelle-t-il quelque chose ?

– Oui. Je m'en souviens parfaitement. »

Après avoir hoché la tête et s'être massé le front, Nels s'assit sur le bord de la table de l'accusé. « Votre mari vous a-t-il parlé de cette visite et de sa conversation avec Mr Jurgensen ?

– Oui.

– Vous a-t-il rien dit de précis ? Quelque chose dont vous garderiez le souvenir aujourd'hui ?

– Oui. »

Hatsue rapporta alors que, dans l'après-midi du 7 septembre, tandis qu'elle passait en voiture avec les enfants devant la ferme d'Island Center, elle avait vu la pancarte d'Ole Jurgensen. Elle avait aussitôt fait demi-tour pour appeler son mari depuis la cabine publique d'Amity Harbor, qui se trouve juste à côté de l'épicerie. Puis elle était rentrée. Une heure plus tard, Kabuo était arrivé avec la triste nouvelle : la ferme et les terres étaient déjà vendues à Carl Heine.

« Je vois, dit Nels. Cette triste nouvelle, comme vous

dites, c'est bien le soir du 7 septembre que votre mari vous l'a annoncée ?

– Non, l'après-midi. Je me souviens que nous en avons parlé en fin d'après-midi, avant qu'il prenne la mer.

– En fin d'après-midi. Votre mari avait-il l'air déçu d'avoir échoué dans son entreprise ?

– Non, pas le moins du monde. Au contraire, il était plein d'espoir, Mr Gudmundsson. Pour tout dire, il y avait bien longtemps que je ne l'avais pas vu aussi confiant. Ce qui comptait, d'après lui, c'était qu'Ole Jurgensen ait décidé de prendre sa retraite et de vendre : après tant d'années, il se produisait enfin un événement qui allait faire bouger les choses et lui permettre de réaliser son rêve. Je le répète, il était plein d'espoir, je dirais même d'enthousiasme.

– Bien. Continuons et passons au lendemain. Le 8 septembre, votre mari parlait-il toujours d'acheter cette terre ? Était-il toujours, comme vous le dites, plein d'espoir ?

– Oui, absolument. Nous avons reparlé de cette affaire le lendemain. Mon mari avait décidé d'aller trouver Carl Heine et de lui faire part de son désir de lui racheter les sept acres en question.

– Mais il n'y est pas allé le jour même. Il a laissé passer un jour, c'est bien cela ?

– En effet, il a préféré attendre un peu. Il était nerveux et voulait réfléchir à la meilleure façon de présenter les choses.

– Bien. Mrs Miyamoto, nous sommes maintenant le jeudi 9 et deux jours – deux longues journées – se sont écoulés depuis que votre mari est allé trouver Ole Jurgensen. Que se passe-t-il alors ?

– Comment, que se passe-t-il ?

– C'est bien ce jour-là que votre mari se rend chez Carl Heine, non ? Hier, au cours de sa déposition,

Susan Marie Heine a déclaré qu'il s'était présenté chez eux dans l'après-midi du 9 septembre et avait demandé à parler à Carl. Le témoin a dit ne pas avoir assisté à cet entretien, mais a fait état d'une conversation qu'elle-même avait eue avec son époux après le départ du vôtre au cours de laquelle ils avaient évoqué le rachat éventuel de ces sept acres par votre mari. Lors du contre-interrogatoire que je lui ai fait subir, la femme du défunt nous a dit que Carl, loin d'opposer un refus catégorique à la demande de l'accusé et de lui enlever tout espoir, avait au contraire encouragé votre mari à espérer. J'aimerais savoir, Mrs Miyamoto, si cela vous semble plausible. Est-ce que l'après-midi du 9 septembre, à la suite de sa visite à Carl Heine, votre mari paraissait toujours aussi confiant ?

– Oui, sans aucun doute. Il est rentré plus enthousiaste que jamais. Il m'a dit qu'il se sentait enfin près du but. Moi-même, à ce moment-là, je me suis dit qu'il allait peut-être réussir. »

Nels se remit debout et, perdu dans ses pensées, commença à aller et venir à pas lents devant les jurés. Dans le silence qui s'ensuivit, on entendit le vent battre contre les fenêtres et la vapeur siffler dans les radiateurs. Sans les lumières au plafond, la salle du tribunal, déjà peu éclairée d'ordinaire, semblait encore plus grise et plus terne. L'odeur de la neige flottait dans l'air.

« Vous dites, Mrs Miyamoto, que vous-même aviez repris espoir. Et pourtant, vous n'étiez pas sans savoir que la mère du défunt et votre mari n'étaient pas dans les meilleurs termes. Ils avaient eu, disons..., des mots. Comment, dans ces conditions, expliquer cet espoir ? Pourquoi cet optimisme, tout à coup ? »

Hatsue répondit qu'elle comprenait fort bien qu'on lui pose cette question, puisqu'elle l'avait elle-même posée à Kabuo sous cette forme. Pouvait-on raisonnablement attendre de ces gens qu'ils acceptent de lui céder une terre qu'ils avaient jadis volée sans le moindre scrupule ? À quoi son mari avait répondu qu'il ne fallait pas confondre Carl et Etta, que, cette fois-ci, c'était à Carl de décider, pas à sa mère. Et Carl avait été son ami dans le temps. Il ferait ce qui était juste.

« Mrs Miyamoto, reprit Nels, votre mari est allé trouver Carl Heine l'après-midi du jeudi 9 septembre. C'est le jeudi suivant, le 16, que l'on a retrouvé le corps de Carl Heine dans le filet de son bateau au large de White Sand Bay. Une semaine, ou presque, sépare ces deux événements : six jours pleins et sept nuits. Je voudrais savoir maintenant si durant ce laps de temps votre mari vous a reparlé de Carl Heine ou des sept acres en question. Rassemblez vos souvenirs et dites-moi si, entre le 9 et le 16 septembre, il a dit ou fait quoi que ce soit ayant un rapport avec cette affaire. »

Hatsue expliqua que Kabuo avait estimé qu'il n'avait, lui, plus rien à faire, que c'était à Carl de jouer maintenant. À Carl de se poser des questions et de prendre une décision : accepterait-il de réparer les torts dont s'était rendue coupable sa propre mère ? Se sentirait-il responsable de ce qu'avait pu faire sa famille ? Comprendrait-il qu'il avait des obligations envers les Miyamoto ? De son côté, Kabuo jugeait qu'il n'avait pas à le relancer : il ne voulait pas avoir l'air de le supplier, de remettre son sort entre ses mains. Toute nouvelle demande l'aurait placé dans une position humiliante, et il en avait conclu qu'en l'occurrence la meilleure solution était encore la patience : il n'avait rien à gagner à vouloir précipiter les choses. Il donnait à l'autre une semaine pour se décider. Lui-même aviserait à ce moment-là.

Hatsue termina en racontant comment, le matin du 16 septembre, alors qu'elle était en train de préparer le thé, son mari, qui n'avait même pas pris la peine d'enlever ses bottes ni sa combinaison en caoutchouc, était entré en coup de vent pour lui annoncer qu'il avait vu Carl en mer, l'avait dépanné en plein brouillard, et qu'ils avaient conclu un marché : les sept acres d'Island Center contre huit mille quatre cents dollars, avec un acompte de huit cents dollars. La terre des Miyamoto leur était enfin rendue.

Mais le même jour, à une heure de l'après-midi, Jessica Porter, l'employée de chez Petersen, annonçait à Hatsue le terrible accident dont Carl Heine avait été victime la nuit précédente : on avait retrouvé son corps pris dans les mailles de son filet, au large de White Sand Bay.

26

Avant de procéder au contre-interrogatoire du témoin, Alvin Hooks prit appui sur le bord de sa table, croisa les jambes devant lui avec désinvolture, comme quelqu'un qui, adossé à un mur, s'apprête à contempler le spectacle de la rue. Les mains croisées sur le ventre, la tête légèrement inclinée sur la droite, il étudia un instant Hatsue Miyamoto. « Vous savez que vous m'avez beaucoup intéressé ? finit-il par dire. Surtout quand vous avez parlé des événements du matin du 16 septembre. Je pense à ce moment où, occupée à préparer le thé, vous avez vu tout à coup l'accusé faire irruption dans la cuisine, dans un état d'extrême excitation, pour vous raconter comment, après avoir rencontré Carl Heine en pleine mer, les deux hommes avaient finalement conclu une sorte de marché. J'avoue avoir trouvé cela passionnant. »

Il s'interrompit pour examiner à nouveau le témoin. Puis il se mit à hocher la tête d'un air dubitatif, et, tout en se grattant le crâne, leva les yeux au plafond. « Mrs Miyamoto, reprit-il, je viens de dire de votre mari qu'en ce matin du 16 septembre – le matin du meurtre de Carl Heine – il était dans un " état d'extrême excitation ". L'expression vous paraît-elle appropriée ou aurais-je par hasard mal interprété vos propos ? Peut-on dire qu'à son retour chez vous il faisait effectivement preuve d'une extrême " excitation " ?

– Oui, sans aucun doute, répondit Hatsue. C'est bien l'expression qui convient.

– En d'autres termes, il n'était plus lui-même ? Son esprit était, comment dire, agité ? Il vous a paru... changé, c'est bien cela ?

– Je ne dirais pas " agité ". Il était tout excité à l'idée de récupérer la terre de sa famille.

– Bon, va pour " excité ". Il vous a donc raconté cette histoire de rencontre en mer, de panne de batterie... C'est bien cela, n'est-ce pas ?

– En effet.

– Il vous a dit aussi qu'il s'était amarré au bateau de Carl Heine et qu'il était monté à bord pour lui prêter une batterie en état de marche ?

– C'est exact.

– Démarche qui, ma foi, est tout à son honneur ! Les deux hommes en seraient venus ensuite à reparler du différend qui les opposait, et c'est alors que Carl aurait accepté de céder à votre mari les sept acres contre huit mille quatre cents dollars, ou quelque chose comme ça ? C'est bien cela, je ne me trompe pas ?

– C'est bien cela.

– Bon. Voudriez-vous nous dire, à présent, si vous avez répété cette histoire à quelqu'un, si vous avez, par exemple, appelé un ami ou un parent pour lui faire part de la bonne nouvelle, lui dire que votre rêve était en passe de se réaliser ?

– Non, je n'en ai parlé à personne.

– Et pourquoi ? Pourquoi n'avoir mis personne dans la confidence ? C'est pourtant quelque chose qu'on est en général impatient d'annoncer. Il paraîtrait normal que vous ayez voulu mettre au courant votre mère, par exemple, ou vos sœurs... quelqu'un de votre famille ou de vos amis. »

Hatsue, visiblement mal à l'aise, se tortilla sur sa chaise et lissa le devant de son chemisier.

« C'est-à-dire que... Nous avons appris la mort de Carl Heine presque tout de suite, seulement quelques heures après le retour de Kabuo. Et cet accident... ça changeait tout. Nous n'avions plus rien à annoncer puisque tout était remis en question.

– Tout était remis en question, répéta Alvin Hooks en se croisant les bras sur la poitrine. Donc, si je comprends bien, lorsque vous avez appris la mort de Carl Heine, vous avez décidé de ne pas parler de cette histoire ?

– Vous interprétez mal mes paroles. Nous n'avons fait que...

– Mon rôle n'est pas d'interpréter, Mrs Miyamoto, que ce soit en bien ou en mal. Comme tout le monde ici, je ne cherche qu'à établir les faits. Je vous rappelle que vous avez prêté serment et que vous devez la vérité à ce tribunal. Je vous repose donc ma question : avez-vous, oui ou non, décidé de ne pas souffler mot de cette rencontre entre votre mari et Carl Heine ?

– Mais il n'y avait rien à en dire. Je n'avais plus rien à annoncer à qui que ce soit puisque tout était remis en question.

– Bien pire que cela, Mrs Miyamoto, bien pire ! Faut-il vous rappeler que, parallèlement à l'échec des plans de votre mari, il y avait mort d'homme ? Eh oui, un homme était mort, le crâne défoncé. Ne vous est-il pas venu à l'idée de communiquer au shérif les informations en votre possession ? N'était-il pas de votre devoir de porter à sa connaissance les faits de cette nuit-là – du moins la version qu'en donnait votre mari ?

– Si, bien sûr, répondit Hatsue. Nous n'avons parlé de rien d'autre pendant tout l'après-midi du 16 septembre. Si nous avons finalement pris la décision de ne rien dire... c'est parce que... les apparences étaient contre nous. Nous avons tout de suite senti, Kabuo et moi, qu'on pourrait l'accuser de meurtre, qu'il finirait peut-être par passer en jugement... Les événements ont prouvé que nous n'avions pas tort, puisque c'est exactement ce qui se passe aujourd'hui.

– Rien de plus naturel que vos craintes, madame, que votre inquiétude à l'idée que votre mari puisse être inculpé de meurtre. Mais si, comme vous le prétendez, la vérité était de votre côté, qu'aviez-vous à redouter ? Pourquoi, à supposer que la version de votre mari soit la bonne, pourquoi diable ne pas être allée trouver le shérif pour lui dire tout ce que vous saviez ?

– Nous avons pris peur, dit Hatsue, et nous avons décidé de garder le silence. Parler nous semblait être une erreur.

– L'erreur, c'est justement en ne parlant pas que vous l'avez commise. En faisant preuve de duplicité. En dissimulant de propos délibéré des informations capitales alors qu'une enquête officielle était ouverte.

– C'est possible. Je ne sais pas.

– C'est certain ! dit Alvin Hooks, pointant sur elle un index accusateur. Vous avez commis une grave erreur de jugement. Vous vous rendez compte : on ouvre une enquête sur une mort survenue dans des circonstances on ne peut plus suspectes, le shérif tente de recueillir toutes les informations possibles, et vous, qui détenez des renseignements d'une importance capitale, vous ne bougez pas, vous ne dites rien ! Franchement, Mrs Miyamoto, je suis désolé d'avoir à vous le dire, mais, dans ces conditions, votre témoignage devient sujet à caution. Comment voulez-vous que l'on vous fasse encore confiance ? Quel crédit peut-on accorder à ce que vous dites ?

– Mais nous n'avons pas eu le temps de faire quoi que ce soit, dit Hatsue en se penchant en avant. Nous avons appris ce qui était arrivé à Carl – je veux dire, son accident – en début d'après-midi, et, quelques heures plus tard, mon mari était arrêté. Vous comprenez, on ne nous a laissé le temps de rien faire.

– Mais, encore une fois, si vous pensiez qu'il s'agissait d'un accident, pourquoi ne pas vous être manifestée tout de suite ? L'après-midi même ? Pourquoi ne pas avoir dit au shérif ce que vous saviez de cet " accident " ? Pourquoi ne pas l'avoir aidé dans son enquête ? Ne pas lui avoir parlé de cette histoire de..., de quoi déjà ? de batterie à plat et de dépannage ? J'avoue que j'ai beaucoup de mal à admettre tout cela, et vous-même devez vous rendre compte que vous n'êtes pas très crédible. Oui, j'avoue mon grand embarras, mon extrême perplexité, car je ne sais plus du tout ce qu'il faut croire et ne pas croire. »

Alvin Hooks tira sur le pli de son pantalon, se mit debout, pivota sur le coin de la table et s'installa sur sa chaise. « Plus de questions, votre Honneur, dit-il d'un ton sec. J'en ai terminé, et le témoin peut quitter la barre.

– Attendez une minute, intervint Hatsue Miyamoto. Je voudrais...

– Vous n'avez plus droit à la parole, l'interrompit le juge d'une voix sévère, en lui lançant un regard furieux qu'elle soutint vaillamment. Vous avez eu tout le loisir de répondre aux questions qui vous ont été posées. Je comprends que vous soyez contrariée, mais votre état d'esprit et votre humeur sont des éléments que les dispositions réglant l'ordonnance de ces débats ne m'autorisent pas à prendre en compte. Que vous souhaitiez ajouter quelque chose, pour dire par exemple à Mr Hooks ici présent ce que vous pensez de ses procédés, est tout simplement hors de question... même si je suis en mesure de comprendre la violence de votre réaction. Vous avez répondu aux questions, et il ne vous reste plus, j'en ai peur, qu'à quitter la barre. »

Hatsue se tourna vers son mari, qui lui fit un signe

de tête auquel elle répondit de même. L'instant d'après, elle était à nouveau maîtresse d'elle-même. Elle se leva sans rien ajouter, regagna sa place au fond de la salle et s'assit après avoir rajusté son chapeau. Quelques regards, dont celui d'Ishmael Chambers, se portèrent sur elle, mais elle ne sembla pas les remarquer. Elle regardait droit devant elle, sans mot dire.

Ce fut ensuite au tour de Josiah Gillanders, président de l'Association des fileyeurs de San Piedro, d'être appelé à la barre par la défense. C'était un homme de quarante-neuf ans aux yeux vitreux d'alcoolique, qui arborait une grosse moustache à la gauloise. Petit, trapu et puissant, Josiah pêchait depuis trente ans, seul à bord de son bateau, le *Cape Eliza*. Avec sa salopette, ses pulls en shetland et sa casquette de marine bleue qu'il faisait mine de soulever chaque fois qu'il croisait quelqu'un, il se donnait des allures de capitaine au long cours. Il lui arrivait souvent de « se poivrer à mort », comme il le disait lui-même, à la San Piedro Tavern en compagnie du capitaine Jon Soderland. Les deux hommes, dont le ton montait en proportion de la quantité de bière ingurgitée, passaient des heures à se raconter leurs prouesses, l'un se caressant la barbe, l'autre s'essuyant la moustache et gratifiant son compère de grandes claques dans le dos.

Josiah Gillanders prit place dans le box des témoins, sa casquette à la main, les bras croisés sur sa large poitrine, son menton fendu pointé vers Nels Gudmundsson, qui chancelait devant lui, le sourcil froncé.

« Mr Gillanders, dit Nels, depuis combien de temps êtes-vous président de l'Association des fileyeurs de San Piedro ?

– Onze ans, répondit Josiah. Mais trente ans dans le poisson.

– Quel genre de pêche ?

– Saumon, en principe. Au filet droit. Seul sur mon fileyeur.

– Depuis trente ans, hein ? Et jamais personne pour vous aider à bord du *Cape Eliza* ?

– Jamais eu besoin d'personne. Seul maître à bord.

– Dites-moi, Mr Gillanders, vous est-il arrivé au cours de ces trente années de vous arrimer en pleine mer à un autre fileyeur pour monter à son bord ?

– Pratiquement jamais, répondit le pêcheur en lissant sa moustache. P't-être bien une demi-douzaine de fois, et encore. Ouais, cinq, six fois. Pas plus.

– Cinq ou six fois. Bien. Maintenant, est-ce que vous pourriez expliquer à la cour les raisons d'une manœuvre aussi inhabituelle ? »

Josiah se tripota à nouveau la moustache, signe chez lui d'une intense réflexion. « Eh ben, comme ça, d'but en blanc... Y me semble que c'était toujours un gars qu'était en panne. Un gars qu'avait des problèmes avec son moteur, qu'était en rade et qu'avait besoin d'un coup de main. Ou alors... Tiens, j'me rappelle d'un type qui pouvait plus rien faire à cause qu'y s'était cassé la hanche... oui, c'est ça. Çui-là, j'l'ai abordé et j'l'ai sorti d'affaire. Mais, pour vous dire, faut que ça soye vraiment une urgence. On va pas s'arrimer à un type pour une bricole ; faut qu'il ait un sacré pépin.

– Uniquement en cas d'urgence, je vois, fit Nels. Donc, au cours des trente années passées sur votre fileyeur, vous n'avez abordé un pêcheur que quand il avait, comme vous dites, un sacré pépin ?

– Affirmatif. Quand on pêche, on a assez à faire comme ça chacun dans son coin, sans encore aller fourrer son nez dans les affaires des autres.

– Je comprends, dit Nels. Et pendant tout ce temps, en votre qualité de président de l'association, c'est-à-dire en homme qui, j'imagine, a dû avoir affaire à plus d'un incident dans le milieu des pêcheurs, avez-vous jamais entendu parler d'un abordage motivé par autre chose qu'une urgence ? Vous rappelez-vous un seul cas de ce genre ?

– Pas la queue d'un ! Pour la bonne raison qu'ça arrive jamais. C'est comme qui dirait une loi de la mer, qu'est pas écrite nulle part, Mr Gudmundsson, un code d'honneur pour les pêcheurs : chacun dans son coin et les saumons au plus malin. Vous savez, au boulot, on s'cause pas. On a pas l'temps de tailler la bavette, d'se raconter des histoires un verre d'rhum à la main. Pas l'temps de flemmarder sur le pont, pendant que l'type d'à côté, y vous sort ses poissons sous l'nez. J'vous l'dis, pour aller s'arrimer à un autre, y faut une bonne raison, qué'qu'chose de sérieux... Une panne de moteur, une jambe cassée. Alors là, d'accord.

– Dans ces conditions, l'accusé ici présent, Mr Miyamoto, n'aurait absolument pas pu, selon vous, aller s'arrimer au bateau de Carl Heine le 16 septembre dans une autre intention que celle de lui porter secours ?

– C'est comme je viens d'vous l'dire, Mr Gudmundsson. Y faut qu'l'autre, y soye drôlement dans l'pétrin. Autrement, pas question d'approcher. »

Nels prit précautionneusement appui sur le bord de la table de l'accusé. De son index, il essaya en vain de réprimer les mouvements vagabonds de son œil aveugle. « Dites-moi, Mr Gillanders, n'est-ce pas une opération délicate que de s'arrimer à un autre bateau ? Même en plein jour et par temps calme ?

– Un peu, oui. C'est pas toujours évident.

– Et d'autant moins, je suppose, si c'est en pleine mer et la nuit ? La manœuvre peut-elle se faire rapidement, un peu comme une attaque de pirates ? Si un pêcheur voulait en aborder un autre contre sa volonté, aurait-il une chance de réussir ?

– Vous voulez rire ! répliqua Josiah en levant les bras

au ciel. J'veux bien être pendu si j'ai jamais entendu une chose pareille. Y vous faut deux marins qui connaissent leur boulot et qu'y soient d'accord tous les deux. Vous savez, ça s'fait pas comme ça. Non, arriver à s'coller à un autre qui veut pas d'vous, j'dirais qu'c'est pas possible. Faudrait être maboul pour essayer.

– Donc, à votre connaissance, il n'y a jamais eu un pêcheur pour en aborder un autre contre sa volonté ? Vous considérez l'opération comme irréalisable ? Est-ce là un bon résumé de ce que vous venez de nous dire ?

– Vous avez mis dans l'mille. Irréalisable, comme vous dites. L'autre aurait vite fait d'vous repousser. Y faut qu'y vous aide avec vos amarres ; autrement, vous êtes d'la revue.

– Bien, dit Nels, apparemment satisfait d'avoir éclairci ce point. Supposons maintenant que vous vouliez tuer un homme. Choisiriez-vous d'essayer de vous arrimer à son bateau contre sa volonté pour aller le frapper avec votre gaffe ? C'est au marin expérimenté que je m'adresse et à lui que je demande de réfléchir à la question. À votre avis, serait-ce là une bonne méthode pour arriver à vos fins ? Ou choisiriez-vous autre chose qu'un abordage forcé en pleine mer, en pleine nuit et dans le brouillard ? Qu'en pensez-vous, Mr Gillanders ?

– Si l'autre veut pas d'vous, vous aurez beau faire, vous y arriverez pas. Surtout si l'autre, c'est un grand gaillard, un costaud comme le Carl. Avec un type comme ça en face de lui, Miyamoto, il avait pas une chance. Pas la queue d'une ! Non, j'vous l'dis comme j'le pense, Mr Gudmundsson, il aurait jamais pu faire ça.

– Donc, pour vous, la question de l'abordage forcé exclut la possibilité que l'accusé se soit arrimé au bateau de Carl Heine dans l'intention de le tuer ?

– Tout ce que j'sais, c'est que Miyamoto, il a pas pu

s'coller à Carl si l'autre était pas d'accord. Trop difficile, dans les conditions qu'vous dites, et puis le Carl, c'était pas un empoté. Non, à mon avis, y a eu un gros pépin, des ennuis d'moteur ou qué'qu'chose comme ça. Tiens... la batterie. Comme elle a dit, la dame. L'a dû avoir des ennuis d'batterie.

– Admettons, dit Nels. Des ennuis de batterie. Imaginez que cela vous arrive, à vous : vous êtes en mer, votre batterie est à plat, plus de jus nulle part, plus de lumière à bord. Qu'est-ce que vous faites, Mr Gillanders ? Vous installez une batterie de rechange ?

– J'ai jamais d'batterie d'rechange à bord. Vous en avez une, vous, dans vot'voiture ? Ça servirait une fois à la Saint-Jamais !

– Peut-être, mais d'après la déposition du shérif, laquelle ne faisait que confirmer son rapport, il y avait bel et bien une batterie de rechange sur le bateau de Carl Heine lorsqu'on l'a retrouvé au large de White Sand Bay. Il y avait une D-8 et une D-6 dans le compartiment, toutes les deux en état de marche, et une D-8 sur le plancher de la cabine. Oui, une troisième batterie, qui certes était à plat, mais dont on peut penser que c'était une batterie de rechange.

– Eh ben, justement, c'est ça qu'est bizarre. Trois batteries sur un barlut... une batterie d'rechange à plat... ça, j'comprends pas. Tous les pêcheurs que j'connais tournent avec deux batteries, la principale et celle de secours. Si la première vous lâche, vous passez sur la deuxième pour finir vot'virée. Et puis, y a aut'chose : cette histoire des deux batteries qu'étaient pas les mêmes, une D-8 et une D-6 dans l'même compartiment. J'veux bien être pendu si j'ai jamais vu ça. C'est pas ordinaire non plus, ça, pasque personne aurait l'idée d'se servir de batteries qui sont pas du même calibre – en tout cas, pas un gars sérieux comme le Carl. Si vous voulez mon avis, la p'tite dame, là, elle l'a bien dit : Carl, il a un problème de batterie ; y débranche sa D-8 qu'est à plat, il la sort, la met par terre et y la remplace par une D-6 que Miyamoto, il lui a prêtée. Et l'autre, y finit sa nuit sur sa batterie d'secours. J'vois pas d'autre solution.

– Je vois, dit Nels. Imaginez à nouveau que vous êtes en panne et que vous avez besoin d'aide. Qu'est-ce que vous faites en premier ?

– J'me sers d'la radio, pardi. Ou s'y a un bateau en vue, j'fais des grands gestes et j'appelle. Ou si mon filet est en place et qu'ça donne bien, j'attends qu'un bateau s'pointe et j'appelle.

– Vous pensez d'abord à la radio, c'est ça ? Vous demandez du secours sur votre radio de bord ? Mais je vous rappelle que vous avez une batterie à plat. Alors, comment est-ce que votre radio peut marcher ?

– Dans l'mille, capitaine. La radio, elle est HS, j'peux pas appeler.

– Donc, il ne vous reste plus qu'à essayer d'attirer l'attention. Seulement, s'il y a un brouillard épais – comme c'était le cas la nuit où Carl Heine s'est noyé –, que pouvez-vous faire d'autre sinon espérer qu'un pêcheur passe assez près pour entendre vos appels ? Et peu importe qui c'est, vous appelez, car vous savez que vos chances de rencontrer quelqu'un d'autre sont pratiquement nulles. Si vous voulez éviter la catastrophe, vous avez tout intérêt à sauter sur l'occasion.

– Bien vu, dit Josiah Gillanders. Vous pouvez pas rester dans un pétrin pareil, à dériver comme ça dans l'brouillard, aussi près du couloir de Ship Channel. Y a pas un coin plus dangereux pour s'retrouver en panne, avec tous ces cargos qui traversent sans arrêt. Y faut vous faire dépanner, et en vitesse. Et pas question d'faire la fine bouche, vous actionnez vot'corne et vous prenez l'premier qui sort du brouillard. Ah, oui, à propos d'corne, Carl, il en avait forcément une. Il avait pas besoin d'batterie pour d'mander du secours. J'le vois d'ici, debout sur l'pont, à donner d'la corne tant qu'il en sait faire.

– Bien, dit Nels. Très bien. Donc, Carl, dans la situation où il se trouve, ne peut qu'accepter avec soulagement l'aide qu'on pourrait lui proposer ?

– Soulagement ? V'zêtes loin du compte ! Il est comme qui dirait naufragé, y peut plus r'démarrer, y peut même pas r'monter son filet et sortir son poisson, et vous me dites qu'il est soulagé ? Y s'tient plus, oui ! Mettez-vous un peu à sa place.

– Mr Gillanders, dit Nels, qui toussota dans sa main, je voudrais que vous réfléchissiez à la question que je vous ai posée il y a quelques instants, quand je vous ai parlé de meurtre, de meurtre au premier degré, avec préméditation. En l'occurrence, il s'agissait de commettre un crime de sang-froid en procédant comme suit : attendre que l'homme qu'on veut tuer prenne la mer, s'arrimer à son bateau contre sa volonté en pleine nuit et le frapper à la tête avec le manche d'une gaffe. Je vous repose ma question : avec vos trente ans de métier, avec l'expérience de la mer et des pêcheurs qu'a dû vous apporter votre qualité de président de l'Association des fileyeurs de l'île, que pensez-vous de cette tactique ? Est-ce là, Mr Gillanders, la stratégie qu'adopterait un pêcheur qui voudrait commettre un meurtre ? »

L'autre secoua énergiquement la tête, comme on si l'avait insulté. « Alors là, s'écria-t-il, j'veux bien être pendu si j'ai jamais rien entendu d'aussi sautegrenu ! Ça tient pas d'bout. Y aurait pas plus bête et pas plus dangereux. J'vous l'ai dit cent fois : impossible de s'coller à un bateau si l'autre est pas d'accord. Et puis, cette idée d'l'attaquer à coups de gaffe ! Laissez-moi rire ! On s'croirait chez les pirates. J'dirais que si vous êtes assez près pour l'aborder, vous êtes assez près pour lui tirer d'ssus, non ? Ouais, vous lui tirez d'ssus, et puis vous placez un filin ou deux, vous grimpez sur l'aut'bateau, vous l'balancez par-d'ssus bord, y coule à pic et l'tour est joué. Voilà c'que je ferais, moi. J'irais pas m'amuser à faire un abordage forcé. J'serais bien l'premier. S'y a quelqu'un dans cette salle qui pense qu'le dénommé Kabuo Miyamoto, il a abordé le Carl sans qu'y lui donne un coup de main, qu'y lui a défoncé l'crâne avec une gaffe et qu'il l'a balancé par-d'ssus bord, eh ben, j'vais vous dire, il a du souci à s'faire. Faudrait être complètement fêlé pour croire un truc pareil !

– Très bien, dit Nels. Je n'ai plus de questions, Mr Gillanders. Il ne me reste plus qu'à vous remercier d'être venu témoigner ce matin, avec un froid pareil et toute cette neige.

– Pour faire froid, y fait froid, opina Josiah. Mais sûr qu'c'est bien chauffé ici. Et sûr qu'ça chauffe pour Mr Hooks, là. C'est...

– Le témoin est à vous, maître, l'interrompit Nels, qui s'assit près de son client et lui mit la main sur l'épaule.

– Eh bien, allons-y, dit Alvin Hooks d'un air dégagé. J'aurai juste une ou deux questions, un ou deux détails sur lesquels j'aimerais revenir, sauf, bien sûr, si cela doit vous paraître du... réchauffé. Y voyez-vous un inconvénient, Mr Gillanders ?

– Rev'nez, rev'nez donc, capitaine, dit Josiah, qui haussa les épaules et se croisa les mains sur le ventre. Z'êtes là pour ça. »

Alvin Hooks se leva et se dirigea nonchalamment vers le box des témoins, les mains enfoncées dans les poches.

« Voyons, dit-il. Cela fait donc trente ans que vous êtes dans le métier.

– Exact. Pas un d'moins.

– Un fameux bail. Et beaucoup de nuits passées à tourner en rond tout seul, j'imagine ?

– Y a qu'un terrien pour penser ça. Quelqu'un comme vous, qui fait qu'parler pour gagner sa vie, probab' qu'y trouverait que ça manque de compagnie. Moi, je...

– Mais oui, Mr Gillanders, c'est bien connu, je suis un fanatique du plancher des vaches et le genre d'homme à ne pas supporter la solitude en pleine mer. Tout à fait vrai, je vous l'accorde. À présent, si vous n'y voyez pas d'inconvénient, nous pourrions peut-être laisser de côté ma vie privée et revenir à l'affaire qui nous occupe. Qu'en dites-vous ?

– Ma foi, c'est vous l'patron, ici. Allez-y, dites ce que vous avez à dire, et qu'on en parle plus.

– Mr Gillanders, vous nous avez dit que pas un membre de votre profession ne songerait à en aborder un autre en mer sauf en cas d'extrême urgence, c'est bien cela ?

– Exact.

– C'est donc une question de principe parmi vous que de venir en aide à un camarade en détresse ? Vous-même, Mr Gillanders, considéreriez-vous de votre devoir de sortir un de vos semblables d'un mauvais pas ?

– On est des hommes d'honneur, chef. On pêche chacun d'son côté, c'est vrai, mais on fait l'même boulot. Y a des fois qu'on peut pas s'passer des autres. Un pêcheur qui s'respecte, y laissera jamais son voisin dans la panade. Vous pouvez m'croire, c'est la loi d'la mer : si un gars demande du secours, on laisse tout tomber pour y aller. Pas un pêcheur dans l'coin qui l'ferait pas. C'est la loi, comme qui dirait... pas une loi qu'est écrite dans un livre, mais c'est tout comme.

– Et pourtant, lors d'une déposition précédente, un témoin a dit à la cour que les pêcheurs que vous êtes n'ont pas la réputation de toujours bien s'entendre :

vous êtes des hommes plutôt taciturnes, qui préférez travailler seuls, qui vous disputez souvent les meilleurs coins, vous accusez mutuellement de voler le poisson des autres, et j'en passe. Vous ne passez pas non plus pour être particulièrement sociables. Au vu de ce goût prononcé pour la solitude et de ces rivalités incessantes, peut-on être sûr qu'un pêcheur n'hésitera pas à en aider un autre qui se trouve en difficulté ? Même s'ils ont eu des mots par le passé ? Même si ce sont des ennemis jurés ? Un coup dur suffit-il à balayer tout cela ? N'y a-t-il pas des cas où un homme refuse d'oublier ses griefs, fait la sourde oreille à un appel au secours ou prend même un malin plaisir à voir l'autre en difficulté ? Pouvez-vous nous éclairer là-dessus, je vous prie ?

– Ah, on est pas des mauvais bougres, allez. Même s'y a eu du grabuge, ça empêche pas d'aider l'collègue. Même son pire ennemi, on l'laisse pas tomber. On sait bien qu'un jour, ça peut être not' tour d'être dans l'pétrin. On a beau avoir un type dans l'nez, il a beau vous avoir fait une crasse, on l'abandonne pas comme ça.

– Bien, bien, je prends acte de votre déclaration, Mr Gillanders, selon laquelle même deux ennemis jurés n'hésiteraient pas à s'aider mutuellement en cas d'extrême urgence. Maintenant, passons à autre chose. Vous nous avez dit qu'il ne saurait y avoir d'arrimage possible sans le consentement des deux intéressés. Bien. Mr Gudmundsson, mon honorable collègue de la défense, vous a par ailleurs demandé d'imaginer un petit scénario qui aurait pour cadre la pleine mer et pour acteur principal un homme préméditant un meurtre et mettant son plan à exécution : abordage forcé, saut par-dessus le bastingage, coup de gaffe à la tête. Sur quoi vous vous êtes récrié, disant que cela était tout bonnement impensable.

– Ouais, une histoire à dormir debout. Que ça s'passe rien qu'chez les pirates.

– Très bien, dit Alvin Hooks. Je vais vous demander maintenant d'imaginer un autre scénario, et vous me direz si celui-là vous paraît plausible, s'il aurait des chances de se réaliser. Ou bien si c'est encore une histoire à dormir debout. »

Alvin Hooks se mit à faire les cent pas devant le banc des jurés, regardant tour à tour chacun d'eux droit dans les yeux. Puis il revint vers le témoin.

« Je commence, reprit-il. L'accusé ici présent, Mr Miyamoto, décide de tuer Carl Heine. Jusque-là, c'est plausible ?

– Si vous le dites !

– Le 15 septembre, il part en mer. Il y a un peu de brume, mais pas encore de brouillard, si bien qu'il n'a aucun mal à gagner les zones de pêche sans perdre de vue le bateau de sa future victime. Il le suit ainsi jusqu'à Ship Channel Bank. Ça va toujours ?

– Ça va, ça va.

– Bien, je continue. Il observe attentivement Carl Heine pour voir où et comment celui-ci place son filet. Puis il installe le sien à proximité, mais en amont, et pêche ainsi pendant plusieurs heures. Dans l'intervalle, le brouillard est tombé, un brouillard si épais et si dense qu'on n'y voit pas à cinq mètres. Il sait pourtant où se trouve Carl Heine : là, dans le brouillard, à moins de deux cents mètres en aval. Il est tard, environ deux heures. La mer est calme. Sa radio de bord lui a appris que la plupart des autres pêcheurs ont quitté les parages pour aller du côté d'Elliot Head. Ils ne sont sans doute pas plus d'une poignée à être restés. Et c'est alors que Miyamoto passe à l'action. Il remonte son filet, coupe son moteur, s'assure que son arme est à portée de main, et se laisse dériver dans le courant vers le bateau de Carl, faisant peut-être même donner sa corne de brume. Il arrive sur Carl, par hasard dirait-on, le heurte presque, et lui raconte qu'il a une panne de moteur. Maintenant, dites-moi, au vu de ce que vous nous avez déclaré tout à l'heure, est-ce que Carl Heine peut faire autre chose que l'aider ?

– Un vrai roman qu'vous êtes en train d'nous raconter là ! On y croirait presque. Ben, allez-y, continuez.

– Alors, que fait Carl ? Vous nous l'avez dit vous-même : dans un cas comme celui-ci, on aide même son pire ennemi. Carl aurait-il refusé de porter secours à l'accusé ?

– Non, il aurait pas r'fusé. Il aurait pas pu. Et après, qu'est-ce qui se passe dans vot' histoire ?

– Rien n'empêche les deux hommes de s'amarrer l'un à l'autre, et sans aucune difficulté, puisque tous les deux sont d'accord. La condition nécessaire est bien remplie, vous ne pouvez pas dire le contraire ?

– Rien à dire. Ça pourrait marcher.

– Bien. Et maintenant, qu'est-ce qui empêcherait l'accusé – rappelez-vous que c'est un expert du kendo, un homme dangereux versé dans l'art de tuer d'un simple coup de bâton – qu'est-ce qui l'empêcherait, disais-je, de sauter à bord du bateau de Carl Heine et de tuer son ennemi d'un coup assez violent pour lui défoncer le crâne ? Plutôt que d'utiliser une arme à feu, dont un pêcheur encore dans les environs pourrait entendre la détonation. Est-ce qu'un scénario de ce genre paraît plausible à l'homme d'expérience que vous êtes ?

– Ouais, c'est l'genre de choses qu'aurait pu arriver. Mais à mon avis, c'est pas comme ça qu'ça s'est passé.

– Ah, ce n'est pas comme ça ? Et qu'est-ce qui vous autorise à le dire ? Sur quoi fondez-vous votre opinion ? Vous n'avez pas nié la vraisemblance de mon histoire. Vous n'avez pas, à ma connaissance, nié la possibilité d'un crime prémédité et perpétré de la façon que je viens de décrire. L'avez-vous nié, oui ou non ?

– Non, j'ai rien nié, dit Josiah. Mais quand même...

– Plus de questions, l'interrompit Alvin Hooks. Le témoin peut quitter la barre... et regagner sa place dans la salle bien chauffée.

– J'veux bien être pendu si... », s'exclama Josiah Gillanders. Mais à la vue du juge levant la main pour lui intimer le silence, il s'interrompit et quitta la barre, serrant sa casquette entre ses doigts.

27

La tempête faisait rage contre les fenêtres du tribunal, les ébranlait avec une telle violence qu'on avait l'impression que les vitres allaient voler en éclats. Depuis trois jours et trois nuits, les habitants de l'île qui assistaient au procès écoutaient le vent s'acharner sur leurs maisons et l'entendaient siffler à leurs oreilles lorsqu'ils se rendaient à la salle d'audience ou en revenaient. Ils ne s'y étaient pas faits pour autant. Ils étaient habitués aux vents marins qui balayaient l'île à chaque début de printemps quand la pluie se mettait à tomber sans répit, mais un vent de cette force, aussi glacial, aussi primaire, leur était totalement inconnu. Comment pouvait-il souffler aussi fort, jour après jour, sans jamais faiblir ? Ils en devenaient irritables, impatients. La neige qui ne cessait de tomber, c'était une chose, mais ce hurlement continu, ces bourrasques qui les cinglaient au visage, c'en était une autre, et chacun n'aspirait plus inconsciemment qu'au calme qui suit la tempête.

Kabuo Miyamoto, lui, n'avait rien entendu depuis les profondeurs de sa cellule, pas le moindre murmure. Il ne prit conscience de la violence de la tempête qu'au moment où, après avoir gravi les escaliers, menottes aux poignets, sous la conduite d'Abel Martinson, il émergea dans la faible clarté de la salle d'audience. Ce n'est qu'alors qu'il sentit le vent ébranler le bâtiment et qu'il vit la neige tourbillonner sous le ciel lourd et menaçant. Après soixante-dix-sept jours d'une obscurité quasi totale, c'est avec plaisir qu'il accueillit cette lumière blême et cotonneuse. Il venait de passer la nuit précédente à frissonner, enveloppé dans ses couvertures, et à arpenter sa cellule glaciale. Aux environs de minuit, le gardien – un scieur de long à la retraite nommé William Stenesen – était venu jeter un coup d'œil et lui avait demandé si tout allait bien. Kabuo avait alors réclamé des couvertures supplémentaires et une tasse de thé. « Je vais voir ce que je peux faire, avait répondu Stenesen. Mais bon sang de bois, si tu t'étais pas fourré dans ce pétrin, on serait pas là à se geler, toi et moi. »

Et Kabuo s'était remis à penser au « pétrin » dans lequel il s'était effectivement fourré. Quand, à la fin de leur partie d'échecs, deux mois et demi plus tôt, Nels Gudmundsson lui avait demandé sa version de l'histoire, il n'avait fait qu'aggraver sa situation en s'en tenant au mensonge qu'il avait raconté au shérif Moran : il ne savait rien. Il avait admis avoir parlé des sept acres avec Carl, s'être disputé avec Etta Heine et être allé voir Ole, mais avait prétendu ne pas avoir vu Carl dans les parages de Ship Channel la nuit du 15 septembre, ne pas avoir la moindre idée de ce qui avait pu lui arriver, être incapable de fournir le moindre renseignement sur les circonstances de sa mort. Il avait pêché jusqu'au petit matin, était rentré chez lui et s'était couché. Il n'avait rien d'autre à ajouter.

Sur le moment, Nels Gudmundsson avait semblé croire à cette version des faits. Mais il était revenu le lendemain matin, le cigare entre les dents, un bloc-notes à couverture jaune sous le bras, et s'était installé sur le lit. Avec son dos voûté, ses mains tremblantes, il avait fait pitié à Kabuo : il ne remarquait même pas les cendres de son cigare qui tombaient sur son pantalon. « Le rapport du shérif, Kabuo. Je l'ai lu. In extenso.

– Et qu'est-ce qu'il raconte ?

– Il y a certains détails qui me préoccupent, dit Nels en sortant un stylo de la poche de son manteau. J'espère que vous ne m'en voudrez pas si je vous demande à nouveau de tout me raconter depuis le début. Tout, sans rien oublier.

– Vous ne me croyez pas, hein ? demanda doucement Kabuo en se dirigeant vers la porte de sa cellule pour coller son œil au guichet. Vous pensez que j'ai menti, c'est ça ?

– Le sang, sur votre gaffe, il a été analysé à Anacortes. Il est du même groupe que celui de Carl Heine.

– Je n'ai pas la moindre idée de ce que vous voulez dire. Je ne peux que vous répéter ce que j'ai déjà dit au shérif.

– Autre chose, insista Nels, son stylo pointé sur Kabuo. On a retrouvé une de vos amarres sur le bateau de Carl, enroulée autour d'un taquet. Elle est à vous, cette amarre, il n'y a aucun doute là-dessus, puisqu'elle est identique à toutes les autres trouvées sur votre bateau, sauf une, qui est toute neuve. Ça aussi, c'est dans le rapport.

– Ah ? se contenta de dire Kabuo.

– Écoutez, je ne peux pas vous aider si je ne connais pas la vérité. Comment voulez-vous que j'assure votre défense si tout ce que vous trouvez à me répondre, c'est un “ ah ” ? Je prends la peine d'attirer votre attention sur des preuves aussi accablantes pour vous qu'une amarre retrouvée par le shérif du comté sur le bateau d'un pêcheur mort dans des circonstances suspectes, et vous ne trouvez rien d'autre à me dire que “ ah ”. Si vous voulez que je vous aide, il va falloir tout me déballer.

– Je vous ai dit la vérité », dit Kabuo en se retournant

pour faire face à son avocat – ce vieillard qui n'avait plus qu'un œil, dont les mains tremblaient et qu'il avait fallu désigner d'office parce que accepter de payer quelqu'un pour assurer sa défense serait revenu pour Kabuo à reconnaître le bien-fondé du chef d'accusation. « On a parlé avec Carl de la terre qui appartenait à ma famille, continua-t-il, et à propos de laquelle je m'étais disputé avec sa mère il y a des années ; je suis allé voir Ole ; je suis allé voir Carl, c'est tout. Je n'ai rien d'autre à dire.

– L'amarre, Kabuo. L'amarre et le sang sur la gaffe. Je...

– Je n'ai aucune explication à vous proposer.

– Vous savez que vous risquez votre tête, dit Nels brusquement en le regardant droit dans les yeux. Et si vous refusez de dire la vérité, même le meilleur avocat du monde ne vous sera d'aucun secours. »

Le lendemain matin, Nels revenait à la charge. Cigare à la bouche, gros classeur marron sous le bras, il se mit à arpenter la cellule de long en large.

« Je vous ai apporté le rapport du shérif pour que vous sachiez exactement de quoi il retourne. Ce dont j'ai peur, c'est que, quand vous l'aurez lu, vous me concoctiez une autre histoire, que vous fassiez semblant de tout me dire en me présentant seulement un mensonge un peu plus acceptable. Vous pouvez fort bien décider d'inventer quelque chose de plus cohérent, qui colle davantage au contenu du rapport, et je serai bien obligé de m'en contenter. Tout ça ne me plaît guère, croyez-moi. Je préférerais de beaucoup qu'il en soit autrement, je préférerais pouvoir vous faire confiance. C'est pourquoi je vous demande maintenant de me donner une version qui concorde avec les faits consignés ici. Dites-moi ce que vous auriez dû dire d'emblée au shérif... quand il n'était pas encore trop tard, quand la vérité aurait encore pu vous éviter la prison. Donnez-moi la preuve de votre innocence, Kabuo. »

Kabuo ne dit rien. Nels laissa tomber le classeur sur le lit, dominant l'autre de toute sa taille. « C'est parce que vous êtes japonais, dit-il doucement, d'un ton où perçait l'interrogation. Vous vous figurez que parce que vous êtes japonais, personne ne vous croira.

– Vous ne croyez pas que j'ai de bonnes raisons de le penser ? Peut-être que vous, vous avez oublié. Mais il y a quelques années, le gouvernement a décidé qu'aucun d'entre nous n'était plus digne de confiance et qu'on devait tous être déportés.

– C'est vrai, mais...

– Comment faire confiance à un Jap quand on sait que c'est un traître ? Les gens de cette île sont pleins de ressentiment, Mr Gudmundsson. Ils ne disent pas souvent ce qu'ils pensent, mais ça ne les empêche pas de nous haïr au fond d'eux-mêmes. Ils n'achètent pas leurs fraises chez nous, ils refusent d'avoir affaire à nous. Vous vous souvenez de l'été dernier quand quelqu'un a jeté des pierres dans les vitres des serres de Sumida ? Aujourd'hui qu'un pêcheur honorablement connu est retrouvé noyé dans son filet, quoi de plus naturel que de mettre sa mort sur le dos d'un Jap ? La vérité, tout le monde s'en moque. Ce qu'ils veulent, c'est me voir au bout d'une corde.

– Les lois sont les mêmes pour tous, sans distinction, intervint Nels. Vous aurez un procès équitable.

– Mais il y a aussi les hommes. Et certains me haïssent, tout comme ils haïssent ceux qui leur rappellent les soldats contre lesquels ils se sont battus. C'est pour ça que je suis ici.

– Dites-moi la vérité. Avant qu'il ne soit trop tard.

– La vérité ? dit Kabuo avec un soupir en s'allongeant sur son lit, les mains derrière la tête. La vérité n'est pas facile.

– Il n'empêche. Je comprends ce que vous ressentez, Kabuo, mais on ne peut aller contre les faits. Et pour l'instant, seuls les faits m'intéressent. »

Pour Kabuo, seul dans l'obscurité de sa cellule, les faits avaient peu à peu pris l'allure fantasmagorique d'un rêve sur fond de brouillard et de silence. Lorsqu'il repensait aux événements de cette nuit-là, le moindre détail lui revenait à la mémoire, le moindre mot à l'oreille.

Un peu avant la tombée du jour, il avait quitté le port à destination de Ship Channel Bank, après avoir vérifié l'huile de son moteur et rapidement graissé la transmission de l'enrouleur sur le tambour de son filet. Il avait cru comprendre qu'on avait pêché avec succès deux nuits de suite à Ship Channel. C'est à la suite d'une conversation avec Lars Hansen et Jan Sorensen qu'il avait décidé de s'y rendre à son tour. Il y avait des bancs immenses de saumons argentés, surtout à marée montante et, même si les proportions n'étaient pas comparables à marée descendante, il devait pouvoir remplir sa cale. Avec un peu de chance, il espérait faire dans les deux cents pièces, rien qu'à la première et, qui sait, cent de plus à la seconde. La chance, c'était ce qui lui faisait défaut pour l'instant. La veille, à Elliot Head, c'est à peine s'il avait couvert ses frais : dix-huit poissons en tout et pour tout, et, pour comble de malheur, il avait pris son filet dans une énorme masse d'algues brunes aux longs filaments, d'où il lui avait fallu quatre heures pour s'extirper. Ce soir, il lui fallait absolument faire mieux, il fallait que la chance soit avec lui.

Dans le crépuscule bleu, il était sorti du port pour prendre la mer. Debout à la barre de l'*Islander*, il apercevait les cèdres de San Piedro, les vallonnements des collines, les longues traînées de brume sur les plages, les moutons blancs des vagues qui frisaient sur le rivage. La lune, qui se levait derrière l'île, était déjà au-dessus de la falaise de Skiff Point : une lune dans son croissant, pâle et tremblante, aussi diaphane que les nuages qui de temps à autre la voilaient de leurs arabesques éthérées. Kabuo brancha sa radio, vérifia son baromètre, qui n'avait pas bougé, même si l'on annonçait une mer forte et des bourrasques de neige fondue plus au nord, sur le détroit de Géorgie. Quand il leva à nouveau les yeux, un vol d'oiseaux se dispersait, silhouettes grises à la crête des vagues, à cent mètres à peine, montant vers le ciel puis rasant la surface de l'eau à la manière des foulques, mais des foulques n'auraient pas été aussi nombreuses... Peut-être des guillemots, il n'aurait pas su dire. Après avoir pris soin de passer bien au large de Harbor Rocks, il se mit à filer sept nœuds avec un violent vent de face et, poussé par un fort courant de marée, ne tarda pas à rejoindre le *Kasilof,* l'*Antarctic* et le *Providence,* qui faisaient tous route vers Ship Channel : apparemment, la moitié de la flottille cinglait dans la même direction. Il voyait les bateaux déployés devant lui, ombres rapides creusant de longs sillons d'argent dans le crépuscule.

Kabuo but le thé vert que contenait sa bouteille Thermos et fit défiler l'aiguille sur le cadran de son poste radio. Il avait pour habitude d'écouter les autres pêcheurs discuter entre eux, sans jamais intervenir, se contentant d'essayer de deviner leurs intentions et de glaner le maximum de renseignements.

À la nuit tombée, il mangea trois boulettes de riz, un carré de cabillaud et deux pommes ramassées sur un pommier sauvage derrière Bender's Spring. Comme la brume de nuit flottait déjà au-dessus de l'eau, il réduisit les gaz et alluma son phare auxiliaire. Comme toujours, il avait peur que le brouillard s'installe. Il était si facile de s'y perdre, de déployer son filet en rond sans même s'en apercevoir ou de finir au milieu du couloir de navigation emprunté par les gros cargos à destination de Seattle. Dans ces cas-là, il valait mieux aller pêcher à Elliot Head : le cap se trouvait à bonne distance du couloir et sur une côte protégée des fortes brises de mer.

Mais à huit heures et demie, il était à Ship Channel Bank, moteur au ralenti. Debout dans le cockpit à côté du tambour du filet, il tendait l'oreille dans le brouillard qui s'épaississait de minute en minute. Depuis le phare, loin à l'est, lui parvenait la note sourde et continue de la sirène. C'était un son familier, étouffé, isolé et si mélancolique qu'il ne l'entendait jamais sans un vague sentiment d'angoisse, l'associant toujours aux nuits aveugles, celles que les vieux pêcheurs appelaient « nuits des revenants ». Le brouillard, figé et dense comme du babeurre, on aurait presque pu le prendre à pleines mains, le déchirer en vrilles ou en serpentins, avant qu'il se reforme en une masse compacte. Un fileyeur s'y mouvait comme dans un milieu – étrange hybride d'air et d'eau – qu'il aurait lui-même sécrété. Par une nuit pareille, on pouvait être aussi désorienté que si on s'était retrouvé sans torche au fond d'une grotte. Kabuo savait qu'il était entouré d'autres pêcheurs en train de faire comme lui, en train d'essayer de percer le brouillard tout en se laissant dériver, de glisser sur l'eau à l'aveuglette dans l'espoir de repérer un indice qui leur permettrait de déterminer leur position, par exemple une des bouées numérotées balisant le couloir de navigation.

Abandonnant sa quête, Kabuo coinça une bouée entre les chaumards d'arrière et, à l'aide d'une allumette de sûreté, alluma une lanterne à pétrole. Une fois la mèche enflammée, il régla le carburant, puis fixa avec précaution l'anneau de protection en liège de la lanterne et se pencha par-dessus l'arcasse de l'*Islander* pour poser la bouée sur la mer. Un instant, son visage fut si près de la surface de l'eau qu'il crut sentir les saumons. Il ferma les yeux, mit une main dans l'eau et, à sa manière, adressa une prière aux dieux de la mer, leur demandant de faire venir le poisson dans sa direction, de dissiper le brouillard et de le protéger des cargos du couloir de navigation. Puis il se remit debout, noua la ligne de la bouée à celle de son filet et débloqua le frein du tambour.

Kabuo orienta son filet nord-sud, avançant à l'aveuglette, aussi lentement que possible. Le couloir devait se trouver au nord, encore qu'il n'en fût pas certain. Le courant de marée, qui venait de l'est, maintiendrait son filet tendu, à condition qu'il donne à celui-ci l'angle voulu ; mais s'il déviait un tant soit peu de sa course pour se présenter hanche au courant, il lui faudrait passer toute la nuit à le haler pour l'empêcher de s'affaisser. Dans un brouillard aussi dense, il n'y avait aucun moyen de savoir si un filet était correctement installé ; Kabuo ne distinguait plus sa ligne de liège au-delà des vingt premiers bouchons et il allait devoir en vérifier la position à l'aide de son phare orientable quasiment toutes les heures. Debout à la barre, il ne voyait pas à plus de cinq mètres au-delà du bateau, lequel forçait littéralement le brouillard à s'ouvrir devant sa proue. Il ne tarda pas à se demander s'il n'aurait pas intérêt à mettre le cap sur Elliot Head le plus tôt possible : tout aussi bien, il était en train de déployer son filet en travers du couloir de Seattle. Il lui fallait également espérer que personne ne s'était avisé de tendre son filet plus au sud, surtout en diagonale par rapport au sien. Vu le brouillard, il y avait toutes les chances pour qu'il ne voie pas les feux de l'autre et l'accroche dans l'hélice de l'*Islander,* Il n'aurait plus qu'à dire adieu à la pêche pour cette nuit-là.

Le filet dévida sans encombre dans la mer ses cinq cents mètres de longueur. Kabuo retourna à l'arrière pour prendre son jet et évacuer par les dalots les déchets qu'avait laissés le filet en se déroulant. Quand il eut fini, il coupa le moteur et, debout sur l'écoutille, le dos à la cabine, tendit l'oreille, attentif aux sirènes des cargos. Il ne capta rien, sauf le clapotis de l'eau et la note sourde du phare dans le lointain. Comme il l'avait prévu, la marée l'emportait sans heurt vers l'est. Maintenant que son filet était à l'eau, il se sentait mieux. Il n'aurait pu affirmer qu'il se trouvait bien en dehors du couloir, mais ce dont il était sûr, c'est qu'il allait forcément à la même vitesse que les autres fileyeurs postés dans les parages. Il se dit qu'il devait y avoir une trentaine de bateaux, peut-être plus, invisibles et silencieux dans l'épais brouillard, se déplaçant au rythme du courant qui filait sous sa coque et les maintenait tous à distance constante. Il rentra et alluma ses feux de mât – rouge sur blanc –, qui signalaient la présence d'un bateau pêchant de nuit. Ils ne changeraient sans doute pas grand-chose à l'affaire, mais du moins avait-il sa conscience pour lui, convaincu d'avoir fait le maximum. Désormais il ne lui restait plus qu'à s'armer de patience.

Kabuo apporta sa Thermos dans le cockpit, s'assit à bâbord sur la lisse de plat-bord et tendit l'oreille, inquiet. Un peu plus loin, au sud, il entendit un moteur tournant au ralenti et le bruit d'un filet quittant son tambour. De temps à autre, sa radio crépitait doucement, mais c'est dans un silence quasiment total qu'il but son thé, dans l'attente des saumons. Comme au cours de tant d'autres nuits, il se les imaginait lancés dans le courant, à la poursuite de ces eaux d'où ils étaient sortis et qui contenaient leur passé et leur avenir, leurs enfants et les enfants de leurs enfants, leur propre mort. Quand il remontait son filet et les attrapait par les ouïes, il s'émouvait, à la manière digne et silencieuse des pêcheurs, de leur silence qui lui disait tout le désespoir de leur course. Leurs flancs richement argentés nourrissaient ses rêves, excitant sa gratitude autant que sa pitié. Il y avait quelque chose de tragique dans ce mur de mailles invisibles qu'il tendait pour étouffer la vie qui les animait et les poussait au voyage sous l'empire d'un instinct irrépressible. Il se les représentait projetés contre son filet, surpris par cet obstacle qui mettait un terme à leur vie dans les derniers jours d'une longue migration. Il lui arrivait parfois de trouver dans les mailles un poisson qui se débattait si fort qu'il faisait résonner l'arcasse d'un bruit sourd quand il la heurtait. Puis il allait rejoindre les autres dans la cale où il mourait quelques heures plus tard.

Kabuo reboucha sa Thermos et la descendit dans la cabine. À nouveau, il manipula le bouton de sa radio et cette fois-ci tomba sur une voix dont il identifia aussitôt l'accent traînant. C'était celle de Dale Middleton : il en avait marre de rester planté là, dans cette purée de pois, à proximité du couloir, tout ça pour une douzaine d'argentés, quelques roussettes et deux ou trois merlus. « C'est à peine si j'vois mes mains, dit-il. Bientôt j'verrai même plus le bout de mon nez. » Une autre voix acquiesça : ça ne donnait plus du tout, à croire que les poissons avaient tous disparu d'un seul coup ; ça serait peut-être pas une mauvaise idée d'essayer Elliot Head ; de toute façon, ça pouvait pas être pire qu'ici. « On s'rait au moins plus dans ce foutu couloir, renchérit Dale. Comment il est ton filet, Leonard ? Le mien, on dirait un chiffon plein d'cambouis. Ce putain de truc a tout d'un toast brûlé. »

Les pêcheurs causèrent encore un moment, le premier pour dire que son filet était à peu près propre, l'autre pour lui demander s'il l'avait graissé récemment. Puis Leonard affirma avoir vu une balise à bâbord, portant le numéro 57. La prenant comme repère, il avait tourné pendant une bonne demi-heure sans jamais trouver le 58 ni le 56. Il avait l'impression d'être complètement paumé et il avait bien l'intention de le rester, au moins jusqu'à ce qu'il ait hissé son filet. Après, il aviserait. Dale lui demanda s'il l'avait déjà remonté, et Leonard répondit qu'il n'y avait pas trouvé grand-chose. Dale donna à nouveau son sentiment sur le brouillard, disant qu'il aurait du mal à être plus épais ; l'autre, d'accord avec lui, lui rappela la purée de pois qu'ils avaient eue l'année précédente à Elliot Head, avec une mer encore bien plus mauvaise. « Elliot, ça devrait être OK à l'heure qu'il est, répliqua Dale. Allons-y, et pas de panique ! »

Kabuo laissa la radio branchée : il voulait être informé au cas où un cargo avertirait le phare qu'il abordait le détroit. Il ouvrit la porte coulissante de la cabine et à nouveau tendit l'oreille. Il ne tarda pas à entendre les coups de sirène mélancoliques et étouffés des fileyeurs qui quittaient la zone de pêche pour mettre le cap à l'est. Ils devenaient de moins en moins audibles au fur et à mesure que les bateaux s'éloignaient. Il fallait qu'il songe à remonter son filet et, si besoin était, à faire route lui aussi pour les terrains de pêche d'Elliot Head – route qu'il préférait faire seul, car, avec le brouillard, tous naviguaient à l'estime, et certains ne lui inspiraient pas confiance. Il attendrait encore une heure et, si sa prise était trop maigre, il suivrait les autres.

À dix heures et demie, il était à l'arrière, le pied sur la pédale de l'enrouleur, en train de remonter son filet, qu'il arrêtait de temps à autre pour rejeter à l'eau les paquets d'algues pris dans les mailles. Sous la tension, le filet faisait pleuvoir toute son eau sur le pont en même temps que des brindilles et des algues. Il fut heureux de voir qu'il y avait aussi des saumons, des gros argentés qui devaient faire pour la plupart dans les dix livres, sans parler d'une demi-douzaine de jeunes royaux qui vivaient dans les eaux de Ship Channel.

Certains tombèrent sur le pont en passant par-dessus l'arcasse ; il en libéra d'autres d'une main habile. Il excellait à ce genre de travail, et ses doigts délogeaient sans problème les saumons morts ou mourants pris dans les mailles. Kabuo les fit basculer dans la cale avec trois merlus et trois roussettes qu'il avait l'intention de rapporter chez lui. Satisfait, il compta cinquante-huit saumons pour ce premier coup. Agenouillé au bord de la cale, il se réjouit à l'idée de ce qu'ils allaient lui rapporter. Il pensa au voyage qu'ils avaient entrepris pour arriver jusqu'à lui et se dit que c'était avec leur vie qu'il rachèterait peut-être un jour sa ferme.

Fasciné, Kabuo resta là un long moment – de temps à autre un poisson était encore agité de soubresauts ou ses branchies se soulevaient –, avant de refermer le panneau et d'évacuer les déchets par les dalots. Inutile d'aller essayer un autre endroit, la prise était intéressante. En dépit du brouillard, le hasard avait bien fait les choses. Les dieux avaient donc exaucé ses prières.

Il était maintenant presque onze heures trente à sa montre, et les derniers flots de la marée montante le portaient toujours vers l'est. Il décida de remettre son moteur en marche pour repartir vers l'ouest et profiter du changement de marée, de ce moment où les saumons, grouillant en bancs compacts, s'empileraient par centaines, tandis que, sur la frange est, certains rebrousseraient chemin pour suivre le courant : il n'avait de toute façon rien à perdre et pouvait escompter une deuxième prise d'une centaine de pièces. Il constatait avec plaisir que sa persévérance était récompensée. Sa cale était déjà bien remplie, elle le serait plus encore dans quelques heures – et sans grand mal. Puisque les deux tiers au moins des pêcheurs, chassés par le brouillard, étaient partis pour Elliot Head, la concurrence serait quasiment inexistante.

Debout à la barre, une tasse de thé sur la table juste

derrière lui, Kabuo tripota une fois de plus le bouton de sa radio, sans rien capter d'autre que le silence. Les bavards invétérés semblaient avoir abandonné les parages. Par habitude, il vérifia les différents indicateurs sur le tableau de bord et jeta un coup d'œil à la boussole. Puis il mit les gaz, vira serré pour mettre le cap plein ouest, modifiant seulement sa course d'à peine cinq degrés vers le nord dans l'espoir de tomber sur une balise.

Un œil sur l'habitacle, l'autre sur l'eau éclairée par son phare à l'avant de la proue qui fendait le brouillard, Kabuo progressa au juger et à vitesse réduite pendant une dizaine de minutes. Il n'ignorait pas que, en prenant ce cap, il dérogeait aux pratiques les plus courantes. Le code en vigueur parmi les fileyeurs voulait qu'alors on actionne sa corne de brume toutes les minutes tout en prêtant une oreille attentive à une réponse éventuelle. Quand la marée tourna, Kabuo avait déjà signalé sa position une demi-douzaine de fois, et c'est alors qu'il entendit une corne lui répondre à bâbord avant. Qui que ce fût, il était près !

Kabuo se mit au point mort et se laissa dériver, le cœur battant. L'autre n'était vraiment pas loin, soixante-dix mètres, cent tout au plus, et son moteur était coupé. À nouveau, Kabuo fit donner sa corne. Dans le silence qui s'ensuivit, une réponse lui parvint à bâbord, une voix d'homme, calme et posée, qu'il reconnut aussitôt. « Je suis là, entendit-il. J'ai plus de jus. »

Et c'est ainsi qu'il avait trouvé Carl Heine dérivant au fil du courant, ses batteries à plat, attendant du secours. Pris dans le phare de l'*Islander*, Carl apparut devant lui, dans sa combinaison, debout à la proue de son bateau, une lanterne dans une main, sa corne de brume dans l'autre. Il leva sa lanterne et s'immobilisa quelques secondes, le visage impassible. « J'ai plus de jus, répéta-t-il quand Kabuo, l'abordant par tribord, lui lança une amarre. Mes batteries sont mortes, toutes les deux.

– Pas de problème, répondit Kabuo. Y a qu'à s'amarrer. Du jus, moi, j'en ai à revendre.

– Dieu soit loué. J'ai du pot d'être tombé sur toi.

– Sors tes défenses. Je vais essayer de m'approcher le plus possible. »

Ils arrimèrent leurs bateaux l'un à l'autre dans le brouillard. Kabuo alla couper le contact, pendant que Carl franchissait les deux lisses de plat-bord pour monter sur l'*Islander*. Debout dans l'encadrement de la porte de la cabine, il répéta encore : « Elles sont à plat toutes les deux, j'ai trop tiré dessus. Le voltmètre est pas à plus de neuf. Faut croire qu'y avait du mou dans les courroies de l'alternateur. Je les ai bien retendues, mais le mal était déjà fait.

– J'espère qu'on n'est pas au milieu du couloir, dit Kabuo en jetant un coup d'œil en haut du mât de la *Susan Marie*. On dirait que t'as mis une lanterne ?

– Y a pas bien longtemps que je l'ai attachée. Faute de mieux. J'aurais eu du mal à appeler : plus de jus, plus de radio. Ça fait une heure que je dérive. Avec un brouillard pareil, ça m'étonnerait qu'elle serve à grand-chose, la lanterne, mais je l'ai quand même attachée. C'est tout ce qui me reste comme lumière, ça et celle que j'avais à la main quand tu m'as trouvé.

– J'ai deux batteries. On va en prendre une chez moi et te faire démarrer.

– C'est chic de ta part. Le problème, c'est que moi, j'ai des D-8. Toi, tu dois avoir des D-6.

– Oui, mais y doit bien y avoir assez de place. Sinon, on va bricoler ton compartiment ou allonger les câbles. T'inquiète pas, on va se débrouiller.

– J'vais aller mesurer. Comme ça on saura où on en est. »

Carl repassa sur son bateau et Kabuo se prit à espérer

que, malgré son air détaché, il pensait au différend qui les opposait et qu'il accepterait d'en parler. D'une manière ou d'une autre, il faudrait bien que Carl finisse par lui dire quelque chose : après tout, ils étaient tous les deux seuls, en pleine mer, amarrés l'un à l'autre, unis dans la même tâche.

Kabuo connaissait Carl depuis des années, il savait qu'il avait horreur de parler ; quand il s'y trouvait forcé, il s'en tenait au monde matériel : les objets, les outils... Kabuo se rappelait, alors qu'ils avaient à peine douze ans, bien avant la guerre, être parti un jour avec lui pêcher la truite de mer dans une vieille barque qu'on leur avait prêtée. C'était juste après le coucher du soleil et l'éclat phosphorescent de l'eau que brassaient les rames de Carl avait amené celui-ci, incapable de contenir plus longtemps l'émotion qui l'étreignait face à la beauté du monde, à s'exclamer : « Regarde ces couleurs. » En dépit de son jeune âge, Kabuo avait compris qu'une telle exclamation ne lui ressemblait guère. Ses sentiments, Carl avait l'habitude de les garder pour lui sans en rien montrer – comme il le faisait lui-même, quoique pour des raisons différentes. En fait, ils se ressemblaient beaucoup plus qu'ils n'auraient été prêts à l'admettre.

Kabuo fit sauter le couvercle de son compartiment à batterie et débrancha les câbles. Il sortit une des batteries, deux fois plus grosse et deux fois plus lourde qu'une batterie de voiture, et alla la poser sur la lisse de plat-bord avant de la faire passer à Carl Heine. « Je crois que ça ira, dit celui-ci. Y a un rebord qui risque de gêner, mais le métal est assez mou, et en tapant dessus, on doit pouvoir le rabattre.

– Je vais prendre ça, dit Kabuo en s'emparant de sa gaffe. Ça nous servira de marteau. »

Ils entrèrent dans la cabine de Carl, celui-ci ouvrant la marche avec la batterie, Kabuo le suivant, une lanterne dans une main, la gaffe dans l'autre. Une saucisse pendait à un fil de fer près de l'habitacle ; le lit était fait au carré. Kabuo reconnut là la main de Carl, l'esprit ordonné et discipliné qui, bien des années auparavant, lui faisait déjà ranger son matériel de pêche avec un soin méticuleux. Jusqu'à ses vêtements qui, même usés, avaient toujours l'air impeccable.

« Passe-moi la gaffe », dit Carl.

Il s'agenouilla à côté du compartiment et se mit à taper sur le rebord en métal. Kabuo fut frappé par sa force et son savoir-faire : ses coups étaient précis, réguliers, calculés, assenés avec puissance. Une fois cependant, sa main droite glissa, il s'érafla sur le métal et se mit à saigner, mais ne s'arrêta pas pour autant. Il serra la gaffe plus fort, et ce n'est qu'une fois la batterie bien en place qu'il porta la main à sa bouche pour sucer le sang. « On va voir si ça démarre, dit-il.

– Tu es sûr que tes courroies sont bien tendues ? demanda Kabuo. Sinon, c'est pas la peine, on risque de vider la batterie et on sera pas plus avancés.

– Ça devrait aller. J'les ai tendues au maximum. »

Il tira le starter et bascula les interrupteurs du tableau de bord. Le moteur ahana, crachota, faisant vibrer le plancher, et finit par démarrer quand Carl repoussa le starter.

« Écoute, intervint Kabuo, t'as qu'à garder la batterie pour cette nuit. Je peux pas attendre que t'aies fini de recharger. Je vais me débrouiller avec celle qui me reste, et on se retrouve au port. »

Carl fit glisser sa vieille batterie dans un coin, à droite de la barre, alluma la lumière de la cabine et, la main enveloppée dans son mouchoir, jeta un coup d'œil sur le voltmètre. « T'as raison, dit-il. Les accus commencent à se recharger, mais ça risque de prendre du temps. On s'reverra peut-être d'ici une heure ou deux.

– Occupe-toi donc de tes saumons et te fais pas de bile », dit Kabuo.

Il remit le couvercle en place, se saisit de sa gaffe et attendit. « Bon, ben j'vais y aller, finit-il par dire.

– Attends une minute, dit Carl en regardant sa main pour éviter d'avoir à le regarder, lui. Faut qu'on discute, tu le sais aussi bien que moi.

– D'accord, dit Kabuo en se relevant.

– Sept acres. Je me demande ce que tu s'rais prêt à payer, Kabuo. Juste pour avoir une idée.

– Mais toi, t'en voudrais combien ? On ferait mieux de commencer par là, tu crois pas ?

– J'ai pas parlé de vendre. J'ai encore rien dit. C'est sûr que comme la terre est à moi et que toi t'en as sacrément envie, je pourrais t'en demander une petite fortune. Mais tu serais bien fichu de me reprendre ta batterie et de m'laisser en rade.

– La batterie, elle est là, on en parle plus. Ça n'a rien à voir avec notre affaire. Et puis, t'aurais fait la même chose pour moi.

– Possible. Mais tu sais, j'ai pas mal changé. J'suis plus comme avant.

– Ma foi, si tu le dis.

– Oh merde ! J'arrive pas à trouver mes mots. Écoute, je regrette, d'accord ? Si j'avais été dans le coin, ça se s'rait pas passé comme ça. C'est ma mère qu'est responsable, moi, j'étais en mer à ce moment-là, en train d'me battre contre tes salopards de Japs, ces fils de...

– Mais je suis américain, le coupa Kabuo. Comme toi ou n'importe qui d'autre. Est-ce que je te traite de nazi, moi, espèce de gros nazi de mes deux ? J'ai tué des hommes qui te ressemblaient comme deux gouttes d'eau – des gros porcs d'Allemands. J'ai leur sang sur la conscience, Carl, et ces taches-là, elles partent pas facilement. Alors viens pas me parler de Japs, espèce d'enfant d'salaud de nazi. »

Ses doigts s'étaient refermés sur la gaffe qu'il tenait toujours à la main, et il en fut brusquement conscient. Carl posa un pied sur la lisse du *Susan Marie* et cracha dans l'eau. « J'suis rien qu'un salaud, un vrai fils de pute nazi, finit-il par dire, le regard perdu dans le brouillard. Tu sais quoi, Kabuo ? J'ai encore ta canne à pêche. Je l'ai toujours gardée. Quand ma mère m'a demandé de te la rapporter, j'suis allé la cacher dans la grange. Toi, t'es parti dans ce camp d'internement, et moi, j'me suis tapé une indigestion de promenades en mer du côté d'Okinawa. J'ai toujours ce putain d'truc dans mon placard.

– Laisse-la donc où elle est, dit Kabuo. Je l'avais complètement oubliée, cette canne à pêche. T'as qu'à la garder.

– Facile à dire. Rien que d'la voir, cette foutue canne, ça me rendait malade chaque fois que j'ouvrais mon placard.

– T'as qu'à me la rendre alors, si ça peut te soulager. Mais je t'ai dit que tu pouvais la garder, Carl. C'était un cadeau.

– Comme tu voudras. Douze cents dollars l'acre, ferme et définitif. C'est ce que j'donne à Ole. Dans le coin, c'est le prix. Renseigne-toi, tu verras.

– Ça fait huit mille quatre cents pour le tout. Et tu voudrais combien comptant ? »

À nouveau, Carl cracha dans l'eau ; puis il se retourna et tendit la main à Kabuo. Celui-ci la prit, non pas pour la serrer, mais pour l'empoigner à la manière des pêcheurs qui sentent qu'ils ont atteint un point où la communication passe par autre chose que les mots. Perdus en pleine mer dans le brouillard, ils restèrent un moment les mains liées, le sang sur la paume de Carl scellant leur accord. Ils ne voulaient pas que ce geste en dise trop, mais en même temps il était censé tout dire. Ils se séparèrent rapidement, plus vite qu'ils ne l'auraient souhaité mais assez tôt pour ne pas laisser la gêne s'installer entre eux. « Mille comptant, dit Carl. On peut signer demain.

– Huit cents, rétorqua Kabuo. Marché conclu. »

28

Quand Kabuo eut fini son récit à la barre des témoins, Alvin Hooks se leva et alla se planter devant lui, se grattant une envie avec insistance. Plongé dans l'étude de ses ongles, il commença à parler en s'acharnant sur les petites peaux de ses pouces. « Mr Miyamoto, je n'arrive pas à comprendre pourquoi vous n'avez pas voulu raconter cette histoire dès le début. Vous ne croyez pas qu'il était de votre devoir de citoyen d'aller trouver le shérif et de lui exposer votre affaire de batterie remplacée en pleine mer ? N'importe qui à votre place l'aurait fait, il me semble, dès l'annonce de la mort tragique de Carl Heine. »

Dédaignant complètement Alvin Hooks, l'accusé regardait maintenant les jurés. D'un ton calme, il s'adressa directement à eux comme s'il n'y avait eu personne d'autre dans la salle. « Il faut me comprendre : je n'ai appris la mort de Carl Heine qu'à une heure de l'après-midi, le 16 septembre ; et j'ai été arrêté à peine quelques heures plus tard. Je n'ai pas eu le temps de me présenter spontanément au bureau du shérif pour lui rapporter les événements comme je viens de le faire devant vous. Je...

– Et pourtant, intervint Alvin Hooks en allant se placer entre Kabuo et les jurés, comme vous venez de le dire vous-même, vous avez eu quelques heures – je dis bien " heures " – pour contacter le shérif. Après avoir appris la mort de Carl Heine, vous avez laissé passer un après-midi entier pour finalement vous rendre au port avec l'intention de prendre la mer et de pêcher jusqu'au matin du 17. Si tant est que vous ayez décidé de vous présenter aux autorités à ce moment-là, seize heures, au moins, se seraient écoulées depuis que vous aviez appris la mort de la victime. Permettez-moi de présenter le problème d'une façon un peu différente : aviez-vous réellement l'intention, Mr Miyamoto, de vous présenter aux autorités ? Au moment de votre arrestation, étiez-vous décidé à exposer votre histoire de batterie au shérif ?

– J'y pensais, dit Kabuo Miyamoto. Mais j'étais dans une situation difficile, et j'hésitais sur le meilleur parti à prendre.

– Oh, je vois. Vous y pensiez. Et alors que vous vous demandiez si vous deviez vous présenter spontanément au shérif Moran, c'est lui, comme vous nous l'avez dit, qui est venu vous voir. Il s'est présenté à votre bateau le soir du 16 avec un mandat de perquisition, c'est bien cela ?

– Effectivement.

– Et à ce moment-là, vous vous interrogiez toujours sur l'opportunité de lui raconter votre histoire ?

– En effet.

– Mais finalement, vous n'en avez rien fait.

– Non, pas vraiment. Non, je n'ai rien dit.

– Vous n'avez rien dit ! Vous n'avez proposé aucune explication, alors même que vous saviez que vous ne pouviez plus échapper à une arrestation. Le shérif Moran était là, votre gaffe dans les mains, en train de vous dire qu'il allait faire analyser le sang qui s'y trouvait, et vous ne lui avez rien dit de la coupure que Carl Heine s'était faite... parce que c'est bien ce que vous avez raconté à la cour, que Carl s'était coupé à la main en se servant de votre gaffe ?

– C'est comme ça que les choses se sont passées. Il s'est entaillé la main avec ma gaffe.

– Mais vous n'avez pas proposé cette explication au shérif. Vous n'avez pas même dit que vous aviez vu Carl Heine cette nuit-là. Pouvez-vous nous dire pourquoi, Mr Miyamoto ?

– Vous comprenez, le shérif s'est présenté avec un mandat. J'étais soupçonné de meurtre, il m'a semblé préférable de ne rien dire. D'attendre jusqu'à... d'attendre d'avoir un avocat.

– Mais vous avez persisté à ne rien dire même après votre arrestation, même quand vous avez eu un avocat. Si je ne m'abuse, vous avez prétendu ne rien savoir de la mort de Carl Heine. Vous avez prétendu ne jamais l'avoir vu à Ship Channel Bank la nuit du 15 septembre. Tout ceci se trouve consigné dans le rapport du shérif, lequel rapport a été retenu comme pièce à conviction dans ce procès. L'histoire que vous avez racontée immédiatement après votre arrestation n'est pas la même que celle que vous nous racontez aujourd'hui. Alors, je vous le demande, Mr Miyamoto, laquelle faut-il croire ?

– Celle que je viens de vous raconter, répondit Kabuo en clignant les yeux et en serrant les lèvres. La vérité, c'est que j'ai prêté une batterie à Carl, que je l'ai aidé à faire démarrer son bateau, que j'ai conclu un accord avec lui à propos de ces sept acres et qu'après je suis parti pêcher de mon côté.

– Je vois. Vous souhaitez donc vous rétracter, remplacer votre première version par une autre, celle que vous venez de nous donner ? C'est celle-là que vous souhaitez nous voir croire ?

– Oui. Parce que c'est la vraie.

– Je vois. Donc, quand vous êtes rentré chez vous le matin du 16 septembre, vous avez informé votre épouse de la conversation que vous aviez eue avec Carl Heine. C'est bien exact ?

– C'est exact.

– Et ensuite ? Que s'est-il passé ?

– Je suis allé me coucher. J'ai dormi jusqu'à une heure et demie. Ma femme est venue me réveiller à ce moment-là pour m'annoncer la mort de Carl.

– Je vois. Et après ?

– Nous sommes restés à discuter un bon moment. J'ai déjeuné et je me suis occupé de quelques factures, et puis vers cinq heures, je suis descendu au port.

– Vers cinq heures. Est-ce que vous vous êtes arrêté en route ? Pour faire une ou deux courses, par exemple ? Ou pour voir quelqu'un ?

– Non. Je suis parti vers cinq heures pour aller directement au bateau.

– Vous ne vous êtes pas arrêté pour renouveler vos provisions ou acheter du matériel ?

– Non.

– Une fois au port, est-ce que vous avez rencontré quelqu'un ? Est-ce que vous avez bavardé avec d'autres pêcheurs ?

– Je suis allé directement au bateau, sans m'arrêter nulle part.

– Directement au bateau. Et c'est là que vous étiez, en train de faire vos préparatifs, quand le shérif Moran s'est présenté avec son mandat.

– C'est exact.

– Le shérif a donc procédé à la perquisition de l'*Islander,* dit Alvin Hooks en se dirigeant vers la table où se trouvaient les pièces à conviction et en sélectionnant un classeur. Les détails de l'opération sont tous consignés dans le rapport que vous voyez ici. En fait, au cours de l'interrogatoire qu'a fait subir au shérif votre avocat, Mr Gudmundsson, celui-ci a fait allusion à ce document, et notamment à un paragraphe de la page vingt-sept où on peut lire... » Alvin Hooks feuilleta les pages, s'arrêta, puis, à trois reprises, avec beaucoup d'emphase, tapota le classeur de l'index. Une fois de plus, il se tourna vers les jurés, agitant le rapport dans leur direction comme pour les inviter, en dépit de la distance qui les séparait, à le lire avec lui.

« Voilà qui est pour le moins troublant, dit-il. Il est précisé ici que, dans votre compartiment à batterie, il y avait deux D-6. " Deux batteries D-6 dans le compartiment, de six éléments chacune " – voilà ce qui est dit, textuellement.

– J'utilise en effet des D-6. Comme beaucoup.

– Je sais, je sais. Mais pourquoi deux batteries, Mr Miyamoto, deux et pas une ? Si votre histoire est vraie, si, comme vous assurez l'avoir fait, vous en avez retiré une du compartiment pour la prêter à Carl Heine, est-ce que le shérif Moran n'aurait pas dû n'en trouver qu'une lors de la perquisition ? Je vous ai demandé ce que vous aviez fait pendant la journée, comment vous aviez passé l'après-midi. À aucun moment vous ne nous avez précisé que vous vous étiez arrêté quelque part pour acheter une batterie ou vous en procurer une pour l'installer sur votre bateau. Puisque vous ne nous avez rien dit de tout cela, comment expliquez-vous, Mr Miyamoto, que le shérif ait trouvé deux batteries sur l'*Islander* ? »

Une fois de plus, l'accusé regarda les jurés sans mot dire, sans que son visage trahisse la moindre émotion. « J'avais une batterie de rechange dans mon appentis, finit-il par dire d'un ton égal. Je l'ai descendue au port et je l'ai mise en place avant que le shérif se présente avec son mandat. C'est pour ça qu'il en a trouvé deux dans le compartiment. »

Alvin Hooks reposa le rapport du shérif sur la table. Les mains derrière le dos, comme s'il réfléchissait à cette réponse, il s'avança vers le box des jurés où il s'arrêta et se retourna pour faire face à l'accusé.

« Mr Miyamoto, dit-il sur un ton de reproche en hochant lentement la tête, puis-je vous rappeler que vous témoignez ici sous serment ? Vous avez juré de dire la vérité à la cour, toute la vérité, notamment à propos du rôle que vous avez pu jouer dans la mort de Carl Heine. Or, il semblerait que vous souhaitiez une fois de plus modifier votre version des faits en y ajoutant un nouvel élément : la batterie, que vous auriez transportée de chez vous au bateau et mise en place dans l'heure qui a précédé la perquisition. Bon, je n'ai rien contre. Mais alors, pourquoi ne pas nous l'avoir dit plus tôt ? Chaque fois qu'on aborde un nouveau point, vous ajoutez des détails, c'est curieux, non ?

– Tout ceci s'est passé il y a presque trois mois. Je ne me rappelle pas tout.

– Admettez, Mr Miyamoto, qu'il est bien difficile de vous croire, dit Alvin Hooks en soupirant, le menton dans les mains. Vous êtes là devant nous, impassible, de marbre au milieu des...

– Objection, votre Honneur », coupa Nels Gudmundsson, mais le juge Fielding s'était déjà redressé et s'adressait à Alvin d'un ton sévère : « Vraiment, vous m'étonnez, Mr Hooks. Ou vous vous en tenez à des questions pertinentes, ou vous mettez un terme à votre interrogatoire. Votre attitude est inadmissible. »

Alvin Hooks retourna s'asseoir à la table du ministère public. Il ramassa un stylo qu'il fit tourner dans ses doigts et regarda par la fenêtre la neige qui tombait maintenant moins dru. « Pas d'autre question, dit-il. Le témoin peut disposer. »

Kabuo Miyamoto se leva, donnant ainsi à l'assistance l'occasion de le voir tel qu'il était : un homme au regard fier, au torse massif et puissant. Son port de tête, sa carrure, les tendons saillants de sa gorge firent resurgir dans l'esprit de certains le souvenir des photographies de soldats japonais qu'il leur avait été donné de voir. Il y avait de la noblesse en lui ; les ombres qui jouaient sur les méplats anguleux de son visage en soulignaient la dignité. Rien là qui suggérât la mollesse ou la vulnérabilité. Il était décidément différent – évidence que venait confirmer le détachement hautain avec lequel il regardait tomber la neige.

29

Dans son réquisitoire, Alvin Hooks présenta l'accusé comme un meurtrier qui, poussé par la haine et le désespoir, avait délibérément prémédité son acte : il avait mûri son plan et l'avait mis à exécution avec une détermination farouche. Après tant d'années passées à convoiter ces champs de fraises, Miyamoto s'était soudain vu, au début du mois de septembre, sur le point d'être dépossédé. Il était donc allé trouver Ole Jurgensen pour s'entendre dire que la terre était déjà vendue et avait ensuite essuyé le refus de Carl Heine. Pendant les heures passées en mer, il avait longuement réfléchi à la situation critique dans laquelle il se trouvait pour arriver à la conclusion que, s'il n'agissait pas, la terre de sa famille – car c'est bien ainsi qu'il la voyait – allait lui échapper pour toujours. En homme fort et hardi, entraîné dès son plus jeune âge au kendo, en homme froid et dépourvu de sentiments, en homme dont le sergent Maples n'avait pas hésité à dire qu'il était non seulement capable de tuer mais prêt à le faire, il avait décidé de se faire justice lui-même. Il avait décidé de mettre un terme à la vie d'un homme qui le gênait, dans l'idée que, une fois Carl Heine mort, Ole accepterait de lui vendre les sept acres en question.

Et c'est ainsi qu'il avait suivi sa future victime jusqu'aux terrains de pêche de Ship Channel Bank. Une fois sur les lieux, il avait installé son filet en amont de

Carl et avait attendu que le brouillard finisse par tout ensevelir. En homme patient qu'il était, il avait attendu le milieu de la nuit pour passer à l'action. Il savait que Carl n'était pas loin de lui, cent cinquante mètres, pas davantage, puisqu'il entendait le bruit de son moteur. Et c'est pourquoi, après avoir longuement écouté, il avait fini, vers une heure et demie, par actionner sa corne de brume, choisissant ce moyen pour attirer sa victime.

Carl, expliqua Alvin Hooks, était sorti du brouillard, remorquant son filet, qu'il s'apprêtait à remonter, pour trouver Miyamoto, « qui dérivait » et « avait besoin d'aide ». C'est ici que la perfidie de l'accusé devenait franchement odieuse, car il allait faire appel non seulement à l'amitié qui les avait liés du temps de leur jeunesse, mais au code d'honneur des pêcheurs qui veut qu'on se prête aide et assistance en cas d'urgence. On l'imaginait sans peine dire à Carl qu'il regrettait ce qui s'était passé et le supplier de venir à sa rescousse, de s'amarrer à lui, l'implorer de ne pas l'abandonner, de ne pas le laisser sans secours.

« Imaginez la scène, poursuivit Alvin Hooks, penché vers les jurés, les mains tendues vers eux dans un geste de supplication, imaginez cet homme généreux s'arrêter pour secourir son ennemi en pleine nuit. Il amarre son bateau à celui de l'accusé et pendant qu'il s'emploie à fixer solidement un filin – remarquez bien, mesdames et messieurs les jurés, la perfidie de Miyamoto car il n'y a aucune trace de lutte –, le meurtrier saute à bord avec une gaffe et le frappe à la tête. Et voilà cet homme juste et généreux qui tombe, inconscient, mortellement blessé.

« Représentez-vous maintenant l'accusé faisant basculer le corps de Carl Heine par-dessus le plat-bord et le précipitant dans l'eau noire. Les vagues se referment sur Carl – l'eau s'infiltre dans le boîtier de sa montre et l'arrête à une heure quarante-sept, permettant ainsi de situer l'heure exacte de la mort et son corps s'enfonce sans laisser de trace. Mais juste en dessous de la surface, le courant de la marée est plus fort que ne l'avait supposé l'accusé, et il emporte le corps de Carl Heine jusque dans les plis du filet, qui traîne toujours derrière le bateau. La boucle de sa combinaison s'accroche dans les mailles, et, preuve indiscutable du crime perpétré par Kabuo Miyamoto, le corps de Carl reste prisonnier du filet. Le corps, voilà ce que n'avait pas prévu l'accusé, pas plus qu'il n'avait prévu la gaffe pleine de sang et le filin d'amarre que, dans sa hâte de quitter le lieu du crime, il abandonne derrière lui.

« Le voilà maintenant assis devant vous. La justice a suivi son cours : les pièces ont été produites, les témoignages enregistrés, les positions défendues, les faits établis. Et la vérité a éclaté au grand jour. Le doute n'est plus possible et il ne vous reste plus qu'à faire votre devoir, le devoir pour lequel la justice de ce comté vous a désignés. La tâche est rude, puisqu'il va vous falloir condamner un homme pour meurtre avec préméditation. Mais c'est de justice et de lucidité qu'il s'agit ! C'est sans faiblir qu'il vous faut regarder cet homme pour découvrir la vérité ! Cet homme, mesdames et messieurs les jurés, regardez-le, regardez-le bien ! Fouillez ses yeux, fouillez son visage, et vous y lirez votre devoir. »

Comme il l'avait fait tout au long du procès, Nels Gudmundsson se leva avec une lenteur qui faisait peine à voir. Les membres de l'assistance savaient qu'ils auraient de nouveau à endurer ses raclements de gorge, sa respiration d'asthmatique, ses effets de mouchoir. Ils savaient aussi à quel moment précis il glisserait les pouces derrière les petits boutons noirs de ses bretelles. Les jurés, eux, avaient depuis longtemps remarqué que son œil gauche, soudain terne et vitreux quand l'iris basculait en dedans, donnait l'impression de flotter dans son orbite. Ils le regardèrent se redresser péniblement et attendirent qu'il ait fini de s'éclaircir la voix.

En termes sobres et mesurés, Nels résuma les faits tels que lui les entendait : voulant récupérer sa terre, Kabuo Miyamoto était allé trouver Ole Jurgensen, qui l'avait adressé à Carl Heine. Kabuo s'était alors mis en quête de Carl, avec lequel il avait longuement discuté pour repartir avec l'idée que ce dernier allait réfléchir à la question. Il avait donc attendu. Le 15 septembre au soir, le hasard, une coïncidence, l'avait amené à Ship Channel Bank où Carl se trouvait à la dérive dans le brouillard. Kabuo avait fait tout ce qui était en son pouvoir pour porter secours à cet ami qu'il connaissait depuis l'enfance. Et finalement, ils avaient parlé de cette terre et conclu un accord. Kabuo Miyamoto l'avait alors quitté pour aller pêcher de son côté jusqu'à l'aube. Le lendemain, on l'arrêtait.

Rien, il n'y avait absolument rien pour prouver la préméditation. Le ministère public avait été incapable de fournir la moindre preuve pour étayer son accusation, incapable de présenter un seul témoin susceptible d'éclairer la cour quant à l'état d'esprit de l'accusé lors des quelques jours qui avaient précédé le drame. Personne n'avait eu l'occasion d'entendre Kabuo proférer des menaces de mort à l'encontre de Carl Heine. Aucun reçu, aucune facture prouvant qu'une arme avait été vendue. Rien. Le ministère public s'était même montré incapable de prouver qu'il y avait eu crime. En l'absence d'intime conviction, les jurés étaient en droit de refuser de condamner cet homme.

« L'avocat de l'accusation, poursuivit Nels Gudmundsson, a escompté tout au long de sa plaidoirie, mesdames et messieurs les jurés, qu'une argumentation fondée sur le racisme emporterait votre adhésion. S'il vous a demandé de vous pencher sur le visage de cet homme, c'est parce que, le sachant d'origine japonaise, vous seriez prêts à voir en lui un ennemi. L'époque où notre pays était en guerre contre l'empire du Soleil levant et ses terribles soldats n'est après tout pas si lointaine. Vous avez tous en mémoire les actualités et les films de guerre que nous avons pu voir au cinéma. C'est là-dessus que table Mr Hooks. Il espère bien réveiller le souvenir de ces années-là, voir se rallumer des passions vieilles de dix ans, vous amener à condamner Kabuo Miyamoto sous prétexte qu'il est lié à cette guerre. Et c'est vrai que cette guerre, Kabuo Miyamoto y est bel et bien lié, puisqu'il a été décoré à plusieurs reprises, puisque, en tant que lieutenant, c'est pour les États-Unis, pour son pays, qu'il est allé se battre en Europe. Si vous le croyez dépourvu d'émotion, si vous croyez lire l'orgueil sur son visage, c'est l'orgueil, c'est le masque de l'ancien combattant rentré au pays – un pays auquel il était prêt à sacrifier sa vie – pour y être confronté à l'injustice et aux préjugés les plus bas.

« Mesdames et messieurs, il est possible que le destin existe. Il est possible que, pour des raisons qui nous dépassent, Dieu ait voulu que l'accusé se retrouve aujourd'hui dans cette impasse, et que sa vie soit entre vos mains. Carl Heine a été victime d'un accident à un moment qui n'aurait pas pu être moins propice pour l'accusé. Kabuo Miyamoto attend maintenant votre verdict, avec l'espoir qu'en dépit du sort qui s'acharne contre lui les hommes sauront se montrer raisonnables. Il est des événements qui échappent à notre contrôle ; il en est d'autres sur lesquels nous avons le pouvoir d'agir. Votre tâche, au moment où vous délibérerez, sera de vous assurer que vous ne laissez rien aux caprices du hasard, lesquels ne sont pas de notre ressort. Notre seul guide, à nous autres hommes, doit être la raison. La forme des yeux de Kabuo Miyamoto, son pays d'origine ne doivent en rien influencer votre décision. Vous êtes ici pour juger un Américain, égal, au regard de la loi, à n'importe quel autre citoyen des États-Unis. C'est ce pourquoi vous avez été désignés ; c'est là votre devoir.

« Je suis un vieil homme, poursuivit Nels Gudmundsson, j'ai du mal à marcher, et je n'y vois plus que d'un œil. Je souffre de maux de tête et d'arthrite dans les genoux. Pour comble de malheur, j'ai failli mourir de froid la nuit dernière et aujourd'hui, je suis extrêmement las. Comme vous tous ici, j'espère retrouver ce soir un peu de chaleur et voir la fin de cette tempête. Je voudrais pouvoir vivre encore de nombreuses années, mais je sais qu'un tel vœu a peu de chances de se réaliser, car si je ne disparais pas dans les dix ans qui viennent, ce sera dans les vingt.

« Pourquoi vous raconter tout cela ? demanda Nels Gudmundsson en se penchant vers les jurés. Parce que mon grand âge et la proximité de la mort me font voir les choses sous un autre angle. Pareil au voyageur venu de Mars, qui serait sans doute confondu par ce qui se passe dans ce tribunal, je vois les mêmes faiblesses humaines se transmettre indéfiniment, d'une génération à l'autre. Nos haines, nos passions, nos peurs irrationnelles, rien dans notre histoire ne nous laisse à penser qu'elles pourraient disparaître un jour. Mais je m'égare. Je tenais simplement à vous dire que, face à un tel monde, vous ne pouvez compter que sur vous-mêmes, et que votre seule arme, c'est la décision que vous allez prendre, chacun d'entre vous, en votre âme et conscience. Êtes-vous prêts à vous liguer aux forces aveugles qui travaillent à l'injustice ? Ou bien choisirez-vous de vous dresser contre cette vague déferlante et de faire preuve d'humanité ? Au nom de Dieu, au nom des hommes, je vous supplie de faire votre devoir de jurés en déclarant Kabuo Miyamoto innocent du crime dont on l'accuse. Laissez cet homme rentrer chez lui, rendez-le à sa femme et à ses enfants. Rendez-lui la liberté, c'est là votre devoir. »

Depuis son estrade, le juge Fielding, le menton sur le pouce, l'index le long du nez, regardait la salle d'audience. Avec ses paupières tombantes et sa bouche ouverte, il avait l'air las et mal réveillé de quelqu'un qui serait incapable de se concentrer. Il s'était senti mal à l'aise toute la matinée, convaincu que sa prestation n'avait pas été des meilleures, qu'il n'avait pas fait montre d'une grande maestria dans la conduite des débats. C'était un homme d'une grande probité, méticuleux et exigeant, qui respectait la loi à la lettre, même s'il se montrait quelque peu fastidieux. Sa position était délicate : c'était la première fois qu'il jugeait une affaire d'homicide volontaire, et si jamais les jurés rendaient un verdict de culpabilité, ce serait à lui, et à lui seul, de décider si l'accusé devait être pendu.

Le juge se secoua et, rajustant sa robe, se tourna vers les jurés. « Les débats, dit-il, arrivent aujourd'hui à leur terme, et, dans quelques instants, il vous appartiendra de vous retirer dans la pièce réservée à cet effet pour délibérer et, ensemble, rendre votre verdict. Mais il y a un certain nombre de points sur lesquels la cour, mesdames et messieurs, souhaiterait préalablement attirer votre attention.

« Premier point : l'accusé ne peut être déclaré coupable que si vous êtes convaincus, sans doute possible, du bien-fondé de l'accusation retenue contre lui. Je dis bien, *sans doute possible.* S'il existe une incertitude, si mince soit-elle, elle vous interdit de condamner cet homme. Si vous n'êtes pas prêts à admettre la validité du chef d'accusation, vous êtes tenus par la loi de déclarer l'accusé non coupable.

« Deuxième point : vous ne devez prendre en compte

que le seul chef d'accusation, à l'exclusion de toute autre considération. Vous n'avez qu'une question à vous poser : l'accusé est-il ou non coupable de meurtre au premier degré ? Quand bien même vous le jugeriez coupable de mille autres crimes – haine, colère, fraude, agression, homicide involontaire ou en état de légitime défense, meurtre au second degré –, votre jugement serait nul et non avenu. Vous n'avez à vous préoccuper que de savoir si l'homme traduit devant vous est coupable de meurtre au *premier degré*. Et qui dit meurtre au premier degré, mesdames et messieurs, dit meurtre avec préméditation, autrement dit assassinat mûrement réfléchi et perpétré de sang-froid. C'est là qu'est toute la difficulté pour les jurés dans ce genre d'affaire. La préméditation, en effet, est un état d'esprit et ne peut s'évaluer à l'aide de preuves tangibles. Elle découle des faits, elle se déduit des actes et des mots de ceux qui ont témoigné devant vous, de leur attitude et de leurs conversations passées. Décider que l'accusé est coupable, c'est décider qu'il a prémédité de commettre l'acte dont on l'accuse. Qu'il a poursuivi sa victime avec l'intention délibérée de commettre un meurtre, qu'il a tué non par hasard, sous l'empire de la colère ou au cours d'une dispute, mais après avoir délibérément mûri son plan. Encore une fois, c'est de cela seul que vous avez à délibérer.

« Si vous avez été désignés comme jurés dans cette affaire, c'est parce que l'on vous a jugés capables de rendre, sans peur, ni préjugé, ni partialité, simplement en votre âme et conscience, un verdict juste à la lumière des pièces présentées et des faits établis au cours de l'audience. Notre système n'a pour but que de garantir un verdict obtenu après discussion et comparaison de tous les éléments de l'affaire. Chaque juré se doit donc d'écouter, dans un esprit de totale ouverture, les opinions et les arguments de ses collègues. La loi ne saurait tolérer qu'un juré pénètre dans la salle de délibérations déterminé à faire triompher son point de vue coûte que coûte, de même qu'elle ne saurait tolérer qu'il refuse d'écouter les arguments développés par les autres membres du jury, sous prétexte que ceux-ci seraient moins honnêtes ou moins intelligents. En d'autres termes, vous êtes tenus d'écouter les autres comme ils sont tenus de vous écouter. Restez objectifs et raisonnables, ajouta le juge, qui s'arrêta un moment, le temps de laisser les jurés se pénétrer de ses paroles et de les fixer longuement dans les yeux, l'un après l'autre. Mesdames et messieurs, soupira-t-il, dans la mesure où il s'agit d'un procès d'assises, vous devez comprendre que votre verdict, quel qu'il soit, doit être rendu à l'unanimité. Inutile de vous précipiter ou de vous culpabiliser à l'idée qu'une longue délibération prolongerait indûment les débats. La cour vous remercie par avance d'avoir bien voulu accepter la charge de juré. Je sais que vos nuits à l'Amity Harbor Hotel n'ont pas été de tout repos et qu'il vous a été difficile, vu les circonstances, de vous concentrer sur la procédure en cours, car vous deviez être inquiets du bien-être de vos proches. Si la tempête nous dépasse, il n'en va pas de même de ce procès, dont l'issue, désormais, repose entièrement entre vos mains. Vous pouvez maintenant vous retirer pour délibérer. »

30

À trois heures de l'après-midi, les jurés sortirent de la salle d'audience l'un derrière l'autre. Deux des journalistes, qui se balançaient sur leurs chaises, les mains derrière la tête, se mirent à parler de la pluie et du beau temps. Abel Martinson remit ses menottes au prisonnier, puis, après l'avoir autorisé à échanger quelques mots avec sa femme, l'entraîna vers le sous-sol. « Tu ne vas pas tarder à être libéré, eut le temps de lui dire Hatsue. Tu verras, ils feront ce qu'ils doivent faire.

– Je n'en sais rien, dit Kabuo, mais quelle que soit l'issue, sache que je t'aime et dis aux enfants que je les aime aussi. »

Nels Gudmundsson rassembla ses papiers qu'il glissa dans sa serviette. Ed Soames, dans un accès de générosité, laissa la salle d'audience ouverte, sachant que les spectateurs n'avaient nulle part où aller. La plupart d'entre eux restèrent assis à leur place ou se mirent à arpenter les allées tout en spéculant à voix basse sur l'issue du procès. Ed, les mains derrière le dos, le regard impassible, se tenait à côté de la porte qui menait au bureau du juge avec l'obséquiosité d'un valet de pied, et de temps à autre jetait un coup d'œil sur sa montre.

Dans la salle, Ishmael Chambers parcourait ses notes, levant parfois les yeux sur Hatsue Miyamoto. En l'écoutant témoigner le matin même, il s'était rendu compte à quel point il connaissait cette femme, comprenant la moindre de ses expressions, le moindre de ses silences. Ce qu'il aurait voulu par-dessus tout, c'était respirer son odeur, sentir sa main dans ses cheveux. Désir d'autant plus aigu qu'il était frustré, tout comme était constamment déçu l'espoir qu'il nourrissait d'une vie différente où il serait à nouveau lui-même, indemne.

Les notes de Philip Milholland étaient toujours dans la poche gauche de son pantalon. Il lui suffirait de se lever, d'aller trouver Ed Soames et de demander à voir le juge Fielding. Puis de sortir les notes, de les déplier et de les mettre sous le nez de l'huissier, afin de s'ouvrir l'accès au bureau du magistrat. Le juge clignerait des paupières, rapprocherait le chandelier et, dans la lumière dansante de la bougie, le regarderait par-dessus ses lunettes, soudain conscient des implications du document. *Une heure quarante-deux, le* Corona *effectue son changement de cap.* Puisque la montre de Carl Heine s'était arrêtée à une heure quarante-sept, le reste allait de soi.

Quels étaient les mots que Nels Gudmundsson avait utilisés dans sa conclusion ? « *L'avocat de l'accusation a escompté tout au long de sa plaidoirie, mesdames et messieurs les jurés, qu'une argumentation fondée sur le racisme emporterait votre adhésion... Il espère bien voir se rallumer des passions vieilles de dix ans.* » Dix ans, ce n'était somme toute pas si loin. Comment espérer pouvoir laisser derrière soi une passion qui ne voulait pas mourir, aussi présente que ce membre fantôme qu'il refusait depuis si longtemps de faire dénerver ? Il en était d'Hatsue comme de ce membre. C'était l'histoire qui l'avait fait sortir de sa vie, parce que l'histoire est fantasque et sourde aux désirs des individus. Autant que pouvait l'être le Dieu de sa mère – capable de regarder sans broncher Eric Bledsoe se vider de son sang dans les vagues de Tarawa ou cet autre garçon, le pantalon trempé de sang, geindre à n'en plus finir sur le pont du navire-hôpital.

Il leva une nouvelle fois les yeux sur Hatsue, debout au milieu d'un petit groupe de Japonais qui discutaient à voix basse et attendaient en regardant leurs montres. Il examina avec attention la jupe plissée, le corsage froncé aux épaules, les cheveux bien tirés à l'arrière de la tête, le chapeau qu'elle tenait à la main, la main elle-même, si gracieuse et déliée, puis l'attache des chevilles, le dos bien droit, l'allure distinguée, qui l'avait tant ému quand il était encore enfant. Il eut à nouveau à la bouche le goût de sel de ses lèvres, que les siennes avaient brièvement effleurées par-dessus la boîte à fond vitré. Puis resurgit le souvenir de toutes ces rencontres dans le cèdre, de son corps tiède...

Il se levait pour partir lorsque les lumières se rallumèrent. Une joie contenue, typique de l'île, embarrassée, prudente, parcourut la salle ; un journaliste leva les bras en l'air ; Ed Soames sourit en hochant la tête. Succédant à la pénombre grisâtre qui avait régné jusqu'ici, la lumière était presque aveuglante. « Enfin, l'électricité ! dit Nels Gudmundsson à Ishmael. Elle ne m'avait jamais autant manqué.

– Rentrez chez vous et essayez de dormir, répondit Ishmael. Ouvrez vos radiateurs à fond. »

Nels fit claquer les boucles de sa serviette qu'il posa sur la table. « Au fait, dit-il brusquement. Vous ai-je jamais dit à quel point j'appréciais votre père ? Quel homme admirable !

– C'est vrai.

– Bon, eh bien..., reprit Nels, embarrassé, en saisissant sa serviette, mes respects à votre mère, c'est une femme merveilleuse. Il ne nous reste plus qu'à espérer qu'ils rendent le bon verdict.

– Espérons, en effet », répondit Ishmael.

Ed Soames annonça que la salle d'audience resterait

ouverte jusqu'à l'annonce du verdict, ou, si celui-ci devait se faire attendre, jusqu'à six heures du soir, heure à laquelle il ferait le point devant la cour sur l'état des délibérations.

Au vestiaire, Ishmael se trouva aux côtés d'Hisao Imada tandis qu'ils enfilaient leurs manteaux. « Merci beaucoup pour votre aide, dit le Japonais. Vous avez éclairé notre journée. Merci à vous. »

Ils sortirent dans le hall, où Hatsue, appuyée contre le mur, les mains dans les poches, attendait son père. « Voulez-vous que je vous emmène ? demanda Ishmael. C'est sur ma route. Je vais chez ma mère. Je peux vous déposer.

– Non, dit Hisao. Merci. Nous avons une voiture maintenant. »

Ishmael entreprit de boutonner son manteau, en commençant par le haut. Au troisième bouton, il laissa glisser sa main dans la poche de son pantalon, où elle rencontra les notes de Philip Milholland.

« Le procès de mon mari n'est pas juste, dit Hatsue. Tu devrais l'écrire dans le journal de ton père, Ishmael, en première page. Tu devrais te servir de son journal pour dire la vérité et faire savoir à l'île tout entière que ce n'est pas juste, que si les choses se passent comme ça, c'est simplement parce qu'on est japonais.

– Ce n'est plus le journal de mon père, Hatsue. C'est le mien, c'est moi qui le dirige. Je serai chez ma mère, ajouta-t-il en sortant la main de sa poche et en s'affairant maladroitement sur un autre bouton. Tu sais où me trouver si tu veux me parler de tout ça. »

Dehors, seuls tombaient encore quelques rares flocons. Les nuages filtraient une lumière d'hiver blafarde ; un vent du nord soufflait, glacial. On aurait dit qu'il faisait encore plus froid que dans la matinée tant l'air brûlait les narines. Le paysage était comme purifié par la neige et le vent ; Ishmael n'entendait rien d'autre que le crissement de ses pas et le gémissement du vent. Il savait que le plus fort de la tempête était passé, que le pire était désormais derrière eux. Et pourtant, on voyait encore partout les marques du cataclysme : voitures abandonnées au hasard de leurs dérapages, arbres abattus, sapins déracinés aux branches fendues en dents de scie ou fichées dans le sol. Poursuivant sa route, il tomba sur deux cèdres en travers du chemin. Au-delà, les quais étaient pour la plupart inondés. Les pilotis les plus avancés avaient été emportés, une vingtaine de bateaux qui gîtaient sur leurs amarres étaient allés s'entasser sur les embarcadères, en partie soufflés par le vent. Les vagues se creusaient au milieu des embarcations chavirées, leur imprimant ainsi qu'aux docks un mouvement de roulis permanent. Le sommet des cabines, les tambours et les lisses disparaissaient sous la neige. De temps à autre, l'écume balayait les bateaux, et l'eau inondait les cockpits. Sous l'effet conjugué de la marée et du vent, un courant impétueux s'engouffrait par l'entrée du port.

Pour la première fois de sa vie, Ishmael se dit que le spectacle de toute cette destruction ne manquait pas de beauté.

L'eau en délire, le vent furieux, la neige, les arbres sur le sol, les bateaux précipités contre les embarcadères effondrés – la beauté de cette violence anarchique n'était pas sans lui rappeler l'atoll de Tarawa, le mur sur la plage, les palmiers couchés à terre par les canons de la marine. C'était là une vision qu'il n'avait que trop souvent. Fasciné et horrifié à la fois, il était incapable d'expliquer ce besoin qu'il avait de se souvenir au moins autant que d'oublier.

Il restait là à contempler le port ravagé et à se dire que pendant douze ans, à l'insu de tous et presque à son insu, l'attente avait mûri en lui jusqu'à envahir tout son être. Douze ans qu'il attendait !

La vérité, elle se trouvait désormais dans sa poche, et il ne savait qu'en faire. Il ne savait quel parti adopter, et le déchaînement insensé dont il voyait les signes partout lui était aussi étranger que l'écume balayant les bateaux ou noyant les quais d'Amity Harbor. La réponse n'était pas là : ni dans les bateaux couchés sur le flanc, ni dans les sapins vaincus par la neige, ni dans les branches de cèdre qui jonchaient le sol. Il sentait le froid de l'indifférence lui emprisonner le cœur.

C'est un constructeur de bateaux, un dénommé Alexander Van Ness qui portait une barbe grise et vivait dans Woodhouse Cove Road, qui fut responsable du verdict tant retardé du procès. Convaincu qu'il fallait prendre les recommandations du juge Fielding au sérieux, il était d'avis qu'il y avait place pour le doute. Pendant trois heures, jusqu'à six heures du soir, il refusa d'en démordre. Les douze jurés avaient longuement discuté du sens précis à accorder au mot « doute », se posant ensuite la question de savoir si un doute, même minime, pouvait invalider une quasi-certitude. « Eh bien, avait dit Alexander Van Ness au terme de la discussion, c'est probablement subjectif, mais je ne suis pas convaincu. Si j'ai le moindre doute, ça devrait suffire, non ? »

Les autres avaient bien senti qu'il resterait sur ses positions et, dès cinq heures quarante-cinq, s'étaient faits à l'idée qu'il leur faudrait passer une autre longue nuit à l'hôtel pour reprendre la discussion avec Alexander Van Ness le lendemain matin à huit heures.

« Écoutez, dit Harold Jensen revenant à la charge. Personne n'est jamais sûr de rien, c'est vrai. Mais on n'a pas idée d'être têtu à ce point. C'est nous qui avons raison, Alex, pas vous.

– Je vois où vous voulez en venir, Alex, intervint Roger Porter. Je comprends bien ce que vous essayez de nous dire, et moi-même, j'ai pensé comme vous pendant un moment. Mais regardez les preuves, elles sont accablantes. Cette amarre, elle vient de son bateau. Ce sang, il était sur sa gaffe. Il a menti à propos de la batterie. Tout ça, c'est louche. Moi, il ne m'a pas convaincu.

– Moi non plus, dit Edith Twardzik. Mais alors pas du tout. C'est bizarre comme il est resté assis là à nous dire qu'il avait raconté une chose au shérif et puis qu'après il en avait raconté une autre. On peut pas laisser passer un truc pareil. Franchement, Mr Van Ness, vous pensez pas qu'il nous a raconté des bobards, ce type ? »

Alexander Van Ness acquiesça avec affabilité : l'accusé leur avait effectivement menti, ce qui faisait de lui un menteur, mais pas un assassin. Et on ne le jugeait pas pour mensonge.

« Écoutez, dit Harold Jansen, à votre avis, qu'est-ce qui pousse d'ordinaire les gens à mentir ? Si on ment, c'est parce qu'on a quelque chose à cacher, c'est parce qu'on a peur de la vérité. Les mensonges de cet homme prouvent qu'il a quelque chose à cacher, vous ne croyez pas ?

– Admettons, répondit Alexander Van Ness. La question est alors de savoir quel est ce quelque chose. Pourquoi est-ce que ce serait forcément un meurtre ? Il a pu mentir pour d'autres raisons. Je vous dis que j'ai des doutes, c'est tout. Pas que vous avez tort, mais que moi, je ne suis pas convaincu à cent pour cent.

– Écoutez, aboya Edith Twardzik. Imaginez qu'un homme braque un revolver sur votre fils et un autre sur votre femme et qu'il vous dise que vous avez une minute, pas plus, pour savoir lequel il doit tuer. Sinon, il descend les deux. Les doutes, c'est pas ça qui va vous manquer. Mais en attendant, pendant que vous hésitez, que vous savez pas quelle décision prendre, l'autre, lui, il se prépare à appuyer sur les deux détentes à la fois. Alors vos doutes, à la trappe... vous avez plus qu'une chose à faire, c'est de foncer sans vous poser de questions.

– L'exemple n'est pas forcément mauvais, dit Alex Van Ness, mais je ne suis pas vraiment dans ce cas.

– Alors essayons aut'chose, dit Burke Latham, matelot de pont sur un schooner. Qui dit qu'une bonne vieille comète ou un morceau d'lune va pas défoncer l'toit tout à l'heure et vous tomber sur la tête ? P't-être que vous allez vous d'mander si vous avez pas intérêt à changer d'place.... C'que j'veux dire, Mr Van Ness, c'est qu'on peut se poser des questions à propos d'tout et n'importe quoi. Mais là, vos doutes, y sont pas fondés.

– Ce qui de ma part ne serait pas fondé, ce serait d'abandonner ma chaise. Je courrais le même risque partout, le même risque que vous, Burke, vous courez sur la vôtre. L'exemple n'est pas probant.

– On est en train de perdre complètement de vue l'objet du débat, leur dit Harlan McQueen. Toutes ces hypothèses ne nous mènent nulle part. Comment le convaincre de ce qui est fondé ou pas si on ne décortique pas les uns après les autres les faits établis par l'accusation ? Écoutez, Mr Van Ness, vous ne croyez pas que cette amarre en dit long ?

– Certes. Elle me dit que Kabuo Miyamoto s'est trouvé à bord du bateau de Carl Heine à un moment ou à un autre. Ce n'est pas là-dessus que j'ai des doutes.

– C'est déjà quelque chose, fit remarquer Edith Twardzik. C'est toujours ça de pris.

– Et cette gaffe, dit Harlan McQueen. Il y avait du sang humain dessus. Du même groupe que celui de Carl Heine. Ça, vous n'allez quand même pas le mettre en doute.

– Loin de moi cette idée. Mais il y a des chances –

pour ne pas dire de grandes chances – que ce sang provienne de sa main.

– À c'moment-là, y a des chances pour n'importe quoi, intervint Burke Latham. Une chance par-ci, une chance par-là, ça finit par en faire des chances, et elles peuvent pas toutes aller dans l'même sens. Y a pas qu'des coïncidences dans c'monde. Si ça r'ssemble à un chien et qu'ça marche comme un chien, probab' que c'est un chien, voilà tout.

– Nous voilà en train de parler de chiens ! dit Alex Van Ness. Je voudrais bien savoir comment on en est arrivé là.

– Bon, passons à autre chose, dit Harlan McQueen. Quand l'accusé a appris qu'on avait découvert le corps de Carl Heine, est-ce qu'il est seulement allé trouver le shérif pour lui dire que la nuit d'avant il avait rencontré Carl ? Même après son arrestation, il a continué à nier. Ce n'est que plus tard qu'il s'est mis à raconter cette histoire de batterie, qu'il a d'ailleurs modifiée par la suite. Et ce n'est qu'au moment du contre-interrogatoire qu'il a parlé de batterie de rechange. C'est donc sa version contre celle de l'accusation, et moi, j'ai quand même du mal à le croire.

– Moi aussi, dit Ruth Parkinson d'un ton agressif. Finissons-en, Mr Van Ness. Cessez de vous montrer aussi déraisonnable.

– Ce n'est pas que je refuse de me laisser convaincre, soupira Alex Van Ness en se frottant le menton. Je ne suis pas buté au point de nier l'évidence. Je suis seul contre onze. Je suis ouvert à toutes les suggestions. Mais je ne veux pas me risquer à retourner là-bas pour voir l'accusé condamné à mort ou à cinquante ans de prison, alors que j'ai encore des doutes qui me semblent fondés. Vous feriez bien de vous calmer, Mrs Parkinson. Ce n'est pas le genre de décision qu'on peut prendre à la va-vite.

– Bientôt trois heures qu'on est là ! s'exclama Burke Latham. Et vous essayez d'nous dire qu'on va trop vite ?

– L'amarre et la gaffe, répéta Harlan McQueen. Est-ce que vous êtes d'accord avec nous sur ces deux points, Mr Van Ness ? Est-ce qu'on peut avancer à partir de là ?

– Je vous accorde l'amarre. Pour la gaffe, c'est déjà moins évident, mais faites comme si je vous suivais aussi là-dessus. Quel est le point suivant ?

– Les différentes histoires qu'il a racontées. Alvin Hooks l'a bel et bien coincé avec ses deux batteries. S'il en avait vraiment prêté une à Carl Heine, il aurait dû n'en avoir qu'une à bord au moment de la perquisition.

– Il a dit qu'il en avait installé une autre. C'était suffisamment clair, et...

– Il a dit ça à la dernière minute, intervint McQueen. Il l'a inventé quand il a vu qu'il était piégé. Il avait pensé à tout, sauf à ce détail.

– D'accord pour la batterie, dit Alexander Van Ness. Il aurait dû n'y en avoir qu'une dans le compartiment. Mais à supposer qu'il soit effectivement monté à bord du bateau de Carl... c'était peut-être simplement pour parler de cette histoire de terre. Carl a très bien pu l'attaquer, et l'autre le tuer en état de légitime défense. Quelles preuves avons-nous, je vous le demande, qu'il s'agit d'un meurtre au premier degré, prémédité longtemps à l'avance ? Notre homme est peut-être coupable, je vous l'accorde, mais pas forcément de ce dont on l'accuse. Rien ne prouve qu'il soit monté à bord du bateau de Carl avec l'intention de le tuer.

– Vous avez entendu ce qu'ont dit les pêcheurs, répondit Roger Porter. Il faut un ennui sérieux pour qu'un bateau en aborde un autre en pleine mer. Vous ne croyez quand même pas que Miyamoto serait monté à bord pour le plaisir de causer ? Ça n'est pas le genre des pêcheurs.

– Peut-être, mais s'ils ne s'abordent vraiment qu'en

cas d'urgence, dit Alex, alors cette histoire de batterie est tout à fait plausible. Une batterie à plat, c'est une urgence, non ? Ça apporterait plutôt de l'eau à son moulin.

– Allons donc ! dit Edith Twardzik. Harlan a raison. Miyamoto a jamais prêté de batterie à Carl Heine, autrement il en aurait eu qu'une. Ça tient pas debout, cette histoire.

– C'était rien qu'une astuce pour piéger l'autre, expliqua Burke Latham. Juste comme m'sieur Hooks l'a dit. L'Jap, y fait semblant d'êt'en panne, y s'laisse dériver en plein sur Carl et y lui raconte des bobards. C'est comme ça qu'ça s'est passé.

– À mon avis, il en est capable, dit Roger Porter. Ce type me fait l'effet d'un vicelard.

– Moi, je trouve toute cette histoire un peu difficile à avaler intervint Van Ness. Dériver comme ça, en pleine nuit, dans une vraie purée de pois, et tomber juste sur le bateau qu'on cherche pour tuer l'homme qui est à bord, vraiment, je trouve ça un peu fort. »

À six heures, Ed Soames annonça au public que les jurés, faute d'avoir pu se mettre d'accord, avaient suspendu leurs délibérations. On allait fermer la salle d'audience, il valait mieux pour tout le monde rentrer chez soi et passer une bonne nuit, meilleure en tout cas que la précédente. Demain, il ferait jour, et ceux qui voulaient connaître la fin de l'histoire pouvaient revenir au tribunal à neuf heures.

Les jurés dînèrent à leur hôtel en parlant de tout et de rien. Alexander Van Ness mangeait très proprement, sans un mot, s'essuyant souvent les mains sur sa serviette et distribuant des sourires à la ronde.

31

Le courant n'était pas encore rétabli le long de South Beach. Tout en conduisant, Ishmael voyait les lueurs des bougies derrière les fenêtres des maisons qu'il connaissait depuis l'enfance : celles des Englund, de Gunnar Torval, de Verda Carmichael, des Hansen, de Bob Timmons, des Crow, de Dale Papineau et des Etherington. Ces derniers, originaires de Seattle, s'étaient installés définitivement sur l'île sept ans plus tôt. En ce moment, ils devaient le regretter : des glaçons de trente centimètres pendaient de l'avant-toit et des congères s'étaient formées contre le mur nord de leur maison. Les Crow étaient morts tous les deux des années auparavant ; c'était désormais leur fils Nicholas qui occupait les lieux et avait repris le flambeau de la guerre de frontière qui les avait opposés à Bob Timmons, lequel, affligé d'une phlébite, avait du mal ces temps-ci à débarrasser ses cèdres des branches mortes qui les encombraient. Rien n'avait changé, et pourtant tout était différent. Dale Papineau était toujours sans le sou et buvait toujours trop. Quant à Verda Carmichael, elle avait quitté l'île.

Ishmael trouva sa mère devant la table de sa cuisine : elle terminait le dernier chapitre d'un roman de Jane Austen à la lumière d'une lampe-tempête, en buvant un thé au citron. Elle avait son manteau et ses bottes, et son visage, dépourvu de toute trace de maquillage, semblait terne et prématurément fané. Elle s'en excusa auprès d'Ishmael à qui elle avoua : « J'ai tellement vieilli ! À quoi bon essayer de le cacher ? » Puis, exactement comme la première fois, elle lui versa un bol de soupe pendant qu'il lui donnait les dernières nouvelles : les jurés n'avaient pas encore rendu leur verdict, l'électricité était rétablie en ville, les quais avaient été submergés par la tempête. À l'idée que les jurés risquaient de se laisser entraîner par la haine et les préjugés, sa mère s'emporta, exprimant l'espoir que, dans une pareille éventualité, Ishmael s'empresserait de dénoncer leur attitude. Son journal avait des responsabilités, auxquelles son père, en son temps, ne se serait pas soustrait. Ishmael acquiesça et confirma son intention de rédiger un éditorial bien senti. Puis il suggéra qu'ils pourraient peut-être aller passer la nuit dans son appartement, qui disposait du chauffage électrique et de l'eau chaude. Sa mère secoua la tête et assura qu'elle préférait rester à South Beach : ils pourraient toujours aller à Amity Harbor dans la matinée s'ils en avaient envie. Ishmael rechargea donc la cuisinière à bois et suspendit son manteau dans le placard de l'entrée. Les notes de Philip Milholland étaient toujours dans la poche de son pantalon.

À huit heures, l'électricité revint et il mit la chaudière en route. Il fit le tour des pièces pour éteindre les lumières et ouvrir les radiateurs. Il décida de veiller pour écouter les tuyaux commencer à dégeler et la maison à revivre. Il se fit une tasse de thé qu'il emporta dans le vieux bureau, dont la fenêtre donnait sur l'eau et les rhododendrons que son père aimait tant. Il s'assit et, à la lumière d'une seule lampe, attendit que la maison se réchauffe. Bientôt, il entendit l'eau circuler dans les tuyaux et goutter des robinets ouverts. Au bout d'un moment, il refit le tour de la maison pour vérifier la pression et refermer les robinets. Apparemment, il n'y avait pas de dégâts.

À neuf heures, sa mère l'embrassa sur la joue et monta se coucher. Ishmael retourna dans le bureau où il parcourut les titres des livres de son père. Ce dernier avait été un lecteur assidu ; contrairement à sa mère, sans négliger le roman, il lui préférait d'autres genres littéraires. Sur les rayons vitrés s'alignaient les œuvres complètes de Shakespeare, les essais de Jefferson, Thoreau, Paine, Rousseau, Crèvecœur, Locke, Emerson, Hawthorne, Melville, Twain, Dickens, Tolstoï, Henri Bergson, William James, Darwin, Buffon, Lyell, Charles Lamb, sir Francis Bacon, lord Chesterton, Swift, Pope, Defoe, Stevenson, saint Augustin, Aristote, Virgile, Plutarque, Platon, Sophocle, Homère, Dryden, Coleridge, Shelley, Shaw. On trouvait également quelques ouvrages de référence : *Histoire de l'État de Washington, Histoire de la péninsule d'Olympia, Histoire d'Island County, Les Jardins et le jardinage, L'Agriculture scientifique, La Culture des arbres fruitiers et des arbustes d'ornement.*

Son père adorait les arbres fruitiers. Il s'était occupé avec autant d'amour de ses pommiers et de ses mûriers que de ses lilas des Indes et de ses rhododendrons, de son potager et de ses parterres de fleurs. Les après-midi d'automne, on le trouvait dans son jardin, un râteau ou une serpette à la main. Une année, il avait pris plaisir à repeindre l'avant-toit, les lucarnes, les bardeaux des murs et la véranda. Il ne se précipitait jamais et semblait se satisfaire de la vie qu'il menait. Le soir, il lisait et somnolait au coin du feu, ou travaillait tranquillement dans son bureau, qui s'enorgueillissait de deux grands tapis du Karastan, cadeau d'un soldat aux côtés duquel il s'était battu bien des années auparavant au bois de Belleau. Tissés à la main dans un village turc, ils avaient tous deux des franges nouées, soigneusement peignées, une bordure de fleur de lys, des médaillons centraux assez chargés, entourés d'un motif de roues entrelacées à huit rayons, le tout dans des tons de roux et d'orangé. Le bureau, que son père avait fait lui-même, était aussi très agréable : une planche en bois de cerisier aussi grande qu'une table de salle à manger dans une demeure princière et presque entièrement recouverte d'une plaque de verre fumé. Ishmael revoyait son père en train de travailler : ses classeurs, bien en ordre, étalés devant lui, son bloc-notes jaune à sa droite, ses fiches couvertes de notes, ses piles de papier machine jaune paille et blanc, un dictionnaire épais sur un pupitre, un thesaurus plus epais encore, et une grosse Underwood toute noire au clavier fortement éclairé par une lampe de bureau orientable. Au milieu de cet attirail, absorbé par les mots, clignant des paupières à travers ses lunettes à double foyer, son père semblait flotter dans cette flaque de lumière. Ishmael se retourna pour regarder ce visage cordial et pugnace : un portrait d'Arthur ornait le mur à gauche d'un des rayonnages. On y voyait un jeune bûcheron d'une vingtaine d'années, endimanché dans son col raide et empesé. Ishmael savait que son père avait choisi cette occupation par romantisme : il la croyait encore investie d'une certaine grandeur héroïque, de l'esprit des pionniers du dix-neuvième siècle. Au fil des ans, il avait perdu ses illusions et commencé à passer ses soirées à lire ; le sommeil le surprenait souvent un livre à la main, tandis que ses compagnons continuaient à boire jusqu'au milieu de la nuit. Il avait profité de ses loisirs pour s'instruire, avait économisé avec toute l'application d'un personnage d'Horatio Alger, avait fait démarrer son propre journal, était parti à la guerre, était rentré chez lui pour continuer à aller de l'avant. Il avait bâti sa maison lui-même, charriant des pierres depuis la rivière, sciant son bois de charpente. Il était encore, à plus de quarante ans, d'une force et d'une vigueur étonnantes. En matière de journalisme, rien ne le rebutait, ni les articles sur les clubs de jardinage, ni les comptes rendus des réunions des associations locales, ni les annonces de comices agricoles ou de noces d'or – il y mettait le même soin que celui qu'il apportait à élaguer ses haies, ne laissant rien au hasard. Il était incapable de condamner sans appel, ce qui faisait de lui un éditorialiste un peu tiède. C'était sa conscience des limites et de la grisaille du monde qui l'avait attaché à l'île et à sa vie, toutes deux marquées par l'omniprésence de l'eau qui imposait aux insulaires des devoirs et des contraintes inconnus des gens du continent. Quand on vit sur une île et qu'on se fait un ennemi, c'est pour toujours, avait-il coutume de rappeler à son fils. Quand la mer est partout et emprisonne les terres, impossible de se fondre dans l'anonymat, d'aller chercher ailleurs ou même de faire fi de l'opinion des autres. Il y avait des avantages à cette situation : chacun ou presque se souciait d'autrui ; mais il y avait surtout des inconvénients : repliement sur soi, regrets et amertume rentrés, activité fébrile faute de dialogue. Considérés et pleins de considération, toujours guindés, les habitants de l'île étaient fermés à la communication des consciences, incapables de parler librement parce qu'ils se sentaient piégés : où qu'ils regardent, ils ne voyaient que de l'eau, à perte de vue, une eau qui menaçait toujours de les submerger. À force de retenir leur souffle, de marcher à pas mesurés, ils devenaient petits, étriqués et mesquins.

Arthur avouait les aimer profondément sans pour autant les apprécier. Comment réconcilier des sentiments aussi contradictoires ? Il attendait le meilleur de ses concitoyens mais se reposait sur Dieu pour guider leurs cœurs, tout en les sachant trop réceptifs à la haine.

Assis là à ruminer dans son fauteuil, Ishmael comprenait comment, en digne fils de son père, il en était arrivé à voir les choses comme lui.

Il se souvenait s'être attaché à ses pas, lors d'une fête de la Fraise, alors que son père était à la recherche de bonnes photos à faire ou de bons mots à citer. À trois heures, le soleil était déjà derrière les poteaux du terrain de football du lycée. Les concours de lutte à la corde et de course en sac étaient terminés, et la torpeur générale faisait qu'ici et là des hommes s'étaient endormis dans l'herbe, un journal sur le visage. La plupart des pique-niqueurs avaient trop mangé et restaient assis, abrutis par l'éclat du soleil d'été. L'odeur du saumon grillé et des braises encore fumantes du bois d'aulne s'attardait dans l'air, un peu âpre, un peu âcre, enveloppant d'un voile lourd et invisible les fêtards épuisés.

Aux côtés de son père, Ishmael était passé devant les baraques où l'on vendait les biscuits, les sacs de popcorn et les pommes au sucre, pour arriver jusqu'aux stands où étaient exposées les fraises. Son père s'était arrêté pour les photographier, tout en poursuivant, l'œil collé à son viseur, une conversation déjà entamée. « Quelle belle année pour les fraises, Mr Fukida ! Les prix se maintiennent ? »

Mr Fukida, un vieux fermier au visage parcheminé, en bleu de travail et casquette à visière, avait répondu dans un anglais un peu trop précieux, un peu trop léché. « Les cours sont au plus haut, et les fraises se vendent très bien. Mrs Chambers vient tout juste d'en acheter seize cageots.

– Eh bien, dites donc, seize cageots ! C'est pour le coup que je vais être mis à contribution. Puis-je vous demander de vous déplacer un tout petit peu sur votre gauche, Mr Fukida ? Vous et votre superbe étalage, vous allez faire une excellente photo. »

Ishmael revoyait très bien Mr Fukida : ses paupières presque collées donnaient l'impression qu'il n'avait plus d'yeux et laissaient de temps à autre échapper une petite larme. On la voyait alors se frayer un chemin dans les sillons de la peau pour s'arrêter à la pointe des pommettes, promontoires élevés d'un paysage par ailleurs assez plat. Il sentait le gingembre, l'eau de mélisse et l'ail en poudre, quand, ouvrant largement la bouche pour sourire, il révélait des dents aussi larges que les galets de la plage.

« Mrs Chambers va nous faire une confiture succulente », avait dit Arthur, sans la moindre trace d'orgueil. Puis il avait hoché la tête, plein d'admiration et d'envie pour les fruits étalés devant lui : royal festin de fraises disposées sur des cagettes retournées, lourdes, fermes, odorantes, d'un rouge cramoisi. « Dignes d'une reine, avait commenté Arthur. Je vous tire mon chapeau bien bas.

– Une bonne terre, de la pluie, du soleil et six enfants, il n'en faut pas plus !

– Vous devez bien avoir un petit secret. J'ai essayé d'en faire pousser à plusieurs reprises, avec à peu près les mêmes ingrédients, mais sans succès.

– Les enfants, voilà ce qui fait la différence, avait répliqué Mr Fukida avec un grand sourire qui découvrit l'or brillant de ses couronnes. Le secret, il est là, Mr Chambers.

– Ce n'est pourtant pas faute d'avoir essayé, croyez-moi. Heureusement, mon Ishmael, il en vaut largement deux, et même trois. Nous fondons de grands espoirs sur lui.

– Vous avez raison, il le mérite bien. Son cœur est fort, comme celui de son père. C'est un bon fils. »

Ishmael gravit les marches usées qui menaient à la chambre dans laquelle il avait dormi pendant tant d'années et sortit de sa boîte le livre sur la navigation. À l'intérieur de l'enveloppe au timbre collé à l'envers et à l'écriture déliée, il trouva le papier de riz, aussi friable maintenant qu'une feuille au début de l'hiver. Il n'avait qu'un geste à faire, de sa main valide, pour froisser la lettre d'Hatsue et la réduire à l'instant en poussière, détruisant pour toujours le message qu'elle contenait. « *Je n'ai pas d'amour pour toi, Ishmael... Quand nous nous sommes vus pour la dernière fois dans le cèdre et que j'ai senti ton corps contre le mien, j'ai su avec certitude que quelque chose n'allait pas. J'ai compris que nous ne pourrions jamais être heureux ensemble...* »

Il parcourut à nouveau la lettre, s'attardant sur les derniers mots. « *Je te souhaite bonne chance, Ishmael. Tu as beaucoup de cœur ; tu es bon et généreux. Je suis sûre que tu réaliseras de grandes choses. À présent, il faut que je te dise adieu. Je vais continuer ma vie du mieux que je pourrai, et j'espère que tu feras de même.* »

Mais entre la guerre, son amputation et la routine de son existence, son cœur s'était desséché. Il n'avait rien construit, rien accompli, se contentant d'informer une infime partie du monde que telle route était fermée pour cause de travaux, que tel club reportait sa réunion, que tel lycéen s'était illustré dans telle compétition sportive. Il se laissait ainsi porter par les événements depuis des années, remplissant de mots les pages de son journal, préférant les sujets sans risques pour ne pas s'attirer d'histoires, composant sur sa Linotype les horaires du ferry et des marées et les encarts publicitaires. Voilà peut-être ce qu'il lisait dans les yeux d'Hatsue quand par hasard elle le regardait : de la déception, à l'idée qu'il avait raté sa vie, qu'il n'avait pas su tenir ses promesses. Il relut sa lettre et comprit qu'à cette époque, même si elle ne pouvait pas l'aimer, elle l'appréciait, trouvait en lui quelque chose qu'elle admirait. C'était cette partie de lui-même qu'il avait laissée se désagréger au fil des ans.

Il rangea la lettre dans sa boîte et redescendit. Sa mère s'était endormie et ronflait un peu, comme si elle avait eu la gorge encombrée. La joue enfoncée dans l'oreiller, son bonnet de nuit ramené sur le front, elle paraissait très vieille dans la lumière du couloir qui tombait sur son visage fripé et ridé. Elle lui manquerait quand elle ne serait plus là, même s'ils avaient des idées différentes sur Dieu et la religion. Elle était sa mère et elle n'avait jamais cessé de l'aimer. Il comprenait soudain que ses visites à South Beach, il les faisait plus pour lui que pour elle. Pendant des années, il avait essayé de se persuader du contraire, se conduisant comme si sa mort – qui un jour le laisserait seul au monde – allait de soi et ne devait jamais lui poser de problème.

Il enfila son manteau et sortit dans le froid, sous le regard des étoiles. Ses pas l'entraînèrent immédiatement vers le bois de cèdres où il sentit, sous la voûte des branches, le parfum de son enfance et celui, très pur, de la neige fraîchement tombée. Sous les arbres, elle était intacte, immaculée. Les branches des cèdres pliaient sous son poids, tandis qu'au-delà s'étendait le ciel de décembre, limpide et baignant dans la froide clarté des étoiles. Il se laissa porter jusqu'à l'endroit où le sentier rencontrait la plage – là où, l'été, s'épanouissait un mur de chèvrefeuille entrelacé d'églantines et de framboises sauvages – et coupa à travers le vallon de fougères en direction du cèdre de sa jeunesse.

Emmitouflé dans son manteau, Ishmael s'assit dans le creux de l'arbre et tendit l'oreille. Aucun bruit dans le silence du monde étouffé sous la neige. Après s'en être laissé pénétrer, il finit par s'avouer qu'il n'avait plus sa place ici. À d'autres, plus jeunes, de découvrir cet endroit, de s'y attacher et d'en préserver le secret, comme lui et Hatsue l'avaient fait. Cet arbre suffirait peut-être à conjurer pour eux la vision d'un monde qui, en dépit de sa formidable beauté, n'évoquait que le silence, la froideur et la nudité.

Il se leva, sortit des bois et se dirigea vers les champs des Imada. Il n'eut aucun mal à trouver son chemin entre les rangées de fraises enfouies sous la neige qui réverbérait la lumière des étoiles et plongeait le paysage alentour dans une clarté liquide. Il atteignit la maison, pénétra dans le séjour où il n'était jamais entré, et se retrouva en compagnie d'Hatsue, de son père et de sa mère. Vêtue du vieux peignoir de son père qu'elle avait passé sur sa chemise de nuit, ses cheveux baignés de lumière retombant en cascade dans son dos, Hatsue était assise à ses côtés, tout près de lui. Il sortit de sa poche les notes prises le 16 septembre par Philip Milholland, les lut et expliqua la raison qui, après toutes ces années, l'amenait chez elle à une heure aussi tardive.

32

Il n'y avait aucun moyen de joindre Lew Fielding pour lui apprendre la nouvelle : le téléphone était coupé tout le long de South Beach. Accompagnés des cliquetis de la salamandre, leurs tasses de thé vert à la main, ils restèrent tous les quatre à parler du procès de Kabuo. Quel autre sujet auraient-ils pu aborder ? Ishmael leur dit que son expérience des tribunaux de Seattle lui permettait d'avancer que les notes de Philip Milholland amèneraient forcément le juge Fielding à demander une révision du procès et un nouveau jugement.

Hatsue se souvenait avoir entendu le shérif déclarer au cours de sa déposition qu'il avait trouvé une tasse renversée sur le plancher de la cabine de Carl Heine. Cette tasse, elle n'était pas tombée toute seule et, puisque Carl ne l'avait jamais ramassée, c'est que lui non plus n'était pas tombé tout seul : le fileyeur avait dû être secoué par le passage d'un cargo en pleine nuit. Voilà ce qui s'était passé et qui mettait un terme au procès.

Fujiko fit observer à sa fille que du café renversé ne prouvait pas grand-chose, tandis qu'Hisao acquiesçait d'un hochement de tête, ajoutant que le procès de Kabuo était une affaire très grave et que ce n'était pas une tasse retrouvée par terre qui suffirait à le sortir de prison.

Fujiko resservit Ishmael tout en lui demandant des

nouvelles de sa mère. Elle lui dit qu'elle avait toujours eu une haute opinion de sa famille et le complimenta sur la qualité de son journal. Puis elle apporta une assiette de biscuits qu'elle lui présenta. Le bébé d'Hatsue se mit à pleurer dans une des chambres à l'arrière de la maison, et Fujiko disparut.

Ishmael s'en alla juste après minuit, après avoir serré la main d'Hisao et l'avoir prié de remercier Fujiko. En bottes de caoutchouc, toujours vêtue du peignoir de son père, Hatsue le suivit sur le perron, les mains enfoncées dans les poches, des volutes de buée lui voilant le visage. « Je te suis très reconnaissante, Ishmael, dit-elle.

– Je ne demande qu'une chose, c'est que, plus tard, quand tu seras vieille, tu te souviennes un peu de moi. Je...

– Je te promets que je me souviendrai de toi. »

Puis elle s'approcha de lui, les mains toujours dans ses poches, et l'embrassa si doucement qu'il eut l'impression d'un souffle contre sa joue. « Marie-toi, Ishmael. Fonde un foyer et vis. Je t'en prie, essaie de vivre. »

Le lendemain matin, sa mère le réveilla à sept heures moins dix pour lui dire que la femme de l'accusé l'attendait dans la cuisine. Ishmael se leva, s'aspergea le visage d'eau froide, enfila ses vêtements et se brossa les dents. Quand il entra dans la pièce, sa mère était debout contre la cuisinière, tandis qu'Hatsue, assise devant la table, buvait son café. En la voyant, il sentit à nouveau sur sa joue la caresse de son baiser. « Voulez-vous que je vous laisse ? demanda sa mère qui n'avait pas bougé. Suis-je sotte ! Bien sûr que je vais vous laisser. Vous avez des choses à vous dire.

– On va s'installer dans le bureau, dit Ishmael. Qu'en pensez-vous, Mrs Miyamoto ? Vous n'avez rien contre le bureau ?

– Emportez votre café, proposa sa mère. Mais laissez-moi d'abord vous en reverser. »

Ishmael la précéda pour sortir de la cuisine. Le petit jour pommelait le ciel, très haut et très loin au-dessus de l'eau, d'une lueur orangée, à peine visible derrière la fenêtre à petits carreaux. Les rhododendrons étaient presque couchés sous la neige, et des glaçons pendaient de l'avant-toit. Tout était figé dans une blancheur immobile.

Hatsue s'était fait une longue natte épaisse, sombre et luisante. Elle portait un pull-over à grosses côtes sous une salopette de marin et des bottes de pêcheur qui lui arrivaient à mi-mollet. Elle se planta devant le portrait d'Arthur en jeune bûcheron. « Tu lui ressembles, dit-elle à Ishmael. J'ai toujours trouvé que tu ressemblais à ton père... Tu as ses yeux.

– Je suppose que tu n'as pas fait tout ce chemin dans l'obscurité et dans la neige juste pour me dire ça. De quoi voulais-tu me parler ?

– Je n'ai pas pu m'empêcher de penser à la même chose toute la nuit, dit Hatsue. Tu te souviens quand mon mari a témoigné ? Il a dit que Carl avait fixé une lanterne, une lampe-tempête, en haut de son mât. Qu'il l'avait placée là parce que ses feux ne marchaient pas. Moi, je m'en souviens très bien, poursuivit-elle en se frottant les mains puis en les laissant retomber ; si on retrouve la lanterne à sa place, ça ne peut vouloir dire qu'une chose, c'est que ses batteries étaient vraiment mortes. Imagine qu'on la trouve, cette lampe, tu ne crois pas qu'on pourrait en tirer des conclusions ? En déduire qu'il l'avait mise là pour signaler sa position ? Ce serait une preuve solide, non ? »

Ishmael s'assit sur le rebord du bureau et se gratta le menton tout en réfléchissant. Autant qu'il s'en souvenait, le rapport d'Art Moran consécutif à la fouille du bateau ne faisait pas mention d'une lanterne. Le shérif ne l'avait peut-être pas remarquée. Après tout, c'était concevable. En tout cas, cela valait la peine d'être vérifié.

« D'accord, dit Ishmael. On va aller en ville pour en avoir le cœur net. »

Les routes étaient couvertes d'une neige étincelante jonchée de branches cassées et piquetée de brindilles de cèdre et de sapin. La tempête était finie et, à l'ouest de Lundgren Road, cinq enfants, perchés sur la crête de la colline avec leurs luges et leurs caoutchoucs, contemplaient la descente menant à une cuvette entourée d'aulnes frêles et d'un bosquet d'érables dénudés. Ishmael tourna à l'ouest dans Indian Knob Hill Road. Ils passèrent devant les champs des Masui, puis devant les étables des Thorsen et l'élevage de poussins de Patsy Larsen. « On devrait d'abord aller voir mon mari, dit Hatsue, les mains sur les genoux tout près du chauffage de la voiture. Pour lui raconter ce qui se passe. Je voudrais bien lui montrer les papiers de la gendarmerie maritime.

– Les jurés reprennent leurs délibérations à huit heures, répondit Ishmael. Si on arrive à jeter un coup d'œil au bateau de Carl avant, on pourra se présenter au tribunal avec toutes les données en main et mettre immédiatement un terme à cette histoire. »

Elle resta silencieuse un long moment, se contentant de le fixer intensément. « Tu étais au courant pour ce cargo, dit-elle en ramenant sa tresse sur sa poitrine. Tu étais déjà au courant, non ?

– Je le sais depuis hier. J'ai gardé ça pour moi pendant vingt-quatre heures. Je ne savais pas quoi faire. »

Elle ne répliqua pas, et il se tourna vers elle pour essayer de déchiffrer ce silence. « Je suis désolé, dit-il. Je suis impardonnable.

– Non, je crois que je peux comprendre, dit-elle en se

frottant les mains puis en regardant le soleil jouer sur la neige. Tout a l'air si pur, si beau, aujourd'hui.

– C'est vrai », dit Ishmael.

Une fois en ville, ils allèrent directement voir le shérif, qu'ils trouvèrent penché sur son bureau à côté d'un radiateur électrique. Art posa son stylo au bord de son buvard, se leva et se cacha les yeux derrière la main. « Laissez-moi deviner, dit-il. Vous, vous n'êtes pas là pour le plaisir. Je parie que vous avez besoin de moi.

– Mr Chambers a trouvé ça, dit Hatsue en sortant les notes de Milholland qu'elle lissa du plat de la main avant de les pousser sur le bureau. Il me l'a apporté hier soir.

– Et alors ?

– Il y avait un cargo là-bas, la nuit où Carl Heine est mort, un cargo qui a emprunté le couloir de Ship Channel, exactement...

– Tu joues au détective, Chambers ? Tu te prends pour Sherlock Holmes ? On a retrouvé l'amarre et la gaffe avec le sang de Carl dessus – ces trucs parlent d'eux-mêmes. On a pas besoin d'autre chose.

– Écoute, Art, intervint Ishmael, si tu sais déchiffrer la sténo, je te conseille de regarder ces notes. Je crois qu'elles devraient t'amener à reconsidérer les choses et à aller au moins jeter un coup d'œil au bateau de Carl. Pour t'assurer que tu n'as rien laissé passer. »

Art inclina la tête en direction d'Ishmael d'abord, puis en direction d'Hatsue. Au bout d'un moment, il se rassit à côté de son radiateur et s'empara des notes sur son bureau. « La sténo, c'est pas un problème. »

Il était à mi-chemin de sa lecture quand Abel Martinson, le nez et le menton violacés, chaussé de bottes de bûcheron qui lui montaient jusqu'aux genoux et vêtu d'une parka dont la capuche doublée de fourrure lui enserrait la tête, fit son entrée. « Le téléphone fonctionne à nouveau, annonça-t-il au shérif. Ils viennent juste de le rétablir en ville et sur une bonne partie de l'île, la moitié sud jusqu'au phare.

– Écoute-moi, Abel, rétorqua le shérif. On va descendre jusqu'aux docks, aux entrepôts de Sommensen, d'accord ? Toi, moi et Ishmael. Quant à la dame, elle va aller nous attendre au café en prenant son petit déjeuner. D'accord pour le petit déjeuner ? Parce que, si vous voulez mon avis, je vous trouve mêlée d'un peu trop près à toute cette histoire. Ouais, la femme de l'accusé qui vient... J'aime pas ça du tout !

– Mais c'est moi le responsable, dit Ishmael. Elle n'y est pour rien.

– Peu importe. Allez donc vous trouver un petit déjeuner, Mrs Miyamoto. Au besoin, vous n'avez qu'à lire les journaux. »

L'entrepôt était un vieux hangar moisi dont les poutres créosotées dataient d'une bonne cinquantaine d'années. Même avec la tempête, il sentait encore fortement la saumure et le goudron, odeurs auxquelles se mêlaient celles plus diffuses du gasoil et du bois en train de pourrir. Les portes ouvraient directement sur la mer pour permettre aux bateaux d'entrer puis de ressortir une fois les réparations effectuées. Un toit en zinc le protégeait des pluies, tandis que deux grues, des échafaudages et de larges appontements en faisaient un endroit idéal pour les radoubs d'hiver. Depuis deux mois et demi, les services de police, qui avaient choisi d'y mettre sous séquestre côte à côte le *Susan Marie* et l'*Islander,* le louaient à Arve Sommensen. La porte en avait été cadenassée et Abel Martinson, qui gardait la clé dans sa poche en permanence, venait jeter un coup d'œil de temps en temps. Depuis le 17 septembre, personne n'avait touché à rien.

Abel dut souffler sur la serrure gelée avant de pouvoir ouvrir les portes en grand. Dans la lumière grisâtre qui entrait à flots, Ishmael parcourut du regard le mât du *Susan Marie,* puis la traverse. Pas trace de lanterne, nulle part.

Ils entrèrent dans la cabine. Ishmael resta sur le seuil pendant que le shérif promenait sa torche sur la saucisse pendue à côté de l'habitacle, la couchette, la barre et le compartiment à batteries. « Dis-moi, Art, dit Ishmael, tu as bien fait allusion au cours de ta déposition à une tasse qui était par terre ? Elle était où, au juste ? Tu te souviens de l'endroit exact ?

– C'est moi qui l'ai ramassée, dit Abel Martinson. Elle était juste là, au milieu du plancher.

– Et le reste était bien rangé ? Il n'y avait rien d'autre par terre ?

– Vous le voyez bien vous-même, répondit Abel. À part la tasse, on n'a touché à rien. J'ai dû la ramasser sans faire attention. Vous savez ce que c'est, on voit quelque chose qui traîne, on le range. C'est machinal.

– La prochaine fois, tu feras quand même attention, intervint Art Moran. Dans une enquête policière, t'as pas à toucher quoi que ce soit.

– D'accord, d'accord, dit Abel. J'm'en souviendrai.

– Cette tasse renversée, dit Ishmael, est-ce que ça ne peut pas vouloir dire que le bateau s'est fait chahuter ? Vous ne croyez pas...

– Mais il n'y a aucune autre preuve, dit Art. Si le type s'était fait chahuter au point de passer par-dessus bord, tout serait sens d'ssus d'ssous là-dedans. Et tu vois bien que c'est impeccable. »

Ils sortirent et se tinrent à bâbord de la cabine pendant qu'Ishmael promenait une torche le long du mât. « Vous vous souvenez, demanda-t-il, de cette histoire de lanterne que Carl aurait accrochée là, en haut ? Est-ce que l'un d'entre vous aurait descendu quelque chose ?

– Attendez ! Ne bougez plus votre torche, s'écria Abel. Regardez, là, juste au-dessus de la traverse. »

Il dirigea alors la sienne de façon que les deux torches éclairent le mât au même endroit : des bouts de cordon, coupés net, pendaient de chaque côté d'une douzaine de nœuds en huit encore serrés autour du mât.

« C'est là qu'il avait attaché sa lampe, dit Ishmael. Parce que ses feux ne marchaient plus. C'est sûrement ce qu'il a fait.

– Qu'est-ce que tu nous racontes ? On n'a jamais descendu de lampe », dit Art.

Abel Martinson se hissa sur le toit de la cabine, prit appui sur le capot et dirigea à nouveau sa torche vers le haut.

« Mr Chambers a raison, dit-il.

– Écoute, dit le shérif. Tu vas grimper là-haut, Abel, pour voir ça de plus près. Surtout, tu ne touches à rien.

– Va falloir que vous me donniez un coup de main, dit l'assistant en fourrant sa torche dans sa poche. J'y arriverai pas si vous me poussez pas un peu par en dessous. »

Soutenu par le shérif, Abel Martinson s'élança et agrippa la traverse. Il passa un bras par-dessus et resta accroché là, à fourrager dans sa poche de sa main libre à la recherche de sa torche. « On dirait qu'y a des traces de rouille sur les cordons. Ça pourrait être un crochet de lanterne qui a fait ça en frottant.

– Tu vois autre chose ?

– On voit bien où les cordons ont été sectionnés. On a dû se servir d'un couteau. Ah ben, v'là autre chose ! Sur le mât, on dirait qu'y a du sang.

– Carl s'était coupé à la main, dit Ishmael. C'était dans le rapport du coroner.

– Y a du sang sur le mât et sur la flèche, dit Abel. C'est pas qu'y en ait beaucoup, mais je suis sûr que c'est du sang.

– Il s'était coupé à la main, répéta Ishmael. En installant la batterie que lui avait prêtée Kabuo. Une fois reparti avec tous ses feux, il n'avait plus besoin de lanterne et il est remonté là-haut pour aller la décrocher.

– Alors, qu'est-ce que vous en déduisez ? demanda Abel en se recevant lourdement sur le pont.

– Il y a autre chose, reprit Ishmael. Vous vous souvenez de la déposition d'Horace ? Il a dit que Carl avait une bobine de fil dans une poche et un étui à couteau vide noué à sa ceinture. Vous vous souvenez ? Il a bien précisé que l'étui était vide et ouvert. Une bobine de fil, un étui vide, je...

– Il est monté pour récupérer sa lampe, dit Abel. Le cargo est arrivé et l'a fait tomber du mât. Le couteau et la lampe sont passés par-dessus bord en même temps que lui. Parce qu'on les a jamais retrouvés, c'est bien ça ? Donc il a...

– Tu veux la fermer une minute, Abel, dit Art Moran. Tu m'empêches de réfléchir.

– Il a dû se cogner la tête contre quelque chose, continua l'autre. Les remous ont pris le *Susan Marie* de plein fouet, et Carl est tombé, il s'est cogné la tête et il a glissé par-dessus bord. »

Dix minutes plus tard, sur la lisse de plat-bord à bâbord, juste en dessous du mât, ils trouvèrent dans le bois une petite entaille où étaient pris trois cheveux. Art Moran les dégagea avec son canif et les fourra dans la pochette en plastique de son portefeuille où se trouvait son permis de conduire. Ils contemplèrent les cheveux en silence à la lueur d'une des torches. « On va porter ça à Horace, dit finalement Art. S'il se trouve qu'ils appartiennent à Carl, ça sera au juge d'aviser. »

À dix heures, le juge Fielding s'enfermait dans son bureau avec Alvin Hooks et Nels Gudmundsson. Quarante-cinq minutes plus tard, les jurés étaient congédiés et un non-lieu était prononcé en faveur de l'accusé, qui était immédiatement libéré. Devant la porte de sa cellule, débarrassé de ses menottes, Kabuo Miyamoto embrassa longuement sa femme. Ishmael Chambers les prit en photo, observant le couple à travers son viseur. Puis il regagna son bureau, alluma le chauffage et mit une feuille de papier dans sa machine à écrire, qu'il considéra un long moment sans bouger.

Il tenta d'imaginer ce qui s'était passé et ferma les yeux dans l'espoir d'y voir plus clair.

Dans la nuit du 15 septembre, le *Susan Marie* était tombé en panne – le boulon maintenant en place la pale de l'alternateur s'était desserré. Carl Heine, à la dérive dans un épais brouillard, et trop fier pour actionner sans arrêt sa corne de brume, avait dû pester contre le mauvais sort. Puis il avait allumé ses deux lanternes, en avait suspendu une dans son dos et, après avoir mis sa bobine de fil dans sa poche, s'était hissé, non sans mal à cause de sa combinaison en caoutchouc qui glissait, jusqu'à la traverse du mât. Au lieu de se contenter de fixer sa lampe avec le fil qu'il utilisait d'habitude pour réparer son filet, il avait renforcé son installation en faisant plusieurs nœuds en huit très serrés les uns sur les autres. Il était sans doute resté accroché là-haut un long moment, la traverse coincée sous l'aisselle, à se dire que sa lampe ne servirait pas à grand-chose dans un pareil brouillard, mais n'en avait pas moins monté la flamme au maximum avant de redescendre.

Par la suite, il s'était sans doute emparé de son autre lampe, avait sorti une clé de sa boîte à outils pour resserrer la pale de l'alternateur et retendre les courroies, se maudissant d'avoir été assez négligent pour omettre une vérification de routine que tout marin digne de ce nom n'aurait pas manqué d'effectuer. Lui qui se flattait d'être consciencieux se retrouvait maintenant dans une situation critique. Après avoir retendu les courroies, il était ressorti pour aller s'appuyer contre la lisse de bâbord. Et là, il avait écouté. Écouté le brouillard et la mer, écouté les autres bateaux dont les sirènes retentissaient sans arrêt, écouté l'eau qui clapotait doucement contre la coque du bateau, tandis que la marée le portait vers l'est. Un pied sur la lisse, sa lampe à côté de lui, il avait attendu, sa corne de brume à la main. Quelque chose en lui le retenait de faire donner sa corne et pendant plus d'une heure, il avait hésité à s'en servir, tout en se demandant s'il y avait du poisson dans son filet. C'est alors qu'il avait dû entendre un bateau tout près, le son d'une corne qu'on actionnait délibérément, et il avait tendu l'oreille dans cette direction. Six fois de suite, elle avait mugi, de plus en plus près. Il avait minuté les intervalles : une minute entre chaque coup. Quand le dernier coup avait résonné à moins de cent mètres, il avait fait retentir sa corne – une seule fois.

L'*Islander,* sa cale pleine de poissons, et le *Susan Marie,* dérivant dans le noir, s'étaient alors retrouvés dans le brouillard. Puis les amarres de Kabuo avaient été fixées aux taquets à l'aide de ces demi-clés que Carl savait nouer d'une main experte. Une batterie avait changé de mains, un peu trop large pour s'adapter telle quelle dans le compartiment, d'où le rebord aplati, la blessure de Carl à la main et les traces de sang sur la gaffe de Kabuo. Les deux hommes avaient fini par se parler, par conclure un marché. Et Kabuo était reparti, englouti par la nuit.

Seul sur son bateau, Kabuo Miyamoto s'était peut-être dit un peu plus tard que le hasard faisait bien les choses. Jamais il n'aurait cru rencontrer Carl Heine dans de telles circonstances. Après tout, son rêve était maintenant à portée de main, si près en fait qu'il avait dû le voir déjà réalisé : le champ de fraises, le parfum des fruits au début de l'été, ses enfants, Hatsue, son bonheur. Lui, le fils aîné des Miyamoto, l'arrière-petit-fils d'un samouraï, le premier de la lignée à être né en Amérique et à pouvoir s'enorgueillir du titre de citoyen américain, il n'avait jamais renoncé à accomplir sa destinée, n'avait jamais renoncé à la terre familiale ou au droit qu'ils possédaient sur elle – un droit qui transcendait la haine ou la guerre, la bassesse ou les préjugés.

Et c'est ainsi que, perdu dans son rêve, se réjouissant de sa bonne fortune et goûtant déjà le parfum des fruits mûrs, Kabuo Miyamoto s'était laissé porter dans la pénombre ouatée, tandis que bourdonnait dans le lointain la plainte sourde du phare et que s'amplifiait peu à peu le mugissement de la sirène du *Corona*. À un demi-mille au sud-ouest de l'*Islander,* Carl Heine, devant la porte de sa cabine, écoutait, indécis, la même sirène qui maintenant déchirait le brouillard. Il s'était fait du café et, après avoir rangé la bouilloire à sa place, était sorti, une tasse à la main. Son filet était dans l'eau et, autant qu'il pouvait en juger, bien en place. Tous ses feux étaient maintenant allumés. L'aiguille du voltmètre était sur treize et demi, et le *Susan Marie* allait bon train, son phare noyé dans le brouillard. Il était deux heures moins vingt, il lui restait assez de temps pour remplir sa cale de saumons – le café le tiendrait éveillé.

Carl n'avait pas pu ne pas écouter sa radio, écouter l'opérateur du phare lancer ses avertissements, le navigateur du cargo annoncer sa position chaque fois qu'il faisait le point à l'aide des murs d'écho de Lanheedron Island, puis son changement de cap lorsqu'il avait décidé de couper le couloir de Ship Channel. Carl avait sans doute tendu l'oreille, mais le bruit de son propre moteur étouffait tous les autres, et il avait dû couper le contact pour se laisser dériver. Au bout d'un moment, il avait à nouveau entendu la sirène, plus près cette fois-ci, dangereusement près. Il avait reposé en hâte sa tasse sur la table, était sorti, avait sans doute envisagé l'éventualité d'une bonne secousse lors du passage du cargo pour finir par se dire qu'il ne craignait rien ou pas grand-chose, puisque tout était bien en place.

Tout, sauf la lampe accrochée au mât. Carl s'était dit qu'un gros cargo passant à proximité la réduirait forcément en miettes.

C'était le prix qu'il avait dû payer pour sa maniaquerie, pour son perfectionnisme, et pour cette pingrerie qu'il avait héritée de sa mère. Il s'était imaginé, au moment même où le *Corona* fonçait droit sur lui dans le brouillard, qu'il n'avait pas besoin de plus de trente secondes pour se hisser jusqu'en haut du mât et récupérer sa lampe. Que pouvait-il lui arriver ? Croit-on jamais à l'imminence de sa mort ou à la possibilité d'un accident ?

Parce qu'il était ce qu'il était, parce que, digne fils de sa mère, c'était un amoureux de l'ordre, parce qu'il avait survécu au naufrage du *Canton* et ne pouvait donc succomber à un banal accident de pêche, il avait grimpé au mât en toute confiance, rouvrant la blessure qu'il s'était faite à la main avec la gaffe de Kabuo Miyamoto. À l'écoute du brouillard, la traverse au creux de l'aisselle, il sortait son couteau de l'étui quand avait retenti à nouveau la sirène du cargo, le bourdonnement sourd de ses moteurs, si proche maintenant à bâbord qu'il en avait sursauté. Pressant fortement sa lame sur les nœuds qu'il avait faits quelques heures plus tôt, il les avait tranchés et avait agrippé la lampe par la poignée. Il s'apprêtait à refermer son couteau quand...

Sans doute la nuit fantomatique l'empêcha-t-elle de voir le mur d'eau que le *Corona* projetait sur lui. Crevant le brouillard, le remous souleva le *Susan Marie* et fit tomber la tasse sur le plancher de la cabine. La flèche du mât s'inclina brutalement, assez pour faire lâcher prise à l'homme étonné qui s'accrochait là et qui, à quelques secondes de sa mort, ne comprenait toujours pas ce qui lui arrivait. Sa main ensanglantée glissa sur le bois, ses doigts s'ouvrirent, lâchant la lampe et le couteau qui tombèrent à l'eau, et Carl Heine s'abattit comme une masse sur la lisse de plat-bord, s'ouvrant le crâne au-dessus de l'oreille gauche avant de basculer dans la mer. L'eau s'infiltra sous le verre de sa montre et arrêta celle-ci à une heure quarante-sept. Le *Susan Marie* dansa encore pendant cinq bonnes minutes et tandis que le bateau retrouvait peu à peu son équilibre et se laissait emporter, illuminé et silencieux, par la marée, le corps de son capitaine, ondulant derrière lui, restait prisonnier du filet, accrochant les phosphorescences de l'eau.

Porté par son élan, le mur d'eau avait poursuivi sa route à une vitesse effrayante sur plus d'un demi-mille, si bien que Kabuo Miyamoto en avait senti la poussée sous la coque de l'*Islander*. Comme plus rien ne lui faisait obstacle, il était venu s'écrouler sur le rivage de Lanheedron Island peu avant deux heures du matin. La sirène du cargo et la corne de brume du phare avaient continué à résonner dans la nuit. Son filet installé, sa radio fermée, Kabuo, perdu dans l'épaisseur du brouillard, avait remplacé l'amarre abandonnée sur le bateau de Carl. Peut-être était-il resté un moment accroupi à faire un nœud de chaise dans le chanvre et à écouter la plainte douloureuse de la sirène qui, en se rapprochant et en s'amplifiant, prenait des accents de plus en plus désespérés. Peut-être qu'en l'entendant Kabuo s'était souvenu de son père enfouissant les trésors de son pays dans la terre. À moins qu'il n'ait pensé à Hatsue, aux enfants et au champ de fraises qui, un jour, serait à eux.

La sirène s'était éloignée vers l'est, entremêlant ses notes avec celles, plus sourdes et moins lugubres, de la corne de brume du phare. Puis le brouillard s'était refermé sur elle, l'avait étouffée au point qu'elle donnait l'impression de n'être plus de ce monde, plus une sirène mais une cacophonie surgie du fond de la mer. Elle avait fini par se confondre avec le signal du phare dans une dissonance qui déchirait la brume toutes les deux minutes. Le silence était enfin retombé sur la mer.

De retour chez lui, Kabuo Miyamoto embrassa sa femme et lui annonça que leur vie allait changer. Au phare, l'équipe de garde terminait sa nuit et Philip Milholland, après avoir rangé ses notes dans un classeur, se jetait sur son lit. Lui et Robert Miller, le radio, allaient dormir jusqu'à deux heures de l'après-midi et ne se réveilleraient que pour quitter San Piedro. Quelques heures plus tard, Art Moran procédait à son arrestation.

Penché sur sa machine à écrire, les doigts en suspens au-dessus des touches, Ishmael se dit que Kabuo Miyamoto resterait toujours insondable. Autant que Carl Heine, Hatsue ou tout autre être humain. Parce qu'il était doté d'une volonté propre, jamais le cœur ne livrerait son mystère.

Alors qu'il rédigeait son histoire, Ishmael comprit encore ceci : le hasard gouverne l'univers dans ses moindres recoins, mais rien ne saurait gouverner le cœur intime de l'homme.

Remerciements

Mes remerciements vont à tous ceux qui, de près ou de loin, m'ont aidé dans mon entreprise : Mike Hobbs, du laboratoire médico-légal de l'Harborview Hospital, à Seattle ; Phil McCrudden, qui m'a initié à la pêche au saumon et a bien voulu corriger mon manuscrit ; Steve Shapiro, spécialiste de la pêche au filet droit ; Leonard Hayashida, pour sa patience et ses remarques précieuses ; Walt et Millie Woodward, directeurs de la *Bainbridge Review,* pour leur courage et leur détermination ; Ann Radwick, pour sa connaissance des sources locales ; Murray Guterson et Rob Crichton, pour leur science judico-légale ; Frank Kitamoto et Hisa Matsudaira, pour avoir facilité ma recherche de témoins ; la Bainbridge Historical Society, pour m'avoir donné accès à ses archives et à son musée ; la bibliothèque de l'université de l'État de Washington, pour sa collection de microfilms ; le capitaine Alan Gill, navigateur confirmé et lecteur attentif ; et Robin Guterson, pour sa disponibilité et son active collaboration.

J'aimerais également reconnaître ma dette envers les sources suivantes : *The Lighthouse,* de Dudley Witney, histoire illustrée de l'architecture des phares ; *Piloting, Seamanship and Small Boat Handling* de Charles F. Chapman et *Guide to Boatmanship* de B. Aymar et J. Marshall ; *Disaster Log of Ships,* de Jim Gibbs, document illustré sur les naufrages le long de la côte pacifique de la Californie à l'Alaska ; *Island in the Sound,* d'Hazel Heckman, admirable description de la culture et des comportements humains dans les îles du Puget Sound ; *Alaska Blues,* de Joe Upton, très beau témoignage sur la pêche dans les eaux côtières ; et *Stepping*

Westward, de Sallie Tisdale, brillante évocation des forêts des États maritimes du Nord-Ouest.

J'ajouterai à cette liste les ouvrages suivants, tous aussi utiles que dérangeants : *A Short History of World War II,* de J. L. Stokesbury ; *Iwo Jima,* de R. F. Newcomb ; *Island Fighting,* de Rafael Steinberg ; *The Battle of Leyte Gulf,* de E. P. Hoyt ; *The Good War,* de Studs Terkel ; et *76 Hours : The Invasion of Tarawa,* de E. M. Hammel et J. E. Lane.

M'ont également apporté une aide précieuse : *Strangers from a Different Shore,* de Ronald Takaki, histoire de l'immigration asiatique aux États-Unis ; *Nisei Daughter,* de Monica Sone et *Through Harsh Winters,* de Akemi Kikumura, témoignages émouvants sur la vie des familles nippo-américaines avant, pendant et après la Seconde Guerre mondiale ; *Anatomy of a Jury,* de Seymour Wishram, document sans concessions sur nos procédures de droit criminel ; *Justice at War,* de Peter Irons, pour sa fine analyse de la période des camps d'internement ; *Japanese Americans : From Relocation to Redress,* recueil d'articles rassemblés par Roger Daniels, S. C. Taylor et Harry H. L. Kitano ; *Manzanar,* de John Armor et Peter Wright, photographies d'Ansel Adams et textes de John Hersey ; ainsi que *The Japanese Cult of Tranquility,* de Karlfried Graf von Durckheim, *The Japanese Tea Ceremony,* de J. V. Nakamura et *The Way of Zen,* d'Alan W. Watts. Enfin, pour ce qui est de l'histoire locale, j'ai consulté avec profit : *Bainbridge Through Bifocals,* d'Elsie F. Warner et *A History of Bainbridge,* de Katy Warner.

J'adresse par avance mes excuses à ceux qui ont contribué à ce livre et dont les noms, par négligence ou simple oubli de ma part, n'apparaîtraient pas ici. À tous, je suis infiniment reconnaissant.

Le Vieux

J'ai grandi à Wilkes, dans le Rhode Island, là où au début de l'hiver les nuages diffusent une lumière invisible qui allume les eaux des étangs et des biefs, là où l'odeur aigre des forêts en décomposition monte, spectrale, de la terre âpre et rude, où l'air et le ciel poudrés d'or déploient leurs voiles silencieux que seuls transpercent les clochers des églises, gigantesques aiguilles d'un blanc laiteux dressées contre les arrondis des collines d'érables. Mon père, homme aux traits creusés et aux mains industrieuses, était propriétaire de la boulangerie du village située dans la grand-rue : sombre devanture ; clochette ternie au son grêle accrochée en haut de la porte ; odeur puissante de beurre fondu et de glaçage caramélisé, tempérée par la tiédeur tranquille des fours et le brillant dépoli des clayettes et des casseroles. Sans jamais quitter sa paisible cuisine, mon père travaillait comme dans un rêve, sans hâte inutile, donnant aux recettes familières la couleur des rêveries que lui inspirait son travail si bien que ce qui sortait de ses mains finissait par laisser sur la langue quelque chose de sa paix intérieure. Aux premières lueurs pâles de l'aube, ma sœur Ruthie et moi frottions et récurions les longues plaques de cuisson et les terrines jaunes où l'on préparait la pâte. Derrière son comptoir, ma mère, les cheveux retenus sur le sommet de la tête par quelques épingles, servait petits pains en forme de croissant et boulettes de pâte frite aux premiers ouvriers des filatures qui étaient aussi nos voisins. Nous habitions au-dessus du magasin dans des pièces aux boiseries anciennes et tarabiscotées ; l'air tiède des fours montait à travers les lattes du plancher ; sur les tables, les napperons en dentelle ressemblaient à des cristaux de neige ; un vieux rocking-chair en chêne se balançait à côté d'une haute fenêtre qui laissait passer à flots l'infinie lumière de ces débuts d'hiver, lumière tendre et fragile qui ne semble plus faire partie du monde où je vis aujourd'hui – peut-être y est-elle toujours, peut-être est-ce moi qui ne sais plus la chercher ni la voir, à vingt années d'écart et à des milliers de kilomètres de distance.

Je passai l'été de cette année-là, celle que j'évoque aujourd'hui, à botteler le foin dans tous les champs du canton, et l'automne venu, le premier pour moi sans école, j'abattis des chênes rouges et des érables à sucre à l'arrière des pâturages, débitant le bois de chauffe sous les rayons aigus du soleil tandis que les feuilles suivaient en tourbillonnant l'arc immense décrit par ma hache. En novembre, quand les vents du nord chassèrent les dernières feuilles craquelées pour les envoyer tournoyer au-dessus des labours, je trouvai du travail à l'hospice de Burrillville. De huit heures du matin à cinq heures du soir, je lavais les mains, les pieds et le visage des vieillards du pays, les nourrissais à la petite cuiller de blédine et de soupe de betterave, transportais les plateaux-repas, nettoyais les bassins et roulais les vieux dans leurs chaises, après les avoir soigneusement emmitouflés, jusqu'à la rive ventée de Harrow's Pond où, dans un silence pesant, ils contemplaient l'eau, les arbres et le ciel, tandis que je guettais les tanches et les ondulations des perches qui agitaient la vase et les feuilles de nénuphar.

En coupant la grand-route et en suivant le bief en direction de Quampus Lake, il y avait douze kilomètres depuis Wilkes et la boulangerie jusqu'à Harrow's Pond et la frontière avec le Massachusetts où, enfoui dans un bois de pins, se trouvait l'hospice. Il n'y en avait que cinq en partant plein nord, directement derrière l'église baptiste du village : on prenait alors par les bois et les pâturages et, en gardant toujours le même cap, on zigzaguait entre les arbres dépouillés qui se découpaient dans le ciel, on escaladait, dans la lumière perlée de la forêt, les murs de pierre écroulés qui ne délimitaient plus rien depuis bien longtemps pour aboutir, après avoir franchi un tertre en pente douce couvert d'ormes ligneux et glissants, dans le parc gelé au tracé bien net, au-delà du groupe des hauts bâtiments de brique qui abritaient l'hospice.

Chaque matin, précédé d'un petit nuage de buée, je suivais paisiblement mon chemin à travers champs et fourrés, ma gamelle à la main, les rabats de ma casquette à la Davy Crockett sur les oreilles et ma boussole au creux de mon gant gauche. Je levais des faisans, provoquant au plus épais des halliers une explosion de colère à vous glacer le sang, faite de cris, de craquements de branches et de battements d'ailes, et suivie d'un crépitement sourd tandis que l'oiseau aux couleurs de feu s'enfonçait sous les arbres en quête d'un abri plus sûr. Sans même m'arrêter, je jetais des pierres pour crever la glace au fond des ravins, me glissais sous les barrières pour traverser des champs vides et des vergers de pommiers endormis, balançant ma gamelle noire au bout de mon bras. À l'hospice, j'accrochais ma grosse veste à carreaux à une patère, rangeais ma gamelle dans un coin et me rinçais les mains à l'eau tiède avant de me rendre dans les chambres et les salles où les vieux attendaient dans la lumière douce et cireuse que filtraient les pins derrière leurs fenêtres. Plus tard, le crépuscule déjà tombé – les bois trop noirs pour pouvoir encore les traverser –, je rentrais en ville avec Sam Mathers dans sa vieille Ford toute cabossée et repeinte en bleu, grimpais l'escalier derrière la boulangerie plongée dans l'obscurité pour partager le repas du soir avec les miens, tandis que les étoiles continuaient à scintiller et envahissaient bientôt la vallée et que l'étoile polaire toute blanche, à l'aplomb du clocher de notre église, montrait le chemin qui ramenait à l'hospice et aux eaux noires de Harrow's Pond.

Un matin de la fin novembre, une neige fine s'abattit sur les champs durcis, les saupoudrant d'une couche de sucre, mais laissant les bois secs et dénudés, faute de pouvoir s'infiltrer au travers des branches désolées des arbres muets. Je n'avais pas parcouru plus de trois kilomètres quand, au sortir d'un champ crissant sous le pied, je traversai Vaughan Road, ancienne voie étroite et pavée qui coupait le canton en deux selon une diagonale nord-est / sud-ouest longeant les étangs solitaires et serpentant au milieu des érables argentés et des chênes inclinés de la coupe de taillis. Quand j'y repense aujourd'hui – entre les tourbillons de neige et l'éclat pâle du soleil réfracté par les prairies couvertes de givre –, je me dis que je l'avais sans doute aperçu alors qu'il était encore à une bonne centaine de mètres, se déplaçant latéralement dans mon champ de vision le long de Vaughan Road sur un fond d'arbres immobiles et gelés. Ce dont je me souviens – et ma mémoire ne m'en dit pas plus –, c'est d'avoir foulé le pavé dur de la route pour aussitôt m'arrêter et épier furtivement un petit homme voûté au visage buriné par les intempéries, au nez chaussé de lunettes à monture d'acier, aux lèvres jaunes comme de la résine de pin et belliqueusement serrées sur le tuyau d'une pipe, un homme qui portait une casquette en tous points semblable à la mienne, la visière remontée, les oreilles rabattues, la bride passée dans une boucle entaillant un menton qui ressemblait à une pomme de terre rouge. L'œil rivé au sol il semblait marmonner, grommeler et jurer tandis qu'il déambulait sur le chemin, levant de temps en temps la tête pour jeter alentour un regard dur comme du granit, capable de tenir à distance amis et ennemis – capable d'arrêter, à trente mètres, le balancement désinvolte de ma gamelle. Quand il tenait la tête droite, on voyait la nuque se tendre sous l'effort, la pomme d'Adam remonter comme une fraise dans les plis du cou, et quand il la laissait retomber, les tempes – parcourues de grosses veines saillantes comme tracées à l'encre bleu-noir – se gonflaient à éclater. Puis je ne vis plus qu'un dos, une démarche déjetée qui se donnait encore des airs de vaillance, une grosse veste à carreaux rouges et noirs tendue par une colonne en nœuds et en bosses, tordue à un angle à peine croyable, résumant à elle seule dans sa géographie de muscles et de cartilages toute une vie de labeur (et tandis qu'il se déhanchait d'un côté puis de l'autre, qu'il jetait en avant ses gros brodequins durs et noirs, que ses mains gantées battaient l'air et que son pantalon se tendait puis retombait sur ses cuisses maigres au rythme de ses pas, c'était tout son corps qui se mettait en branle dans un lent roulis de barrique sur le pavé usé et écorné) ; puis je ne vis plus rien si ce n'est, à nouveau, les lignes sombres et délicates des bois. Il était sept heures dix-huit à la montre ternie de mon grand-père Harper, ma petite boussole toujours logée dans le creux de mon gant oscillait vers le nord dans son abri obscur, et le vieil étranger matinal – un coup d'œil à travers les branches au tracé net et aigu m'en assura – n'était plus que volutes de buée, point minuscule sur la surface du chemin.

Un soir de début décembre – ce devait être la deuxième semaine : des guirlandes rouges, jaunes et bleues couraient le long des moulures de la boulangerie –, on entendit comme une série de déflagrations à l'extérieur, et, pendant la nuit, le vent se mit à battre sous la lumière tremblante d'une demi-lune glacée : les éclairs zébraient l'obscurité, le tonnerre roulait sur les toits du village, et les hautes branches des arbres se tordaient sauvagement au-delà du reflet des lampadaires qui brûlaient à l'angle de notre maison sur la grand-rue. Au matin – le vent avait le tranchant d'une lame fine et glacée, les restes de la tempête se pressaient pour tenter de rattraper le gros de la tornade –, je me mis en route pour l'hospice au milieu des branches soufflées à terre, des bois encore verts écartelés sur le sol dur, des ramures cassées, tordues et mutilées, coincées dans les fourrés, et des tas de broussailles balayés vers le sud sous les morsures coupantes du vent du nord. Je sautai par-dessus la barrière du pâturage de Vaughan Road et poursuivis mon chemin en direction de mon travail et des vieux ; le vent courait maintenant au ras du sol, m'encerclant les jambes et les chevilles, et le ciel était marbré de nuages pressés. Je rentrai la tête dans les épaules ; derrière moi, le vent s'engouffrant dans les broussailles d'un creux marécageux les fit craquer – on aurait dit que les bois se racontaient leurs secrets.

Et c'est alors que je le vis, c'est alors qu'il m'apparut – comme ces personnages que mon grand-père Harper faisait surgir les soirs d'hiver quand il nous racontait des histoires, il y a bien longtemps de cela – dans la clarté diffuse et les coups de vent de ce matin-là. Il avançait dans ma direction d'un pas mal assuré sur le chemin cahoteux, chavirant comme un vieux navire, une main, fragile, presque transparente, couverte de taches de vieillesse, rivée au fourneau de sa pipe refroidie, la boucle de sa casquette lui battant la pomme d'Adam. « Halte-là, mon gars ! » cria-t-il comme un général de brigade, visiblement habitué à donner des ordres – sa bouche tordue par la pipe d'un côté, les mots s'échappant de l'autre dans la lumière et dans le vent. « Halte-là, que j'te dis ! »

Je ne bougeai pas d'un pouce, les doigts d'une main serrés sur la poignée de ma gamelle, ma boussole nichée dans la paume de l'autre, et je l'attendis ainsi, le regardant venir sur moi, animé qu'il semblait être de je ne sais quelle étrange intention. Lui se redressa, alors que deux bons mètres, symboliques de la distance à observer chez nous entre deux étrangers, nous séparaient encore l'un de l'autre – ainsi le voulaient les règles de la courtoisie locale –, et, arrachant de sa bouche le tuyau fendu de sa pipe pour mieux m'en menacer, il plissa les yeux derrière ses verres épais et me dit : « Qué qu'tu crois qu'tu fais là, mon gars, nom de Dieu ? Hein, qué qu'tu crois, nom de Dieu ? T'as-t'y une réponse à ça ? »

J'eus un mouvement de recul à peine perceptible et cherchai désespérément mais en vain une réponse qui ne fût pas aussi ridicule et sibylline que la question du vieux. Dans le silence embarrassé qui s'ensuivit, la pipe s'abaissa comme un marteau de commissaire-priseur, puis réapparut sous mon nez, tandis que le visage du vieux se crispait sous l'effet de la colère.

« Comment qu'c'est-y ton nom, mon gars ?

– Harper, m'sieur. »

Il coinça sa pipe entre ses dents et sembla retourner le nom dans sa tête. « D'la boulangerie Harper ? C'est-y d'là qu'tu viens ?

– Oui, m'sieur.

– L'grand-papa Ezra Harper ? Qu'était fermier par ici ?

– Oui, m'sieur. Sauf qu'il est mort y a déjà quelques années. »

Il sortit une blague à tabac élimée de la poche de sa veste et se mit à tapoter sa pipe contre sa hanche, levant de temps à autre le fourneau dans la lumière pour y jeter un œil critique, fronçant les sourcils et grommelant des mots indistincts, comme s'ils venaient du fin fond de sa gorge. « À ton avis, mon gars, ça fait combien de fois c'mois-ci qu't'as traversé c'champ-là qu'est à moi ? dit-il, pointant son menton vers le pâturage. Dis-y moi un peu, pour voir ! »

J'en étais bien incapable. « J'en sais rien », balbutiai-je dans un murmure, au moment où la pipe plongeait dans la blague à tabac.

« Eh ben moi, j'vais t'le dire, dit le vieux, farfouillant dans la blague d'un air absent, tandis que des brins sombres de tabac s'envolaient derrière lui sur le chemin. Vingt-trois fois – et t'en vas pas dire l'contraire, j'les ai toutes comptées, jusqu'à la dernière. C'est qu't'as traversé une terre qu'est pas à toi, mon gars. Qu'est à moi. On est bien d'accord ?

– Oui, m'sieur.

– J't'en foutrais, moi, des " oui, m'sieur ", rugit-il. Tu pourrais bien me donner du " oui, m'sieur " toute la journée qu'ça changerait rien à l'affaire, et il serra les lèvres tandis que le vent lui fouettait les joues. Écoute-moi bien, j'peux appeler les gendarmes quand j'veux. Ceux qu'empiètent sur les terres des autres, moi, j'les encaisse pas. Mais alors, pas du tout. » Il glissa sa pipe bourrée entre ses lèvres, appuyant le pouce sur le fourneau pour tasser le tabac, et la laissa s'agiter comme un yo-yo au rythme de ses paroles. « Ton grand-père, il les encaisse pas non plus, ajouta-t-il. En tout cas, c'est pas c'qui m'semble. Ça m'étonne qu'y t'ait jamais dit qu'fallait pas passer sur les terres des autres. Ça lui r'ssemble pas, ça. T'es bien sûr qu't'es un Harper, au moins ?

– Sûr et certain. On a le même prénom, m'sieur. Ezra.

– Bof, ça a plus bien d'importance maintenant, dit le vieux, un peu perdu, avec un soupir et un hochement de tête. Nous deux, mon gars, on a mieux à faire ; faut qu'on discute réparations – tu m'suis ? Ça dit bien c'que ça veut dire, réparations : t'as fait des dégâts, maint'nant faudrait voir à les réparer. Oublie c'que j't'ai dit pour les gendarmes. On passe l'éponge, d'accord ? J'ai idée qu'avec une journée de travail, on s'ra quitte. C'est pas énorme pour tout l'chemin qu't'as fait dans mon champ, pas vrai, Harper ? » Il alla pêcher une allumette dans la poche de poitrine de sa veste, la frotta d'une main hésitante sur le fond de son pantalon, puis fronça les sourcils en voyant qu'après s'être enflammée elle se faisait souffler par le vent. Il jura, la jeta, en frotta une autre – et le même scénario se répéta, à cette différence près que les injures d'abord marmonnées devinrent plus sonores, gagnant en ampleur et en violence – *foutu vent ! saloperie d'vent ! va t'faire foutre !* – , quand l'allumette s'éteignit à nouveau entre ses doigts noircis. De sa main libre, il arracha une fois de plus la pipe de sa bouche, fit claquer ses lèvres et finit par dire : « Pour m'trouver, c'est pas difficile – première maison sur ce ch'min-ci à cinq cents mètres derrière toi – la ferme en rondins avec un garage couvert devant ; tu viens l'jour que tu veux, mon gars, mais l'samedi, c'est encore c'qu'y a d'mieux – samedi d'bonne heure, hein, t'as quéque chose contre, Harper ? »

Mais une fois de plus, je n'avais rien à dire. « Alors t'avise pas d'oublier, mon gars, sam'di matin », dit le vieux d'un ton péremptoire. Mon silence passa pour un accord – qui ne dit mot consent –, et je m'enfonçai au milieu des grands chênes noirs de la forêt en direction de l'hospice.

En chemin, des souvenirs de mon grand-père me revinrent par bribes, tant le vieux de Vaughan Road m'avait troublé – ils me reviennent encore aujourd'hui, fragments épars qui n'ont peut-être pas d'autre origine que ma nostalgie et mes illusions. Je nous revois, lui et moi, en train de chercher, à genoux sur le sol de son appentis, le mandrin de son vilebrequin – la seule image, un peu floue, que j'aie encore de lui, c'est celle de son visage, ouvert, doux, creusé comme celui de mon père, alors que ses mains, énormes et magnifiques, tâtonnaient au milieu des mèches tortillonnées qui roulaient sur le sol en terre battue ; je me souviens de son large dos le jour où je le suivis dans les bois de pins derrière la grange *(Là, y avait un verger, avec des pommiers,* m'avait-il dit en tendant le bras et en se redressant dans la brise tremblante de cette journée de printemps – *les pins Weymouth, y'z'ont tout envahi maintenant. De toute façon, l'était pas bonne, la terre... trop de sable ... z'avaient toujours un p'tit goût métallique, les pommes – rien qu'bonnes à mettre dans les tartes. Tu vois là-bas en bas, où que j'te montre ? C'qu'est dev'nu un marécage, ça, dans l'temps, Ezra, c'était un étang. T'arrives à l'voir ? C'est nous qu'on l'avait creusé. L'été, on allait s'asseoir au bord... Seigneur ! Dire que dans l'temps, c'était tout en pommiers par ici...)* Dans sa cave, on trouvait des outils que plus personne ne fabrique aujourd'hui – une herminette, une doloire, un sarcloir au manche tourné à la main ; quant à la cave elle-même, il l'avait creusée après avoir terminé la maison, à la clarté de la lune et de la lampe à pétrole qui fumait, sans jamais manquer l'office, pendant que mon père, lui, charriait jusque dans les bois les brouettes de terre, de pierres et de racines. On disait volontiers qu'à ses moments perdus Ezra Harper avait été un agitateur à l'usine et dans les réunions politiques ; une fois, il s'était tiré une balle dans le genou avec une carabine ; un soir, il avait même passé un homme par la fenêtre d'une taverne. Il avait toujours une anecdote à raconter – celle d'un dénommé Flinch et de sa baguette de sourcier l'année de la grande sécheresse, celle de ces amoureux qui lui avaient volé ses pommes un automne à l'époque où Truman faisait campagne, celle d'un ivrogne, d'un pot en terre, d'une bataille dans les bois –, qu'il dévidait avec le plus grand sérieux, un sourire moqueur au coin des lèvres. Et tout en cheminant ce matin-là vers mon travail et mes vieux, je le revoyais, un automne, comme si je l'avais eu devant moi, s'enfoncer dans les bois décharnés, et – au terme d'une course de plusieurs kilomètres qui nous avait fait gravir des collines, franchir des tourbières, traverser des marécages que les frêles peupliers de Virginie imprégnaient de l'odeur fade de la mort – atteindre un endroit où, sur la boue gelée, les feuilles séchées s'effritaient sous les pas. Là, dans cette forêt qui n'en finit jamais, grand-père Harper s'était arrêté, frappant le sol de ses bottes d'un air songeur et me désignant du doigt une curieuse rangée de pierres. « C'est là qu'j'ai enterré grand-mère », avait-il déclaré sans ambages, d'un ton neutre, et nous étions restés là tous deux, dans un silence tel que je n'en ai jamais connu depuis, à regarder, debout, cette rangée de pierres. Puis il s'était gratté la tête, avait à nouveau frappé le sol du pied et poursuivi son chemin dans la sombre forêt jusqu'à un endroit où, d'une fente entre les racines d'un châtaignier, jaillissait une source.

EDWARD STONE, pouvait-on lire en lettres noires sur la boîte, alors que commençait tout juste à tomber, ce samedi matin-là, une neige fine et silencieuse. Tandis que je montais le chemin de terre qui conduisait jusqu'à la petite maison – revêtement délavé et couvert de mousse, véranda treillissée, pignon solitaire disparaissant dans des volutes de fumée grise –, je vis le vieux prendre la direction du garage d'un pas lourd pour venir à ma rencontre, un gros rouleau de corde de chanvre passé sur l'épaule, sa pipe, toujours aussi froide et sans braises, à l'oblique cette fois-ci, pointant vers l'ouest alors que lui-même virait nord/nord-ouest.

Les lieux n'avaient rien d'engageant. Les bâtiments de ferme n'étaient plus que l'ombre d'eux-mêmes, réduits à l'état de ruines – lambourdes de plancher calcinées mais toujours bien droites ; soubassement en granit effrité dont les restes étaient éparpillés au milieu des débris d'une tuyauterie corrodée et noirâtre, tordue et trempée dans le feu d'un incendie ; ici, un carré plus ou moins régulier où s'entassaient décombres noircis, pierres fendues et morceaux de charpente entaillés et amassés sur les vestiges d'un foyer effondré ; là, un boisseau de cheminée à moitié écroulé. Deux granges dressaient leur charpente à ciel ouvert, leurs lattes de bois dispersées au milieu des pins alentour ; côté sud, le pré attenant, envahi par les sauvageons et les broussailles, était complètement laissé à l'abandon et aux caprices du temps et des saisons. Quant à la maison elle-même – construite sur un terre-plein qui descendait en pente douce jusqu'à un creux enneigé planté d'érables sévères –, elle s'élevait à l'écart, enfouie dans l'ombre, ses minuscules fenêtres carrées s'ouvrant sur ce qui jadis avait été le pré, sa porte en rondins donnant sur le chaume et les ravages accomplis par le temps.

Tout en époussetant la neige de mes épaules, je suivis Ed Stone – *par là, Harper, allez, viens-t'en* –, passai devant la resserre à bois et le poulailler déserté au milieu des pins. À sept mètres environ du bout de la maison, il s'arrêta et pointa le doigt en l'air en direction des branches frêles d'un orme d'Amérique qui s'était cassé net à une quinzaine de mètres de hauteur et dont la partie supérieure était prise dans la ramure fourchue d'un mélèze élancé : l'arbre était coincé là, à demi renversé, à attendre le prochain ouragan qui l'enverrait, tel un bélier catapulté par les dieux, s'abattre sur la maison d'Ed Stone et la réduire en miettes.

Dans le demi-jour de ce matin d'hiver, se découpant contre les pins et la grise géométrie de ses ruines, le vieux paraissait aussi cassé, chancelant et muet que les silhouettes errantes et silencieuses, fragiles et fantomatiques au milieu desquelles je travaillais à l'hospice. Ses lunettes étaient posées de travers sur son nez et sa veste à carreaux mal boutonnée si bien que le col, bizarrement relevé, montait plus haut d'un côté que de l'autre. À moitié penché en arrière, des traces de salive brunâtre gelées au coin des lèvres, la peau du cou transparente, presque bleue, son visage creusé se plissant sous les morsures des fines aiguilles de neige, Ed Stone, la pipe tremblante, la respiration sifflante comme celle d'un soufflet de forge laborieux, essayait, à travers ses verres mouchetés de flocons, d'apercevoir tout en haut la pointe cassée de l'orme, posée suivant une horizontale incongrue – tel un pont reliant les sommets des arbres alentour – dans ce bosquet de résineux bien droits.

« L'problème, dit-il en se délestant du rouleau de corde, c'est qu'y faut faire tomber c'truc-là sans effondrer la maison avec. »

Sur ces mots, il se lança dans une véritable tirade destinée à m'exposer son plan de bataille – comme si, au lieu d'avoir à déloger un arbre coincé pour le faire tomber, nous nous préparions à traverser le Delaware pour rencontrer les mercenaires allemands à Trenton le jour de Noël. Quand il en eut terminé, je passai le rouleau de corde autour de mon cou et, observant ses instructions à la lettre, montai dans un pin, fis un nœud pour lester la corde, le lançai par-dessus le fût de l'orme et le regardai descendre jusqu'à terre ; Ed Stone, quinze mètres plus bas, noua un second rouleau au premier. Je hissai le tout comme on remonte un saut d'un puits et fis passer l'extrémité libre de la corde de l'autre côté du tronc. Le câble, dont les deux bouts pendaient maintenant au niveau du sol, passait autour de la flèche de l'orme et, tandis qu'Ed Stone confectionnait une sorte de nœud coulant d'une main malhabile, je tentai de m'extraire de mon arbre tout en jetant un coup d'œil au pré dévasté et à l'enchevêtrement trapézoïdal des ruines désolées de la ferme.

Comme un film de poussière blanche, la neige avait commencé à souligner tous les contours, là où la voûte des branches n'offrait aucune protection et la laissait passer : elle épousait le sentier qui menait des ruines à la porte, puis au garage, posait un liseré blanc sur les branches vertes les plus exposées, sur le toit pentu et les pierres les plus hautes de la cheminée, étendait un manteau étincelant sur les ruines, le soubassement effrité et de guingois, les tuyaux dénudés qui se balançaient, les poutres noircies et calcinées, les rangées de lambourdes, les restes de chevrons et les morceaux de bois entassés sur les vestiges du foyer. La première vraie neige de l'hiver, fidèle au rendez-vous, tombait dru maintenant, redoublant d'énergie au fur et à mesure que la lumière blafarde d'où elle s'échappait coulait derrière les nuages pour se déverser lentement et se réfracter à nouveau dans les cieux – lumière de ce monde, crue et familière, juste au-delà du faîte des arbres.

Je ne vis rien – même si j'ai souvent revécu l'épisode dans ma tête – quand le vieux fit sa chute à l'angle de ses ruines impitoyables. Je l'avais abandonné derrière moi, dans son bouquet d'arbres sombres, pour aller chercher sa camionnette, suivant notre plan de bataille – je l'avais abandonné pendant qu'il s'occupait à faire glisser sa corde, reculant maladroitement entre les pins, la tête rejetée en arrière vers la lumière grise, le nœud grossier qu'il avait confectionné s'envolant vers le fût de l'orme, progressant d'abord sans difficulté pour ensuite gigoter et sautiller à un angle moins aigu tandis que le vieux continuait à reculer pas à pas. Et, pour finir, cette chute, fortuite, solitaire, sans témoin, suivie d'un cri d'impuissance assourdi par la neige.

Je pris le tournant et grimpai le sentier au volant de la camionnette, envahi soudain d'un tel sentiment de solitude que j'entendais le sang me battre aux tempes, et c'est alors que je le découvris griffant le sol enneigé en bordure de ses ruines, ses traits tirés déformés par la stupeur, le dépit et l'exaspération, ses lunettes toutes tordues relevées sur son front, son éternelle pipe – qui faisait autant partie de lui que ses doigts ou ses mains – pour une fois absente, et la corde de chanvre, semblable à un pendule en bout de course, à trois mètres devant lui, se balançant doucement derrière un rideau de flocons. Porté par une détermination si farouche qu'elle en devenait presque indécente – à la manière de ces chevaux de labour qui, après s'être brisé la jambe antérieure, se débattent, couverts d'écume, incapables d'accepter ou de comprendre le sens de leur position couchée, de la pesanteur qui les retient cloués au sol –, le vieux se démenait, maladroit et grotesque, pour tenter de se relever, saisissant de ses mains gantées des morceaux de pierre déchiquetés, se levant, retombant, cherchant désespérément un point d'appui pour pouvoir se redresser. Alors, son visage prit une nouvelle expression, la douleur le submergea, transparut dans son regard – le vieux fou venait de faire porter tout son poids sur le péroné gauche, l'os qu'il s'était cassé en tombant à la renverse. Il se laissa glisser sur le côté et se recroquevilla comme une feuille de papier froissée, serrant sa jambe de toutes ses forces et pleurant sans honte aucune, étendu au milieu de ses ruines enneigées.

Je le soulevai doucement – il n'était pas plus lourd qu'un jeune veau – et le transportai, comme un petit enfant, jusqu'à la chaleur de sa maison, un bras passé sous ses genoux, l'autre sous les aisselles, prenant mille précautions pour ne pas heurter la jambe si curieusement déformée. À travers les senteurs pures de la neige montait jusqu'à moi son odeur à lui, aigre et forte, qui évoquait les vieux livres moisis, les confitures trop longtemps conservées, les champignons séchés et la pâte dentifrice. À moins de cinquante centimètres de mon visage, le vieux geignait et pleurnichait, provoquant en moi un embarras né d'une honte coupable, roulant des yeux blancs et mouillés derrière ses verres épais. Il pleurait, incapable maintenant d'un quelconque simulacre de courage.

À l'intérieur, le poêle était presque éteint, il faisait noir comme dans un four, et l'odeur âcre de la fumée vous prenait à la gorge. Je déposai le vieux avec précaution sur les draps du lit défait dans l'alcôve de l'unique pièce ; il se laissa aller, la respiration bruyante, et fixa sans bouger la suie noire qui encrassait les poutres du plafond. J'appelai le médecin de Wilkes – à cette époque, les visites à domicile se faisaient encore –, hurlai dans le récepteur, qui me renvoya une série de crachotements, puis raccrochai et attendis, impuissant et sans voix devant ce qui était arrivé, écoutant le tic-tac assourdissant de l'horloge et bourrant le poêle de bûches d'érable.

« Vous voulez une couverture ? demandai-je quand le feu eut repris.

– Non. J'en veux pas.

– Autre chose ?

– Rent' chez toi, mon gars. C'est fini pour aujourd'hui.

– Le docteur va arriver, dis-je en m'asseyant devant la table. Je vais l'attendre. »

Dans son coin, le vieux grogna avant de retomber dans le silence.

Cinquante minutes plus tard, le docteur Schofield

réduisait la fracture. Vic Crowell arrivait vers midi et à l'aide de son chasse-neige dégageait l'orme qui s'écrasa dans les ruines. J'allai chercher la tronçonneuse du vieux et me mis à débiter le tronc.

À deux heures et demie, le fils d'Ed Stone, qui était capitaine des pompiers à West Putnam dans le Connecticut, s'arrêta devant la maison. Il me demanda de lui raconter toute l'histoire, ce que je fis sans rien omettre, et me donna cinq dollars. Je rentrai d'un pas lourd dans la lumière blême de la forêt.

Le printemps arriva, vorace, exultant, déchaîné, inondé de soleil, et non pâle et craintif, comme ceux que je connais aujourd'hui.

À l'hospice, réduit à quelques variations de lumière, quelques bourgeons, des pousses d'herbe tendre, un vent ennemi soudain devenu ami, pareil changement ne souleva que peu de réactions. Toute envie de réjouissance était étouffée dans l'œuf par un sentiment d'implacable uniformité, car la vie là-bas ignorait les saisons. Du moins était-ce là mon impression, quand je poussais les fauteuils roulants jusqu'au bord de l'étang, où, au milieu de mes pensionnaires, je semblais être le seul à remarquer l'éclosion des joncs et l'éclat du soleil sur l'eau noire. Les arbres retrouvèrent un jour leurs feuilles alors que personne ne les regardait, la terre s'ameublit, les alouettes se mirent à tournoyer au-dessus de l'étang, mais à l'hospice, les signes du temps qui passe, inchangés, restaient pétrifiés dans une immobilité inexorable, indifférents aux saisons comme à la trajectoire du soleil. Certains moururent dans leur lit, comme Mrs Curfall, qui dormait avec son sac en canevas à côté d'elle, pelotonnée sous ses draps, aussi frêle qu'une enfant de dix ans ; d'autres furent transférés discrètement dans un hôpital de Boston, comme Mr Oslough, qui s'étranglait au moindre mot à cause de son goitre ; d'autres encore eurent leur petite heure de gloire : un arrangement floral, une aquarelle représentant l'étang, un long tournoi de canasta mené à terme et couronné, dans un simulacre de convivialité, par une rencontre autour d'une tasse de thé ; d'autres, enfin, comme Mrs Tullis – sévère et silencieuse, plus grande que moi malgré ses quatre-vingts ans et presque chauve – moururent de mort subite, si brutalement terrassés que ceux qui assistaient à la scène restèrent muets d'étonnement. C'est ainsi qu'à l'hospice se mesurait le passage du temps – sur le mode élégiaque.

C'est par une claire matinée froide de la fin mai que je revis Ed Stone, cinq mois après sa chute. J'étais au bord de Harrow's Pond, debout à côté de Mrs Kennaugh, qui dormait profondément dans son fauteuil roulant, la bouche grande ouverte – ses yeux tressautant sous leurs paupières terreuses, son éternel tricot, aiguilles toujours piquées dans la pelote de laine, glissant sur ses genoux –, quand j'aperçus Ed Stone Jr, capitaine des pompiers à West Putnam, poussant son vieux père le long du sentier qui serpentait à travers les pins jusqu'à l'étang. Il s'arrêta, mit le frein et resta planté là, à côté de moi, bras croisés, pieds écartés, tandis que le vieux, impavide, le visage aussi lisse qu'une ardoise, les chaussures de travers sur l'appuie-pieds, regardait l'autre rive par-delà l'eau sombre. « Va faire de l'orage », dit le fils – qui, corpulent, le visage placide, la panse arrondie comme un tonneau, m'apparut déjà vieux lui aussi –, en pointant un doigt vers l'ouest où des nuages noirs s'amoncelaient à l'horizon. La lumière tombait sur l'étang en longues coulées d'or, trouées de fulgurances soudaines comme si des fragments de soleil explosaient au-dessus de nos têtes, mais à l'ouest, suffisamment loin pour que l'on ait l'impression d'un mirage, le ciel s'obscurcissait.

Ed Stone m'apparut plus rabougri que jamais :

chemise flottant autour de lui comme un sac, lunettes perchées sur le nez dans un équilibre précaire, bas de pantalon laissant voir des chaussettes noires autour de chevilles pas plus grosses que des allumettes. De profil, ses traits semblaient cireux, creusés, tandis qu'il regardait au fond de l'eau, mâchouillant laborieusement ses gencives, ses mains couvertes de taches de vieillesse tremblotant sur ses genoux. Assis là dans sa chaise, il avait l'air d'une momie, qui, au premier coup de vent, partirait en fumée, comme une vesse-de-loup montée en graine, pour s'en aller flotter, nuage de poussière, au-dessus de l'étang, abandonnant derrière lui chemise, chaussures et pantalon. La pipe avait disparu, les dents aussi, oubliées ou désormais inutiles ; la partie inférieure de son visage s'était creusée tout autour du trou formé par la bouche. Sur les tempes, les veines avaient l'air moins gonflées, plus sombres, quant au visage, plus préoccupé, il avait perdu de sa sévérité. Le vieux semblait habitué – même si la rigidité de son corps signifiait clairement qu'il avait du mal à accepter pareille contrainte – à se déplacer dans cette position, assis, poussé par une force qu'il ne contrôlait pas. Derrière les lunettes, ses yeux papillotaient nerveusement.

« Faudra qu'on amène ta canne à pêche, papa, dit le fils gaiement, pressant l'épaule du vieil homme. C'est pas les perches qui manquent par ici. »

Mrs Kennaugh s'agita, éternua, retrouva péniblement son souffle, puis laissa retomber sa tête sur son épaule gauche. Un garçon de salle appartenant à un autre service passa sur le sentier en poussant une fillette d'une douzaine d'années qui, la bouche écumante, bafouillait des mots connus d'elle seule dans un langage embrouillé, énigmatique et guttural, et gesticulait en tous sens, les mains tendues vers le soleil. Ils s'arrêtèrent une vingtaine de mètres plus loin, et le garçon se mit à faire des ricochets. L'enfant, solidement attachée, ses pâles avant-bras battant furieusement l'air au-dessus de ses oreilles, poussait des cris de joie à chaque coup réussi, transportée d'une secrète et bienfaisante extase qu'elle était seule en mesure de comprendre. De l'autre côté de l'étang, un canard sauvage rasa les nénuphars, et, plongeant sans heurt sous la surface, disparut sans bruit dans les profondeurs.

À midi, j'apportai son repas au vieux dans la chambre qu'il partageait avec Mr Lloyd au troisième étage, presque au bout du couloir. Il était assis dans un coin, tourné vers la lumière diffuse de l'unique fenêtre, aussi grêle et rigide que les montants gris des lits, la table de toilette et la table de nuit sur laquelle étaient posés sa pipe, un verre taché où flottaient son dentier et un étui à lunettes noir. Couché dans son lit, le drap remonté jusqu'au menton, ses yeux de myope fixés au plafond mais perdus dans le vide, Mr Lloyd se contentait de masser avec patience et componction les veines épaisses qui parcouraient son front. Quelques mouches bourdonnantes tournaient au-dessus de sa tête, sans qu'il fît rien pour les écarter, si bien qu'elles aussi avaient leur part dans l'immobilité oppressante qui pesait sur la chambre.

« C'est le petit déjeuner ? demanda Mr Lloyd. Non, c'est trop tôt. Je pense que Robert ne va pas tarder. Nous rentrons à la maison. »

Je rabattis ses draps, soulevai la sonde et retirai le bassin.

« J'apporte de quoi vous laver, dis-je. Mr Stone, est-ce que vous voulez aller aux toilettes avant de manger ? »

Il tourna lentement la tête, et ses yeux, bordés de rouge dans la lumière plombée, s'allumèrent tristement quand il me reconnut, son orgueil soudain attisé par ma présence et ma question. Ses lèvres se distendirent, esquissant un reproche – après tout, le coupable de l'hiver dernier, c'était moi – que l'absence de dents rendait informulable. Ed Stone fit pivoter sa chaise pour me faire face, puis se propulsa jusqu'à la table de nuit où il s'empara de son dentier qu'il mit en place avec soin. « Les toilettes, dit-il, tirant sur les molaires antérieures. Les toilettes ? C'est-y ça qu'tu demandes, mon gars ?

– Oui, m'sieur, dis-je. Il faut que j'y aille pour vider ce bassin, ce serait aussi bien que vous m'accompagniez si vous avez besoin d'y aller. »

Mr Lloyd souleva la tête pour demander : « C'est Robert qui arrive ? J'entends parfaitement bien, vous savez. Vous voyez ça ? Je peux appeler l'infirmière quand je veux avec ce petit gadget. Mais elle en a du travail. »

Je soulevai à nouveau la sonde, l'introduisis dans la sangle au bord du bassin propre et lui remontai ses draps.

« Merci infiniment, dit Mr Lloyd.

– Je vous en prie. Vous venez ? » ajoutai-je à l'adresse d'Ed Stone, en regardant par-dessus mon épaule une fois sur le seuil de la porte.

Le vieux était agrippé aux bras de sa chaise : ses doigts descendirent jusqu'aux jantes et, tête baissée, il s'appliqua à faire pivoter son fauteuil dans ma direction. « Non, je viens pas », répondit-il depuis le pied de son lit, avant de reprendre la direction de l'unique fenêtre grise près de laquelle il s'immobilisa, tout tremblant, pour regarder dehors.

Mr Lloyd laissa retomber sa tête sur l'oreiller et se remit à malaxer ses tempes bleutées.

« C'est comme vous voudrez, mes amis, dit-il au plafond, aux mouches qui tournoyaient autour de lui, à tout le monde et à personne. Faites tous... comme vous voudrez. Allez-y. Ne vous gênez pas. »

Le tonnerre grondait au loin – l'orage venait de

l'ouest, du Connecticut. Un rouge-gorge se posa sur le rebord de la fenêtre derrière la vitre. Ses plumes chatoyèrent, il sautilla une ou deux fois, dansant avec légèreté, sa tête fragile, agitée de soubresauts, à quelques centimètres à peine des yeux d'Ed Stone, puis il prit son envol et disparut dans les pins.

Le lendemain matin, on le découvrit, allongé sur le dos, sous la surface de l'étang, pris dans les joncs, les yeux grands ouverts sur le soleil et les nuages. Il avait laissé sa chaise roulante au bord du sentier sous les étoiles qui scintillaient après le passage de l'orage, et avait clopiné sur ses béquilles jusqu'à la rive, où à la clarté de la lune il avait enlevé ses lunettes pour les poser soigneusement sur un lit d'aiguilles, et appuyé ses béquilles contre le fût élancé d'un jeune pin. Lentement, il s'était débarrassé de sa veste à carreaux, celle qui ressemblait tant à la mienne – et que j'ai encore aujourd'hui, c'est mon fils qui la met pour aller à la pêche – et l'avait drapée sur une branche basse, avec sa pipe et sa blague à tabac dans les poches ; puis il s'était tenu un instant à la lisière de la pinède, avec l'étang devant lui, frissonnant dans l'air frais de la nuit. Pieds nus – il avait abandonné sur le gravier ses grosses chaussures noires dans lesquelles étaient enfoncées ses chaussettes –, il s'était traîné jusqu'à l'eau froide et, s'éloignant peu à peu de la rive, avait nagé tant bien que mal, sa mauvaise jambe pendant, inutile, derrière lui, vers le cœur glacé de l'étang. Il avait fini par atteindre – ce fut rapide, et le vieux n'avait plus de souffle quand vint le moment – un endroit où il n'était plus besoin de décider ; les lumières, dans le ciel, s'évanouirent ; il coulait sans effort dans un linceul, dans un ventre ; la surface de l'eau reculait incroyablement, inexorablement, mais elle reculait encore et encore ; c'était ainsi qu'il l'avait voulu, elle s'éloignait toujours davantage au moment même où il s'en faisait la remarque ; c'était comme dans un rêve quand on est aspiré dans un tunnel, quand on a même le loisir de prendre conscience de ses pensées alors qu'on ne respire déjà plus – quoi de plus étrange, de plus inacceptable que l'idée d'être privé de souffle ? Emporté dans un tourbillon sans fond, il eut le temps de se demander quelles dernières pensées il convenait d'avoir, et ce fut pour s'apercevoir qu'elles étaient toutes, sans exception, futiles, y compris et surtout le seul fait – futile dans sa futilité même – de s'interroger à leur propos. Puis ce fut la fin : paralysé, il n'avait plus conscience de rien maintenant, si ce n'est que toute lumière s'était évanouie, à moins que tout fût brillamment illuminé, comme si lumière et obscurité, enfin réunies, ne faisaient plus qu'un... Et cette sensation finit par disparaître, elle aussi.

Jardins d'Éden

J'avais dix-sept ans, et la tournée que je faisais pour distribuer mes journaux m'entraînait sur les chemins vagabonds du début de l'été, dans un pèlerinage rituel le long de rues larges, ombragées d'érables qui laissaient pointer les tendres irisations de leurs jeunes bourgeons. Avec ma sacoche qui me battait le dos et le ventre et un gros rouleau d'élastiques passé autour des doigts, je sillonnais seul les quartiers est de la ville, pliant soigneusement mes journaux en trois avant de les lancer en arcs gracieux sur les pas de porte ou les marches des vérandas. Là où je passais, les maisons étaient spacieuses, vénérables et tranquilles, les pelouses immenses et bien entretenues sous leurs érables en bourgeon. Ici, des vieillards me regardaient derrière les gouttelettes brillantes de leurs tourniquets ou, silencieux, arrachaient les mauvaises herbes, totalement absorbés par leur tâche ; là, dans leurs robes de coton et leurs grosses chaussures noires, des femmes aux bras ronds s'affairaient sous leurs étendages, laissant tomber leurs draps blancs dans de grands paniers d'osier. Ils me regardaient – les yeux agrandis et larmoyants derrière leurs lunettes –, mi-amusés, mi-nostalgiques, les femmes, la bouche pleine d'épingles à linge, les hommes appuyés sur leurs bêches, leurs sarcloirs ou leurs râteaux. Quand je passais devant chez eux, flottaient jusqu'à moi le parfum chaud et sucré des tartes aux fruits dans le four, l'odeur de savon qu'ont les draps en séchant, les senteurs de menthe et d'amadou des pelouses trop souvent tondues, et, parfois, les notes paresseuses d'un carillon tintant dans le vent. Des oiseaux-mouches et des mésanges bleues se rassemblaient devant les mangeoires, et une lumière dorée descendait du ciel, figeant toute chose dans une immobilité tranquille.

Quand ma sacoche était vide, je me précipitais à la maison, secouait la poussière de mes crampons, enduisais d'un peu de graisse le creux de mon gant – vérifiant que le panier en était bien resserré – puis j'enfonçais ma casquette jusqu'aux yeux et courait jusqu'à Adams Field, où l'équipe des Cardinals s'entraînait en fin d'après-midi. Je faisais quelques mouvements pour m'échauffer avant d'exercer les batteurs, tandis que la poussière du petit champ s'envolait au-dessus des gradins et que les courses d'une base à l'autre effaçaient peu à peu le trait net des lignes à la craie blanche. Bardé de ses jambières, de son masque et de son plastron protecteurs, le receveur me faisait de petits signes au ras du sol pour corriger mes lancers. Cet été-là, j'appris à mettre de la force dans mes balles à effet, à régler la hauteur de mes trajectoires déviées, rêvant tout au long d'une carrière chez les professionnels, et j'accompagnai les Whitey Ford, Warren Spahn et autres Don Drysdale jusque sur le banc des entraîneurs. Le soleil inondait de sa riche lumière le petit champ et le filet tendu derrière le receveur et, lorsque je me retournais pour regarder une balle particulièrement haute monter dans le ciel au-dessus du grand champ, elle n'était plus, au sommet de sa course, qu'une petite boule tourbillonnante de lumière rose. Mon horizon se bornait à ce que pouvait voir l'œil du lanceur sur le terrain d'Adams Field : la danse féerique des acteurs évoluant autour de moi, le déroulement ordonné du jeu, sa symétrie en mouvement qui me maintenaient comme au cœur d'un délicat cocon de règles et de gestes, suffisamment résistant toutefois pour me protéger des assauts du monde extérieur ; un bel amorti dans les limites du carré, il n'en fallait pas plus pour effacer la terreur que m'inspirait ce monde.

En juillet, de nouvelles maisons s'ajoutèrent à ma tournée. Anna Lewis – qui avait des boucles de cheveux noirs sur la nuque, deux grains de beauté sombres sur une joue et des yeux bleus que rien ne troublait – habitait l'une d'elles, une construction de style colonial à trois étages et bardeaux blancs qui, abritée derrière ses volets et ses haies, se dressait au bout de Tullis Street, en retrait par rapport à la rue. Assise les jambes croisées sur un banc de pierre grise et fraîche, à côté d'un cadran solaire au piètement fuselé, elle lisait *Guerre et Paix, Persuasion* et *Les Âmes mortes* au milieu de son jardin qui, de mai à septembre, resplendissait d'une profusion de fleurs vivaces.

Ce premier jour, je suivis les dalles de l'allée derrière le portail logé dans la haie taillée au cordeau, pliant un journal en deux sur mon chemin et humant l'odeur du chèvrefeuille. C'est alors, dans une courbe du sentier, que je me retrouvai en face d'Anna, qui, laissant retomber son livre sur ses genoux, pouces rabattus sur les pages pour le maintenir ouvert, leva vers moi son visage au hâle clair encadré de la masse brillante de ses cheveux sur lesquels jouait l'or du soleil et fronça des yeux bleus réprobateurs devant mon intrusion. Autour du banc et du cadran solaire, des massifs de fleurs en demi-cercle s'étageaient doucement jusqu'aux piquets d'une haute clôture ; des galets délimitaient le tracé des sentiers qui convergeaient vers le centre du jardin, où des arbres d'ornement se dressaient près d'un pavillon surélevé flanqué sur un côté d'une fontaine miniature. Anna était derrière moi quand je lançai très haut mon journal qui atterrit au sommet des marches du vaste porche. Au moment où, après avoir fait demi-tour, je repassais devant elle, elle leva les yeux et glissa un index dans son livre refermé pour en marquer la page ; un sourire amusé démentait le froncement des sourcils ; son visage large et bronzé avait quelque chose de frappant et de lumineux. Ses cheveux noirs semblèrent onduler un instant dans les rayons du soleil, puis son regard circonspect retourna à son livre. Elle secoua la tête d'un mouvement rapide, sans lever les yeux, et sa crinière chatoyante se répandit sur son front comme un bouclier tressé.

Je fus touché dans l'instant, je le sais maintenant – quelque chose de pointu sembla se ficher dans ma poitrine –, non point tant par la beauté ou le romanesque que par l'attente qui était en moi et l'appréhension sourde qui l'accompagnait : appréhension d'avoir à dire ou faire des choses auxquelles j'aspirais pourtant de toute ma volonté. Ce que je savais de la guerre, je l'avais appris sur le terrain de base-ball – guerre intime, personnelle qui se joue entre le lanceur et le batteur et dans laquelle les finesses tactiques peuvent être aussi gratifiantes que dévastatrices –, mais j'ignorais tout des combats intérieurs qui vous permettent de comprendre, même à dix-sept ans, que le désir est inséparable de la souffrance. Je restai planté là, submergé par le pressentiment d'une défaite possible – à tout le moins, d'un nécessaire compromis – et par la beauté d'Anna, encore qu'elle ne fût pas vraiment belle – l'ossature de son visage était en quelque sorte trop appuyée, et son menton un peu trop pointu. Sa beauté n'avait d'existence que pour moi et dans cet instant-là, il y a maintenant vingt et un ans.

« C'est bien agréable pour lire comme endroit, lui fis-je remarquer, surtout parce que j'avais du mal à maîtriser les mots d'ordinaire et qu'en la circonstance des mots semblaient nécessaires.

– En effet. Je dirais même très agréable. »

Sans rien perdre de sa retenue ni de son calme, elle

eut à nouveau son curieux froncement de sourcils. Je tombai sous le charme, séduit par sa courtoisie et la dignité de son attitude, séduit, comme tant d'autres avant moi, qui, avec le temps, s'étaient mariés.

« Qu'est-ce que vous lisez ?

– *Madame Bovary.* »

Elle avait prononcé : *Mâ–dâme Bou-vâ-ri-i* « Je ne connais pas, confessai-je en hochant la tête.

– Le livre en vaut pourtant la peine, dit-elle. Il me plaît énormément.

– Tant mieux », répondis-je, et, parce que j'étais sur un terrain qui m'était tout à fait étranger, parce que j'étais terriblement désorienté en sa présence, je changeai aussitôt de sujet. « Toutes ces fleurs, c'est quelque chose. Il y en a partout. »

L'étonnement perceptible dans son regard ne se traduisit que par une légère réfraction de la lumière dans ses yeux, un pli au coin de ses lèvres. Elle me regarda et, ce faisant, laissa glisser son doigt qui jusque-là marquait la page de son livre. Elle se leva avec une grâce qui m'était inconnue, donnant soudain corps à mes fantasmes absurdes et pitoyables.

Ces cheveux, ce dos aux lignes si pures, ce maintien si serein, ces doigts si longs, autant de détails saisissants qui, pris dans leur ensemble, manquaient curieusement d'harmonie.

« Elles vous plaisent donc ? dit-elle.

– Mais oui. Il faudrait être bien difficile.

– C'est vrai ?

– Évidemment. » Ce n'était pas le cas. Du moins, pas vraiment. J'étais pris dans une conversation qui suivait son propre cours et m'amenait à trahir mes pensées. Simplement parce que je voulais pouvoir continuer à lui parler, j'étais prêt à dire des choses qui ne reflétaient pas nécessairement l'état de mon cœur. De cela, j'étais sûr.

« Elles en ont demandé, du travail. Un travail de tous les instants. Mais si on s'y met tous, qu'on en fait un petit peu tous les jours, qu'on ne prend pas de retard ou qu'elles ne prennent pas d'avance, on n'y fait pour ainsi dire pas attention. Alors que si on laisse aller, ça devient une véritable corvée.

– C'est comme pour presque tout, fis-je remarquer.

– Comme pour tout, précisa Anna. Il y a tant de domaines où les choses se passent ainsi. » Elle esquissa un sourire plein de sagesse, puis nous baissâmes tous deux les yeux.

En la quittant, j'étais sur un nuage. Je repris ma tournée, le pied léger, le cœur chaviré, les doigts crispés sur mes journaux, la tête pleine de visions où tournoyaient Anna et ses fleurs. Tout à ma folie, je me mis à courir, bondissant par-dessus les marches, faisant irruption sur les pelouses, expédiant mes journaux sur les porches sans reprendre mon souffle, sous le regard impassible de vieillards immobiles, silencieux et médusés, qui, trahis par leur mémoire, avaient oublié qu'un jour ils avaient été enfants.

À dater de cet instant, ma vie changea : presque tous les jours, je trouvais Anna dans son jardin occupée à lire, à faire des bouquets ou à couper les têtes fanées des annuelles, et lorsqu'elle n'y était pas, le temps me semblait se traîner jusqu'à notre rencontre suivante. Elle finit par m'apprendre le nom de toutes ses fleurs et la façon de les reconnaître une fois qu'elles étaient écloses : gaillardes, orpins, lysimaques, pyrèthres, je sus bientôt les distinguer grâce à la forme et à la couleur des pétales, des feuilles et des tiges. Ce genre de connaissances ésotériques, qui jusque-là n'avait jamais éveillé ma curiosité, était maintenant indissociable de tout un univers. Nous nous attardions sur le banc de pierre, je me débarrassais de ma sacoche et elle posait son livre pour m'interroger sur les fleurs dont je venais d'apprendre le nom. Nous parcourions lentement les sentiers, nous agenouillant parfois près d'un massif ; j'étais alors frappé de voir combien les mouvements d'Anna étaient à la fois précis, fermes, amples et naturels lorsque ses mains, explorant plantes et buissons, repoussaient une tige, redressaient une tête au milieu du va-et-vient des abeilles. Plus je m'appliquais à observer sa douceur et son savoir-faire, plus mon agitation grandissait : je la regardais comme je regardais les fleurs, à la dérobée. Lorsque je la trouvais en train d'arracher des mauvaises herbes – talons décollés du sol, genoux fléchis, la tête disparaissant dans la verdure –, elle levait les yeux vers moi et je remarquais les gouttelettes de sueur qui perlaient à la naissance de ses cheveux, là où la peau est plus blanche ; les mèches qui lui pendaient dans le cou frisottaient et luisaient comme si elles avaient été gominées. Elle se relevait lentement et secouait sa robe, toujours trop grande, qu'elle changeait tous les jours, puis elle se tapait les mains pour se débarrasser de la terre et, les doigts sur les lèvres, contemplait un instant l'ensemble du jardin. Elle portait des sandales retenues derrière la cheville et sur les côtés par des brides très fines, ses jambes brillaient dans le soleil, qui jouait aussi sur la peau bronzée de ses épaules et de son cou. Pensive, elle se grattait parfois la gorge ou la joue, où ses doigts laissaient une traînée grisâtre, puis elle repartait, avec cette démarche souple et pourtant totalement maîtrisée, ce corps délié, élancé qui s'harmonisait si bien avec l'environnement naturel. J'en avais du vague à l'âme, conscient de ma faiblesse mais incapable de la surmonter.

De temps à autre, il m'arrivait de voir la mère d'Anna – elle avait un visage mince et étroit, séparait ses cheveux par une raie sévère et portait un tablier de jardin en toutes circonstances – tirant un tuyau d'arrosage derrière elle le long des sentiers dallés ou s'affairant ici et là avec un arrosoir de fertilisant ; quand nos yeux se rencontraient, elle esquissait un sourire énigmatique, mais m'adressait rarement la parole. Le père d'Anna, le docteur Herbert Franklin Lewis, était un homme épais et rougeaud, habillé de costumes à l'étoffe grossière. Le samedi après-midi, il travaillait dans son jardin ou s'asseyait dans le petit pavillon en croisant ses grosses jambes, et fumait un cigare d'un air pensif tout en sifflotant des airs inconnus, un verre de thé glacé entre ses doigts poilus. Il payait ses journaux avec diligence, me gratifiant d'un généreux pourboire de vingt-cinq cents, tout en redressant son nœud papillon d'une pichenette et en lissant les grands fanons rouges qui couvraient sa gorge de leurs larges plis. C'était un homme imposant, sévère et peu commode, qui respirait le confort et la tranquillité domestiques et me parlait souvent des caprices et des hasards du base-ball en s'épongeant le visage de son mouchoir. Avec le recul, il me semble qu'il appartenait à une race en voie de disparition, qu'il faisait partie de ces hommes totalement désintéressés qui ont effacé leurs désirs les plus profonds sans aucun esprit de sacrifice et qui, afin d'éviter la désespérance de la solitude, ont consacré leur vie entière à leurs femmes et à leurs enfants, puis aux enfants de leurs enfants, et ce avec une admirable sérénité.

Le plus souvent, pourtant, nous étions seuls dans le jardin, Anna et moi, et je pris l'habitude de m'attarder auprès d'elle, laissant passer l'heure de l'entraînement. Nous finîmes par nous allonger dans l'herbe, devant le pavillon, où, un beau jour, je me pressai contre elle, lui emprisonnai les joues dans mes avant-bras, lui prenant les cheveux à pleines mains. Indécise, perplexe et soudain silencieuse, elle pâlit légèrement ; elle semblait étudier mon visage, à la recherche d'une vérité obstinément cachée, ses mains immobiles et patientes reposant à peine sur mes reins. Je vis pourtant ses yeux perdre peu à peu leur circonspection et quand je la serrai contre moi, je sentis son dos se cambrer et ses hanches se soulever pour venir à ma rencontre. C'était un coin de paradis, et j'en étais conscient, même à l'époque : lumière chaude et profonde du soleil qui embrasait le jardin, goût acidulé, intime et charnel des lèvres d'Anna, frottement tiède de l'herbe contre mes bras et mes jambes, parfum entêtant des fleurs tout autour de nous. Le reste du monde avait cessé d'exister.

Et pourtant, à certains moments, au cœur de cette plénitude, j'étais saisi d'une appréhension inconnue de moi ; je croyais entendre le claquement clair et sec de la batte sur la balle, mais quand je levais la tête et prêtais l'oreille, il n'y avait plus rien. Ma poitrine se serrait, se nouait, et, méfiante, Anna plongeait son regard dans le mien : je me relevais d'un bond et, sourcils froncés, menton en avant, prenais la fuite, prétextant mon retard. Et tout en cheminant le long des rues seul et d'un pas léger, je sentais une métamorphose s'opérer en moi : plus je m'éloignais du jardin pour me rapprocher d'Adams Field, plus j'étais transporté, jusqu'à ce que bientôt Anna, calme et belle au milieu de ses fleurs, devienne une sorte de rêve, à des lieues de ma réalité quotidienne. Quand j'arrivais sur le terrain, mon appréhension m'avait si bien abandonné qu'elle semblait n'avoir jamais existé, et je me jetais dans l'entraînement avec exaltation, sûr d'être au cœur de l'action dans mon carré magique.

L'été toucha bientôt à sa fin : les Pittsburgh Pirates remportèrent la World Series, les fleurs se recroquevillèrent, se préparant pour l'hiver, et à l'automne, je distribuai mes journaux dans les rues ventées, accompagné du crissement sec des feuilles d'érable refermées sur elles-mêmes comme des poings et balayant l'asphalte en hordes serrées. J'avais repris l'école – pour la dernière fois –, et faisais ma tournée vers trois heures ; Anna n'était plus dans le jardin (le froid s'était fait pinçant), mais le soir, j'allais chez elle et, assis à côté du feu, nous faisions nos devoirs pour le lendemain avec le bruit de la télévision en fond sonore. Le docteur Lewis s'installait à côté de nous, prenant ses aises dans son fauteuil rembourré, et finissait par s'endormir, un cigare éteint entre les doigts, tandis que Mrs Lewis, vêtue d'un curieux peignoir de bain en chenille et chaussée de pantoufles, semblait passer son temps en allées et venues furtives derrière nous. La pendule murale faisait un bruit d'enfer, le feu chantait et craquait, le docteur Lewis sifflait comme un soufflet de forge à moitié bouché, et Anna et moi, à moitié engourdis, restions penchés l'un vers l'autre dans la calme lumière violette de la télévision jusqu'à ce que l'horloge sonne onze coups, annonçant l'heure du dernier journal télévisé. Le docteur Lewis sortait alors de sa torpeur, rallumait son cigare et fixait l'écran, un peu ahuri, les bras croisés sur l'estomac. « Ah, les sports, disait-il en s'adressant à moi. Silence ! »

Suivaient une kyrielle de résultats de football dépourvus d'intérêt, l'annonce de transferts dans des villes parfaitement inconnues, ou un reportage sur une gloire du sport à la retraite, que n'inspiraient plus la crânerie, l'innocence et les terreurs naïves du grand champion. « C'était un athlète superbe », s'exclama le docteur Lewis le jour où un obscur joueur sombra dans l'anonymat. « Absolument superbe. C'était un as, un vrai. »

Une autre fois, tandis que nous regardions la publicité, il se lança dans une tirade innocemment prophétique. « N'aie pas peur de l'échec, fils, me dit-il tout à trac, sans ambages ni préambule. Le monde est rempli d'hommes qui rêvent de devenir célèbres. Ne te laisse pas abattre par la perspective de l'échec. Tu as un beau lancer. Très beau. Qui sait ? La vraie défaite, pour un garçon de ton âge, ce serait de ne pas y croire, de ne pas tenter sa chance... » Je crois qu'il ne savait pas trop comment terminer sa phrase, ni même ce qu'il avait au juste en tête. Le docteur était un sentimental un peu rêveur ; une fois les nouvelles terminées, il partit se coucher sans rien ajouter. J'eus le sentiment qu'il avait délibérément semé la confusion et le désarroi dans mon esprit.

« De quoi est-ce qu'il parlait au juste ? demandai-je à sa fille, si adorable et si tranquille.

– De base-ball, » se contenta-t-elle de dire, puis elle ajouta : « De toi. »

Nous discutâmes pendant quelques instants avec beaucoup de sérieux de sujets en principe réservés aux adultes. Et finalement, parce qu'elle avait laissé entendre pendant si longtemps que les mots étaient une nécessité, je dis à Anna, en évitant de la regarder, que je l'aimais. Je me souviens que des glaçons pendaient de l'avant-toit ; c'était juste avant Thanksgiving, les gelées blanches étaient venues puis reparties... elle prit mon visage entre ses mains tandis que nous étions assis sur le canapé de sa mère et – les yeux mouillés et craintifs, toujours aussi sérieux – me dit qu'elle m'aimait elle aussi, hardiment, sans détours, mais avec de tels trémolos dans la voix qu'un malaise soudain m'envahit. Le regard fixé sur moi, elle attendit que je comble le silence qui s'ensuivit, que j'y déverse des flots de passion, alors que, au bord de la nausée, suant et transpirant, je sentais son souffle sur mon visage, le parfum de ses cheveux fraîchement lavés. Un frisson me parcourut, que je réprimai aussitôt sous une grimace qui voulait imiter l'amour fou, un masque grotesque lui offrant l'image de ce que je me refusais à être ou à devenir. Anna ne rit pas ; j'éteignis la lumière derrière nous et l'embrassai avec une fougue dont j'espérais qu'elle rendrait toute parole superflue, mais ce fut peine perdue. Je ne savais pas ce que j'éprouvais, pas vraiment, pas suffisamment en tout cas pour le mettre en mots, et mon exaltation, aussi intense que mon appréhension, n'exprimait rien d'autre que mon trouble et mes incertitudes au sujet d'Anna. Cela, je ne le savais que trop bien.

Plus tard, en rentrant chez moi dans le froid le long des rues sombres que seule éclairait la lumière diffuse des lampadaires, je me sentis soulagé à l'idée de me retrouver dans un lit bien à moi. Une fois dans ma chambre, je passai un long moment à fixer le plafond, certain maintenant de ce que j'éprouvais, convaincu que ce n'était qu'une trahison de sentiments que j'avais crus vrais jusqu'alors. Je fermai les yeux très fort, jusqu'à ce que des milliers de points lumineux se mettent à danser derrière mes paupières, et me répétai cent fois que j'aimais Anna ; mon incantation silencieuse me persuada bientôt que c'était vrai et je réussis enfin à m'endormir.

Une page pourtant avait été tournée. Cet hiver-là, je ne fis guère qu'attendre le début de la saison de base-ball ; je m'entraînai un peu en salle et abandonnai mes tournées pour travailler mes lancers. Quand arriva le printemps, mon bras était déjà sûr, et j'avais ajouté à mon répertoire une balle zigzagante assez meurtrière. Quelques jours de soudaine chaleur accélérèrent le dégel et suffirent à faire reverdir la pelouse du terrain. Bientôt, l'équipe commença à s'entraîner l'après-midi sous un ciel turquoise qu'aucun nuage ne venait troubler. Le soir, j'allais souvent faire un tour chez les Lewis et retrouvais Anna dans le jardin, qui lisait sur son banc de pierre comme à l'accoutumée. C'est à cette époque, en avril, que nous décidâmes de faire nos propres plantations sur une petite butte.

Je ne sais plus aujourd'hui qui en eut l'idée le premier, mais ce fut sans doute Anna, qu'obsédaient le jardinage, les jardins et les livres à propos de gens qui n'avaient jamais existé, écrits par d'autres gens qui n'existaient plus. Tout ce que je puis dire, c'est que je me retrouvai un soir en train de retourner le gazon derrière le pavillon. Ayant bêché le sol en une sorte de long croissant sur une profondeur d'environ trente centimètres, nous mélangeâmes à la terre, que nous avions tamisée pour en éliminer les cailloux, quatre sacs de fumier de dix kilos, terminant par un coup de râteau pour bien délimiter le massif. J'étalai une mince couche de marne limoneuse un samedi et nous nous assîmes sur le banc de pierre pour tracer soigneusement le plan de notre jardin. En bordure de pelouse nous planterions des silènes, des héliotropes, des zinnias, des astilbes, des iris, des alyses, des indigotiers, des myosotis et des belles-de-nuit. Derrière nous mettrions des lys royaux blancs et des phlox roses – qui fleurissent plus tard dans l'été –, soulignés par une rangée de serpentaires. Pour finir, nous remplirions les espaces vides avec des fraxinelles, des asclépiades et des hémérocalles – fleurs peu exigeantes qui s'accommodent d'un sol pauvre et sec.

Le soleil disparut derrière la maison tandis que nous étions toujours à nos dessins et nos calculs ; il fit bientôt trop sombre pour que nous puissions encore voir nos esquisses, et je rentrai chez moi. Tout au long des soirs de la semaine suivante, nous mîmes en place boutures et plançons en les recouvrant partiellement d'une couche de terreau de feuilles de manière à empêcher les mauvaises herbes de prendre racine dans le sol meuble. À la mi-avril – début de la saison de base-ball

– Anna et moi avions notre jardin à nous et, tout en attendant d'entrer en jeu sur le banc de l'équipe locale à Adams Field, il m'arrivait de me demander quand sortiraient les premiers boutons. J'avais envie d'être là pour les voir s'ouvrir au soleil au pied du pavillon blanc.

Ce fut une saison surprenante et superbe – en fait, ma dernière bonne saison de base-ball (encore que j'aie connu beaucoup de satisfaction par la suite en tant que spectateur). Mon bras s'était durci au cours de l'hiver, et mon lancer de balle avait enfin toute la puissance désirée ; j'appris à me concentrer quand j'étais à mon poste, à faire abstraction durant les matches de ce fatras encombrant que constituait le reste du monde, et lorsque j'étais en difficulté devant un batteur ou que des bases étaient occupées, je continuais à fixer toute mon attention sur la zone des lancers réussis. J'en étais venu à attendre de l'univers clos du base-ball une protection sans faille, et plus l'amour devenait problématique, plus folles et sans doute plus désespérées devenaient mes tentatives pour maîtriser les complexités du lancer. Tant que duraient les rencontres, j'étais en sécurité, bien à l'abri, mais quand tout serait terminé – quand la saison serait finie –, il me faudrait revenir à moi d'un seul coup et connaître à nouveau les tourments de l'amour. C'était une stratégie de repli consciente et disciplinée, je l'admets – mais combien d'athlètes ne doivent-ils pas leurs succès sportifs aux complications de leur vie privée ? Toujours est-il que je réalisai les meilleurs scores de la saison de la High School League : neuf et un, soixante-cinq batteurs éliminés sur trois strikes consécutifs, une moyenne de points gagnés de deux virgule trente et un par match. Je fis huit rencontres comme lanceur sans être éliminé – dont trois victoires sur un score blanc de l'adversaire –, et le *Clarion*, le journal que j'avais distribué à une époque dans le quartier est, publia un article où l'on me prédisait un brillant avenir chez les professionnels.

Deux jours après la remise des diplômes au lycée, il y eut un appel du Kansas City Athletics. Le club me proposait une place dans son centre de formation de Chambers, au nord de l'État, pour deux cent soixante-quinze dollars par mois, plus une indemnité journalière et mes frais de transport, avec à la clef, la possibilité d'une titularisation en équipe première ou, à défaut, l'assurance d'une place sur le banc des lanceurs remplaçants. J'acceptai la proposition sans hésiter, précisant que je me présenterais le surlendemain ; puis j'allai voir Anna ; en chemin, je m'imaginais déjà sous le maillot d'une des grandes équipes professionnelles.

C'était une chaude après-midi de juin, moite, presque étouffante, sans la moindre brise. Autour du banc de pierre flottait l'arôme lourd des œillets de fleuriste ; derrière le cadran solaire, les monardes dressaient leurs têtes rouge foncé vers le soleil. Le livre d'Anna – *Mansfield Park* – reposait à plat sur le banc et semblait, pour quelqu'un qui venait d'être contacté par le Kansas City Athletics, d'une banalité affligeante, presque absurde. Je suivis les dalles de l'allée jusqu'au pavillon, d'où j'aperçus Anna agenouillée à la lisière de notre jardin, vêtue du vieux tablier de sa mère, les cheveux ramassés en un chignon très lâche d'où s'échappaient quelques frisons noirs. Des boucles dansaient sur ses oreilles et son cou tandis que, penchée sur la bordure d'astilbes que nous avions plantée, un sarcloir à la main, elle arrachait les mauvaises herbes qu'elle rejetait derrière elle d'un léger mouvement du poignet. Déjà desséchées et grisâtres sous l'effet de la chaleur étouffante, la terre accrochée aux moignons de leurs racines s'effritant dans l'herbe verte, celles-ci dessinaient une longue rangée irrégulière et flasque au bord de la pelouse.

Les plantes vivaces – même les plançons – sont lentes à démarrer et donnent rarement leur pleine mesure dès la première année. Trop récent, trop tendre encore, notre jardin était à peine en fleurs ; tout ce que nous pouvions raisonnablement espérer, c'était voir fleurir les myosotis et, avec un peu de chance, plus tard dans la saison, quelques phlox roses et une ou deux serpentaires. Et pourtant, miraculeusement, les astilbes étaient écloses – on était déjà à la mi-juin, tout près du solstice ; ces dernières semaines, les longues journées avaient été chaudes et chaque matin à l'aube arrivaient les pluies soudaines de l'été –, et cette après-midi-là, elles nimbaient Anna de leurs grandes tiges feuillées. Je descendis la pelouse et commençai à ramasser les herbes arrachées. C'est en me déplaçant le long de la rangée, un genou en terre et une poignée de mauvaises herbes à la main, que je parlai à Anna de Kansas City, de Chambers et de l'offre que m'avait faite le club des Athletics. Je n'ai aucune peine à revivre ce moment, lequel m'apparaît, avec le recul, comme le tournant majeur de ma vie. Je revois Anna se lever, secouer son tablier, se tapoter les mains et fouiller dans la poche de sa robe. Elle me tendit alors une enveloppe : je laissai tomber ma poignée d'herbes et m'assis sur la pelouse pour en lire le contenu.

Le Saint-Alphonse College, en Pennsylvanie, offrait à Anna une bourse pour étudier la littérature. Je compris soudain la raison d'être de tous ces livres. Je lus la lettre deux fois et j'en étais à ma troisième lecture lorsque j'eus la certitude qu'elle accepterait, qu'elle ne serait plus là quand je rentrerais de Chambers une fois la saison terminée, que, de mon côté, je serais reparti ailleurs, sans états d'âme, pour jouer dans un autre club quand elle rentrerait à son tour l'été prochain, et que ce scénario, répété à l'infini, nous interdirait pour ainsi dire de nous voir et finirait par faire de nous deux étrangers. J'ignorais si c'était ou non ce que je désirais ; j'ignorais si c'était l'appréhension ou l'exaltation qui devait prendre le dessus ; tout ce que je savais, c'est que j'étais prêt à l'aimer tant que les choses étaient simples, tant que nous étions dans notre jardin clos, tant que le monde extérieur ne se rappelait pas à nous comme il le faisait aujourd'hui. Je me contentai de remettre la lettre dans l'enveloppe, de la poser sur la pelouse, incapable de proférer le moindre mot. J'avais, me semblait-il, toujours su que notre aventure était vouée à l'échec ; avec son côté austère et cérébral, Anna était faite pour des études supérieures, alors que moi, je n'étais qu'un joueur de base-ball. Brusquement, elle incarnait pour moi un avenir d'où le base-ball serait exclu, si j'en décidais ainsi ; si je voulais faire carrière, il me fallait la quitter, indépendamment de toute question d'éloignement, de transport et de temps. Nous n'étions plus confrontés à un problème, mais à un miroir où, dure comme un diamant, se dessinait la vérité. L'amour était trop exigeant : il m'interdisait d'être à moi-même ma propre fin, me soufflait que je n'étais pas seul sur terre – c'était trop attendre d'un adolescent que d'aimer ainsi. Nous nous assîmes sur la pelouse dans la lumière blanche du soleil ; Anna essaya de me convaincre que la distance ne comptait pas ; j'acquiesçai, mais, de fait, j'étais déjà bien plus loin qu'elle n'aurait su l'imaginer.

« Ça va marcher, lui dis-je. Ça ne changera rien. »

Elle ne se laissa pas prendre à ces mensonges, tout aussi évidents que l'était ma honte. « Moi, je ne changerai pas, dit-elle d'une voix douce et tremblante. Je le jure. Je le jure sur ces fleurs. »

Elle avait lu trop de livres, mais je m'abstins de le lui

dire. « Ça ne sert à rien de jurer. C'est à nous de faire en sorte que ça marche.

– Mais comment ?

– Je n'en sais rien.

– Et si on continuait à s'occuper des fleurs ?

– On peut toujours essayer.

– Jure-le.

– Je ne peux pas.

– Ça ne m'étonne pas. Je m'en doutais... je le sentais, là, finit-elle par dire en plaçant sa main sur son cœur et en l'y laissant un instant. Là, exactement là.

– Laisse-moi tranquille, répondis-je, incapable de la regarder. D'accord ?

– Dis-moi que je rêve, que j'ai mal compris.

– Ne m'adresse plus la parole, m'entendis-je dire. Je ne t'aime pas. Et ça n'a rien à voir avec tes études. Je ne t'aime pas, un point c'est tout. »

Tout en prononçant ces mots, je regardais les brins d'herbe de la pelouse comme si je les voyais pour la première fois. Chaque molécule de chacun des brins avait pris une transparence d'une perfection troublante ; chacun semblait habité d'une lumière verte et paisible. Il me sembla que rien d'autre ne pouvait à cet instant retenir mon attention ; rien, hormis la texture de cette pelouse, n'avait de réalité, et quand je relevai la tête, je me rendis compte que le silence avait duré trop longtemps, et qu'Anna n'était plus à mes côtés. Une sorte d'épouvante me submergea et, perdu, désorienté, je bondis sur mes pieds juste à temps pour la voir s'éloigner au milieu des fleurs en direction de la maison, gravir les marches du porche en courant, ses cheveux noirs flottant vers moi tandis qu'elle disparaissait derrière la porte. Puis elle s'évanouit définitivement.

Lugubre et poussiéreuse, la ville de Chambers n'avait rien d'autre à offrir qu'une longue rue étroite de devantures peu engageantes, entourées de maisons austères et délabrées. Une sorte d'immobilisme inquiétant pesait constamment sur les bâtiments de la grand-rue et n'était rompu que par un chien au regard paresseux qui, de temps à autre, au milieu des ombres solitaires, balayait la poussière de sa queue en jetant un œil triste alentour. Le vent brûlant d'été charriait depuis l'usine toute proche des odeurs de soufre, et, le soir venu, l'air empestait l'insecticide. Quand par hasard ils sortaient, les gens de la ville, irréels et fantomatiques, erraient sans but et d'un pas lent, mais les matchs de base-ball les métamorphosaient (comme l'aurait fait une prière collective ou un de ces grands rassemblements religieux du siècle dernier) : assis sur les gradins, ils s'éventaient et s'essuyaient le visage sur leurs manches de chemise, hurlant de joie à la moindre base conquise, au bord de la syncope à chaque circuit complet.

Chambers faisait partie de la Northern League, groupement qui comprenait Saradon et Vicksburg, Oxacala et Merton, Larabee, Burris et Minapee City. Le car qui transportait l'équipe bringuebalait sans fin sur des routes toutes droites qui, de loin, avaient l'air lisses comme le plat de la main, mais étaient en réalité pleines de trous et de nids-de-poule. Notre équipe était composée, pour l'essentiel, de tâcherons de seconde zone, qui avaient joué partout et ne s'étonnaient plus d'être échangés ou vendus, pour qui le base-ball était un métier comme un autre et à qui il ne restait plus que l'ombre de l'espoir qui les avait un jour portés. Certains avaient connu leur heure de gloire dans quelque grand club ; ils n'en parlaient jamais et poursuivaient leur trajectoire descendante comme s'il était de leur devoir de consommer leur échec en allant jusqu'au bout. Nous jouions dans la poussière et la chaleur, dormions dans le car et dans des chambres d'hôtel étouffantes et supportions sans broncher notre indéniable anonymat. Un bon moral et un peu de bluff me permirent de bien figurer la première fois que je fis partie du neuf de départ mais, au bout de quatre échecs consécutifs en qualité de premier lanceur, j'avais disparu de la liste des titulaires. On ne fit bientôt plus appel à moi qu'en de rares occasions comme joueur supplémentaire, et je passais le plus clair de mon temps à me morfondre sur le banc des remplaçants, mâchant mon chewing-gum et me demandant à quel moment j'avais fait fausse route.

C'est, je crois, à cette époque-là que le rêve se brisa ; le cocon protecteur éclata, me laissant sans défense face à la réalité prosaïque du base-ball. Dans ma chambre de Chambers, au-dessus du garage de la grand-rue, je commençai à faire des cauchemars, des rêves affreux dans lesquels le vide de mon avenir prenait la forme d'un gouffre béant, sombre et fatal. Vu depuis mon banc, le match me donnait l'impression de se dérouler à des lieues de distance, et je restais des manches entières à rêvasser, penché en avant, les coudes sur les genoux, le visage dans les mains, les yeux rivés au sol poussiéreux. Je pensais de plus en plus au jardin, me demandant quelles fleurs étaient écloses, quels oiseaux étaient venus près des mangeoires. Quand la saison de base-ball toucha à sa fin, le jardin prit soudain une importance extrême : nos phlox roses avaient-ils fleuri, les fleurs en chandelier de la serpentaire s'étaient-elles ouvertes, les alyses et les silènes allaient-ils nous surprendre ? L'image de ce monde de couleur et de lumière à jamais perdu ne me quittait plus et seule parvenait à apaiser la blessure qu'avait ouverte le base-ball.

Le club de Kansas City ne renouvela pas mon contrat, et je rentrai à la maison avec ma carrière derrière moi, comme si je découvrais le monde pour la première fois. La lumière dure de l'été s'était adoucie et avait pris des tons recuits ; le vent avait fraîchi, et, le matin, le ciel se marbrait d'ombres grises. J'errais ici et là ; une bande de garçons plus jeunes régnait maintenant sur le carré d'Adams Field ; parfois, j'allais m'asseoir contre le grillage à l'arrière de l'école primaire et je les regardais jouer depuis le haut de la colline. Plus souvent, je repensais à l'Éden perdu de notre jardin et, une fois ou deux, à la nuit tombée, je passai devant la haie des Lewis. Au-delà du portail fermé, on ne voyait rien que l'obscurité et les reflets tremblants de la télévision dans la fenêtre : à n'en pas douter, le docteur Lewis, calé dans son fauteuil, regardait le dernier journal en mâchouillant son cigare. Les rues de la ville semblaient avoir changé : plus étroites, plus calmes, plus tristes aussi, elles avaient un air désolé, et je me surpris à penser pour la première fois que chaque maison devait abriter des vies tourmentées et difficiles. Quand je voyais tous ces hommes partir travailler le matin, je ne pouvais m'empêcher de penser qu'il m'aurait fallu moi aussi trouver un emploi – mais je n'arrivais pas à m'y résoudre... pas encore. Je ne parlais que lorsqu'on m'adressait la parole, et je suis certain que pour la plupart des gens, j'étais celui qui avait été trahi par son rêve. Pourtant, ce n'était pas au base-ball que je pensais, mais à notre jardin, me demandant si les hémérocalles étaient sorties, ou peut-être les belles-de-nuit, si le massif de zinnias était en fleur. À la fin du mois de septembre, je m'étais persuadé de l'insaisissable perfection de l'endroit et j'étais tenaillé par le désir de le revoir, de me trouver une fois encore au milieu des fleurs.

Une nuit d'octobre, je me réveillai à deux heures du matin, conscient que les premières gelées étaient arrivées. L'air vif de l'hiver envahissait la chambre, et dehors, sous l'éclat argenté de la pleine lune, les feuilles du peuplier de Virginie jonchaient la pelouse, toutes recroquevillées. Il me vint alors à l'esprit que les fleurs de notre jardin ne tarderaient plus maintenant à se fermer en prévision de l'hiver ; je me levai et m'habillai en hâte, sentant le froid courir le long de mon cou, de mon dos, de mes bras. Je me précipitai dans la rue et me mis à courir en direction de la maison d'Anna dans le froid clair de lune, descendant à toute vitesse les larges avenues de mon ancienne tournée. Arrivé dans Tullis Street, je m'arrêtai pour reprendre mon souffle. Tout scintillait sous l'éclat cuivré de la lune – les feuilles des érables rigides, les vérandas propres et silencieuses, le gel sur les pelouses, les pignons et les treillis –, et les vitres des fenêtres miroitaient d'un bout à l'autre de la rue comme autant de flaques d'eau. Le gel formait une croûte qui se brisait sous les pas, et la rosée nocturne déposait sur chaque brin d'herbe une perle argentée. Je me dis qu'avec une gelée pareille les fleurs devaient déjà s'être refermées, et c'est alors que je sentis une vibration dans l'air, une douleur sourde au creux de l'estomac ; ma colonne se raidit et le froid me mordit les oreilles. Je poussai le portail comme je l'avais fait tant de fois ; au-delà de la haie bien taillée, chacune des dalles dessinait un carré déchiqueté d'une lumière sans défaut ; la maison, massive, blanche et familière, mélancolique et silencieuse, découpait ses trois étages sur le noir bleuté du ciel – forteresse imprenable de bardeaux argentés, dont les avant-toits pentus luisaient sous la lune.

Encore une fois, je me dis, qui sait, que tout serait peut-être en fleur. Je longeai avec précaution les dalles lumineuses, suivis la courbe du sentier et arrivai devant le banc de pierre ; sur la petite butte à ma gauche se dressait le pavillon blanc. Je poursuivis mon chemin, descendis la pelouse en pente douce plongée dans l'ombre, mais le jardin qu'Anna et moi avions planté n'était plus maintenant qu'une masse sombre hérissée de piques ; tout était rabattu à quelques centimètres du sol et enfoui sous une épaisse couche de feuilles.

Le reste n'avait ni bougé ni changé, mais c'était moi qui n'avais plus ma place ici. J'avais à tort forcé cet endroit, et, soudain, je me sentis plus seul, plus abandonné que je ne l'avais jamais été, ployant sous le fardeau de mon âme, du mystère inéluctable de mon être. Il m'apparut que ma présence en ces lieux, la nuit, sous le regard de la lune, figurait les derniers instants de ma jeunesse. Les années ont passé, mais aujourd'hui encore – dans les bus qui m'emmènent en ville, dans les restaurants pleins de bruit, dans les avions qui s'envolent vers d'autres cieux, aux matchs de base-ball, quand le terrain se brouille devant mes yeux et que, perdu en moi-même, je me surprends à remonter le temps –, je sens se creuser en moi les mêmes abîmes de solitude qui alors m'engloutirent, la solitude des adolescents qui toujours auront peur de la mort, peur de devenir un jour des hommes.

Fiche d'identité

David Guterson est né en 1956 et a toujours vécu au nord-ouest des États-Unis. Après des études de littérature à l'université de Washington, il a commencé sa carrière comme professeur d'anglais dans une école secondaire, tout en écrivant pour différents magazines. Il s'est établi voici plus de douze ans à Bainbridge Island, une île de l'archipel de Puget Sound, à quelque 35 minutes en bateau de Seattle, où il vit avec sa femme, Robin, orthophoniste, et leurs quatre enfants, trois garçons et une fille. *La neige tombait sur les cèdres,* son premier roman, a été précédé de deux autres livres : un recueil de nouvelles et un ouvrage sur la scolarisation à la maison, tiré de son expérience familiale.

Le succès de *La neige tombait sur les cèdres* – diffusé à plus d'un million et demi d'exemplaires rien qu'aux États-Unis et au Canada, son roman lui a valu de recevoir le très prestigieux prix littéraire américain Pen/Faulkner Award – lui a permis d'abandonner l'enseignement pour se consacrer entièrement à l'écriture, David Guterson n'a rien changé à son mode de vie. Il occupe toujours la même maison au milieu des cèdres, envahie par l'humidité et encombrée de livres et de jouets, qu'il loue dans la zone résidentielle la moins huppée de l'île, et a conservé son vieux break de 1967.

Comment est né
La neige tombait sur les cèdres

De son livre, David Guterson dit : « J'ai lu que *La neige tombait sur les cèdres* a pour thèmes la guerre, l'amour, les préjugés, les conflits entre les cultures, et d'autres choses encore. Pour moi, et c'est la raison pour laquelle je l'ai écrit, le sujet de ce livre est que, nous, les êtres humains sommes tenus, par la nature même de notre existence, de nous montrer très vigilants sur la manière dont nous nous conduisons. Dans un univers indifférent, un monde où se produisent des accidents effroyables et des événements sur lesquels l'individu n'a aucune prise, la seule chose sur laquelle nous puissions réellement exercer notre contrôle est notre propre comportement. »

Pour construire *La neige tombait sur les cèdres,* David Guterson est parti de cette notion abstraite, de cette conviction qu'il incombe à l'homme la responsabilité de maîtriser ses agissements. Il a également puisé son inspiration dans l'histoire de Bainbridge Island ; en effet, lorsqu'il a décidé de s'y installer, il a commencé par se documenter sur l'île et ses habitants. Ainsi, il a appris qu'un certain nombre d'entre eux avaient combattu pendant la Seconde Guerre mondiale et avaient été blessés. En outre, si San Piedro est un lieu fictif, il ressemble à beaucoup de ces petites îles qui jalonnent la côte Nord-Ouest des États-Unis, que l'auteur a visitées et où l'on vit encore en décalage par rapport à notre époque.

David Guterson a apporté un soin minutieux à l'écriture de son livre, qu'il lui a fallu cinq ans pour mener à terme. Il a poussé le souci du détail jusqu'à enquêter sur le terrain, se mêlant à la vie des pêcheurs de saumon, participant à la cueillette des fraises, travaillant aux côtés d'un gardien de phare et allant même jusqu'à accompagner un médecin légiste lors d'une autopsie. Pour mieux saisir l'ambiance des années cinquante, il a épluché les journaux de l'époque, moins pour s'informer des événements que pour s'enquérir des modes, des prix en vigueur, des manifestations locales et, à travers les faits divers, les publicités et les petites annonces, s'imprégner ainsi des préoccupations quotidiennes des gens.

L'universalité de l'être humain lui a permis d'entrer dans la psychologie de ses personnages mais, pour mieux l'appréhender, il s'est aussi attaché, par le biais de recherches et d'interviews, à dégager les spécificités culturelles des deux communautés, américaine et japonaise, notamment en étudiant le bouddhisme.

À Bainbridge Island, *La neige tombait sur les cèdres* a reçu un excellent accueil, aussi bien auprès de la population qui a connu la guerre et les conflits opposant les deux communautés, qu'auprès des Américains d'origine japonaise, qui ont été très reconnaissants de voir que l'auteur avait relaté l'histoire des internements avec autant d'exactitude et d'objectivité.

C'est au cours de ses études que David Guterson développa ses idées sur la mission morale de l'écrivain. « Non que le romancier doive imposer sa propre morale au lecteur », dit-il, « mais trop peu d'auteurs de fiction traitent de sujets qui soulèvent des réflexions sur des questions de morale. » Il est vrai que, de son père, avocat pénaliste de renom, David Guterson a appris très tôt que l'essentiel, dans la vie, est de trouver ce que l'on a réellement envie de faire, indépendamment de toutes considérations d'ordre financier, et aussi d'accomplir quelque chose qui pourrait avoir un impact positif sur le monde. Avec *La neige tombait sur les cèdres,* il semblerait qu'il y ait pleinement réussi.

« L'invasion » japonaise aux États-Unis

Entre 1901 et 1907, au cours de l'ère Meiji – le gouvernement éclairé qui a permis l'ouverture du Japon vers le monde occidental – près de 110 000 Japonais se sont établis aux États-Unis. Attirés par les propositions des Américains, qui allaient jusqu'à faire le voyage au Japon afin de les recruter pour la construction des chemin de fer, leur offrant un salaire cinq fois supérieur à celui qu'ils pouvaient gagner dans leur pays, ils ont commencé par immigrer à titre temporaire. Beaucoup sont restés et ont trouvé du travail dans les scieries, les pêcheries et les vergers de la côte Pacifique, notamment dans les États de Washington et de l'Oregon. Progressivement, ils ont pu s'acheter des terres.

Un accord signé en 1908 entre le Japon et les États-Unis mit fin à l'immigration massive des hommes, mais ceux-ci étaient autorisés à faire venir femmes et enfants. Beaucoup de femmes vinrent alors rejoindre un mari qu'elles n'avaient connu que par lettre ou sur photo et qu'elles avaient épousé « par procuration » dans leur village natal.

Très vite, les nouveaux arrivants furent confrontés à des réactions racistes. Alors que la colonie japonaise constituait moins de deux pour cent de la population totale des immigrés aux États-Unis, les journaux américains parlaient d'« invasion ». Les décrets se multipliaient qui restreignaient leurs droits, jusqu'à ce qu'une loi interdise, en 1921, toute immigration japonaise. Bien que se considérant comme Américains à part entière, les Japonais de la première génération née aux États-Unis, restés très attachés à leur culture et à leurs traditions, ont beaucoup souffert de ces difficultés d'intégration. Le racisme anti-japonais culmina à la suite de l'attaque surprise des Japonais sur Pearl Harbor, le 7 décembre 1941, les Américains prirent des mesures de rétorsion contre les immigrés japonais en déportant plus de 100 000 d'entre eux dans des camps d'internement pendant toute la durée de la guerre et en confisquant leurs biens.

Ce n'est qu'en 1988 que le gouvernement américain présenta des excuses officielles aux Japonais qui avaient été privés de leurs droits civiques pendant la Seconde Guerre mondiale.

La neige tombait sur les cèdres et la critique

Diablement efficace

« Tout l'intérêt de ce récit est là : à la charnière du fait divers et de l'Histoire, David Guterson montre comment une banale affaire judiciaire peut réveiller le chauvinisme collectif. Et comment l'Amérique sacrifia ses vieux rêves communautaires sur l'autel du maccarthysme. Mais, pour faire un roman à succès, il faut aussi une histoire d'amour : là encore, l'auteur se révèle diablement efficace. On aurait donc bien tort de bouder notre plaisir. »

André Clavel, *L'Express*

Un roman multiple

« *La neige tombait sur les cèdres* est un roman multiple : suspense, dénonciation du racisme quotidien, étude sur l'enfermement et l'opacité des consciences, Guterson s'impose comme un maître de la construction romanesque avec qui il faudra compter. »

Christophe Mercier, *Le Point*

Un formidable livre

« *La neige* [qui] *tombait sur les cèdres* est un formidable livre qui a déjà fait palpiter le cœur de plus d'un million de lecteurs anglo-saxons et qui devrait provoquer la même fatale attraction dans la douzaine de langues où il est traduit... Événements et personnages s'imbriquent et forment une intrigue, qui souffre effectivement de quelques longueurs mais nous enveloppe dans une atmosphère romanesque, dans une sorte de rêve éveillé dont nous avons peine à émerger. »

Pascale Frey, *Lire*

La richesse des genres

« Fils de procureur, David Guterson a passé son enfance sur des bancs de tribunal dont il restitue l'atmosphère avec la puissance d'un grand metteur en scène. À la force dramatique de la situation, il ajoute la réflexion distanciée sur l'histoire de son pays. Couronné par le Pen Faulkner Award, phénomène d'édition dans les pays anglo-saxons, ce premier roman impressionne par la richesse des genres qu'il réunit : roman de guerre, d'amour, documentaire historique, récit d'aventures en mer, suspense psychologique, chronique sociologique, hymne à l'esprit des lieux. »

Valérie Marin La Meslée, *Télérama*

Un roman fascinant

« Avec son intrigue policière, historique, ethnique, sentimentale et sa langue superbe qui épouse les cataclysmes provoqués par la nature et par les hommes, *La neige tombait sur les cèdres,* marqué du sceau de l'enfance de son auteur, est un roman fascinant d'une impressionnante profondeur. »

Juline Moreau, *Le Méridional*

Table des matières

ACHEVÉ D'IMPRIMER EN NOVEMBRE 1996 SUR LES PRESSES DE
NUOVO ISTITUTO ITALIANO D'ARTI GRAFICHE - BERGAMO
POUR LE COMPTE DE FRANCE LOISIRS
123, BOULEVARD DE GRENELLE, PARIS.

ACHEVÉ D'IMPRIMER EN NOVEMBRE 1996 SUR LES PRESSES DE
NUOVO ISTITUTO ITALIANO D'ARTI GRAFICHE - BERGAMO
POUR LE COMPTE DE FRANCE-LOISIRS
123, BOULEVARD DE GRENELLE, PARIS

N° d'édition : 27635
Dépôt légal : novembre 1996

CET OUVRAGE A ÉTÉ IMPRIMÉ
SUR DU PAPIER BOUFFANT ZÉPHIR
DES PAPETERIES DE VIZILLE
IMPRIMÉ ET RELIÉ PAR N.I.I.A.G. - BERGAMO

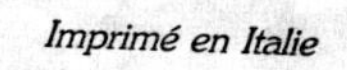
Imprimé en Italie